GEORGE R. R. MARTIN

TRAUMLIEDER II

GEORGE R. R.
MARTIN

TRAUM LIEDER

ERZÄHLUNGEN

ZWEITER BAND

Deutsche Erstausgabe

WILHELM HEYNE VERLAG
MÜNCHEN

Titel der amerikanischen Originalausgabe
DREAMSONGS VOLUME 1/2

Aus dem Amerikanischen übersetzt von Maike Hallmann (»Die Erben der Schildkrötenburg«, »Hybride und Horror«, »Nachtgleiter«), Lore Straßl und Susanne Grixa (»Die einsamen Lieder Laren Dorrs«), Rainer Gladys (»Der Eisdrache«), Eva Bauche-Eppers (»Das verlassene Land«), Michael Windgassen (»Der Fleischhausmann«), Jürgen Langowski (»Erinnerungen an Melody«), Hannelore Hofmann (»Sandkönige«), Joachim Körber (»Die Affenkur«, »Der birnenförmige Mann«), Michael Fehrenschild (»Eine Kostprobe von Tuf«), Berit Neumann (»Eine Bestie für Norn«, »Wächter«)

MIX
Papier aus verantwortungsvollen Quellen
FSC® C014496

Verlagsgruppe Random House FSC® N001967
Das für dieses Buch verwendete FSC®-zertifizierte Papier
Super Snowbright liefert Hellefoss AS, Hokksund, Norwegen.

Deutsche Erstausgabe 3/2015
Redaktion: Catherine Beck

Published by agreement with the author and the author's agents,
The Lotts Agency, Ltd. and Utoprop Literary Agency
Umschlaggestaltung: Nele Schütz Design, München
Satz: Schaber Datentechnik, Wels
Druck und Bindung: GGP Media GmbH, Pößneck

ISBN 978-3-453-31625-6

www.heyne.de

INHALT

Natürlich für Phipps

there is a road, no simple highway
between the dawn and the dark of night

Ich bin froh, dass du hier bist,
um sie mit mir zu beschreiten.

DIE ERBEN DER SCHILDKRÖTENBURG

Die Fantasy und ich sind alte Bekannte.

Fangen wir am besten am Anfang an, denn es gibt einige eigenartige und weitverbreitete Irrtümer. Einerseits habe ich Leser, die vor *Das Lied von Eis und Feuer* noch nie von mir gehört haben und offenbar felsenfest davon überzeugt sind, dass ich nie etwas anderes geschrieben habe als Fantasy-Epen. Andererseits gibt es da die Leute, die all mein altes Zeug gelesen haben und darauf bestehen, ich sei ein Science-Fiction-Autor, der schändlicherweise zur Fantasy übergelaufen ist.

Tatsächlich aber habe ich seit meiner Kindheit in Bayonne Fantasy gelesen und geschrieben (Horror übrigens auch). Meine erste Veröffentlichung mag Science Fiction gewesen sein, aber die zweite war eine Geistergeschichte, ungeachtet dieser verflixten vorbeizischenden Hovertrucks.

»Die Ausfahrt nach San Breta« war beileibe nicht meine erste Fantasy-Geschichte. Noch vor *Jarn vom Mars* und seiner Bande außerirdischer Weltraumpiraten pflegte ich mir meine Mußestunden mit Geschichten über eine große Burg und ihre tapferen Ritter und Könige zu vertreiben. Indes – sie alle waren Schildkröten.

In den Siedlungen war die Haltung von Hunden und Katzen verboten, kleinere Tiere waren allerdings erlaubt. Ich besaß

Guppys, ich besaß Wellensittiche, und ich besaß Schildkröten. Unmengen an Schildkröten. Die Sorte, wie man sie in billigen Kaufhäusern bekommt, im Set mit kleinen, in der Mitte geteilten Plastikschüsseln, bei denen auf der einen Seite Wasser hineinkommt, auf der anderen Seite Kies. In der Mitte befindet sich eine Plastikpalme.

Außerdem besaß ich noch eine Spielzeugburg, die zu den Plastikrittern gehörte (eine Zinnblechburg von Marx, ich weiß aber nicht mehr, welches Modell). Sie stand oben auf dem Tisch, der mir als Schreibtisch diente, und darin war gerade genug Platz für zwei jener Schildkrötenschüsseln. Dort also lebten meine Schildkröten ... und weil sie in einer *Burg* wohnten, musste es sich folgerichtig um Könige und Ritter und Prinzessinnen handeln. (Ich besaß auch das Fort Apache von Marx, aber Cowboyschildkröten wären einfach absurd gewesen.)

Der erste Schildkrötenkönig hieß Big Fellow. Er muss einer anderen Art angehört haben als die anderen, denn er war braun, nicht grün, und gut doppelt so groß wie die kleinen rotohrigen Kerle. Eines Tages fand ich ihn tot auf – zweifellos war er einem finsteren Komplott der Krötenechsen und Chamäleons des benachbarten Königreichs zum Opfer gefallen. Sein Thronnachfolger meinte es zwar gut, war aber ein Pechvogel und starb ebenfalls bald darauf. Doch just als es für das Königreich am finstersten aussah, schworen Frisky und Peppy einander ewige Freundschaft und gründeten die Schildkrötentafelrunde. Peppy der Erste erwies sich als größter Schildkrötenkönig aller Zeiten, doch als er alt wurde ...

Die Geschichte der Schildkrötenburg hat weder einen Anfang noch ein Ende, aber jede Menge Mitten. Sie wurde nur auszugsweise niedergeschrieben, aber ich arbeitete die großartigsten Szenen in meinem Kopf aus, Schwertkämpfe und Schlachten und Verrat. Ich erlebte die Herrschaft von mindestens einem Dutzend Schildkrötenkönige. Meine mächtigen Monarchen hatten die befremdliche Angewohnheit, aus der Marx-Burg zu fliehen und tot unter dem Kühlschrank zu enden, dem schildkrötischen Mordor.

Habe ich es nicht gesagt? Ich war schon *immer* Fantasy-Autor.

Ich kann allerdings nicht behaupten, auch immer Fantasy-*Leser* gewesen zu sein, aus dem schlichten Grund, dass es damals in den Fünfzigern und Sechzigern kaum Fantasy zu lesen gab. Die Drehständer meiner Kindheit wurden von Science Fiction, Krimis, Western, Schauerromanen und historischen Romanen beherrscht; weit und breit keine Fantasy. Ich war Mitglied im Science Fiction Book Club (drei Romane für einen Dime – unschlagbar), aber damals war es der *Science Fiction* Book Club, mit Fantasy hatte er nichts zu tun.

Fünf Jahre nach *Have Space Suit, Will Travel (Raumjäger)* stolperte ich über jenes Buch, das mich in Sachen Fantasy auf den Geschmack brachte: eine schmale Anthologie von Pyramid namens *Schwerter und Magie*, herausgegeben von L. Sprague de Camp und erschienen im Dezember 1963. Und was für ein köstlicher Geschmack das war. Es gab Geschichten von Poul Anderson, Henry Kuttner, Clark Ashton Smith, Lord Dunsany und H. P. Lovecraft. Eine Geschichte über Jirel, die Amazone von C. L. Moore und eine Erzählung über Fafhrd und den grauen Mausling von Fritz Leiber … und dann war da noch die Geschichte »Schatten im Mondlicht« von Robert E. Howard.

Wisset, o Fürst,

so begann sie,

zwischen den Jahren, als die Ozeane Atlantis und die strahlenden Städte verschlangen, und den Jahren des Aufstiegs der Söhne Aryas hat es ein Zeitalter gegeben, nicht einmal in Träumen vorstellbar. Damals, als glänzende Königreiche über die Welt verstreut lagen, gleich blauen Schleiern unter den Sternen – Nemedien, Ophir, Brythunia, Hyperborea, Zamora mit seinen dunkelhaarigen Frauen und Türmen voller spinnenbewachter Rätsel, Zingara mit seinen Rittern, Koth, das an die Weideländer Shems grenzte, Stygien mit seinen schattenbewehrten Grüften, Hyrkanien, dessen Reiter Stahl und Seide und Gold trugen. Doch der Welt stolzestes Königreich war Aquilonien, das im träumenden Westen die Vorherrschaft innehatte. Von dort kam Conan, der Cimmerier, mit schwarzem Haar, traurigen Augen, das Schwert in der Hand, ein Dieb, Räuber, Mörder, voll tiefer Melancholie, aber auch überschäumender Fröhlichkeit, um die edelsteingezierten Throne dieser Erde mit Füßen zu treten.

Mit Zamora hatte Howard mich am Wickel. Die *Türme voller spinnenbewachter Rätsel* hätten vollauf gereicht, denn 1963 war ich fünfzehn Jahre alt, aber auch die *dunkelhaarigen Frauen* erregten einiges Interesse. Fünfzehn ist ein ausgezeichnetes Alter, um die Bekanntschaft von Conan von Cimmerien zu machen. Dass *Schwerter und Magie* mich nicht dazu brachte, heroische Fantasy zu kaufen, wo ich ging und stand, so wie *Have Space Suit, Will Travel (Raumjäger)* mich dazu brachte, Science Fiction zu kaufen, lag nur daran, dass es kaum Fantasy zu kaufen gab, ob heroisch oder nicht.

In den Sechzigern und Siebzigern galten Fantasy und Science Fiction oftmals als ein und dasselbe Genre, nur trug dieses Genre eben meist den Namen *Science Fiction*. Es war ganz alltäglich, dass Autoren in beiden Genres arbeiteten. Robert A. Heinlein, Andre Norton und Eric Frank Russell, drei Lieblingsautoren meiner Kindheit und Jugend, wurden stark mit der Science Fiction assoziiert, aber sie alle schrieben auch Fantasy. Neben den Erzählungen über Nicholas van Rjin und Dominic Flandry schrieb Poul Anderson *Das zerbrochene Schwert* und *Dreiherz*. Jack Vance erschuf *Großplanet* und *Die sterbende Erde*. Fritz Leibers Spinnen und Schlangen trugen ihre Zeitkriege aus, derweil Fafhrd und der graue Mausling gegen die Herren von Quarmall kämpften.

Doch auch wenn all die großen Autoren Fantasy verfassten, so verfassten sie doch nicht *viel* Fantasy, jedenfalls nicht, wenn sie auch ihre Miete bezahlen und etwas zu essen kaufen wollten. Science Fiction war viel populärer und wurde erheblich besser bezahlt. Die Science-Fiction-Magazine wollten ausschließlich Science Fiction haben und veröffentlichten keine Fantasy-Texte, ganz gleich, wie gut sie geschrieben sein mochten. Gelegentlich wurden Fantasy-Magazine gegründet, aber sie hielten sich meist nicht lange. *Astounding* überdauerte Jahre und Jahrzehnte und wurde schließlich zu *Analog*, *Unknown* hingegen überlebte die Papierknappheit im Zweiten Weltkrieg nicht. Die Verleger von *Galaxy* und *If* brachten *Worlds of Fantasy* heraus und stampften das Projekt fast ebenso rasch wieder ein. *Fantastic* schleppte sich jahrzehntelang durch, aber *Amazing* war das Zugpferd. Und Boucher und McComas benannten bereits die zweite Ausgabe von *The Magazine of Fantasy* um in *The Magazine of Fantasy and Science Fiction*.

Natürlich verlaufen solche Entwicklungen oft zyklisch, und kurz darauf veränderte sich alles. 1965 veröffentlichte Ace Books unter Ausnutzung einer Lücke in den Copyright-Regelungen eine nicht autorisierte Taschenbuchausgabe von J. R. R. Tolkiens

Herr der Ringe. Die Verkäufe gingen bereits in die Hunderttausende, bis Tolkien und Ballantine Books eilig mit einer autorisierten Ausgabe nachzogen. 1966 legte Lancer Books, möglicherweise angeregt durch den Tolkien-Erfolg von Ace und Ballantine, sämtliche Conan-Erzählungen als Taschenbuchreihe neu auf, mit Coverillustrationen von Frank Frazetta. 1969 dann brachte Lin Carter (als Autor grässlich, aber ein ausgezeichneter Lektor) den ersten Band der Reihe *Ballantine Adult Fantasy* heraus, in der Dutzende klassischer Fantasy-Geschichten in Neuauflage erschienen. Aber 1963, als ich die Lektüre von de Camps *Schwerter und Magie* beendete und mich nach weiterem Fantasy-Lesestoff umsah, war all das noch weit weg.

Fündig würde ich dann, wo ich es am wenigsten erwartet hatte: in einem Comic-Fanzine.

Die frühe Comic-Fangemeinde entwickelte sich als Ableger der Science-Fiction-Fangemeinde, aber nach einigen Jahren hatte sie sich zu einem ganz eigenen Mikrokosmos gemausert, und die meisten Fans waren sich der eigentlichen Wurzeln nicht einmal bewusst. Zur gleichen Zeit wuchsen all die Highschool-Jungs heran und erweiterten ihre Interessengebiete über das Lesen von Superheldencomics hinaus auf Gebiete wie Musik, Mädchen, Autos … und Bücher ohne Bilder. Unvermeidlich nahm diese Entwicklung auch Einfluss auf die Themen ihrer Fanzines. Artig wurde das Rad neu erfunden, und bald schossen spezialisierte Fanzines wie Pilze aus dem Boden, die sich nicht Superhelden widmeten, sondern Geheimagenten, Privatdetektiven oder den alten Pulp-Magazinen, dem Barsoom-Zyklus von Edgar Rice Burroughs … oder der heroischen Fantasy.

Das Schwerter-und-Magie-Fanzine hieß *Cortana*, es wurde »in dreimonatigem Abstand« (ha!) von Clint Bigglestone herausgegeben, später einer der Mitbegründer der *Society of Creative Anachronism*, die um 1964 herum im Bay Area bei San Francisco aus der Taufe gehoben wurde. Die *Cortana* fiel mit dem üblichen blassen Spiritus-Umdruck-Violett optisch nicht sonderlich auf, war aber herrlich zu *lesen* und voller Artikel und Pressemeldungen zu Conan und Konsorten, dazu Erstveröffentlichungen heroischer Fantasy-Geschichten aus der Feder einiger Top-Autoren der 60er-Comic-Fangemeinde: Paul Moslander und Viktor Baron (die ein und derselbe waren), mein Brieffreund Howard Waldrop (der es nicht war), Steve Perrin und Bigglestone selbst. In Waldrops Geschichten ging es um einen Abenteurer, den man nur unter dem Namen *der Wanderer* kannte und dessen Heldentaten in den *Lobgesängen von Chimwazle* gehuldigt wurde. Howard zeichnete auch die Cover von *Cortana* und einige der Illustrationen im Innenteil.

In *Star Shudded Comics* und den meisten anderen Comic-Fanzines fristete die Prosa ein Dasein als Mauerblümchen, der ganze Stolz galt den Comics. Hier war es anders. In *Cortana* regierten die Textgeschichten. Ich schrieb sofort einen glühenden Leserbrief, aber ich wollte mehr in diesem großartigen neuen Fanzine veröffentlichen als nur das. Also mottete ich Manta Ray und Dr. Weird erst einmal ein und setzte mich an meine erste Fantasy-Geschichte seit der Schildkrötenburg.

Ich nannte sie »Dark Gods of Kor-Yuban«, und ja, meine Mordor-Version klingt wie eine Kaffeemarke. Meine Helden waren eins der üblichen Paare ungünstig zusammengewürfelter Abenteurer, der melancholische Exilprinz R'hllor von Raugg und sein überschwänglicher und zur Prahlerei neigender Gefährte Argilac der Arrogante. »Dark Gods of Kor-Yuban« war die längste Geschichte, an der ich mich bis dahin versucht hatte (um die fünftausend Wörter), und endete tragisch mit dem Tod von Argilac, der von den titelgebenden dunklen Gottheiten verspeist wurde. Auf Marist hatte ich Shakespeare gelesen und einiges über Tragödien gelernt, also stattete ich Argilac mit dem traurigen Makel der Arroganz aus, der seinen Niedergang herbeiführte. R'hllor entkam, um die Geschichte erzählen zu können … und um tapfer weiterzukämpfen, wie ich hoffte. Sobald ich die Geschichte vollendet hatte, schickte ich sie nach San Francisco, und Clint Bigglestone nahm sie prompt an, um sie in *Cortana* zu veröffentlichen.

Es gab nie wieder eine *Cortana*-Ausgabe.

In meinem letzten Jahr auf der Highschool *wusste* ich durchaus mit Kohlepapier umzugehen. Ich war nur zu faul, mich damit herumzuschlagen. »Dark Gods of Kor-Yuban« ging in die Sammlung meiner verlorenen Geschichten ein. (Es war die letzte. Auf dem College fertigte ich Durchschläge sämtlicher Geschichten an, die ich schrieb.) Bevor sie ihre violetten Spiritus-Umdruck-Zelte abbrachen, erwies *Cortana* mir einen weiteren Gefallen. In der dritten Ausgabe brachte Bigglestone einen Artikel mit dem Titel *Mach keinen Hobbit draus*, durch den ich zum ersten Mal etwas über J. R. R. Tolkien und seine Fantasy-Trilogie *Herr der Ringe* erfuhr. Die Geschichte klang so vielversprechend, dass ich sofort zuschlug, als ich einige Monate später zufällig an einem Zeitungskiosk eine raubkopierte Ace-Taschenbuchausgabe von *Die Gefährten* sah.

Auf der Heimfahrt im Bus vertiefte ich mich in das dicke rote Taschenbuch und fragte mich bald, ob der Kauf nicht ein Fehler gewesen war. *Die Gefährten* schien mir alles zu sein, aber keine anständige heroische Fantasy. Was zum Geier sollte der ganze Quatsch mit dem Pfeifenkraut? Robert E. Howards Geschichten begannen normalerweise damit, dass eine riesige Schlange vorbeiglitt oder jemandes Kopf mit einer Axt gespalten wurde. Tolkien eröffnete mit einer Geburtstagsfeier. Und diese Hobbits mit ihren haarigen Füßen und der Vorliebe für Kartoffeln schienen einem Buch über Peter Hase entstiegen zu sein. Ich erinnere mich, wie ich gedacht habe: *Conan würde sich einen blutigen Pfad mitten durchs Auenland hauen, von einem Ende zum anderen. Was ist mit der tiefen Melancholie, was ist mit der überschäumenden Heiterkeit?*

Trotzdem las ich weiter. Bei Tom Bombadil hätte ich fast aufgegeben, als alle mit ihrem *»Bimmel bammel billo! Tom Bombadillo«* loslegten. Auf den Hügelgräberhöhen wurde es schon interessanter, und noch mehr in Bree mit dem Auftauchen von Streicher. Auf der Wetterspitze hatte Tolkien mich dann endgültig am Haken. »Gil-Galad war ein Elbenfürst«, rezitierte Sam Gamdschie, »die Harfe klagt im Liede noch.« Ein Schauer durchrann mich, wie Conan und Kull ihn nie hervorgerufen hatten.

Fast vierzig Jahre später stecke ich mitten in meiner eigenen High-Fantasy-Saga *Das Lied von Eis und Feuer*. Es sind gewaltige und gewaltig komplexe Bücher, die zu schreiben Jahre verschlingt. Wenige Tage nach der Veröffentlichung des neuesten Bands trudeln die ersten E-Mails mit der Frage ein, wann das nächste erschiene. »Du hast ja keine Ahnung, wie schrecklich die Warterei ist«, wehklagt manch einer meiner Leser. *Ich* weiß es sehr genau, möchte ich diesen Lesern sagen. *Ich weiß, wie schrecklich es ist. Auch ich habe gewartet.* Zu der Zeit, als ich *Die Gefährten* ausgelesen hatte, war noch keiner der anderen Bände als Taschenbuch erschienen. Ich musste darauf warten, dass Ace *Die zwei Türme* herausbrachte, und danach wartete ich auf *Die Rückkehr des Königs*. Zugegeben, lange musste ich mich nicht gedulden, aber es kam mir vor, als wären es Jahrzehnte. Sobald ich den nächsten Band in die Finger bekam, musste alles andere warten, während ich las … aber mitten im dritten Band hielt ich inne. Es verblieben nur noch wenige Hundert Seiten, und wenn ich damit fertig war, würde ich niemals wieder *Herr der Ringe* zum ersten Mal lesen können. So dringend ich auch erfahren wollte, wie es ausging, ich konnte es nicht ertragen, dass dieses Erlebnis vorüber sein sollte.

So tief liebte ich als Leser diese Bücher.

Als Autor jedoch war ich entsetzlich eingeschüchtert von Tolkien. Bei der Lektüre von Robert E. Howard dachte ich mir: *Eines Tages wirst du in der Lage sein, genauso zu schreiben.* Wenn ich Lin Carter oder John Jakes las, dachte ich: *Ich kann heute schon was Besseres schreiben als das.* Aber über Tolkien verzweifelte ich. *Ich werde nie vollbringen können, was er vollbracht hat,* dachte ich. *Ich werde niemals auch nur nah herankommen.* Auch wenn ich in den folgenden Jahren Fantasy schrieb, hielt ich mich stilistisch eher an Howard als an Tolkien. Man sollte sich nicht erdreisten, seinen Meister zu kopieren.

Während meines ersten Jahrs auf der Northwestern – als ich mich noch damit tröstete, dass sich die *Cortana* nur verspätete und nicht etwa das Zeitliche gesegnet hatte und dass »Dark Gods of Kor-Yuban« jetzt sicher ganz bald erscheinen würde – fing ich an, eine zweite R'hllor-Geschichte zu schreiben. In der Fortsetzung verschlägt es meinen Exilprinzen in das Dothrakische Reich, wo er sich Barron von der Blutigen Klinge anschließt, um gegen die geflügelten Dämonen zu kämpfen, die dessen werten Großvater Barristan den Kühnen getötet haben. Ich hatte schon dreiundzwanzig Seiten geschrieben, da entdeckten Freunde das Manuskript auf meinem Schreibtisch und fanden es so erheiternd, die Purpur-Prosa laut vorzulesen, dass ich zum Weiterschreiben zu verärgert war. (Ich habe die Seiten immer noch, und ja, sie sind ein bisschen violett an der Grenze zu Indigo.)

In meiner College-Zeit schrieb ich keine Fantasy mehr. Und abgesehen von »Die Ausfahrt nach San Breta«, die weder heroische noch High Fantasy ist, habe ich mich als Grünschnabel-Autor ebenfalls kaum damit befasst. Nicht, weil ich der Fantasy weniger zugeneigt war als der Science Fiction. Ich hatte praktischere Gründe dafür. Ich musste meine Miete zahlen.

Die frühen Siebziger waren eine wunderbare Zeit für junge aufstrebende Science-Fiction-Autoren. Jedes Jahr gingen neue Science-Fiction-Magazine an den Start: *Vertex, Cosmos, Odyssey, Galileo, Asimov's*. (Neue Fantasy-Magazine gab es keine.) Von den bestehenden Magazinen kauften nur *Fantastic* und *F&SF* Fantasy-Geschichten an, und Letztere bevorzugten verschrobene moderne Fantasy, eher an Thorne Smith und Gerald Kersh angelehnt als an Tolkien oder Howard. Frischling oder Veteran, die Science-Fiction-Magazine hatten allesamt ernsthafte Konkurrenten in den Anthologie-Reihen: *Orbit, New Dimensions, Universe, Infinity, Quark, Alternities, Andromeda, Nova, Stellar, Chrysalis*. (Fantasy-Anthologien gab es nicht.) Auch Männermagazine boomten und hatten gerade entdeckt, dass Frauen Schambehaarung haben; viele dieser Magazine füllten die Seiten zwischen den Fotos mit Science-Fiction-Geschichten. (Sie kauften auch Horror, aber niemals High Fantasy oder heroische Fantasy.)

Damals gab es mehr Verlage als heute (Bantam Doubleday Dell Random House Ballantine Fawcett waren sechs Verlage, nicht einer, und die meisten hatten Science-Fiction-Reihen im Programm. (Den Fantasy-Meilenstein dieser Zeit setzten die *Ballantine Adult Fantasy Series*, die sich vorwiegend Neuauflagen widmeten. Lancer brachte seine Robert-E.-Howard-Titel heraus … aber Lancer war das Ende der Nahrungskette, ein wenig prestigeträchtiger, schlecht zahlender Verlag, dem die meisten Autoren entflohen, sobald sie irgendwo anders verkaufen konnten.) Die *World Fantasy Convention* gab es noch nicht, und auf der *World Science Fiction Convention* wurden ebenso selten Fantasy-Texte für den Hugo Award nominiert wie für die Nebula Awards der *Science Fiction Writers of America* (die dem Namen der Vereinigung damals noch kein *»and Fantasy«* hinzugefügt hatten).

Kurz gesagt: Als Fantasy-Autor ließ sich keine Karriere machen. Damals nicht. Noch nicht. So tat ich, was all die anderen Autoren vor mir gemacht hatten, Jack Williamson und Poul Anderson und Andre Norton und Jack Vance und Heinlein und Kuttner und Russell und de Camp und C. L. Moore und die anderen. Ich schrieb Science Fiction … und dann und wann, um der Liebe willen, schmuggelte ich ein oder zwei Fantasy-Geschichten dazwischen.

»Die einsamen Lieder Laren Dorrs« war die erste reine Fantasy-Geschichte, die ich als hauptberuflicher Schriftsteller schrieb. Sie erschien 1976 in der *Fantastic*. Dem aufmerksamen Leser wird nicht entgehen, dass gewisse Namen und Themen schon in »Nur Kinder fürchten sich im Dunkeln« auftauchen und ich andere Namen und Themen in späteren Texten aufgegriffen habe. Wie im echten Leben werfe ich auch bei meiner Arbeit nichts weg, man weiß ja nie, wozu man es später noch brauchen kann. Sharra und ihre dunkle Krone waren ursprünglich für den Dr.-Weird-Mythos gedacht, den ich für Howard Keltner entwickeln sollte. 1976 allerdings lagen meine Fanzine-Zeiten fast ein Jahrzehnt zurück, und Dr. Weird hatte sich aus dem Geschäft zurückgezogen, also fühlte ich mich befugt, die Ideen für andere Geschichten zu verwenden.

Vor langer, langer Zeit glaubte ich, dass auf »Laren Dorr« noch mehr Geschichten über Sharra folgen würden, »das Mädchen, das zwischen den Welten wandelt«. Es kam anders … aber jener

Satz ging nicht verloren, wie im Abschnitt über meine Jahre bei Film und Fernsehen zu lesen sein wird.

»Der Eisdrache« war die zweite von drei Erzählungen, die ich während der bereits erwähnten Weihnachtsferien im Winter 1978–79 schrieb. Die Winter in Dubuque inspirieren nachdrücklich zu Geschichten über Eis, Schnee und Hundekälte. Man hört mich nicht oft sagen, dass eine Geschichte sich wie von allein schrieb, aber in diesem Fall war es genau so. Die Worte entströmten mir förmlich, und am Ende war ich überzeugt, es sei eine der besten Geschichten, die ich je geschrieben hatte, vielleicht sogar *die* beste.

Kaum war ich mit dem Schreiben fertig, stieß ich auf einen Branchenbericht, in dem verkündet wurde, dass Orson Scott Card nach Beiträgen für die Anthologie *Dragons of Light and Darkness* suchte. Ich schickte Adara und ihren Eisdrachen an Card, die Geschichte wurde in *Dragons of Light* veröffentlicht und verschwand prompt in der Versenkung, wie es Geschichten in Anthologien so gern tun. Vielleicht war es nicht die beste Idee meines Lebens, sie von anderen Drachengeschichten umzingeln zu lassen.

Eisdrachen sind in den zwanzig und ein paar Jahren seither ganz alltägliche Erscheinungen in Fantasy-Büchern und Spielen geworden, aber ich glaube, mein Eisdrache war der erste seiner Art. Und die meisten jener anderen »Eisdrachen« scheinen wenig mehr zu sein als weiße Drachen, die in kalten Gegenden hausen. Adaras Freund, ein Drache *aus* Eis, der Kälte ausatmet anstelle von Flammen, ist meines Wissens bislang einzigartig, mein einziger wahrhaft neuartiger Beitrag zum Bestiarium der Fantasy.

»Das verlassene Land«, die dritte Geschichte, die gleich folgt, erschien zuerst in der DAW-Anthologie *Amazons*, herausgegeben von Jessica Amanda Salmonson. (»Wie hat sie *dir* eine Geschichte aus den Rippen geleiert?«, fragte mich ein anderer in der Anthologie vertretener Autor verdrießlich, als das Buch erschien. »Tja«, sagte ich, »sie hat mich gefragt.«) Wie »Die einsamen Lieder Laren Dorrs« sollte auch »Das verlassene Land« der Auftakt zu einer Serie sein. Später schrieb ich noch einige Seiten der Fortsetzung »Withered Hands«, aber wie gewöhnlich schaffte ich es nie, sie zu vollenden. Solange ich mich nicht wieder damit befasse (wenn ich es denn je tun werde), bleibt »Das verlassene Land« ein weiteres Beispiel meiner Serien mit nur einer Geschichte, auf die ich das Patent halte.

Ich sollte womöglich erwähnen, dass die Anregung zu »Das verlassene Land« zum Teil aus einem Lied stammte. Welches Lied? Das wäre zu einfach. Mir erscheint es ganz offensichtlich. Der entscheidende Hinweis für die, die solche Rätsel mögen, findet sich in der ersten Zeile.

Sharra und Laren Dorr, Adara und ihr Eisdrache, Alys die Graue, Boyce, Blue Jerais ... sie alle sind die Erben der Schildkrötenburg, die Vorfahren von Eis und Feuer. Dieses Buch wäre ohne sie nicht vollständig.

Warum liebe ich Fantasy? Diese Frage möchte ich mit etwas beantworten, das ich 1996 als Begleittext zu meinem Porträt in Pati Perrets Bildband *The Faces of Fantasy* schrieb:

> Die besten Fantasy-Geschichten sprechen die Sprache der Träume. Sie sind so lebendig wie Träume, wirklicher als die Wirklichkeit ... wenigstens für einen Augenblick ... jenen langen, magischen Augenblick, ehe wir erwachen.
>
> Fantasy ist silbern und scharlachrot, indigo- und azurblau, mit Gold und Lapislazuli geäderter Obsidian. Die Realität besteht aus Sperrholz und Plastik, verkleidet in Schlammbraun

und Braunoliv. Fantasy schmeckt nach Habaneros und Honig, Zimt und Gewürznelken, blutigem roten Fleisch und nach Weinen, süß wie der Sommer. Die Wirklichkeit besteht aus Bohnen und Tofu und wird am Ende zu Asche. Die Wirklichkeit, das sind die Einkaufszentren in Burbank, die Schornsteine von Cleveland, eine Parkgarage in Newark. Fantasy besteht aus den Türmen von Minas Tirith, den uralten Mauern von Gormenghast, den Sälen von Camelot. Die Fantasy fliegt auf Ikarus' Schwingen, die Wirklichkeit mit Lufthansa. Warum schrumpfen unsere Träume so sehr zusammen, wenn sie Wirklichkeit werden?

Ich glaube, wir lesen Fantasy, um die Farben wiederzufinden. Um intensive Gewürze zu schmecken und dem Gesang der Sirenen zu lauschen. In der Fantasy liegt etwas Ursprüngliches, Wahrhaftiges, das uns tief in unserem Innern anspricht und das Kind in uns erreicht, das davon träumte, dereinst im Nachtwald auf die Jagd zu gehen, zu Füßen der Hollow Hills ein Festgelage abzuhalten und irgendwo zwischen dem südlichen Oz und dem nördlichen Shangri-La die Liebe zu finden, die ein Leben überdauert.

Ihren Himmel können sie behalten. Wenn ich sterbe, gehe ich lieber nach Mittelerde.

Die einsamen Lieder Laren Dorrs

Es gibt ein Mädchen, das zwischen den Welten wandelt.

Es hat graue Augen, bleiche Haut, so jedenfalls heißt es in der Geschichte, und sein Haar ist ein pechschwarzer Wasserfall mit kaum merklichem rötlichen Schimmer. Um die Stirn trägt es einen Reif aus brüniertem Metall, eine dunkle Krone, die sein Haar zusammenhält und manchmal Schatten in seine Augen wirft. Es heißt Sharra, und es weiß, wo die Tore sind.

Der Anfang der Geschichte ist uns verloren gegangen, genauso wie das Wissen über die Welt, von der sie stammt. Das Ende ist noch nicht, und wann es kommen wird, können wir nicht sagen.

Wir kennen nur die Mitte, oder vielmehr auch davon nur ein kleines Stück, den winzigen Teil einer Legende, nicht mehr als ein Bruchstück des Ganzen. Eine kleine Geschichte aus der großen über die Welt, wo Sharra einmal Rast machte, und von dem einsamen Sänger Laren Dorr, und wie sie einander flüchtig trafen.

Eben noch hatte es bloß das Tal im Zwielicht gegeben. Die untergehende Sonne stand voll und violett hinter dem Kamm, und ihre Strahlen fielen schräg in den dichten Wald, dessen

Bäume schwarze Stämme und farblose, geisterhafte Blätter hatten. Nur das Klagen der Trauervögel, die aus ihrem Tagesschlaf erwachten, und das Plätschern des Wassers in dem steinigen Bachbett brachen die Stille des Waldes.

Da plötzlich kam Sharra erschöpft und blutend durch ein unsichtbares Tor in die Welt Laren Dorrs. Sie trug ein schlichtes weißes, doch jetzt schmutzbeflecktes und verschwitztes Kleid und einen schweren Pelzumhang, den man ihr halb vom Rücken gerissen hatte. Ihr linker Arm, entblößt und schlank, blutete noch aus drei klaffenden Wunden. Am Ufer des Bachs tauchte sie auf. Sie zitterte und warf einen schnellen, wachsamen Blick um sich, ehe sie sich niederkniete, um ihre Wunden zu säubern und zu versorgen. Trotz seines flinken Laufs war das Wasser von einem moorigen Grün. Unmöglich zu sagen, ob es giftig war, aber Sharra war zu schwach und zu durstig. Sie trank und wusch ihren Arm in diesem zweifelhaften Wasser, so gut es ging, und verband ihre Wunden mit Streifen, die sie von ihrem Kleid riss. Als die purpurne Sonne allmählich hinter dem Kamm tiefer sank, kroch sie fort vom Bach und zu einem geschützten Fleckchen zwischen den Bäumen, wo sie sofort in einen Schlaf der Erschöpfung fiel.

Sie erwachte, als sie Arme um sich spürte, starke Arme, die sie ohne Mühe hochhoben, um sie irgendwohin zu tragen. Sie wehrte sich dagegen. Aber die Arme hielten sie nur fester, sodass sie sich nicht mehr rühren konnte. »Ruhig, ruhig«, sagte eine sanfte Stimme. Durch den aufsteigenden Nebel sah sie ein Männergesicht, länglich und irgendwie gütig. »Du bist geschwächt«, sagte der Mann, »und die Nacht ist nahe. Wir müssen hinter den Mauern sein, ehe es dunkel wird.«

Sharra wehrte sich nicht mehr, obgleich sie wusste, dass sie es tun sollte. Sie hatte sich so lange gewehrt und war so müde. Sie schaute ihn verwirrt an. »Warum?«, fragte sie, und ohne auf seine Antwort zu warten: »Wer bist du? Wohin bringst du mich?«

»In Sicherheit«, erwiderte er.

»Heim zu dir?«, fragte sie, sich mühsam wach haltend.

»Nein«, antwortete er so leise, dass seine Stimme kaum zu hören war. »Kein Heim, nie ein Heim. Aber es erfüllt seinen Zweck.«

Sie hörte Platschen, als trüge er sie durch den Bach, und weit vor ihnen, auf dem Kamm, sah sie verwirrende Umrisse – eine Burg mit drei Türmen, die sich schwarz gegen die versinkende Sonne abhob. *Merkwürdig,* dachte sie, *die war doch zuvor nicht da.* Sie schlief wieder ein.

Als sie erwachte, war er da. Er beobachtete sie. Sie lag unter weichen, warmen Decken in einem Himmelbett, dessen Vorhänge zurückgezogen waren. Ihr Gastgeber saß in einem großen Sessel im Schatten der Zimmerwand. Kerzenlicht spiegelte sich in seinen Augen. Er hatte das Kinn auf die gefalteten Hände gestützt. »Fühlst du dich besser?«, fragte er, ohne sich zu bewegen.

Sie setzte sich auf und bemerkte, dass sie nackt war. Schnell wie Misstrauen, flinker als Gedanken, fuhr ihre Hand zum Kopf. Aber die dunkle Krone war noch unberührt auf ihrem Haar, und das Metall drückte kühl gegen ihre Stirn. Sie entspannte sich, lehnte sich in die Kissen und zog die Decken über ihre Blöße. »Viel besser«, antwortete sie. Und als sie es sagte, fiel ihr erst auf, dass ihre Wunden nicht mehr waren.

Der Mann lächelte sie an. Es war ein trauriges, sehnsüchtiges Lächeln. Er hatte ein unverzagtes Gesicht, und sein schwarzes Haar fiel ihm in sanften Locken über die dunklen Augen, die irgendwie größer waren, als sie sein sollten. Selbst im Sitzen war er groß, und schlank war er. Er trug einen Anzug und ein Cape aus weichem grauen Leder und darüber fast greifbare Melancholie. »Wunden, von Klauen geschlagen«, murmelte er nachdenklich, während er immer noch lächelte. »Klauenwunden an deinem Arm und deine Kleider fast vom Rücken gerissen. Jemand hat etwas gegen dich.«

»Etwas«, verbesserte ihn Sharra. »Ein Wächter. Ein Wächter am Tor.« Sie seufzte. »Immer ist ein Wächter am Tor. Die Sieben mögen es nicht, wenn wir zwischen den Welten wandeln. Mich mögen sie am allerwenigsten.«

Seine Hände unter dem Kinn öffneten sich. Er stützte die Ellbogen auf die Armlehnen und nickte, aber das sehnsüchtige Lächeln blieb. »So«, sagte er. »Du kennst die Sieben, und du kennst die Tore.« Sein Blick flog zu ihrer Stirn. »Die Krone, natürlich. Ich hätte es mir denken können.«

Sharra lächelte ihn an. »Du weißt es jetzt. Wer bist du? Welche Welt ist das?«

»Meine Welt«, erwiderte er ruhig. »Tausendmal gab ich ihr einen Namen, doch keiner schien mir je der richtige zu sein. Einmal fand ich einen, der mir gefiel, den ich für passend hielt. Aber ich habe ihn vergessen. Es ist schon so lange her. *Mein* Name ist Laren Dorr, oder er war es, einst, als ich noch Interesse an solchen Dingen hatte. Aber hier und jetzt erscheint es mir irgendwie dumm. Doch zumindest habe ich *ihn* nicht vergessen.«

»Deine Welt«, murmelte Sharra. »Bist du ein König? Ein Gott?«

»Ja«, erwiderte Laren Dorr mit weichem Lachen. »Und mehr. Ich bin, was immer ich sein will. Es gibt niemanden, der es mir verwehren würde.«

»Was hast du mit meinen Wunden gemacht?«, fragte sie.

»Ich habe sie geheilt.« Fast verlegen zuckte er die Schultern. »Es ist meine Welt. Ich habe gewisse Kräfte. Vielleicht nicht die, die ich gern hätte, aber doch immerhin einige.«

»Oh.« Er schien sie nicht überzeugt zu haben.

Laren machte eine ungeduldige Geste. »Du hältst es nicht für möglich? Deine Krone, natürlich. Nun, das stimmt zur Hälfte. Ich könnte dir nichts Böses antun, nicht, solange du diese Krone trägst. Aber helfen kann ich dir.« Wieder lächelte er, und seine Augen wirkten weich und verträumt. »Aber es spielt keine Rolle. Selbst wenn ich es könnte, würde ich dir nicht wehtun, Sharra. Glaube es mir. Es ist eine so lange Zeit.«

Das Mädchen starrte ihn erstaunt an. »Du kennst meinen Namen? Woher?«

Lächelnd stand er auf und schritt quer durch das Zimmer, um sich neben sie auf das Bett zu setzen. Er nahm ihre Hand in seine, ehe er antwortete, und streichelte sie mit dem Daumen. »Ja, ich weiß, wie du heißt. Du bist Sharra, die zwischen den Welten wandelt. Vor vielen Jahrhunderten, als die Berge noch eine andere Form hatten und die violette Sonne noch scharlachrot brannte, besuchten sie mich und sagten mir, dass du kommen würdest. Ich hasste sie, alle Sieben, und ich werde sie immer hassen, aber in jener Nacht hieß ich die Vision willkommen, die sie mir schenkten. Sie sagten mir nur, wie du heißt und dass du hierher, auf meine Welt, kommen würdest. Und noch etwas. Doch das genügte. Es war ein Versprechen, das Versprechen eines Endes oder Anfangs oder einer Veränderung. Und jede Veränderung ist auf dieser Welt willkommen. Seit tausend Sonnenumläufen bin ich hier allein, Sharra, und jeder Umlauf dauert Jahrhunderte. Es gibt so wenig, das den Lauf der Zeit misst.«

Sharra runzelte die Stirn. Sie schüttelte ihr langes schwarzes Haar, und im Kerzenschein leuchtete der Rotschimmer auf. »So sind sie mir so weit voraus?«, murmelte sie. »Wissen sie nicht, was geschehen wird?« Sie war beunruhigt. »Was haben sie dir noch gesagt?« Sie blickte zu ihm auf.

Er drückte sanft ihre Hand. »Sie haben mir gesagt, dass ich dich lieben würde.« Immer noch klang seine Stimme traurig. »Aber das war keine erstaunliche Prophezeiung. Das hätte ich ihnen auch sagen können. Vor langer, langer Zeit - damals war die Sonne, glaube ich, gelb - erkannte ich, dass ich *jede* Stimme lieben würde, die kein Echo meiner eigenen ist.«

Sharra erwachte im dämmernden Morgen. Helle Purpurstrahlen fielen durch ein hohes Bogenfenster, das in der Nacht noch nicht hier gewesen war, in ihr Gemach. Etwas zum Anziehen lag zur Auswahl für sie bereit: ein weites gelbes Gewand, ein rotes, juwelenbesetztes Kleid und ein waldgrüner Anzug. Sie entschied sich für den Anzug und kleidete sich schnell an. Ehe sie das Zimmer verließ, schaute sie zum Fenster hinaus.

Sie befand sich in einem Turm, der über zerfallenen Steinzinnen und einem staubigen, dreieckigen Burghof aufragte. Zwei weitere Türme, ein wenig krumm, mit konischen Spitzen, strebten an den anderen Zacken des Dreiecks empor. Der Wind spielte mit den Reihen von grauen Bannern entlang der Mauern, doch das war nicht die einzige Bewegung, die sie sehen konnte.

Jenseits der Burgmauern war nichts vom Tal zu erblicken, überhaupt nichts. Die Burg mit ihrem Hof und den krummen Türmen stand auf einem Berggipfel, und weit, weit entfernt ragten ebenfalls Berge in den Himmel, in allen Richtungen. Sie boten ein Bild schwarzer Felswände, schroffer Zacken und glänzender Gletscherfelder, die violett schimmerten. Das Fenster war geschlossen, aber der Wind sah kalt aus.

Die Tür stand offen. Sharra begab sich schnell zu einer steinernen Wendeltreppe und über den Hof zum Hauptgebäude, einem niedrigen Holzbau, der sich an die Burgmauer schmiegte. Sie schritt durch zahllose Räume, manche kalt und leer, wenn man von der dicken Staubschicht absah, andere prächtig ausgestattet, ehe sie Laren Dorr beim Frühstück fand.

Ein freier Sessel stand seinem gegenüber. Der Tisch war mit Speisen und Getränken fast überladen. Sharra setzte sich und griff nach einem warmen Brötchen. Gegen ihren Willen lächelte sie.

Laren lächelte zurück.

»Ich breche heute auf«, sagte sie zwischen zwei Bissen. »Es tut mir leid, Laren. Ich muss das Tor finden.«

Die Aura hoffnungsloser Melancholie hatte ihn nicht verlassen. »Das sagtest du mir vergangene Nacht«, erwiderte er seufzend. »Es sieht so aus, als hätte ich eine lange Zeit auf nichts gewartet.«

Es gab Braten verschiedener Art, vielerlei Brotsorten, Früchte, Käse und Milch. Sharra nahm sich von allem mit gesenktem Gesicht, um Larens Augen auszuweichen. »Es tut mir leid«, wiederholte sie.

»Bleib doch eine Zeit lang«, bat er. »Nur eine kurze Weile. Du kannst es dir doch leisten, würde ich meinen. Gestatte mir, dass ich dir meine Welt zeige. Lass mich für dich singen.« Seine großen dunklen und o so müden Augen blickten sie flehend an.

Sie zögerte. »Nun – es dauert eine Weile, bis ich das Tor finde. Bleib solange an meiner Seite, aber schließlich werde ich gehen und dich verlassen müssen. Ich habe mein Versprechen gegeben. Du verstehst doch?«

Er lächelte und zuckte hilflos die Schultern. »Ja. Aber höre, ich weiß, wo das Tor ist. Ich kann es dir zeigen und dir so die Suche ersparen. Bleib bei mir, einen Monat zumindest – einen Monat, wie du die Zeit misst. Dann bringe ich dich zum Tor.« Er musterte sie nachdenklich. »Du jagst schon eine sehr lange Zeit hinter etwas her, Sharra. Vielleicht solltest du dich ein wenig ausruhen?«

Langsam und nachdenklich aß sie eine Frucht, ohne den Blick von Laren zu lassen. »Vielleicht hast du recht«, murmelte sie, nachdem sie das Für und Wider abgewogen hatte. »Und natürlich steht ein Wächter am Tor. Du könntest mir gegen ihn helfen. Ein Monat – das ist nicht so lang. Auf manchen Welten blieb ich länger als einen Monat.« Sie nickte, und ein Lächeln zog allmählich über ihr Gesicht. »Ja«, sie nickte immer noch. »Das würde sich, glaube ich, machen lassen.«

Sanft berührte er ihre Hand. Nach dem Frühstück zeigte er ihr die Welt, die sie ihm gegeben hatten.

Seite an Seite standen sie auf einem kleinen Balkon, ganz oben am höchsten der drei Türme, Sharra in dunklem Grün, Laren in Grau. Sie standen völlig reglos, aber Laren bewegte die Welt um sie. Er ließ die Burg über aufgewühlte Meere fliegen, wo sich lange schwarze Schlangenschädel neugierig aus dem Wasser schoben, um zu ihnen hochzuschauen. Er bewegte sie durch gewaltige widerhallende Höhlen unter der Oberfläche, die von sanftem grünen Leuchten erhellt waren und wo tropfende Stalaktiten die Türme streiften und Herden blinder weißer Ziegen außerhalb der Brustwehr meckerten. Laren klatschte lächelnd in die Hände, und dampfende Dschungel erhoben sich um sie; Bäume, die aneinander wie auf Gummileitern dem Himmel entgegenkletterten, titanische Blumen in allen nur erdenklichen Farben. Affen mit gewaltigen Fängen keckerten aufgeregt auf den Zinnen. Laren klatschte erneut. Die Zinnen waren wieder leer, und plötzlich war der Burghof feiner Sand, und sie befanden sich auf einem schier endlosen Strand an der Küste eines düsteren grauen Ozeans, und die einzige Bewegung, die hier zu sehen war, kam von einem großen blauen Vogel mit hauchdünnen Membranflügeln über dem Wasser. All das zeigte Laren Sharra und noch viel mehr, und als sich schließlich nach und nach überall die Dunkelheit herabsenkte, brachte er die Burg zurück auf den Kamm über dem Tal. Sharra blickte hinab auf den Wald mit den schwarzstämmigen Bäumen, wo er sie gefunden hatte, und sie hörte das Klagen der Trauervögel zwischen den durchsichtigen Blättern.

»Das ist gar keine so schlechte Welt«, sagte sie und drehte sich auf dem Balkon um.

»Nein«, murmelte Laren. Er hatte die Hände auf die kalte Steinbrüstung gestützt, und sein Blick hing an dem Tal. »Nein, gar nicht so schlecht. Ich habe sie einmal erforscht, zu Fuß, mit einem Schwert und einem Spazierstock. Es machte mir Freude, ja, es war richtiggehend aufregend. Hinter jedem Hügel lag etwas Neues.« Er lachte. »Aber das ist schon so lange her. Jetzt weiß ich, was hinter jedem Berg zu finden ist – ein weiterer leerer Horizont.«

Er sah sie an und zuckte auf diese eigene Art mit den Schultern. »Es gibt sicher schlimmere Höllen. Aber das hier ist meine.«

»Komm doch mit mir«, forderte sie ihn auf. »Gehen wir zum Tor und lassen das hier zurück. Es gibt so viele Welten. Vielleicht sind sie weniger fremdartig und weniger schön, aber du wirst nicht allein sein.«

Erneut zuckte er die Schultern. »Wie du es sagst, klingt es so einfach«, erwiderte er tonlos. »Ich habe das Tor gefunden, Sharra, und tausendmal versucht, von hier loszukommen. Der Wächter hält mich nicht auf. Ich trete durch das Tor, sehe flüchtig eine andere Welt, und plötzlich bin ich wieder zurück im Burghof. Nein, ich kann nicht von hier fort.«

Sie nahm seine Hand. »Wie schrecklich! So lange allein sein zu müssen! Du musst sehr stark sein, Laren. Ich würde schon nach ein paar Jahren den Verstand verlieren.«

Er lachte, aber es klang bitter. »O Sharra, auch mich übermannte schon tausendmal der Wahnsinn. Aber sie heilen mich, Liebste. Immer wieder heilen sie mich.« Erneut zuckte er die Schulter und legte einen Arm um das Mädchen. Der Wind war kalt und wurde heftiger. »Komm, wir müssen hinter den Mauern sein, ehe die Dunkelheit ganz hereinbricht.«

Sie stiegen zu ihrem Turmgemach hoch und setzten sich nebeneinander auf ihr Bett. Dann brachte Laren zu essen, kross gebratenes Fleisch, das innen noch roh war, heißes Brot und Wein. Sie aßen und unterhielten sich.

»Weshalb bist du hier?«, fragte sie ihn zwischen zwei Bissen. »Wie hast du ihren Zorn auf dich herabbeschworen? Wer warst du früher?«

»Ich kann mich kaum noch erinnern, außer in meinen Träumen«, erwiderte er. »Und die Träume – es ist so lange her, dass ich nicht einmal mehr weiß, welche wahr sind und welche meinem Wahnsinn entspringen.« Er seufzte. »Manchmal träume ich, ich sei ein König gewesen, ein mächtiger König in einer anderen Welt, und mein Verbrechen war, dass ich mein Volk glücklich gemacht habe. In seinem Glück missachtete es die Sieben, und die Tempel blieben leer. Und ich erwachte eines Tages in meinem Gemach in der Burg und musste feststellen, dass ich kein Gesinde mehr hatte. Als ich hinaus ins Freie ging, waren auch meine Untertanen und meine Welt verschwunden, ja selbst die Frau, die neben mir schlief.

Aber ich habe auch andere Träume. Oft erinnere ich mich vage in ihnen, dass ich ein Gott war. Nun - fast ein Gott. Ich hatte Kräfte und Wissen, doch es war nicht das Wissen der Sieben. Sie fürchteten mich, alle Sieben, denn ich war einem jeden von ihnen ebenbürtig, wenn nicht überlegen, aber nicht allen Sieben gleichzeitig. Und so zwangen sie mich, mich ihnen gemeinsam zu stellen. Sie ließen mir nur einen kleinen Teil meiner Kräfte und verbannten mich hierher. Es war eine grausame Ironie. Als Gott lehrte ich die Menschen, dass sie zusammenhalten, einander helfen sollten, dass sie die Finsternis durch Liebe und Lachen und Gespräche fernhalten konnten. All das nahmen die Sieben mir.

Doch selbst das ist nicht das Schlimmste. Denn es gibt Zeiten, da glaube ich, dass ich immer hier gewesen bin, hier geboren wurde vor unendlicher Zeit. Und die Erinnerungen sind alle falsch, wurden mir nur gegeben, um mir noch mehr wehzutun.«

Sharra beobachtete ihn, während er sprach. Seine Augen ruhten nicht auf ihr, sondern schienen in weite Fernen zu blicken. Sie waren verschleiert und voll halb vergrabener Erinnerungen und Träume. Er sprach auch sehr langsam, und seine Stimme war wie Nebel, der sich in Schwaden wand und so manches verbarg, und man hörte ihr an, dass es viele Rätsel unmittelbar an der Schwelle des Erfassbaren gab und ferne Lichter, die man nie erreichen würde.

Laren hielt inne, und seine Augen erwachten wieder. »Ah, Sharra«, sagte er, »sei vorsichtig auf deinem Weg. Selbst deine Krone wird dich nicht schützen, wenn sie sich vereint gegen dich wenden. Das bleiche Kind Bakkalon wird dich zerreißen. Naa-Slas wird sich an deinen Qualen ergötzen und stärken und Saagael sich von deiner Seele nähren.«

Sie schauderte und schnitt sich eine Scheibe Braten ab. Aber das Fleisch war kalt und zäh, als sie hineinbiss, und mit einem Mal bemerkte sie, dass die Kerzen ganz tief heruntergebrannt waren. Wie lange hatte sie ihm so zugehört?

»Warte«, sagte er da. Er erhob sich und ging durch die Tür ganz in der Nähe, wo sich das Fenster befunden hatte. Jetzt war dort nichts als rauer grauer Stein. Beim letzten Schein der Sonne hatten sich alle Fenster in feste Mauern verwandelt. Laren kehrte bald mit einem sanft schimmernden Instrument aus schwarzem Holz zurück, das er sich an einem Lederband um den Hals geschlungen hatte. Sharra hatte nie eines dieser Art gesehen. Es hatte sechzehn Saiten, jede in einer anderen Farbe, und über seine ganze Länge waren hell glühende Lichtstreifen in das polierte Holz eingelassen. Als Laren saß, ruhte das untere Ende des Instruments auf dem Boden und sein oberes ragte noch ein wenig über seine Schulter hinaus. Nachdenklich strich er darüber. Die Lichter glühten, und plötzlich war das Gemach voller Musik.

»Mein Gefährte«, murmelte Laren lächelnd. Er berührte das Instrument erneut. Die Musik schwoll an und verklang –

verlorene Noten ohne Melodie. Wieder strich er über die Lichtstreifen, da schimmerte die Luft und wechselte ihre Farbe.

Er begann zu singen.

König bin ich der Einsamkeit,
leer ist mein Reich ...

Die ersten Worte flossen dahin, tief und süß mit Larens weicher, so nebelhaft klingender Stimme, und dann der Rest des Lieds – Sharra klammerte sich daran, hörte jedes Wort und versuchte sie sich alle einzuprägen, aber sie vermochte es nicht. Sie streiften sie, berührten sie, dann schmolzen sie dahin, zurück in den Nebel. So schnell kamen und gingen sie, dass sie sich nicht erinnern konnte, wie sie gelautet hatten. Und mit den Worten kam die Musik: sehnsüchtig und melancholisch, geheimnisvoll. Sie ergriff Sharra, sie weinte, sie versprach ihr tausend nie erzählte Geschichten. Im ganzen Gemach brannten die Kerzen heller, und Lichtkugeln wuchsen und tanzten und flossen ineinander, bis die Luft voller Farben war.

Worte, Musik, Licht. Laren Dorr flocht sie zusammen und wob eine Vision für Sharra.

Sie sah ihn, wie er sich selbst in seinen Träumen sah, als König, stark und groß und stolz, mit Haar so schwarz wie ihres und scharfen Augen. Er war ganz in schimmerndes Weiß gekleidet, enge Beinkleider, ein Hemd mit Puffärmeln und ein weiter Umhang, der sich wie eine Schneewand im Wind bewegte. Um die Stirn trug er eine Krone aus blitzendem Silber und an seiner Seite ein Schwert mit gerader Klinge, das nicht weniger blitzte. Diesem Laren, diesem jüngeren Laren, dieser Traumvision haftete keine Melancholie an. Er bewegte sich in einer Welt mit zierlichen Elfenbeinminaretten und stillen blauen Flüssen. Die Welt drehte sich um ihn, mit Freunden und Geliebten und einer ganz besonderen Frau, die Laren mit Worten und glühenden Lichtern zeichnete. Wunderschöne, sorgenfreie Tage mit viel Lachen und Fröhlichkeit vergingen. Und plötzlich senkte sich die Finsternis herab, und er war hier.

Die Musik stöhnte, die Lichter verdüsterten sich, die Worte wurden traurig und waren nicht mehr. Sharra sah Laren wach in seiner vertrauten, jetzt leeren Burg. Sie sah ihn Gemach um Gemach durchschreiten und hinaus in eine Welt treten, die er nie zuvor geschaut hatte. Sie beobachtete ihn, wie er die Burg verließ und dem Dunst des fernen Horizonts entgegenwanderte, in der Hoffnung, dieser Dunst sei Rauch. Weiter, immer weiter wanderte er. Jeden Tag erhoben sich neue Horizonte, und die große dicke Sonne wurde rot und orange und gelb, doch immer noch blieb seine Welt leer. Zu all den Orten, die er ihr gezeigt hatte, wanderte er, zu allen und noch mehr, und schließlich, ohne zu wissen, wo er war, und voll Sehnsucht nach seinem Zuhause, kam die Burg zu ihm.

Inzwischen war das Weiß seiner Kleidung zu einem stumpfen Grau geworden. Doch weiter erklang das Lied. Tage vergingen und Jahre und Jahrhunderte. Laren wurde müde, aber nie alt. Die Sonne schien grün und violett und in einem durchdringenden, harten Blauweiß, und mit jedem Umlauf war weniger Farbe in seiner Welt. Laren sang von endlosen leeren Tagen und Nächten, da nur Musik und Erinnerung ihn vor dem Wahnsinn bewahrten, und Sharra empfing durch sein Lied alle seine Gefühle.

Als die Vision verschwamm, die Musik verklang und seine sanfte Stimme verstummte, blickte Laren Sharra lächelnd an. Das Mädchen zitterte.

»Ich danke dir«, sagte er sanft mit einem Schulterzucken. Er nahm sein Instrument und verließ sie für die Nacht.

Der nächste Morgen war kühl und wolkenverhangen, aber Laren nahm Sharra zu einer Jagd mit in den Wald. Ihr Wild war ein schmales, weißes Tier, halb Katze, halb Gazelle, das viel zu schnell war, um es zu erlegen, und zu viele scharfe Zähne hatte, um sich ihm gefahrlos zu nähern. Sharra störte es gar nicht, dass sie es nicht erwischten. Die Jagd war auch so aufregend. Eine ungeheure Freude erfüllte sie, während sie so durch den dunklen Wald rannten, sie mit einem Bogen in der Hand, den sie nie benutzte, und auf dem Rücken einen Köcher voller Pfeile aus dem Holz der hiesigen Bäume. Beide, Laren und Sharra, trugen warme graue Pelze, und Laren lächelte das Mädchen unter seiner Wolfsschädelkapuze hervor an. Das Laub unter ihren Stiefeln, das so durchsichtig und zerbrechlich war wie Glas, knirschte und zersplitterte unter ihren Sohlen.

Erschöpft, doch ohne ihre Hände blutig gemacht zu haben, kehrten sie in die Burg zurück, und Laren sorgte für einen Festschmaus im großen Speisesaal. Sie lächelten einander von den beiden Enden einer fünfzig Fuß langen Tafel an. Sharra sah die Wolken durch das Fenster hinter Larens Kopf vorbeiziehen und später das Fenster zu Stein werden.

»Weshalb tust du das?«, fragte sie. »Und weshalb gehst du nachts nie ins Freie?«

Er zuckte die Schultern. »Ah. Ich habe Gründe. Die Nächte sind – nun – nicht gut hier.« Er trank dampfenden, gewürzten Wein aus einem großen, edelsteinbesetzten Kelch. »Die Welt, aus der du kamst, aus der du ursprünglich stammst – sag mir, Sharra, sah man dort die Sterne?«

Sie nickte. »Ja. Es ist zwar schon sehr lange her, aber ich erinnere mich an sie. Die Nächte waren sehr dunkel und die Sterne winzige Lichtpunkte, kalt und fern. Manchmal konnte man Muster sehen. Die Menschen meiner Welt, als sie noch jung waren, gaben jedem dieser Bilder Namen und erzählten Geschichten über sie.«

Laren nickte. »Ich glaube, deine Welt würde mir gefallen. Meine war ihr ein bisschen ähnlich, doch unsere Sterne leuchteten in Tausenden von Farben, und sie bewegten sich wie winzige Laternen in der Nacht. Manchmal hüllten sie sich in Schleier, um ihr Licht vor uns zu verbergen. Dann schimmerten unsere Nächte wie unter einem feinen Spinnennetz. Oft ging ich im Sternenschein segeln, ich und jene, die ich liebte, nur damit wir gemeinsam das Firmament bewundern konnten. Es war eine schöne Zeit zum Singen.« Seine Stimme wurde wieder traurig.

Düsternis hatte sich in den Saal geschlichen, Dunkelheit und Schweigen. Das Essen war kalt geworden, und Sharra konnte Larens Gesicht über die fünfzig Fuß lange Tafel kaum noch sehen. So erhob sie sich, schritt zu ihm und setzte sich neben ihn an den langen Tisch. Laren nickte und lächelte, und plötzlich flammten die Fackeln überall an den Wänden in ihren Halterungen auf. Er schenkte ihr Wein ein, und ihre Finger ruhten eine Weile auf seinen, ehe sie den angebotenen Kelch nahm.

»So war es auch bei uns«, sagte Sharra. »Wenn der Wind warm genug war und wir von anderen unsere Ruhe hatten, legten wir uns auch gern ins Freie, Kaydar und ich.« Sie zögerte, dann schaute sie zu Laren auf.

Seine Augen blickten sie fragend an. »Kaydar?«

»Er würde dir gefallen haben, Laren, und er hätte dich gemocht, glaube ich. Er war groß, hatte rotes Haar und Feuer in den Augen. Kaydar hatte Kräfte wie ich, nur waren seine größer, und er hatte einen unbezwingbaren Willen. Sie holten ihn eines Nachts, aber sie haben ihn nicht getötet, sie nahmen ihn nur weg von mir und unserer Welt. Seither suche ich ihn. Ich kenne die Tore, ich trage die dunkle Krone, und sie können mich nicht so leicht aufhalten.«

Laren trank seinen Wein und starrte auf das Fackellicht, das sich im Metall seines Kelchs spiegelte. »Die Zahl der Welten ist unendlich, Sharra.«

»Ich habe so viel Zeit, wie ich brauche. Ich altere nicht, Laren, genauso wenig wie du. Ich werde ihn finden.«

»Hast du ihn so sehr geliebt?«

Sharra lächelte selbstvergessen. »Ja«, murmelte sie, und nun war es ihre Stimme, die traurig und verloren klang. »Ja, so sehr. Er machte mich glücklich, Laren. Wir waren nur kurze Zeit zusammen, aber er hat mich unbeschreiblich glücklich gemacht. Das können die Sieben mir nicht nehmen. Es war eine Freude, ihn anzusehen, seine Arme um mich zu spüren, mit ihm zu lachen.«

»Ah«, sagte Laren, und er lächelte sogar, aber es war ein trostloses Lächeln. Das Schweigen wurde fast greifbar.

Schließlich sprach Sharra wieder. »Wir sind von unserem Thema abgekommen. Du hast mir immer noch nicht gesagt, weshalb sich deine Fenster in der Nacht selbst versiegeln.«

»Du hast einen weiten Weg hinter dir, Sharra. Du wandelst zwischen den Welten. Hast du je eine ohne Sterne gesehen?«

»Ja. Viele, Laren. Ich sah ein Universum, wo sich nur eine einzige Welt um eine bernsteinfarbene Sonne dreht und der Himmel nachts leer und unendlich ist. Ich habe das Land der düsteren Gaukler besucht. Es hat überhaupt keinen Himmel, und zischende Sonnen glühten unter dem Meer. Ich bin durch die Sümpfe von Carradyne gewandert und habe dort Zauberer dabei beobachtet, wie sie einen Regenbogen entzündeten, um dieses sonnenlose Land zu erhellen.«

»Meine Welt hat keine Sterne«, sagte Laren.

»Beängstigt dich das so sehr, dass du deshalb des Nachts nicht ins Freie gehst?«

»Nein, sondern weil sie statt Sterne etwas anderes hat.« Er blickte Sharra an. »Möchtest du es sehen?«

Sie nickte.

So plötzlich, wie sie aufgeflammt waren, erloschen die Fackeln wieder. Der Saal lag in tiefer Schwärze. Sharra drehte sich ein wenig, um über Larens Schulter schauen zu können. Er bewegte sich nicht, aber hinter ihm verschwanden die Steine vor dem Fenster, und Licht fiel von draußen herein.

Der Himmel war sehr dunkel, aber sie konnte ganz deutlich sehen, weil sich in der Finsternis etwas bewegte, das Licht ausstrahlte. Das Steinpflaster des Burghofs, die Mauern, die Zinnen, die grauen Banner, alles wurde von diesem Glühen erhellt. Verwirrt schaute Sharra hoch.

Etwas erwiderte ihren Blick. Es war höher als die Berge und füllte den halben Himmel aus, und obgleich es genügend Licht ausstrahlte, sodass die Burg ganz hell war, wusste Sharra doch, dass es schwärzer als schwarz war. Es hatte in etwa Menschengestalt und trug einen langen Kapuzenanzug, und darunter war Schwärze, so abstoßend sie nur sein konnte. Die einzigen Geräusche waren Larens leiser Atem, ihr Herzklopfen und das ferne Klagen eines Trauervogels. Trotzdem hörte Sharra in ihrem Kopf dämonisches Gelächter. Die Gestalt am Himmel blickte zu ihr herab und in sie hinein. Sie spürte die eisige Schwärze in ihrer Seele. So gelähmt war sie, dass sie nicht einmal die Augen bewegen konnte. Aber die Gestalt bewegte sich. Sie drehte sich, hob eine Hand, und da war plötzlich noch etwas mit ihr dort oben - ein winziges Männlein mit feurigen Augen, das sich wand und krümmte und wimmernd nach Sharra rief.

Sharra schrie auf und wandte sich ab. Als sie wieder aufblickte, gab es das Fenster nicht mehr, nur eine Wand aus dickem, sicherem Stein und eine Reihe von hell brennenden Fackeln. Laren nahm sie in seine starken Arme. »Es war bloß eine Vision«, beruhigte er sie. Er drückte sie an sich und strich über ihr Haar. »Früher wollte ich mich des Öfteren vergewissern«, murmelte er, mehr zu sich als zu ihr. »Aber einer war immer da. Sie wechseln sich ab, die Sieben. Viel zu oft sah ich sie. Sie brannten in ihrem schwarzen Licht gegen die reine Dunkelheit des Himmels, und immer hielten sie jene, die ich liebte. Nun schaue ich überhaupt nicht mehr hinaus. Ich bleibe in der Burg und singe. Und meine Fenster sind aus Nachtstein.«

»Ich - ich fühle mich besudelt«, sagte sie, immer noch ein wenig zitternd.

»Komm«, schlug er vor. »Oben ist warmes Wasser, damit kannst du dir die Kälte fortwaschen. Und dann singe ich für dich.« Er nahm sie an der Hand und führte sie zum Turm hoch.

Sharra nahm ein heißes Bad, während Laren sein Instrument in ihrem Schlafgemach stimmte. Er war fertig damit, als sie zurückkam, von Kopf bis Fuß in ein flauschiges braunes Badetuch gehüllt. Sie setzte sich auf das Bett, trocknete ihr Haar und wartete.

Laren zeigte ihr Visionen.

Diesmal sang er seinen anderen Traum, in dem er sich als Gott und Feind der Sieben sah. Die Musik war ein wildes

Pochen, durchdrungen von Blitzen und Angstschaudern. Das Licht verschmolz zu einem blutroten Schlachtfeld, auf dem ein blendend weißer Laren gegen Schatten und Albtraumgestalten focht. Sieben waren es. Sie bildeten einen Kreis um ihn, stürmten mit Lanzen der Finsternis auf ihn ein und sprangen wieder zurück, und er parierte sie mit Feuer und Sturm. Doch schließlich überwältigten sie ihn. Das Licht erlosch, das Lied wurde sanft und traurig wie zuvor, und die Vision verschwamm, während Jahrhunderte einsamer Träume vorbeieilten.

Kaum waren die letzten Noten verklungen und der letzte Schimmer verblasst, als Laren wieder begann. Ein neues Lied war es diesmal, eines, das er nicht so gut beherrschte. Seine schlanken geschickten Finger zögerten, wiederholten einzelne Bewegungen, und auch seine Stimme klang zittrig, denn er musste die Worte erst finden. Sharra wusste, weshalb. Er sang von ihr, eine Ballade ihrer endlosen Wanderung – von brennender Liebe und rastloser Suche, von Welten um Welten, von dunklen Kronen und lauernden Wächtern, die mit Klauen und Tricks und Lügen kämpften. Er nahm jedes Wort, das sie gesagt hatte, seit sie hier war, benutzte es, formte es um. In ihrem Schlafgemach löste ein Bild das andere ab. Weiß glühende Sonnen brannten unter einem ewigen Ozean, aus dem zischende Dampfwolken aufstiegen. Uralte Männer entzündeten Regenbogen, um die Finsternis zu vertreiben. Und er sang von Kaydar. Irgendwie gelang es ihm, ihn wahr zu ersingen. Er fing und zog das Feuer heran, das Sharras Liebe gewesen war, und ließ sie wieder daran glauben.

Aber das Lied endete mit einer Frage. Das zögernde Finale hing in der Luft, widerhallend. Beide warteten auf den Rest, und beide wussten, dass es keinen gab. Noch nicht.

Sharra weinte. Schließlich sagte sie: »Ich danke dir, dass du mir Kaydar zurückgegeben hast.«

»Es war nur ein Lied.« Laren zuckte die Schultern. »Es ist lange her, dass ich ein neues Lied zu singen hatte.«

Wieder verließ er sie. Sanft strich er über ihre Wange an der Tür, wohin sie ihn, in ihr Badetuch gehüllt, begleitet hatte. Dann schloss Sharra die Tür hinter ihm und ging von Kerze zu Kerze. Mit einem Atemhauch verwandelte sie Licht in Dunkelheit. Sie warf das flauschige Tuch über eine Stuhllehne, kroch unter die Decken und lag eine lange Zeit wach, ehe sie einschlafen konnte.

Es war noch dunkel, als sie erwachte, und sie wusste auch nicht, was sie geweckt hatte. Sie öffnete die Augen, blieb reglos liegen und blickte sich im Zimmer um. Nichts, was sich nicht zuvor schon hier befunden hatte, war hier, nichts hatte sich verändert. Oder doch?

Da sah sie ihn in der Ecke schräg vom Bett sitzen. Er hatte die Finger unter dem Kinn verschränkt, genau wie beim ersten Mal, als sie hier aufgewacht war. Seine ruhigen Augen waren in diesem nächtlichen Gemach groß und dunkel. Er saß ganz still. »Laren?«, rief sie leise, nicht ganz sicher, ob die reglose Gestalt auch wirklich er war.

»Ja«, antwortete er. Er bewegte sich nicht. »Ich habe dich auch vergangene Nacht beobachtet, während du geschlafen hast. Ich bin schon viel länger ganz allein hier, als du dir auch nur vorzustellen vermagst, und bald werde ich wieder ganz allein sein. Selbst wenn du schläfst, ist deine Anwesenheit für mich ein unendlich kostbares Geschenk.«

»O Laren!«, rief sie. Schweigen setzte ein, eine Pause, ein Überlegen und unausgesprochene Worte. Dann warf sie die Decken zurück, und Laren kam zu ihr.

Beide hatten sie Jahrhunderte kommen und gehen sehen. Ein Monat, ein Moment, es war kein großer Unterschied.

Jede Nacht schliefen sie miteinander, und jeden Abend sang Laren seine Lieder für Sharra. Während der dunklen Stunden unterhielten sie sich, und während des Tages schwammen sie nackt in kristallklarem Wasser, in dem sich die purpurne Pracht des Himmels spiegelte. Sie liebten sich auf dem feinen weißen Sand des Strands, und sie sprachen viel von Liebe.

Doch nichts änderte sich. Und schließlich kam die Stunde immer näher. Am Abend der Nacht vor dem Tag, der das Ende bringen würde, schritten sie im Zwielicht durch den schattendunklen Wald, in dem er sie gefunden hatte.

Während dieses Monats, den er mit Sharra zusammen gewesen war, hatte Laren wieder zu lachen gelernt, doch nun war er stumm, ging ganz langsam und umklammerte fast schmerzhaft ihre Hand. Und seine Stimmung war grauer als sein weiches Seidenhemd. Schließlich setzte er sich ans Ufer des plätschernden Waldbachs und zog sie an seine Seite. Sie schlüpften aus ihren Stiefeln und kühlten ihre Füße im Wasser. Es war ein warmer Abend, der Wind blies ruhelos, und schon jetzt konnte man die ersten Trauervögel klagen hören.

»Du musst gehen«, sagte er. Immer noch hielt er ihre Hand fast krampfhaft in seiner, aber er blickte sie nicht an. Es war keine Frage, sondern eine Feststellung.

»Ja«, sagte sie. Melancholie erfüllte auch sie, und ihrer Stimme hingen bleierne Echos nach.

»Ich finde keine Worte mehr, Sharra«, murmelte Laren. »Wenn ich es könnte, würde ich dir jetzt eine Vision singen. Eine Vision, die einst leer war und von uns und unseren Kindern gefüllt wurde. Das könnte ich dir bieten. Meine Welt hat Schönheit und Wunder und Rätsel zu bieten, wenn es nur Augen gibt, sie zu sehen. Und wenn die Nächte schlimm sind, nun, die Menschen sind mit dunklen Nächten fertiggeworden, auf anderen Welten, in anderen Zeiten. Ich würde dich lieben, Sharra, so sehr ich dazu imstande bin. Ich würde versuchen, dich glücklich zu machen.«

»Laren ...«, begann sie, aber sein Blick ließ sie verstummen.

»Nein, ich könnte das sagen, aber ich tue es nicht. Dazu habe ich kein Recht. Kaydar machte dich glücklich. Nur ein selbstsüchtiger Narr würde dich bitten, dieses Glück aufzugeben, um mein Elend zu teilen. Kaydar ist Feuer und Lachen, während ich Rauch und Lied und Melancholie bin. Zu lange schon bin ich allein, Sharra. Das Grau ist bereits Teil meiner Seele, und ich möchte nicht, dass es auf dich übergreift. Trotzdem ...«

Sie nahm seine Hand in ihre beiden Hände, hob sie und drückte einen Kuss auf jede Fingerspitze. Dann gab sie sie frei und schmiegte ihr Gesicht an seine Brust. »Versuch doch, mit mir zu kommen, Laren«, bat sie. »Halte meine Hand, während wir durch das Tor gehen, vielleicht wird die dunkle Krone dann auch dich beschützen.«

»Ich werde alles versuchen, worum du mich bittest. Aber verlange nicht, dass ich an ein Gelingen glaube.« Er seufzte. »Unzählige Welten liegen vor dir, Sharra, und ich kann nicht sehen, wie es für dich ausgehen wird. Ich weiß nur, dass es dir nicht bestimmt ist, hierzubleiben. Vielleicht ist es so am besten. Viel mehr weiß ich nicht. Ich erinnere mich der Liebe vage, ich glaube, ich entsinne mich, wie sie war, und ich erinnere mich, dass sie nie von Dauer ist. Da wir uns beide nicht ändern und weil wir unsterblich sind, würden wir hier nicht schließlich einander müde werden? Würden wir einander dann hassen? Das möchte ich nicht.«

Lächelnd sah er sie an, und es war ein schmerzvolles, melancholisches Lächeln. »Ich glaube, du hast Kaydar nur eine kurze Zeit gekannt, dass du so verliebt in ihn sein kannst. Vielleicht habe ich meine Hintergedanken. Denn indem du Kaydar findest, verlierst du ihn möglicherweise. Eines Tages wird das Feuer verglühen und der Zauber der Liebe verblassen. Und dann könnte es sein, dass du dich an Laren Dorr erinnerst.«

Sharra begann leise zu weinen. Laren nahm sie in die Arme. Er küsste sie und flüsterte sanft: »Nein.«

Sie erwiderte seinen Kuss, und sie hielten einander stumm umschlungen.

Als schließlich das purpurne Zwielicht fast Schwärze geworden war, schlüpften sie wieder in ihre Stiefel und erhoben sich. Laren drückte Sharra an sich und lächelte.

»Ich *muss* gehen«, sagte Sharra. »Ich *muss*. Aber dich zu verlassen fällt mir schwer, Laren. Das darfst du mir glauben.«

»Ich glaube dir«, versicherte er ihr. »Ich liebe dich, *weil* du gehst, glaube ich. Weil du Kaydar nicht vergessen kannst, und du wirst auch dein Versprechen nicht vergessen. Du bist Sharra, die zwischen den Welten wandelt, und ich glaube, die Sieben haben dich viel mehr zu fürchten als jeglichen Gott, der ich vielleicht gewesen sein könnte. Wärst du nicht, wie du bist, würdest du mir nicht so viel bedeuten.«

»Oh! Doch einmal hast du erwähnt, du würdest jede Stimme lieben, die kein Echo deiner eigenen ist.«

Laren zuckte die Schultern. »Wie ich schon oft sagte, mein Liebes, das war vor langer Zeit.«

Vor Einbruch der Dunkelheit waren sie in der Burg zurück, zu ihrem letzten gemeinsamen Mahl, ihrer letzten gemeinsamen Nacht, einem letzten Lied. Sie schliefen nicht in dieser Nacht, und kurz vor Morgengrauen sang Laren ein letztes Mal für sie. Es war kein sehr gutes Lied, eher etwas aus dem Stegreif, von einem wandernden Minnesänger auf einer unbedeutenden Welt. Sehr wenig erlebte der Minnesänger, das für andere von Interesse war. Sharra wurde nicht klar, was der Sinn dieses Lieds sein sollte, und Laren sang es lustlos. Es war ein seltsames Lebewohl, aber beide waren unglücklich.

Er verließ sie bei Sonnenaufgang, um sich umzukleiden, und versprach, auf dem Hof auf sie zu warten. Und wirklich, da stand er, als sie hinaustrat. Ruhig und zuversichtlich lächelte er sie an. Er war ganz in schimmerndes Weiß gekleidet: enge Beinkleider, ein Hemd mit Puffärmeln und ein weiter Umhang, den der Wind wie ein Segel aufblähte. Aber die purpurne Sonne befleckte das Weiß mit ihren schattenhaften Strahlen.

Sharra schritt auf ihn zu und griff nach seiner Hand. Sie trug robustes Leder. In ihrem Gürtel steckte ein Dolch, mit dem sie sich gegen den Wächter wehren wollte. Ihr pechschwarzes Haar mit dem Rot- und Purpurschimmer flatterte so ungebändigt wie sein Umhang, obgleich die dunkle Krone es über der Stirn zusammenhielt. »Lebe wohl, Laren«, sagte sie. »Ich wollte, ich hätte dir mehr geben können.«

»Du hast mir genug gegeben. In all den Jahrhunderten, die vor mir liegen, in all den Sonnenumläufen, die kommen, werde ich mich erinnern. Ich werde die Zeit nach dir messen, Sharra. Wenn die Sonne eines Tages aufgeht und ihre Strahlen blau sind, werde ich zu ihr hochblicken und sagen: ›Das ist die erste blaue Sonne, seit Sharra zu mir kam.‹«

Sie nickte.

»Und ich habe ein neues Versprechen. Eines Tages werde ich Kaydar finden. Und wenn es mir gelingt, ihn zu befreien, werden wir zu dir kommen, wir beide zusammen, und dann werden wir meine Krone und Kaydars Feuer gegen die Dunkelheit der Sieben einsetzen.«

Laren zuckte die Schultern. »Gut. Wenn ich nicht hier bin, dann vergiss nicht, mir eine Nachricht zu hinterlassen.«

»Und jetzt zum Tor. Du hast gesagt, du würdest mir das Tor zeigen«, erinnerte ihn Sharra.

Laren drehte sich um und deutete auf den niedrigsten Turm, ein rußgeschwärztes, steinernes Bauwerk, das Sharra nie betreten hatte. Es hatte eine breite Holztür in Hofhöhe. Laren holte einen Schlüssel aus einer Tasche.

»Hier?«, fragte sie überrascht. »In der Burg?«

»Ja, hier«, antwortete Laren. Sie schritten über den Hof zu der Tür. Laren steckte den riesigen Metallschlüssel ins Schloss und plagte sich damit ab, ihn zu drehen. Sharra schaute sich ein letztes Mal um. Das Herz war ihr schwer. Die beiden anderen Türme sahen düster und tot aus, der Hof wirkte verlassen, und hinter den hohen, gletscherbedeckten Bergen war nur leerer Horizont. Kein Geräusch war zu hören, nur Laren, der den Schlüssel drehte, und nichts rührte sich, außer dem Wind, der den Staub auf dem Hof aufwirbelte und die grauen Banner an den Mauern flattern ließ. Sharra erschauderte unter der Einsamkeit, die plötzlich auf sie einströmte.

Laren öffnete die Tür. Kein Raum befand sich dahinter, nur eine Mauer wallenden Nebels, eines Nebels ohne Farbe, ohne

Laut, ohne Licht. »Euer Tor, meine Dame«, sagte der Minnesänger und verbeugte sich.

Sharra betrachtete es, wie sie seinesgleichen schon viele Male betrachtet hatte. Welche Welt war die nächste, fragte sie sich. Sie wusste es nie. Aber vielleicht würde sie in der hinter diesem Tor Kaydar finden.

Sie spürte Larens Hand auf ihrer Schulter. »Du zögerst?«, fragte er mit weicher Stimme.

Sharras Hand griff nach dem Dolch. »Der Wächter«, sagte sie plötzlich. »Immer lauert ein Wächter.« Ihr Blick flog hastig durch den Hof.

Laren seufzte. »Ja. Immer. Es gibt solche, die dich in Stücke zu reißen versuchen, andere, die dich in die Irre führen wollen, und wieder andere, die sich bemühen, dich mit Tricks zu einem falschen Tor zu locken. Es gibt solche, die dich mit Waffen halten, andere mit Ketten, wieder andere mit Lügen. Und es gibt zumindest einen, der versuchte, dich mit Liebe zu halten. Aber er meinte es ehrlich, und nie sang er dir unwahr.«

Mit einem hoffnungslosen Schulterzucken und voller Liebe schob Laren sie durch das Tor.

Fand sie ihn schließlich, ihren Liebsten mit den feurigen Augen? Oder sucht sie ihn noch heute? Auf welchen Wächter wird sie als Nächstes stoßen?

Wenn sie nachts als Fremde in einem einsamen Land dahinwandert, hat der Himmel Sterne?

Ich weiß es nicht. Er weiß es nicht. Vielleicht wissen nicht einmal die Sieben es. Sie sind mächtig, ja, aber nicht allmächtig, und die Zahl der Welten ist größer, als selbst ihnen bewusst ist.

Es gibt ein Mädchen, das zwischen den Welten wandelt, doch sein Weg ist jetzt in der Legende verloren. Vielleicht ist sie tot, vielleicht auch nicht. Neuigkeiten verbreiten sich langsam von Welt zu Welt, und nicht alles entspricht der Wahrheit.

Eines aber wissen wir: In einer leeren Burg unter einer purpurnen Sonne wartet ein einsamer Minnesänger, und seine Lieder erzählen von ihr.

Der Eisdrache

Am meisten liebte Adara den Winter, denn wenn es auf der Welt kalt wurde, kam der Eisdrache.

Sie war sich nicht sicher, ob es die Kälte war, die den Eisdrachen herführte, oder ob der Eisdrache die Kälte mit sich brachte. Das war die Art von Fragen, die ihren Bruder Geoff häufig beschäftigten, der zwei Jahre älter und unersättlich neugierig war. Adara hingegen kümmerten solche Dinge wenig. Solange nur die Kälte, der Schnee und der Eisdrache pünktlich eintrafen, war sie glücklich.

Wegen ihres Geburtstags wusste sie immer, wann all das zu erwarten war. Adara war ein Winterkind, geboren während des schlimmsten Frosts, an den sich die Leute erinnern konnten – selbst die Alte Laura, die auf dem nächsten Hof lebte und sich an Dinge erinnerte, die geschehen waren, bevor irgendjemand sonst geboren worden war. Die Leute sprachen noch immer über jenen Frost. Adara hörte ihnen oft zu.

Sie sprachen auch über andere Dinge. Sie sagten, es sei jener schreckliche Frost gewesen, der ihre Mutter getötet hatte. Er hätte sich in jener langen Nacht an dem großen Feuer vorbeigestohlen, das Adaras Vater geschürt hatte, und sei dann unter die Decken auf dem Wochenbett gekrochen.

Und sie sagten auch, dass die Kälte im Schoß in Adara eingedrungen sei, dass ihre Haut blassblau und eisig anzufassen gewesen sei, als sie das Licht der Welt erblickte, und dass sie in all den Jahren seither nicht wärmer geworden sei. Der Winter hatte sie berührt, hatte sein Zeichen auf ihr hinterlassen und sie zu seinem Eigentum gemacht.

Es stimmte, dass Adara immer ein Kind war, das abseits stand. Sie war ein sehr ernstes kleines Mädchen, das nur selten mit den anderen spielte. Sie wäre schön, sagten die Leute, aber es war eine seltsame, fremdartige Schönheit. Mit ihrer bleichen Haut, dem blonden Haar und den großen, klaren blauen Augen unterschied sie sich zu sehr von den anderen. Sie lächelte, aber nicht sehr oft. Niemand hatte je gesehen, dass sie weinte. Einmal, mit fünf Jahren, war sie auf einen Nagel getreten, der aus einem Brett ragte, das unter einer Schneebank verborgen gewesen war, und der Nagel war ganz durch ihren Fuß gedrungen. Aber Adara hatte selbst damals nicht geweint oder geschrien. Sie hatte ihren Fuß losgemacht und war zurück zum Haus gegangen, wobei sie eine Blutspur im Schnee zurückgelassen hatte. Als sie dort angekommen war, hatte sie bloß gesagt: »Vater, ich habe mich verletzt.« All die Bockigkeiten, Temperamentsausbrüche und Tränen einer normalen Kindheit waren nichts für sie.

Selbst ihre Familie wusste, dass Adara anders war. Ihr Vater war ein riesiger grober Bär von einem Mann, der im Allgemeinen wenig für die Leute übrig hatte. Aber wenn Geoff ihn mit Fragen löcherte, breitete sich stets ein Lächeln auf seinem Gesicht aus, und er war voller Umarmungen und lautem Lachen für Teri, Adaras ältere Schwester, die goldhaarig und sommersprossig war und schamlos allen Jungen der Umgebung schöne Augen machte. Hin und wieder umarmte er auch Adara, vor allem, wenn er betrunken war, was in den langen Wintern häufig der Fall war. Aber dabei gab es kein Lächeln. Er legte dann nur seine Arme um sie und presste ihren kleinen Körper mit all seiner enormen Kraft an sich. Tief in seiner Brust schluchzte er, und dicke, feuchte Tränen liefen über seine geröteten Wangen. Er umarmte sie niemals im Sommer. In den Sommern war er zu beschäftigt.

Außer Adara war jeder im Sommer beschäftigt. Geoff arbeitete dann mit seinem Vater auf den Feldern, stellte endlose Fragen über dies und das und lernte so alles, was ein Bauer wissen musste. Wenn er nicht arbeitete, lief er mit seinen Freunden zum Fluss und erlebte Abenteuer. Teri führte den Haushalt und kochte, und sie arbeitete während der geschäftigen Jahreszeit ein wenig im Gasthaus am Kreuzweg. Die Tochter des Gastwirts war ihre Freundin, und sein jüngster Sohn war ihr mehr als nur ein Freund. Wenn sie nach Hause kam, erzählte sie kichernd all die Klatschgeschichten und Nachrichten, die sie von Reisenden, Soldaten und den Boten des Königs gehört hatte. Für Teri und Geoff waren die Sommer die beste Zeit, und beide waren zu beschäftigt für Adara.

Ihr Vater war von allen am beschäftigtsten. Jeden Tag mussten Tausende Dinge erledigt werden, und er erledigte sie und fand dabei noch tausend weitere. Er arbeitete vom Aufgang der Sonne bis zu ihrem Untergang. Seine Muskeln wurden im Sommer hart und sehnig, und jeden Abend, wenn er vom Feld kam, stank er nach Schweiß, aber er kam immer lächelnd nach Hause. Nach dem Abendbrot setzte er sich dann mit Geoff hin, erzählte ihm Geschichten und beantwortete seine Fragen. Oder er lehrte Teri Dinge über das Kochen, die sie noch nicht wusste. Oder er ging zum Gasthaus hinüber. Er war wirklich ein Sommermensch.

Im Sommer trank er niemals, außer hin und wieder einen Becher Wein, um den Besuch seines Bruders zu feiern.

Das war ein weiterer Grund, warum Teri und Geoff den Sommer liebten, wenn die Welt grün und heiß war und vor Leben überschäumte. Nur im Sommer kam Onkel Hal zu Besuch, der jüngere Bruder ihres Vaters. Hal war ein Drachenreiter im Dienste des Königs. Er war ein großer, schlanker Mann mit einem Gesicht wie ein Adliger. Drachen ertrugen keine Kälte, daher flogen Hal und sein Geschwader im Winter stets nach Süden. Aber in jedem Sommer kehrte er in der blitzenden, grün-goldenen Uniform des Königs zurück und machte auf seinem Weg zu den Schlachtfeldern im Norden und Westen bei ihnen halt. Der Krieg dauerte schon an, solange Adara lebte.

Immer wenn Hal nach Norden kam, brachte er Geschenke mit: Spielzeug aus der Stadt des Königs, Kristall- und Goldgeschmeide, Süßigkeiten und eine Flasche teuren Wein, die er mit seinem Bruder leeren konnte. Er grinste Teri an und brachte sie mit seinen Komplimenten zum Erröten, und er unterhielt Geoff mit Geschichten vom Krieg und von Burgen und Drachen. Was Adara betraf, so hatte er oft versucht, ihr mit Geschenken, Späßen und Umarmungen ein Lächeln zu entlocken. Er hatte nur selten Erfolg damit.

Adara mochte Hal nicht, so gutmütig und nett er auch war, denn wenn Hal da war, bedeutete dies, dass der Winter weit entfernt war.

Außerdem hatte es eine Nacht gegeben – damals, als sie erst vier gewesen war, und alle dachten, sie würde fest schlafen –, in der sie gehört hatte, wie sich ihr Vater und sein Bruder beim Wein unterhalten hatten. »Ein ernstes kleines Ding«, hatte Hal gesagt. »Du solltest freundlicher zu ihr sein, John.

Du kannst sie nicht für das verantwortlich machen, was geschehen ist.«

»Kann ich das nicht?«, hatte ihr Vater erwidert, und seine Stimme klang belegt vom Wein. »Nein, das kann ich wohl nicht. Aber es ist schwer. Sie sieht aus wie Beth, aber sie hat nichts von ihrer Wärme. Der Winter ist in ihr, weißt du. Immer wenn ich sie berühre, spüre ich die Kälte, und ich erinnere mich, dass es ihretwegen war, dass Beth sterben musste.«

»Du bist kalt zu ihr. Du liebst sie nicht so wie die anderen.«

Adara erinnerte sich an die Art, wie ihr Vater daraufhin gelacht hatte. »Sie lieben? O Hal. Ich habe sie am meisten von allen geliebt, mein kleines Winterkind. Aber sie hat mich niemals zurückgeliebt. Sie empfindet nichts für mich oder für dich oder für irgendeinen von uns. Sie ist so ein kaltes kleines Mädchen.« Und dann hatte er zu weinen begonnen, obwohl es Sommer war und obwohl Hal bei ihm war. Und Adara hatte in ihrem Bett gelegen und zugehört und sich gewünscht, Hal würde wegfliegen. Sie hatte nicht alles verstanden, was sie gehört hatte, damals noch nicht, aber sie hatte sich alles gemerkt, und das Verstehen kam später.

Sie hatte nicht geweint; nicht mit vier, als sie es gehört hatte, und auch nicht mit sechs, als sie es endlich verstand. Hal hatte sie ein paar Tage später verlassen, und Geoff und Teri hatten ihm aufgeregt nachgewinkt, als sein Geschwader über sie hinwegflog. Dreißig große Drachen, die in stolzer Formation über den Sommerhimmel zogen. Adara schaute zu, und ihre kleinen Hände hingen reglos an ihrer Seite.

Es gab andere Besuche in anderen Sommern, aber Hal brachte sie niemals zum Lächeln, was immer er ihr auch mitbrachte.

Adara bewahrte ihr Lächeln in einem verborgenen Lager auf und benutzte es nur im Winter. Sie konnte kaum ihren Geburtstag und damit die Rückkehr der Kälte erwarten. Denn im Winter war sie ein besonderes Kind.

Sie hatte es schon immer gewusst, schon damals, als sie noch sehr klein gewesen war und mit den anderen im Schnee gespielt hatte. Die Kälte war ihr niemals so unangenehm wie Geoff, Teri und ihren Freunden. Oft blieb Adara noch stundenlang allein draußen, wenn die anderen schon längst ins Warme geflohen oder zu der Alten Laura gelaufen waren, um die heiße Gemüsesuppe zu essen, die sie den Kindern gern kochte. Adara suchte sich am abgelegenen Ende der Felder einen geheimen Ort - in jedem Jahr einen anderen -, und dort baute sie dann ein großes weißes Schloss. Sie bearbeitete den Schnee mit ihren nackten Händen und formte ihn zu Türmen und Befestigungsanlagen, die wie jene auf dem Königsschloss in der Stadt waren, von dem Hal so oft sprach. Sie brach Eiszapfen von den unteren Ästen der Bäume ab und verwendete sie als Turmspitzen und Wachposten, die sie überall auf ihrem Schloss anbrachte. Und am Ende des Winters kam oft ein kurzes Tauwetter, dem ein plötzlicher Frost folgte, und ihr Schloss verwandelte sich über Nacht in Eis, das so hart und stark war, wie es echte Schlösser gewiss sein mussten. Den ganzen Winter über arbeitete sie an ihrem Schloss, und niemand wusste etwas darüber. Aber jedes Mal kam der Frühling und mit ihm ein Tauwetter, dem kein Frost folgte. Dann schmolzen all die Wälle und Mauern dahin, und Adara begann erneut, die Tage bis zu ihrem Geburtstag zu zählen.

Ihre Winterschlösser waren nur selten leer. Beim ersten Frost kamen jedes Jahr die Eiseidechsen aus ihren Löchern gekrochen, und die Felder wimmelten von den winzigen blauen Wesen, die hierhin und dorthin wieselten und kaum den Schnee zu berühren schienen. Alle Kinder spielten mit den Eiseidechsen. Aber die anderen waren ungeschickt und grausam, und sie brachen die zarten kleinen Tiere entzwei, zerbrachen sie zwischen ihren Fingern, wie sie einen Eiszapfen zerbrechen würden, der von einem Dach herabhing. Selbst Geoff, der viel zu nett war, um so etwas zu tun, wurde manchmal neugierig und hielt die Eidechsen zu lange fest, weil er sie untersuchen wollte, und die Wärme seiner Hände ließ sie dann schmelzen und verbrennen und schließlich sterben.

Adaras Hände waren kühl und sanft, und sie konnte die Eidechsen so lange halten, wie sie wollte, ohne ihnen zu schaden. Geoff schmollte dann immer und stellte viele erboste Fragen. Manchmal legte sich Adara in den kalten feuchten Schnee und ließ die Eidechsen über ihren ganzen Körper krabbeln. Sie liebte die leichten Berührungen ihrer Füße, wenn sie über ihr Gesicht flitzten. Manchmal trug sie Eiseidechsen in ihren Haaren verborgen, während sie ihre Arbeiten erledigte, aber sie achtete sorgsam darauf, sie niemals mit ins Haus zu bringen, wo die Hitze des Feuers sie töten würde. Nachdem die Familie gegessen hatte, sammelte Adara immer einige der Abfälle auf und brachte sie zu ihrem geheimen Versteck, und dort verstreute sie die Reste. Und so waren die Schlösser, die sie errichtete, in jedem Winter voller Könige und Edelleute – kleine Pelztiere, die sich aus den Wäldern schlichen, Wintervögel mit blassem, weißem Gefieder und Hunderte von wimmelnden, herumflitzenden Eiseidechsen, die kalt, schnell und dick waren. Adara mochte die Eiseidechsen lieber als all die Haustiere, die die Familie über die Jahre besessen hatte.

Aber es war der Eisdrache, den sie wirklich liebte.

Sie wusste nicht, wann sie ihn das erste Mal gesehen hatte. Es schien ihr, als sei er schon immer ein Teil ihres Lebens gewesen, eine Vision, die man im tiefsten Winter erhaschte, wie sie auf majestätischen blauen Flügeln über den eisigen Himmel glitt. Eisdrachen waren selbst in jenen Tagen selten, und wann immer einer erspäht wurde, deuteten die Kinder auf ihn und staunten, während die alten Leute vor sich hinmurmelten und die Köpfe schüttelten. Wenn Eisdrachen im Land gesichtet wurden, war es ein Zeichen für einen langen und bitteren Winter. Die Leute sagten, dass man in der Nacht, als Adara geboren wurde, einen Eisdrachen gesehen hatte, der über das Angesicht des Monds geflogen sei. Und in den Wintern seit diesem Jahr hatte man ihn stets gesehen, und jene Winter waren tatsächlich sehr schlimm gewesen, und der Frühling war in jedem Jahr später gekommen. Daher entzündeten die Leute große Feuer und beteten und hofften, dass der Eisdrache wegbleiben würde, und Adara war von Furcht erfüllt.

Aber die Gebete und Feuer zeigten niemals Wirkung. In jedem Jahr kehrte der Eisdrache zurück, und Adara wusste, dass er ihretwegen kam.

Der Eisdrache war groß, um die Hälfte größer als die schuppigen grünen Kriegsdrachen, die Hal und seine Kameraden flogen. Adara hatte Legenden über wilde Drachen gehört, die größer waren als Berge, aber solche hatte sie nie gesehen. Hals Drache war gewisslich groß genug – fünfmal so groß wie ein Pferd –, aber im Vergleich zu dem Eisdrachen war er klein und zudem noch hässlich.

Der Eisdrache war aus kristallenem Weiß, jenem Weiß, das so hart und kalt ist, dass es fast blau wirkt. Er war mit Raureif bedeckt, sodass seine Haut brach, wenn er sich bewegte, und sie knirschte dabei, wie es die Schneekruste unter dem Stiefel eines Mannes tat. Reifflocken fielen von ihm ab.

Seine Augen waren klar und tief und eisig.

Seine Flügel waren riesig und wie die einer Fledermaus geformt. Ihre Farbe war ein zartes, durchsichtiges Blau. Adara konnte durch sie hindurch die Wolken sehen und oftmals auch den Mond und die Sterne, wenn das Tier seine Kreise über den frostigen Himmel zog.

Seine Zähne waren Eiszapfen, zackige Speere von unterschiedlicher Länge, die in drei Reihen hintereinander standen und gegen sein tiefblaues Maul sehr weiß wirkten.

Wenn der Eisdrache mit den Flügeln schlug, bliesen die kalten Winde, und der Schnee wirbelte umher, und die Welt schien zu schrumpfen und zu frösteln. Manchmal, wenn in der Kälte des Winters eine Tür von einer plötzlichen Windbö aufgerissen wurde, eilte der Hausherr zu ihr, um sie zu verriegeln, und sagte: »Ein Eisdrache fliegt vorbei.«

Und wenn der Eisdrache sein großes Maul öffnete und ausatmete, dann strömte kein Feuer heraus, nicht der brennende, schweflige Gestank von geringeren Drachen.

Der Eisdrache atmete *Kälte.*

Wenn er atmete, bildete sich Eis. Wärme floh. Feuer versiegten und erloschen, vom Frost besiegt. Bäume gefroren bis in ihre geheimen Seelen hinein, und ihre Zweige wurden spröde und brachen unter ihrem eigenen Gewicht. Tiere wurden blau und wimmerten und starben. Ihre Augen traten ihnen aus dem Kopf, und ihre Haut wurde von Frost bedeckt.

Der Eisdrache atmete Tod in die Welt, Tod und Stille und *Kälte.* Aber Adara fürchtete sich nicht. Sie war ein Winterkind, und der Eisdrache war ihr Geheimnis.

Sie hatte ihn Tausende Male am Himmel gesehen. Als sie vier war, sah sie ihn zum ersten Mal auf der Erde.

Sie war draußen und baute an ihrem Schneeschloss, und er kam und landete nahe bei ihr auf der Leere der schneebedeckten Felder. Die ganzen Eiseidechsen liefen davon. Adara blieb einfach stehen. Der Eisdrache blickte sie für zehn lange Herzschläge an, bevor er sich wieder in die Lüfte erhob. Der Wind pfiff um sie herum und durch sie hindurch, als er mit den Flügeln schlug, um in die Luft zu steigen, aber Adara fühlte sich seltsam froh.

Später in diesem Winter kehrte er zurück, und Adara berührte ihn. Seine Haut war sehr kalt. Trotzdem zog sie ihren Handschuh aus, sonst wäre es nicht richtig gewesen. Sie hatte ein wenig Angst, dass er bei ihrer Berührung verbrennen und schmelzen würde, aber das tat er nicht. Irgendwie wusste Adara, dass er noch viel empfindlicher für Hitze war als die Eiseidechsen. Aber sie war etwas Besonderes. Sie war das Winterkind, sie war kühl. Sie streichelte ihn und gab schließlich seinem Flügel einen Kuss, der ihre Lippen schmerzte. Das war im Winter ihres vierten Geburtstags, das Jahr, in dem sie den Eisdrachen berührte.

Der Winter ihres fünften Geburtstags war das Jahr, in dem sie das erste Mal auf ihm ritt.

Er fand sie, als sie an einer anderen Stelle in den Feldern an einem anderen Schloss arbeitete. Wie immer war sie allein. Sie sah ihn kommen, lief zu ihm, als er landete, und presste sich an ihn. Das war nach dem Sommer, in dem sie das Gespräch ihres Vaters mit Hal gehört hatte.

Sie standen für viele Minuten so beieinander, bis sich Adara schließlich an Hal erinnerte, ihre kleine Hand ausstreckte und an dem Drachenflügel zupfte. Und der Drache schlug einmal mit seinen großen Flügeln und breitete sie dann flach auf dem Schnee aus, und Adara kletterte hinauf, um ihre Arme um seinen kalten, weißen Hals zu schlingen.

Und dann flogen sie das erste Mal zusammen.

Sie hatte kein Geschirr oder eine Peitsche, wie sie die Drachenreiter des Königs benutzten. Manchmal drohte das Schlagen der Flügel sie abzuschütteln, und die Kälte des Drachenfleischs kroch durch ihre Kleidung und biss und betäubte ihr eigenes Fleisch. Aber Adara hatte keine Angst.

Sie flogen über den Hof ihres Vaters, und sie sah den erschrockenen und ängstlichen Geoff unter sich, der sehr klein aussah. Sie wusste, dass er sie nicht sehen konnte. Darüber musste sie lachen, und es war ein eisiges, klingelndes Lachen, so hell und frisch wie die Winterluft.

Sie flogen über den Gasthof am Kreuzweg hinweg, wo viele Menschen herauskamen, um sie vorbeifliegen zu sehen.

Sie flogen über den Wald dahin, der ganz weiß und grün und still war.

Sie flogen hoch in den Himmel hinauf, so hoch, dass Adara nicht einmal mehr die Erde unter sich sehen konnte. Einmal glaubte sie, in der Ferne kurz einen zweiten Eisdrachen zu sehen, aber er war bei Weitem nicht so groß wie *ihrer*.

Sie flogen fast den ganzen Tag lang, und schließlich kehrte der Drache in einem weiten Bogen um und senkte sich in einer großen Spirale zum Boden hinab, glitt auf seinen steifen, glänzenden Flügeln dahin. Er ließ sie kurz nach der Abenddämmerung auf dem Feld absteigen, von dem sie abgehoben waren.

Ihr Vater fand sie dort, und er weinte, als er sie sah, und umarmte sie heftig. Adara verstand das nicht - und auch nicht, warum er sie schlug, als er sie nach Hause gebracht hatte. Aber als sie und Geoff ins Bett gebracht worden waren, hörte sie, wie ihr Bruder aus seinem Bett schlüpfte und zu ihr herübertapste. »Du hast alles verpasst«, sagte er. »Es war ein Eisdrache hier und hat alle erschreckt. Vater hatte Angst, dass er dich gefressen hätte.«

Adara lächelte in der Dunkelheit vor sich hin, aber sie sagte nichts.

In diesem Winter flog sie noch viermal mit dem Eisdrachen, und auch in jedem folgenden Winter. In jedem Jahr flog sie weiter und öfter als beim vorherigen Mal, und der Eisdrache wurde immer häufiger über ihrem Hof am Himmel gesichtet.

Jeder Winter war länger und kälter als der vorherige.

In jedem Jahr kam das Tauwetter später.

Und manchmal gab es Stellen auf dem Boden – dort, wo der Eisdrache sich zur Rast niedergelassen hatte –, die niemals richtig aufzutauen schienen.

Während ihres sechsten Jahrs gab es viel Gerede im Dorf, und es wurde ein Bote zum König geschickt. Es kam niemals eine Antwort.

»Eisdrachen sind eine üble Sache«, sagte Hal, als er den Hof in diesem Sommer besuchte. »Wisst ihr, sie sind nicht wie richtige Drachen. Man kann sie nicht zureiten oder ausbilden. Es gibt Geschichten über Leute, die es versucht haben und die man später erfroren mit Peitsche und Geschirr in den Händen gefunden hat. Ich habe von anderen Leuten gehört, die Hände oder Finger verloren haben, nur weil sie einen von ihnen berührt haben. Sie sind ihnen abgefroren. Ja, eine üble Sache.«

»Warum tut dann der König nichts?«, wollte ihr Vater wissen. »Wir haben ihm eine Botschaft gesandt. Wenn wir das

Biest nicht töten oder verjagen können, haben wir in ein oder zwei Jahren überhaupt keine Pflanzzeit mehr.«

Hal lächelte grimmig. »Der König hat andere Sorgen. Der Krieg verläuft nicht gut, musst du wissen. Sie rücken in jedem Sommer weiter vor, und sie haben doppelt so viele Drachenreiter wie wir. Ich sage dir, John, es ist die Hölle dort. Eines Tages werde ich nicht mehr zurückkommen. Der König kann wahrlich keinen Mann entbehren, um einen Eisdrachen zu jagen.« Er lachte. »Außerdem glaube ich, dass noch nie jemand eines von diesen Dingern getötet hat. Vielleicht sollten wir einfach dem Feind diese ganze Provinz überlassen. Dann wäre es *sein* Eisdrache.«

Aber das wäre er nicht, dachte Adara, die zuhörte. Egal welcher König das Land regierte, es würde immer *ihr* Eisdrache sein.

Hal reiste ab, und der Sommer kam und ging. Adara zählte die Tage bis zu ihrem Geburtstag. Hal kam noch einmal vorbei, bevor die Nächte kühl wurden, als er seinen hässlichen Drachen für den Winter in den Süden brachte. Sein Geschwader wirkte jedoch deutlich geschrumpft, als es in diesem Herbst über dem Wald auftauchte, und sein Besuch war kürzer als üblich und endete mit einem lauten Streit zwischen ihm und ihrem Vater.

»Sie werden sich während des Winters nicht rühren«, sagte Hal. »Das Gelände ist dann zu tückisch, und sie werden keinen Vorstoß riskieren, bei dem sie nicht von oben durch Drachenreiter gedeckt werden können. Aber wenn der Frühling kommt, werden wir nicht mehr in der Lage sein, sie aufzuhalten. Möglicherweise wird es der König gar nicht erst versuchen. Verkaufe den Hof jetzt, solange du noch einen guten Preis dafür bekommen kannst. Du kannst dir im Süden ein neues Stück Land kaufen.«

»*Dies* ist mein Land«, sagte ihr Vater. »Ich bin hier geboren worden. Genau wie du, obwohl du das anscheinend vergessen hast. Unsere Eltern wurden hier begraben. Und auch Beth. Ich möchte neben ihr liegen, wenn ich einmal sterbe.«

»Du wirst um einiges schneller sterben, als dir lieb ist, wenn du nicht auf mich hörst«, sagte Hal wütend. »Sei nicht dumm, John. Ich weiß, was das Land dir bedeutet, aber es ist nicht so viel wert wie dein Leben.« Er redete weiter und immer weiter, aber ihr Vater war unbeirrbar. Der Abend endete damit, dass sie sich anfluchten, und Hal verließ sie mitten in der Nacht und knallte die Tür hinter sich zu, als er ging.

Adara, die zugehört hatte, traf eine Entscheidung. Was immer auch ihr Vater tat oder nicht tat, sie würde bleiben. Wenn sie fortging, würde der Eisdrache nicht wissen, wo er sie finden konnte. Und wenn sie zu weit in den Süden zogen, würde er überhaupt nicht mehr zu ihr kommen können.

Hierher jedoch konnte er kommen, und er kam kurz nach ihrem siebten Geburtstag zu ihr. Jener Winter war der kälteste von allen. Sie flog so oft und so weit mit ihm, dass sie kaum noch Zeit hatte, an ihrem Eisschloss zu bauen.

Hal kam im Frühling wieder. Es waren nur ein Dutzend Drachen in seinem Geschwader, und in diesem Jahr brachte er keine Geschenke mit. Er und ihr Vater stritten sich wieder. Hal tobte, bat und drohte, aber ihr Vater blieb felsenfest. Schließlich verließ Hal sie, er musste zu den Schlachtfeldern.

Das war das Jahr, in dem die Linien des Königs durchbrochen wurden, im Norden, bei irgendeiner Stadt mit einem langen Namen, den Adara nicht aussprechen konnte.

Teri hörte als Erste davon. Sie kam eines Abends ganz aufgeregt aus dem Gasthof zurück. »Ein Bote hat auf seinem Weg zum König Rast gemacht«, erzählte sie ihnen. »Der Feind hat eine große Schlacht gewonnen, und er soll um Verstärkung ersuchen. Er sagt, dass unsere Armee auf dem Rückzug sei.«

Ihr Vater runzelte die Stirn, und Sorgenfalten bildeten sich in seinem Gesicht. »Hat er irgendetwas über die königlichen Drachenreiter gesagt?« Streit oder nicht, Hal gehörte zur Familie.

»Ich habe danach gefragt«, sagte Teri. »Er sagt, die Drachenreiter wären die Nachhut. Sie sollen Angriffe fliegen und möglichst viel verbrennen und den Feind so lange aufhalten, dass sich unsere Armee sicher zurückziehen kann. Oh, ich hoffe nur, dass Onkel Hal in Sicherheit ist!«

»Hal wird es ihnen zeigen«, sagte Geoff. »Er und Schwefel werden sie alle verbrennen.«

Ihr Vater lächelte. »Hal konnte immer selbst auf sich aufpassen. Auf jeden Fall gibt es nichts, was wir tun können. Teri, wenn noch mehr Boten kommen, dann frage sie, wie es steht.«

Sie nickte, und ihre Sorge konnte ihren Überschwang nicht ganz überdecken. Es war alles so aufregend.

In den folgenden Wochen verklang diese prickelnde Spannung, als die Menschen das Ausmaß der Katastrophe zu begreifen begannen. Die königliche Landstraße wurde immer belebter. Der ganze Verkehr floss von Norden nach Süden, und alle Reisenden trugen Grün und Gold. Am Anfang marschierten die Soldaten in disziplinierten Kolonnen und wurden von Offizieren angeführt, die goldene Helme trugen, aber selbst zu dieser Zeit wirkte ihr Antlitz nicht besonders ermutigend. Die Kolonnen marschierten müde dahin, und die Uniformen waren verdreckt und zerrissen, während die Schwerter, Piken und Äxte, die die Soldaten trugen, eingekerbt und oft auch fleckig waren. Einige der Männer hatten ihre Waffen verloren, sie humpelten blindlings mit leeren Händen vorbei. Und die Wagenzüge mit den Verwundeten waren häufig länger als die Marschkolonnen selbst. Adara stand oft neben der Straße im Gras und sah zu, wie sie vorbeizogen. Sie sah, wie ein Mann, der keine Augen mehr hatte, einen anderen stützte, dem ein Bein fehlte. Sie sah Männer ohne Beine oder ohne Arme oder ohne beides. Sie sah einen Mann, dessen Kopf von einer Axt gespalten worden war, und viele Männer, die mit getrocknetem Blut und Dreck bedeckt waren, Männer, die leise vor sich hin stöhnten, während sie vorbeiwankten. Sie roch Männer, deren Körper schrecklich grün und aufgedunsen waren. Einer von ihnen starb und wurde am Straßenrand zurückgelassen. Adara erzählte es ihrem Vater, und er kam mit ein paar Männern aus dem Dorf und begrub ihn.

Am häufigsten aber sah Adara die verbrannten Männer. In jeder Kolonne, die vorbeizog, gab es Dutzende von ihnen. Männer, deren Haut schwarz und verschmort war und in Fetzen herabhing, Männer, die einen Arm, ein Bein oder die Hälfte ihres Gesichts an den heißen Atem eines Drachen verloren hatten. Teri berichtete ihnen, was die Offiziere sagten, wenn sie beim Gasthof haltmachten, um zu trinken oder zu rasten. Der Feind hatte viele, viele Drachen.

Fast einen ganzen Monat lang strömten die Kolonnen vorbei, und es wurden jeden Tag mehr. Selbst die Alte Laura gab zu, dass sie noch niemals so viel Verkehr auf der Straße gesehen hatte. Von Zeit zu Zeit ritt ein einsamer Bote in die Richtung, aus der der Strom kam, aber immer galoppierte er allein in den Norden. Nach einiger Zeit wusste jeder, dass es keine Verstärkung geben würde.

Ein Offizier aus einer der letzten Kolonnen riet den Leuten der Gegend, alles zusammenzuraffen, was sie tragen konnten, und nach Süden zu ziehen. »Sie kommen«, warnte er sie. Einige hörten auf ihn, und eine Woche lang war die Straße tatsächlich voll von Flüchtlingen aus Städten, die weiter im Norden lagen. Einige von ihnen erzählten schreckliche Geschichten. Als sie gingen, folgten ihnen immer mehr der Leute aus dem Dorf.

Aber die meisten blieben. Es waren Leute wie ihr Vater, und das Land war in ihrem Blut.

Das letzte organisierte Militär, das die Straße entlangkam, war eine heruntergekommene Kavallerieabteilung. Die Männer waren abgemagert wie Skelette, und sie ritten auf Pferden, deren Haut sich über ihren Rippen spannte. Sie donnerten in der Nacht vorüber, ihre Tiere schäumten und keuchten, und der einzige, der anhielt, war ein bleicher junger Offizier, der sein Pferd kurz zügelte und ihnen zurief: »Geht, geht! Sie verbrennen alles!« Dann war er fort und eilte seinen Leuten nach.

Die wenigen Soldaten, die danach kamen, waren allein oder in kleinen Grüppchen. Sie benutzten nicht immer die Straße, und sie bezahlten nicht für die Dinge, die sie sich nahmen. Ein Schwertkämpfer tötete einen Bauern auf der anderen Seite des Dorfs, vergewaltigte seine Frau, stahl sein Geld und lief davon. Seine Lumpen waren grün und golden.

Dann kam überhaupt niemand mehr. Die Straße war verlassen.

Der Gastwirt behauptete, er könne Asche riechen, wenn der Wind aus Norden blies. Er nahm seine Familie und ging in den Süden. Teri war unglücklich. Geoff lief mit großen Augen herum und war aufgeregt und hatte nur wenig Angst.

Er stellte tausend Fragen über den Feind und machte Übungen, um zu einem Krieger zu werden. Ihr Vater ging seinen Arbeiten nach und war so beschäftigt wie immer. Krieg oder nicht, er hatte Korn auf den Feldern stehen. Er lächelte jedoch seltener als sonst und begann zu trinken, und Adara sah ihn häufig zum Himmel hinaufschauen, während er arbeitete.

Adara wanderte oft allein über die Felder, spielte in der feuchten Sommerhitze ganz für sich und überlegte sich, wo sie sich verbergen würde, wenn ihr Vater versuchen sollte, sie alle hier wegzubringen.

Als Letzte von allen kamen die königlichen Drachenreiter und mit ihnen auch Hal.

Es waren nur vier von ihnen. Adara sah den ersten und ging, um es ihrem Vater zu sagen, und er legte ihr die Hand auf die Schulter, und gemeinsam schauten sie zu, wie er vorbeiflog, ein einzelner grüner Drache, der irgendwie zerzaust aussah. Er machte bei ihnen nicht halt.

Zwei Tage später kamen drei Drachen in Sicht, die gemeinsam flogen, und einer von ihnen trennte sich von seinen Begleitern und ließ sich in weiten Kreisen zu ihrem Bauernhof herab, während die anderen beiden weiter nach Süden flogen.

Onkel Hal war dünn, grimmig und bleich. Sein Drache sah krank aus. Die Augen des Lindwurms tränten, und einer seiner Flügel war teilweise verbrannt worden, sodass er nur mit Mühe und auf eine ungeschickte, schwerfällige Art flog.

»Wirst du jetzt gehen?«, fragte Hal seinen Bruder vor all seinen Kindern.

»Nein. Es hat sich nichts geändert.«

Hal fluchte. »Sie werden innerhalb von drei Tagen hier sein«, sagte er. »Ihre Drachenreiter kommen vielleicht sogar noch früher.«

»Vater, ich habe Angst«, sagte Teri.

Er blickte sie an, sah ihre Furcht, zögerte und wandte sich schließlich wieder seinem Bruder zu. »Ich bleibe. Aber nimm die Kinder mit, wenn du kannst.«

Jetzt war es an Hal innezuhalten. Er dachte einen Augenblick lang nach und schüttelte dann den Kopf. »Das kann ich nicht, John. Ich würde es liebend gern tun, wenn es möglich wäre. Aber das ist es nicht. Schwefel ist verwundet. Er ist kaum in der Lage, mich allein zu tragen. Wenn ich ihm zusätzliches Gewicht aufbürde, schaffen wir es vielleicht überhaupt nicht.«

Teri begann zu weinen.

»Es tut mir leid, Liebes«, sagte Hal zu ihr. »Das tut es wirklich.« Seine Fäuste ballten sich in hilfloser Verzweiflung.

»Teri ist fast erwachsen«, sagte ihr Vater. »Wenn ihr Gewicht zu hoch ist, dann nimm eines der anderen Kinder mit.«

Die Brüder sahen sich mit Verzweiflung in den Augen an. Hal bebte. »Adara«, sagte er schließlich. »Sie ist klein und leicht.« Er zwang sich zu einem Lächeln. »Sie wiegt fast überhaupt nichts. Ich werde Adara mitnehmen. Der Rest von euch nimmt Pferde oder einen Wagen oder geht zu Fuß. Aber geht, verdammt noch mal, *geht*.«

»Wir werden sehen«, sagte ihr Vater vage. »Du nimmst Adara und bringst sie für uns in Sicherheit.«

»Ja«, stimmte Hal zu. Er wandte sich um und lächelte sie an. »Komm, mein Kind. Onkel Hal nimmt dich mit zu einem Ritt auf Schwefel.«

Adara blickte ihn sehr ernst an. »Nein«, sagte sie. Sie drehte sich um, schlüpfte durch die Tür und lief los.

Sie folgten ihr natürlich. Hal und ihr Vater und sogar Geoff. Aber ihr Vater vergeudete Zeit damit, an der Tür stehen zu bleiben und ihr nachzurufen, sie solle zurückkommen. Als er schließlich anfing, ihr nachzulaufen, war er schwerfällig und langsam, während Adara klein und leicht und sehr flink war. Hal und Geoff hielten länger mit ihr mit, aber Hal war geschwächt, und Geoff geriet schon bald außer Atem, obgleich er ihr ein paar Augenblicke lang dicht auf den Fersen gewesen war. Zu dem Zeitpunkt, als sie das erste Weizenfeld erreicht hatte, waren die drei bereits weit zurückgefallen. Schnell tauchte sie in dem Getreide unter, und die anderen suchten stundenlang vergeblich nach ihr, während sie sich vorsichtig auf den Wald zubewegte.

Als die Nacht hereinbrach, holten sie Laternen und Fackeln und setzten die Suche fort. Von Zeit zu Zeit hörte Adara ihren Vater fluchen, oder sie vernahm Hal, der ihren Namen rief. Sie blieb hoch oben in dem Gezweig der Eiche sitzen, auf die sie geklettert war, und lächelte zu den Lichtern der Suchenden, als sie die Felder immer wieder durchkämmten. Schließlich schlief sie ein und träumte vom Einbruch des Winters, und sie fragte sich, wie sie wohl bis zu ihrem Geburtstag überleben sollte. Er war noch weit entfernt.

Die Morgendämmerung weckte sie, die Dämmerung und ein Geräusch am Himmel.

Adara gähnte und blinzelte, dann hörte sie es wieder. Sie kletterte den höchsten Ast des Baums hinauf, so weit, wie er sie noch tragen konnte, und schob die Blätter beiseite.

Am Himmel waren Drachen.

Noch niemals hatte sie Tiere wie diese gesehen. Ihre Schuppen waren dunkel und rußig, nicht grün wie die des Drachen, den Hal ritt. Einer war rostfarben, ein anderer hatte den Farbton getrockneten Bluts, und ein dritter war schwarz wie Pech. Alle hatten Augen, die wie glühende Kohlen leuchteten, und aus ihren Nüstern strömte Rauch. Ihre Schwänze peitschten hin und her, während ihre dunklen, ledrigen Flügel die Luft durchschnitten. Der Rostfarbene öffnete sein Maul und brüllte, und der Wald erbebte unter seiner Herausforderung. Selbst der Ast, auf dem Adara saß, zitterte ein wenig. Auch der Schwarze machte ein Geräusch, und als er den Rachen öffnete, schoss ein orangefarbener und blauer Flammenspeer heraus und versengte die Bäume unter ihm. Blätter schrumpften zusammen und wurden schwarz, und Rauch stieg von jenen Stellen auf, die der Drachenatem erreicht hatte. Das Tier, das die Farbe von Blut hatte, flog dicht über ihrem Kopf entlang, seine straff gespannten Flügel knarrten, und sein Maul war halb geöffnet. Zwischen seinen gelben Zähnen sah Adara Ruß und Asche, und der Wind, den sein Vorbeiflug erzeugte, scheuerte wie Feuer und Sandpapier über ihre Haut. Sie zuckte zurück.

Auf den Rücken dieser Drachen ritten Männer mit Peitschen und Lanzen, die schwarz-orangene Uniformen trugen und deren Gesichter unter dunklen Helmen verborgen waren. Der Reiter des rostfarbenen Drachen machte Zeichen mit seiner Lanze und deutete auf den Bauernhof jenseits der Felder. Adara schaute hinüber.

Hal stieg auf, um sich ihnen entgegenzustellen.

Sein grüner Drache war ebenso groß wie die ihren, aber irgendwie sah er für Adara klein aus, während sie zusah, wie er vom Bauernhof abhob. Bei vollständig ausgestreckten Flügeln war deutlich zu erkennen, wie schwer er verletzt war; die rechte Flügelspitze war verkohlt, und er neigte sich beim Fliegen stark zu einer Seite. Hal sah auf seinem Rücken aus wie einer der winzigen Spielzeugsoldaten, die er den Kindern vor Jahren als Geschenke mitgebracht hatte.

Die feindlichen Drachenreiter teilten sich und kamen von drei Seiten auf ihn zu. Hal sah, was sie taten. Er versuchte zu wenden, sich direkt auf den schwarzen Drachen zu stürzen und den anderen zu entkommen. Seine Peitsche zuckte heftig, fast verzweifelt. Sein grüner Drache öffnete das Maul und brüllte eine schwache Herausforderung, aber seine Flamme war bleich und kurz und erreichte den näher kommenden Feind nicht.

Die anderen hielten sich zunächst zurück. Dann spuckten ihre Drachen auf ein Signal hin gleichzeitig ihr Feuer. Hal wurde in Flammen getaucht.

Sein Drache gab ein hohes, jaulendes Geräusch von sich, und Adara sah, dass er brannte, dass Hal brannte, dass beide brannten, Drache wie Reiter. Sie fielen zu Boden wie ein Stein und lagen rauchend inmitten des Weizens ihres Vaters.

Die Luft war voller Asche.

Adara bog den Hals zur anderen Seite und sah eine Rauchsäule, die hinter dem Wald und dem Fluss aufstieg. Das war der Hof, auf dem die Alte Laura und ihre Enkelkinder und deren Kinder lebten.

Als sie wieder zurückblickte, kreisten die drei Drachen immer niedriger über ihrem eigenen Bauernhof. Einer nach dem anderen landeten sie. Sie sah, wie der erste Reiter abstieg und auf ihre Tür zuschlenderte.

Adara war verängstigt und verwirrt und schließlich erst sieben Jahre alt. Und die schwere Luft des Sommers lastete auf ihr und erfüllte sie mit Hilflosigkeit und verstärkte all ihre Ängste. Daher tat Adara ohne nachzudenken das Einzige, was sie tun konnte, etwas, das ihr völlig selbstverständlich erschien. Sie rannte durch die Felder und durch den Wald, weg von dem Bauernhof, ihrer Familie und den Drachen, weg von allem. Sie rannte immer in Richtung Fluss, bis ihre Beine vor Schmerzen pochten. Sie rannte zu dem kältesten Ort, den sie kannte, zu einem kühlen Unterschlupf, in Dunkelheit und Sicherheit.

Und dort verbarg sie sich in der Kälte. Adara war ein Winterkind, und Kälte machte ihr nichts aus. Aber selbst dort, in ihrem Versteck, zitterte sie noch immer.

Der Tag wurde von der Nacht abgelöst. Adara verließ ihre Höhle nicht.

Sie versuchte zu schlafen, aber ihre Träume waren voller brennender Drachen.

Sie machte sich ganz klein, während sie in der Dunkelheit lag, und versuchte abzuzählen, wie viele Tage es noch bis zu ihrem Geburtstag waren. Die Höhle war angenehm kühl; Adara konnte sich fast einbilden, dass es überhaupt nicht Sommer war, sondern Winter - oder zumindest kurz vor Anbruch des Winters. Bald würde ihr Eisdrache zu ihr kommen, und sie würde auf seinem Rücken in das Land des Immerwährenden Winters fliegen, wo große Eisschlösser und Kathedralen aus Schnee für alle Ewigkeiten in endlosen weißen Feldern standen und wo überall Stille und Schweigen war.

Als sie dort lag, war es fast, als wäre der Winter schon da. Die Höhle schien kälter und kälter zu werden, und das verlieh ihr ein Gefühl von Sicherheit. Sie nickte kurz ein. Als sie aufwachte, war es noch kälter geworden. Eine weiße Schicht aus Frost bedeckte die Höhlenwände, und sie saß auf einem Bett aus Eis. Adara sprang auf die Füße und blickte zum Höhleneingang, der in ein bleiches Dämmerlicht getaucht war. Ein kalter Wind umschmeichelte sie. Aber er kam von draußen, aus der Welt des Sommers, und überhaupt nicht aus den Tiefen der Höhle.

Sie stieß einen leisen Freudenschrei aus und kroch und kletterte über die eisbedeckten Felsen.

Draußen wartete der Eisdrache auf sie.

Er hatte auf das Wasser geatmet, und jetzt war der Fluss gefroren, obwohl man erkennen konnte, dass das Eis schnell dahinschmolz, während die Sommersonne aufging. Er hatte auf das grüne Gras geatmet, das am Ufer wuchs und so hoch war wie Adara, und jetzt waren die Halme weiß und spröde, und als der Eisdrache seine Flügel bewegte, zerbrach das Gras und fiel zu Boden. Es wurde so sauber gestutzt, als wäre es mit einer Sense abgemäht worden.

Die eisigen Augen des Drachen blickten in die von Adara, und sie lief zu ihm, kletterte seinen Flügel hinauf und warf die Arme um ihn. Sie wusste, dass sie sich beeilen musste. Der Eisdrache wirkte kleiner als sonst, und sie erkannte, dass ihm die Hitze des Sommers dies antat.

»Schnell, Drache«, flüsterte sie. »Bring mich weg, bring mich zum Land des Immerwährenden Winters. Wir werden niemals hierher zurückkommen, niemals. Ich werde für dich das allerschönste Schloss bauen, und ich werde mich um dich kümmern und jeden Tag mit dir fliegen. Nur bring mich hier weg, Drache, bring mich zu dir nach Hause.«

Der Eisdrache hörte sie und verstand. Seine großen durchsichtigen Flügel breiteten sich aus und begannen zu schlagen, und eisige arktische Winde heulten durch die Sommerfelder. Sie stiegen auf. Weg von der Höhle. Weg von dem Fluss. Über den Wald, höher und höher. Der Eisdrache schwenkte nach Norden. Adara erhaschte einen Blick auf den Hof ihres Vaters, aber er war sehr klein und wurde immer winziger. Sie wandten ihm den Rücken zu und glitten davon.

Dann erreichte ein Geräusch Adaras Ohren. Ein unmögliches Geräusch, das zu leise und zu weit entfernt war, als dass sie es gehört haben konnte, vor allem über die Flügelschläge des Eisdrachen hinweg. Aber sie hörte es trotz allem. Sie hörte die Schreie ihres Vaters.

Heiße Tränen rannen ihre Wangen hinab, und wo sie auf den Rücken des Eisdrachen fielen, brannten sie kleine Pockennarben in den Frost. Plötzlich war die Kälte beißend unter ihren Händen, und als sie eine Hand wegzog, konnte sie den Abdruck sehen, den sie auf dem Hals des Drachen zurückgelassen hatte. Sie hatte Angst, aber noch immer klammerte sie sich fest. »Kehr um«, flüsterte sie. »Oh, *bitte*, Drache. Bring mich zurück.«

Sie konnte die Augen des Drachen nicht sehen, aber sie wusste, wie sie aussehen würden. Sein Maul öffnete sich und stieß eine blau-weiße Wolke aus, einen langen, kalten Strom, der in der Luft hing. Er gab keinen Ton von sich, Eisdrachen sind still. Aber in ihrem Geist hörte Adara sein trauriges Wehklagen.

»Bitte«, flüsterte sie noch einmal. »Hilf mir.« Ihre Stimme war dünn und brüchig.

Der Eisdrache kehrte um.

Die drei dunklen Drachen standen vor dem Stall, als Adara zurückkehrte, und machten sich über die verbrannten Kadaver des Viehs ihres Vaters her. Einer der Drachenreiter stand bei ihnen, lehnte sich auf seine Lanze und stieß seinen Drachen von Zeit zu Zeit an.

Als der kalte Windstoß über die Felder pfiff, blickte er auf, schrie etwas und rannte zu dem schwarzen Drachen. Das Tier riss einen letzten Fleischbrocken aus dem Pferd ihres Vaters, schluckte und erhob sich dann widerstrebend in die Lüfte. Der Reiter ließ seine Peitsche knallen.

Adara sah, wie die Tür des Hauses aufgerissen wurde. Die anderen beiden Reiter stürmten hinaus und rannten zu ihren Drachen. Einer von ihnen zog im Laufen seine Hose hoch. Er war bis zur Hüfte nackt.

Der schwarze Drache brüllte, und sein Feuer schoss zu ihnen hoch. Adara spürte die versengende Hitze, und ein Schaudern durchzuckte den Eisdrachen, als die Flammen über seinen Bauch tanzten. Dann drehte er den langen Hals herum, richtete seine unheilvoll leeren Augen auf den Feind und öffnete die frostbedeckten Kiefer. Zwischen den eisigen Zähnen strömte sein Atem heraus, und dieser Atem war bleich und kalt.

Er berührte den linken Flügel des pechschwarzen Drachen. Das schwarze Tier gab einen schrillen Schmerzensschrei von sich, und als es wieder mit den Flügeln schlug, brach die frostbedeckte Schwinge entzwei. Drache und Drachenreiter begannen hinabzufallen.

Der Eisdrache atmete erneut.

Sie waren gefroren und tot, bevor sie auf dem Boden aufschlugen.

Der rostfarbene Drache und der mit der Farbe von Blut, auf dem der nacktbrüstige Reiter saß, flogen auf sie zu. Adaras Ohren waren erfüllt von ihrem zornigen Gebrüll, und sie konnte ihren heißen Atem um sich spüren. Sie sah, wie die Luft vor Hitze flimmerte, und roch den Gestank des Schwefels.

Zwei lange Schwerter aus Feuer kreuzten sich in der Luft, aber keines von ihnen berührte den Eisdrachen, obgleich er in der Hitze zusammenzuckte und Wasser wie Regen von seinen Flügeln strömte, wenn er mit ihnen schlug.

Der blutfarbene Drache flog zu dicht heran, und der Atem des Eisdrachen umhüllte den Reiter. Seine nackte Brust wurde vor Adaras Augen blau, Feuchtigkeit bildete sich und bedeckte ihn in Windeseile mit Frost. Er schrie und starb. Er fiel von seinem Reittier, obwohl sein Halfter zurückblieb - es war am Hals des Drachen festgefroren. Der Eisdrache flog noch näher heran, und seine Flügel sangen das geheime Lied des Winters. Und dann traf ein Flammenstrahl den Strahl aus Kälte. Der Eisdrache schauderte erneut und zuckte tropfend zurück. Der andere Drache starb.

Der letzte Drachenreiter war jetzt hinter ihnen. Der Feind saß in voller Rüstung auf dem Drachen, dessen Schuppen die braune Farbe des Rosts hatten. Adara schrie, und noch während sie dies tat, umhüllte das Feuer den Flügel des Eisdrachen. Es war nach einem kurzen Augenblick verschwunden - aber das war auch der Flügel: Er war geschmolzen, zerstört.

Der verbliebene Flügel des Eisdrachen schlug wild, um ihren Sturz zu verlangsamen, aber sie kamen trotzdem mit einem heftigen Schlag auf der Erde auf. Die Beine des Drachen zersplitterten unter ihm, und sein Flügel brach an zwei Stellen, während Adara durch den Aufprall weggeschleudert wurde. Sie fiel auf die weiche Erde des Felds und überschlug sich. Als sie sich wieder auf die Beine kämpfte, war sie am ganzen Körper zerschlagen, aber nicht ernstlich verletzt.

Der Eisdrache sah jetzt sehr klein aus. Erschöpft sank sein langer Hals zu Boden, und sein Kopf lag im Weizen.

Der feindliche Drachenreiter glitt heran und brüllte seinen Triumph heraus. Die Augen seines Drachen brannten düster. Der Mann schwenkte seine Lanze und schrie etwas.

Der Eisdrache hob noch einmal schmerzlich den Kopf und gab den einzigen Laut von sich, den Adara jemals von ihm gehört hatte: einen schrecklichen dünnen Schrei voller Melancholie, wie das Geräusch, das der Nordwind macht, wenn er um die Türme und Befestigungsanlagen des weißen Schlosses streift, das verlassen im Land des Immerwährenden Winters steht.

Als der Schrei verklang, schickte der Eisdrache ein letztes Mal Kälte in die Welt: einen langen, rauchenden, blauweißen Strom der Kälte, der voller Schnee und Stille war und das Ende aller lebenden Wesen in sich trug. Der Drachenreiter flog direkt hinein, während er noch immer Peitsche und Lanze schwenkte. Adara sah, wie er zu Boden krachte.

Dann lief sie los, weg von den Feldern, zurück zum Haus und ihrer Familie. Sie rannte so schnell sie konnte, sie rannte und keuchte und weinte die ganze Zeit dabei, wie es eine Siebenjährige tut.

Ihr Vater war an die Schlafzimmerwand genagelt worden. Er hatte zusehen sollen, während sie sich nacheinander über Teri hermachten. Adara wusste nicht, was zu tun war, aber sie band Teri los, deren Tränen mittlerweile getrocknet waren, und sie befreiten Geoff, und dann holten sie ihren Vater herunter. Teri kümmerte sich um ihn und säuberte seine Wunden. Als sich seine Augen öffneten und er Adara sah, lächelte er. Sie umarmte ihn ganz fest und weinte um ihn.

Als die Nacht hereingebrochen war, sagte er, dass er jetzt erholt genug sei, um abzureisen. Im Schutze der Dunkelheit schlichen sie sich davon und folgten der königlichen Straße nach Süden.

In jenen Stunden der Dunkelheit und der Angst stellte ihre Familie keine Fragen. Aber später, als sie im Süden in Sicherheit waren, gab es endlose Fragen. Adara gab ihnen so gut sie konnte Antwort. Aber keiner von ihnen glaubte ihr, außer Geoff, und auch er tat es nicht mehr, als er älter wurde.

Schließlich war sie erst sieben Jahre alt und verstand nicht, dass Eisdrachen niemals im Sommer gesehen wurden und dass man sie nicht reiten oder zähmen konnte.

Außerdem war kein Eisdrache zu sehen gewesen, als sie in jener Nacht das Haus verlassen hatten. Nur die riesigen dunklen Kadaver der drei Kriegsdrachen und die kleineren Leichen von drei Drachenreitern, die in schwarz-orangene Uniformen gekleidet waren. Und ein Teich, der zuvor nicht da gewesen war, ein kleiner, stiller Tümpel, dessen Wasser sehr kalt war. Sie waren vorsichtig um ihn herumgegangen, als sie sich auf den Weg zur Straße gemacht hatten.

Ihr Vater arbeitete drei Jahre lang für einen anderen Bauern im Süden. Seine Hände wurden niemals wieder so stark, wie sie es gewesen waren, bevor man Nägel durch sie hindurchgetrieben hatte, aber er machte dies mit der Stärke seines Rückens und seiner Arme wett – und durch seine Entschlossenheit. Er sparte, so viel er konnte, und schien glücklich zu sein. »Hal ist fort, und auch mein Land ist weg«, sagte er immer zu Adara, »und darüber bin ich traurig. Aber es ist alles in Ordnung. Ich habe meine Tochter zurück.« Denn der Winter war jetzt aus ihr verschwunden, und sie lächelte und lachte, ja, sie weinte sogar wie jedes andere kleine Mädchen.

Drei Jahre nachdem sie geflohen waren, besiegte die Armee des Königs den Feind in einer großen Schlacht, und die königlichen Drachenreiter verbrannten die fremde Hauptstadt. In dem Frieden, der darauf folgte, wechselten die nördlichen Provinzen erneut den Besitzer. Teri hatte sich wieder gefangen und heiratete einen jungen Händler, mit dem sie im Süden blieb. Geoff und Adara kehrten mit ihrem Vater zu ihrem Bauernhof zurück.

Mit dem ersten Frost kamen die Eiseidechsen hervor, wie sie es immer getan hatten. Adara sah ihnen mit einem Lächeln zu und erinnerte sich daran, wie es früher gewesen war. Aber sie versuchte nicht, sie zu berühren. Es waren kalte und zerbrechliche kleine Lebewesen, und die Wärme ihrer Hände würde sie verletzen.

Das verlassene Land

Man kann alles, was man sich je wünschen mag, bei Alys der Grauen kaufen. Aber es ist besser, dies nicht zu tun.

Lady Melange kam nicht selbst zu Alys der Grauen. Man sagte von ihr, sie sei eine kluge und vorsichtige junge Frau, die überaus schön sei, und sie hatte die Gerüchte gehört: Die, die sich mit Alys der Grauen einließen, taten es auf eigene Gefahr, erzählte man. Alys die Graue wies niemanden ab, der zu ihr kam, und beschaffte jedem, was er haben wollte. Und trotzdem, irgendwie war am Ende keiner von denen, die bei Alys der Grauen kauften, glücklich mit dem, was sie ihm gab, mit dem, was er gewollt hatte. Das alles wusste Lady Melange in ihrer hohen Festung, die in die Flanke des Bergs hineingebaut war. Vielleicht war das der Grund, warum sie nicht selbst kam.

Stattdessen war es Jerais, der Alys die Graue an diesem Tag aufsuchte. Jerais der Blaue, der Lady liebster Ritter, Erster der Paladine, die ihre hohe Festung bewachten und ihre Armeen in die Schlacht führten, Hauptmann ihrer Leibwache. Jerais trug ein Hemd aus blassblauer Seide unter seiner strahlend azurblauen Rüstung. Das Wappen auf seinem Schild war ein Wirbel aus hundert verschiedenen Blautönen, und ein Saphir, so groß wie das Auge eines Adlers, war in seinen Schwertgriff eingefügt. Als er in das Haus von Alys der Grauen trat und den Helm abnahm, glichen seine Augen genau dem Juwel an seinem Schwert, doch die Farbe seines Haars war ein überraschendes, unpassendes Rot.

Alys die Graue empfing ihn in dem kleinen alten Steinhaus, das sie in dem dunklen Herzen der Stadt unter dem Berg bewohnte. Sie erwartete ihn in einem fensterlosen Zimmer, das voller Staub war und nach Schimmel roch, und sie saß in einem alten, hochlehnigen Stuhl, in dem ihr schmaler, zerbrechlicher Körper noch kleiner wirkte. Auf ihrem Schoß lag eine graue Ratte von der Größe eines kleinen Hundes. Sie streichelte das Tier mit trägen Bewegungen, als Jerais eintrat und seinen Helm abnahm und wartete, dass sich seine leuchtend blauen Augen an das Halbdunkel gewöhnten.

»Ja?«, fragte Alys die Graue endlich.

»Du bist die, die man Alys die Graue nennt«, antwortete Jerais.

»Die bin ich.«

»Ich bin Jerais. Ich komme auf Geheiß der Lady Melange.«

»Die kluge und schöne Lady Melange«, sagte Alys die Graue. Das Fell der Ratte war weich wie Samt unter ihren langen, blassen Fingern. »Warum schickt die Lady Melange ihren liebsten Ritter zu einer, die so arm und reizlos ist wie ich?«

»Selbst in ihrer Festung hören wir viele Geschichten über dich«, bemerkte Jerais.

»Ja.«

»Man sagt, für einen angemessenen Preis verkaufst du Dinge, die fremdartig sind und wundervoll.«

»Wünscht die Lady Melange etwas zu kaufen?«

»Man sagt auch, dass du besondere Kräfte hast, Graue Alys. Man sagt, dass du nicht immer die bist, als die du jetzt vor mir sitzt, eine schmale, von der Zeit unberührte Frau in grauen Kleidern. Man sagt, dass du alt bist und jung, nach deinem Belieben. Man sagt, du bist manchmal ein Mann oder eine alte Frau oder ein Kind. Man sagt, dass du die Geheimnisse der Gestaltwandlung kennst, dass du umhergehst als ein Bär, eine große Katze, ein Vogel, und dass du deine Gestalt nach eigenem Belieben verändern kannst und nicht ein Sklave des Mondes bist wie das Wervolk in dem Verlassenen Land.«

»Alle diese Dinge sagt man«, gab Alys die Graue zu.

Jerais zog einen kleinen Lederbeutel aus dem Gürtel und trat näher an den Stuhl heran, in dem Alys die Graue saß. Er löste die Schnur, mit der der Beutel verschlossen war, und schüttete den Inhalt auf einen Tisch an ihrer Seite. Juwelen. Ein Dutzend Juwelen in ebenso vielen Farben. Alys die Graue nahm einen in die Hand und schaute hindurch. Als sie ihn zu den anderen zurücklegte, nickte sie Jerais zu und sagte: »Was möchte Lady Melange von mir kaufen?«

»Dein Geheimnis«, erwiderte Jerais lächelnd. »Lady Melange möchte eine andere Gestalt annehmen.«

»Man erzählte von ihr, dass sie jung und schön ist«, forschte Alys die Graue. »Selbst hier, außerhalb der Festung, hören wir viele Geschichten über sie. Sie hat keinen Gemahl, aber viele Liebhaber. Alle Ritter ihrer Leibwache lieben sie, darunter auch Ihr, Jerais. Warum sollte sie einen derartigen Wunsch haben?«

»Du missverstehst mich. Lady Melange verlangt nicht nach Jugend oder Schönheit. Kein Zauber könnte ihre Schönheit vergrößern. Sie will von dir die Fähigkeit, sich in ein Tier zu verwandeln. Einen Wolf.«

»Warum?«, fragte Alys die Graue.

»Das ist nicht deine Angelegenheit. Wirst du ihr diese Fähigkeit verkaufen?«

»Ich weise niemanden ab«, sagte Alys die Graue. »Lasst die Juwelen hier. Nach einem Monat kommt wieder, und ich werde Euch geben, was Lady Melange begehrt.«

Jerais nickte. Er dachte nach. »Du weist niemanden ab?«

»Niemanden.«

Er lächelte verschlagen, fasste in seinen Gürtel und streckte ihr die Tasche entgegen. Auf dem blauen, zerdrückten Samt seines Handschuhs lag ein Saphir, größer noch als der in seinem Schwertgriff. »Nimm das als Bezahlung, wenn es dir recht ist. Ich möchte auch für mich selbst kaufen.«

Alys die Graue nahm den Saphir aus seiner Hand, hielt ihn zwischen Daumen und Zeigefinger vor die Kerzenflamme, nickte und legte ihn zu den anderen Juwelen. »Was wollt Ihr haben, Jerais?«

Sein Lächeln wurde breiter. »Ich möchte, dass du keinen Erfolg hast«, sagte er. »Ich möchte nicht, dass Lady Melange die Fähigkeit erhält, nach der sie verlangt.«

Alys die Graue betrachtete ihn gleichmütig, ihre ruhigen grauen Augen begegneten den seinen, die kalt und blau waren. »Ihr tragt die verkehrte Farbe, Jerais«, sagte sie endlich. »Blau ist die Farbe der Treue, doch Ihr handelt wider Eure Herrin und die Mission, mit der sie Euch betraute.«

»Ich bin treu«, wehrte sich Jerais. »Ich weiß, was gut für sie ist, besser als sie selbst. Melange ist jung und närrisch. Sie glaubt, es ließe sich geheim halten, wenn sie diese Fähigkeit besitzt. Sie irrt. Und wenn die Leute es erfahren, werden sie sie töten. Sie kann nicht bei Tag über diese Menschen herrschen und ihnen bei Nacht die Kehle herausreißen.«

Alys die Graue bedachte diese Worte eine Zeit lang, während sie die Ratte auf ihrem Schoß streichelte. »Ihr lügt, Jerais«, befand sie dann. »Die Gründe, die Ihr angebt, sind nicht Eure wahren Gründe.«

Jerais runzelte die Stirn. Seine behandschuhten Finger legten sich wie zufällig auf den Schwertgriff. Sein Daumen strich über den Saphir. »Ich will nicht mit dir streiten«, sagte er mürrisch. »Wenn du mir nichts verkaufen willst, gib mir meinen Stein zurück und sei verdammt!«

»Ich weise niemanden ab«, erwiderte Alys die Graue.

Jerais machte ein verwirrtes Gesicht. »Ich werde bekommen, wonach ich gefragt habe?«

»Ihr werdet bekommen, was Ihr Euch wünscht.«

»Ausgezeichnet.« Jerais lächelte wieder. »In einem Monat also.«

»In einem Monat«, bestätigte Alys die Graue.

Und so sandte Alys die Graue die Botschaft aus, auf Wegen, die nur Alys die Graue kannte. Die Botschaft wanderte von Mund zu Mund durch die Schatten und Alleen und geheimen Kanäle der Stadt und erreichte selbst die großen Häuser aus scharlachrotem Holz und farbigem Glas, in denen die Reichen und Vornehmen wohnten. Weich bepelzte graue Ratten mit winzigen menschlichen Händen flüsterten sie den schlafenden Kindern ins Ohr, und die Kinder teilten das Geheimnis miteinander und sangen ein neues, seltsames Lied bei ihren Spielen. Die Botschaft flog zu allen Armeeposten im Osten und zog mit den großen Karawanen nach Westen, in das Herz des alten Reichs, dessen kleinster Teil die Stadt unter dem Berg nur war. Große, lederhäutige Vögel mit den klugen Gesichtern von Affen trugen die Botschaft nach Süden, über die Wälder und Flüsse, zu einem Dutzend fremder Königreiche, wo Männer und Frauen, die so bleich und schrecklich waren wie Alys die Graue, sie in der Abgeschiedenheit ihrer Türme vernahmen. Sogar nach Norden, über die Berge, sogar in das Verlassene Land gelangte die Botschaft.

Es dauerte nicht lange. Nach weniger als zwei Wochen kam er zu Alys. »Ich kann dir beschaffen, was du suchst«, sagte er ihr. »Ich kann dich zu einem Werwolf führen.«

Er war ein junger Mann, schlank und bartlos. Gekleidet war er in das abgewetzte Lederzeug der Jäger, die die windgepeitschten Ödländer jenseits der Berge durchstreiften. Seine Haut hatte die tiefbraune Farbe eines Mannes, der sein ganzes Leben unter freiem Himmel verbracht hatte, aber sein Haar war so weiß wie der Schnee auf den Bergen und fiel wirr und ungekämmt auf seine Schultern. Er trug keine Rüstung und einen langen Dolch statt eines Schwerts, und er bewegte sich mit wachsamer Anmut. Unter den hellen Haarsträhnen, die ihm ins Gesicht fielen, waren seine Augen dunkel und schläfrig. Obwohl sein Lächeln offen und liebenswürdig schien, wirkte es doch auch ein wenig herablassend, und ein träumerischer, sinnlicher Zug legte sich um seine Lippen, wenn er sich unbeobachtet glaubte. Er nannte sich Boyce.

Alys die Graue sah ihn an und hörte ihm zu und fragte endlich: »Wo?«

»Im Norden«, erwiderte Boyce. »In dem Verlassenen Land.«

»Wohnst du in dem Verlassenen Land, Boyce?«, fragte ihn Alys die Graue.

»Es ist kein Ort, an dem man wohnen kann. Ich lebe hier in der Stadt. Aber ich gehe oft über die Berge, Graue Alys.

Ich bin ein Jäger. Ich kenne das Verlassene Land, und ich kenne die Geschöpfe, die dort leben. Du suchst einen Mann, der in der Gestalt eines Wolfs einhergeht. Ich kann dich zu ihm führen. Aber wir müssen gleich aufbrechen, wenn wir dort sein wollen, bevor der Mond voll ist.«

Alys die Graue stand auf. »Mein Wagen ist beladen, meine Pferde sind gefüttert und beschlagen. Brechen wir also auf.«

Boyce strich sich das feine weiße Haar aus den Augen und lächelte träge.

Der Pass über das Gebirge war hoch und steil und felsig und an manchen Stellen kaum breit genug für den Wagen von Alys der Grauen. Der Wagen war ein sperriges Ding, lang und schwer und vollständig geschlossen. Wind und Wetter hatten der ursprünglich bunten Bemalung so zugesetzt, dass die Bretter jetzt eine trostlose graue Färbung angenommen hatten. Er fuhr auf sechs klappernden Eisenrädern, und die zwei Pferde, die ihn zogen, waren notwendigerweise beinahe schon Ungeheuer, noch einmal halb so groß wie gewöhnliche Pferde. Trotzdem kamen sie in den Bergen nur langsam voran. Boyce, der kein Pferd besaß, wanderte vor oder neben dem Wagen her oder setzte sich manchmal neben Alys die Graue auf den Kutschbock. Der Wagen ächzte und knirschte. Sie brauchten drei Tage, um den höchsten Punkt der Bergstraße zu erreichen, von wo sie zwischen zwei Gipfeln hindurch auf die weiten, öden Ebenen des Verlassenen Landes hinabblicken konnten. Drei Tage brauchten sie auch für den Abstieg.

»Jetzt werden wir schneller vorankommen«, versprach Boyce, als sie das Verlassene Land erreicht hatten. »Hier ist der Boden eben und glatt, und es gibt keine Hindernisse. Einen Tag noch, vielleicht zwei, und was du suchst, ist dein.«

»Ja«, sagte Alys die Graue.

Sie füllten die Wasserfässer, bevor sie die Berge hinter sich ließen, und Boyce ging in den Hügeln auf Jagd und kam mit drei schwarzen Kaninchen und einem seltsam missgestalteten Reh zurück. Als Alys die Graue ihn fragte, womit er sie erlegt hatte, da er nur mit einem Dolch bewaffnet war, lächelte Boyce, holte eine Schleuder hervor und schnellte einige kleine Steine durch die Luft. Alys die Graue nickte. Sie entzündeten ein kleines Feuer und kochten zwei von den Kaninchen und legten das übrige Fleisch in Salz ein. Am nächsten Morgen, in der Dämmerung, machten sie sich auf den Weg in das Verlassene Land.

Sie kamen in der Tat schnell voran. Das Verlassene Land war kalt und öde, und der Boden war so hart und fest wie die Straßen, die das Reich jenseits der Berge durchzogen. Der Wagen rollte munter voran, knirschte und ächzte und schwankte ein wenig. In dem Verlassenen Land gab es kein Buschwerk, durch das man sich einen Weg bahnen musste, und es waren keine Flüsse zu durchqueren. Einöde erstreckte sich nach allen Seiten, scheinbar endlos. Von Zeit zu Zeit sahen sie eine Gruppe von Bäumen, die knorrig und verdreht in den Himmel ragten, die Früchte an ihren Ästen waren indigoblau und hatten einen eigenartigen Schimmer. Dann wieder schaukelten sie durch einen seichten Bach, aber niemals war das Wasser mehr als knöcheltief. An manchen Stellen überzogen weiße Flechten die unfruchtbare graue Erde. Aber all das war selten. Zumeist gab es nur Leere, die trostlose tote Ebene auf allen Seiten und den Wind. Der Wind war schrecklich in dem Verlassenen Land. Er wehte unablässig und war kalt und bitter, und manchmal roch er nach Asche, und manchmal heulte und kreischte er wie eine arme, auf ewig verdammte Seele.

Endlich waren sie so weit gekommen, dass Alys die Graue das Ende des Verlassenen Landes erkennen konnte: einen anderen Gebirgszug, weit, weit im Norden, eine unbestimmte, blau-weiße Linie vor dem grauen Horizont. Sie konnten noch wochenlang unterwegs sein, ohne diese entfernten Gipfel zu erreichen, das wusste Alys die Graue, aber das Verlassene Land war so eben und leer, dass sie sie trotzdem sehen konnten.

In der Abenddämmerung schlugen Alys die Graue und Boyce ihr Lager unter einer Gruppe der eigenartig verkrümmten Bäume auf, die sie auf ihrer Reise nach Norden gesehen hatten. Die Bäume schützten sie ein wenig vor dem Toben des Winds, aber sie hörten ihn klagen, und er zerrte an ihnen und machte aus den Flammen des Feuers wild tanzende Gestalten.

»Dieses Land ist tatsächlich verlassen«, sagte Alys die Graue, während sie aßen.

»Es hat seine eigene Schönheit«, erwiderte Boyce. Mit seinem langen Messer spießte er ein Stück Fleisch auf und drehte es über dem Feuer. »Heute Nacht, wenn die Wolken weiterziehen, wirst du Lichter über den Bergen im Norden tanzen sehen, purpurn und grau und braun wirbeln sie wie Schleier in diesem ewigen Wind.«

»Ich habe diese Lichter schon einmal gesehen«, sagte Alys die Graue.

»Ich habe sie oft gesehen«, antwortete Boyce. Er biss ein Stück Fleisch ab, und ein dünnes Fettrinnsal lief aus seinem Mundwinkel. Er lächelte.

»Du gehst oft in das Verlassene Land«, befand Alys die Graue.

Boyce zuckte die Schultern. »Ich jage.«

»Gibt es denn hier Leben?«, fragte Alys die Graue. »Leben in dieser Öde?«

»O ja«, antwortete Boyce. »Du musst Augen haben, die sehen, du musst das Verlassene Land kennen, aber es gibt Leben. Fremdartige, missgestaltete Geschöpfe, wie es sie jenseits der Berge nicht gibt, Geschöpfe aus Legenden und Albträumen, verzauberte Wesen und verfluchte Wesen, Geschöpfe, deren Fleisch unglaublich selten und unglaublich köstlich ist. Auch Menschen oder Wesen, die beinahe Menschen sind. Wervolk und Wechselbälger und graue Schatten, die nur im Zwielicht umhergehen, Kreaturen, die teils lebendig, teils tot sind.« Sein Lächeln war sanft und herausfordernd. »Aber du bist Alys die Graue, und all das wird dir bekannt sein. Man sagt, dass du selbst vor langer Zeit aus dem Verlassenen Land gekommen bist.«

»Man sagt es«, erwiderte Alys die Graue.

»Wir sind einander gleich, du und ich«, fuhr Boyce fort. »Ich liebe die Stadt, die Menschen, Gesang und Lachen und Klatsch. Ich genieße die Annehmlichkeiten meines Hauses, gutes Essen und guten Wein. Ich erfreue mich an den Schauspielern, die jeden Herbst in die hohe Festung kommen und vor Lady Melange auftreten. Ich liebe schöne Kleider und Juwelen und weiche, hübsche Frauen. Und dennoch, ein Teil von mir fühlt sich nur hier zu Hause, in dem Verlassenen Land, wo ich dem Wind lausche, des Nachts die Schatten beobachte und Träume träume, wie die Menschen in der Stadt sie nicht kennen.« Inzwischen war es dunkel geworden. Boyce hob sein Messer und deutete nach Norden, wo vor den Berghängen düstere Lichter aufflammten. »Sieh, Alys. Sieh, wie die Lichter funkeln und tanzen. Du kannst Gestalten in ihnen erkennen, wenn du lange genug hinschaust. Männer und Frauen und Geschöpfe, die keins von beiden sind. Ihre Stimmen kommen mit dem Wind. Schau hin und lausche. Man sieht große Dramen in diesen Lichtern, Schauspiele, die großartiger und herrlicher sind als alles, was auf der Bühne der Lady Melange dargeboten wird. Kannst du es hören? Kannst du es sehen?«

Alys die Graue saß mit untergeschlagenen Beinen auf dem harten Boden, in ihren Augen lag ein undeutbarer Ausdruck, und sie schwieg. Endlich sprach sie. »Ja«, sagte sie, und das war alles.

Boyce schob sein langes Messer in den Gürtel, ging um das Lagerfeuer herum – es war inzwischen zu rot glühender Asche heruntergebrannt – und setzte sich neben sie. »Ich wusste, dass du es sehen würdest«, erklärte er. »Wir sind einander gleich, du und ich. Wir sind umhüllt vom Fleisch der Stadt, aber in unserem Blut weht immer der kalte Wind des Verlassenen Landes. Ich konnte es in deinen Augen sehen, Alys.«

Sie sagte nichts; sie saß und schaute den Lichtern zu, neben sich den warmen Körper von Boyce. Nach einer Weile legte er ihr den Arm um die Schultern, und Alys die Graue wehrte sich nicht dagegen. Später, viel später, als das Feuer erloschen und die Nacht kalt geworden war, fasste Boyce ihr Kinn und zog ihr Gesicht zu sich heran. Er küsste sie zärtlich auf den Mund, einmal.

Und Alys die Graue erwachte wie aus einem Traum und drängte ihn auf den Boden und entkleidete ihn mit geschickten, kundigen Händen und nahm ihn, ohne zu zögern. Boyce ließ sie gewähren. Er lag auf dem kalten, harten Boden, die Hände unter dem Kopf gefaltet, mit verträumten Augen und ein selbstgefälliges Lächeln um den Mund, während Alys die Graue auf ihm ritt, langsam zuerst, dann schneller und schneller, bis zu einem bebenden Höhepunkt. Als sie kam, wurde ihr Körper starr, und sie warf den Kopf zurück; ihr Mund öffnete sich wie zu einem Schrei, aber sie gab keinen Laut von sich. Da war nur der Wind, kalt und wild, und er schrie, aber es war kein Schrei der Lust.

Der nächste Morgen war kühl und bedeckt. Der Himmel war voller dünner, hässlicher grauer Wolken, die schneller über ihnen dahinzogen, als es sich für Wolken schickte. Das Licht, das durch sie hindurchdrang, war fahl und farblos. Boyce ging neben dem Wagen, während Alys die Graue die Pferde lenkte. »Wir sind jetzt nahe«, erklärte ihr Boyce. »Sehr nahe.«

»Ja.«

Boyce lächelte zu ihr hinauf. Sein Lächeln hatte sich verändert, seit sie sich geliebt hatten. Es war zärtlich und geheimnisvoll und mehr als nur ein bisschen herablassend. Es war ein Lächeln, das etwas als selbstverständlich betrachtete. »Heute Nacht«, sagte er.

»Heute Nacht ist Vollmond«, erwiderte Alys die Graue.

Boyce lächelte und strich sich das Haar aus den Augen. Er sagte nichts.

Eine geraume Weile vor Anbruch der Dämmerung hielten sie zwischen den Ruinen einer namenlosen Stadt, die selbst von jenen vergessen worden war, die in dem Verlassenen Land lebten. Wenig war übrig geblieben, um die gleichförmige Ödnis zu unterbrechen, nur eine Anhäufung verwitterten Mauerwerks, einsam und mitleiderregend. Die vagen Umrisse einer Stadtmauer waren noch zu erkennen, und ein oder zwei Schornsteine ragten noch in die Höhe. Brüchig und teilweise eingestürzt, nagten sie wie faulige schwarze Zähne am Horizont. Es gab hier keinen Schutz vor dem Wind, kein Leben. Als Alys die Graue ihre Pferde gefüttert hatte, wanderte sie durch die Ruinen, fand aber nichts. Keine Tonscherben, keine verrosteten Klingen, keine Bücher. Nicht einmal Knochen, nichts, das einen Hinweis auf die Menschen gegeben hätte, die hier gelebt hatten, wenn es Menschen gewesen waren.

Das Verlassene Land hatte diesem Ort das Leben ausgesaugt und selbst die Geister davongeweht, sodass nicht eine Spur von Erinnerung übrig blieb. Die kleine Sonne stand tief am Horizont, verdeckt von jagenden Wolken, und die verfallene Stadt sprach zu ihr mit der Stimme des Winds, schrie auf in Einsamkeit und Verzweiflung. Alys die Graue stand dort lange Zeit, allein, und sah zu, wie die Sonne versank, während ihr dünner, abgetragener Umhang um ihre Schulter flatterte und der kalte Wind bis in ihre Seele drang. Schließlich wandte sie sich ab und kehrte zum Wagen zurück.

Boyce hatte ein Feuer entfacht und erhitzte Wein in einem Kupfertopf, von Zeit zu Zeit gab er einige Gewürze hinein. Er lächelte sein neues Lächeln für Alys, als sie ihn ansah. »Der Wind ist kalt«, sagte er. »Ich dachte, ein heißer Trunk würde unser Abendessen erfreulicher gestalten.«

Alys die Graue blickte in die sinkende Sonne und dann wieder zu Boyce. »Hier ist nicht der Ort für erfreuliche Dinge, Boyce. Es dämmert schon fast, und bald wird der Vollmond am Himmel stehen.«

»Ja«, sagte Boyce. Er schöpfte etwas von dem heißen Wein in seinen Becher und probierte einen Schluck. »Trotzdem ist es nicht nötig, dass wir jetzt auf die Jagd gehen«, erklärte er und lächelte träge. »Der Wolf wird zu uns kommen. Unsere Witterung wird von dem Wind weit ins Land getragen, und der Geruch von frischem Fleisch wird ihn herlocken.«

Alys die Graue sagte nichts. Sie wandte sich ab und stieg die drei hölzernen Stufen hinauf, die in ihren Wagen führten. Vorsichtig entzündete sie ein Kohlenbecken und beobachtete, wie der Lichtschein über die verwitterten grauen Bretter tanzte und über den Stapel von Fellen, auf dem sie schlief. Als das Feuer ruhiger brannte, schob Alys die Graue ein Wandbrett zurück und betrachtete die lange Reihe abgetragener Kleidungsstücke, die an Haken in dem engen Gelass hingen. Umhänge und Mäntel und blusige, weite Hemden, eigenartig geschnittene Kleider und Gewänder, die wie eine zweite Haut am Körper lagen, aus Leder und Pelz und Federn. Sie zögerte kurz, dann streckte sie die Hand aus und wählte einen großen Umhang, der aus Tausenden von langen silbernen Federn gefertigt war, deren jede in eine schwarze Spitze auslief. Sie legte ihren schlichten Stoffumhang ab und befestigte das fließende, fedrige Kleidungsstück an ihrem Hals. Als sie sich umdrehte, wirbelte der Umhang um ihre Glieder, und die abgestandene Luft in dem Wagen geriet in Bewegung und schien von neuem Leben erfüllt, bis sich die Federn wieder senkten und glatt übereinanderlagen. Dann bückte sich Alys die Graue und öffnete eine große Eichentruhe mit Beschlägen aus Leder und Eisen. Sie nahm einen kleinen Kasten heraus. Zehn Ringe lagen auf abgewetztem grauen Fell, jeder mit einer langen gebogenen Silberklaue statt eines Edelsteins. Alys die Graue schob einen Ring auf jeden Finger, und als sie die Fäuste ballte, glitzerten die Klingen matt und drohend in dem roten Schein des Kohlenbeckens.

Draußen herrschte Zwielicht. Boyce hatte nichts zu essen vorbereitet, bemerkte Alys die Graue, als sie sich gegenüber dem weißhaarigen Jäger niederließ, der von seinem heißen Wein trank.

»Ein schöner Umhang«, bemerkte Boyce liebenswürdig.

»Ja«, sagte Alys die Graue.

»Kein Umhang wird dir melden, wenn ER kommt.«

Alys die Graue hob eine Hand, ballte sie zur Faust. Die silbernen Krallen leuchteten im Feuerschein.

»Ah«, meinte Boyce. »Silber.«

»Silber«, bestätigte Alys die Graue und ließ die Hand sinken.

»Trotzdem«, sagte Boyce. »Andere sind ihm mit silbernen Waffen entgegengetreten. Silberne Schwerter, silberne Dolche, Pfeile mit Silberspitzen. Sie sind jetzt Staub, alle die silbernen Krieger. Er mästete sich an ihrem Fleisch.«

Alys die Graue zuckte die Achseln.

Boyce starrte sie eine Zeit lang an, dann lächelte er und widmete sich wieder dem Wein. Alys die Graue zog den Umhang fester, um sich gegen den kalten Wind zu schützen. Nach einer Weile, als sie in die Ferne blickte, sah sie die Lichter über den Bergen im Norden. Sie erinnerte sich an die Bilder, die sie dort gesehen hatte, an die Geschichten, die Boyce zu diesen bunten, tanzenden Schatten für sie erfand. Es waren grimmige und furchtbare Geschichten. In dem Verlassenen Land gab es keine anderen.

Endlich erregte ein anderes Licht ihre Aufmerksamkeit. Ein höher steigender Schimmer im Osten, fahl und Unheil verkündend. Mondaufgang.

Alys die Graue blickte gelassen über das Lagerfeuer hinweg. Boyce begann sich zu verwandeln.

Sie sah zu, wie sich sein Körper wand, wie Knochen und Muskeln sich verformten, sah zu, wie sein fahles weißes Haar länger und länger wurde. Sah zu, wie sich sein träges Lächeln in ein breites rotes Grinsen verwandelte, das sein Gesicht zerriss. Sah, wie die Eckzähne wuchsen und die Zunge sich zwischen ihnen rollte, und sah, wie der Weinbecher zu Boden fiel, als sich seine Hände in Pfoten verwandelten. Einmal versuchte er etwas zu sagen, aber er brachte keine Worte hervor, nur ein tiefes, heiseres, knurrendes Lachen, halb menschlich, halb tierisch. Dann warf er den Kopf zurück und heulte, und er riss sich die Kleider vom Leib, bis sie in Fetzen am Boden lagen und er nicht mehr länger Boyce war. Auf der anderen Seite des Feuers stand der Wolf, ein großes, weißes, zottiges Tier, um die Hälfte größer als jeder gewöhnliche Wolf, mit einem gierigen roten Rachen und brennenden scharlachroten Augen. Alys die Graue blickte in diese Augen hinein, als sie aufstand und den Staub von ihrem Federumhang schüttelte. Es waren wissende Augen, verschlagen und klug. In diesen Augen sah sie ein Lächeln, ein Lächeln, das etwas als selbstverständlich betrachtete.

Ein Lächeln, das zu viel als selbstverständlich betrachtete.

Der Wolf heulte wieder, es war ein langer, wilder Ton, der mit dem Wind verschmolz. Und dann sprang er, über die Asche des Feuers hinweg, das er selbst entzündet hatte.

Alys die Graue streckte die Arme aus, fasste den Rand des Umhangs mit beiden Händen und nahm eine andere Gestalt an.

Ihre Verwandlung ging schneller vonstatten als die seine, war beinahe schon vollendet, kaum dass sie begonnen hatte, aber für Alys die Graue dauerte es eine Ewigkeit. Zuerst kam das erstickende, beklemmende Gefühl, als sich der Umhang über ihre Haut legte, dann Schwindel und eine eigenartige fließende Schwäche, als sich ihr Körper auflöste und neu formte. Und endlich der Rausch, als die Kraft durch ihre Adern strömte wie Wein – ein Wein, der wilder war und heißer und erregender als das armselige Getränk, das Boyce an ihrem Feuer zubereitet hatte.

Sie schlug mit ihren gewaltigen silbernen Flügeln, und der Staub wirbelte auf wie ein Schleier. Sie schwang sich in die Höhe, dem Mondlicht entgegen, stieg höher und höher, bis die Ruinen unter ihr zur Unkenntlichkeit zusammenschrumpften. Der Wind warb um sie, liebkoste sie mit zitternden, eisigen Händen, und sie ergab sich ihm und ließ sich von ihm tragen. Ihre Schwingen füllten sich mit der trostlosen Melodie des Verlassenen Landes und trugen sie höher und höher hinauf. Ihr grausam gekrümmter Schnabel öffnete und schloss sich und öffnete sich wieder, obwohl sie keinen Laut von sich gab. Sie kreiste am Himmel, berauscht von dem erregenden Gift des Fliegens. Ihre Augen, schärfer, als menschliche Augen jemals sein konnten, schauten weit in die Ferne, erkundeten das Geheimnis eines jeden Schattens, entdeckten all die sterbenden und halb toten Geschöpfe, die sich auf dem stillen Gesicht des Verlassenen Landes bewegten. Die Lichtschleier des Nordens tanzten vor ihr und waren tausendmal leuchtender und herrlicher, als sie es für die schwachen Augen des kleinen Wesens Alys gewesen waren. Sie spürte das Verlangen, dorthin zu fliegen, sich vom Wind weiter und weiter und weiter nach Norden tragen zu lassen, um zwischen den Lichtern ihre Kreise zu ziehen, sie mit den Krallen in Fetzen zu reißen.

Sie reckte die Krallen vor, wie zu einer Herausforderung zum Kampf. Lang waren sie und grausam gekrümmt und rasiermesserscharf, und das Mondlicht glitzerte darauf, fahler Schein auf Silber. Und dann erinnerte sie sich und schlug einen großen Bogen und trennte sich widerstrebend von den lockenden Lichtern im Norden. Ihre Flügel peitschten die Luft, sie stieß herab, zerriss die Nacht, stürzte sich auf ihre Beute.

Sie sah ihn tief unten, eine fahl-weiße Gestalt, die aus der Nähe des Wagens und des Feuers flüchtete und Schutz in den Schatten der Nacht suchte. Aber es gab keine Sicherheit in dem Verlassenen Land. Er war stark und unermüdlich, und seine langen kräftigen Läufe fraßen die Kilometer, als wären sie nichts. Schon war er weit von ihrem Lager entfernt. Aber so schnell er war, sie war schneller. Er war eben nur ein Wolf, und sie war der Wind selbst.

Mit tödlicher Lautlosigkeit stieß sie hinab, schnitt durch den Wind wie ein Messer, die silbernen Krallen vorgereckt. Aber er musste ihren Schatten entdeckt haben, den das Mondlicht klar umrissen auf den Boden zeichnete, denn als sie über ihm war, gab die Verzweiflung ihm neue Kraft, und er lief schneller. Es war sinnlos. Er konnte nicht mehr ausweichen, als sie über ihm dahinschwebte und die Krallen in seinen Rücken schlug. Sie schnitten durch Fell und Fleisch wie zehn funkelnde Silberschwerter, und er taumelte und stolperte und fiel.

Sie schwang sich wieder in die Höhe zu einem zweiten Angriff, und der Wolf stand auf und starrte zu ihr empor. Er sah ihren todbringenden Schatten vor dem Mond, seine Augen leuchteten im Fieber der Angst heller denn je. Er warf den Kopf zurück und heulte, es war ein heiserer, blutiger Laut, der um Gnade flehte.

Sie kannte keine Gnade. Tiefer kreiste sie und tiefer, die Krallen voller Blut, den Schnabel geöffnet, um zu hacken und zu reißen. Der Wolf erwartete sie, und als sie herabstürzte, schnellte er ihr knurrend und schnappend entgegen. Aber er war kein Gegner für sie. Sie zerfetzte sein Fleisch, während sie über ihm dahinstrich, wich seinem Rachen mühelos aus und riss ihm wieder fünf tiefe Wunden, aus denen das Blut strömte.

Das nächste Mal, als sie auf ihn herabstieß, war er zu schwach, um zu fliehen, zu schwach, um sich gegen sie zu wehren. Aber er sah zu, wie sie kreiste und die Schwingen anlegte, und ein Zittern durchlief seinen gewaltigen, zottigen Körper, als sie sich auf ihn stürzte.

Endlich öffneten sich seine Augen, verschwommen und matt. Er stöhnte und bewegte sich schwach. Es war Tag, und er befand sich wieder im Lager, neben dem Feuer. Alys die Graue kam zu ihm, als sie merkte, dass er sich regte. Sie kniete nieder und stützte seinen Kopf. Sie hielt ihm einen Becher mit Wein an die Lippen, bis er sich satt getrunken hatte.

Als sich Boyce wieder zurücklegte, konnte sie die Frage in seinen Augen erkennen, die Überraschung darüber, dass er noch lebte. »Du wusstest«, sagte er heiser, »du wusstest ... was ich war.«

»Ja«, erwiderte Alys die Graue. Sie war wieder sie selbst, eine schmale, kleine, irgendwie von der Zeit unberührte Frau mit großen grauen Augen, die in verblichenes graues Tuch gekleidet war. Der Federumhang war verschwunden, die silbernen Ringe hatte sie abgenommen.

Boyce versuchte sich aufzusetzen, zuckte vor Schmerz und legte sich wieder auf die Decke, die sie unter ihm ausgebreitet hatte. »Ich dachte ... dachte, ich wäre tot«, sagte er.

»Du warst dem Tode nahe«, antwortete Alys die Graue.

»Silber«, sagte er bitter. »Silber brennt und schneidet so.«

»Ja.«

»Aber du hast mich verschont«, bemerkte er verwirrt.

»Ich verwandelte mich zurück und brachte dich hierher und pflegte dich.«

Boyce lächelte, wenn es auch nur ein Abglanz seines früheren Lächelns war. »Du verwandelst dich nach eigenem Belieben«, sagte er verwundert. »Ah, das ist eine Gabe, für die ich töten würde, Alys.«

Sie antwortete nicht.

»Es war offenes Gelände hier«, erklärte er. »Ich hätte dich an einen anderen Ort führen sollen. Hätte es Deckung gegeben ... Häuser, einen Wald, irgendwas ... dann hättest du nicht so leichtes Spiel mit mir gehabt.«

»Ich habe andere Gestalten«, sagte Alys die Graue. »Einen Bär, eine Katze. Es hätte keinen Unterschied gemacht.«

»Ah«, murmelte Boyce. Er schloss die Augen. Als er sie wieder öffnete, zwang er sich zu einem Lächeln. »Du warst wunderschön, Alys. Ich beobachtete deinen Flug lange Zeit, bis ich begriff, was das für mich bedeutete. Es fiel mir schwer, den Blick von dir zu lösen. Ich wusste, du würdest mein Tod sein, aber trotzdem konnte ich die Augen nicht abwenden. So wunderschön. Rauch und Silber und Feuer in den Augen. Als ich dich das letzte Mal auf mich niederstoßen sah, war ich beinahe froh. Besser durch sie zu sterben, die so furchtbar und herrlich ist, dachte ich, als von der Hand eines erbärmlichen kleinen Menschen mit einem geschärften silbernen Stock.«

»Es tut mir leid«, sagte Alys die Graue.

»Nein«, warf Boyce rasch ein. »Es ist besser, dass du mich verschont hast. Ich werde bald wieder ganz gesund sein. Selbst von Silber geschlagene Wunden bluten nur kurze Zeit. Dann werden wir zusammen sein.«

»Du bist immer noch schwach«, mahnte Alys die Graue. »Schlaf.«

»Ja«, meinte Boyce. Er lächelte sie an und schloss die Augen.

Stunden waren vergangen, als Boyce wieder erwachte. Er fühlte sich viel kräftiger, seine Wunden hatten sich fast schon geschlossen. Aber als er sich aufzurichten versuchte, konnte er sich nicht bewegen. Er war gefesselt, mit gespreizten Armen und Beinen an Pflöcke gefesselt, die in die harte, graue Erde getrieben waren.

Alys die Graue beobachtete, wie er zu begreifen suchte, was mit ihm geschehen war, und hörte ihn verstört aufschreien. Sie ging zu ihm, hob seinen Kopf und gab ihm mehr Wein zu trinken.

Als sie ihn losließ, drehte er wild den Kopf, starrte auf seine Fesseln und dann auf sie. »Was hast du getan?«, rief er.

Alys die Graue sagte nichts.

»Warum?«, fragte er. »Ich verstehe das nicht, Alys. WARUM? Du hast mich verschont, mich gepflegt, und jetzt bin ich gefesselt.«

»Meine Antwort würde dir nicht gefallen, Boyce.«

»Der Mond!«, sagte er wild. »Du hast Angst vor dem, was geschehen könnte, wenn ich mich heute Nacht wieder verwandle. Das ist dumm. Ich würde dich nicht verletzen, nach allem, was zwischen uns gewesen ist, nach allem, was ich jetzt weiß. Wir gehören zusammen, Alys. Wir sind einander gleich, du und ich. Wir haben zusammen die Lichter geschaut, und ich habe dich fliegen gesehen. Wir müssen einander vertrauen! Binde mich los.«

Alys die Graue runzelte die Brauen, seufzte und gab keine Antwort.

Boyce sah sie verständnislos an. »Warum?«, fragte er wieder. »Binde mich los, Alys, lass mich die Wahrheit meiner Worte beweisen. Du hast keinen Grund, mich zu fürchten.«

»Ich fürchte dich nicht, Boyce«, sagte sie traurig.

»Gut«, versetzte er eifrig. »Dann binde mich los und verwandle dich zusammen mit mir. Nimm heute Nacht die Gestalt einer großen Katze an, und wir jagen gemeinsam. Ich kann dir Beute zutreiben, wie du sie nie gesehen hast. Es gibt so vieles, das wir miteinander teilen können. Du hast gefühlt, wie es ist, sich zu verwandeln, du kennst die Wahrheit, du hast die Macht gekostet, die Freiheit, hast die Lichter mit den Augen eines Tiers gesehen, hast frisches Blut gewittert, die Lust des Tötens empfunden. Du kennst ... die Freiheit ... den Rausch ... all das ... du weißt ...«

»Ich weiß«, stimmte Alys die Graue zu.

»Dann binde mich los! Wir sind füreinander bestimmt, du und ich. Wir werden zusammenleben, gemeinsam jagen.«

Alys die Graue schüttelte den Kopf.

»Ich verstehe es nicht«, sagte Boyce. Er bäumte sich in den Fesseln auf, fluchte und sank wieder zurück. »Bin ich abstoßend? Findest du mich böse, hässlich?«

»Nein.«

»Was dann?«, fragte er bitter. »Andere Frauen haben mich geliebt, fanden mich reizvoll. Reiche, schöne Frauen, die schönsten des Landes. Alle haben mich begehrt, selbst nachdem sie es wussten.«

»Aber du hast diese Liebe niemals erwidert, Boyce«, sagte sie.

»Nein«, gab er zu. »Auf gewisse Art habe ich sie geliebt. Ich habe niemals ihr Vertrauen missbraucht, wenn es das ist, was du denkst. Ich finde meine Beute hier, im Verlassenen Land, nicht bei denen, die mich lieben.« Boyce spürte den forschenden Blick von Alys der Grauen und sprach weiter. »Wie konnte ich sie mehr lieben, als ich es tat?«, verteidigte er sich leidenschaftlich. »Sie kannten nur einen Teil von mir, nur den Teil, der in der Stadt lebte und Wein und Gesang liebte und parfümierte Laken. Der andere Teil von mir lebte hier draußen in dem Verlassenen Land und wusste von Dingen, von denen sie nicht einmal ahnten, die armen, zarten Geschöpfe. Ich sagte es ihnen, denen, die mir keine Ruhe ließen. Um sich ganz mit mir zu vereinen, hätten sie an meiner Seite laufen, mit mir jagen müssen. Wie du. Binde mich los, Alys. Lass mich sehen, wie du fliegst, beobachte mich bei der Jagd. Jage mit mir.«

Alys die Graue stand auf. »Es tut mir leid, Boyce. Ich würde dich schonen, wenn ich es könnte, aber was geschehen muss, wird geschehen. Hättest du letzte Nacht den Tod gefunden, wäre alles umsonst gewesen. Tote Dinge haben keine Macht. Nacht und Tag, Schwarz und Weiß, sie sind schwach. Alle Macht entstammt dem Reich dazwischen, dem Zwielicht, dem Schatten, der furchtbaren Kluft zwischen Leben und Tod. Dem Grau, Boyce, dem Grau.«

Er zerrte wieder an seinen Fesseln und weinte und fluchte und knirschte mit den Zähnen. Alys die Graue wandte sich ab und begab sich in die Einsamkeit ihres Wagens. Dort blieb sie für Stunden, saß allein in der Dunkelheit und hörte, wie Boyce fluchte, ihr drohte, sie anflehte, schwor, sie zu lieben. Alys die Graue saß in ihrem Wagen, bis der Mond hoch am Himmel stand. Sie wollte nicht sehen, wie er sich verwandelte, wie zum letzten Mal die menschliche Gestalt von ihm abglitt.

Schließlich waren seine Schreie zu einem Heulen geworden, tierisch und verlassen und voller Schmerz. Da erst verließ Alys die Graue den Wagen. Der Vollmond übergoss das Land mit einem matten bleichen Licht. Der große weiße Wolf wand sich in seinen Fesseln und heulte und tobte und starrte ihr mit hungrigen scharlachroten Augen entgegen.

Alys die Graue ging ruhig auf ihn zu. In der Hand hielt sie das lange silberne Häutemesser, in dessen Klinge zarte, kunstvolle Runen graviert waren.

Als er endlich aufhörte zu toben, ging die Arbeit schneller voran, aber dennoch war es eine lange und blutige Nacht. Sie tötete ihn in dem Augenblick, als es vollbracht war, ehe der Morgen anbrach und ihm die menschliche Stimme zurückgab, um seine Qual hinauszuschreien. Dann legte Alys die Graue das Fell beiseite, holte Werkzeug und hob in der harten, kalten Erde ein tiefes, tiefes Grab aus. Sie häufte Steine und Teile von zerbröckeltem Mauerwerk darauf, um ihn vor den Geschöpfen zu schützen, die das Verlassene Land durchstreiften, den Ghoulen und Aaskrähen und den anderen Wesen, die totes Fleisch nicht verschmähten. Sie brauchte fast den ganzen Tag, um ihn zu begraben, denn der Boden war wirklich sehr hart, und noch während sie grub, wusste sie, dass die Arbeit vergeblich sein würde.

Und als sie fertig war und der Tag sich wieder dem Ende zuneigte, ging sie in ihren Wagen, und als sie herauskam, trug sie den großen Umhang aus tausend silbernen Federn. Dann verwandelte sie sich und stieg auf und flog, wild und unermüdlich, badete in seltsamem Licht und vereinigte sich mit der Nacht. Stunden kreiste sie unter dem spöttischen Gesicht des Vollmonds, und gerade als der Morgen anbrach, stieß sie einen einzigen Schrei aus, einen Schrei so voller Verzweiflung und Trauer, dass er den ruhelosen Strom des Winds zerriss und auf ewig sein Lied veränderte.

Vielleicht hatte Jerais Angst vor dem, was sie ihm geben mochte, denn er kehrte nicht allein zu Alys der Grauen zurück. Er brachte zwei andere Ritter mit, einen großen Mann ganz in Weiß, der einen Totenschädel aus Eis im Wappen trug, und einen anderen in karmesinroter Rüstung, dessen Schild einen brennenden Mann zeigte. Sie warteten schweigend an der Tür, während Jerais wachsam auf Alys die Graue zuging. »Nun?«, fragte er.

Auf ihrem Schoß lag ein Wolfspelz, das Fell eines großen, mächtigen Tiers, so weiß wie der Schnee auf den Bergen. Alys die Graue stand auf und reichte das Fell Jerais dem Blauen, legte es über seinen ausgestreckten Arm. »Sagt der Lady Melange, sie soll sich schneiden und das Blut auf das Fell tropfen lassen. Das muss bei Mondaufgang geschehen, zur Zeit des Vollmonds. Dann braucht sie nur diesen Pelz als Umhang zu tragen und die Verwandlung herbeizuwünschen. Tag oder Nacht, Vollmond oder Neumond, es macht keinen Unterschied.«

Jerais blickte auf das schwere weiße Fell und lächelte ein hartes Lächeln. »Ein Wolfspelz, so. Damit hatte ich nicht gerechnet. Ich dachte an einen Trank, einen Spruch.«

»Nein«, sagte Alys die Graue. »Das Fell eines Werwolfs.«

»Ein Werwolf?« Jerais' Lippen zuckten, und ein Funkeln trat in seine tiefen saphirblauen Augen. »Nun, Graue Alys, du hast den Wunsch der Lady Melange erfüllt, mich aber betrogen. Ich habe dich nicht bezahlt, damit du Erfolg haben sollst. Gib mir meinen Stein zurück.«

»Nein«, erwiderte Alys die Graue. »Ich habe ihn mir verdient, Jerais.«

»Ich habe nicht bekommen, wonach ich gefragt habe.«

»Ihr habt bekommen, was Ihr Euch wünschtet, und mehr hatte ich nicht versprochen.« Ihre grauen Augen begegneten seinem Blick ohne Furcht. »Ihr dachtet, wenn ich keinen Erfolg hätte, würdet Ihr bekommen, wonach es Euch in Wahrheit gelüstete, und dass mein Erfolg Euer Unglück wäre. Ihr habt Euch geirrt.«

Jerais wirkte belustigt. »Und was ist das, wonach es mich in Wahrheit gelüstete?«

»Die Lady Melange«, erwiderte Alys die Graue. »Ihr wart ein Liebhaber unter vielen, aber Ihr wolltet mehr. Ihr wolltet alles. Ihr wusstet, dass Ihr in ihrem Herzen erst an zweiter Stelle kommt. Das habe ich geändert. Kehrt jetzt zu ihr zurück und gebt ihr, was sie gekauft hat.«

An diesem Tag hallte bitteres Wehklagen durch die hohe Festung, als Jerais der Blaue vor der Lady Melange niederkniete und ihr einen weißen Wolfspelz reichte. Aber als das Schreien, das Klagen und die Trauer vorüber waren, nahm sie das große weiße Fell und ließ ihr Blut darauf tropfen und lernte, sich zu verwandeln. Es ist nicht die Vereinigung, die sie sich wünscht, aber es ist dennoch eine Vereinigung. So wandert sie jede Nacht über die Festungsmauern und streift durch die Berge, und die Menschen in der Stadt erzählen von dem wilden Kummer, der in ihrem Heulen klingt.

Und Jerais der Blaue, der sich mit ihr vermählte, einen Monat nachdem Alys die Graue aus dem Verlassenen Land zurückgekommen war, sitzt bei Tag in der Großen Halle neben einer Wahnsinnigen und verriegelt des Nachts seine Tür, aus Angst vor den heißen roten Augen seiner Gemahlin, und er geht nicht mehr auf die Jagd und lacht nicht mehr und verlangt nicht mehr nach Frauen.

Man kann alles, was man sich je wünschen mag, bei Alys der Grauen kaufen. Aber es ist besser, dies nicht zu tun.

HYBRIDE UND HORROR

Als Kind habe ich nie Horrorgeschichten gelesen. Monstergeschichten hingegen … *die* habe ich geliebt. Wenn wir an Halloween unsere Süßes-oder-Saures-Runde machten, wollte ich immer als Geist oder Monster gehen, nie als Cowboy oder Landstreicher oder Clown.

Unter den drei Kinos in Bayonne war das Plaza das schäbigste, aber die Monsterfilm-Vorführungen am Samstagnachmittag habe ich nie verpasst. Der Eintritt kostete nur einen Vierteldollar. Im DeWitt und im Lyceum, den etwas vornehmeren Lichtspieltheatern, schaute ich mir William Castles Gimmick-Filme *Schrei, wenn der Tingler kommt* und *Das unheimliche Erbe* an. Der Anlass für meinen einzigen Besuch im Victory, Bayonnes höhlenartigem, im Verfall begriffenen Opernhaus, das fast meine ganze Kindheit hindurch geschlossen war, war ebenfalls ein Monsterfilm. Die Sitze waren muffig und staubig und, wie sich später herausstellte, von Ungeziefer befallen. Ich kam ganz zerstochen nach Hause, und kurz darauf wurde das Victory geschlossen und mit Brettern zugenagelt.

Auch im Fernsehen gab es gruseliges Zeug. Wenn man lange genug aufbleiben durfte, erwischte man abends manchmal einen der alten Universal-Horrorfilme. *Wolfman* mochte ich am liebsten, auch wenn *Graf Dracula* und *Frankenstein* (der immer Frankenstein für uns hieß, nicht »Frankensteins Monster« oder »das Monster«) mir auch gut gefielen. *Der Schrecken vom Amazonas* und *Der Unsichtbare* konnten neben den dreien nicht bestehen, und *Die Mumie* war reichlich albern. Neben den alten Filmen gab es gelegentlich eine gruselige Twilight-Zone-Folge und die Alfred-Hitchcock-Show ... aber *Thriller*, präsentiert von Boris Karloff, war noch erheblich gruseliger als beides zusammen. Die *Thriller*-Adaption von Robert E. Howards *Höllentauben* jagte mir mehr Angst ein als alles, was ich bis dahin gesehen hatte, jedenfalls bis zum Vietnamkrieg ... und im Vietnamkrieg kam wenigstens kein Typ mit einer Axt im Schädel die Treppe herunter.

Auch Monstercomics verschlang ich förmlich, allerdings war ich für die wirklich guten wie *Geschichten aus der Gruft* und ihre modrigen Kollegen aus dem EC-Verlag noch zu klein. Zwar habe ich darüber später in den Fanzines gelesen, besaß aber selbst nie eine Ausgabe. Ich erinnere mich, wie ich im Friseurladen um die Ecke auf einen zerfledderten alten Comic stieß, der *viel* erschreckender war als das, was ich mir sonst so kaufte; mit Sicherheit war das ein alter EC-Comic, der beim Friseur noch so herumflog. (Er besaß auch stapelweise alte *Blackhawk*-Comics, noch aus der Zeit vor DC.) Bevor Marvel zu Marvel wurde, veröffentlichten sie jede Menge nicht besonders unheimlicher Monstercomics, in denen die Monster diese albernen Namen trugen und aus dem Weltall kamen. Die Sorte hatte ich, aber sie waren ziemlich halbgar, und ich mochte sie nie auch nur halb so sehr wie die Superhelden-Comics.

Bilderheftchen, Filme und Fernsehen streuten also ihre Saat aus, und was für eine monströse Saat das war ... aber meine Liebe zu Horrorgeschichten schlug erst 1965 Wurzeln, als ich fünfzig Cent (unfassbar, wie die Preise für Druckerzeugnisse in die Höhe schossen) für eine Taschenbuchanthologie von Avon mit dem Titel *Boris Karloff's Favorite Horror Stories* bezahlte und H. P. Lovecrafts *Das leuchtende Trapezoeder* las. Im Buch gab es noch andere großartige Spinnereien, unter anderem von Poe, Kornbluth und Robert Bloch, aber es war Lovecraft, der mich im Genick packte und nicht wieder losließ. Ich hatte an diesem Abend Angst, ins Bett zu gehen. Am nächsten Tag hielt ich nach weiteren Geschichten von HPL Ausschau, der sich an die Spitze meiner persönlichen Lieblingsautoren katapultiert hatte, wo er lange blieb und sich diese Ehre mit RAH und JRRT teilte.

Man schreibt, was man liest. Ich habe in meiner Jugend niemals Zane Grey gelesen, und ich schrieb nie einen Western. Ich las Heinlein, Tolkien und Lovecraft. Es war unvermeidlich, dass ich eines Tages selbst ein paar Monster hervorbringen würde. Und was diese Hybridensache betrifft …

… lange bevor H. P. Lovecraft in mein Leben trat, lag ein Chemiebaukasten für mich unter dem Weihnachtsbaum.

In den Fünfzigern waren Chemiebaukästen der letzte Schrei, und sie lagen ebenso häufig unter dem Weihnachtsbaum wie Lionel-Modellbahnen und Roy-Rogers-Pistolengürtel mit passenden sechsschüssigen Spielzeugpistolen (jedenfalls für Jungs – Mädchen bekamen Dale-Evans-Ausstattung und statt der Chemiebaukästen Backsets von Betty Crocker). Es war das Zeitalter von Sputnik, das Zeitalter von Charles Van Doren, das Zeitalter des Atoms. Amerika wollte uns Jungs allesamt zu Raketenwissenschaftlern heranziehen, damit wir die verdammten Russkis auf den Mond schießen konnten.

Die damaligen Chemiebaukästen (und meines Wissens ist das heute nicht anders) bestanden aus einem großen aufklappbaren Metallkasten. Darin fanden sich Gestelle mit kleinen Glasgefäßen, in denen die Chemikalien waren. Dazu gab es ein paar Reagenzgläser, Bechergläser und ein Anleitungsheft, das die unterschiedlichen lehrreichen Experimente beschrieb, die man nachbauen konnte. Vorn auf dem Kasten war üblicherweise ein wohlfrisierter Junge in weißem Laborkittel abgebildet (niemals ein Mädchen), der mit einem Reagenzglas in der Hand eins jener zahlreichen lehrreichen Experimente durchführte. (Weiße Laborkittel waren nicht im Set enthalten.) Zweifellos gab es irgendwo Kinder wie ihn, die pflichtbewusst die Anleitungen befolgten, die lehrreichen Experimente durchführten, jede Menge Wertvolles über die Wissenschaft lernten und zu Chemikern heranwuchsen.

Ich habe allerdings nie eins dieser Kinder kennengelernt. Alle Kinder, die ich kannte, interessierten sich erheblich mehr dafür, mithilfe ihrer Chemiebaukästen irgendwas explodieren zu lassen. Oder etwas zusammenzukippen, das sich eigenartig verfärbte. Oder blubberte und rauchte. »Lasst uns mal sehen, was passiert, wenn wir *dies* hier mit *dem* hier zusammenschütten«, sagten wir zueinander und träumten davon, die geheimnisvolle Rezeptur zu entdecken, die uns in Superhelden verwandelte oder zumindest in Mr. Hyde. Unsere Eltern mochten annehmen, die Chemiebaukästen würden uns auf den richtigen Weg bringen, um lauter Jonas Salks und Wernher von Brauns zu werden, aber wir wollten lieber einer der großen Victors sein ... Victor von Frankenstein oder Victor von Doom.

Meistens, wenn wir *dies* mit *jenem* mischten, kam nichts als eine gewaltige Sauerei dabei heraus. Hätten wir jemals eine Formel gefunden, die den Inhalt unseres Reagenzglases eigenartig verfärbte oder blubbern und rauchen ließ, hätten wir es möglicherweise getrunken ... oder zumindest unsere kleinen Schwestern zu überreden versucht, davon zu probieren.

Mein Chemiebaukasten landete bald in der hintersten Ecke des Kleiderschranks und verstaubte hinter meiner Sammlung von Fernsehzeitschriften, aber meine Begeisterung dafür, *dies* mit *jenem* zu mischen, blieb mir erhalten und schlug sich in meinen Geschichten nieder. Heute werden sie gern strikt nach Genres getrennt, sodass die Bücherregale sehr den kleinen Fläschchen im Chemiebaukasten ähneln, mit hübschen kleinen Etiketten, auf denen steht: MYSTERY, ROMANTIK, WESTERN, HISTORISCHER ROMAN, SCIENCE FICTION, JUGENDBUCH.

Pfui, sage ich. Lasst uns *dies* mit *jenem* zusammenkippen und schauen, was passiert. Lasst uns ein paar Genres vermischen und ein paar Grenzen verwischen und Geschichten erzählen, die beides sind und zugleich keins von beidem. Manchmal werden wir eine Sauerei anrichten, ja ... aber ab und an, wenn wir es richtig anstellen, erwischen wir vielleicht eine Mischung, die *explodiert!*

Angesichts dieser Philosophie ist es nicht verwunderlich, dass ich im Lauf der Jahre einige seltsame Hybride produziert habe. *Fiebertraum* ist einer davon. Auch wenn das Buch meistens als Horror eingeordnet wird, ist es doch ebenso sehr ein Steampunk- und ein Vampir-Roman. *Armageddon Rock* ist noch schwieriger einzusortieren: Fantasy, Horror, Krimi, ein Roman über Rock'n' Roll, politisch und ein Roman über die Sechziger. Plus Froggy den Gremlin. Selbst meine Fantasy-Saga *Das Lied von Eis und Feuer* ist eine Art Hybride und ebenso sehr von den historischen Romanen von Thomas B. Costain und Nigel Tranter beeinflusst wie von den Fantasy-Romanen Tolkiens, Howards und Fritz Leibers.

Die Genres, die ich am häufigsten zusammengekippt habe, sind jedoch Horror und Science Fiction.

Schon meine zweite verkaufte Geschichte war ein solcher Hybride. Trotz des Science-Fiction-Settings ist »Die Ausfahrt nach

San Breta« im Kern eine Geistergeschichte … wenn auch zugegebenermaßen keine besonders unheimliche. Meine ersten beiden *Corpse*-Geschichten »Niemand verlässt Neu-Pittsburgh« und »Überlagerung« waren weitere Experimente mit gegenseitiger Bestäubung, was sich bei einem alten Freund aus der Horrorwelt, dem Zombie, in einem Science-Fiction-Umfeld geradezu anbot. »In dunklen Tunneln« sollte Anklänge von Horror aufweisen, ebenso (und sehr viel erfolgreicher) die spätere, deutlich besser gelungene Collection *Im Haus des Wurms*.

Manche Kritiker wandten ein, Horror und Science Fiction verhielten sich regelrecht antithetisch zueinander. Das lässt sich in der Tat durchaus überzeugend darlegen, insbesondere bei Horrorgeschichten in der Tradition von Lovecraft. Science Fiction beruht auf der Grundannahme, dass das Universum, wie mysteriös und erschreckend es uns auch erscheinen mag, schlussendlich erklärbar ist, während Lovecraft behauptet, dass selbst der flüchtigste Blick auf die wahre Beschaffenheit des Universums ausreicht, um einen Menschen in den Wahnsinn zu treiben. Weiter kann man sich von der Campbell'schen Perspektive auf das Universum kaum entfernen. In *Der Millionen-Jahre-Traum*, seiner aufschlussreichen Arbeit über die Geschichte der Science Fiction, stellt Brian W. Aldiss beide einander gegenüber, John W. Campbell als den »denkenden«, H. P. Lovecraft ganz am anderen Ende des literarischen Universums als den »träumenden Pol«.

Und doch schrieben sie beide Geschichten, die man mit Fug und Recht als Science-Fiction-Horror-Hybride bezeichnen kann. Es gibt in der Tat sogar verblüffende Parallelen zwischen HPL's »Berge des Wahnsinns« und »Das Ding aus einer anderen Welt« von JWC. Beide sind wirkungsvolle Horrorgeschichten, die jedoch auch als Science-Fiction-Geschichten funktionieren. Und

»Who Goes There?« ist möglicherweise das Beste, was Campbell je schrieb, und auch »Berge des Wahnsinns« rangiert unter Lovecrafts Geschichten mit Sicherheit unter den ersten fünf. Das ist die Lebenskraft der Hybride.

Zu meinen eigenen Hybriden- und Horrorgeschichten:

»Der Fleischhausmann«, die älteste hier abgedruckte Geschichte, war die dritte meiner *Corpse*-Erzählungen und, wie sich herausstellte, der Abschluss der Serie. Der Horror wirkt eher auf sexueller und psychologischer Ebene als durch herumfliegende Eingeweide, aber nichtsdestotrotz ist auch diese Geschichte ein Science-Fiction-Horror-Hybride. Möglicherweise das Düsterste, was ich je geschrieben habe (und ich habe ziemlich düstere Texte produziert), war »Der Fleischhausmann« als mein Beitrag für *The Last Dangerous Visions* gedacht. Harlan Ellisons bahnbrechende Anthologien *Dangerous Visions* und *Again. Dangerous Visions* trafen mich und die meisten anderen Leser meiner Generation mit ungeheurer Wucht. Als ich Harlan 1972 auf dem Lunacon in New York City zum ersten Mal begegnete, fragte ich ihn ohne größere Umschweife, ob ich ihm eine Geschichte für TLDV schicken könne. Nein, beschied er mir, es würden keine weiteren Beiträge mehr angenommen.

Ein Jahr später bot sich aber doch eine Möglichkeit ... zumindest für mich. Inzwischen hatte ich Harlan durch unsere gemeinsame Freundin Lisa Tuttle besser kennengelernt und hatte auch schon mehr veröffentlicht, was geholfen haben mag, ihn davon zu überzeugen, dass ich würdig war, in ein voraussichtlich monumentales Buch aufgenommen zu werden: die Anthologie, die Anthologien für alle Zeiten neu definieren würde. Was immer ihn dazu bewog, seine Meinung zu ändern, er änderte sie. 1973 sagte er, ich könne ihm eine Geschichte schicken. Ich war entzückt ... und entsetzlich nervös. TLDV würde voller echter Knaller stecken. Konnte ich da mithalten? Konnte ich *gefährlich* genug sein?

Ich habe monatelang mit der Geschichte gerungen, bis ich sie Anfang 1974 an Harlan schickte. Bis auf den Titel »Der Fleischhausmann« hatte sie nur ein wenig Hintergrund und einige Figurennamen mit dem hier abgedruckten »Fleischhausmann« gemeinsam. Sie war deutlich kürzer, um gut zwei Drittel, und sehr viel seichter. Ich gab mein Bestes, um gefährlich zu sein, aber in dieser ersten Version war »Der Fleischhausmann« kaum mehr als eine intellektuelle Fingerübung.

Am 30. März 1974 schickte Harlan mir mein Manuskript zurück, das beigefügte Ablehnungsschreiben begann mit den Worten: *Abgesehen davon, dass sie komplett um den heißen Brei herumschleicht, ist das eine nette Geschichte*. Danach weidete er mich aus und forderte mich gleichzeitig auf, der Geschichte die Gedärme rauszureißen und das Ganze noch mal von vorn zu schreiben, beginnend mit dem ersten Satz. Ich fluchte und schäumte und trat gegen die Wand, aber leider hatte seine Kritik Hand und Fuß. Also setzte ich mich hin, riss der Geschichte die Gedärme raus und schrieb das Ganze noch mal von vorn, beginnend mit dem ersten Satz, und diesmal öffnete ich mir dazu noch eine Ader und ließ das Blut direkt aufs Papier tropfen. Auch wenn 1973 und 1974 in beruflicher Hinsicht ausgezeichnete Jahre für mich waren, so waren es ganz sicher keine glücklichen. Für meine Karriere lief alles glänzend, privat nicht ganz so sehr. Ich war innerlich verwundet und litt Schmerzen. All diesen Schmerz steckte ich in »Der Fleischhausmann« und schickte die Erzählung wieder an Harlan.

Er konnte sie immer noch nicht ausstehen. Diesmal ging er viel schonender mit mir um, aber auch eine freundliche Absage ist eine Absage.

Danach überlegte ich, den »Fleischhausmann« einfach in den Wind zu schießen. Auch jetzt noch, fast dreißig Jahre später, schmerzt es mich, den Text zu lesen. Aber letzten Endes hatte ich zu viel Arbeit hineingesteckt, um die Geschichte einfach aufzugeben, also bot ich sie weiter an und verkaufte sie schließlich an Damon Knight für *Orbit*, und das war das einzige Mal, dass ich es geschafft habe, in eine dieser renommierten Anthologien hineinzukommen. Die Geschichte erschien 1976 in *Orbit 18*.

Ungefähr drei Jahre später schrieb ich »Erinnerungen an Melody«, meine erste zeitgenössische Horrorgeschichte. Daran war Lisa Tuttle schuld. Als wir 1979 begannen, an *Sturz* zu arbeiten, dem dritten Teil des Romans *Windhaven*, flog ich für ein paar Wochen runter nach Austin, um von Angesicht zu Angesicht mit ihr zu sprechen und den Roman in Gang zu bringen. Zu jener Zeit schrieb Lisa jede Menge modernen Horror, und einige der herrlich gruseligen Geschichten weckten in mir den Wunsch, mich ebenfalls daran zu versuchen.

Dabei also kam »Erinnerungen an Melody« heraus. Mein Agent scheiterte bei dem Versuch, sie bei einem der großen, gut zahlenden Männermagazine unterzubringen, aber das Magazin *Twilight Zone* nahm sie gern, und sie erschien in der Aprilausgabe 1981.

Hollywoods Liaison mit Horrorgeschichten geht weit zurück bis zu Murnaus *Nosferatu* in der Ära des Stummfilms, und so überrascht es nicht, dass drei der Geschichten dieses Abschnitts auch filmisch umgesetzt wurden. Aber »Erinnerungen an Melody« war nicht nur die erste meiner Geschichten, die es überhaupt vor die Kamera schaffte, sondern die bisher einzige, die gleich zweimal verfilmt wurde – zuerst als studentischer Kurzfilm (mit jeder Menge kurzer studentischer Schauspieler), später von HBO als Episode der *Hitchhiker*-Reihe.

Wer in irgendeiner Weise mit meiner Arbeit vertraut ist, hat vermutlich schon mal von »Sandkönige« gehört. Bis zu *Das Lied von Eis und Feuer* war es meine mit großem Abstand bekannteste Geschichte.

»Sandkönige« war die letzte der drei Erzählungen, die ich während der Weihnachtsferien im Winter 1978/79 schrieb. Die Inspiration dazu lieferte ein Bekannter aus dem College, der jeden Samstag zur Sendezeit von Monster-Horrorfilmen seine »*Creature Features*«-Partys veranstaltete. Er besaß ein Becken voller Piranhas, und manchmal warf er zur Freude der Gäste zwischen dem ersten und dem zweiten Film einen Goldfisch hinein.

Auch »Sandkönige« war als Auftakt einer mehrteiligen Erzählung gedacht. Der eigenartige kleine Laden in der Seitenstraße, der wunderliche und gefährliche Gegenstände zum Verkauf anbot, gehörte schon lange zum vertrauten Inventar der Fantasy. Mir gefiel die Idee einer Science-Fiction-Version. Mein eigenartiger kleiner Laden war ein Franchise-Unternehmen, und die jeweiligen Niederlassungen waren Lichtjahre voneinander entfernt auf vielen verschiedenen Planeten verstreut. Seine geheimnisvollen Eigentümer Wo & Shade sollten in jeder Erzählung vorkommen, aber die eigentlichen Hauptfiguren sollten die Kunden sein, so wie Simon Kress. (Ja, ich habe eine zweite Wo-&-Shade-Geschichte angefangen, die auf ai-Emerel spielte, einer Welt, die in meinen frühen Zukunftsgeschichten oft erwähnt wird, aber nie auftaucht. Die Erzählung hieß »Protection«, und ich habe achtzehn Seiten geschrieben, bevor sie unfertig in der Schublade landete, aber ich erinnere mich nicht mehr, warum.) Wenn ich im Januar 1979 nach den drei gerade beendeten Geschichten gefragt worden wäre, hätte ich verkündet, dass »Der Eisdrache« die Leute umhauen würde. Ich empfand sie als das Beste, was ich bis dahin überhaupt geschrieben hatte. Auch

»Der Weg von Kreuz und Drachen« gefiel mir sehr, und ich hielt es für möglich, dass sie den einen oder anderen Preis gewinnen würde. Und »Sandkönige«? Nicht übel. Nicht annähernd so gut wie die beiden anderen natürlich, aber hey … niemand trifft immer ins Schwarze.

Bei keiner anderen Geschichte habe ich je so falsch gelegen. »Sandkönige« wurde von *Omni* angekauft, die damals am besten von allen bezahlten, und wurde die bekannteste Geschichte, die ich je veröffentlicht hatte. Sie hat in ihrem Erscheinungsjahr als einzige meiner Geschichten *sowohl* den Hugo als auch den Nebula Award abgeräumt. Ich habe den Überblick verloren, wie oft sie inzwischen abgedruckt wurde und in wie vielen Anthologien sie erschienen ist, und ich habe damit mehr verdient als mit zweien meiner Romane und den meisten Scripts und Drehbüchern. DC hat die Erzählung als Comic umgesetzt, und es war sogar mal ein Computerspiel dazu geplant. Hollywood-Produzenten strömten in Scharen herbei, ich verkaufte ein halbes Dutzend Optionen und sah mir ein Dutzend verschiedene Drehbücher und Bearbeitungen an, und schließlich wurde die Geschichte als zweistündiger Pilot für *Outer Limits* ausgestrahlt, fürs Fernsehen bearbeitet von Melinda M. Snodgrass, einer Freundin.

Ist sie das Beste, was ich je geschrieben habe? Das muss jeder für sich beurteilen.

Der Erfolg von »Sandkönige« spornte mich an, noch mehr Science-Fiction-Horror-Hybride zu schreiben, darunter ist »Nachtgleiter« (vormals »Die Expedition der Nachtfee«), eine Geschichte über ein Raumschiff, auf dem es spukt, am erwähnenswertesten.

Ich hatte in »Die Ausfahrt nach San Breta« bereits Geister in eine futuristische Kulisse gesteckt, aber das waren tatsächliche Geister von Verstorbenen. In »Nachtgleiter« wollte ich ausprobieren, ob mir eine anständige, SF-taugliche Erklärung für den Spuk gelingt.

Die Originalversion von »Nachtgleiter«, veröffentlicht in *Analog* mit einem feinen Cover von Paul Lehr, hatte um die 23 000 Wörter … aber selbst in dieser Länge erschien es mir viel zu komprimiert, insbesondere die Nebenfiguren kamen nicht recht zur Geltung. (Sie trugen nicht einmal Namen, nur Berufsbezeichnungen.) Als Jim Frenkel von Dell Books für seine neue Reihe *Binary Stars* (ein Wiederbelebungsversuch der alten Ace Doubles) eine ausführlichere Version anfragte, ergriff ich die Gelegenheit beim Schopf. In dieser Sammlung ist die *Binary-Star*-Version abgedruckt.

»Nachtgleiter« gewann 1980 den Locus-Poll-Preis für den besten Roman, konnte sich aber beim Hugo auf der Denvention nicht gegen Gordon R. Dicksons »Lost Dorsai« behaupten. Bald kaufte Hollywood Optionen, und »Nachtgleiter« wurde als erster meiner Texte als Spielfilm umgesetzt. Mary Stewart und Michael Pread spielten die Hauptrollen, und der Film war so herausragend, dass der Regisseur auf seine namentliche Nennung verzichtete. In großen Teilen ist die Geschichte noch erkennbar, aber aus unerklärlichen Gründen wurde die einzige wirklich gruselige Stelle ausgelassen.

»Die Affenkur« und »Der birnenförmige Mann« stammen beide aus meiner Gerald-Kersh-Phase. Kersh war in den Vierzigern und Fünfzigern ein bedeutender Schriftsteller und Autor einiger ausgezeichneter Mainstream-Romane wie beispielsweise *Nachts in der Stadt*, außerdem hat er eine Fülle bizarrer, verstörender, ergötzlicher Kurzgeschichten geschrieben, die in *On an Odd Note, Nightshades, Damnations* und *Men Without Bones* versammelt sind. Weil er seine Erzählungen bevorzugt etwa bei *Collier's* oder der *Saturday Evening Post* veröffentlichte und nicht in *Weird Tales* oder *Fantastic Stories,* war er nicht einmal den Fantasy-Lesern seiner eigenen Zeit wirklich ein Begriff, und heutzutage ist er nahezu vergessen. Das ist eine wahre Schande, denn Kersh verfügte über eine einzigartige Stimme, er besaß die Fähigkeit, seine Leser mitzunehmen in eigenartige Winkel der Welt, in denen Seltsames und Verstörendes zu geschehen pflegte. Es sollte sich dringend ein kleiner Verlag seiner Texte annehmen und seine ausgefallenen Geschichten in einem Buch versammeln, so umfangreich wie dieses hier, damit sie einer neuen Generation Leser gedruckt vorliegen.

»Die Affenkur«, die ältere der beiden Geschichten, schrieb sich leicht, war aber teuflisch schwer zu verkaufen. Mir erschien sie als geeignet, um eine etwas breitere Leserschaft anzusprechen, also wagte ich den Versuch, sie bei einem der größeren Hochglanzmagazine unterzubringen, *Playboy, Penthouse* oder *Omni.* Der Frust folgte auf dem Fuße. Überall erntete die Geschichte bewundernde Kommentare, aber niemand schien den Eindruck zu haben, dass sie wirklich »richtig für uns« sei. Zu eigenartig, sagten sie. Zu verstörend. »Himmel, ist das ekelhaft«, schrieb mir Ellen Datlow von der *Omni* im selben Brief, in dem sie mir erklärte, wie sehr sie sich wünschte, sie könne die Geschichte kaufen.

Als Nächstes hätte ich es bei *Collier's* und der *Saturday Evening Post* versucht, aber 1981 gab es beide schon lange nicht mehr, also wandte ich mich am Ende doch an meine üblichen Adressen und verkaufte die Geschichte an *The Magazine of Fantasy and Science Fiction*. Eigenartig und abstoßend oder nicht, wurde sie für Hugo und Nebula nominiert, gewann aber keinen der beiden Preise.

»Der birnenförmige Mann« hatte es leichter, weil »Die Affenkur« den Boden bereitet hatte. Als Robert Sheckley »Die Affenkur« abgelehnt hatte, war Ellen Datlow nur Lektoratsassistentin bei der *Omni* gewesen, aber als ich »Der birnenförmige Mann« schrieb, war sie Lektorin und nahm das Manuskript sofort an. Es erschien 1987 in der *Omni* und gewann als beste Horrorgeschichte des Jahres einen der ersten Bram-Stoker-Preise, den die neu gegründeten *Horror Writers of America* (HWA) ausschrieben.

Die Gründung der HWA (ursprünglich hatte es HOWL heißen sollen, kurz für *Horror and Occult Writers League*, ein viel *coolerer* Name, der aber von verzweifelt um Achtbarkeit bemühten Mitgliedern niedergeheult wurde) fiel mit dem großen Horror-Boom der Achtziger zusammen. Umso tiefer stürzte der Horror später ab, ein Opfer des eigenen Erfolgs. Heute sagen einem die Verlagsleute, der Horror sei tot (»und verdient es auch nicht anders«, wird irgendwer immer noch hinzufügen).

Als Genre in wirtschaftlicher Hinsicht? Ja, der Horror ist tot.

Aber Monstergeschichten werden nicht aussterben, solange wir noch wissen, wie man sich fürchtet.

1986 gab ich die Horror-Anthologie *Night Visions 3* für *Dark Harvest* heraus. Im Vorwort schreibe ich:

> Wer glaubt, wir lesen Horrorgeschichten aus demselben Grund, aus dem wir auch Achterbahn fahren, erfasst nicht, worum es wirklich geht. Das Höchste der Gefühle, was eine Achterbahn zu bieten hat, ist ein Adrenalinkick, und das ist nicht das Wesentliche an der Fiktion. Wie von einer Achterbahnfahrt kann uns auch von einer wirklich schlechten Horrorgeschichte übel werden, aber weiter reichen die Parallelen nicht. Wir wollen von Geschichten mehr als das, was wir in einem Freizeitpark bekommen können.
>
> Eine gute Horrorgeschichte wird uns verängstigen, ja. Sie hält uns nachts wach, sie jagt uns Schauer über den Rücken,

sie kriecht in unsere Träume und verleiht der Dunkelheit eine ganz neue Bedeutung. Angst, Terror, Horror, wie immer man es nennt, all das gehört dazu. Aber bitte, diese Gefühle sind nicht mit bloßem Schwindelgefühl zu verwechseln. In den wirklich großartigen Geschichten, jenen, die in unserem Gedächtnis nachklingen und unser Leben verändern, geht es nie um das, worum sich augenscheinlich die Handlung dreht.

Schlechte Horrorgeschichten beschäftigen sich mit sechs unterschiedlichen Methoden, einen Vampir zu töten, und liefern anschauliche Beschreibungen davon, wie die Ratten Bills Genitalien verspeisen. In guten Horrorgeschichten geht es um Größeres. Um Hoffnung und Verzweiflung. Um Liebe und Hass, Lust und Eifersucht. Um Freundschaft und das Erwachsenwerden und Sexualität und Wut, Einsamkeit und Entfremdung und Psychosen, Tapferkeit und Feigheit, den menschlichen Verstand, Körper und Geist in Extremsituationen und in Todesqualen, das menschliche Herz und seinen niemals endenden Widerstreit mit sich selbst. Gute Horrorgeschichten lassen uns in einen dunklen Zerrspiegel sehen, in dem wir Blicke auf etwas Verstörendes erhaschen, das wir gar nicht allzu genau betrachten wollen. Horror lässt uns in die Schatten der menschlichen Seele schauen, auf die Angst und den Zorn im Innern aller Menschen.

Aber Dunkelheit hat keine Bedeutung ohne Licht, und Horror ist bedeutungslos ohne Schönheit. Die besten Horrorgeschichten sind in erster Linie Geschichten und erst in zweiter Linie Horror, und wie viel Angst sie uns auch einjagen mögen, sie tun viel mehr als das. Sie räumen dem Lachen ebenso sehr einen Platz ein wie den Schreien, dem Triumph und der Zärtlichkeit ebenso sehr wie der Tragik. Sie kreisen nicht nur um die Angst, sondern beschäftigen sich mit der

> gesamten Vielfalt des Lebens, mit Liebe und Tod und Geburt und Hoffnung und Lust und Erhabenheit, mit der gesamten Spanne von Erfahrungen und Gefühlen, die das menschliche Dasein ausmachen. Ihre Figuren sind Menschen, Menschen, die in unserer Erinnerung nachklingen, Menschen wie die, die uns umgeben, Menschen, die nicht nur existieren, um in Kapitel vier grausam weggemetzelt zu werden. Die besten Horrorgeschichten erzählen uns Wahrheiten.

Das ist fast zwanzig Jahre her, aber ich stehe bis zum letzten Wort dahinter.

Der Fleischhausmann

I Im Fleischhaus

Beim ersten Mal verließen sie die Erzfelder auf direktem Weg: Trager und die anderen, die älteren Burschen, die fast erwachsenen Männer, die ihre Leichen neben seinen führten. Cox war der älteste und erfahrenste der Truppe, und er sagte, dass Trager demnächst mitkommen müsse, ob er nun wolle oder nicht. Darauf lachte einer der anderen und meinte, Trager würde wohl nicht einmal wissen, wie er es anstellen sollte, aber Cox, die heimliche Autorität unter ihnen, stieß ihm in die Seite, worauf er den Mund hielt. Und als Zahltag war, folgte Trager den anderen ins Fleischhaus, ängstlich zwar, aber doch irgendwie voller Neugier. Er gab dem Mann unten sein Geld und bekam dafür einen Zimmerschlüssel.

Nervös und mit schlotternden Knien betrat er den düsteren Raum. Die anderen waren in ihre Zimmer gegangen und hatten ihn mit ihr allein gelassen (nein, mit dem Ding, nicht mit ihr, sondern mit dem Ding, rief er sich ins Gedächtnis, vergaß es jedoch sofort wieder): in einem hässlichen grauen Schlafzimmer mit dem Licht einer einzigen schwachen Glühbirne.

Er stank nach Schweiß und Schwefel, wie alle Bewohner von Skrakky, dagegen konnte man nichts machen. Es wäre besser gewesen, wenn er vorher hätte baden können, aber ein Bad gab es hier nicht, nur ein Waschbecken, ein Doppelbett mit Laken, die selbst in dem schütteren Licht dreckig aussahen, und eine Leiche.

Sie lag da, nackt, starrte ins Nichts und atmete flach. Ihre Beine waren gespreizt, bereit. Ob sie wohl immer so daliegt, fragte sich Trager, oder hatte der Mann vor ihm sie so zurückgelassen? Er wusste es nicht. Er wusste, wie man es anstellen musste (jawohl, das wusste er, er hatte es in den Büchern, die Cox ihm gegeben hatte, gelesen; außerdem gab es Filme, die man sich anschauen konnte, und so weiter), aber viel mehr wusste er auch nicht. Außer vielleicht, wie man Leichen führt. Darin war er gut, der jüngste Führer in Skrakky, aber das musste er auch sein. Man hatte ihn gezwungen, auf die Führerschule zu gehen, als seine Mutter gestorben war. Dort musste er lernen, also tat er es. Das hier allerdings, das hatte er noch nie getan (er wusste, wie es geht, ja, ja, das tat er), aber es war eben das erste Mal.

Langsam näherte er sich dem Bett und setzte sich unter dem Aufächzen der Sprungfedern an den Rand. Er berührte sie, das Fleisch war warm. Natürlich, der Körper lebte immerhin irgendwie. Unter den schweren weißen Brüsten schlug ein Herz, sie atmete. Nur das Gehirn fehlte. An seiner Stelle war jetzt ein totes Synthesehirn. Sie war nichts als Fleisch, ein weiterer Körper, den ein Leichenführer kontrollieren konnte, so wie die Mannschaft, mit der er Tag für Tag unter dem schwefligen Himmel arbeitete. Sie war keine Frau. Also konnte es Trager egal sein, dass er nur ein Junge war, ein milchgesichtiger Knabe, der nach Skrakky stank. Sie (nein, nicht sie, das Ding) würde schließlich nichts dagegen haben, sie konnte gar nichts dagegen haben.

Ermutigt, erregt und steif zog der Junge seinen Leichenführeranzug aus und stieg zu dem weiblichen Fleisch ins Bett. Er war sehr nervös, seine Hände zitterten, als er sie streichelte und ganz genau betrachtete. Ihre Haut war sehr weiß, ihr Haar dunkel und lang, aber selbst der Junge konnte sie nicht hübsch finden. Ihr Gesicht war zu flach und breit, ihr Mund stand offen, und das Fett an ihren Gliedern hing weich und wabbelig herab.

Auf den riesigen Brüsten, rund um die dicken Brustwarzen, hatte der letzte Kunde an den Stellen, wo er sie gebissen hatte, den Abdruck seiner Zähne hinterlassen. Trager untersuchte diese Stellen und fuhr mit dem Finger darüber. Dann, als ob er sich über sein Zögern ärgerte, griff er nach einer Brust, quetschte sie fest, kniff die Warze so lange, bis er sicher war, dass ein richtiges Mädchen vor Schmerzen schreien würde. Die Leiche bewegte sich nicht. Während er noch zudrückte, stieg er über sie und berührte die andere Brust mit den Lippen.

Und die Leiche reagierte.

Sie warf sich hart gegen ihn. Ihre fleischigen Arme schlangen sich um seinen pickligen Rücken und zogen ihn heran. Trager stöhnte und griff ihr zwischen die Beine. Sie war heiß, feucht und erregt. Er zitterte. Wie hatte man das nur so einrichten können? Konnte sie sich wirklich so erregen, oder hatte man da etwas Künstliches in sie eingebaut, oder ...?

Er mochte sich darüber jetzt keine Gedanken machen. Er fummelte, nahm seinen Penis, führte ihn ein und stieß zu. Die Leiche klammerte ihre Beine um ihn und stieß im gleichen Rhythmus zurück. Es war ein gutes Gefühl, wirklich gut, besser als alles, was er sonst mit sich selbst anstellte, und irgendwie war er stolz darauf, dass sie so feucht und erregt war.

Es dauerte nicht lange. Er war zu unerfahren, zu jung, zu eifrig, um es länger hinausschieben zu können. Er brauchte nur ein paar Bewegungen - aber das war auch alles, was sie brauchte. Sie kamen zur gleichen Zeit, ein roter Schimmer huschte über ihre Haut, sie bäumte sich gegen ihn und zitterte lautlos.

Danach lag sie wieder da wie eine Leiche.

Trager war erschöpft und befriedigt, aber ihm blieb noch etwas Zeit, und die hatte er schließlich bezahlt. Er erforschte ihren Körper, berührte sie überall, rutschte über sie und schaute sich alles gründlich an. Die Leiche bewegte sich wie totes Fleisch.

Er verließ sie wieder, wie er sie angetroffen hatte. Sie lag auf dem Bett, mit dem Gesicht nach oben, die Beine gespreizt. Fleischhausgefälligkeit.

Der Horizont war eine Wand, bestehend aus Fabriken, nichts als Fabriken, mit dampfenden Schloten, die rote Schatten in den schwefelverdunkelten Himmel spuckten. Der Junge sah es, bemerkte aber kaum etwas. Er saß hoch oben auf seiner Erzabbauanlage, im zweiten Geschoss einer Monster-Maschine aus rostendem, gelb lackiertem Metall mit gewaltigen Zähnen aus Diamant und gehärtetem Stahl. Er hatte ein dreifaches Abbild vor seinen ermüdenden Augen. Deutlich und klar sah er das Kontrollpult, vor dem er saß, das Steuerrad, die Kraftstoffzufuhr, den glänzenden Bedienungshebel für die erzfressenden Schaufeln, die Reihe der Lichter, die Störungen in der Schmelzanlage unter seinen Füßen registrierten, die Bremse und die Notbremse. Aber das war nicht alles, was er sah. Trüb und schwach erschienen sie wie Echos: sich überlagernde Abbilder von zwei weiteren Führerständen, fast identisch mit seinem, in denen sich Leichenhände schwerfällig über Instrumente bewegten.

Trager führte diese Hände, langsam und sorgfältig. Gleichzeitig kontrollierte ein anderer Teil seines Bewusstseins seine eigenen Hände, seine echten Hände. Leise summte der Leichenführer mit dünner Stimme, festgeschnallt in seinen Gurten.

Zu beiden Seiten von ihm bewegten sich die beiden anderen Erzmühlen auf gleicher Höhe. Die Leichenhände zogen die Bremse, die Maschinen dröhnten auf und hielten an. Sie standen in einer Reihe, unten in einer Ecke der steil abschüssigen Grube, eine hässliche, abschreckende, alles verschlingende Riesenbande, halb im Dunkel verschwunden. Die Grube dehnte sich beständig aus, jeden Tag wurden neue Schichten aus Fels und Erz abgetragen.

Früher hatte sich hier eine Bergkette befunden, aber daran konnte sich Trager nicht mehr erinnern.

Der Rest war leicht zu bewältigen. Die Maschinen standen jetzt in einer Reihe zueinander. Die Mannschaft synchron zu bewegen war bloß noch ein Kinderspiel; jeder mittelmäßige Führer konnte das. Die Sache wurde erst dann so richtig kompliziert, wenn man verschiedene Leichen verschiedene Arbeiten verrichten ließ. Aber ein guter Leichenführer war auch dazu in der Lage. Für die Berufserfahrenen war eine achtköpfige Mannschaft nicht ungewöhnlich - acht Körper in einer einzigen Steuerung zusammengefasst, durch einen Kopf und acht Synthesehirne in Bewegung gesetzt. Alle Toten waren nur auf eine einzige Steuerung abgestimmt. Der Führer, der diese Steuerung trug und die Gedanken der Leichen in seiner unmittelbaren Umgebung dachte, konnte die Toten wie eigene Ersatz- oder Nebenkörper bewegen. Oder sogar wie seinen eigenen Körper. Falls er gut genug war.

Trager überprüfte schnell seine Filtermaske und seinen Gehörschutz, bediente darauf die Treibstoffzufuhr, setzte die Maschine in Gang und ließ die Lasermesser und -bohrer aufleben. Seine Leichen äfften jede Bewegung nach. Lichtstöße zuckten durch das Dämmerlicht, das über Skrakky lag. Selbst durch seinen Gehörschutz vernahm er noch das entsetzliche Heulen der auf- und abreißenden Erzschaufeln. Das felsfressende Maul war breiter als die gesamte Höhe der Maschine.

Rumpelnd und quietschend, in perfekt geschlossener Formation, wühlten sich Trager und seine Leichenmannschaft immer tiefer durch den Fels der Grube. Bevor das gewonnene Material in die Fabriken auf der anderen Seite dieses Industriekomplexes befördert wurde, musste tonnenweise Metall aus der Erde gerissen werden, eingeschmolzen, veredelt und weiterverarbeitet, während das wertlose Felsgestein pulverisiert und in die verseuchte, kaum mehr zu atmende Luft hinausgeblasen wurde. Am Abend würde er fertigen Stahl abliefern.

Die Maschinen begannen ihren Abstieg, und Trager dachte, dass er ein guter Führer war. Aber die Führerin im Fleischhaus – wirklich, die musste eine Künstlerin sein. Er stellte sie sich irgendwo im Keller vor, wie sie jede ihrer Leichen über Voll- und Psi-Schaltkreise beobachtete und sie alle zur Wonne der Kundschaft bewegte. War es doch nur ein Glücksfall, dass die Nummer so perfekt ausfiel? Oder war sie immer so gut? Aber wie – wie konnte man ein Dutzend Leichen bewegen, ohne überhaupt in ihrer Nähe zu sein? Wie konnte man es nur hinbekommen, dass sich alle unterschiedlich bewegten, alle erregt blieben und alle, was die Bedürfnisse und den Rhythmus anging, so exakt zu ihren jeweiligen Kunden passten?

Die Luft hinter ihm war schwarz und erstickte im Steinstaub, seine Ohren dröhnten, und der weit entfernte Horizont war eine glühende rote Wand, unter der gelbe, felsfressende Ameisen krabbelten. Trager berührte dies nicht, konzentriert führte er die unter ihm vibrierende Maschine über das Abbaugelände.

Die Leichen gehörten der Gesellschaft. Sie lagerten im Leichendepot. Trager hatte einen Raum, ein Schlafzimmer für sich allein in einem Stahlbetongebäude, in dem eintausend weitere Schlafzimmer untergebracht waren. Die Nachbarn, die er kannte, konnte er an den Händen abzählen, aber irgendwie kannte er sie wiederum alle; sie waren alle Leichenführer. Hier lebten sie in einer Welt aus schweigenden, dunklen Korridoren und einer endlosen Reihe verschlossener Türen. Der Aufenthaltsraum, bestehend aus Luft und Plastik, war ein verstaubter, verlassener Ort, an dem sich die Mieter niemals trafen.

Die Abende waren lang, die Nächte schienen kein Ende zu nehmen. Trager hatte sich zusätzliche Lampen für seine Zelle gekauft, und wenn er sie alle zusammen einschaltete, brannten sie so hell, dass seine seltenen Besucher blinzeln mussten und sich über das gleißende Licht beschwerten. Aber selbst für ihn kam jede Nacht die Zeit, da er nicht mehr lesen konnte. Dann musste er die Lichter ausschalten, und die Dunkelheit kehrte zurück.

Sein Vater, schon lange verstorben und fast vergessen, hatte ihm einen Schatz an Büchern und Tonbändern hinterlassen.

Trager bewahrte sie alle auf. Die Wände seines Zimmers waren damit zugestellt, noch mehr davon standen in großen Stapeln gegen einen Bettpfosten gelehnt und rechts und links von der Badezimmertür. Manchmal ging er mit Cox und den anderen aus, um zu trinken, zu lachen und richtigen Mädchen nachzustellen. Er versuchte, die anderen so gut wie möglich zu imitieren, aber dazugehörig fühlte er sich nie. Deshalb verbrachte er die meisten Nächte zu Hause, las und hörte Musik und ließ seine Erinnerungen aufleben oder dachte nach.

In jener Woche grübelte er immer noch lange, nachdem er das Licht gelöscht hatte, und in seinem Kopf herrschte ein heilloses Durcheinander. Der Zahltag näherte sich, und Cox würde ihn bedrängen, mit ins Fleischhaus zu gehen, und ja, ja, er wollte es sogar. Er hatte sich gut gefühlt, war erregt gewesen, denn zum ersten Mal war er sich stark und männlich vorgekommen. Aber es war so einfach, billig, dreckig. Da musste es doch noch mehr geben, oder? Liebe, was auch immer das sein mochte? Mit einer echten Frau musste es schöner sein, musste es einfach besser sein, aber die gab es im Fleischhaus nicht. Draußen hatte er auch noch keine getroffen, aber es fehlte ihm auch immer der Mut, ein Mädchen anzusprechen. Er musste es versuchen, er musste einfach – was für ein Leben würde er sonst führen?

Während er beschloss, nicht mehr mit ins Fleischhaus zu gehen, onanierte er unter der Bettdecke, ohne sich überhaupt darauf zu konzentrieren.

Schon nach ein paar Tagen lachte Cox ihn aus, und er musste weitermachen. Irgendwie dachte er, es könnte etwas beweisen.

Dieses Mal war es ein anderer Raum mit einer anderen Leiche. Fett und schwarz, mit hellorangem Haar. Weniger attraktiv als die vorige, falls das überhaupt möglich war. Aber Trager hatte große Lust, und diesmal konnte er länger durchhalten. Es war wieder eine absolut perfekte Vorstellung. Sie bewegte sich genau im gleichen Takt wie er, sie kam im gleichen Augenblick wie er, sie schien alle seine Wünsche zu kennen.

Andere Besuche: Mit zweien auf einmal, mit vieren, sechsen. Er war nun Stammgast im Fleischhaus, so wie die anderen Arbeiter auch, und er machte sich keine großen Gedanken mehr darüber. Cox und die anderen akzeptierten ihn inzwischen auf eine eigenartige und halbherzige Art, und Trager selbst verabscheute sie immer mehr. Aber er war besser als die anderen, so glaubte er. Er konnte sich im Fleischhaus behaupten, führte seine Leichen und Erzabbaumaschinen so gut wie jeder andere, aber grübelte immer noch und träumte. Er würde sie alle rechtzeitig verlassen, aus Skrakky verschwinden, etwas aus sich machen. Sie würden immer Fleischhausmänner bleiben, aber Trager wusste, er war zu mehr imstande, ihm würde die Liebe begegnen. Daran glaubte er fest.

Im Fleischhaus fand er sie nicht, aber der Sex wurde immer besser. Wenn er mit den Leichen im Bett lag, spürte er keine Unzufriedenheit - er probierte alles aus, wovon er vorher nur gelesen hatte, gehört hatte, geträumt hatte. Die Leichen kannten seine Wünsche früher als er. Wenn er es langsam brauchte, waren sie langsam. Wollte er es hart und schnell, machten sie es ihm genau so. Er benutzte jede ihrer Körperöffnungen, und sie wussten immer, welche sie ihm darbieten mussten.

Er bewunderte die Führerin im Fleischhaus immer mehr, ja, schließlich verehrte er sie. Vielleicht könnte er sie irgendwie einmal treffen, dachte er. Immer noch ein Junge, immer noch hoffnungslos naiv, war er sicher, sie lieben zu können. Dann würde er sie weg vom Fleischhaus und hin zu einer sauberen, leichenfreien Welt entführen, in der sie glücklich miteinander leben könnten.

Eines Tages erzählte er Cox und den anderen in einem Moment der Schwäche von diesem Traum. Cox sah ihn an, schüttelte den Kopf und grinste. Ein anderer kicherte, und dann fingen sie alle an, lauthals zu lachen. »Was bist du für ein Arsch, Trager«, sagte Cox schließlich. »Da gibt's keinen Führer! Sag bloß, du hast noch nie etwas von Rückkopplung gehört?«

Unter ständigem Gelächter erklärte er ihm alles. Er erzählte, dass jede Leiche an eine Steuerung angeschlossen wurde, die unter dem Bett installiert ist, er erklärte ihm, dass jeder Kunde sein gemietetes Fleisch selbst führte, erklärte ihm, warum außer den berufsmäßigen Führern keiner die Fleischhausfrauen bewegen konnte, warum sie für alle anderen tot und bewegungslos waren. Und mit einem Mal wusste der Junge, warum der Sex mit ihnen immer so perfekt war. Er war ein noch besserer Führer, als er immer angenommen hatte.

In dieser Nacht, allein in seinem Zimmer mit allen weiß und heiß brennenden Lampen, dachte Trager über sich nach, und es schauderte ihn. Er machte seine Arbeit gut und war stolz darauf, aber der Rest ...

Er kam zu dem Schluss, dass es am Fleischhaus liegen musste. Im Fleischhaus gab es irgendeine Falle, eine Falle, die ihn ruinieren und all seine Träume und Hoffnungen, sein ganzes

Leben zerstören könnte. Er würde nicht mehr dahin zurückgehen, es wäre zu leicht. Er wollte es Cox zeigen, er wollte es allen anderen zeigen. Er wollte den steinigen Weg gehen, das Risiko auf sich nehmen, wenn es sein musste, alle Schmerzen ertragen. Vielleicht käme dann auch die Freude, die Liebe.

Trager ging nicht mehr ins Fleischhaus. Er fühlte sich stark und überlegen und ging wieder in sein Zimmer. Die Jahre vergingen, während er dort las, träumte und darauf wartete, dass das Leben beginnen würde.

1 Mit einundzwanzig

Josie war die Erste.

Sie war wunderschön, sie war immer wunderschön gewesen, und das wusste sie. Das hatte sie geformt, sie zu der gemacht, die sie war. Sie hatte ihren eigenen, freien Kopf. Sie war sehr lebendig, selbstsicher und erobernd. Wie Trager war auch sie erst zwanzig, als sie sich trafen, aber sie hatte bereits mehr Lebenserfahrung, und sie schien auf einige Fragen die Antworten zu kennen. Er liebte sie vom ersten Augenblick an.

Und Trager? Was war aus ihm geworden, Jahre nach seinen ersten Fleischhauserlebnissen? Er war gewachsen, war breiter und schwerer geworden, hatte mehr Muskeln und auch mehr Fett angesetzt, war oft launisch, schweigsam und verschlossen. Er bewegte eine komplette fünfköpfige Mannschaft über die Erzfelder, mehr als Cox, mehr als irgendeiner von denen. Nachts las er Bücher, manchmal in seinem Zimmer, manchmal in der Aufenthaltshalle. Er hatte schon lange vergessen, dass er in der Hoffnung dort hinging, jemanden zu treffen. Verlässlich, solide und kühl: Das war Trager. Er trat niemandem zu nahe, keiner trat ihm zu nahe. Selbst die Qualen hatten sich gelegt, ließen dennoch innere Narben zurück. Aber Trager bemerkte sie kaum, ihn kümmerten sie nicht.

Er passte jetzt in seine Umgebung, zu seinen Leichen.

Nein - nicht ganz. In ihm steckte noch der Traum. Da war dieser Glaube, dieser Hunger, das Sehnen. Es war stark genug, um ihn vom Fleischhaus fernzuhalten, von dem primitiven Leben, das sich die anderen ausgesucht hatten. Und manchmal, in trostlosen, einsamen Nächten, wurde dieses Gefühl noch stärker. In solchen Momenten erhob er sich von seinem Bett, zog sich an und ging stundenlang die Korridore entlang, die Hände tief in die Taschen gesteckt, während sich irgendetwas in seinen Magen krallte und wimmerte. Bevor er seine Gänge beendete, entschloss er sich jedes Mal, etwas zu unternehmen, sein Leben vom nächsten Tag an zu verändern.

Aber immer wenn der Morgen kam, waren die stillen, grauen Korridore halb vergessen, die bedrohlichen Visionen verblasst. Er musste daran denken, sechs röhrende, rüttelnde Maschinen durch die Grube zu steuern. Er verlor sich in seiner Routine, und das würde Monate anhalten, bevor die Gefühle zurückkehrten.

Dann kam Josie. Und so trafen sie sich: Er arbeitete auf einem neuen, sehr ergiebigen und noch kaum abgebauten Feld, einer riesigen Fläche aus gesprengtem Fels und Schutt. Ein paar Wochen zuvor waren dort noch ein paar Berge gewesen. Aber das Sprengkommando der Gesellschaft hatte diese Gegend systematisch mit nuklearen Sprengsätzen eingeebnet, und nun folgten die Erzabbaumaschinen. Tragers fünfköpfige Mannschaft war eine der ersten auf diesem Gelände. Die Abwechslung tat ihm gut. Die alte Grube war leer geschürft. Hier musste er sich ganz neuen Schwierigkeiten und Gefahren stellen. Geröllsteinchen, Felssplitter und tennisballgroße Steinfäuste kamen im staubigen Wind kreischend auf einen zugeschossen. Es schien alles aufregend und gefährlich. Trager schützte sich mit einer gefütterten Lederjacke, Helm, Filtermaske, Sicherheitsbrille und Ohrklappen. Er steuerte seine sechs Maschinen und sechs Körper mit verwegenem Stolz, zermahlte Schutt zu Staub, öffnete einen Weg für die nachfolgenden Maschinen und erkämpfte sich Meter um Meter, um an so viel Erz wie möglich heranzukommen.

Eines Tages wurde seine Aufmerksamkeit plötzlich durch eines seiner Synchronaugen abgelenkt. Das Kontrolllicht einer leichengeführten Maschine blinkte rot auf. Trager reagierte mit seinen Händen, mit seinem Kopf, mit einem fünffachen Satz Leichenhänden. Sechs Maschinen hielten an, dann leuchtete ein anderes Rotlicht auf. Dann noch eins und noch eins. Und schließlich alle Lampen auf dem Kontrollpult, alle zwölf. Eine Anlage war ausgefallen. Er fluchte und blickte quer über das Trümmerfeld hin zur Maschine. Er versuchte die Leiche wieder in Schwung zu bringen, aber die Lichter leuchteten weiter rot. Über Funk rief er nach dem Techniker.

Sie kam in einem einsitzigen Geländefahrzeug, das aussah wie eine Träne aus wabenartigem, schwarzem Metall. Trager hatte sich bereits aus den Gurten gelöst, kletterte die Sprossen an der Seite der Anlage hinunter und eilte quer über den Felsschutt zu der still liegenden Maschine. Gerade als er die Maschine besteigen wollte, traf Josie auf ihn. Sie begegneten sich am Fuß des gelben Metallbergs, im Schatten seiner Stufen.

Sie hatte eine Menge Felderfahrung, das erkannte er sofort. Sie trug einen Overall, Ohrenschützer und eine Sicherheitsbrille, genau wie die Führer. Ihr Gesicht war mit Fett beschmiert, um es vor dem ätzenden Steinstaub zu schützen. Aber sie war immer noch wunderschön. Ihr Haar war kurz, hellbraun und vom Wind zerzaust. Wenn sie ihre Sicherheitsbrille hob, kamen zwei grün leuchtende Augen zum Vorschein. Sie ging sofort an die Arbeit.

Sie stellte sich kurz vor, fragte ihn ein paar Details – alles sehr geschäftsmäßig –, öffnete den Reparaturschacht und kroch hinein, hinein in die Innereien des Antriebs, des Schmelzwerks und der Veredlungsanlage. Es dauerte nicht lange. Ungefähr nach zehn Minuten war sie wieder draußen.

»Geh da nicht hinein!«, sagte sie und strich sich die Haare aus der Stirn. »Die Maschine hat ein Leck. Radioaktive Flüssigkeit läuft aus.«

»Oh«, sagte Trager. Er war kaum bei der Sache, aber er wollte einen guten Eindruck machen, etwas Schlaues sagen. »Wird sie in die Luft fliegen?«, fragte er und wusste im selben Moment, dass es alles andere als schlau geklungen hatte. Natürlich würde sie *nicht* in die Luft fliegen – so funktionierte das nicht, und er wusste es.

Josie schien sich über seine Bemerkung zu amüsieren. Sie lächelte, und es war, als ob sie ihn ansehen würde, ihn, Trager, nicht nur den Leichenführer. »Nein«, sagte sie. »Sie wird sich selbst einschmelzen. Es wird nicht einmal heiß hier draußen, da genügend Abschirmungen eingebaut sind. Geh bloß nicht rein!«

»Klar.« Stille. Was sollte er jetzt sagen? »Was soll ich machen?«

»Ich vermute, den Rest der Mannschaft bewegen. Diese Maschine wird wohl verschrottet werden. Sie hätte schon längst einmal generalüberholt werden müssen. In der Vergangenheit ist zu viel daran herumgeschustert worden. Verrückt ist das. Sie gehen ständig kaputt, aber immer wieder schickt man sie zum Einsatz. Wann kommen die selbst darauf, dass da etwas nicht stimmt? Man lügt sich selbst nur etwas vor, wenn man glaubt, dass sich die Fehler beim nächsten Einsatz von selbst beheben.«

»Du hast vermutlich recht«, sagte Trager.

Sie lächelte ihn an, verschloss den Einstieg und wollte wieder zurückgehen.

»Warte«, sagte er. Es rutschte ihm heraus, bevor er es unterdrücken konnte. Josie drehte sich zu ihm um, neigte den Kopf zur Seite und schaute ihn fragend an. Von dem Stahl, dem Stein und Wind entlieh sich Trager entschlossen die Stärke. Hier unter dem schwefligen Himmel erschienen ihm seine Träume plötzlich nicht mehr so unmöglich. *Vielleicht*, dachte er, *vielleicht*.

»Ich bin Greg Trager. Kann ich dich wiedersehen?«

Josie grinste. »Natürlich. Komm heute Abend vorbei!« Sie gab ihm die Adresse.

Als sie gegangen war, kletterte er wieder in seine Erzmühle. Alle seine fünf starken Körper sprühten feurig und lebendig, und er kaute den Felsen durch – fast schon mit ein wenig Vergnügen. Das dunkle, rote Glühen in der Ferne sah beinahe aus wie ein Sonnenaufgang.

Als er Josie besuchte, traf er außer ihr vier weitere Leute an, Freunde von ihr. Sie feierten so etwas wie eine Party. Josie gab eine Menge Partys, und von diesem Abend an war Trager auf allen Gast. Josie sprach mit ihm, lachte mit ihm, mochte ihn. Sein Leben änderte sich grundlegend.

Zusammen mit Josie sah er Gegenden von Skrakky, die er vorher noch nie gesehen hatte, und unternahm Dinge, die er vorher nie unternommen hatte: Er stand mit ihr zwischen all den Menschen, die sich abends auf den Straßen versammelten. Er stand mit ihr in dem staubigen Wind und dem kränklich gelben Licht zwischen fensterlosen Betongebäuden, stand und freute sich, während ölverschmierte Roboter in gelben, rumpelnden Lastzügen hin und her und rauf und runter rasten.

Er schlenderte mit ihr durch die fremdartig leisen, weißen und sauberen Untergrundbüros, durch die hermetisch abgeschlossenen, mit Klimaanlagen ausgestatteten Korridore, wo die weltfremden Papiertiger und Geschäftsführer der Gesellschaft lebten und arbeiteten.

Er vertrieb sich mit ihr die Zeit in den Vergnügungszentren, den riesigen, niedrigen Gebäuden, die von außen wie Lagerhäuser aussahen, aber voll waren mit farbigen Lichtern, Spielräumen, Cafeterias, Musikhallen und endlos langen Bars, vor denen meist Führer zu finden waren.

Er ging mit ihr in die Sporthallen der Wohnkasernen und schaute Führern zu – ungeübter als er selbst –, die ihre Leichen mit ungeschickten Fäusten aufeinander losgehen ließen.

Er saß mit ihr und ihren Freunden in geselligen Runden, und sie belebten dunkle, stille Kneipen mit ihren Worten und ihrem Lachen. Und einmal schien es Trager, als starrte Cox durch den Raum zu ihnen herüber. Da lächelte er und lehnte sich ein wenig enger an Josie.

Er beachtete kaum die anderen, die Josie um sich herum versammelte. Wenn sie ihre wilden Vergnügungsrunden machten, zu sechst oder zehnt, bildete sich Trager ein, dass er mit

Josie ausgehen würde und die anderen nur beiläufig zu ihnen gestoßen waren.

Ab und zu kam es auch vor, dass sie allein miteinander waren, bei ihm oder bei ihr. Dann sprachen sie von fernen Welten, über Politik, Leichen und das Leben in Skrakky, über Bücher, die sie beide gelesen hatten, Sportarten, Freunde oder Vorlieben, die sie teilten. Sie hatten viel gemeinsam. Trager sprach viel mit Josie, aber nie sagte er das, was er ihr so gern sagen wollte.

Er liebte sie, das war ihm klar. Im ersten Monat hatte er es bereits geahnt, und es dauerte nicht lange, bis er davon überzeugt war. Er liebte sie. Es war das Gefühl, auf das er so lange gewartet hatte. Es überraschte ihn, als seine Sehnsucht am stärksten war.

Aber mit der Liebe kam die Qual. Er konnte sie ihr nicht gestehen. Ein Dutzend Mal hatte er es versucht, nie fand er die Worte. Was, wenn sie ihn nicht lieben würde?

Seine Nächte waren immer noch einsam, in dem Zimmer mit dem weißen Licht, seinen Büchern, seiner Qual. Er war jetzt einsamer als zuvor. Der Frieden seiner Routine, seines Halb-Lebens mit den Leichen war zerstört. Tagsüber steuerte er seine große Erzmühle, bewegte seine Leichen, zermahlte Gestein, schmolz Erz, und in seinem Kopf legte er sich die Worte zurecht, die er Josie sagen würde. Wenn er sich endlich durchringen könnte, die Worte und den Mut aufbringen könnte, dann würde alles gut werden. Er stellte sich vor, wie er Josie alles gestehen würde, und dann stellte er sich vor, was sie antworten würde. Bestimmt saß sie ebenfalls in der Falle. Sie war schon mit Männern zusammen gewesen, natürlich, aber sie hatte sie nicht geliebt, und ihn liebte sie. Nur konnte sie es ihm nicht sagen, ebenso wenig wie er ihr. Wenn er es endlich schaffen würde, wenn er die richtigen Worte gefunden hatte und endlich seinen Mut zusammennahm, würde alles gut werden. Das sagte er sich jeden Tag und grub sich schnell und tief in den Fels.

Wieder zu Hause, war all seine Sicherheit verflogen. Verzweifelt musste er erkennen, dass er sich selbst etwas vormachte. Er war nur ein Freund für sie, nichts weiter, nie würde er ihr mehr bedeuten. Warum machte er sich etwas vor? Es war doch mehr als klar - sie waren kein Liebespaar und würden keins werden. Die wenigen Male, da er den Mut aufgebracht hatte, sie zu berühren, hatte sie nur gelächelt und sich unter irgendeinem Vorwand entfernt, sodass er sich nie sicher sein konnte, ob sie ihn nun abgewiesen hatte oder nicht. Aber er hegte eine Ahnung, und in der Dunkelheit marterte sie ihn. Er unternahm wieder seine einsamen Wanderungen durch die Korridore, verstört, verzweifelt. Am liebsten hätte er sich jemandem anvertraut, ohne zu wissen wie. Und alle seine Wunden brachen wieder auf.

Am nächsten Tag war er bei seinen Maschinen, und die Hoffnung kam zurück. Er musste an sich glauben können, das wusste er, er rief es laut hinaus. Er musste aufhören, sich selbst zu bemitleiden. Er musste etwas unternehmen, sich Josie anvertrauen. Ja, er nahm es sich fest vor.

Und sie würde ihn lieben, schrie der Tag.

Und sie würde ihn auslachen, erwiderte die Nacht.

Trager schlich ein ganzes Jahr lang um sie herum, ein Jahr voller Qualen und Versprechungen, das erste Jahr, in dem er wirklich lebte. Darüber waren sich Tag- und Nachtstimme einig - endlich lebte er. Niemals würde er in diese Leere der Zeit vor Josie zurückkehren. Niemals würde er wieder ins Fleischhaus gehen. Wenigstens so weit war er gekommen. Er konnte sich ändern, und eines Tages würde er stark genug sein, um es ihr zu sagen.

An diesem Abend besuchte ihn Josie zusammen mit zwei anderen Freunden in seinem Zimmer. Die Freunde mussten jedoch schon früh wieder gehen. Fast zwei Stunden waren sie allein und sprachen miteinander, dann musste auch sie gehen. Trager bot sich an, sie nach Hause zu begleiten.

Als sie die Korridore entlanggingen, legte er seinen Arm um sie und beobachtete ihr Gesicht, beobachtete das Licht- und Schattenspiel auf ihren Wangen, wenn sie vom Hellen ins Dunkle gingen. »Josie«, begann er. Er fühlte sich so wohl, so gut, so warm; es kam einfach heraus. »Ich liebe dich.«

Und sie blieb stehen, löste sich von ihm und wich einen Schritt zurück. Ihr Mund öffnete sich ein wenig, und in ihren Augen flackerte etwas. »O Greg«, sagte sie. Weich. Traurig. »Nein, Greg, sag das nicht, nein!«

Trager zitterte kaum spürbar, seine Lippen bewegten sich stumm, und er streckte die Hand aus. Josie ergriff sie nicht. Zärtlich hob er die Hand an ihre Wange. Sie wandte stumm den Kopf ab.

Zum ersten Mal in seinem Leben brach er in ein lautes Schluchzen aus. Und dann kamen die Tränen.

Josie nahm ihn mit in ihr Zimmer. Dort saßen sie sich auf dem Boden gegenüber und sprachen, ohne sich zu berühren.

J.: ... ahnte es schon lange ... hab versucht, dich davon abzubringen, Greg, konnte es dir aber nicht so direkt sagen und ... ich wollte dich nicht verletzen ... du bist so gut ... nimm's dir nicht so zu Herzen ...

T.: ... wusste es die ganze Zeit ... dass es nie ... hab mich selbst belogen ... wollte daran glauben, selbst wenn es nicht wahr ... tut mir leid, Josie, entschuldige, 'tschuldigetschuldigetschuldige ...

J.: ... hab Angst, du wirst wieder so, wie du warst ... tu's nicht, Greg, versprich's ... du kannst nicht einfach aufgeben ... du musst weiter glauben ...

T.: ... warum? ...

J.: ... ohne den Glauben hast du gar nichts ... tot ... du kannst mehr ... bist ein guter Führer ... verlass Skrakky, geh woanders hin ... das ist kein Leben hier ... irgendjemand ... du schaffst es, du schaffst es, glaub nur daran, glaub fest daran ...

T.: ... du ... werd dich immer lieben, Josie ... immer ... wie kann ich jemanden finden ... keine ist wie du, niemals ... so wie du ...

J.: ... o Greg ... sehr viele ... musst dich nur umschauen ... offen und ehrlich ...

T.: (lacht) ... offen und ehrlich? ... das erste Mal, dass ich wirklich mit jemandem spreche ...

J.: ... kannst immer mit mir sprechen, wenn du willst ... ich mag mit dir sprechen ... hatte genug von denen, die immer nur ins Bett wollen ... sollten lieber Freunde bleiben ...

T.: ... Freunde ... (Lachen) ... (Tränen) ...

II Gute Vorsätze

Das Feuer war schon lange heruntergebrannt. Stevens und der Forstmeister schliefen bereits, aber Trager und Donelly saßen immer noch neben der glühenden Asche. Sie sprachen verhalten, weil sie die anderen nicht wecken wollten, aber ihre Worte hallten wider in der aufgewühlten Nachtluft. Der ungerodete Wald lag dunkel hinter ihnen. Es herrschte eine Totenstille in ihm. Alles Wild von Vendalia war vor dem Lärm der Traktorenflotte geflohen.

»... eine komplette sechsköpfige, Traktoren steuernde Mannschaft, ich verstehe genug davon, um zu wissen, dass dies nicht leicht ist«, sagte Donelly. Er war ein blasser, schüchterner Junge, liebenswürdig, aber unsicher. Trager fand sich in einigem, was Donelly gestelzt von sich gab, wieder. »Du wärst der Richtige für die Arena.«

Nachdenklich nickte Trager, seine Augen auf die Asche geheftet, in der er mit einem Stock herumstocherte. »Mit der Absicht kam ich auch nach Vendalia. Bin einmal bei den Gladiatorenkämpfen gewesen, einmal nur, aber das hat ausgereicht, um meine Pläne zu ändern. Ich vermute, ich hätte sie gut führen können, aber allein der Gedanke daran hat mich krank gemacht. Hier draußen, tja, ich verdiene nicht annähernd so viel wie in Skrakky, aber dafür ist die Arbeit - wie soll ich sagen? - sauber. Verstehst du?«

»Irgendwie schon«, antwortete Donelly. »Trotzdem, du weißt ja, es ist nicht so wie früher, dass wirkliche Menschen in der Arena kämpfen. Nur Fleisch. Du kannst lediglich noch die Körper so tot machen, wie es ihr Geist schon ist. Von dieser vernünftigen Seite kann man es auch betrachten.«

Trager lächelte. »Du bist zu vernünftig, Don. Du solltest mehr fühlen. Hör zu! Wenn du das nächste Mal in Gidyon bist, besuch die Gladiatorenkämpfe. Es ist so abscheulich. Abscheulich! Leichen stolpern herum mit Äxten, Schwertern und Morgensternen in den Händen, hauen und hacken gegenseitig auf sich ein. Eine ekelhafte, perverse Schlachterei, mehr ist das nicht. Und das Publikum, wie es nach jedem Treffer schreit. Und lacht. Sie lachen, Don! Nein.« Er schüttelte heftig den Kopf. »Nein!«

Donelly wich nie einer Diskussion aus. »Aber warum nicht? Ich verstehe dich nicht, Greg. Du wärst gut darin, der Beste. Ich habe beobachtet, wie du unsere Mannschaft führst.«

Trager blickte auf und musterte den Jungen, der ruhig und abwartend dasaß. Er erinnerte sich an Josies Worte: offen und ehrlich, sei offen und ehrlich. Den Trager von früher, den Trager, der ohne Freunde und allein in einer Unterkunft für Führer in Skrakky wohnte, den gab es nicht mehr.

»Da gab's mal ein Mädchen«, sagte er langsam, sich öffnend. »In Skrakky, Don, da gab's ein Mädchen, das ich geliebt habe. Es hat nicht geklappt. Deshalb bin ich hier, vermutlich. Ich suche jemand anderen, etwas Besseres. Das gehört alles dazu, verstehst du?« Er brach ab, machte eine Pause und versuchte nachzudenken. »Dieses Mädchen, Josie hieß sie – ich wollte, dass sie mich auch liebt ... Verstehst du?« Seine Worte klangen hart. »... mich bewundert und all den Käse. Jetzt, ja, natürlich, ich könnt' was aus mir machen, wenn ich Leichen in der Arena führen würde. Aber Josie könnte nie jemanden lieben, der so einen Job hat. Sie ist nicht hier, klar, aber trotzdem ... nach so einem Mädchen suche ich, und als Arena-Leichenmeister finde ich es nie.« Er stand plötzlich auf. »Ich weiß auch nicht. Aber das ist nun mal wichtig für mich. Josie, jemanden wie sie, irgendwann. Bald, hoffe ich.«

Ohne Trager anzusehen, saß Donelly schweigend im Mondlicht und kaute auf der Lippe herum, als Trager schließlich allein im Wald verschwand.

Sie waren eine kleine, aber schlagkräftige Gruppe: drei Führer, ein Forstmeister und dreizehn Leichen. Mit Trager an der Spitze rodeten sie tagtäglich riesige Areale des Walds. Er warf seine sechsköpfige Mannschaft mit ihren Traktoren gegen die Wildnis von Vendalia, gegen die gigantischen Stämme, das graue, stachelige Dickicht und die fleischigen Lianengewächse, gegen den feindlichen Dschungel. Diese Traktoren waren kleiner als die Erzmühlen, die er in Skrakky gesteuert hatte, bewegten sich aber schnell auf ihren Luftkissen, waren kompliziert und schwierig zu steuern. Trager führte sechs davon mit Leichenhänden und einen siebten mit seinen eigenen Händen. Vor den kreischenden Sägen und Lasermessern fiel jeden Tag eine weitere Wand der Wildnis. Hinter ihm her kam Donelly; er bewegte drei berghohe Sägewerke, die die gefallenen Bäume in Bauholz für Gidyon und andere Städte in Vendalia verarbeiteten. Darauf folgte Stevens, der dritte Führer, mit einer Flammenkanone, die Niederwuchs und Baumstümpfe einäscherte, und einer Erdpumpe, die den gerodeten Boden zu Ackerland verarbeitete. Der Forstmeister war ihr Vorarbeiter. Das Rodungsverfahren war eine Wissenschaft.

Saubere, harte, anstrengende Arbeit. Trager reifte durch sie heran. Er wurde schlank und athletisch. Sein Gesicht bekam schärfere Züge und einen dunkleren Teint unter der heiß brennenden Sonne von Vendalia. Seine Leichen waren fast ein Teil von ihm, so leicht bewegte er sie, so leicht bewegten sie ihre Traktoren. Sie waren kaum mehr von lebendigen Menschen zu unterscheiden. Manchmal war Tragers Kontrolle so sicher, die Echos so klar und stark, dass er sich nicht mehr wie ein Führer fühlte, der eine Mannschaft lenkte, sondern eher wie ein Mann mit sieben Körpern. Sieben Körper, die auf dem schwülen Wind des Dschungels ritten. Manchmal glaubte er sogar, ihren Schweiß zu spüren.

Auch die Abende, wenn die Arbeit des Tages beendet war, genoss er. Trager hatte dort so etwas wie Frieden gefunden, ein Gefühl, dorthin zu gehören, etwas, das er in Skrakky nie verspüren konnte. Die vendalianischen Forstmeister, die zwischen dem Wald und Gidyon hin und her pendelten, waren recht nett und freundlich. Stevens war ein herzlicher Kumpel, der zwischen seinen Späßen selten Zeit hatte, etwas Ernsthafteres zu reden. Und Donelly, der unsichere Junge, die ruhige Stimme der Vernunft, wurde zu seinem Freund. Er war ein guter Zuhörer, einfühlsam, mitfühlend, und der neue, offene und ehrliche Trager war ein guter Erzähler. In Donellys Augen glühte etwas wie Neid oder Eifersucht, wenn Trager von Josie erzählte. Trager wusste oder glaubte zu wissen, dass Donelly er selbst war, der ehemalige Trager, derjenige vor Josie, der noch keine Worte finden konnte.

Mit der Zeit jedoch, durch die Gespräche über Tage und Wochen, fand Donelly seine Worte. Dann hörte Trager zu und teilte mit ihm den Kummer. Und er fühlte sich gut dabei. Er war Hilfe, er verlieh Stärke, er wurde gebraucht.

Jede Nacht saßen sie neben der Asche und tauschten Träume aus. Und sie woben einen hoffnungsvollen Teppich aus Versprechungen und Lügen.

Aber immer noch gab es die Nachtstunden danach.

Und immer noch waren sie die schlimmsten, und es waren die Stunden, in denen Trager allein umherwanderte. Josie hatte Trager viel gegeben, aber sie hatte ihm auch etwas genommen: die segensreiche Dumpfheit, die Fähigkeit, das Denken abzuschalten und den Kummer zu vergessen. Wanderte er in Skrakky nur ab und zu durch die Korridore, sah ihn der Wald weit öfter auf seinen Spaziergängen.

Immer wenn sie ihre Gespräche beendet hatten und Donelly schlafen gegangen war, geschah es, dass ihm Josie in der Einsamkeit seines Zelts begegnete. Tausend Nächte lag er da, die Hände hinter dem Kopf gefaltet, und starrte an das Kunststoffgewebe des Zelts, während in seinem Innern die Nacht wieder auflebte, in der er ihr seine Liebe gestanden hatte. Tausendfach hob er die Hand an ihre Wange und sah, wie sie sich wegdrehte.

Er erinnerte sich an alles, durchlebte immer wieder den Kampf und verlor. Dann ging er über die gerodeten Felder in die schweigsame Dunkelheit des Walds, bahnte sich einen Weg durch das Unterholz und schob die niedrig hängenden Zweige zur Seite, bis er ans Wasser kam. Dort setzte er sich hin, an einen schaumbedeckten Tümpel oder einen gurgelnden Bach, der schnell und ölverpestet im Mondlicht dahinfloss. Dann warf er Steine ins Wasser, schleuderte sie so fest er konnte in die Nacht und lauschte auf den Aufprall.

Stundenlang saß er da, warf Steine und dachte nach, und oft ging darüber wieder die Sonne auf.

Gidyon: die Stadt, das Herz von Vendalia, genau wie Slagg, Skrakky und New Pittsburgh und all die anderen Leichenwelten, die widerlichen, hässlichen Orte, in denen Menschen

Leichen für sich arbeiten ließen. Turmhohe Gebäude aus schwarzem und silbernem Metall, scheinbar schwebende Luftgebilde, die im Sonnenlicht aufblitzten und nachts ein mattes Licht ausstrahlten. Ein riesiger hektischer Raumflughafen, wo Frachter auf unsichtbaren Feuerlanzen aufstiegen und herabsanken, Parkanlagen mit polierten Parkett-Fußwegen, in gelblichem Grau glänzend: Gidyon.

Die faulende Stadt. Die Leichen-Stadt. Der Umschlagplatz für Fleisch.

Die Ladungen der Frachter waren Menschen, Kriminelle, Landstreicher und Unruhestifter aus anderen Welten, gekauft mit der harten vendalianischen Währung. (Und es gab Gerüchte über Passagierflugzeuge, die während ihrer Linienflüge in Touristenländer auf mysteriöse Weise verschwunden waren.) Die meisten dieser hoch aufschießenden Türme waren Kliniken, in denen Männer und Frauen starben, und Leichenhäuser, in denen Tote geboren wurden, um arbeiten zu können. Überall auf den Geschäftsstraßen standen die Läden der Leichenverkäufer und die Fleischhäuser.

Die Fleischhäuser von Vendalia waren bekannt für ihre garantiert schönen Leichen.

Trager saß unter einem Sonnenschirm eines Straßencafés. Auf der anderen Seite der Straße stand ein Fleischhaus. Er nippte an dem bittersüßen Wein und wunderte sich darüber, wie schnell sein Urlaub vergangen war, und er versuchte krampfhaft, den Blick von der anderen Straßenseite fernzuhalten. Der Wein lag warm auf seiner Zunge, seine Augen blickten ruhelos umher.

Zwischen ihm und dem Fleischhaus gingen Männer die Straße auf und ab. Braun gebrannte Leichenführer aus Vendalia, Skrakky und Slagg, fettleibige Händler, idiotisch dreinblickende Touristen aus den sauberen Welten wie dem Alten Europa und Zephyr. Er saß da, trank seinen Wein, schaute und fühlte sich entsetzlich isoliert. Er konnte diese Menschen nicht berühren, nicht in ihre Nähe kommen. Er wusste nicht, warum es so unmöglich war. Er hätte doch aufstehen, auf die Straße gehen und jemanden festhalten können, aber dennoch wäre er niemandem nahegekommen. Der Fremde hätte sich losgerissen und wäre davongelaufen. So war es während seines ganzen Urlaubs, ständig. Er rannte durch alle Bars von Gidyon, wollte tausend Bekanntschaften erzwingen und hatte nie Erfolg.

Der Wein war alle. Trager schaute mit stierem Blick auf das Glas, drehte es in seiner Hand. Dann stand er auf und zahlte die Rechnung. Seine Hände zitterten.

Es ist schon so lange her, dachte er, als er die Straße überquerte. *Josie,* dachte er, *verzeih mir.*

Trager kehrte zurück zum Camp in der Wildnis, und seine Leichen steuerten wie wild geworden ihre Luftkissentraktoren durch den Wald. Am Lagerfeuer war er ungewohnt schweigsam, er redete den ganzen Abend kein Wort mit Donelly. Bis Donelly ihm schließlich, gekränkt und irritiert, in den Wald hinein folgte. Er fand ihn am Rande eines moderigen Rinnsals. Er saß da; vor seinen Füßen lagen gesammelte Steine, die er ins Wasser schleuderte.

T.: ... war wieder dort ... nach all den guten Vorsätzen ... trotzdem bin ich reingegangen ...

D.: ... ist doch egal ... denk daran, was du mir gesagt hast ... glaube weiter fest an dich ...

T.: ... habe geglaubt ... was hat es genützt? ...

D.: ... du hast gesagt, ich soll nicht aufgeben. Das muss auch für dich gelten ... wiederhole alles, was du mir erzählt hast, alles, was Josie dir erzählt hat ... jeder findet irgendeinen ... man muss nur suchen ... du musst ... offen und ehrlich ... man braucht Mut zum Suchen ... hör auf, dir leidzutun ... hast du mir hundertmal erzählt ...

T.: ... ist verdammt besser gesagt als getan ...

D.: ... Greg ... bist kein Mann fürs Fleischhaus ... bist ein Träumer ...

T.: (seufzt) ... ja ... aber ... warum tu ich mir das nur an? ...

D.: ... willst du lieber wieder so wie früher sein? ... kein Kummer, kein Leben? ... wie ich? ...

2 Aufstieg und Niedergang

Sie hieß Laurel. Mit Josie hatte sie nichts gemein, bis auf eines: Trager liebte sie.

Hübsch? Trager fand nicht, wenigstens nicht zu Anfang. Sie war zu groß, einen halben Kopf größer als er. Vorne hatte sie ein bisschen wenig vorzuweisen, hinten dafür ein bisschen viel. Am schönsten war ihr Haar, rotbraun im Winter und glühend blond im Sommer. Es fiel lang und glatt über ihre Schultern, und wenn der Wind es durchwühlte, sah es aufregend wild aus. Aber sie war nicht schön, nicht so, wie Josie schön war. Dennoch wurde sie seltsamerweise mit der Zeit immer schöner. Vielleicht lag der Grund darin, dass sie abnahm, oder dass sich Trager immer mehr in sie verliebte und sie durch Kinderaugen betrachtete. Vielleicht war es so, weil er ihr sagte, dass sie hübsch sei. Möglich, dass das bloße Aussprechen diese Wandlung bewirkte. So war es auch, als

Laurel ihm sagte, er sei ein kluger Mann. Ihr Glaube schenkte ihm tatsächlich Weisheit. Was auch immer der Grund war, nachdem sie sich eine Zeit lang kannten, war Laurel wirklich schön.

Sie war fünf Jahre jünger als er, sauber, unschuldig und schüchtern. Josie war eher das Gegenteil gewesen. Laurel war intelligent, romantisch und eine Träumerin. Sie war bewundernswert frisch und eifrig. Sie war schrecklich unsicher und voller nagender Sehnsüchte.

Gidyon war noch fremd für sie. Sie kam als Studentin der Forstwissenschaft aus dem Hinterland von Vendalia. Trager hatte gerade Urlaub und war zu Besuch in der Forstschule, um einen Lehrer zu begrüßen, der zuvor in seinem Team gearbeitet hatte. Sie trafen sich im Büro des Lehrers. Trager machte Ferien in der Stadt, die voll war von Fremden und viel besuchten Fleischhäusern. Laurel war allein. Er zeigte ihr die schillernde Dekadenz von Gidyon, fühlte sich gut und erhaben dabei, während sie sehr beeindruckt war.

Die zwei Wochen gingen schnell um. Es kam der letzte gemeinsame Abend. Trager fürchtete sich plötzlich. Er führte sie in einen Park am Fluss, an dem Gidyon liegt. Dort setzten sie sich auf eine niedrige Steinmauer am Ufer des Flusses. Eng beieinander, aber sie berührten sich nicht.

»Die Zeit vergeht so schnell«, sagte er, nahm einen Stein und schleuderte ihn flach und hart über das Wasser. Er blickte ihm gedankenversunken nach, wie er über die Wellen hüpfte und dann verschwand. Dann blickte er sie an. »Ich bin so aufgeregt«, sagte er lachend. »Ich ... Laurel. Ich möchte nicht fort.«

In ihrem Gesicht war nichts zu lesen. Verstand sie? »Die Stadt ist schön«, stimmte sie zu.

Trager schüttelte heftig den Kopf. »Nein. Nein! Nicht die Stadt. Du. Laurel, ich glaube, ich … ach …«

Laurel lächelte ihn an. Ihre Augen strahlten. Sie wirkte glücklich. »Ich weiß«, sagte sie.

Trager wollte es nicht glauben. Er streckte die Hand aus und berührte ihre Wange. Sie wandte den Kopf zu ihm und küsste seine Hand. Sie lächelten sich an.

Er fuhr kurz zum Forst-Camp zurück, um zu kündigen. »Don, Don, du musst sie treffen«, rief er. »Siehst du, es ist doch möglich, ich habe es geschafft. Man muss nur daran glauben und es immer wieder versuchen. Ich fühle mich so verdammt gut, dass es fast nicht mehr erlaubt sein kann.«

Donelly, in seiner steifen, vernünftigen Art, wusste nicht, wie er auf diese ungestüme Fröhlichkeit reagieren sollte. »Was wirst du tun?«, fragte er ein wenig unsicher. »Willst du in der Arena arbeiten?«

Trager lachte. »Wohl kaum – du weißt, wie ich darüber denke. Irgendetwas werde ich schon finden. In der Nähe des Raumflughafens gibt es ein Theater. Dort werden Pantomimen von Leichendarstellern aufgeführt. Ich habe einen Job bekommen. Die Bezahlung ist zwar miserabel, aber ich werde nahe bei Laurel sein. Und das allein zählt.«

Nachts machten sie kaum ein Auge zu. Sie redeten, kuschelten sich aneinander und liebten sich. Es war eine einzige Freude, ein Spiel, sie entdeckten so viel Wunderbares. Trager störte es kaum, dass es nicht so hundertprozentig klappte wie im Fleischhaus. Er brachte ihr bei, offen und ehrlich zu sein. Er offenbarte ihr jedes kleine Geheimnis von sich und wünschte, er hätte mehr gehabt.

»Arme Josie«, sagte Laurel manchmal nachts und presste ihren warmen Körper fest an den seinen. »Sie hat ja keine Ahnung, was ihr da entgangen ist. Ich bin glücklich. So einen Mann wie dich gibt es bestimmt nicht noch einmal.«

Und Trager antwortete dann jedes Mal: »Aber ich bin noch glücklicher.«

Darüber stritten sie dann, lachend.

Donelly kam nach Gidyon und arbeitete auch für das Theater. Er sagte, dass die Forstarbeit ohne Trager keinen Spaß mehr machte. Die drei verbrachten viel Zeit miteinander, und Trager schäumte über vor Glück. Er hatte Laurel schon viel von Donelly erzählt und freute sich, dass sie sich so gut verstanden. Er wollte, dass Donelly sehen konnte, wie glücklich er war und was ein fester Glaube bewirkt.

»Ich mag sie«, sagte Donelly, nachdem er sie das erste Mal gesehen hatte.

»Das ist gut«, erwiderte Trager.

»Nein«, sagte Donelly. »Greg, ich mag sie wirklich.«

Sie verbrachten sehr viel Zeit miteinander.

»Greg«, sagte Laurel eines Nachts im Bett. »Ich glaube, dass Don ... ja, hinter mir her ist. Verstehst du?«

Trager drehte sich zu ihr um und richtete sich auf. »Mein Gott«, sagte er.

»Ich weiß nicht, wie ich mich verhalten soll.«

»Vorsichtig«, sagte Trager. »Er ist sehr verletzlich. Du bist vielleicht die erste Frau, die ihn überhaupt interessiert. Sei nicht zu hart gegen ihn. Er braucht nicht den Kummer durchzumachen, den ich erlitten habe, verstehst du?«

So gut wie im Fleischhaus war ihr Sex nie. Und nach einer Weile begann Laurel, sich zu verschließen. Immer öfter wandte sie sich, gleich nachdem sie miteinander geschlafen hatten, von ihm ab. Die Zeit, in der sie noch bis in die Morgendämmerung über alles Mögliche redeten, war vorbei. Vielleicht hatten sie sich nichts mehr zu sagen. Trager bemerkte, dass sie oft seine Geschichten selbst zu Ende erzählte. Es war ihm fast unmöglich, mit einer Geschichte aufzuwarten, die er ihr nicht bereits erzählt hatte.

»Das hat er gesagt?« Trager stieg aus dem Bett, schaltete das Licht an und setzte sich. Seine Stirn war in Falten gelegt.

Laurel zog die Decke bis an ihr Kinn.

»Also gut, und was hast du gesagt?«

Sie zögerte. »Das kann ich dir nicht sagen. Es geht nur Don und mich etwas an. Er sagte, es wäre nicht fair, dass ich dir alles das erzähle, was zwischen ihm und mir vorgeht. Und damit hat er recht.«

»Recht! Aber ich erzähle dir doch auch alles. Erinnerst du dich nicht an das, was wir ...«

»Ich weiß, aber ...«

Trager schüttelte den Kopf. Seine Stimme klang jetzt nicht mehr so aufgeregt. »Was ist eigentlich los, Laurel? Ich habe plötzlich Angst. Ich liebe dich, erinnerst du dich? Und du hast gesagt, du liebst mich. Wie kann sich das nur so schnell ändern?«

Ihr Gesicht nahm wieder sanftere Züge an. Sie richtete sich auf und streckte ihre Hand nach ihm aus. Die Decke glitt über ihre vollen, weichen Brüste. »O Greg«, sagte sie. »Mach dir keine Sorgen. Ich liebe dich, für immer. Aber ich glaube, ich liebe ihn auch. Verstehst du?«

Trager beruhigte sich ein wenig, legte sich in ihre Arme und küsste sie innig. Er unterbrach den Kuss. »He«, sagte er etwas spöttisch, um das Zittern in seiner Stimme zu unterdrücken, »wen von uns beiden liebst du mehr?«

»Dich natürlich, immer nur dich.«

Lächelnd küsste er sie wieder.

»Ich weiß, dass du es weißt«, sagte Donelly. »Ich finde, wir sollten darüber reden.«

Trager nickte. Sie standen hinter den Kulissen des Theaters. Drei seiner Leichen stellten sich hinter ihm auf, verschränkten die Arme und sahen aus wie grimmige Leibwächter. »Also gut.« Er blickte ihm fest in die Augen. Donellys Gesicht war mit einem Mal ernst. »Laurel hat mich gebeten, so zu tun, als ob ich von nichts wüsste. Sie sagt, du würdest dich irgendwie schuldig fühlen. Aber so tun, als ob – das zerrt ganz schön an den Nerven, Don. Es wird Zeit, dass wir über alles offen und ehrlich sprechen.«

Donelly wandte seine blassblauen Augen ab und vergrub die Hände in den Taschen. »Ich möchte dir nicht wehtun«, sagte er.

»Dann tu es auch nicht!«

»Aber ich kann auch nicht so tun, als ob ich gar nicht existierte. Ich lebe und ich liebe sie, genau wie du.«

»Du bist doch mein Freund, Don. Verlieb dich in eine andere. So bereitest du dir bloß eine Menge Kummer.«

»Ich habe mehr mit ihr gemein als du.«

Trager starrte ihn an.

Donelly schaute ihm wieder in die Augen. »Ich weiß nicht. Ach, Greg. Sie liebt dich ja doch mehr, das hat sie gesagt. Ich hätte nie etwas anderes erwarten dürfen. Ich komme mir vor, als wäre ich dir in den Rücken gefallen. Ich ...«

Trager blickte ihn immer noch unverwandt an. Endlich lächelte er. »Ach Mist, das ist einfach zu viel für mich. Also, Don, du bist mir nicht in den Rücken gefallen, hör auf, red nicht so. Wenn du sie wirklich liebst, muss es vermutlich so kommen, verstehst du? Ich hoffe nur, alles geht gut aus.«

Später in der Nacht, im Bett mit Laurel, sagte er: »Ich mach mir Sorgen um ihn.«

Sein zuvor so sonnengebräuntes Gesicht war aschgrau geworden. »Laurel?«, fragte er, zutiefst verunsichert.

»Ich liebe dich nicht mehr. Es tut mir leid, dir das sagen zu müssen, aber so ist es. Vor kurzer Zeit schien es noch so, aber das liegt bereits wie ein Traum hinter mir. Ich weiß nicht einmal mehr, ob ich dich wirklich je geliebt habe.«

»Don?«, fragte er hölzern.

Laurels Wangen röteten sich. »Sag jetzt nichts Schlechtes über Don. Ich hab's satt, dass du ihn immer herunterzumachen versuchst. Er redet nur gut über dich.«

»O Laurel. Erinnerst du dich nicht? An das, was wir uns sagten, wie wir fühlten? Ich bin doch dieselbe Person, der du damals das alles gesagt hast.«

»Aber ich habe mich verändert«, sagte Laurel hart und tränenlos und warf den Kopf zurück. »Ich erinnere mich sehr wohl, aber ich fühle einfach nicht mehr wie damals.«

»Bitte«, sagte er und streckte die Hand nach ihr aus.

Sie wich einen Schritt zurück. »Rühr mich nicht an! Wie ich dir sagte, Greg, es ist vorbei. Du solltest jetzt gehen. Don wird jeden Moment kommen.«

Es war schlimmer als mit Josie. Tausendmal schlimmer.

III Rastlos

Er versuchte, beim Theater zu bleiben. Die Arbeit machte ihm Spaß, und er hatte Freunde dort. Aber Donelly war auch jeden Tag da. Er lächelte und war freundlich zu ihm. Manchmal kam auch Laurel und traf ihn, wenn die Show vorüber war. Dann gingen sie Arm in Arm fort. Trager stand jedes Mal da und sah ihnen nach, obwohl er sich vornahm, sie nicht zu beachten. In solchen Augenblicken wühlte, schmerzte und schrie es in ihm.

Er kündigte. Er wollte sie nicht mehr sehen. Er wollte seinen Stolz behalten.

Der Himmel war hell von den Lichtern in Gidyon, die Luft war voller Lachen, aber es war dunkel und ruhig im Park.

Trager stand steif an einem Baum gelehnt, seine Augen auf den Fluss gerichtet, die Hände fest gegen die Brust gepresst. Er stand da wie eine Statue, atmete kaum. Nicht einmal seine Augen bewegten sich.

Die Leiche kniete vor einer niedrigen Wand und schlug mit den Fäusten dagegen, bis sie mit Blut besudelt war und die Hände nur noch aus Klumpen zermalmten Fleisches bestanden. Die Schläge klangen dumpf und trocken, hin und wieder unterbrochen durch das Kratzen von Knochen auf Stein.

Bevor er überhaupt die Zelle betreten konnte, musste er zahlen. Darauf wartete er über eine Stunde, bis man sie fand und zu ihm durchschaltete. Endlich durch, endlich: »Josie.«

»Greg«, sagte sie und grinste dabei auf ihre unverkennbare Art. »Hätte ich mir eigentlich denken können. Wer sonst könnte mich schon aus dem fernen Vendalia anrufen? Wie geht's?«

Er erzählte es ihr.

Das Grinsen verschwand aus ihrem Gesicht. »O Greg«, sagte sie. »Es tut mir leid. Aber lass dich dadurch nicht unterkriegen. Das nächste Mal wird es besser sein. Das ist immer so.«

Ihre Worte konnten ihn nicht trösten. »Josie«, sagte er, »wie ist das Leben bei euch so? Vermisst du mich?«

»Oh, na klar. Alles läuft recht gut hier. Es ist halt immer noch das alte stinkende Skrakky. Aber bleib, wo du jetzt bist! Es ist besser für dich!« Sie nahm kurz den Blick vom Bildschirm. »Wir machen besser Schluss, bevor die Rechnung zu hoch wird. Schön, dass du mal angerufen hast. Mach's gut!«

»Josie ...«, setzte Trager an. Aber der Bildschirm war bereits erloschen.

Nachts vergaß er sich manchmal selbst. Dann ging er an seinen Hausschirm und rief Laurel an. Wenn sie sah, wer am anderen Ende der Leitung war, verengten sich ihre Augen, und sie unterbrach sofort die Verbindung.

Dann saß er in seinem dunklen Zimmer und dachte an die Zeit zurück, als seine Stimme sie noch sehr, sehr glücklich gemacht hatte.

Die Straßen von Gidyon sind nichts für einsame Spaziergänge mitten in der Nacht. Zu jeder Zeit sind sie hell erleuchtet und voller lebender wie toter Menschen. Und überall an den Boulevards und Einkaufsstraßen stehen Fleischhäuser.

Josies Worte hatten ihre Kraft verloren. In den Fleischhäusern verlor Trager seine Träume und fand dafür billigen Trost.

Die besinnlichen Abende mit Laurel und der ungeschickte Sex seiner jungen Jahre gehörten der Vergangenheit an. Trager nahm seine Fleischgespielinnen hart und kurz, fast brutal, vögelte sie wortlos und mit rüder Kraft bis zum unausweichlichen, perfekten Orgasmus. Manchmal ließ er sie erotische Pantomimen darstellen, wie er es im Theater gelernt hatte, um besser in Stimmung zu kommen.

In der Nacht. Qualen.

Er glaubte, wieder auf den Korridoren zu sein, den niedrigen, düsteren Korridoren des Wohnheims für Leichenführer in Skrakky. Nur waren die Gänge jetzt labyrinthartig verschlungen, und Trager hatte längst die Orientierung verloren. Die Luft war dick, und es braute sich ein grauer Nebel zusammen, der immer dichter wurde. Bald, so fürchtete er, würde er gar nichts mehr sehen können.

Hin und her ging er, auf und ab, aber er stieß immer nur auf weitere Korridore, die ihn auch nirgends hinführten. Die Türen waren unheimliche, schwarze Rechtecke ohne Klinken, immer für ihn verschlossen. An den meisten ging er achtlos vorbei. Ein paarmal jedoch blieb er vor einer Tür stehen, durch deren Rahmenfugen Licht austrat. Er horchte und vernahm von innen Geräusche. Dann klopfte er wie wild an der Tür. Aber keiner antwortete ihm jemals.

So lief er weiter durch den Nebel, der immer dunkler und dichter wurde und seine Haut zu ätzen schien, ging vorbei an Tür um Tür um Tür, bis er weinte und müde, blutende Füße hatte. Und dann, weit hinten, am Ende eines langen, langen Korridors, der vor ihm lag, konnte er eine geöffnete Tür erblicken. Durch die Öffnung strahlte helles Licht, das seine Augen blendete. Durch die schallte heitere Musik und das Lachen von Menschen. Trager rannte, obwohl seine Füße schmerzten und seine Lungen durch den Nebel, den er einatmete, brannten. Er rannte und rannte, bis er endlich die offene Türe erreichte.

Doch jedes Mal, wenn er dort ankam, sah er, dass es sein Zimmer war, und es war leer.

Während ihrer kurzen gemeinsamen Zeit waren sie einmal in die Wildnis hinausgefahren und hatten sich unter dem Sternenhimmel geliebt. Später hatte sie sich an ihn gekuschelt und ihn sanft gestreichelt. »Woran denkst du?«, fragte er.

»Ich denke über uns nach«, sagte Laurel. Ein Zittern ging durch ihren Körper. Der Wind frischte auf. »Manchmal fürchte ich mich, Greg. Ich hab Angst, dass etwas geschieht, das uns auseinanderbringt. Ich will, dass du mich nie verlässt.«

»Darüber brauchst du dir keine Sorgen zu machen«, sagte er. »Das werde ich nie tun.«

Jetzt quälten ihn ihre Worte jede Nacht vor dem Einschlafen. All die schönen Erinnerungen hinterließen Tränen bei ihm, die schlechten versetzten ihn in wortlose Wut.

Er schlief mit einem Gespenst an seiner Seite, einem übersinnlichen, wunderschönen Gespenst, mit der Hülse eines toten Traums. Wenn er aufwachte, war er allein.

Er hasste sie beide. Und er hasste sich dafür, dass er sie hasste.

3 Duvaliers Traum

Ihr Name ist nicht von Bedeutung, ihr Aussehen nicht wichtig. Was allein zählt, ist, dass es sie gab, dass es Trager immer wieder versuchte, dass er sich dazu zwang, sich Mut machte und nicht aufgab. Er versuchte es.

Aber irgendetwas fehlte. Etwas - Magisches?

Die Worte waren immer dieselben.

Wie oft kann man sie wohl aussprechen, fragte sich Trager, *sie aussprechen und gleichzeitig daran glauben, so wie man sie beim ersten Mal geglaubt hat? Einmal? Zweimal? Dreimal, vielleicht? Oder hundertmal? Und die, die es hundertmal sagen können, sind sie wirklich so sehr viel besser in der Liebe? Oder nur im Selbstbetrug? Sind sie nicht vielmehr Menschen, die schon lange aufgehört haben zu träumen und das Wort Liebe für etwas anderes verwenden?*

Er sagte die Worte. Dabei hielt er sie fest, drückte sie an sich, küsste sie. Er sagte die Worte mit einer Gewissheit, die größer und schwerwiegender war als jeder Glaube. Er sagte die Worte und *versuchte* es, aber er konnte sie nicht mehr ernst meinen.

Und sie antwortete ihm mit den gleichen Worten, und Trager merkte, dass sie ihm nichts bedeuteten. Immer wieder sprachen sie das aus, was sie gern voneinander hören wollten. Aber beide wussten sie, dass sie sich bloß etwas vormachten.

Sie versuchten es qualvoll. Aber immer, wenn er seine Hand nach ihr ausstreckte, so wie es die Rolle dem Schauspieler vorschreibt, eine Rolle, die er schon so oft gespielt hat, wenn er seine Hand nach ihr ausstreckte und ihre Wange berührte, dann fühlte er - dass die Haut glatt, weich und schön war. Und nass von Tränen.

IV Echos

»Ich möchte dir nicht wehtun«, sagte Donelly, trat nervös von einem Bein aufs andere und schaute so schuldbewusst drein, dass sich Trager bereits schämte, einen Freund in Verlegenheit gebracht zu haben.

Er berührte ihre Wange, aber sie wandte sich von ihm ab.

»Ich wollte dir niemals wehtun«, sagte Josie, und Trager war traurig. Sie hatte ihm so viel gegeben, während er bei ihr nur ein Gefühl der Schuld hinterließ. Ja, er war verletzt, aber ein stärkerer Mann hätte sich dies nie anmerken lassen.

Er berührte ihre Wange, und sie küsste seine Hand.

»Es tut mir leid, dir das sagen zu müssen, aber so ist es«, sagte Laurel. Und Trager war verloren. Was hatte er getan, wo hatte er Fehler begangen, wie hatte er alles ruiniert? Sie waren sich doch so sicher gewesen. Sie hatten so viel aneinander gehabt.

Er berührte ihre Wange, und sie weinte.

Wie oft kann man sie aussprechen, hallte seine Stimme, *sie aussprechen und daran glauben, so wie man sie beim ersten Mal geglaubt hat?*

Der Wind war schwarz und schwer von Staub. Flackernde, rötliche Flammen pulsierten am Himmel. In der Erzgrube stand eine junge Frau mit Sicherheitsbrille und Filtermaske, mit kurzem, braunem Haar und Antworten. »Sie gehen ständig kaputt, aber immer wieder schickt man sie zum Einsatz«, sagte sie. »Wann kommen die selbst darauf, dass da etwas nicht stimmt? Man lügt sich selbst nur etwas vor, wenn man glaubt, dass sich die Fehler beim nächsten Einsatz von selbst beheben.«

Die gegnerische Leiche ist riesig und schwarzhäutig. Ihr Körper ist muskulös, ein Ergebnis langen Trainings. Sie ist die stärkste Leiche, die Trager jemals gesehen hat. Sie bewegt sich mit langsamen Schritten gebückt über den mit Sägemehl bedeckten Boden, in der einen Hand ein blankes Breitschwert. Von seinem Sessel aus, oben am Rande der Arena, beobachtet Trager den Gladiator. Der andere Leichenführer ist vorsichtig, übervorsichtig.

Tragers Toter, ein drahtiger Blonder, steht da und wartet, von seiner Hand hängt ein Morgenstern herab bis auf das blutdurchtränkte Sägemehl des Kampfplatzes. Trager wird ihn erst schnell und präzise genug bewegen, wenn die Zeit dafür reif ist. Der Feind weiß das, genau wie die Zuschauer.

Plötzlich reißt die schwarze Leiche das Breitschwert nach oben und stürmt vor, auf ihren Vorteil der Reichweite und Schnelligkeit vertrauend. Aber der genau berechnete Schlag durchschneidet nur Luft. Tragers Leiche ist längst nicht mehr da, wo der Hieb niedergeht.

Er sitzt bequem hoch über dem Kampfplatz / seine Füße unten in der Arena, besudelt mit Blut und Sägemehl / Trager / die Leiche erhält den Befehl / schwingt den Morgenstern – und der große Ball mit den Stahlzacken fliegt hoch und wirbelt herum, fast träge, fast hypnotisch langsam, und zermalmt den Hinterkopf des Feinds, als dieser versucht, dem Schlag auszuweichen. Der Schädel scheint zu explodieren und in blutigem Rauch aufzugehen, und die Menge grölt.

Trager lässt seine Leiche die Arena verlassen und erhebt sich dann, um seinen Applaus entgegenzunehmen. Dies ist sein zehnter Totschlag. Bald wird er der Inhaber des Titels sein. Nach all seinen Rekorden wird man ihm den entscheidenden Kampf nicht mehr verweigern können.

Sie ist wunderschön, seine Dame, seine Liebe. Ihr Haar ist kurz und blond, ihr Körper schlank, anmutig, fast athletisch mit den wohltrainierten Beinen und den kleinen festen Brüsten. Ihre Augen sind hellgrün, und sie strahlen ihm immer ein Willkommen entgegen. In ihrem Lächeln liegt eine seltsame erotische Unschuld.

Sie erwartet ihn im Bett, wartet darauf, dass er von der Arena heimkommt, wartet auf ihn mit all ihrer Zuneigung und Liebe. Wenn er eintritt, richtet sie sich auf, lächelt ihn an, und die Bettdecke ist um ihre Hüfte gerafft. In der Tür stehend bewundert er ihre Brüste.

Sie merkt es, bedeckt schüchtern ihren Körper und errötet. Trager weiß, es ist falsche Scham, alles Spiel, alles falsch. Er nähert sich dem Bett, setzt sich an den Rand und streckt seine Hand aus, um ihre Wange zu streicheln. Ihre Haut ist sehr weich. Sie schmiegt sich gegen seine Hand. Dann zieht Trager die Decke zur Seite, gibt jeder Brust einen zärtlichen Kuss und küsst darauf leidenschaftlich ihren Mund. Sie erwidert seinen Kuss, mit Hingabe. Ihre Zungen tanzen.

Sie lieben sich, er und sie, langsam und sinnlich, verschlungen in lang anhaltender Umarmung. Die Körper bewegen sich ohne Stocken in perfekter Harmonie. Jeder kennt die Wünsche des anderen. Trager stößt, und sein anderer Körper übernimmt den gleichen Rhythmus. Er streckt die Hand aus und trifft ihre Hand. Sie erleben gleichzeitig ihren Höhepunkt (immer, immer, denn der Orgasmus wird durch das Gehirn des Führers ausgelöst), und auf ihren Brüsten und Ohrläppchen rötet sich die Haut. Sie küssen sich.

Danach spricht er mit ihr, seiner Liebe, seiner Dame. Man sollte immer danach ein Gespräch führen, das hat er schon vor langer Zeit gelernt.

»Du hast Glück«, sagt er ihr manchmal. Sie kuschelt sich an ihn und bedeckt seine Brust mit kleinen Küssen. »Sehr viel Glück. Draußen belügt man dich nur, Liebes. Man betrügt dich mit einem dummen, blendenden Traum und fordert dich auf, daran zu glauben und ihn wahr zu machen. Man sagt dir, dass für jeden irgendjemand da ist. Aber das ist alles falsch. Die Welt ist nicht gerecht, sie ist nie gerecht gewesen. Man rennt einem Phantom nach und verliert, verliert immer. Versuch es noch einmal, heißt es dann. Aber das ist Geschwätz, leeres Geschwätz. Keiner wird den Traum jemals finden; wer das versucht, betrügt sich selbst. Es ist eine gemeine Lüge von verzweifelten Menschen, in der Hoffnung, sich selbst davon überzeugen zu können.«

Aber dann kann er nicht weitersprechen, denn sie wandert mit ihren Küssen immer tiefer seinen Körper hinunter. Trager wirft seiner Liebe ein Lächeln zu und streichelt zärtlich ihr Haar.

Von all den strahlend grausamen Lügen, die du hörst, ist die grausamste jene, die Liebe genannt wird.

Erinnerungen an Melody

Ted war gerade beim Rasieren, als die Türklingel ging. Er erschrak so sehr, dass er sich schnitt. Seine Eigentumswohnung lag im zweiunddreißigsten Stock, und Jack, der Pförtner, warnte ihn normalerweise rechtzeitig vor anrückenden Besuchern. Dieser hier musste also aus dem Gebäude kommen. Nur kannte Ted niemanden im Haus, jedenfalls nicht über das Maß eines Guten-Morgen-Lächelns im Fahrstuhl hinaus.

»Schon unterwegs«, rief er. Mit finsterer Miene griff er nach einem Handtuch und wischte sich den Rasierschaum ab. Dann betupfte er seine Wunde mit einem Tuch. »Scheiße«, sagte er laut zu seinem Gesicht im Spiegel. Er musste am Nachmittag vor Gericht erscheinen. Wenn das wieder einer dieser Zeugen Jehovas war, wie der, der sich im letzten Monat an Jack vorbeigemogelt hatte, dann konnte er was erleben.

Die Klingel summte noch einmal. »Ich komme ja schon, verdammt«, rief Ted. Er tupfte ein letztes Mal das Blut am Hals ab und warf das Tuch in den Papierkorb. Dann lief er durch das tiefer liegende Wohnzimmer zur Tür. Vorsichtshalber spähte er durch den Spion, bevor er öffnete. »Oh, Hölle auch«, murmelte er. Bevor sie noch einmal auf die Klingel drücken konnte, zog Ted die Kette zurück und riss die Tür auf.

»Hallo, Melody«, sagte er.

Sie lächelte flüchtig. »Hallo, Ted«, antwortete sie. Sie hatte einen alten Koffer in der Hand und einen abgenutzten Kleidersack mit einem grässlichen schwarz-rot karierten Muster, dessen abgebrochener Griff durch ein Stück Seil ersetzt wurde. Als Ted sie vor drei Jahren zum letzten Mal gesehen hatte, hatte sie schlimm ausgesehen. Jetzt sah sie noch schlimmer aus. Ihre Kleidung - Shorts und ein gebatiktes T-Shirt - war verknittert und schmutzig, und sie unterstrich, wie hager sie geworden war. Ihre Rippen waren deutlich zu sehen, und ihre Beine sahen aus wie Bohnenstangen. Ihr langes, strähniges blondes Haar war schon längere Zeit nicht mehr gewaschen worden, und ihr Gesicht war rot und aufgedunsen, als hätte sie geweint. Das war keine Überraschung. Melody weinte dauernd über dies oder jenes.

»Willst du mich nicht reinbitten, Ted?«

Ted verzog das Gesicht. Er *wollte* sie bestimmt nicht hereinbitten. Er wusste aus früherer Erfahrung, wie schwer es war, sie wieder hinauszubekommen. Doch er konnte sie einfach nicht mit dem Koffer in der Hand im Korridor stehen lassen. Immerhin, dachte er säuerlich, war sie eine alte und liebe Freundin. »Aber sicher doch«, sagte er. Er machte eine auffordernde Geste. »Komm ruhig rein!«

Er nahm ihr den Koffer ab und stellte ihn neben die Tür, dann führte er sie in die Küche und setzte Wasser auf. »Du siehst aus, als hättest du eine Tasse Kaffee nötig«, sagte er, und versuchte, seiner Stimme einen freundlichen Klang zu geben.

Melody lächelte wieder. »Weißt du das denn nicht mehr, Ted? Ich trinke keinen Kaffee. Das ist auch für dich nicht gut, Ted. Ich hab dir das immer gesagt. Erinnerst du dich denn nicht?« Sie erhob sich vom Küchentisch und begann in seinen Schränken herumzuwühlen. »Hast du vielleicht Kakao?«, fragte sie. »Ich liebe heißen Kakao.«

»Ich trinke keinen Kakao«, sagte er gereizt. »Nur ziemlich viel Kaffee.«

»Das solltest du aber nicht«, sagte sie. »Das ist nicht gut für dich.«

»Jaja«, sagte er. »Willst du vielleicht einen Orangensaft? Ich hab welchen da.«

Melody nickte. »Prima.«

Er schenkte ihr ein Glas Orangensaft ein und führte sie zum Tisch zurück. Dann gab er mit einem Löffel etwas Maxim in eine Tasse und wartete darauf, dass der Kessel zu pfeifen begann. »Nun«, fragte er, »was hat dich denn nach Chicago verschlagen?«

Melody begann zu weinen. Ted lehnte sich gegen den Herd und beobachtete sie. Sie konnte ziemlich laut weinen, und für jemanden, der so oft weinte, produzierte sie eine erstaunliche Menge Tränen. Sie sah erst wieder auf, als das Wasser zu kochen begann. Ted goss etwas in seine Tasse und rührte einen Löffel Zucker hinein. Ihr Gesicht war röter und aufgedunsener denn je. Ihre Augen fixierten ihn anklagend. »Es ist ziemlich schlecht gelaufen«, sagte sie. »Ich brauche Hilfe, Ted. Ich hab keine Wohnung mehr. Ich dachte, ich könnte vielleicht eine Weile bei dir bleiben. Es ist wirklich schlecht gelaufen.«

»Das tut mir aber leid für dich, Melody«, antwortete Ted, während er nachdenklich seinen Kaffee schlürfte. »Wenn du willst, kannst du ein paar Tage hierbleiben. Aber nicht länger. Ich bin nicht für eine Zimmergenossin zu haben.« Sie hatte ihm immer wieder das Gefühl gegeben, ein Mistkerl zu sein, aber es war besser, ihr vom ersten Augenblick an entschlossen entgegenzutreten.

Als er die Zimmergenossin erwähnte, begann Melody wieder zu weinen. »Du hast immer gesagt, ich wäre eine *gute* Zimmergenossin«, heulte sie. »Wir hatten doch so viel Spaß, weißt du noch? Du warst mein Freund.«

Ted setzte seine Kaffeetasse ab und sah auf die Küchenuhr. »Ich hab im Augenblick keine Muße, über alte Zeiten zu reden«, sagte er. »Als du geklingelt hast, war ich gerade beim Rasieren. Ich muss ins Büro.« Er runzelte die Stirn. »Trink deinen Saft und fühl dich wie zu Hause. Ich muss mich anziehen.« Er wandte sich ab und ließ sie weinend am Küchentisch zurück.

Wieder im Badezimmer, beendete Ted seine Rasur und kümmerte sich etwas sorgfältiger um seinen Schnitt, wobei er ständig an Melody dachte. Er konnte jetzt schon sehen, dass es schwierig werden würde. Sie tat ihm leid - sie war durcheinander und erbärmlich elend, hatte niemanden, zu dem sie gehen konnte -, aber er wollte nicht zulassen, dass sie ihre ganzen Sorgen bei ihm ablud. Nicht dieses Mal. Sie hatte es schon zu oft getan.

Im Schlafzimmer starrte Ted längere Zeit schwermütig in den Wandschrank, bevor er sich für den grauen Anzug entschied. Sorgfältig band er seine Krawatte vor dem Spiegel, während er den Schnitt mit finsteren Blicken bedachte. Dann kontrollierte er seine Aktentasche, um sicherzugehen, dass alle Papiere für den Syndio-Fall in Ordnung waren, nickte und ging wieder in die Küche zurück.

Melody stand am Herd und machte Pfannkuchen. Als er eintrat, wandte sie sich um und lächelte ihn glücklich an. »Erinnerst du dich noch an meine Pfannkuchen, Ted?«, fragte sie. »Du hast dich immer so gefreut, wenn ich Pfannkuchen gemacht habe, besonders Blaubeerpfannkuchen, weißt du noch? Du hast aber keine Blaubeeren da, ich mach sie also einfach so. Wie findest du das?«

»Himmel«, murmelte Ted. »Verdammt noch mal, Melody, wer hat gesagt, dass du *irgendwas* machen sollst? Ich habe dir doch gesagt, ich muss ins Büro. Ich hab keine Zeit mehr, mit dir zu essen. Ich bin sowieso schon spät dran. Und überhaupt, ich frühstücke nicht. Ich versuche abzunehmen.«

Aus ihren Augen begannen wieder Tränen zu rinnen. »Aber ... aber das sind doch meine Spezialpfannkuchen, Ted. Was soll ich denn jetzt damit machen? Was soll ich nur *machen?*«

»Iss sie!«, sagte Ted. »Du könntest gut ein paar Pfund zulegen. Mein Gott, du siehst schrecklich aus. Du siehst aus, als hättest du seit Monaten nichts mehr gegessen.«

Melodys Gesicht verzog sich zu einer hässlichen Grimasse. »Du Bastard«, sagte sie. »Und du willst mein *Freund* sein?«

Ted seufzte. »Immer mit der Ruhe«, sagte er. Er blickte auf die Uhr. »Sieh mal, ich bin schon fünfzehn Minuten zu spät dran. Ich muss gehen. Du isst deine Pfannkuchen und schläfst etwas. Ich bin so um sechs wieder da. Wir können zusammen zu Abend essen und reden, in Ordnung? Willst du das?«

»Das wäre schön«, sagte sie plötzlich zerknirscht. »Das wäre wirklich schön.«

»Sagen Sie Jill, ich will sie auf der Stelle in meinem Büro sehen«, fuhr Ted die Sekretärin an, als er ankam. »Und machen Sie uns Kaffee, ja? Ich brauche wirklich einen Kaffee.«

»Sofort.«

Jill traf ein paar Minuten nach dem Kaffee ein. Sie und Ted waren Teilhaber derselben Anwaltspraxis. Er führte sie zu einem Sessel und drückte ihr eine Tasse in die Hand. »Setz dich!«, sagte er. »Pass auf, die Verabredung heute Abend fällt flach. Ich hab Probleme.«

»So siehst du auch aus«, sagte sie. »Was ist denn los?«

»Heute Morgen stand eine alte Freundin bei mir vor der Tür.«

Jill zog elegant eine Braue hoch. »Und?«, fragte sie. »Wiedervereinigungen können doch ganz nett sein.«

»Mit Melody sind sie es nicht.«

»Melody?«, fragte sie. »Ein hübscher Name. Eine alte Flamme, Ted? Was ist es, unerwiderte Liebe?«

»Nein«, sagte er. »Nein, so war das nicht.«

»Dann erzähl mir doch, wie es war. Du weißt ja, ich mag blutige Details.«

»Melody und ich waren früher im College Zimmergenossen. Nicht nur wir zwei – komm da nicht auf falsche Ideen. Wir waren zu viert. Ich und ein Bursche namens Michael Englehart, Melody und noch ein Mädchen, Anne Kaye. Wir vier haben uns zwei Jahre lang ein großes, heruntergekommenes Haus geteilt. Wir waren – Freunde.«

»Freunde?« Jill machte ein skeptisches Gesicht.

Ted sah sie düster an. »Freunde«, wiederholte er. »Oh, zum Teufel, ich hab ein paarmal mit Melody geschlafen. Mit Anne auch. Und beide haben ein- oder zweimal mit Michael gevögelt. Aber als es passiert ist, war es einfach ... einfach wie gute Freunde, verstehst du? Unser Liebesleben lief meistens mit Leuten von draußen ab. Wir haben uns immer gegenseitig von unseren Sorgen erzählt, uns Ratschläge gegeben und uns gegenseitig an unseren Schultern ausgeheult. Verflucht, ich weiß, dass das komisch klingt. Aber das war 1970, und meine Haare gingen mir bis zum Arsch. Damals war alles verrückt.« Er schwenkte den Rest seines Kaffees in der Tasse herum und machte ein nachdenkliches Gesicht. »Das waren auch gute Zeiten. Ganz besondere Zeiten. Manchmal tut es mir leid, dass sie zu Ende gehen mussten. Wir vier standen einander sehr nahe, wirklich nahe. Ich habe diese Menschen geliebt.«

»Pass auf«, sagte Jill. »Ich werde eifersüchtig. Mein Zimmergenosse und ich haben uns von Herzen verachtet.« Sie lächelte. »Und was ist dann passiert?«

Ted zuckte die Achseln. »Das Übliche«, sagte er. »Wir haben unser Examen gemacht und sind auseinandergegangen. Ich kann mich noch an den letzten Abend in dem alten Haus erinnern. Wir haben jede Menge gekifft und wurden ziemlich albern. Haben uns ewige Freundschaft geschworen. Wir wollten einander niemals fremd werden, egal, was passieren würde, und wenn einer von uns jemals Hilfe brauchen sollte, nun, dann würden die anderen drei immer da sein. Wir haben diesen Vertrag mit ... nun ja, mit einer Art Orgie besiegelt.«

Jill lächelte. »Wie rührend«, sagte sie. »Ich hätte nie gedacht, dass so was in dir steckt.«

»Es war natürlich nicht von Dauer«, fuhr Ted fort. »Wir haben es eine Zeit lang versucht, das muss ich uns zugutehalten. Aber alles hat sich zu schnell verändert. Ich bin dann auf die juristische Fakultät gegangen und schließlich hier in Chicago gelandet. Michael hat einen Job bei einem Verlag in New York bekommen. Er ist jetzt Lektor bei Random House, war verheiratet und ist wieder geschieden, zwei Kinder. Wir haben uns geschrieben. Jetzt tauschen wir nur noch Weihnachtskarten aus. Anne ist Lehrerin. Als ich das letzte Mal von ihr gehört habe, war sie unten in Phoenix, aber das ist schon vier, fünf Jahre her. Ihr Mann konnte uns andere nicht sonderlich leiden bei dem einen Mal, als wir uns trafen. Ich glaube, Anne hat ihm wohl von der Orgie erzählt.«

»Und dein Gast?«

»Melody«, seufzte er. »Sie hat sich zu einem Problem entwickelt. Im College war sie wundervoll: mutig, hübsch, wirklich ein freier Geist. Aber danach ist sie nicht mehr zurechtgekommen. Sie hat sich ein paar Jahre lang als Malerin versucht, aber sie war nicht gut genug. Kam auf keinen grünen Zweig. Hatte ein paar Beziehungen, die mies wurden, dann hat sie einen Typ geheiratet, eine Woche, nachdem sie ihn in einer Single-Bar kennengelernt hatte. Es war schrecklich. Er hat sich dauernd betrunken und sie geschlagen. Sie hat das sechs Monate ausgehalten und sich dann scheiden lassen. Er kam danach immer noch ein Jahr lang zu ihr und schlug sie, bis er es schließlich mit der Angst bekam. Danach kam Melody auf Drogen – übel. Sie hat einige Zeit in einem Heim verbracht. Als sie wieder rauskam, ging es lustig weiter. Sie schafft es nicht, einen Job zu behalten, und auch nicht, keine Drogen zu nehmen. Ihre Beziehungen dauern nie länger als ein paar Wochen. Sie hat mit ihrem Körper Schindluder getrieben.« Er schüttelte den Kopf.

Jill schürzte die Lippen. »Klingt ganz nach ’ner Frau, die Hilfe braucht«, sagte sie.

Ted errötete und wurde wütend. »Meinst du denn, ich wüsste das nicht? Glaubst du denn, wir hätten nicht versucht, ihr zu helfen? Mein Gott! Als sie sich als Künstlerin versucht hat, hat ihr Michael ein paar Aufträge für Titelbilder von dem Taschenbuchverlag verschafft, bei dem er arbeitete. Sie hat nicht nur die Termine platzen lassen, sondern sich sogar einen Brüllwettkampf mit dem Art Director geleistet. Hätte Michael fast den Job gekostet. Ich bin nach

Cleveland geflogen und habe kostenlos ihre Scheidung abgewickelt. Bin ein paar Monate später noch mal hingeflogen und hab 'ne ganze Weile damit verbracht, die Bullen dazu zu kriegen, sie vor ihrem Ex-Macker zu beschützen. Anne hat sie aufgenommen, als sie keine Wohnung mehr hatte, und hat ihr 'ne Entziehungskur verschafft. Als Gegenleistung hat Melody versucht, ihren Freund zu verführen - sagte, sie wollte ihn mit ihr *teilen* wie in den alten Zeiten. Wir haben ihr alle Geld geliehen. Sie hat noch nie was zurückgezahlt. Und wir haben uns ihre Sorgen angehört. Mein Gott, haben wir uns ihre Sorgen angehört. Vor ein paar Jahren gab es mal eine Phase, in der sie jede Woche angerufen hat - auf unsere Kosten natürlich - und uns irgendeine neue traurige Geschichte erzählte. Sie hat viel am Telefon geweint. Da war Melody schon immer ein Naturtalent.«

»Ich verstehe so langsam, warum du von ihrem Besuch nicht gerade begeistert bist«, sagte Jill trocken. »Was wirst du jetzt tun?«

»Keine Ahnung«, antwortete Ted. »Ich hätte sie gar nicht erst reinlassen sollen. Die letzten paar Mal, als sie angerufen hat, hab ich einfach aufgelegt, und das schien bei ihr ganz gut zu wirken. Zuerst hab ich mich etwas schuldig dabei gefühlt, aber das ging vorbei. Aber heute Morgen hat sie so traurig ausgesehen, dass ich nicht wusste, wie ich sie wieder wegschicken sollte. Ich glaube, ich muss einfach ab und zu mal brutal werden und ihr eine richtige Szene machen. Nichts anderes wirkt. Sie macht mir sonst jede Menge Vorwürfe, erinnert mich daran, was wir einmal für gute Freunde waren und was wir uns versprochen haben, und droht, sich umzubringen. Frohe Weihnachten.«

»Kann ich helfen?«, fragte Jill.

»Sammle danach meine Einzelteile auf«, sagte Ted. »Es ist immer gut, danach jemanden in der Nähe zu haben, der einem sagt, dass man doch nicht das große Arschloch ist, obwohl man gerade einen alten Freund in die Gosse gestoßen hat.«

An diesem Nachmittag war er schrecklich vor Gericht. Er dachte nur an Melody, und die Strategien, die ihn am meisten beschäftigten, hatten damit zu tun, wie er sie möglichst schmerzlos wieder loswerden konnte, und nicht mit dem Fall, der gerade verhandelt wurde. Melody hatte schon zu oft Flamenco auf seiner Seele getanzt; diesmal wollte er nicht zulassen, dass sie ihn wie ein Blutegel aussaugte, und auch nicht, dass sie ihn als emotionales Wrack zurückließ.

Als er mit einer Tüte voll chinesischem Essen unter dem Arm wieder in seine Wohnung zurückkehrte - er hatte entschieden, dass er sie nicht zum Essen ausführen wollte -, saß Melody nackt mitten in seiner Sitzgruppe, kicherte und schnüffelte an irgendeinem weißen Pulver. Als er eintrat, sah sie glückselig zu Ted auf. »Hier«, sagte sie. »Ich hab etwas Kokain aufgetrieben.«

»Meine Güte«, fluchte er. Er ließ das chinesische Essen und seine Aktentasche fallen und stürmte wütend über den Teppich. »Ich glaub, ich spinne«, brüllte er. »Ich bin *Anwalt*, um Himmels willen. Willst du, dass ich meine Zulassung verliere?«

Melody hatte das Kokain in einer kleinen Papiertüte, und sie schnüffelte es aus einer zusammengerollten Dollarnote. Ted nahm ihr alles weg, und sie begann zu weinen. Er ging ins Badezimmer und spülte alles durchs Klo, samt Dollarnote. Nur dass es keine Eindollarnote gewesen war, wie er sah, als sie davongurgelte, es war ein Zwanziger. Das machte ihn noch wütender. Als er ins Wohnzimmer zurückkehrte, weinte Melody immer noch.

»Hör auf damit!«, herrschte er sie an. »Ich kann's nicht mehr hören. Und zieh dir was an!« Ein weiterer Verdacht keimte in ihm auf. »Woher hattest du das Geld für den Stoff?«, fragte er. »Hm? *Woher?*«

Melody wimmerte. »Ich hab ein paar Sachen verkauft«, sagte sie zaghaft. »Ich dachte, es macht dir nichts aus. Es war gutes Kokain.« Sie schreckte vor ihm zurück und legte einen Arm über ihr Gesicht, als wollte Ted sie schlagen.

Ted brauchte nicht weiter zu fragen, wessen Sachen sie verkauft hatte. Er wusste es, sie hatte vor ein paar Jahren bei Michael den gleichen Trick abgezogen, wenigstens hatte er so was gehört. Er seufzte. »Zieh dich an!«, wiederholte er müde. »Ich hab chinesisches Essen mitgebracht.« Später könnte er überprüfen, was fehlte, und die Versicherung anrufen.

»Chinesisches Essen ist nicht gut für dich«, sagte Melody. »Es ist voller Geschmacksverstärker. Du kriegst Kopfschmerzen davon, Ted.« Aber sie erhob sich gehorsam, ging ins Badezimmer und kam nach ein paar Minuten wieder zurück. Sie trug jetzt ein Bikinioberteil und abgetragene Shorts. Nichts darunter, vermutete Ted. Sie musste vor ein paar Jahren entschieden haben, dass Unterwäsche nicht gut sei.

Ted ignorierte ihren Kommentar über Geschmacksverstärker, suchte ein paar Teller zusammen und servierte das chinesische Essen in seiner Essecke. Melody aß es artig auf, indem sie alles in Sojasoße ertränkte. Alle paar Minuten kicherte sie über irgendetwas, dann wurde sie wieder sehr ernst und aß weiter. Als sie ihre Glückskekse aufbrach, strahlte sie bis über beide Ohren. »Schau mal, Ted«, sagte sie glückselig, während sie ihm den kleinen Papierschnitzel reichte.

Er las ihn. ALTE FREUNDE SIND DIE BESTEN FREUNDE, stand darauf. »Oh, scheiße«, murmelte er. Er hatte keine Lust mehr, seinen eigenen Keks zu öffnen.

Melody wollte wissen, warum nicht. »Du musst es aber lesen, Ted«, erklärte sie ihm. »Es bringt Unglück, wenn du deinen Glückskeks nicht liest.«

»Ich will's nicht lesen«, sagte er. »Ich werde mir jetzt diesen Anzug ausziehen.« Er stand auf. »Du rührst dich nicht.«

Doch als er zurückkam, hatte sie eine Platte auf die Stereoanlage gelegt. Die hatte sie wenigstens nicht verkauft, dachte er dankbar.

»Soll ich für dich tanzen?«, fragte sie. »Weißt du noch, wie ich für dich und Michael getanzt habe? Wirklich sexy ... Du hast mir immer gesagt, ich würde gut tanzen. Ich hätte Tänzerin werden können, wenn ich gewollt hätte.« Sie machte mitten in seinem Wohnzimmer ein paar Tanzschritte, stolperte und fiel beinahe hin. Es war grotesk.

»Setz dich, Melody!«, sagte Ted, so streng er konnte. »Wir müssen reden.«

Sie setzte sich.

»Wein jetzt nicht!«, sagte er, bevor er anfing. »Verstehst du das? Ich will nicht, dass du weinst. Wir können nicht reden, wenn du jedes Mal weinst, sobald ich etwas sage. Du fängst immer an zu weinen, und das Gespräch ist vorbei.«

Melody nickte. »Ich werde nicht weinen, Ted«, sagte sie. »Ich fühle mich jetzt schon viel besser als heute Morgen. Ich bin jetzt bei dir. Du gibst mir ein gutes Gefühl.«

»Du bist *nicht* bei mir, Melody. Hör auf damit!«

Ihre Augen füllten sich mit Tränen. »Du bist mein Freund, Ted. Du und Michael und Anne, ihr seid die wichtigsten Menschen auf der Welt für mich.«

Er seufzte. »Was ist denn los, Melody? Warum bist du hier?«

»Ich hab meinen Job verloren«, sagte sie.

»Als Bedienung?«, fragte er. Als er sie vor drei Jahren zum letzten Mal gesehen hatte, hatte sie in einer Bar in Kansas City als Bedienung gearbeitet.

Melody blinzelte ihn verwirrt an. »Bedienung?«, fragte sie. »Nein, Ted, das war davor. Das war in Kansas City. Weißt du das denn nicht mehr?«

»Ich kann mich sehr gut erinnern«, sagte er. »Was für einen Job hast du denn nun verloren?«

»Es war ein Scheißjob«, sagte Melody. »Fabrikarbeit. Es war in Iowa. In Des Moines. Des Moines ist eine Scheißstadt. Ich bin nicht zur Arbeit gekommen, da haben sie mich rausgeworfen. Aber das war nur ein Vorwand, weißt du? Ich brauchte nur ein paar Tage Ruhe. Ich wäre bestimmt wieder hingegangen. Aber sie haben mich rausgeworfen.« Sie sah schon wieder aus, als wäre sie den Tränen nahe. »Ich hab lange keinen guten Job mehr gehabt, Ted. Ich hatte Kunst als Hauptfach. Weißt du noch? Du und Michael und Anne, ihr habt euch immer meine Zeichnungen in euren Zimmern aufgehängt. Du hast doch meine Bilder noch, Ted?«

»Ja«, log er. »Bestimmt. Irgendwo.« Er hatte sie schon vor Jahren weggeworfen. Sie hatten ihn zu sehr an Melody erinnert, und das hatte ihn zu sehr geschmerzt.

»Jedenfalls, als ich meinen Job verloren hatte, hat Johnny gesagt, ich würde kein Geld mehr ranschaffen. Johnny war der Typ, mit dem ich zusammengelebt habe. Er sagte, er wolle mich nicht durchfüttern, und ich solle mir einen Job suchen, aber ich hab keinen gefunden. Ich hab's *versucht*, Ted, echt, aber ich konnte nicht. Johnny hat also mit irgendeinem Kerl gesprochen, und der hat mir diesen Job in einem Massagesalon verschafft, weißt du. Und er hat mich mit hingenommen, aber es war ein mieser Laden. Ich wollte nicht in einem Massagesalon arbeiten, Ted. Immerhin hatte ich Kunst als Hauptfach.«

»Ich erinnere mich daran, Melody«, sagte Ted. Sie schien zu erwarten, dass er etwas sagte.

Melody nickte. »Also hab ich den Job nicht angenommen, und Johnny hat mich rausgeworfen. Ich konnte nirgends mehr hin, weißt du. Und dann hab ich an dich gedacht, und an Anne und Michael. Erinnerst du dich an den letzten Abend? Wir haben alle gesagt, wenn einer von uns irgendwann mal Hilfe brauchen würde …«

»Ich erinnere mich, Melody«, sagte Ted. »Nicht so oft wie du, aber ich erinnere mich. Du gibst uns allen ja auch keine Chance, es zu vergessen. Aber lassen wir das. Was willst du diesmal?« Seine Stimme war flach und kalt.

»Du bist Rechtsanwalt, Ted«, sagte sie.

»Ja.«

»Also, ich hab gedacht …« – ihre langen, dünnen Finger zupften nervös an ihrem Gesicht –, »ich dachte, vielleicht könntest du mir einen Job besorgen. Ich könnte vielleicht als Sekretärin arbeiten. In deinem Büro. Wir könnten wieder zusammen sein, jeden Tag, wie früher. Oder vielleicht …« – ihr Gesichtsausdruck erhellte sich sichtlich –, »vielleicht kann ich dasselbe machen wie diese Leute, die im Gerichtssaal Zeichnungen machen. Du weißt schon. Von Patty Hearst und solchen Leuten. Im Fernsehen. Ich glaub, das könnte ich ganz gut.«

»Diese Künstler arbeiten für die Fernsehsender«, sagte Ted geduldig. »Und in meinem Büro gibt es keine freie Stelle. Tut mir leid, Melody. Ich kann dir keinen Job besorgen.«

Melody nahm es überraschend gut auf. »Na gut, Ted«, sagte sie. »Ich denke, ich werde schon was finden. Ich werde mir ganz allein was suchen. Nur – nur lass mich hier leben, ja? Wir können wieder Zimmergenossen sein.«

»O Jesus«, sagte Ted. Er lehnte sich zurück und verschränkte die Arme. »Nein«, sagte er tonlos.

Melody nahm ihre Hand vom Gesicht und starrte ihn flehend an. »Bitte, Ted«, flüsterte sie. »Bitte.«

»Nein«, sagte er. Das Wort hing kalt und endgültig im Raum.

»Du bist mein *Freund*, Ted«, sagte sie. »Du hast es *versprochen.*«

»Du kannst eine Woche hierbleiben«, sagte er. »Nicht länger. Ich hab mein eigenes Leben, Melody. Ich hab meine eigenen Probleme. Ich bin es müde, mit deinen zu tun zu haben. Das sind wir alle. Du bestehst nur aus Problemen. Im College warst du spaßig. Du bist aber kein Spaß mehr. Ich hab dir geholfen und geholfen und geholfen. Verdammt noch mal, wie viel willst du denn noch von mir?« Er wurde noch wütender, während er sprach. »Die Dinge ändern sich, Melody«, sagte er brutal. »Menschen ändern sich. Du kannst mir nicht ewig ein paar dumme Versprechungen vorhalten, die ich abgegeben habe, als ich damals im College total zugekifft war. Ich bin nicht für dein Leben verantwortlich. Nimm dich endlich mal zusammen, verdammt! Reiß dich am Riemen! Ich kann das nicht für dich tun, und ich hab deinen ganzen Mist satt. Ich will dich nicht einmal mehr sehen, Melody, weißt du das?«

Sie wimmerte. »Sag das nicht, Ted. Wir sind Freunde. Du bist so wichtig für mich. Solange ich dich und Michael und Anne habe, werde ich niemals allein sein, verstehst du das nicht?«

»Du *bist* allein«, sagte er brutal. Melody machte ihn wütend.

»Nein, bin ich nicht«, widersprach sie. »Ich habe meine Freunde, meine ganz besonderen Freunde. Sie werden mir helfen. Du bist mein *Freund*, Ted.«

»Ich *war* dein Freund«, antwortete er.

Sie starrte ihn mit zitternden Lippen an, unsäglich verletzt. Für einen Augenblick dachte er, der Damm würde brechen, und Melody würde schließlich doch zusammenklappen und mit einem ihrer endlosen Weinkrämpfe beginnen. Doch stattdessen veränderte sich ihr Gesicht. Sie wurde sehr blass, ihre Lippen zogen sich etwas zurück, und schließlich verhärtete sich ihr Gesicht zu einer Maske voll schrecklicher Wut. Sie war furchtbar, wenn sie wütend war. »Du Bastard«, sagte sie.

Ted war auch dies sattsam bekannt. Er stand von der Couch auf und ging zu seiner Bar. »Fang lieber nicht an«, sagte er, während er sich ein Glas Chivas Regal on the rocks einschenkte. »Wenn du auch nur einen Gegenstand wirfst, sitzt du auf der Stelle draußen. Kapiert, Melody?«

»Du Schweinehund«, zischte sie. »Du warst niemals mein Freund. Keiner von euch war es. Ihr habt mich angelogen, habt euch mein Vertrauen erschlichen und mich benutzt. Jetzt seid ihr alle so weit oben und mächtig, und ich bin nichts, und ihr wollt nichts mehr mit mir zu tun haben. Ihr wollt mir nicht helfen. Ihr wolltet mir niemals helfen.«

»Ich hab dir doch geholfen«, widersprach Ted. »Mehrmals. Du schuldest mir so ungefähr zweitausend Dollar, glaube ich.«

»Geld«, sagte sie. »Das ist alles, was dich interessiert, du Schwein.«

Ted nippte an seinem Scotch und sah sie düster an. »Fahr doch zur Hölle!«, sagte er.

»Das hättest du wohl gern.« Ihr Gesicht war weiß geworden. »Ich hab dir vor zwei Jahren telegrafiert. Ich hab euch allen telegrafiert. Ich habe dich gebraucht, und du hattest mir versprochen, du würdest kommen, wenn ich dich brauche, du hast es mir versprochen und mich geliebt, und du warst mein Freund, aber ich hab dir telegrafiert, und du bist nicht gekommen, du Bastard, du bist nicht gekommen, keiner von euch ist gekommen, kein Einziger ist gekommen!« Sie schrie jetzt.

Ted hatte das Telegramm vergessen. Jetzt fiel es ihm plötzlich wieder ein. Er hatte es mehrmals gelesen, bis er schließlich den Hörer abgenommen und Michael angerufen hatte. Michael war nicht da gewesen. Also hatte er das Telegramm ein letztes Mal gelesen, denn hatte er es zusammengeknüllt und durch die Toilette gespült. Diesmal konnte einer der anderen zu ihr gehen, hatte er gedacht, wie ihm nun wieder einfiel. Er hatte einen großen Fall gehabt, die Argrath-Corporation-Patentverhandlung, und er hatte nicht riskieren können, ihn aufzugeben. Aber es war ein verzweifeltes Telegramm gewesen, und er hatte sich deshalb noch Wochen später schuldig gefühlt, bis er es endlich geschafft hatte, die ganze Sache aus seinem Kopf zu verdrängen. »Ich war zu beschäftigt«, sagte er. Sein Ton war halb wütend und halb entschuldigend. »Ich hatte Wichtigeres zu tun, als zu kommen und während einer weiteren Krise dein Händchen zu halten.«

»Es war *schrecklich*«, schrie Melody. »Ich hab dich gebraucht, und du hast mich einfach *allein* gelassen. Ich hätte mich fast *umgebracht*.«

»Hast du dann aber wohl doch nicht.«

»Hätte ich aber beinahe«, sagte sie. »Ich hätte mich beinahe umgebracht, und dir wäre es egal gewesen.«

Selbstmorddrohungen waren einer von Melodys Lieblingstricks. Ted hatte das schon hundertmal mitgemacht. Diesmal war er entschlossen, sich nicht darauf einzulassen. »Du hättest dich umbringen können«, sagte er ruhig, »und wir hätten uns wahrscheinlich nichts daraus gemacht. Du hättest wochenlang verwesen können, ehe dich jemand gefunden hätte, und wir hätten wahrscheinlich frühestens nach einem halben Jahr davon gehört. Und wenn ich es endlich gehört hätte, wäre ich vielleicht ein oder zwei Stunden lang traurig gewesen, wenn ich daran gedacht hätte, wie es früher einmal war, aber dann hätte ich mich betrunken oder meine Freundin angerufen oder sonst was gemacht, und ich wäre schnell drüber weg gewesen. Und dann hätte ich dich völlig vergessen können.«

»Es hätte dir leidgetan«, sagte Melody.

»Nein«, antwortete Ted. Er schlenderte wieder zur Bar und schenkte sich nach. »Nicht im Geringsten. Auch keine Schuldgefühle. Du kannst also ebenso gut gleich aufhören, mit Selbstmord zu drohen, weil es nicht wirkt.«

Der Ärger wich aus ihrer Stimme, und sie wimmerte etwas. »Bitte, Ted«, sagte sie. »Sag doch nicht solche Sachen. Sag mir, dass es dir was ausmachen würde. Sag mir, dass du mich nicht vergessen würdest.«

Er schaute sie immer noch düster an. Es war schwerer, wenn sie so bemitleidenswert war, wenn sie ganz klein und verwundbar wurde und wimmerte, statt ihn anzuklagen. Doch er musste ein für alle Mal diesen Fluch über seinem Leben loswerden.

»Ich werde morgen fortgehen«, sagte sie unterwürfig. »Ich will dir nicht zur Last fallen. Aber sag mir, dass es dir was ausmacht. Dass du zu mir kommst, wenn ich dich brauche.«

»Ich werde nicht zu dir kommen, Melody«, sagte er. »Das ist vorbei. Und ich will auch nicht, dass du noch mal hierherkommst, oder anrufst, oder Telegramme schickst, egal, in was für Schwierigkeiten du steckst. Verstehst du? Nun? Ich will dich aus meinem Leben streichen, und wenn du weg bist, werde ich dich so schnell vergessen, wie ich kann, weil du, meine Liebe, eine verdammt schlechte Erinnerung bist.«

Melody schrie auf, als hätte er sie geschlagen. »Nein, sag das nicht! Vergiss mich nicht, das *darfst* du nicht! Ich lass dich in Ruhe, ich versprech's dir, ich werde dich nie mehr belästigen. Aber versprich mir, dass du mich nicht vergisst!« Sie stand plötzlich auf. »Ich gehe sofort«, sagte sie. »Wenn du es willst, gehe ich. Aber liebe mich vorher, Ted. Bitte. Ich will dir was geben, damit du dich an mich erinnerst.« Sie lächelte ein laszives kleines Lächeln und begann sich aus ihrem Oberteil zu arbeiten, und Ted fühlte sich schlecht.

Er setzte sein Glas mit einem Knall ab. »Du bist verrückt«, sagte er. »Du solltest dich um professionelle Hilfe bemühen, Melody. Aber ich kann sie dir nicht geben, und ich bin nicht bereit, mich weiter damit auseinanderzusetzen. Ich gehe jetzt spazieren. Ich werde ein paar Stunden wegbleiben. Wenn ich zurückkomme, wirst du fort sein.«

Ted bewegte sich auf die Tür zu. Melody stand mit dem Oberteil in der Hand da und sah ihm nach. Ihre Brüste sahen klein und eingefallen aus, und auf der linken hatte sie eine Tätowierung, die er vorher nicht bemerkt hatte. Sie war nicht im Mindesten begehrenswert. Sie wimmerte. »Ich wollte dir doch was geben, damit du mich nicht vergisst«, sagte sie.

Ted knallte die Tür zu.

Es war Mitternacht, als er zurückkehrte, betrunken und fest entschlossen, die Polizei zu rufen, falls Melody immer noch da wäre, um endlich Schluss mit dem Theater zu machen. Jack, dessen Schicht gerade begonnen hatte, saß am Empfangstisch. Ted blieb stehen und verfluchte ihn, weil er Melody am Morgen hereingelassen hatte, aber der Pförtner stritt es energisch ab. »Da ist keiner reingekommen, Mr. Cirelli. Ich lass niemanden rein, ohne vorher anzurufen, das müssten Sie doch wissen. Ich bin jetzt sechs Jahre hier, und ich hab noch nie jemanden reingelassen, ohne anzurufen.« Ted erinnerte ihn nachdrücklich an den Zeugen Jehovas, und schließlich brüllten sie sich gegenseitig an.

Endlich stürmte Ted davon und nahm den Aufzug zum zweiunddreißigsten Stock.

An seine Tür war eine Zeichnung geklebt.

Er blinzelte sie einen Augenblick lang wütend an, dann riss er sie herunter. Es war ein Cartoon, eine Karikatur von Melody. Nicht von der Melody, die er heute gesehen hatte, sondern von der Melody, die er im College gekannt hatte: klug, witzig, hübsch. Als sie zusammengelebt hatten, hatte Melody ihre Botschaften immer mit kleinen Karikaturen von sich selbst illustriert. Er war überrascht, dass sie immer noch so gut zeichnen konnte. Unter das Gesicht hatte sie eine Nachricht geschrieben.

ICH HAB DIR WAS DAGELASSEN, DAMIT DU MICH NICHT VERGISST.

Finster betrachtete Ted die Zeichnung, unschlüssig, ob er sie behalten sollte oder nicht. Sein eigenes Zögern machte ihn wütend. Er knüllte das Papier zusammen und tastete nach seinen Schlüsseln. *Wenigstens ist sie weg,* dachte er, *und vielleicht für immer.* Wenn sie eine Nachricht dagelassen hatte, bedeutete das doch, dass sie gegangen war. Er war sie mindestens für ein paar Jahre los.

Er ging hinein, warf den zusammengeknüllten Papierball durch den Raum in einen Papierkorb und lächelte, als er traf. »Zwei Punkte«, sagte er laut zu sich selbst, betrunken und selbstzufrieden. Er ging zur Bar und begann sich einen Drink zu mixen.

Aber irgendetwas stimmte nicht.

Ted hörte auf, seinen Drink umzurühren, und lauschte. Das Wasser lief, erkannte er. Sie hatte das Wasser im Badezimmer laufen lassen.

»Mein Gott«, sagte er, und dann kam ihm ein schrecklicher Gedanke: Vielleicht war sie doch nicht gegangen. Vielleicht war sie immer noch im Badezimmer und stand unter der Dusche oder so, war total ausgeflippt, weinte oder irgendwas in der Art. *»Melody!«*, rief er.

Keine Antwort. Das Wasser lief, na gut. Es konnte nichts anderes sein. Aber sie antwortete nicht.

»Melody, bist du noch da?«, schrie er. »Antworte doch, verdammt!«

Schweigen.

Er setzte seinen Drink ab und ging zum Badezimmer. Die Tür war verschlossen. Ted stand davor. Da lief mit Sicherheit Wasser. »Melody«, sagte er laut, »bist du da drin? Melody?«

Nichts. Ted begann sich Sorgen zu machen.

Er streckte den Arm aus und packte den Türknauf. Er drehte sich leicht unter seiner Hand. Die Tür war nicht abgeschlossen.

Das Badezimmer war voller Dampf. Er konnte kaum etwas sehen, aber er konnte erkennen, dass der Duschvorhang zugezogen war. Die Dusche lief mit voller Kraft, und der Menge von Dampf nach zu urteilen, musste das Wasser kochen. Ted wich zurück und wartete darauf, dass sich der Dampf verzog. »Melody?«, fragte er leise. Es kam keine Antwort.

»Scheiße«, sagte er. Er versuchte, sich keine Sorgen zu machen. Sie hatte nur darüber gesprochen, sagte er sich, sie würde es niemals wirklich tun. Die, die darüber sprechen, tun es niemals, das hatte er irgendwo gelesen. Sie hatte das nur gemacht, um ihm Angst einzujagen.

Er machte zwei schnelle Schritte durch den Raum und riss den Duschvorhang zurück.

Sie war da, eingehüllt in Dampf, und das Wasser strömte an ihrem nackten Körper herunter. Sie lag nicht in der Badewanne ausgestreckt; sie saß aufrecht, neben der Batterie eingeklemmt, und sah sehr klein und rührend aus. Ihre Stellung wirkte fast embryonal. Der Duschkopf war direkt auf sie gerichtet, auf ihre Hände. Sie hatte sich mit seinen Rasierklingen die Handgelenke aufgeschnitten und versucht, sie unter das Wasser zu halten, aber es hatte nicht gereicht. Sie hatte die Venen quer durchtrennt, wo doch jeder wusste, dass man längs schneiden musste. Also hatte sie die Klingen noch einmal benutzt, und nun hatte sie zwei Münder, und beide lächelten ihn an, lächelten. Die Dusche hatte den größten Teil des Bluts fortgeschwemmt, nirgends waren Flecken, doch der zweite Mund unter ihrem Kinn war noch rot und tröpfelte. Er tröpfelte über ihren mageren Brustkorb, über die auf ihre Brust tätowierte Blume, und das Wasser aus der Dusche fing es auf und wusch es ab. Ihr Haar hing über ihre Wangen herab, schlaff und feucht. Sie sah so glücklich aus. Überall um sie her war Dampf. Sie musste schon Stunden da drin sein, dachte er. Sie war sehr sauber.

Ted schloss die Augen. Es änderte nichts. Er sah sie immer noch. Er würde sie immer sehen.

Er öffnete sie wieder, Melody lächelte immer noch. Er langte über sie hinweg und stellte die Dusche ab, wobei sein Hemdärmel nass wurde.

Betäubt floh er ins Wohnzimmer zurück. *Mein Gott,* dachte er, *mein Gott! Ich muss irgendjemanden anrufen, ich muss das jemandem erzählen, ich komme nicht zurecht damit.* Er entschloss sich, die Polizei anzurufen. Er hob den Hörer ab, dann zögerte er, und sein Finger schwebte über den Tasten. *Die Polizei wäre keine Hilfe,* dachte er. Er wählte Jills Nummer.

Als er seinen Bericht beendet hatte, wurde es am anderen Ende der Leitung sehr still. »Mein Gott«, sagte sie endlich. »Wie schrecklich. Kann ich etwas tun?«

»Komm rüber!«, sagte er. »Sofort!« Er fand den Drink wieder, den er abgestellt hatte, und nahm einen hastigen Schluck.

Jill zögerte. »Äh, schau mal, Ted, ich kann nicht so gut mit Leichen umgehen. Warum kommst du nicht zu mir rüber? Ich möchte nicht – na ja, du weißt schon. Ich glaube, ich könnte niemals wieder bei dir duschen.«

»Jill«, sagte er wie geschlagen. »Ich brauche jetzt sofort jemanden hier.« Er lachte ein ängstliches, unsicheres Lachen.

»Komm zu mir rüber!«, drängte sie.

»Ich kann einfach nicht *weg* hier«, sagte er.

»Nun, dann lass es«, sagte sie. »Ruf die Polizei an! Sie werden es wegnehmen. Komm danach rüber!«

Ted rief die Polizei an.

»Wenn das Ihre Art ist, Witze zu machen, dann finde ich sie überhaupt nicht lustig«, sagte der Polizist. Sein Partner runzelte die Stirn.

»Ein Witz?«, fragte Ted.

»In Ihrer Dusche ist nichts«, sagte der Polizist. »Ich müsste Sie eigentlich zur Wache mitnehmen.«

»Nichts in der Dusche?«, wiederholte Ted ungläubig.

»Lass ihn doch, Sam«, sagte der Kollege. »Er ist veilchenblau, siehst du das nicht?«

Ted rannte an den beiden vorbei ins Badezimmer.

Das Bad war leer. Leer. Er kniete sich hin und befühlte den Boden. Trocken. Vollkommen trocken. Aber sein Hemdsärmel war immer noch feucht. »Nein«, sagte er. »Nein.« Er rannte wieder ins Wohnzimmer. Die beiden Bullen beobachteten ihn amüsiert. Ihr Koffer war von seinem Platz neben der Tür verschwunden. Die Teller waren alle im Geschirrspüler und sauber – es gab keine Chance festzustellen, ob jemand Pfannkuchen gemacht hatte oder nicht. Ted stellte den Papierkorb auf den Kopf und schüttelte seinen gesamten Inhalt über die Couch. Er begann die Papiere durchzuwühlen.

»Gehen Sie ins Bett und schlafen Sie sich aus, Mister«, sagte der ältere Bulle. »Morgen geht's Ihnen bestimmt besser.«

»Komm schon«, sagte sein Kollege. Sie gingen und ließen Ted zurück, der immer noch die Papiere durchwühlte. Keine Zeichnung. Keine Zeichnung. Keine Zeichnung.

Ted warf den leeren Papierkorb quer durch den Raum. Er prallte mit einem hallenden, metallischen Geräusch von der Wand ab.

Er nahm ein Taxi und fuhr zu Jill.

Es war fast schon Morgen, als er sich plötzlich mit klopfendem Herzen im Bett aufrichtete. Sein Mund war trocken vor Angst.

Jill murmelte verschlafen. »Jill«, sagte er, indem er sie schüttelte.

Sie blinzelte zu ihm hoch. »Was ist?«, fragte sie. »Wie spät ist es denn, Ted? Was ist denn los?« Sie setzte sich auf und zog die Decke hoch, um ihre Blöße zu bedecken.

»Hörst du es nicht?«

»Was soll ich denn hören?«, fragte sie.

Er kicherte. »Deine Dusche läuft.«

An diesem Morgen rasierte er sich in der Küche, obwohl dort kein Spiegel war. Er schnitt sich zweimal. Seine Blase schmerzte ihn, doch er wollte die Schwelle zum Badezimmer nicht überschreiten, trotz Jills wiederholter Versicherungen, dass die Dusche nicht liefe. Teufel, er konnte sie doch *hören!* Er wartete, bis er im Büro war. Dort gab es keine Dusche in der Toilette.

Doch Jill sah ihn seltsam an.

Im Büro räumte Ted zunächst seinen Tisch ab und versuchte nachzudenken. Er war Rechtsanwalt. Er hatte einen gut geschulten analytischen Verstand. Er versuchte es zu ergründen. Er trank nur Kaffee, Unmengen von Kaffee.

Kein Koffer, dachte er. Jack hatte sie nicht gesehen. Keine Leiche. Keine Zeichnung. Niemand hatte sie gesehen. Die Dusche war trocken. Kein schmutziges Geschirr. Er hatte getrunken. Aber nicht den ganzen Tag lang; erst später, nach dem Abendessen. Es konnte nicht am Trinken liegen. Das konnte nicht sein. Keine Zeichnung. Er war der Einzige, der sie gesehen hatte. Keine Zeichnung. ICH HAB DIR WAS DAGELASSEN, DAMIT DU MICH NICHT VERGISST. Er hatte ihr

Telegramm zusammengeknüllt und durchs Klo gespült. Vor zwei Jahren. Nichts unter der Dusche.

Er nahm den Hörer ab. »Billie«, sagte er, »verbinden Sie mich mit einer Zeitung in Des Moines, Iowa. Irgendeine Zeitung, welche, ist egal.«

Als er endlich durchkam, weigerte sich die Frau, die die Todesanzeigen betreute, ihm eine Auskunft zu geben. Doch als er ihr sagte, er wäre Rechtsanwalt und brauche die Information für einen wichtigen Fall, gab sie nach.

Die Todesanzeige war sehr kurz. Melody wurde nur als »Angestellte in einem Massagesalon« bezeichnet. Sie hatte sich in ihrer Dusche das Leben genommen.

»Danke«, sagte Ted. Er legte den Hörer wieder auf. Dann saß er lange nur da und starrte aus seinem Fenster. Er hatte eine sehr schöne Aussicht; er konnte den See und den gewaltigen Turm des Standard-Oil-Gebäudes sehen. Er grübelte, was er nun tun sollte. In seinem Bauch spürte er einen dicken Angstknoten.

Er konnte den Tag freinehmen und nach Hause gehen. Doch zu Hause würde die Dusche laufen, und früher oder später würde er dort hineinmüssen.

Er konnte wieder zu Jill gehen. Falls Jill ihn bei sich haben wollte. Sie war ihm nach der letzten Nacht so schrecklich kühl erschienen. Sie hatte ihm einen Rückzug empfohlen, als sie im Taxi zusammen ins Büro gefahren waren. Sie verstand es nicht. Niemand würde es verstehen, außer ... Er nahm den Hörer wieder ab, während er in seinem runden Register suchte. Es gab keine Karte, keine Nummer, so weit waren sie auseinandergetrieben. Er rief wieder Billie an. »Verbinden Sie mich mit Random House in New York«, sagte er. »Mit Mr. Michael Englehart. Er ist dort Lektor.«

Doch als er schließlich verbunden wurde, klang die Stimme am anderen Ende der Leitung fremd und entfernt. »Mr. Cirelli? Waren Sie ein Freund Michaels? Oder einer seiner Autoren?«

Teds Mund war trocken. »Ein Freund«, sagte er. »Ist Michael nicht da? Ich muss ihn sprechen. Es ist ... es ist dringend.«

»Es tut mir leid, aber Michael ist nicht mehr bei uns«, sagte die Stimme. »Er hatte vor knapp einer Woche einen Nervenzusammenbruch.«

»Ist er ...?«

»Er lebt. Man hat ihn in ein Krankenhaus gebracht, glaube ich. Vielleicht kann ich für Sie die Nummer herausfinden.«

»Nein«, sagte Ted, »nein, es ist schon gut.« Er legte auf.

Die Auskunft in Phoenix konnte keine Anne Kaye finden. *Natürlich nicht,* dachte er. Sie war jetzt verheiratet. Er versuchte sich an ihren neuen Namen zu erinnern. Er brauchte lange dazu. *Irgendwie polnisch,* dachte er. Endlich fiel es ihm ein.

Er hatte nicht erwartet, sie zu Hause zu erreichen. Immerhin war es ein Schultag. Aber nach dem dritten Klingeln nahm jemand ab. »Hallo«, sagte er. »Bist du es, Anne? Hier ist Ted, aus Chicago. Anne, ich muss mit dir reden. Es geht um Melody. Anne, ich brauche Hilfe.« Ihm ging der Atem aus.

Dann hörte er ein Kichern. »Anne ist noch nicht da, Ted«, sagte Melody. »Sie ist noch in der Schule, und dann wird sie ihren Mann besuchen. Sie haben sich getrennt, das weißt du ja. Aber sie hat versprochen, dass sie bis acht Uhr wieder da ist.«

»Melody«, sagte er.

»Natürlich weiß ich nicht, ob ich ihr glauben kann. Ihr drei habt es mit euren Versprechungen noch nie so genau genommen. Aber vielleicht kommt sie zurück, Ted. Ich hoffe es jedenfalls.

Ich will ihr was dalassen, damit sie mich nicht vergisst.«

Sandkönige

Simon Kress lebte allein in einem geräumigen Herrschaftshaus über trockenen, steinigen Hügeln, fünfzig Kilometer von der Stadt entfernt. Wenn er unerwartet zu Geschäften gerufen wurde, hatte er keine Nachbarn, denen er kurzerhand seine Lieblinge aufdrängen konnte. Der Aasgeier war kein Problem; er schlief im unbenutzten Glockenturm und verpflegte sich gewöhnlich selbst. Den Shambler scheuchte Kress einfach nach draußen und ließ ihn auf sich allein gestellt, das kleine Monster würde sich mit Wegschnecken, Vögeln und Rockjocks vollstopfen. Aber das Fischbecken, gefüllt mit echten Erdpiranhas, stellte ein Problem dar. Letztlich warf Kress eine große Rinderkeule in das Becken. Die Piranhas konnten sich immer noch gegenseitig auffressen, falls er länger verhindert war als erwartet. Das hatten sie vorher schon mal gemacht. Sie amüsierten ihn.

Unglücklicherweise war er diesmal *noch* länger verhindert, als er angenommen hatte. Als er endlich heimkehrte, waren alle Fische tot. Ebenso der Aasgeier. Der Shambler hatte den Glockenturm erklommen und den Geier gefressen. Kress war verärgert.

Am nächsten Tag flog er mit seinem Gleiter nach Asgard, eine Reise von mehr als zweihundert Kilometern. Asgard war

Baldurs größte Stadt und rühmte sich noch dazu, den ältesten und größten Raumhafen zu besitzen. Kress liebte es, seine Freunde mit ungewöhnlichen, unterhaltsamen und teuren Tieren zu beeindrucken. Asgard war der Ort, wo man sie kaufen konnte.

Doch diesmal hatte er kein Glück. Xenofauna hatte geschlossen, t'Etherane der Tierhändler wollte ihm einen anderen Aasgeier andrehen, und Fremde Wasser boten nichts Exotischeres an als Piranhas, Leuchthaie und Spinnen-Tintenfische. Kress hatte sie alle schon gehabt; er wollte etwas Neues, etwas noch nie Dagewesenes.

In der Dämmerung war er auf dem Weg durch den Regenbogenboulevard und hielt Ausschau nach Plätzen, die er vorher noch nicht durchstöbert hatte. So nahe am Raumhafen war die Straße mit Importhäusern übersät. Das kommunale Warenhaus hatte eindrucksvolle, breite Schaufenster, in denen seltene und kostspielige Fremdwesen als Kunsterzeugnisse ausgestellt waren, auf Filzpolstern gegen eine dunkle Drapierung, was der Einrichtung des Stockwerks etwas Geheimnisvolles verlieh. Dazwischen befanden sich die Trödelläden - schmale, unschöne Geschäfte, deren Auslagen mit allen Arten von nicht einheimischen Raritäten vollgestopft waren. Beiden Geschäftsarten begegnete Kress mit Argwohn.

Dann fand er einen Laden, der anders war.

Er befand sich sehr nahe beim Hafen. Kress war noch niemals hier gewesen. Der Laden war ein schmales, einstöckiges Gebäude billigster Fertigung, zwischen einer Euphorie-Bar und einem Bordelltempel der Geheimen Schwesternschaft. So weit unten sah der Regenbogenboulevard verschwommen aus. Der Laden selbst war ungewöhnlich. Fesselnd.

Nebel wallte hinter den Scheiben, einmal ein blasses Rot, dann wieder das Grau echten Nebels, und dann wieder glänzend und golden. Der Nebel strudelte, wirbelte und schimmerte schwach. Kress erblickte Objekte im Schaufenster – Maschinen, Kunstgegenstände und Dinge, die er nicht identifizieren konnte, denn er vermochte keinen genauen Blick auf alles zu werfen. Die Nebel umflossen sie sanft, offenbarten ein bisschen vom einen, dann vom anderen, und hüllten schließlich alles ein. Es war interessant.

Während er wartend beobachtete, begann der Nebel Worte zu bilden. Eins nach dem anderen. Kress wartete und las.

WO UND SHADE. IMPORTEURE. KUNSTERZEUGNISSE. LEBENSFORMEN UND VERMISCHTES.

Die Buchstaben verblassten. Durch den Nebel sah Kress sich etwas bewegen. Das war genug für ihn, das und das LEBENSFORMEN im Fenster. Er warf seinen Nebelmantel über die Schulter und betrat den Laden.

Im Laden selbst fühlte sich Kress desorientiert. Die Innenausstattung schien weiträumig und größer, als er bei der bescheidenen Außenfassade vermutet hatte. Schummrige Beleuchtung, friedlich. Die Decke war ein Sternenpanorama, vollständig mit Spiralnebeln, sehr dunkel und realistisch, sehr hübsch. Die Vitrinen waren matt erhellt, wahrscheinlich, um die Waren besser zur Schau zu stellen. Der Durchgang war mit Bodennebel bedeckt. Er reichte ihm fast bis zu den Knien, und als er ging, wirbelte er um seine Füße.

»Kann ich Ihnen behilflich sein?«

Es schien fast, als hätte sie sich aus dem Nebel gebildet. Zierlich, mager und blass, sie trug einen praktischen grauen Overall und eine merkwürdige kleine Kappe, die auf ihrem Hinterkopf saß.

»Sind Sie Wo oder Shade?«, fragte Kress. »Oder nur eine Verkäuferin?«

»Jala Wo persönlich. Womit kann ich dienen?«, erwiderte sie. »Shade bedient keine Kunden, und wir haben auch keine Verkäuferinnen.«

»Sie haben wirklich einen großen Laden«, sagte Kress. »Es ist merkwürdig, dass ich vorher noch nie etwas von Ihnen gehört habe.«

»Wir haben diesen Laden auf Baldur gerade erst geöffnet«, antwortete die Frau. »Wir haben Konzessionen auf einer Vielzahl anderer Welten. Was kann ich Ihnen anbieten? Kunst vielleicht? Sie sind bestimmt Sammler. Wir haben ein paar schöne Kristallplastiken von Nor T'alush.«

»Nein«, entgegnete Kress. »Ich besitze schon alle Kristallplastiken, die ich haben wollte. Ich interessiere mich für ein kleines Haustier.«

»Ein Lebewesen?«

»Ja.«

»Ein Fremdwesen?«

»Sicher.«

»Wir haben einen Nachahmer auf Lager. Von Celias Welt. Ein schlauer kleiner Simian. Er wird nicht nur sprechen lernen, sondern eventuell auch Ihre Stimme, Modulation, Gestik und sogar Gesichtsausdrücke nachahmen.«

»Nett«, sagte Kress, »aber gewöhnlich. Für solche Sachen habe ich keine Verwendung, Wo. Ich will etwas Exotisches. Ungewöhnliches. Und nichts Nettes. Ich verabscheue nette Tiere. Im Augenblick besitze ich einen Shambler, extra von Cotho importiert, und ich habe dabei keine Kosten gescheut. Von Zeit zu Zeit füttere ich ihn mit einem Wurf Kätzchen. Das meine ich, wenn ich an *nett* denke. Habe ich mich verständlich machen können?«

Wo lächelte rätselhaft. »Haben Sie jemals ein Tier besessen, das Sie verehrt hat?«, fragte sie.

Kress grinste. »Oh, ab und zu. Aber ich verlange keine Verehrung, Wo. Nur Unterhaltung.«

»Sie haben mich missverstanden«, antwortete Wo, wobei sie ihr merkwürdiges Lächeln beibehielt. »Ich meinte, *Verehrung* im wahrsten Sinne des Wortes.«

»Wovon sprechen Sie?«

»Ich glaube, ich habe genau das Richtige für Sie«, sagte Wo. »Folgen Sie mir, bitte!«

Sie führte ihn zwischen den erleuchteten Vitrinen hindurch und einen langen, nebelverhüllten, von falschem Sternenlicht erhellten Flur hinab. Sie traten durch eine Nebelwand in einen anderen Teil des Ladens und hielten dann vor einem riesigen Plastikbassin. *Ein Aquarium,* dachte Kress.

Wo winkte ihn heran. Er trat näher und musste seine Meinung revidieren. Es war ein Terrarium. Darin befand sich, im Durchmesser von zwei Metern, eine Wüste *en miniature*. Blasser Sand färbte sich unter einem schwachen rötlichen Licht dunkelrot. Felsen: Basalt, Quarz und Granit. In jeder Ecke des Beckens befand sich eine Burg.

Kress blinzelte, starrte hin und korrigierte sich – in Wirklichkeit befanden sich hier nur drei Burgen. Die vierte war eine zerbröckelte, verfallene Ruine. Die drei anderen waren intakt, erbaut aus Sand und Stein. Über Zinnen und runde Säulengänge kletterten und krabbelten winzige Kreaturen. Kress drückte seine Nase gegen das Plastik. »Insekten?«, fragte er.

»Nein«, erwiderte Wo. »Eine weit komplexere Lebensform. Viel intelligenter. Um ein Beträchtliches gerissener als Ihr Shambler. Sie werden Sandkönige genannt.«

»Insekten«, sagte Kress und wich von dem Bassin zurück. »Es ist mir egal, wie komplex sie sind.« Er zuckte die Achseln. »Und versuchen Sie mich bitte nicht mit dem Geschwätz von Intelligenz übers Ohr zu hauen. Diese Lebewesen sind wirklich zu klein, um mehr zu haben als die nötigsten Nervenstränge.«

»Sie teilen sich ein Wabengehirn«, sagte Wo. »Ein Burggehirn in diesem Fall. Es sind nur noch drei Organismen in dem Bassin. Der vierte starb. Sie sehen, seine Burg ist zerstört.«

Kress blickte wieder in das Bassin. »Wabengehirn, hm? Interessant.« Doch er zuckte erneut die Achseln. »Dennoch ist es nichts als eine Art höher entwickelter Ameisenhaufen. Ich dachte, Sie hätten etwas Besseres.«

»Sie fechten Kriege aus.«

»Kriege? Hmm.« Kress blickte nochmals hin.

»Beachten Sie die Farben, wenn Sie so nett sein wollen«, sagte Wo. Sie deutete auf die Kreaturen, die über die nächststehende Burg krochen. Eine krabbelte an der Bassinwand. Kress beobachtete sie. In seinen Augen sah es immer noch wie ein Insekt aus. Nackt, so lang wie ein Fingernagel, sechsgliedrig und mit sechs winzigen Augen, die rings um den Körper herumsaßen. Ein bösartig aussehendes Paar Zangen klickte sichtbar, während zwei längere, feine Fühler Muster in die Luft woben. Fühler, Zangen, Augen und Beine waren rußig schwarz, aber die dominierende Farbe war das brennende Orange der Panzerung. »Es ist ein Insekt«, wiederholte Kress.

»Es ist kein Insekt«, beharrte Wo sanft. »Das gepanzerte Exoskelett wird abgeworfen, wenn der Sandkönig größer wird. *Wenn* er größer wird. In einem Bassin dieser Größe tut er das nicht.« Sie nahm Kress beim Ellbogen und führte ihn um das Bassin zur nächsten Burg. »Achten Sie hier auf die Farben.«

Das tat er. Sie waren anders. Dieser Sandkönig hatte einen leuchtend roten Panzer, Fühler, Kinnbacken, Augen und Beine waren gelb. Kress blickte über das Bassin hinweg. Der Bewohner der dritten Burg war fast weiß, mit roten Streifen. »Hmm«, murmelte er.

»Sie führen Krieg, wie ich schon sagte«, erklärte ihm Wo. »Sie schließen sogar Waffenstillstand und gehen Bündnisse ein. Es war ein Bündnis, das die vierte Burg in diesem Bassin zerstört hat. Die Schwarzen wurden zu zahlreich, deshalb taten sich die anderen zusammen, um sie zu vernichten.«

Kress war immer noch nicht überzeugt. »Amüsant, daran besteht kein Zweifel. Aber Insekten kämpfen auch.«

»Aber Insekten verehren niemanden«, entgegnete Wo.

»Was?«

Wo lächelte und deutete auf die Burg. Kress starrte darauf. Im höchsten Turm war ein Gesicht eingeschnitten. Er kannte es. Es war das Gesicht Jala Wos. »Wie ...?«

»Ich habe ein Hologramm meines Gesichts in das Bassin projiziert und dort ein paar Tage belassen. Das Gesicht Gottes, verstehen Sie? Ich füttere sie. Ich bin immer da. Die Sandkönige haben rudimentäre PSI-Kräfte. Es grenzt an Telepathie. Sie fühlen und verehren mich, indem sie mein Gesicht dazu verwenden, ihre Bauwerke zu verzieren. Alle Burgen sind so verziert, sehen Sie selbst.«

Es stimmte.

Das Gesicht von Jala Wo auf den Burgen war klar und friedlich und sehr lebensecht. Kress bestaunte die Geschicklichkeit der Darstellung. »Wie machen sie das?«

»Die Vorderbeine dienen gleichzeitig als Arme. Sie haben sogar etwas wie Finger, drei schmale, flexible Ranken. Und die funktionieren ausgezeichnet, beim Bauen und beim Kampf. Denken Sie daran, alle mobilen Teile einer Farbe bilden ein Gehirn.«

»Erzählen Sie mir mehr davon«, erwiderte Kress.

Wo lächelte. »Die Maw lebt in der Burg. ›Maw‹ ist mein Name für sie - ein Wortspiel, wenn Sie es verstehen, denn dieses Ding ist Mutter und Magen gleichzeitig. Weiblich, so groß wie Ihre Faust, unbeweglich. In Wahrheit ist ›Sandkönig‹ keine so treffende Bezeichnung. Die mobilen Teile sind Bauern und Krieger. Der wirkliche Regent ist die Maw, die Königin. Aber diese Analogie ist genauso mangelhaft. Genau genommen ist jede Burg eine einzelne hermaphroditische Kreatur.«

»Was fressen sie?«

»Die mobilen Teile fressen Brei, vorgekaute Nahrung, die sie aus der Burg erhalten. Sie bekommen sie von der Maw, nachdem sie sie ein paar Tage lang verarbeitet haben. Ihre Mägen können nichts anderes verdauen. Wenn die Maw stirbt, sterben sie auch bald. Die Maw ... die Maw frisst alles. Dafür werden Sie keine besonderen Auslagen haben. Speisereste genügen.«

»Lebendes Futter?«, fragte Kress.

Wo zuckte die Achseln. »Jede Maw frisst auch die mobilen Teile von den anderen Burgen, ja.«

»Ich bin neugierig geworden«, sagte er. »Wenn sie nur nicht so klein wären!«

»Sie können auch größere haben. Diese Sandkönige sind klein, weil ihr Bassin so klein ist. Sie scheinen ihre Größe zu beschränken, um in den vorhandenen Raum hineinzupassen. Wenn ich sie in ein größeres Bassin gäbe, würden sie von Neuem zu wachsen beginnen.«

»Hmm. Mein Piranhabecken ist doppelt so groß wie dieses hier und leer. Man könnte es säubern, mit Sand füllen ...«

»Wo und Shade würden selbstverständlich alle Installationen vornehmen. Es würde uns ein Vergnügen sein.«

»Gut«, antwortete Kress. »Ich denke, ich nehme vier intakte Burgen.«

»Selbstverständlich«, sagte Wo.

Dann begannen sie, über den Preis zu verhandeln.

Drei Tage später betrat Jala Wo Simon Kress' Anwesen mit schlafenden Sandkönigen und einem Arbeitsteam, das die Installation vornahm. Die Assistenten Wos waren Fremde, mit denen Kress noch nichts zu tun gehabt hatte – gedrungene derbe Zweibeiner mit vier gekrümmten Armen und Facettenaugen. Ihre Haut war dick und lederartig und zwirbelte sich in Höckern, und Dornen traten an mehreren Stellen auf ihren Körpern hervor. Aber sie waren sehr stark und gute Arbeiter, und Wo sprach in einer melodischen Sprache mit ihnen, die Kress noch nie zuvor gehört hatte.

Innerhalb eines Tages war die Arbeit getan. Sie transportierten sein Piranhabecken in die Mitte seines weitläufigen Wohnzimmers, stellten für eine bessere Sicht Sessel drum herum, säuberten das Becken und füllten es zu zwei Dritteln mit Sand und Steinen. Dann installierten sie ein spezielles Beleuchtungssystem, zum einen, um die Sandkönige, die das matte rote Licht bevorzugten, zu bescheinen, zum anderen, um holografische Bilder in das Becken zu projizieren. Über das Becken stülpten sie eine drehbare Plastikabdeckung, in die eine Futtervorrichtung eingebaut war. »Damit können

Sie Ihre Sandkönige füttern, ohne den Deckel vom Becken zu nehmen«, erklärte Wo. »Sie wollen doch sicher nicht, dass die Mobilen entkommen.«

Die Abdeckung enthielt auch eine Klimaanlage, die den Feuchtigkeitsgehalt der Luft konstant hielt. »Sie wollen es trocken, aber nicht zu trocken«, erklärte Wo.

Zum Schluss kletterte einer der vierarmigen Arbeiter in das Becken und grub in jede der vier Ecken ein tiefes Loch. Einer seiner Kollegen reichte ihm die schlafenden Maws, die er, eine nach der anderen, aus ihren Tiefkühl-Transportbehältern holte.

An den Maws war nichts Besonderes. Sie sahen aus wie Klumpen gesprenkeltes, halb verdorbenes rohes Fleisch mit einem Mund, sagte sich Kress.

Die Arbeiter trugen eine in jede Ecke des Beckens. Dann wurde das Terrarium verschlossen, und die Arbeiter zogen ab.

»Die Wärme wird die Maws aus ihrem Kälteschlaf wecken«, sagte Wo. »In knapp einer Woche werden die ersten Mobilen ausschlüpfen und sich zur Oberfläche durchgraben. Seien Sie darauf bedacht, dass Sie ihnen genug Nahrung geben. Sie brauchen ihre ganze Kraft, um sich zu entwickeln. Ich schätze, sie werden in ungefähr drei Wochen mit dem Bau der Burg beginnen.«

»Und mein Gesicht? Wann werden sie mein Gesicht formen?«

»Zeigen Sie ihnen Ihr Hologramm in ungefähr einem Monat«, riet sie ihm. »Und bleiben Sie freundlich. Wenn Sie irgendeine Frage haben, rufen Sie an. Wo und Shade stehen zu Ihrer Verfügung.« Sie verbeugte sich und ging.

Kress schlenderte zum Bassin zurück und zündete sich einen Glücksstängel an. Die Wüste war still und leer. Er klopfte mit den Fingern ungeduldig gegen das Plastik und zuckte die Achseln.

Am vierten Tag war es Kress, als sähe er Bewegungen im Sand – feine, unterirdische Bewegungen.

Am fünften Tag sah er den ersten Mobilen, einen einfachen Weißen.

Am sechsten Tag zählte er ein Dutzend, Weiße, Rote und Schwarze. Die Orangefarbenen kamen verspätet. Er warf ihnen eine Schüssel voll halb verfaulter Speisereste hinein. Die Mobilen sahen es sofort, krabbelten hin und begannen Stücke in ihre Ecken zu tragen. Jede Farbengruppe war für sich hoch entwickelt. Sie kämpften nicht. Kress war ein bisschen enttäuscht, sagte sich jedoch, dass man ihnen Zeit lassen müsse.

Die Orangefarbenen kamen am achten Tag zum Vorschein. Zu diesem Zeitpunkt hatten die anderen Sandkönige bereits begonnen, kleine Steine zusammenzutragen und die ersten rohen Befestigungen zu errichten. Sie kämpften immer noch nicht. Jetzt hatten sie genau die Hälfte der Größe der Sandkönige, die Kress bei Wo und Shade gesehen hatte, aber er nahm an, sie würden schnell wachsen.

In der zweiten Woche begann der Bau der Burgen zu stocken. Organisierte Gruppen von Mobilen schleppten schwere Sandsteine und Granitbrocken in ihre Ecken, wo andere Mobile mit ihren Kiefern und Zangen den Sand verteilten. Kress hatte sich eine Vergrößerungsbrille gekauft, mit der er sie bei der Arbeit beobachten konnte, wo auch immer sie sich im Becken befanden. Er ging immer wieder um das Becken herum und beobachtete sie. Es war faszinierend.

Für Kress' Geschmack waren die Burgen ein bisschen zu schmucklos, doch er hatte eine Idee. Am nächsten Tag warf er mit dem Futter ein paar Obsidiane und farbige Glassplitter in das Becken. Innerhalb von ein paar Stunden waren sie in die Burgwände integriert.

Die Burg der Schwarzen war zuerst fertig, gefolgt vom Bauwerk der Weißen und der Roten. Die Orangefarbenen waren wie gewöhnlich die Letzten. Kress nahm seine Mahlzeiten nun regelmäßig im Wohnzimmer ein, er saß dabei auf der Couch und beobachtete sie. Er erwartete, dass der erste Krieg nun bald ausbrechen würde.

Er wurde enttäuscht. Die Tage verstrichen, die Burgen wurden höher und höher, und Kress verließ das Becken nur, um Toilette zu machen und wichtige geschäftliche Anrufe zu beantworten. Aber die Sandkönige kämpften nicht. Kress wurde unruhig.

Schließlich gab er ihnen nichts mehr zu fressen.

Zwei Tage nachdem das Manna aufgehört hatte, aus ihrem Wüstenhimmel zu fallen, umringten vier schwarze Mobile ein Orangefarbenes und schleppten es zu ihrer Maw. Zuerst verstümmelten sie es, rissen ihm Kinnbacken, Fühler und Gliedmaßen aus und trugen es durch das dunkle Haupttor in ihre Miniaturburg. Es kam nicht wieder zum Vorschein. Innerhalb einer Stunde marschierten mehr als vierzig orangefarbene Mobile über den Sand und attackierten die Ecke der Schwarzen. Zahlenmäßig waren sie den Schwarzen unterlegen, die augenblicklich aus der Tiefe ihrer Burg hervorbrachen. Als der Kampf vorbei war, waren die Angreifer alle abgeschlachtet. Die Toten und Sterbenden wurden zerkleinert, um an die Schwarze Maw verfüttert zu werden.

Kress beglückwünschte sich selbst zu seinem Einfall.

Als er am nächsten Tag Futter in das Becken fallen ließ, entbrannte gleich an drei Fronten ein Kampf um den größeren Anteil daran. Die Weißen siegten.

Danach folgte Krieg auf Krieg.

Fast ein Monat war vergangen, seit Jala Wo die Sandkönige geliefert hatte, als Kress den holografischen Projektor einschaltete und sein Gesicht im Becken erschien. Er drehte es langsam, damit sein starrer Blick auf alle vier Burgen fiel. Kress war zufrieden mit der Ähnlichkeit; es zeigte sein schelmisches Grinsen, den breiten Mund und die vollen Wangen. Seine blauen Augen sprühten, die grauen Haare waren sorgfältig zu einem Seitenscheitel frisiert, die Augenbrauen dünn und kultiviert.

Bald darauf begannen die Sandkönige zu arbeiten. Kress fütterte sie reichlich, während sein Bild von ihrem Himmel herunterstrahlte.

Gleichzeitig hörten die Kämpfe auf. Alle Aktivitäten waren auf Verehrung gerichtet.

Sein Gesicht erschien auf den Burgwänden.

Zuerst erschienen ihm alle Schnitzereien gleich, aber als die Arbeit daran ihren Fortgang nahm und Kress die Reproduktionen begutachtete, begann er feine Unterschiede in Technik und Ausführung zu entdecken. Die Roten waren die kreativsten, da sie winzige Schieferstückchen verwendeten, um einen Grauton in die Haare zu bekommen. Das weiße Abbild erschien ihm jung und mutwillig, während das durch die Schwarzen modellierte Gesicht – obwohl es im Grunde genommen Linie für Linie dasselbe war – eher weise und gütig anmutete. Wie gewöhnlich waren die orangefarbenen Sandkönige spät dran und darum auch die Letzten. Die Kriege waren nicht gut für sie verlaufen, und im Gegensatz zu den anderen Bauwerken sah ihre Burg recht traurig aus. Das Bild, das sie einritzten, war grob karikierend, und es schien, als wollten sie es so belassen. Kress war darüber sehr pikiert, konnte aber nichts daran ändern.

Als alle Sandkönige die Arbeit an seinem Gesicht beendet hatten, schaltete Kress den Projektor aus und kam zu dem Schluss, dass es nun an der Zeit wäre, eine Party zu geben. Seine Freunde würden überrascht sein. Er konnte für sie sogar einen Krieg inszenieren, sagte er sich. Glücklich vor sich hinsummend, begann er die Gästeliste aufzustellen.

Die Party wurde ein voller Erfolg.

Kress hatte dreißig Personen eingeladen: ein paar ausgewählte engere Freunde, ein paar frühere Freundinnen und eine Auswahl an geschäftlichen und gesellschaftlichen Gegnern, die es sich nicht leisten konnten, seine Einladung zu ignorieren. Er wusste, dass einige von ihnen verwirrt, wenn nicht sogar aufgebracht wegen seiner Sandkönige sein würden. Er zählte auf sie. Er betrachtete es gewöhnlich als Fehlschlag, wenn nicht zumindest ein Gast übellaunig nach Hause ging.

Impulsiv setzte er Jala Wos Name auf die Liste. »Wenn Sie möchten, bringen Sie Shade mit«, fügte er hinzu, als er die Einladung an sie diktierte.

Ihre Einwilligung überraschte ihn ein wenig: »Shade wird leider nicht mitkommen können. Er geht nicht zu Gesellschaften. Ich selbst ergreife gern die Gelegenheit, um zu sehen, was Ihre Sandkönige machen.«

Kress orderte ein kostspieliges Abendessen. Als die Konversation endlich nur noch träge dahintröpfelte und die meisten seiner Gäste von Wein und Glücksstängeln berauscht waren, schockierte er sie, indem er persönlich die Speisereste auf ihren Tellern in eine große Schüssel einsammelte. »Kommt alle mit!«, sagte er. »Ich will euch meine neuesten Tierchen zeigen.« Die Schüssel in den Händen, führte er sie in sein Wohnzimmer.

Zu seiner freudigen Erwartung lebten die Sandkönige auf. Er hatte sie zur Vorbereitung zwei Tage hungern lassen, jetzt waren sie in kriegerischer Stimmung. Während die Gäste das Becken umringten und durch die Vergrößerungsbrillen blickten, die Kress vorsorglich bereitgelegt hatte, lieferten sich die Sandkönige einen glorreichen Kampf um die Abfälle. Als es vorüber war, zählte er fast sechzig tote Mobile. Die Roten und Weißen, die ein Bündnis eingegangen waren, konnten das meiste Futter davonschleppen.

»Kress, du bist ekelhaft«, sagte Cath m'Lane zu ihm. Vor zwei Jahren hatte sie eine kurze Zeit mit ihm zusammengelebt, bis ihm ihre rührselige Sentimentalität auf die Nerven gegangen war. »Ich war verrückt, nochmals hierherzukommen. Ich dachte, du hättest dich geändert und wolltest dich entschuldigen.« Sie hatte ihm nie vergeben, dass sein Shambler einen niedlichen jungen Hund gefressen hatte, an dem sie sehr gehangen hatte. »Lade mich *nie* wieder hierher ein, Simon!« Sie stolzierte mit ihrem derzeitigen Liebhaber hinaus, begleitet von einem Riesengelächter.

Kress' übrige Gäste hatten unzählige Fragen.

»Woher kommen die Sandkönige?«, wollten sie wissen.

»Von Wo und Shade, Importeure«, erwiderte er, mit einer höflichen Geste auf Jala Wo deutend, die den ganzen Abend ruhig und abseits geblieben war.

Warum verzierten sie ihre Burgen mit seinem Ebenbild?

»Weil ich der Ursprung aller guten Dinge bin. Hoffentlich wisst ihr das alle!«

Diese Antwort löste eine neue Woge von Gelächter aus.

»Werden sie noch einmal kämpfen?«

»Sicher, aber nicht heute Abend. Seid nicht enttäuscht. Wir feiern bestimmt noch weitere Partys.«

Jad Rakkis, ein Amateurxenologe, begann über andere Gesellschaftsinsekten und andere Kämpfe, die sie ausfochten, zu sprechen. »Diese Sandkönige sind amüsant, aber nichts Aufregendes. Ihr solltet zum Beispiel mal etwas über terranische Soldatenameisen lesen.«

»Sandkönige sind keine Insekten«, sagte Jala Wo scharf, aber Jad war in seinem Element, und niemand schenkte ihr die leiseste Beachtung. Kress lächelte sie an und zuckte die Achseln.

Malada Blane schlug vor, dass man bei der nächsten Zusammenkunft, um einen Kampf zu beobachten, Wetten abschließen sollte, und alle waren von der Idee begeistert. Eine hitzige Diskussion über Regeln und Einsätze entbrannte. Fast eine Stunde lang debattierten sie. Endlich begannen die Gäste zu gehen.

Jala Wo war die Letzte. »So«, sagte Kress zu ihr, als sie allein waren, »es scheint mir, als wären meine Sandkönige ein Volltreffer.«

»Es geht ihnen gut«, antwortete Wo. »Sie sind sogar schon größer als meine.«

»Ja«, sagte Kress, »außer den Orangefarbenen.«

»Das habe ich gesehen«, erwiderte Wo. »Es scheinen zwar viele zu sein, doch ihre Burg ist schäbig.«

»Nun, irgendeiner muss verlieren«, antwortete Kress. »Die Orangefarbenen waren zu spät dran, um größer zu werden und sich zu etablieren. Dafür werden sie bestraft.«

»Entschuldigen Sie«, sagte Wo, »aber darf ich fragen, ob Sie Ihre Sandkönige zur Genüge füttern?«

Kress hob die Schultern. »Von Zeit zu Zeit bekommen sie magere Kost. Das macht sie wilder.«

Sie runzelte die Stirn. »Es ist nicht nötig, sie hungern zu lassen. Lassen Sie sie zu ihrer Zeit kämpfen und aus ihren eigenen Gründen. Es ist ihre Natur, und Sie werden Konflikte erleben, die ergötzlich hinterlistig und komplex sind. Der dauernde Krieg, der durch Hunger hervorgerufen wird, ist einfallslos und erniedrigend.«

Kress zahlte ihr das Stirnrunzeln mit starken Worten heim. »Sie befinden sich in meinem Haus, Wo, und hier bestimme ich, wer erniedrigt wird und wer nicht. Ich habe die Sandkönige so gefüttert, wie Sie es mir geraten haben, aber sie haben nicht gekämpft.«

»Sie müssen Geduld haben.«

»Nein«, antwortete Kress. »Schließlich bin ich ihr Herr und Gott. Warum sollte ich auf ihre Impulse warten? Sie kämpfen nicht oft genug, um mich zufriedenzustellen. Ich habe die Situation korrigiert.«

»Nun gut«, sagte Wo. »Darüber werde ich mit Shade sprechen.«

»Das ist weder Ihre noch seine Angelegenheit«, erwiderte Kress schroff.

»Dann wünsche ich Ihnen eine gute Nacht«, sagte Wo resignierend. Aber als sie in ihren Mantel schlüpfte, warf sie ihm einen letzten missbilligenden Blick zu. »Sehen Sie sich Ihre Gesichter an, Simon Kress«, warnte sie ihn. »Sehen Sie sich Ihre Gesichter an!« Dann ging sie.

Verwirrt ging er zum Becken zurück und starrte auf die Burgen. Seine Gesichter waren noch da, wie immer, aber ... Er nahm seine Vergrößerungsbrille, setzte sie auf und betrachtete die Gesichter eine geraume Weile, aber sogar damit war es schwierig, es herauszufinden. Doch es schien ihm, als ob sich der Ausdruck auf den Gesichtern ein wenig verändert hätte, sein Lächeln schien irgendwie verzerrter, boshafter. Aber es war eine sehr feine Veränderung – wenn es überhaupt eine war. Schließlich schob Kress seiner Einbildungskraft die Schuld zu und entschloss sich, Jala Wo zu keiner Party mehr einzuladen.

In den folgenden Monaten trafen sich Kress und ungefähr ein Dutzend seiner besten Freunde wöchentlich, um, wie er es auszudrücken beliebte, den »Kriegsspielen« beizuwohnen. Jetzt war seine frühere Faszination für die Sandkönige vorbei, Kress verbrachte weniger Zeit neben dem Becken und mehr mit geschäftlichen Dingen und gesellschaftlichem Leben. Trotzdem freute er sich, ein paar Freunde zu haben, die gelegentlich gern bei einem Krieg zusahen. Er hielt die Kämpfer in einem konstanten Hungerzustand. Das hatte einen starken Einfluss auf die orangefarbenen Sandkönige, die sichtlich weniger wurden, sodass sich Kress schon fragte, ob ihre Maw tot sei. Aber den anderen ging es gut.

Manchmal in der Nacht, wenn er nicht schlafen konnte, nahm Kress eine Flasche Wein mit ins Wohnzimmer, wo der rote Schein seiner Miniaturwüste die einzige Lichtquelle darstellte. Er trank und beobachtete sie stundenlang. Gewöhnlich fand immer irgendwo ein Kampf statt, und wenn nicht, konnte er leicht einen heraufbeschwören, indem er ein paar Speisereste ins Becken warf.

Kress' Freunde begannen auf die wöchentlichen Kämpfe zu wetten, so wie es Malada Blane vorgeschlagen hatte. Kress gewann reichlich, da er auf die Weißen wettete, die zur kämpferisch und zahlenmäßig stärksten Kolonie im Becken geworden waren und die größte Burg besaßen. Einmal schob er die Abdeckung des Beckens beiseite und warf das Futter direkt vor die Burg der Weißen statt in die Mitte des Kampfplatzes, wo er es gewöhnlich hineinfallen ließ. So waren die anderen gezwungen, die Weißen in ihrer Festung anzugreifen, um überhaupt etwas zu fressen zu bekommen. Sie versuchten es auch. Doch die Weißen brillierten in ihrer Verteidigung. Kress gewann hundert Standards von Jad Rakkis.

Rakkis verlor tatsächlich fast jede Woche eine beträchtliche Summe wegen der Sandkönige. Er gab vor, umfangreiches Wissen über sie und ihre Art zu haben, und behauptete, dass er sie nach der ersten Party genauestens studiert habe, doch er hatte kein Glück mit seinen Wetten. Kress nahm an, dass Jads Behauptungen nur großspurige Prahlereien waren. Er hatte selbst ein bisschen versucht, die Sandkönige zu studieren, und war in einem Moment eitler Wissbegierde in die Bibliothek gegangen, um herauszufinden, von welcher Welt seine Haustiere ursprünglich kamen. Aber im Verzeichnis der Bibliothek war das Stichwort Sandkönige überhaupt nicht vermerkt. Er wollte bei Wo vorbeigehen und sie danach fragen, doch andere Verpflichtungen hielten ihn davon ab, und er verlor bald das Interesse an der Frage.

Schließlich, nach einem Monat, in dem sein Verlust schon mehr als tausend Standards betrug, kam Rakkis mit einer kleinen Plastikschachtel unter dem Arm zu den Kriegsspielen. Darin befand sich ein spinnenähnliches Ding, mit feinen goldenen Haaren bedeckt.

»Eine Sandspinne«, verkündete Rakkis. »Von Cathaday. Ich bekam sie heute Nachmittag von t'Etherane, dem Tierhändler. Gewöhnlich werden die Giftsäcke entfernt, aber diese hier hat ihre noch. Bist du zum Spiel bereit, Simon? Ich will mein

Geld zurück. Ich wette tausend Standards auf die Sandspinne gegen die Sandkönige.«

Kress betrachtete die Spinne in ihrem Plastikgefängnis. Seine Sandkönige waren gewachsen - sie waren doppelt so groß wie die Wos, wie sie es prophezeit hatte -, aber sie wurden von diesem Ding in den Schatten gestellt. Das Biest war giftig und sie nicht. Dafür gab es natürlich furchtbar viele von ihnen. Andererseits, die endlosen Sandkönigkriege wurden langsam ermüdend. Die Neuheit des Spiels interessierte ihn.

»In Ordnung«, sagte Kress. »Jad, du bist ein Narr. Die Sandkönige werden einfach so lange nicht zum Vorschein kommen, bis deine hässliche Kreatur tot ist.«

»Du wirst dich wundern, Simon«, erwiderte Rakkis lächelnd. »Die cathadayanische Sandspinne frisst gewöhnlich Höhlenbewohner, die sich in Ecken und Spalten verstecken, und ... Nun gut, beobachte selbst! Sie wird in die Burgen eindringen und die Maws fressen.«

Kress blickte finster drein und erntete damit allgemeines Gelächter. Damit hatte er nicht gerechnet. »Mach voran damit!«, sagte er zornig. Dann holte er sich einen neuen Drink.

Die Spinne war zu groß, um sie bequem durch die Nahrungsklappe schieben zu können. Deshalb halfen zwei weitere Gäste Rakkis, die Abdeckplatte auf die Seite zu schieben, und Malada Blane gab ihm die Schachtel. Er schüttelte die Spinne heraus. Sie landete sanft auf einer Miniaturdüne vor der roten Burg und blieb einen Moment lang verwirrt stehen, ihre Kiefer arbeiteten, und die Beine zuckten bedrohlich.

»Mach schon!«, drängte Rakkis. Sie hatten sich alle um das Becken versammelt. Kress setzte seine Brille auf. Wenn er wirklich tausend Standards verlieren sollte, wollte er wenigstens einen guten Blick auf das Geschehen haben.

Die Sandkönige hatten den Eindringling gesehen. Alle Aktivitäten im Bereich der roten Burg hatten aufgehört. Die kleinen roten Mobilen waren erstarrt und beobachteten.

Die Spinne begann sich in Richtung der dunklen Toröffnung zu bewegen. Über dem Turm starrte Simon Kress' Konterfei leidenschaftslos herab.

Plötzlich entwickelte sich eine verwirrende Aktivität. Die nächsten roten Mobilen gruppierten sich zu zwei Keilen und strömten über den Sand auf die Spinne zu. Noch mehr Krieger kamen aus der Burg und stellten sich in einer Dreierreihe auf, um den Einstieg in das unterirdische Gemach der Maw zu verteidigen. Weitere Krieger kamen über die Dünen geklettert, zurückgerufen zur Verteidigung der Burg.

Der Kampf entbrannte.

Die angreifenden Sandkönige krochen über die Spinne. Kiefer und Zangen schlossen sich um Beine und Leib und klammerten sich fest. Die Roten krabbelten die goldenen Beine hinauf auf den Rücken des Eindringlings. Sie bissen und rissen. Einer fand ein Auge und stach es mit seinen dünnen gelben Greifern aus. Kress lächelte spöttisch.

Aber sie waren *klein* und hatten außerdem kein Gift, und die Spinne blieb nicht stehen. Ihre Beine fegten die Sandkönige auf beiden Seiten weg. Ihre geifernden Kiefer ergriffen die Kämpfer und ließen sie gebrochen und erstarrt zurück. Schon lag ein Dutzend Roter sterbend im Sand. Die Sandspinne kroch weiter und immer weiter. Sie bewegte sich geradewegs durch die Dreierformation der Verteidiger vor der Burg. Die Reihen schlossen sich um sie, bedeckten sie, kämpften einen verzweifelten Abwehrkampf. Eine Gruppe

Sandkönige hatte ein Bein der Spinne durchgebissen. Verteidiger sprangen von der Turmspitze und landeten auf der zuckenden, schweren Masse.

Von Sandkönigen bedeckt taumelte die Spinne irgendwie in die Dunkelheit der Burg und verschwand.

Rakkis stieß einen tiefen Seufzer aus. Er sah blass aus. »Wunderbar«, sagte irgendjemand. Malada Blane kicherte verhalten.

»Schau her!«, rief Idi Noreddian und stupste Kress am Arm.

Sie hatten sich so intensiv dem Gerangel in der Ecke gewidmet, dass keiner von ihnen die weiteren Aktivitäten im Becken beobachtet hatte. Nun war es in der Burg still, der Sand war wie leer gefegt, abgesehen von den toten roten Mobilen – und plötzlich sahen sie es.

Drei Armeen hatten sich vor der roten Burg aufgestellt. Sie standen still, in perfekter Ordnung, Reihe um Reihe, Orangefarbene, Weiße und Schwarze – und warteten auf das, was aus der Tiefe hervorkommen würde.

Kress lächelte. »Ein *cordon sanitaire*«, sagte er. »Und schau dir mal die anderen Burgen an, Jad, wenn du willst!«

Rakkis tat es und fluchte. Gruppen von Mobilen mauerten die Tore mit Sand und Steinen zu. Wenn die Spinne ihr Eindringen in die Burg der Roten irgendwie überleben sollte, würde sie nicht so leicht in die anderen Burgen hineinkommen. »Ich hätte vielleicht vier Spinnen mitbringen sollen«, sagte Rakkis. »Trotzdem habe ich gewonnen. Meine Spinne ist jetzt da unten und frisst deine verdammte Maw.«

Kress erwiderte nichts. Er wartete. Er sah Bewegung in den Schatten.

Auf einmal quollen rote Mobile aus dem Tor. Sie nahmen ihre Position auf der Burg wieder ein und begannen, den

Schaden zu reparieren, den die Spinne angerichtet hatte. Die Schlachtreihen der Armeen lösten sich auf, und die Mobilen begannen, sich in ihre eigenen Ecken zurückzuziehen.

»Jad«, sagte Kress. »Ich glaube, du weißt nicht so recht, wer jetzt wen frisst.«

In der darauffolgenden Woche brachte Rakkis vier schlanke Silberschlangen mit. Die Sandkönige erledigten sie ohne viel Aufhebens.

Das nächste Mal versuchte er es mit einem schwarzen Vogel. Er fraß mehr als dreißig weiße Mobile, und sein Flügelschlagen und seine Ungeschicklichkeit zerstörten ihre Burg, aber letzten Endes ermüdeten seine Flügel, und die Sandkönige griffen ihn an, wo auch immer er sich niederließ.

Danach kam eine Schachtel mit Insekten, bewaffnete Kämpfer, den Sandkönigen an sich nicht unähnlich. Aber dumm, so dumm! Eine alliierte Kampfgruppe der Orangefarbenen und Schwarzen durchbrach ihre Formation, teilte sie und zerfetzte sie.

Rakkis begann, Kress Schuldscheine auszustellen.

Zu dieser Zeit traf Kress eines Abends, als er im Asgard, seinem Lieblingsrestaurant, zu Abend aß, erneut auf Cath m'Lane. Er blieb höflich an ihrem Tisch stehen, erzählte ihr von den Kriegsspielen und lud sie ein, dabei zu sein. Sie errötete, fasste sich aber gleich wieder und wurde frostig. »Irgendjemand muss dir Einhalt gebieten, Simon. Und ich glaube, das werde ich sein«, sagte sie.

Kress zuckte die Achseln, genoss das ausgezeichnete Essen und dachte nicht mehr an ihre Drohung.

Bis eine Woche später eine kleine kräftige Frau vor seiner Tür stand und ihm eine Polizeimarke zeigte. »Gegen Sie sind

Klagen eingegangen«, sagte sie. »Haben Sie ein Becken mit gefährlichen Insekten, Mr. Kress?«

»Keine Insekten«, erwiderte er mürrisch. »Kommen Sie, ich werde sie Ihnen zeigen!«

Als sie die Sandkönige gesehen hatte, schüttelte sie den Kopf. »Das ändert nichts. Was wissen Sie sonst noch über diese Kreaturen? Wissen Sie, von welcher Welt sie kommen? Sind sie über das Ökologische Institut eingeführt worden? Haben Sie für diese Lebewesen eine Lizenz? Wir haben eine Anzeige, der zufolge sie Fleischfresser und deshalb gefährlich sind. Des Weiteren sollen sie halbintelligent sein. Von wem haben Sie diese Kreaturen?«

»Von Wo und Shade«, antwortete Kress.

»Von denen habe ich noch nie gehört«, entgegnete die Frau. »Wahrscheinlich haben sie sie eingeschmuggelt, weil sie sehr wohl wissen, dass unsere Ökologen sie niemals zulassen würden. Nein, Kress, das kann ich nicht dulden. Ich werde dieses Becken konfiszieren und zerstören lassen. Und Sie werden eine hohe Geldstrafe zu erwarten haben.«

Kress bot ihr hundert Standards, damit sie alles über ihn und seine Sandkönige vergesse.

Sie machte »ts, ts, ts«, und sagte: »Nun muss ich auch noch Bestechung als weiteren Belastungspunkt gegen Sie hinzufügen.«

Sie war erst zu überzeugen, als er bei zweitausend Standards angelangt war. »Es wird nicht leicht werden, müssen Sie wissen«, sagte sie. »Formalitäten müssen umgangen, Berichte gefälscht werden. Und um eine gefälschte Einfuhrgenehmigung von den Ökologen zu bekommen, bedarf es viel Zeit. Nicht zu vergessen die Verhandlungen mit dem Kläger. Was ist, wenn sie wieder anruft?«

»Überlassen Sie das mir«, antwortete Kress. »Überlassen Sie das getrost mir.«

Darüber dachte er eine Weile nach. An diesem Abend führte er ein paar Telefongespräche.

Zuerst rief er t'Etherane an, den Tierhändler. »Ich möchte einen Hund kaufen«, sagte er. »Einen jungen Hund.«

Der rundgesichtige Kaufmann betrachtete ihn fassungslos. »Ein Hündchen? Das ist doch sonst nicht deine Art, Simon. Warum kommst du nicht selbst her? Ich habe eine hübsche Auswahl.«

»Ich will eine bestimmte *Art* Hündchen«, antwortete Kress. »Schreib auf! Ich beschreibe dir, wie er aussehen muss.«

Danach rief er Idi Noreddian an. »Idi«, begann er. »Ich hätte dich gern heute Abend mit deiner ganzen Holo-Ausrüstung hier. Ich habe eine tolle Idee. Ich möchte einen Sandkönigskampf aufnehmen. Ein Geschenk für einen meiner Freunde.«

Nach der Nacht, in der sie die Aufnahmen gemacht hatten, stand Kress sehr spät auf. Er sah sich sein umstrittenes neues Stück in seinem Sensorium an, stärkte sich mit einem schnellen Frühstück, rauchte ein paar Glücksstängel und köpfte eine Flasche Wein. Sehr zufrieden mit sich selbst, wanderte er mit dem Glas in der Hand ins Wohnzimmer.

Die Lichter waren aus. Der rote Schimmer des Terrariums ließ die Schatten rötlich-glühend erscheinen. Kress ging zu seinem Herrschaftsbereich, neugierig, wie weit die Schwarzen wohl mit der Reparatur an ihrer Burg gekommen waren. Das Hündchen hatte sie zertrümmert.

Die Restaurationsarbeiten gingen gut voran. Aber als Kress die Tätigkeit durch seine Brille begutachtete, betrachtete er zufällig das Gesicht an der Sandschlösschenwand genauer. Es erschreckte ihn.

Er drehte sich um, blinzelte, nahm einen tiefen Zug Wein und sah es sich wieder an.

Das Gesicht an der Wand war zwar immer noch seins, aber es war irgendwie falsch, die Züge waren seltsam *verzerrt*. Er hatte aufgeschwemmte Schweinebacken, sein Lächeln glich einem boshaften Grinsen. Er sah unheimlich bösartig aus.

Unbehaglich ging er um das Becken herum und inspizierte die anderen Burgen. Bei jeder war es ein bisschen anders, aber im Grunde genommen doch überall dasselbe.

Die Orangefarbenen hatten die feineren Details wie üblich ausgelassen, aber das Ergebnis erschien dennoch monströs und ungeschliffen; ein brutaler Mund und geistlose Augen.

Die Roten hatten ihn mit einem satanischen Lächeln ausgestattet. Seine Mundwinkel schienen merkwürdig zu zucken.

Die Weißen, seine Lieblinge, hatten einen grausamen, idiotischen Gott geschnitzt.

Ärgerlich warf Kress sein Weinglas durch das Zimmer. »Ihr *wagt* es«, sagte er mit zusammengepressten Lippen. »Nun werdet ihr eine Woche lang nichts zu essen bekommen, ihr verdammten …« Seine Stimme überschlug sich. »Ich werde euch lehren!«

Er hatte eine Idee. Er verließ das Zimmer und kehrte einen Augenblick später mit einem antiken eisernen Wurfschwert in der Hand zurück. Es war einen Meter lang, und die Spitze war immer noch scharf. Kress lächelte, kletterte hinauf und schob die Abdeckplatte des Beckens beiseite, gerade so weit, dass er Freiraum genug hatte und eine Ecke der Wüste freigelegt war. Er lehnte sich hinunter und stieß das Schwert in die Burg der Weißen, stieß immer wieder zu, zerstörte Türme,

Schutzwälle und Mauern. Sand und Steine fielen durcheinander und begruben die krabbelnden Sandkönige unter sich. Ein Schlag seiner Hand löschte die Gesichtszüge der unverschämten, schmählichen Karikatur aus, die die Sandkönige aus seinem Gesicht gemacht hatten. Dann zielte er mit der Schwertspitze auf den dunklen Eingang, der in die Tiefe, in das Gemach der Maw hinabführte; er stieß mit aller Kraft zu und traf auf Widerstand. Er hörte einen leisen, quiekenden Laut. Alle Mobilen zitterten und fielen hin. Befriedigt zog Kress das Schwert zurück.

Er beobachtete sie einen Moment lang, um zu sehen, ob er wohl die Maw getötet hatte. Die Spitze des Wurfschwerts war feucht und schleimig. Aber plötzlich begannen sich die weißen Sandkönige wieder zu bewegen - schwach und langsam, aber sie bewegten sich.

Er war gerade dabei, die Abdeckplatte zurückzuschieben und sich einer der anderen Burgen zuzuwenden, als er etwas auf seinem Arm krabbeln spürte.

Er schrie auf, ließ das Schwert fallen und schleuderte den Sandkönig von seinem Arm. Er fiel auf den Teppich, und Kress zermalmte ihn mit der Ferse, er trampelte noch auf ihm herum, als er schon längst tot war. Es hatte geknirscht, als er auf ihm stand. Danach verschloss er zitternd schnell wieder das Becken. Er duschte und untersuchte sich sorgfältig. Er kochte seine Kleider aus.

Später, nachdem er mehrere Glas Wein getrunken hatte, kehrte er ins Wohnzimmer zurück. Er schämte sich ein bisschen, weil er wegen des Sandkönigs so erschrocken war. Aber er wollte das Becken nicht noch mal aufmachen. Von jetzt an würde das Becken dauernd geschlossen bleiben. Dennoch, er musste die anderen noch quälen.

Er entschied, seinen Denkapparat mit einem weiteren Glas Wein zu ölen. Als er es getrunken hatte, kam ihm eine Idee. Er trat an das Becken und drehte an den Feuchtigkeitskontrollen.

Dann schlief er auf der Couch ein, das Weinglas noch immer in der Hand, während die Sandburgen vom Regen aufgeweicht wurden.

Kress wurde durch ein heftiges Pochen an seiner Haustür geweckt.

Er setzte sich auf, fühlte sich zerschlagen und hatte Kopfschmerzen. *Einen Wein-Kater zu haben ist immer das Schlimmste,* dachte er. Er schlurfte zur Eingangstür.

Cath m'Lane stand draußen. »Du bist ein Monster«, schrie sie. Ihr Gesicht war geschwollen, aufgedunsen und von Tränenspuren verschmiert. »Ich habe die ganze Nacht geheult, bloß wegen dir verdammtem Kerl. Aber ab jetzt nie mehr, Simon. Nie mehr!«

»Beruhige dich«, sagte er und hielt sich den Kopf. »Ich habe einen Kater.«

Sie fluchte, schob ihn beiseite und ging ins Haus. Der Shambler kam um die Ecke, um zu sehen, was für ein Krach das war. Sie spuckte ihn an und stapfte ins Wohnzimmer.

Kress wankte ihr auf unsicheren Beinen nach. »Hör auf!«, rief er. »Was willst du ... Du kannst doch nicht ...« Von plötzlichem Entsetzen gepackt hielt er inne. Sie hielt einen schweren Hammer in der linken Hand. »Nein!«, sagte er.

Sie ging direkt zu dem Becken der Sandkönige. »Du liebst doch diese kleinen charmanten Kerlchen so sehr, Simon. Dann kannst du auch mit ihnen leben!«

»Cath!«, schrie er.

Sie umfasste den Hammerstiel mit beiden Händen und hieb so fest sie konnte gegen eine Seite des Beckens. Das Geräusch des Aufschlags ließ Kress' Kopf dröhnen, und er gab einen tiefen, heulenden Ton der Verzweiflung von sich. Aber das Plastik hielt.

Sie schwang den Hammer erneut. Diesmal hörte man ein Krachen, und ein Netz aus dünnen Linien erschien auf der Beckenwand.

Kress warf sich auf sie, als sie zu einem dritten Schlag ausholte. Sie fielen um und rollten übereinander. Cath verlor ihren Hammer und versuchte, Kress zu würgen, doch er machte sich frei und biss ihr in den Arm, bis Blut floss. Beide standen keuchend auf.

»Du solltest dich sehen, Simon«, sagte sie grimmig. »Blut tröpfelt aus deinem Mund. Du siehst aus wie einer deiner Lieblinge. Magst du den Geschmack?«

»Verschwinde!«, erwiderte er. Er sah das Wurfschwert, wo er es vergangene Nacht fallen gelassen hatte, und hob es auf. »Verschwinde!«, wiederholte er und fuchtelte drohend mit dem Schwert. »Komm bloß nicht in die Nähe des Beckens!«

Sie lachte ihn aus. »Das wagst du nicht«, sagte sie. Sie bückte sich und hob ihren Hammer auf.

Kress schrie sie an und stieß vor. Bevor er überhaupt genau wusste, was geschah, hatte sich die Eisenspitze schon durch ihren Bauch gebohrt. Cath m'Lane blickte ihn und das Schwert in ihrem Bauch überrascht an. Kress stolperte zurück und wimmerte: »Das wollte ich nicht ... Ich wollte nur ...«

Sie war durchbohrt, blutete entsetzlich und war dem Tode nahe, aber trotzdem fiel sie nicht hin. »Du Monster«, konnte sie noch sagen, obwohl ihr Mund voller Blut war. Und sie drehte sich trotz des Schwerts in sich herum und warf sich mit letzter Kraft gegen das Becken. Die beschädigte Wand zerbrach, und Cath m'Lane stürzte in einer Lawine aus Plastik, Sand und Unrat ins Becken.

Kress gab kurze hysterische Laute von sich und sprang auf die Couch.

Sandkönige krochen aus dem Unrat auf den Wohnzimmerboden. Sie krabbelten über den Leichnam von Cath. Ein paar krochen versuchsweise wagemutig über den Teppich. Bald folgten ihnen mehr.

Er beobachtete, wie eine Kolonne erschien, ein lebendes, sich windendes Karree aus Sandkönigen, die etwas trugen – etwas Schleimiges und Gesichtsloses, einen Klumpen rohes Fleisch, so groß wie ein Menschenkopf. Sie trugen es aus dem Becken. Es pulsierte.

Da verlor Kress den Kopf und rannte davon.

Es war schon später Nachmittag, ehe er den Mut fand, nach Hause zurückzukehren. Er war zu seinem Gleiter gerannt und in die nächste Stadt geflogen, die fast fünfzig Kilometer entfernt war, noch immer ganz krank vor Angst. Aber einmal in Sicherheit, fand er ein kleines Restaurant, trank mehrere Tassen Kaffee und schluckte zwei Tabletten gegen seinen Kater, frühstückte und gewann schließlich seine Fassung wieder.

Es war ein schrecklicher Morgen gewesen, aber darüber nachzubrüten würde keine Lösung bringen. Er bestellte noch einen Kaffee und bedachte seine Situation mit kühler Vernunft.

Cath m'Lane war durch seine Hand gestorben. Konnte er es melden und behaupten, dass es ein Unfall gewesen sei? Unwahrscheinlich. Schließlich hatte er sie selbst so weit getrieben und die Polizistin gebeten, sie ihm zu überlassen. Er musste sich von den Indizien befreien und konnte nur hoffen, dass Cath niemandem ihre Pläne für den heutigen Tag mitgeteilt hatte. Es war sehr unwahrscheinlich, dass sie das getan hatte. Sie konnte sein Geschenk erst am Abend zuvor erhalten haben. Sie hatte gesagt, dass sie die ganze Nacht geheult hätte, und sie war allein gewesen, als sie angekommen war. Nun gut, er musste nur eine Leiche und einen Gleiter loswerden.

Blieben noch die Sandkönige. Sie stellten eine größere Schwierigkeit dar. Kein Zweifel, sie waren bestimmt alle entkommen. Er stellte sich vor, wie sie in seinem Haus herumkrabbelten, in seinem Bett, seinen Kleidern, und wie sie von seinen Nahrungsmitteln Besitz ergriffen - das ließ ihn frösteln. *Es sollte nicht so schwierig sein, sie zu töten*, dachte er. Er musste nicht auf alle Mobilen achten. Nur auf die vier Maws, das war alles. Das konnte er tun. Wie er selbst gesehen hatte, waren sie groß. Er würde sie finden und sie töten.

Er ging zuerst einkaufen, bevor er nach Hause flog. Er kaufte sich einen eng anliegenden Schutzanzug, der ihn von Kopf bis Fuß bedeckte, einige Behälter mit Giftkugeln gegen Felshüpfer und einen Sprühkanister, der ein illegales, starkes Schädlingsbekämpfungsmittel enthielt. Des Weiteren erstand er eine Magnalock-Schleppvorrichtung.

Als er am späten Nachmittag landete, ging er methodisch vor. Zuerst befestigte er Caths Gleiter mit der Magnalock an seinem. Als er ihn durchsuchte, hatte er zum ersten Mal Glück. Das Kristallplättchen mit dem Holo von Idi Noreddian vom Kampf der Sandkönige lag auf dem Vordersitz. Deswegen hatte er sich Sorgen gemacht.

Als die Gleiter so weit fertig waren, schlüpfte er in seinen Schutzanzug und ging ins Haus, um Cath' Leiche zu holen.

Sie war nicht mehr da.

Er stocherte vorsichtig in dem schnell trocknenden Sand, doch es gab keine Zweifel, der Leichnam war verschwunden. War sie nicht tot gewesen? Konnte sie sich selbst weggeschleppt haben? Unwahrscheinlich, aber Kress suchte trotzdem. Eine flüchtige Durchsuchung des Hauses brachte weder den Leichnam noch irgendein Zeichen von Sandkönigen zum Vorschein. Er hatte nicht genügend Zeit für eine gründlichere Untersuchung, nicht mit dem belastenden Gleiter vor der Haustür. Er beschloss, es später noch einmal zu versuchen.

Ungefähr siebzig Kilometer nördlich von Kress' Anwesen befand sich eine Anzahl noch tätiger Vulkane. Dahin flog er mit Cath' Gleiter im Schlepp. Über dem Kegel des größten Vulkans klinkte er die Magnalock aus und beobachtete, wie der Gleiter hineinplumpste und in der Lava verschwand.

Es dämmerte bereits, als er nach Hause zurückkehrte. Das gab ihm einen Aufschub. Einen Augenblick lang dachte er daran, in die Stadt zurückzufliegen und dort die Nacht zu verbringen, doch er schob diesen Gedanken beiseite. Es gab Arbeit genug. Er war noch nicht sicher.

Er verteilte die Giftkugeln an der Außenfront seines Hauses. Niemand würde das merkwürdig finden. Er hatte schon immer Schwierigkeiten mit Felshüpfern gehabt. Als die Arbeit getan war, holte er den Kanister mit dem Schädlingsbekämpfungsmittel und verschwand im Haus.

Er ging Zimmer für Zimmer des Hauses durch und knipste überall das Licht an, bis er ganz von künstlicher Helligkeit umgeben war. Im Wohnzimmer räumte er auf, schaufelte Sand- und Plastikteile in das kaputte Becken zurück. Die Sandkönige waren alle verschwunden, das hatte er befürchtet. Die Burgen waren eingesunken und zusammengefallen, zerstört vom Wasser. Kress untersuchte sie, und das, was von ihnen übrig geblieben war, fiel in sich zusammen, als es trocknete.

Er runzelte die Stirn und suchte weiter, den Kanister mit dem Schädlingsspray hatte er über die Schulter gehängt.

Tief unten im Weinkeller entdeckte er schließlich Cath m'Lanes Leichnam. Er lag am Fuße der Treppe, die Glieder zuckten, als bewege er sich. Weiße Mobile schwärmten darüber, und als Kress genauer hinsah, bemerkte er, dass sich der Leichnam ruckartig über den festgestampften Sandboden bewegte.

Er lachte und drehte das Licht voll auf. In einer Ecke war eine flache, kleine irdene Burg und ein schwarzes Loch zwischen zwei Weingerüsten zu sehen. An der Kellerwand konnte Kress die groben Umrisse seines Gesichts ausmachen.

Der Leichnam verschob sich wieder, er bewegte sich ein paar Zentimeter in Richtung der Burg. Kress hatte eine plötzliche Vision der weißen Maw, wie sie hungrig darauf wartete. Sie wäre vielleicht fähig, mit dem Mund Cath' Fuß zu verschlingen, aber weiter nichts. Es war zu absurd. Er lachte wieder und begann in den Keller hinabzusteigen, den Finger am Abzug des Schlauchs, der um seinen rechten Arm geschlungen war. Die Sandkönige – Hunderte von ihnen bewegten sich wie ein einziger – ließen den Leichnam augenblicklich im Stich und sammelten sich zu einer Kampfformation, ein weißes Feld zwischen ihm und ihrer Maw.

Plötzlich hatte Kress eine andere Idee. Er lächelte und löste seinen Finger vom Abzug. »Cath war schon immer schwer verdaulich«, sagte er, selbst von seinem Witz belustigt. »Besonders für jemand von eurer Größe. Darum lasst mich euch helfen. Wozu sind Götter denn da?«

Er ging wieder hinauf und kehrte bald darauf mit einem Hackmesser zurück. Die Sandkönige warteten geduldig und beobachteten Kress, der Cath m'Lane in kleine, mundgerechte Stücke schnitt.

In dieser Nacht schlief Kress in seinem Schutzanzug, das Schädlingsbekämpfungsmittel in Reichweite, aber er benötigte es nicht. Die Weißen blieben übersättigt im Keller, und von den anderen sah er nichts.

Am nächsten Morgen beendete er die Aufräumarbeiten im Wohnzimmer. Als er fertig war, deutete nichts auf einen Kampf hin, abgesehen von dem kaputten Becken.

Er nahm ein leichtes Frühstück zu sich und überdachte die Jagd nach den noch fehlenden Sandkönigen. Bei Tageslicht war es nicht so schwierig. Die Schwarzen hatten sich in seinem Steingarten niedergelassen, wo sie eine klotzige Burg aus Obsidian und Quarz errichteten. Die Roten fand er auf dem Grund seines leeren Schwimmbeckens, das sich über die Jahre teilweise mit vom Wind herbeigewehtem Sand gefüllt hatte. Er sah Mobile beider Farben über sein Grundstück krabbeln, und ein paar von ihnen trugen Giftkugeln zu ihren Maws. Kress musste lachen. Er sagte sich, dass der Kauf des Schädlingsbekämpfungsmittels unnötig gewesen war. Natürlich wollte er keinen Kampf riskieren, wenn das Gift seine Arbeit verrichten konnte. Beide Maws müssten am Abend tot sein.

Blieben nur noch die orangefarbenen Sandkönige übrig. Kress umkreiste sein Anwesen mehrere Male in einem immer größeren Bogen, aber er fand keine Spur von ihnen. Als er in seinem Schutzanzug zu schwitzen begann - es war ein heißer, trockener Tag -, sagte er sich, dass ihr Verschwinden ohne Bedeutung war. Und wenn sie noch in der Umgebung sein sollten, fraßen sie wahrscheinlich auch von den Giftkugeln, so wie es die Roten und Schwarzen taten.

Er zertrat mehrere Sandkönige mit einer gewissen Befriedigung, als er ins Haus zurückging. Drinnen entledigte er sich des Schutzanzugs, nahm ein opulentes Mittagessen ein und begann sich endlich zu entspannen. Alles war unter Kontrolle. Zwei der Maws waren bald außer Gefecht, die dritte war sicher zu finden, um sich ihrer zu entledigen, wenn sie seinen Zwecken gedient hatte, und er hatte keine Zweifel, dass er die vierte auch noch finden würde. Jede Spur von Cath' Besuch war damit ausgelöscht.

Seine Träumereien wurden unterbrochen, als der Bildschirm zu blinken anfing. Es war Jad Rakkis, der ihm etwas von Kannibalen-Würmern vorschwatzte, die er zu den am Abend stattfindenden Kriegsspielen mitzubringen gedachte.

Kress hatte das ganz vergessen, doch er fand schnell die Fassung wieder. »O Jad, es tut mir leid. Ich habe vergessen, es dir mitzuteilen. Mir wurde das Ganze langweilig, ich habe mir die Sandkönige vom Hals geschafft. Hässliche kleine Biester. Es tut mir leid, aber es gibt keine Party heute Abend.«

Rakkis war empört. »Aber was soll ich jetzt mit meinen Würmern machen?«

»Leg sie in ein Körbchen und schick sie deiner Liebsten«, antwortete Kress und legte auf. Schnell begann er die anderen anzurufen. Er konnte jetzt niemanden bei sich gebrauchen, da die Sandkönige noch lebten und sein Anwesen eingenommen hatten.

Als er Idi Noreddian anrief, bemerkte Kress ein ärgerliches Versehen. Der Schirm wurde klar, und das bedeutete, dass am anderen Ende jemand sprach. Kress legte auf.

Idi traf genau eine Stunde später pünktlich ein. Sie war überrascht, dass die Party nicht stattfand, aber trotzdem glücklich, einen Abend allein mit Kress verbringen zu können. Er erfreute sie mit der Geschichte von Cath' Reaktion auf das Holo, das sie zusammen angefertigt hatten. Während er sprach, stellte er durch geschickte Fragen fest, dass sie niemandem von diesem Streich erzählt hatte. Er nickte befriedigt und füllte ihre Weingläser. Es war nur noch ein Schlückchen übrig. »Ich muss eine neue Flasche holen«, sagte er. »Komm mit mir in den Weinkeller und hilf mir, ein gutes Tröpfchen auszusuchen. Du hast schon immer einen besseren Geschmack gehabt als ich.«

Sie ging bereitwillig mit, stutzte aber an der Kellertreppe, als Kress die Tür öffnete und ihr andeutete vorauszugehen. »Wo ist das Licht?«, fragte sie. »Und dieser Geruch – was ist das für ein seltsamer Geruch, Simon?«

Als er sie schubste, sah sie wirklich überrascht aus. Sie schrie, während sie die Treppe hinunterfiel. Kress verschloss die Tür und begann sie mit dem Drucklufthammer, den er für diesen Zweck zurechtgelegt hatte, mit Brettern zuzunageln. Als er seine Arbeit beendet hatte, hörte er Idi stöhnen. »Ich bin verletzt«, rief sie. »Simon, was soll das bedeuten?« Plötzlich kreischte sie auf und begann zu schreien.

Es dauerte nicht stundenlang. Kress ging in sein Sensorium und wählte eine freche Komödie, um das Schreien aus seinem Gedächtnis zu löschen.

Als er sicher war, dass sie tot sein musste, flog Kress ihren Gleiter zu den nördlichen Vulkanen und ließ ihn darin verschwinden. Die Magnalock war eine gute Anschaffung gewesen.

Am nächsten Morgen drangen merkwürdige, kratzende Geräusche aus dem Weinkeller, als Kress herunterkam, um die Lage zu überprüfen. Unruhig hörte er ein paar Augenblicke lang zu und überlegte, ob Idi womöglich überlebt haben könnte und jetzt versuchte herauszukommen. Das schien ihm unwahrscheinlich; es mussten die Sandkönige sein. Kress wollte solche Verwicklungen nicht. Er beschloss, die Tür verschlossen zu halten, zumindest eine Weile. Mit einer Schaufel ging er nach draußen, um die rote und die schwarze Maw in ihren Burgen zu begraben.

Doch er fand sie sehr lebendig vor.

Die Burg der Schwarzen aus Vulkangestein glitzerte, und die Sandkönige waren darüber verteilt, reparierten und besserten aus. Der höchste Turm reichte ihm bis zur Hüfte, und darauf war eine schreckliche Karikatur seines Gesichts abgebildet. Als er sich näherte, hielten die Schwarzen in ihrer Arbeit inne und formierten sich zu einer bedrohlichen Phalanx. Kress blickte hinter sich und sah weitere, die seinen Fluchtweg abschnitten. Entsetzt warf er die Schaufel weg und rannte aus der Falle, wobei er mehrere Mobile zertrat.

Die Burg der Roten lehnte an der Wand des Schwimmbeckens. Die Maw saß sicher auf einem Fleck, umgeben von Sand, Zement und Festungsanlagen. Die Roten waren über den ganzen Boden verstreut. Kress beobachtete, wie sie einen erlegten Felshüpfer und eine große Eidechse in die Burg schleppten. Erschrocken trat er vom Beckenrand zurück und hörte etwas knirschen. Er sah hinab und erblickte drei Mobile, die an seinen Beinen hinaufkletterten. Er schüttelte sie ab und zertrat sie, doch andere näherten sich ihm schnell. Sie waren größer, als er sie in Erinnerung hatte. Manche waren fast so dick wie sein Daumen.

Er rannte.

Endlich erreichte er die Sicherheit des Hauses, sein Herz klopfte bis zum Hals, und er atmete schwer. Er schloss die Tür hinter sich und beeilte sich, sie zu verriegeln. Sein Haus war seuchenfest. Hier drinnen würde er sicher sein.

Ein starker Drink beruhigte seine Nerven. *Gift kann ihnen also nichts anhaben*, dachte er. Er hätte es eigentlich wissen müssen. Jala Wo hatte ihn gewarnt, dass die Maws alles fressen würden. Er musste das Schädlingsbekämpfungsmittel anwenden. Er nahm einen weiteren Drink, um ein gutes Augenmaß zu bekommen, legte seinen Schutzanzug an und schnallte den Kanister auf den Rücken. Er öffnete die Tür.

Draußen warteten die Sandkönige.

Zwei Armeen standen vor ihm, Verbündete gegen den gemeinsamen Feind. Es waren viel mehr, als er angenommen hatte. Die verdammten Maws mussten brüten wie die Felshüpfer. Die Mobilen waren überall, ein einziges brodelndes Meer.

Kress brachte den Schlauch in Anschlag und zog am Abzug.

Wo immer auch der Nebel niedersank, zuckten die Sandkönige unnatürlich und starben in plötzlichen Krämpfen. Kress lächelte. Sie waren ihm nicht ebenbürtig. Er sprühte in einem weiten Bogen vor sich und stieg vertrauensvoll über eine Vielzahl schwarzer und roter Körper hinweg. Die Armeen zogen sich zurück. Kress rückte vor, darauf erpicht, sich zu ihren Maws durchzukämpfen. Plötzlich stoppte der Rückzug. Über tausend Sandkönige wogten auf ihn zu.

Kress hatte den Gegenangriff erwartet. Er blieb stehen und ließ sein Nebelschwert schwungvoll in großen überschlagenden Hieben an sich vorüberziehen. Sie kamen auf ihn zu und starben. Ein paar kamen durch; er konnte nicht überall gleichzeitig sprühen. Er spürte, wie sie seine Beine hinaufkletterten, fühlte ihre Zangen in die Oberfläche aus verstärktem Plastik seines Schutzanzugs beißen. Er ignorierte sie und sprühte weiter.

Dann begann er, sanfte Schläge auf Kopf und Schultern zu spüren.

Kress zitterte, drehte sich um und blickte nach oben. Die Vorderfront seines Hauses war übersät mit Sandkönigen. Rote und Schwarze, zu Hunderten. Sie warfen sich in die Luft und regneten auf ihn herab. Sie fielen um ihn herum auf die Erde. Einer landete auf seinem Gesicht, und seine Kieferzangen bewegten sich einen schrecklichen Moment lang vor seinen Augen, bevor er ihn wegschnippte.

Er nahm den Schlauch auf, sprühte in die Luft, sprühte auf das Haus; er sprühte so lange, bis die aus der Luft gekommenen Sandkönige alle tot waren oder im Sterben lagen. Der Nebel legte sich auf ihn und erzeugte Hustenreiz. Aber er sprühte weiter. Als endlich die Front des Hauses sauber war, wandte Kress seine Aufmerksamkeit wieder dem Boden zu.

Sie waren überall, Dutzende huschten über seinen Körper, Hunderte beeilten sich, zu ihnen zu stoßen. Er legte den Nebelstrahl auf sie an. Der Schlauch ging kaputt. Kress hörte ein lautes Zischen, und der nutzlose Nebel spritzte in einer großen Wolke zwischen seinen Schultern nach oben, umfing ihn, erstickte ihn, sodass seine Augen brannten und tränten. Er tastete nach dem Schlauch, seine Hand war von sterbenden Sandkönigen bedeckt. Der Schlauch war entzwei, sie hatten ihn durchgebissen. Er war umgeben von einer Wolke Schädlingsbekämpfungsmittel. Er sah nichts mehr. Er stolperte, schrie und begann zum Haus zurückzulaufen, während er Sandkönige von seinem Körper schlug.

Drinnen verschloss er die Tür und wälzte sich auf dem Teppich, rollte hin und her, bis er sicher war, dass er sie alle erdrückt hatte. Inzwischen war der Kanister leer, denn er zischte nur noch schwach. Kress streifte seinen Schutzanzug ab und duschte. Der heiße Strahl verbrühte ihn fast, seine Haut war rot und überreizt, aber die Hitze vertrieb das Kribbeln.

Er zog seine dickste Kleidung an, dicke Arbeitshosen und Lederschuhe, nachdem er sie erst nervös ausgeschüttelt hatte. »Verdammt«, murmelte er. »Verdammt!« Sein Hals war trocken. Nachdem er das Foyer gründlich durchsucht hatte, um sicher zu sein, dass es sauber war, setzte er sich hin und genehmigte sich einen Drink. »Verdammt!«, wiederholte er. Seine Hand zitterte, als er eingoss, und er verschüttete etwas Schnaps auf den Teppich.

Der Alkohol beruhigte ihn, doch er ließ die Furcht nicht schwinden. Kress nahm einen weiteren Drink und trat vorsichtig ans Fenster. Die Sandkönige bewegten sich über die dicke Plastikscheibe. Er zuckte die Achseln und ging an seine Kommunikationskonsole. Er brauchte Hilfe, sagte er sich entschlossen. Er würde sich bis zu den Autoritäten durchkämpfen, dann würde die Polizei kommen, mit Flammenwerfern und ...

Kress unterbrach seine Überlegungen und stöhnte. Er konnte die Polizei nicht anrufen. Er müsste ihnen von den Weißen in seinem Keller berichten, und dann würden sie die Leichen dort finden. Die Maw hatte vielleicht Cath m'Lane schon gefressen, aber sicher noch nicht Idi Noreddian. Er hatte sie nicht in Stücke geschnitten. *Wahrscheinlich sind noch Knochen übrig.* Nein, die Polizei kam nur als letzter Ausweg infrage.

Er saß an der Konsole und runzelte die Stirn. Seine Kommunikationsausrüstung füllte eine ganze Wand. Von hier aus konnte er jedermann auf Baldur erreichen. Er besaß viel Geld und seine Verschlagenheit. Er würde die Lage schon irgendwie in den Griff bekommen.

Kurz dachte er daran, Wo anzurufen, aber er verwarf den Gedanken wieder. Wo wusste zu viel, sie würde Fragen stellen, und er traute ihr nicht. Nein, er brauchte jemanden, der alles ausführte, *ohne* zu fragen.

Sein Stirnrunzeln wurde zu einem Lächeln. Kress hatte Kontakte. Er wählte eine Nummer, die er lange Zeit nicht benutzt hatte.

Das Gesicht einer Frau wurde auf dem Bildschirm sichtbar – weißhaarig, ausdruckslos, mit einer langen, gekrümmten Nase. Ihre Stimme war lebhaft und klang tüchtig. »Simon«, sagte sie. »Wie gehen die Geschäfte?«

»Denen geht's gut, Lissandra«, erwiderte Kress. »Ich habe Arbeit für dich.«

»Etwas zum Fortschaffen? Meine Preise sind seit dem letzten Mal gestiegen. Und seit dem letzten Mal sind zehn Jahre vergangen.«

»Du wirst gut bezahlt werden«, sagte Kress. »Du weißt, ich bin freigebig. Ich brauche dich zur Schädlingsbekämpfung.«

Sie lächelte dünn. »Du brauchst dich nicht so euphemistisch auszudrücken, Simon. Meine Leitungen sind nicht angezapft.«

»Nein, ich meine es ernst. Ich habe ein Ungeziefer-Problem. Gefährliche Schädlinge. Nimm dich ihrer an! Keine Fragen! Einverstanden?«

»Okay.«

»Gut. Du brauchst ... oh, drei bis vier Gehilfen. Tragt hitzebeständige Schutzanzüge und rüstet euch mit Flammenwerfern oder Lasern aus, irgendwas in der Art. Kommt zu meiner Wohnung. Da wirst du das Problem schon sehen. Insekten, unheimlich viele. In meinem Steingarten und im Schwimmbecken wirst du Sandburgen finden. Zerstöre sie und töte alles, was darin ist. Dann klopf an die Tür, und ich werde dir zeigen, was noch getan werden muss. Kannst du bald kommen?«

Ihr Gesicht blieb unbewegt. »Wir werden in einer Stunde aufbrechen.«

Lissandra stand zu ihrem Wort. Sie kam mit ihren drei Gehilfen in einem schmalen schwarzen Gleiter. Kress beobachtete sie aus einem Fenster im zweiten Stock. Sie waren alle in dunkle Plastikschutzanzüge gehüllt. Zwei schleppten tragbare Flammenwerfer, der dritte eine Laserkanone und Sprengkapseln. Lissandra schleppte nichts; Kress sah, dass sie die Befehle gab.

Ihr Gleiter flog langsam über das Gelände, sondierte die Lage. Die Sandkönige waren verwirrt. Dunkelrote und ebenholzfarbene Mobile rannten wild durcheinander. Von seinem Standort aus konnte Kress die Burg in seinem Steingarten gut erkennen. Sie war mannshoch. Die Wälle waren mit schwarzen Verteidigern übersät, und ein ständiger Strom von Mobilen floss in die Tiefe.

Lissandras Gleiter kam in Kress' Gesichtskreis, die Männer sprangen heraus und entsicherten ihre Waffen. Sie sahen unmenschlich, tödlich aus.

Die schwarze Armee stand zwischen ihnen und der Burg. Die Roten … Kress fiel plötzlich auf, dass er die Roten nirgends sah. Er blinzelte. Wohin waren sie verschwunden?

Lissandra deutete und schrie, und die beiden Flammenwerfer sprühten auf und richteten sich auf die schwarzen Sandkönige. Die Waffen husteten träge und begannen zu röhren, sie stießen lange, blaurote Feuerzungen aus. Die Sandkönige krümmten sich, wurden runzlig und starben. Die Männer begannen das Feuer in effizienten, ineinandergreifenden Mustern hin und her zu bewegen. Sie drangen mit vorsichtigen, gleichmäßigen Schritten vor.

Die schwarze Armee brannte und löste sich auf, die Mobilen flohen in alle Richtungen, einige flohen zur Burg zurück, andere rückten gegen den Feind vor. Doch keiner erreichte die Männer mit den Flammenwerfern. Lissandras Angestellte waren Profis.

Plötzlich stolperte einer von ihnen.

Oder es schien, dass er stolperte. Kress sah nochmals hin und erkannte, dass der Boden unter dem Mann nachgegeben hatte. *Tunnel,* dachte er vor Angst zitternd, *Tunnel, Höhlen und Fallen.* Der Mann war bis zur Hüfte im Sand eingesunken, plötzlich schien der Boden um ihn herum zu eruptieren, und er wurde unter dunkelroten Sandkönigen begraben. Er richtete den Flammenwerfer entsetzt auf seinen eigenen Körper. Seine Schreie waren entsetzlich.

Sein Kollege zögerte, fuhr herum und feuerte. Ein Feuerstrahl schluckte Mensch und Sandkönige. Abrupt hörte das Schreien auf. Befriedigt wandte sich der andere Mann wieder der Burg zu, tat einen Schritt vorwärts und sprang zurück, als sein Fuß bis zum Knöchel im Boden versank. Er versuchte ihn herauszuziehen, doch der Sand um ihn herum gab nach. Er verlor das Gleichgewicht, fiel hin, und die Sandkönige waren im Nu über ihm, eine brodelnde Masse. Er wand und krümmte sich. Sein Flammenwerfer war nutzlos geworden.

Kress pochte heftig an die Fensterscheibe, schrie, um Aufmerksamkeit zu erregen. »Die Burg! Nehmt euch die Burg vor!«

Lissandra, die bei ihrem Gleiter stand, hörte ihn und gab Zeichen. Ihr dritter Gehilfe legte die Laserkanone an und feuerte. Der Strahl kroch über den Boden und fraß die Spitze der Burg weg. Er richtete die Kanone genau aus, zerfetzte den Sand und die Steinbrüstung. Türme fielen herab. Kress' Gesicht verschwand. Der Laser grub sich in den Boden und zerwühlte den Sand. Die Burg stürzte ein, wurde zu einem Haufen Sand. Aber die schwarzen Mobilen bewegten sich weiter. Die Maw war zu tief begraben. Der Laserstrahl konnte ihr nichts anhaben.

Lissandra gab einen weiteren Befehl. Der Mann legte den Laser beiseite, nahm eine Sprengkapsel zur Hand und sprintete nach vorn. Er sprang über den schwelenden Körper des ersten Mannes, landete auf solidem Boden mitten in Kress' Steingarten und schleuderte die Kapsel. Sie landete direkt auf den Ruinen der schwarzen Burg. Blendend weißes Licht versengte Kress' Augen, und eine enorme Fontäne aus Sand, Steinen und Mobilen stieg hoch. Einen Augenblick lang verschleierte der Staub alles. Es regnete Sandkönige und Stücke von ihnen.

Kress sah, dass die schwarzen Mobilen tot und unbeweglich waren.

»Das Schwimmbecken!«, schrie er durch das Fenster hinunter. »Nehmt euch die Burg im Schwimmbecken vor!«

Lissandra verstand sofort; der Boden war übersät mit unbeweglichen Schwarzen, doch die Roten wichen rasch zurück und formierten sich neu. Ihr Gehilfe sah sich unsicher um, doch dann machte er eine weitere Sprengkapsel scharf. Er tat einen Schritt nach vorn, aber Lissandra rief ihn, und er rannte in ihre Richtung zurück.

Dann ging alles sehr schnell. Er erreichte den Gleiter, und Lissandra ließ ihn einsteigen. Kress rannte zu einem anderen Fenster in einem anderen Zimmer, um alles genau beobachten zu können. Sie flogen direkt über das Schwimmbecken, und der Gehilfe warf eine Sprengkapsel nach der anderen aus dem Gleiter direkt auf die rote Burg. Nach dem vierten Versuch war die Burg nicht wiederzuerkennen, und die Sandkönige hörten auf, sich zu bewegen.

Lissandra war gründlich. Sie ließ ihn auf jede Burg noch ein paar Sprengkapseln werfen. Dann benutzte er die Laserkanone und durchpflügte methodisch den Boden, bis er sicher war, dass kein Lebewesen mehr in den Erdhöhlen am Leben war.

Schließlich klopften sie an seine Tür. Kress grinste wie besessen, als er sie hereinließ.

»Klasse«, sagte er. »Klasse.«

Lissandra legte ihre Gesichtsmaske ab. »Das wird teuer, Simon. Zwei Gehilfen hab ich verloren, nicht zu vergessen die Gefahr für mein eigenes Leben.«

»Aber sicher«, antwortete Kress. »Ich lasse mich nicht lumpen, Lissandra. Was immer du verlangst, diese Arbeit ist es wert.«

»Was muss noch getan werden?«

»Du musst meinen Weinkeller noch von dem Geschmeiß befreien«, erwiderte Kress. »Da unten ist noch eine Burg. Aber du musst sie ohne Explosivstoffe zerstören. Ich will nicht, dass mir das Dach auf den Kopf fällt.«

Lissandra wandte sich an ihren Gehilfen. »Geh hinaus und hol Rajks Flammenwerfer! Er müsste noch funktionsfähig sein.«

Er kehrte bewaffnet zurück, wartete ab und war ganz ruhig. Kress führte sie zum Weinkeller.

Die schwere Tür war immer noch zugenagelt, so wie er sie verlassen hatte. Aber sie bog sich leicht nach außen, als würde ein furchtbarer Druck auf ihr lasten. Das erfüllte Kress mit Besorgnis, und die Stille ringsum trug noch dazu bei. Er stand ein gutes Stück von der Tür entfernt, während Lissandras Gehilfe die Nägel und Bretter entfernte. »Ist das für das Haus auch sicher genug?«, hörte er sich murmeln und deutete auf den Flammenwerfer. »Ich will auch kein Feuer, weißt du?«

»Ich habe einen Laser«, sagte Lissandra. »Wir brauchen ihn zum Töten. Der Flammenwerfer wird wahrscheinlich nicht gebraucht. Aber ich will ihn trotzdem für alle Fälle hier haben. Es gibt schlimmere Dinge als ein Feuer, Simon.«

Er nickte.

Das letzte Brett wurde von der Kellertür gelöst. Von unten war immer noch kein Ton zu hören. Lissandra rief einen Befehl, und ihr Gehilfe lehnte sich zurück, nahm hinter ihr Aufstellung und richtete den Flammenwerfer auf die Tür. Sie legte wieder ihre Maske an, brachte den Laser in Anschlag, sprang nach vorn und öffnete die Tür.

Keine Bewegung. Kein Laut. Es war dunkel.

»Gibt es hier Licht?«, fragte Lissandra.

»Innen, neben der Tür«, antwortete Kress. »Auf der rechten Seite. Pass auf die Stufen auf! Sie sind abschüssig.«

Sie trat an die Tür, nahm den Laser in die linke Hand und griff mit der rechten nach dem Lichtschalter. Nichts geschah. »Ich spüre ihn«, sagte Lissandra, »aber er scheint nicht ...«

Dann schrie sie auf und stolperte zurück. Ein großer weißer Sandkönig hatte sich an ihrer Hand festgeklammert. Blut floss aus dem Handschuh, wo sich die Zangen des Sandkönigs eingegraben hatten. Er war viel größer als ihre Hand.

Lissandra machte einen Sprung durch den Raum und schmetterte ihre Hand gegen die Wand. Wieder und immer wieder. Man hörte einen dumpfen, fleischigen Ton. Schließlich fiel der Sandkönig ab. Sie wimmerte und fiel auf die Knie.

»Ich glaube, meine Finger sind gebrochen«, sagte sie leise. Das Blut floss noch immer. Sie hatte den Laser neben der Kellertür fallen lassen.

»Da gehe ich nicht hinunter«, sagte ihr Gehilfe klar und fest.

Lissandra sah ihn an. »Nein«, sagte sie. »Bleib unter der Tür stehen und brenn alles nieder! Zünd es an! Hast du verstanden?«

Er nickte.

Kress stöhnte. »Mein Haus«, sagte er. Sein Magen rebellierte. Der weiße Sandkönig war so *groß* gewesen. Wie viele waren noch da unten? »Tut es nicht!«, fuhr er fort. »Lasst mich allein! Ich habe meine Meinung geändert.«

Lissandra verstand ihn falsch. Sie streckte die Hand aus. Der Handschuh war blutbefleckt und von grünschwarzem Schleim bedeckt. »Dein kleiner Freund hat mich durch den Handschuh gebissen, und du hast selbst gesehen, dass er die Hand auch durchgebissen hätte. Was kümmert mich dein Haus, Simon. Was auch immer sich da unten befindet, es muss sterben.«

Kress hörte sie kaum. Er glaubte eine Bewegung im Schatten hinter der Kellertür ausgemacht zu haben. Er stellte sich vor, wie eine weiße Armee hervorbrach, in der jeder Soldat so groß war wie der, der Lissandra angegriffen hatte. Er sah sich selbst von hundert dünnen Mandibeln in die Luft gehoben und in die Dunkelheit geschleppt, wo die Maw schon hungrig wartete. Er hatte Angst. »Tut es nicht!«, sagte er.

Sie ignorierten ihn.

Kress sprang vor und rammte seine Schulter in den Rücken des Gehilfen, als dieser zum Feuern ansetzen wollte. Der Gehilfe grunzte, verlor das Gleichgewicht und stürzte in die Dunkelheit. Kress hörte ihn die Treppe hinunterfallen. Danach hörte er andere Geräusche – Schleifen, Schnappen und ein leises Quietschen.

Kress wandte sich wieder Lissandra zu. Er war in Schweiß gebadet, aber eine krankhafte Aufregung hatte ihn gepackt. Es war wie sexuelle Erregung.

Lissandras ruhige, eisige Augen betrachteten ihn unter der Maske hervor. »Was tust du?«, fragte sie, als Kress den Laser aufhob, den sie fallen gelassen hatte. *»Simon!«*

»Ich mache Frieden«, kicherte er. »Sie werden ihren Gott nicht verletzen, nein, nicht solange ihr Gott gut und großzügig ist. Ich war grausam, ließ sie hungern. Das muss ich jetzt alles wiedergutmachen.«

»Du bist wahnsinnig«, sagte Lissandra. Das war das Letzte, was sie in ihrem Leben sagte. Kress brannte ihr ein Loch in die Brust, groß genug, um seinen Arm durchzustecken. Er schleifte ihren Leichnam über den Boden und stieß ihn die Kellertreppe hinunter. Die Geräusche wurden lauter. Krachen und Knirschen von Chitin? Echos, die zäh und flüssig klangen. Kress nagelte die Tür wieder zu. Als er floh, war er von einem tiefen Gefühl der Zufriedenheit erfüllt, das seine Furcht bedeckte wie eine Schicht Sirup. Er nahm an, dass sie nicht zu ihm gehörte.

Er hatte vor, sein Haus zu verlassen, in die Stadt zu fliegen und ein Zimmer für die Nacht oder vielleicht sogar für ein Jahr zu mieten. Stattdessen begann er zu trinken. Er war sich nicht ganz sicher, warum. Er trank stundenlang und erbrach alles wieder auf den Wohnzimmerteppich. Irgendwann schlief er ein. Als er erwachte, herrschte im Haus rabenschwarze Dunkelheit.

Er schmiegte sich gegen die Couch. Er konnte Geräusche hören. Es waren Bewegungen in den Wänden, und sie waren überall um ihn herum. Sein Hörvermögen war außergewöhnlich scharf. Jedes leise Knirschen war der Schritt eines Sandkönigs. Er schloss die Augen und wartete, wartete auf ihre schreckliche Berührung, wagte nicht, sich zu bewegen, aus Furcht, gegen einen zu stoßen.

Kress schluchzte, dann herrschte unheimliche Stille.

Die Zeit verstrich, aber nichts geschah.

Wieder öffnete er die Augen. Er zitterte. Langsam begannen sich die Schatten aufzulösen und zu verschwinden. Das Mondlicht suchte sich seinen Weg durch die großen Fenster. Seine Augen glichen sich an.

Das Wohnzimmer war leer. Es gab nichts, nichts, nichts. Nur seine trunkenen Ängste.

Kress streckte sich, stand auf und ging zu einem Lichtschalter.

Nichts. Der Raum war leer. Er lauschte. Nichts. Kein Geräusch. Keine Bewegung in den Wänden. Es war nur seine Fantasie gewesen, seine Angst.

Die Erinnerung an Lissandra und an das Ding im Keller tauchte plötzlich vor seinem geistigen Auge auf. Scham und Wut überkamen ihn. Warum hatte er das getan? Er hätte ihr helfen können, alles zu vernichten, zu töten. *Warum* ... er wusste, warum. Das hatte die Maw bewerkstelligt, sie hatte die Angst in ihn eingepflanzt. Wo hatte gesagt, dass sie PSI-Kräfte besaß, sogar wenn sie klein war. Und nun war sie groß. Sie hatte sich an Cath und Idi gütlich getan, und jetzt hatte sie zwei weitere Leichen da unten. Sie würde weiterwachsen. *Und sie hat gelernt, den Geschmack menschlichen Fleisches zu mögen*, dachte er.

Er begann zu zittern, aber er fing sich wieder, und es hörte auf. Sie würde ihn nicht verletzen; er war Gott. Die Weißen waren schon immer seine Lieblinge gewesen.

Er erinnerte sich, wie er sie mit seinem Wurfschwert traktiert hatte. Das war gewesen, bevor Cath gekommen war. Trotzdem, zum Teufel mit ihr.

Hier konnte er nicht bleiben. Die Maw würde wieder hungrig werden. So groß, wie sie war, würde es nicht lange dauern. Ihr Appetit würde schrecklich sein. Was würde sie dann tun? Er musste hier weg, zurück in die Sicherheit der Stadt, solange die Maw noch in seinem Weinkeller war. Es gab da unten nur Pflastersteine und zusammengepresste Erde, die Mobilen konnten einen Tunnel graben. Wenn sie freikamen ... Kress wollte nicht daran denken.

Er ging in sein Schlafzimmer und packte. Er nahm drei Taschen. Nur ein paar Sachen zum Wechseln, das war alles, was er brauchte; den Rest füllte er mit seinen Schätzen an, mit Juwelen, Kunstgegenständen und anderen Dingen, die er nicht verlieren wollte. Er nahm nicht an, dass er jemals wieder an diesen Ort zurückkehren würde.

Sein Shambler folgte ihm die Stufen hinunter, starrte ihn mit seinen unheilvollen schimmernden Augen an. Er war mager. Kress erinnerte sich, dass es lange her war, seit er ihn gefüttert hatte. Gewöhnlich konnte er für sich selbst sorgen, aber kein Zweifel, er hatte sich an die regelmäßigen Fütterungen gewöhnt. Als er versuchte, sich gegen sein Bein zu schmiegen, knurrte Kress ihn an und stieß ihn mit dem Fuß weg, worauf er wegrannte, wahrscheinlich verletzt und beleidigt.

Ungeschickt seine Taschen tragend, schlüpfte Kress nach draußen und schloss die Tür hinter sich.

Einen Moment lang presste er sich gegen das Haus, sein Herz klopfte bis zum Hals. Es lagen nur ein paar Meter zwischen ihm und dem Gleiter. Er hatte Angst, diese paar Schritte zu tun. Der Mond leuchtete hell, und der Boden vor seinem Haus war der Schauplatz eines Gemetzels. Die Leichen von Lissandras beiden Gehilfen lagen noch da, wo sie hingefallen waren, einer verdreht und verbrannt, der andere aufgedunsen unter einer Masse toter Sandkönige, und weitere Mobile, schwarze und rote, lagen um ihn herum. Es kostete Kress Mühe, sich daran zu erinnern, dass sie tot waren. Es sah fast so aus, als würden sie nur warten, wie sie so oft vorher schon gewartet hatten.

Unsinn, schalt sich Kress. Noch mehr trunkene Ängste. Er hatte gesehen, wie die Burgen zusammengefallen waren. Sie waren tot, und die weiße Maw war in seinem Keller gefangen. Er atmete ein paarmal tief und langsam ein und aus und trat auf die Sandkönige. Sie knirschten. Er stampfte sie grausam in den Sand. Sie bewegten sich nicht.

Kress lächelte, ging langsam über den Kampfplatz und lauschte den Geräuschen, den Geräuschen der Sicherheit.

Knirschen. Knistern. Knirschen.

Er stellte seine Tasche auf dem Boden ab und öffnete die Tür zu seinem Gleiter.

Irgendetwas bewegte sich aus dem Schatten ins Licht. Ein schwacher Umriss auf dem Sitz seines Gleiters. Es war länger als sein Unterarm. Die Kiefer klickten sanft gegeneinander, und es betrachtete ihn mit sechs kleinen Augen, die rund um den Körper verteilt waren.

Kress urinierte vor Angst und wich langsam zurück.

Er sah noch mehr Bewegung im Gleiter. Er hatte die Tür offen gelassen. Der Sandkönig krabbelte heraus und kam vorsichtig auf ihn zu. Andere folgten. Sie waren hinter den Sitzen und in der Polsterung versteckt gewesen, aber nun kamen sie heraus. Sie bildeten einen unregelmäßigen Kreis um den Gleiter.

Kress befeuchtete die Lippen, drehte sich um und wandte sich Lissandras Gleiter zu.

Er hielt inne, noch bevor er die halbe Strecke zurückgelegt hatte. Darin war auch Bewegung. Große madenartige Umrisse, die er nur undeutlich im Mondlicht ausmachen konnte.

Kress wimmerte und trat den Rückzug zum Haus an. Fast schon am Eingang, blickte er auf.

Er zählte ein Dutzend langer, weißer Gestalten, die an der Wand des Gebäudes hin und her krochen. Vier davon hatten sich an der Spitze des unbenutzten Glockenturms gesammelt, wo der Aasgeier gewesen war. Sie schnitzten irgendetwas ein. Ein Gesicht. Ein sehr bekanntes Gesicht.

Kress schrie auf und rannte zurück ins Haus.

Eine ausreichende Menge Drinks brachte ihm die ersehnte Erleichterung, und er schlief ein. Aber als er erwachte, hatte er schreckliche Kopfschmerzen, stank und hatte Hunger. Oh, großen Hunger. Er war noch nie so hungrig gewesen.

Kress wusste, dass es nicht sein *eigener* Magen war, der ihn schmerzte.

Ein weißer Sandkönig beobachtete ihn von der Höhe des Kleiderschranks herab, seine Fühler bewegten sich leicht. Er war genauso groß wie der im Gleiter letzte Nacht. Kress versuchte, nicht zurückzuschrecken. »Ich werde ... ich werde euch füttern.« Sein Mund war schrecklich trocken, sandpapierähnlich. Er befeuchtete seine Lippen und floh aus dem Zimmer.

Das Haus war voller Sandkönige; er musste aufpassen, wo er hintrat. Sie schienen mit ihren eigenen Angelegenheiten beschäftigt zu sein. Sie nahmen Veränderungen an seinem Haus vor, gruben Gänge in die Wände oder schnitzten Darstellungen hinein. Zweimal sah er sein eigenes Bildnis an unerwarteten Stellen auf sich herabstarren. Die Gesichter waren entstellt, verzerrt und voller Angst.

Er ging hinaus, um die Leichen zu holen, die noch auf dem Schlachtfeld lagen, mit denen er hoffte, den Hunger der Maw stillen zu können. Sie waren nicht mehr da. Kress erinnerte sich, mit welcher Leichtigkeit die Mobilen Dinge wegtragen konnten, die viel schwerer waren als sie selbst.

Es war schrecklich, daran zu denken, dass die Maw nach alledem *immer* noch Hunger hatte.

Als Kress das Haus wieder betrat, kam gerade eine Sandkönigkolonne die Stufen herunter. Sie trug seinen Shambler, schon in Stücke zerlegt. Sein Kopf schien ihn vorwurfsvoll anzublicken, während sie vorbeimarschierten.

Kress leerte seine Kühltruhe, seinen Vorratsschrank und stapelte alle Nahrungsmittel, die er fand, in der Mitte des Küchenbodens auf. Ein Dutzend Weißer wartete schon darauf, sie wegzuschaffen. Sie verschmähten die tiefgefrorenen

Nahrungsmittel, die sie in einer großen Wasserlache zum Auftauen zurückließen, doch den Rest schleppten sie fort.

Als keine Lebensmittel mehr vorhanden waren, spürte Kress seinen eigenen Hunger, verspürte ihn als stechenden Schmerz, denn er hatte lange nichts mehr gegessen. Doch die Pein des *anderen* Hungers war stärker, und er wusste, die Ruhepause würde nur von kurzer Dauer sein. Bald würde die Maw wieder hungrig werden. Er musste sie füttern.

Kress wusste, was er zu tun hatte. Er ging zu seinem Kommunikator. »Malada«, begann er beiläufig, als die erste seiner Freundinnen antwortete. »Ich gebe heute Abend eine kleine Party. Ich weiß, es ist eine schrecklich kurzfristige Einladung, aber ich hoffe, du kannst es einrichten. Ich rechne mit dir.«

Als Nächstes rief er Jad Rakkis an und dann die anderen. Als er seine Anrufe beendet hatte, hatten fünf die Einladung angenommen. Kress hoffte, dass das genügen würde.

Kress begrüßte seine Gäste vor dem Haus - die Mobilen hatten schnell und sorgfältig alles aufgeräumt, und der Boden sah fast so sauber aus wie vor dem Kampf - und begleitete sie bis zur Haustür. Er ließ sie zuerst eintreten. Aber er folgte ihnen nicht.

Als vier von ihnen hineingegangen waren, nahm Kress seinen ganzen Mut zusammen. Er verschloss die Tür hinter seinem letzten Gast, ignorierte die aufgeregten Ausrufe, die sich bald in ein schrilles Geschnatter verwandelten, und rannte zu einem der Gleiter, mit denen die Gäste eingetroffen waren. Vorsichtig schlüpfte er hinein, drückte die Startertaste des Gleiters und fluchte. Er war darauf programmiert, nur nach Identifizierung des Daumenabdrucks seines Besitzers zu reagieren.

Rakkis kam als Nächster. Kress rannte zu dessen Gleiter, als er aufsetzte, und zerrte Rakkis am Arm, als dieser herausklettern wollte. »Steig schnell wieder ein!«, sagte er drängend. »Nimm mich mit in die Stadt. Beeil dich! *Lass uns von hier verschwinden!*«

Aber Rakkis starrte ihn nur an und bewegte sich nicht. »Warum? Was ist los, Simon? Ich verstehe nicht. Was ist mit deiner Party?«

Und dann war es zu spät, denn der lockere Sand um sie herum bewegte sich, und rote Augen starrten sie an, die Zangen klapperten. Rakkis gab einen erstickten Laut von sich und versuchte, wieder in den Gleiter zu gelangen, aber ein Paar Zangen schloss sich um seine Knöchel, und plötzlich lag er auf den Knien. Der Sand schien aufzukochen. Rakkis schlug um sich und schrie entsetzlich, als sie ihn auseinanderrissen. Kress konnte nur hilflos zusehen.

Danach versuchte er nicht, nochmals zu fliehen. Als es vorbei war, trank er alles leer, was noch in seiner Bar vorhanden war, und wurde vollständig betrunken. Es war vielleicht das letzte Mal, dass er diesen Luxus genießen konnte, das wusste er. Der einzige Alkohol, der sich noch im Haus befand, war unten im Weinkeller deponiert.

Am nächsten Tag nahm Kress wieder keine Nahrung zu sich, aber er wurde müde und fühlte sich aufgebläht, schließlich sogar übersättigt. Der schreckliche Hunger war besiegt. Seine letzten Gedanken, bevor Albträume ihn umfingen, waren, wen er wohl am nächsten Tag hierherlocken konnte.

Der Morgen war heiß und trocken. Kress öffnete die Augen und sah den weißen Sandkönig wieder auf seinem Schrank. Er schloss die Augen schnell wieder und hoffte, der Traum würde verschwinden. Er tat es nicht, und er konnte nicht wieder einschlafen. Er starrte auf das Ding.

Er starrte fast fünf Minuten lang darauf, bevor ihm die Merkwürdigkeit des Wesens klar wurde – der Sandkönig bewegte sich nicht.

Die Mobilen konnten unnatürlich bewegungslos sein, das war sicher. Er hatte sie tausendmal warten und beobachten sehen. Aber immer hatten sie sich dabei bewegt. Die Zangen klapperten, die Beine zuckten, die langen feinen Fühler bewegten sich auf und ab.

Doch der Sandkönig auf seinem Schrank bewegte sich überhaupt nicht.

Kress stand auf, hielt den Atem an und wagte nicht zu hoffen. Konnte er tot sein? Konnte ihn irgendjemand getötet haben? Er schritt durch das Zimmer.

Die Augen waren glasig und schwarz. Die Kreatur schien irgendwie geschwollen zu sein, als würde sie innerlich verrotten und verfaulen und sich mit Gas füllen, das die Platten der weißen Panzerung nach außen drückte.

Kress streckte seine zitternde Hand aus und berührte sie.

Sie war warm, sogar heiß und wurde immer heißer. Aber sie bewegte sich nicht. Er zog seine Hand zurück, und dabei fiel ein Stück von dem weißen Panzer des Sandkönigs ab. Das Fleisch darunter hatte die gleiche Farbe, doch es sah weicher aus, geschwollener und fiebrig. Und es schien beinahe zu pulsieren.

Kress prallte zurück und rannte zur Tür.

Drei weitere Mobile lagen im Vorraum. Sie verhielten sich genauso wie das in seinem Schlafzimmer. Keines von ihnen bewegte sich. Das Haus war von ihnen angefüllt, alle tot, sterbend oder was auch immer. Kress kümmerte sich nicht darum, was mit ihnen los war. Nur, dass sie sich nicht bewegen konnten, zählte.

Vier von ihnen fand er in seinem Gleiter. Er hob eines nach dem anderen auf und warf sie, so weit er konnte. Verdammte Monster. Er schlüpfte in den Gleiter, setzte sich auf die ruinierten, halb aufgefressenen Sitze und betätigte den Starter.

Nichts geschah.

Kress versuchte es immer wieder. Nichts. Das war nicht fair. Das war *sein* Gleiter. Er musste starten. Warum hob er nicht ab? Er verstand es nicht.

Schließlich stieg er aus, überprüfte alles und suchte den Fehler. Er fand ihn. Die Sandkönige hatten das Antigravgerät zerstört. Er war gefangen. Er war immer noch gefangen.

Wütend marschierte Kress ins Haus zurück. Er ging in die Galerie und holte die antike Axt, neben der das Wurfschwert gehangen hatte. Er begann zu arbeiten. Die Sandkönige rührten sich nicht, während er sie zerstückelte. Aber als er den ersten Schnitt machte, zersplitterten sie, die Körper brachen auf. Das Innere war schrecklich: merkwürdige, halb geformte Organe, eine klebrige, rötliche Flüssigkeit, die fast wie menschliches Blut aussah, und gelber Schleim.

Kress zerstörte zwanzig, bevor ihm die Zwecklosigkeit seines Tuns bewusst wurde. Die Mobilen waren eigentlich nichts. Außerdem waren es *so viele*. Er konnte Tag und Nacht arbeiten und sie trotzdem nicht alle töten.

Er musste in den Weinkeller hinunter und die Maw zerstören.

Entschlossen trat er den Weg zum Keller an. Er kam bis an die Tür, dann hielt er inne.

Es war keine Tür mehr da. Die Wände waren weggefressen, wodurch die Öffnung doppelt so groß war wie vorher, und sie war rund. Eine Höhle, das war alles. Es gab keine Anzeichen dafür, dass sich hier jemals eine vernagelte Tür über diesem schwarzen Schlund befunden hatte.

Ein schauderhafter Gestank drang von unten herauf.

Die Wände waren feucht, blutbeschmiert und mit Flecken des weißen Schädlingsbekämpfungsmittels bedeckt.

Und das Schlimmste war, *es atmete.*

Kress stand im Raum und fühlte den warmen Wind über sich hinwegfegen, als es ausatmete. Er versuchte, sich nicht zu bewegen, und als der Wind die Richtung änderte, floh er.

Wieder im Wohnzimmer angelangt, zerstörte er drei weitere Mobile und brach zusammen. Was war *geschehen?* Er verstand es nicht. Dann erinnerte er sich der einzigen Person, die es verstehen konnte. Kress ging wieder zu seinem Kommunikator, trat in seiner Hast auf einen Sandkönig und betete inbrünstig, dass die Anlage noch funktionierte.

Als Jala Wo antwortete, brach er gänzlich zusammen und gestand ihr alles.

Sie ließ ihn reden, ohne ihn zu unterbrechen. Ihr mageres und blasses Gesicht blieb ausdruckslos, abgesehen von einem schwachen Stirnrunzeln. Als Kress geendet hatte, sagte sie nur: »Ich sollte sie eigentlich dort lassen.«

Kress stotterte: »Das können Sie nicht! Helfen Sie mir! Ich werde bezahlen ...«

»Ich sollte es«, wiederholte Wo, »aber ich will es nicht.«

»Danke«, sagte Kress. »Oh, dank...«

»Seien Sie still!«, erwiderte Wo. »Hören Sie zu! Das alles haben Sie sich selbst zuzuschreiben. Pflegen Sie Ihre Sandkönige gut, dann sind sie gerechte, disziplinierte Kämpfer. Sie haben sie durch Hunger und Quälerei zu etwas anderem gemacht. Sie waren ihr Gott. Sie haben sie zu dem gemacht, was sie jetzt sind. Die Maw in Ihrem Keller ist krank, sie leidet immer noch an der Wunde, die Sie ihr zugefügt haben. Sie ist wahrscheinlich wahnsinnig. Ihr Benehmen ist ... äußerst ungewöhnlich.

Sie müssen da so schnell wie möglich raus. Die Mobilen sind nicht tot, Kress. Sie schlafen nur. Ich sagte Ihnen, dass ihr Exoskelett von ihnen abfällt, wenn sie größer werden. Gewöhnlich fällt es schon viel früher ab. Ich habe noch nie von Sandkönigen gehört, die so groß wurden wie Ihre, obwohl sie sich offenbar noch immer im Insektenstadium befinden. Ich würde sagen, das ist ein weiteres Ergebnis der Verletzung der Maw. Doch das tut nichts zur Sache.

Aber was von Bedeutung ist, ist die Metamorphose, die Ihre Sandkönige jetzt durchleben. Als die Maw wuchs, das haben Sie selbst bemerkt, wurde sie intelligenter. Ihre PSI-Kräfte haben sich verstärkt, und ihr Gehirn wurde komplexer, begieriger. Die gepanzerten Mobilen genügen, solange die Maw klein und nur halbintelligent ist, aber jetzt benötigt sie bessere Diener, Körper mit mehr Fähigkeiten. Verstehen Sie das? Die Mobilen sind dabei, sich zu einer neuen Art von Sandkönigen zu entwickeln. Ich kann nicht genau sagen, wie sie aussehen werden. Jede Maw schafft sich ihre eigenen, die ihre speziellen Bedürfnisse und Wünsche erfüllen. Aber es werden Zweibeiner sein, mit vier Armen und gegengreifenden Daumen. Sie werden fähig sein, komplizierte Dinge zu konstruieren und moderne Maschinen zu handhaben. Aber die Maw wird gewiss sehr schlau sein.«

Kress deutete auf Wos Bild auf dem Schirm. »Ihre Arbeiter«, sagte er mit Anstrengung. »Die, die hierhergekommen sind ... die das Becken aufgestellt haben ...«

Wo brachte ein schwaches Lächeln zustande. »Shade«, sagte sie.

»Shade ist ein Sandkönig«, wiederholte Kress betäubt. »Und Sie haben mir ein Becken voller ... voller ... Säuglinge verkauft, ah ...«

»Reden Sie keinen Unsinn«, sagte Wo. »Ein neugeborener Sandkönig gleicht eher einem Samenfädchen als einem Säugling. In der Natur werden sie durch Kriege gezähmt und kontrolliert. Nur einer von hundert erreicht das Zweit-Stadium. Nur einer von tausend erreicht das dritte und letzte und wird wie Shade. Erwachsene Sandkönige machen mit kleinen Maws wenig Federlesens. Es gibt ihrer zu viele, und ihre Mobilen sind eine Pest.« Sie seufzte. »Dieses Gespräch kostet mich Zeit. Dieser weiße Sandkönig wird bald zu voller Empfindsamkeit erwachen. Er braucht Sie nicht mehr. Er hasst Sie und wird sehr hungrig sein. Die Transformation ist eine schwere Belastung. Die Maw muss vorher und nachher enorme Mengen zu sich nehmen. Deshalb müssen Sie von dort verschwinden. Haben Sie das verstanden?«

»Ich kann nicht«, antwortete Kress. »Mein Gleiter ist defekt, und mit den anderen kann ich nicht starten. Ich weiß nicht, wie ich sie umprogrammieren muss. Können Sie nicht hierherkommen?«

»Ja«, erwiderte Wo. »Shade und ich werden sofort starten, aber es sind mehr als zweihundert Kilometer von Asgard bis zu Ihnen, außerdem brauchen wir eine Spezialausrüstung, um uns mit den verrückten Sandkönigen befassen zu können, die Sie erschaffen haben. Sie können dort nicht warten. Sie haben Beine. Nehmen Sie sie unter die Arme! Laufen Sie! Halten Sie sich nach Osten, so genau und so schnell Sie können! Das Land da draußen ist sehr einsam. Wir können

Sie aus der Luft leicht ausmachen, und Sie werden dann vor den Sandkönigen in Sicherheit sein. Haben Sie verstanden?«

»Ja«, sagte Kress. »Ja, ja.«

Sie schaltete ab, und er ging schnell zur Tür. Er hatte sie fast erreicht, als er ein Geräusch hörte, einen Ton zwischen einem Platzen und einem Krachen.

Einer der Sandkönige war aufgeplatzt. Vier kleine Hände, bedeckt mit rötlichgelbem Blut, kamen aus der Öffnung zum Vorschein und schoben die alte Haut beiseite.

Kress rannte.

Er hatte nicht mit der Hitze gerechnet.

Die Berge waren trocken und steinig. Kress rannte so schnell er konnte vom Haus weg, rannte, bis seine Rippen schmerzten und sein Atem nur stoßweise kam. Dann ging er, aber sobald er sich wieder erholt hatte, begann er wieder zu laufen. Fast eine Stunde lang rannte er und ging, rannte und ging unter der grausamen heißen Sonne. Er war bald schweißgebadet und wünschte sich, er hätte daran gedacht, etwas Wasser mitzunehmen, und er beobachtete den Himmel in der Hoffnung, dass Wo und Shade endlich auftauchten.

Dafür war er nicht geschaffen. Es war zu heiß und zu trocken, und er hatte keine Kondition. Aber er ging trotzdem weiter, mit der Erinnerung an die Maw und ihre Art zu atmen, und mit dem Gedanken an all die sich schlängelnden kleinen Monster, die jetzt gewiss in seinem Haus herumkrochen. Er hoffte, dass Wo und Shade genau wussten, wie sie sie zu behandeln hatten.

Er hatte seine eigenen Pläne mit Wo und Shade. Es war ihr Fehler gewesen, sagte sich Kress, er hatte beschlossen, sie dafür büßen zu lassen. Lissandra war tot, aber er kannte genug andere aus diesem Berufszweig. Er würde seine Rache bekommen. Das schwor er sich hundertmal, während er schwitzend nach Osten stolperte.

Wenigstens hoffte er, dass es Osten war. Sein Orientierungsvermögen war nicht besonders, und er war sich nicht sicher, welchen Weg er in seiner ersten Panik eingeschlagen hatte, aber er hatte den Versuch gemacht, den Weg nach Osten zu finden, so wie es Wo vorgeschlagen hatte.

Als er ein paar Stunden lang gelaufen war, ohne ein Zeichen der Rettung zu sehen, kam Kress zu der Überzeugung, sich in der Richtung geirrt zu haben.

Als weitere zwei Stunden verstrichen waren, wurde er ängstlich. Was, wenn Wo und Shade ihn nicht finden konnten? Er würde hier draußen sterben. Er hatte seit zwei Tagen nichts mehr gegessen, er war schwach und ängstlich, sein Hals aufgeraut vom Verlangen nach Wasser. Er konnte nicht weitergehen. Die Sonne ging unter, und er war in der Dunkelheit verloren. Was war schiefgelaufen? Hatten die Sandkönige Wo und Shade gefressen? Angst ergriff ihn wieder und erfüllte ihn mit großem Durst und schrecklichem Hunger. Aber Kress ging weiter. Er stolperte nun, als er zu laufen versuchte, und zweimal fiel er hin. Beim zweiten Mal riss er sich die Hand an einem Stein blutig. Während des Weitergehens saugte er daran und bekam Angst vor einer Infektion.

Die Sonne versank am Horizont hinter ihm. Der Boden wurde ein bisschen kühler, wofür Kress dankbar war. Er entschloss sich, bis zum letzten Lichtschimmer weiterzugehen und sich dann einen Platz für die Nacht zu suchen. Gewiss war er inzwischen weit genug von den Sandkönigen entfernt, um sicher zu sein, und Wo und Shade würden ihn am nächsten Morgen finden.

Als er die nächste Anhöhe erklommen hatte, sah er die Umrisse eines Hauses vor sich.

Es war nicht so groß wie sein eigenes, aber groß genug. Es bedeutete Obdach und Sicherheit. Kress rief und begann darauf zuzulaufen. Essen und Trinken, er musste Nahrung zu sich nehmen, er konnte das Essen schon schmecken. Er hatte Schmerzen vor Hunger. Er rannte die Anhöhe hinunter auf das Haus zu, fuchtelte mit den Armen und rief die Bewohner an. Das Tageslicht war fast geschwunden, doch er konnte im Dämmerlicht ein halbes Dutzend spielender Kinder ausmachen. »Hallo«, schrie er. »Hilfe, Hilfe!«

Sie kamen ihm entgegengelaufen.

Kress hielt abrupt inne. »Nein«, sagte er. »O nein. *O nein!*« Er machte auf dem Absatz kehrt, rutschte auf dem Sand aus, stand auf und versuchte davonzulaufen. Sie hatten ihn schnell eingeholt. Es waren scheußliche kleine Monster mit hervortretenden Augen und trüber, orangefarbener Haut. Er stolperte weiter, aber es war nutzlos. So klein sie auch waren, jedes hatte vier Arme, und Kress hatte nur zwei.

Sie trugen ihn zum Haus. Es war ein traurig anzusehendes, schäbiges Haus, erbaut aus bröckeligem Sand, doch der Eingang war riesig und dunkel, und er atmete. Es war schrecklich, aber es war nicht das, was Simon Kress zum Schreien veranlasste. Er schrie wegen der kleinen, orangefarbenen Kinder, die aus der Burg gekrabbelt kamen und ihn unbewegt anstarrten, als er vorbeigetragen wurde.

Sie hatten alle sein Gesicht.

Nachtgleiter

Als Jesus von Nazareth sterbend am Kreuz hing, passierten die *Volcryn* den Schauplatz seiner Todesqualen in weniger als einem Lichtjahr Entfernung auf ihrem Weg in die Ferne.

Als die Feuerstürme auf der Erde wüteten, segelten die *Volcryn* nahe Alt-Poseidon mit seinen namenlosen, unbefischten Meeren. Als die Entwicklung des interstellaren Antriebs den Staatenbund der Erde in das Bundesimperium verwandelte, waren die *Volcryn* in die Randbezirke des Hrangan-Systems eingedrungen. Die Hranganer erfuhren nie etwas davon. Wie wir waren sie Kinder einer der kleinen, hellen Welten, die um weit verstreute Sonnen kreisen, und sie scherten sich kaum um das, was sich durch die Leere dazwischen bewegte, und noch weniger wussten sie überhaupt davon.

Der tausendjährige Krieg entbrannte, und die *Volcryn* glitten hindurch, unwissend, unberührt, sicher und geborgen dort, wo niemals Feuer brennen. Später wurde das Bundesimperium zerschmettert und ausgelöscht, die Hranganer verschwanden beim großen Zusammenbruch in der Dunkelheit, aber für die *Volcryn* änderte sich nichts.

Als Kleronomas mit seinem Forschungsschiff von Avalon aufbrach, kamen die *Volcryn* auf weniger als zehn Lichtjahre an ihn heran. Kleronomas entdeckte vieles, aber die *Volcryn* entdeckte er nicht. Nicht damals und nicht, ein ganzes Leben später, bei seiner Rückkehr nach Avalon.

Als ich drei Jahre alt war, war Kleronomas längst Staub, so fern und tot wie Jesus von Nazareth, und die *Volcryn* befanden sich nahe Daronne. Zu jener Zeit wurden die feinsinnigen Crey eigenartig, saßen da und starrten mit leuchtendem, flackerndem Blick zu den Sternen empor.

Als ich erwachsen war, hatten die *Volcryn* Tara hinter sich gelassen, befanden sich inzwischen außerhalb der Reichweite selbst der Crey, noch immer auf dem Weg immer weiter aus der Galaxis hinaus.

Und heute bin ich alt und werde immer älter, und bald werden die *Volcryn* Tempters Schleier durchstoßen, der wie schwarzer Nebel zwischen den Sternen schwebt. Und wir folgen ihnen, folgen ihnen. Durch das schwarze Nichts, wo niemand ist, durch die Leere, durch das immerwährende Schweigen jagen wir sie, meine *Nachtgleiter* und ich.

Langsam arbeiteten sie sich durch die durchsichtige Röhre, die Orbitalstation und Schiff verband, zogen sich mit den Händen durch die Schwerelosigkeit.

Melantha Jhirl, die Einzige von ihnen, die sich in der Schwerelosigkeit geschickt und ohne sichtliches Unbehagen bewegte, hielt kurz inne und betrachtete den gescheckten Ball unter ihnen – Avalon, majestätische Weiten aus Jade und Bernstein. Sie lächelte und glitt rasch und anmutig an ihren Begleitern vorbei die Röhre entlang. Sie alle hatten bereits Sternenschiffe bestiegen, aber nie auf diesem Weg. Die meisten Schiffe dockten direkt an der Station an – das Schiff, das Karoly d'Branin für diese Mission gechartert hatte, war dafür zu groß und zu eigenwillig geformt. Es ragte hoch auf, drei eierförmige Gebilde hintereinander, darunter im rechten Winkel zwei größere Kugeln, zwischen denen der zylinderförmige Antrieb untergebracht war. Alles war durch lange Röhren miteinander verbunden. Das Schiff war weiß und schmucklos.

Melantha Jhirl kam als Erste durch die Luftschleuse. Die anderen strampelten nach und nach hinterher, bis endlich alle an Bord waren; fünf Frauen und vier Männer, allesamt Wissenschaftler, ihre Persönlichkeiten so unterschiedlich wie ihre Spezialgebiete. Als Letzter kam der junge, zerbrechlich wirkende Telepath Thale Lasamer an Bord. Er warf den anderen, die sich unterhielten und darauf warteten, dass es weiterging, nervöse Blicke zu. »Jemand beobachtet uns«, sagte er.

Das Außenschott hatte sich hinter ihnen geschlossen, die Röhre zur Orbitalstation war fort, und die Tür ins Innere des Schiffs glitt auf. »Willkommen auf meiner *Nachtgleiter*«, erklang eine sanfte Stimme.

Doch es war niemand da.

Melantha Jhirl trat in den Gang. »Hallo«, sagte sie und schaute sich fragend um. Karoly d'Branin folgte ihr.

»Hallo«, antwortete die sanfte Stimme. Sie kam aus einem Lautsprecher unterhalb eines dunklen Bildschirms. »Ich bin Royd Eris, Kapitän der *Nachtgleiter*. Ich freue mich, Sie wiederzusehen, Karoly, und heiße auch die anderen herzlich willkommen.«

»Wo stecken Sie?«, verlangte jemand zu wissen.

»In meinem Quartier, das die Hälfte des an die lebenserhaltenden Systeme angeschlossenen Sektors einnimmt«, antwortete Royd Eris' Stimme liebenswürdig. »In der anderen Hälfte finden Sie eine Kombination aus Speisesaal, Bibliothek und

Küche, zwei sanitäre Anlagen, eine Doppelkabine und eine kleinere Einzelkabine. Wer dort nicht unterkommt, wird mit einem Schlafnetz in den Frachträumen vorliebnehmen müssen, fürchte ich. Die *Nachtgleiter* ist als Frachter konzipiert, nicht als Passagierschiff. Wie dem auch sei - ich habe alle notwendigen Gänge und Schleusen geöffnet, für Luft, Wasser und Beheizung ist gesorgt. Ich dachte mir, so werden Sie es wohnlicher finden. Ihre Ausrüstung und Ihr Computersystem sind bereits in den Frachträumen untergebracht, aber ich versichere Ihnen, es steht noch ausreichend Platz zur Verfügung. Am besten, Sie richten sich ein und treffen sich dann im Aufenthaltsraum zum Essen.«

»Gesellen Sie sich zu uns?«, erkundigte sich die missmutige, stets leicht verkniffene Psi-Expertin Agatha Marij-Black.

»In gewisser Weise«, sagte Royd Eris, »in gewisser Weise.«

Der Geist erschien, als sie beim Essen saßen.

Den Aufenthaltsraum hatten sie ohne Schwierigkeiten gefunden, nachdem sie die Schlafnetze aufgehängt und ihre persönlichen Besitztümer untergebracht hatten. Es war der größte Raum in diesem Sektor. An einem Ende befand sich die voll ausgestattete und mit Vorräten reich bestückte Küche, am anderen fanden sie mehrere gemütliche Sessel vor, zwei Lesegeräte, einen Holotank und eine Wand voller Bücher, Aufnahmebänder und Kristalldatenchips. In der Mitte befand sich ein Tisch mit zehn Gedecken.

Dampfend wartete eine leichte Mahlzeit auf sie. Die Wissenschaftler machten es sich am Tisch gemütlich, lachten und unterhielten sich, jetzt in sehr viel besserer Stimmung als bei ihrer Ankunft.

Der Schwerkraftsimulator des Schiffs war eingeschaltet, was sehr zu ihrer Behaglichkeit beitrug; die Unannehmlichkeiten ihres schwerelosen Übergangs waren bald vergessen.

Schließlich waren alle Plätze belegt bis auf den am Kopf der Tafel.

Dort erschien der Geist.

Alle Gespräche verstummten.

»Hallo«, sagte die Erscheinung, das schimmernde Abbild eines schlanken jungen Mannes mit hellen Augen und weißem Haar. Seine Kleidung war zwanzig Jahre hinter der Zeit zurück; ein weites, pastellblaues Hemd, das sich an den Handgelenken ballonartig weitete, dazu eine weiße Hose mit integrierten Stiefeln. Sie konnten durch ihn hindurchsehen, und seine Augen schienen sie gar nicht wahrzunehmen.

»Ein Hologramm«, sagte Alys Northwind, die kleine, stämmige Xenotechnikerin.

»Royd, Royd, ich verstehe das nicht«, sagte Karoly d'Branin und starrte den Geist an. »Was soll das? Warum eine Projektion? Werden Sie sich nicht persönlich zu uns gesellen?«

Der Geist lächelte schwach und hob einen Arm, um auf die Wand zu deuten. »Mein Quartier liegt auf der anderen Seite dieser Wand«, erklärte er. »Bedauerlicherweise gibt es keine Verbindungsschleuse zwischen den beiden Hälften dieses Bereichs. Ich verbringe einen Großteil meiner Zeit allein und lege großen Wert auf meine Privatsphäre. Ich hoffe, Sie alle verstehen und respektieren dieses Bedürfnis. Dessen ungeachtet werde ich Ihnen ein aufmerksamer Gastgeber sein. Hier im Aufenthaltsraum kann meine Projektion Ihnen Gesellschaft leisten. Überall sonst im Schiff können Sie, wenn Sie irgendetwas brauchen, über das Kommunikationssystem mit mir Kontakt aufnehmen. Bitte – setzen Sie Ihr Mahl fort und nehmen Sie Ihre Unterhaltungen wieder auf. Ich höre Ihnen mit Freuden zu. Es ist lange her, dass ich Passagiere an Bord hatte.«

Sie gaben ihr Bestes. Aber der Geist am Kopf der Tafel dämpfte die Stimmung merklich, und den Rest ihrer Mahlzeit verzehrten sie hastig und schweigsam.

Seit die *Nachtgleiter* in den interstellaren Raum eingetreten war, beobachtete Royd Eris seine Passagiere.

Schon nach wenigen Tagen hatten sich die Wissenschaftler an die körperlose Stimme aus den Lautsprechern und die holografische Erscheinung im Aufenthaltsraum gewöhnt, aber nur Melantha Jhirl und Karoly d'Branin verhielten sich ihm gegenüber wirklich ungezwungen. Das spürbare Unbehagen der anderen hätte sich sicher noch verstärkt, wenn sie gewusst hätten, dass er sie nie aus den Augen ließ. Immer und überall beobachtete er sie. Selbst in den sanitären Anlagen hatte er Augen und Ohren.

Er schaute zu, wie sie arbeiteten, aßen, schliefen und kopulierten; unermüdlich lauschte er ihren Gesprächen. Binnen einer Woche kannte er sie, alle neun, mitsamt ihrer schmutzigen kleinen Geheimnisse.

Die Kybernetikerin Lommie Thorne unterhielt sich mit ihren Computern und schien sie menschlicher Gesellschaft vorzuziehen. Ihr Verstand arbeitete schnell und effektiv, sie hatte bewegliche, ausdrucksvolle Gesichtszüge und einen knabenhaften Körperbau. Die meisten ihrer Kollegen fanden sie offenbar anziehend, aber sie schätzte es nicht, berührt zu werden. Sie paarte sich nur einmal, mit Melantha Jhirl. Lommie Thorne trug Oberteile aus geschmeidigen, gewebten Metallfäden und hatte am linken Handgelenk ein

Implantat, über das sie sich direkt mit dem Computer verbinden konnte.

Der Xenobiologe Rojan Christopheris war streitlustig und mürrisch, seine Verachtung für die Kollegen verhehlte er kaum, und er trank zu viel. Er war groß und hässlich und ging immer leicht gebeugt.

Die beiden Linguisten, Dannel und Lindran, traten vor den anderen als Paar auf, hielten ständig Händchen und einander den Rücken frei. Wenn sie allein waren, stritten sie erbittert miteinander. Lindran hatte einen bissigen Humor und traf Dannel bevorzugt dort, wo es wirklich wehtat, indem sie scheinbar scherzhaft über seine fachliche Kompetenz spottete. Sie hatten ein reges Sexleben, alle beide, aber nicht miteinander.

Agatha Marij-Black, die Psi-Expertin, war eine Hypochonderin mit starken Neigungen zur Depression, die sich in der Enge der *Nachtgleiter* verstärkten.

Die Xenotechnikerin Alys Northwind aß ständig und wusch sich nie. Ihre kurzen Fingernägel hatten stets tiefschwarze Ränder, und in den ersten zwei Wochen wechselte sie nicht ein einziges Mal ihren Overall – sie streifte ihn nur ab, wenn sie mit jemandem in die Kiste stieg, und zog ihn gleich danach wieder an.

Royd Eris beobachtete sie alle, er studierte sie, lebte mit ihnen und durch sie. Nicht einmal die, die ihn am meisten abstießen, vernachlässigte er. Aber nach den ersten zwei Wochen, seit sich die *Nachtgleiter* im mächtigen Dahinströmen des interstellaren Flugs verloren hatte, widmete er sich zweien seiner Gäste mit besonderer Aufmerksamkeit.

»Vor allem interessiert mich das Warum«, erklärte ihm Karoly d'Branin in der zweiten Woche in einer Pseudonacht.

Royds durchscheinender Geist saß dicht neben d'Branin im gedämpften Licht des Aufenthaltsraums, er sah ihm dabei zu, wie er heiße Zartbitterschokolade trank. Alle anderen schliefen. Auf einem Sternenschiff haben Begriffe wie Tag und Nacht keine Bedeutung, aber die *Nachtgleiter* simulierte die gewohnten Zyklen, und die meisten Passagiere richteten sich danach. Der gute alte d'Branin, Administrator, Allround-Talent und Missionsleiter, richtete sich nach seinem eigenen Rhythmus, zog die Arbeit dem Schlaf vor und ließ keine Gelegenheit ungenutzt, über seine größte Leidenschaft zu sprechen: seine Jagd auf die *Volcryn*.

»Das *Ob* ist ebenso wichtig wie das *Warum*, Karoly«, gab Royd zu bedenken. »Wie können Sie sicher sein, dass Ihre *Volcryn* wirklich existieren?«

»*Ich* bin sicher«, erwiderte Karoly d'Branin und zwinkerte ihm zu. Er war klein und drahtig, das eisengraue Haar stets sorgfältig frisiert, die Kleidung peinlich sauber, aber seine raumgreifenden Gesten und die Überschwänglichkeit standen in scharfem Kontrast zu diesem seriösen Erscheinungsbild. »Das reicht mir. Wenn alle anderen ebenso überzeugt wären wie ich, wären wir jetzt mit einer ganzen Flotte Forschungsschiffe unterwegs statt mit Ihrer kleinen *Nachtgleiter*.« Er nippte an der heißen Schokolade und seufzte zufrieden. »Kennen Sie die Nor T'alush, Royd?«

Der Name war ihm unbekannt, aber seine Datenbanken lieferten ihm schnell Antwort. »Eine fremde Rasse am anderen Ende der Galaxis, noch hinter den Welten der Fyndii und der Damoosh. Möglicherweise nur eine Legende.«

D'Branin kicherte. »Nein, nein, nein! Ihre Datenbanken sind nicht auf dem neuesten Stand, mein Bester, Sie müssen Sie bei Ihrem nächsten Besuch auf Avalon dringend aktualisieren. Nein, die Nor T'alush sind keine Legende, es gibt sie wirklich, wenngleich sie in der Tat sehr weit entfernt leben. Es existieren kaum Informationen über sie, aber es kann als gesichert gelten, dass es sie gibt, auch wenn Sie und ich wohl nie einem von ihnen begegnen werden. Mit ihnen hat alles angefangen.«

»Erzählen Sie mir mehr«, bat ihn Royd. »Ihre Arbeit interessiert mich sehr, Karoly.«

»Ich habe damals einen Datensatz in die Datenbanken der Akademie eingespeist, der nach einer Reise von zwanzig Standardjahren von Dam Tullian aus eintraf. Ein Teil dieser Daten betraf die Gebräuche der Nor T'alush. Ich habe keine Ahnung, wie lange es gedauert haben mag, bis diese Informationen Dam Tullian erreicht haben und woher sie überhaupt stammten, aber das spielt keine Rolle – Gebräuche sind zeitlos, und das Material war höchst aufschlussreich. Wussten Sie, dass ich mein erstes Universitätsexamen in Xenomythologie gemacht habe?«

»Nein, das war mir nicht bekannt. Bitte, fahren Sie fort.«

»Ich fand die Geschichte über die *Volcryn* in den Mythen der Nor T'alush. Sie flößte mir Ehrfurcht ein: intelligente Kreaturen, die von einem geheimnisvollen Punkt mitten im Herzen der Galaxis aufbrechen und sich stetig weiter auf ihren Rand zubewegen, bis sie irgendwann in den intergalaktischen Raum vordringen. Auf dieser Reise verlassen sie niemals den interstellaren Raum, landen auf keinem Planeten, kommen nicht ein einziges Mal näher als ein Lichtjahr an eine Sonne heran.« D'Branins graue Augen funkelten, und beim Sprechen breitete er hingerissen die Arme aus, als wollte er die gesamte Galaxis umfassen. »Und all das *ohne interstellaren Antrieb*, Royd, und darin liegt das eigentliche

Wunder dieser Geschichte! Sie reisen in Schiffen, die nur einen Bruchteil der Lichtgeschwindigkeit erreichen! Dieser Umstand ist es, der mich so in seinen Bann schlägt. Wie sehr müssen sich meine *Volcryn* von uns unterscheiden - weise und geduldig, langlebig und mit dem Fokus auf weite Zeiträume, nicht verzehrt von dieser schrecklichen Eile wie geringere Völker. Stellen Sie sich nur vor, wie *alt* diese *Volcryn*-Schiffe sein müssen!«

»Alt«, stimmte Royd zu. »Karoly, Sie sprachen von Schiffen. Mehr als eins?«

»O ja«, sagte d'Branin. »Den Mythen der Nor T'alush zufolge tauchten zuerst nur ein oder zwei auf, an den äußersten Grenzen ihres Handelsraums, aber ihnen folgten weitere. Hunderte, jedes davon allein, ohne Begleitung, immer weiter hinaus, immer weiter. Sie alle flogen in die gleiche Richtung. Fünfzehntausend Standardjahre lang zogen sie an den Nor T'alush vorüber, und dann waren sie fort. Der Mythos besagt, das letzte *Volcryn*-Schiff sei vor dreitausend Jahren verschwunden.«

»Vor achtzehntausend Jahren also«, rechnete Royd zusammen. »Gibt es die Nor T'alush denn schon so lange?«

»Zumindest reisen sie nicht schon so lange durchs All, nein«, antwortete d'Branin lächelnd. »Ihrer eigenen Geschichtsschreibung zufolge existiert die Kultur der Nor T'alush seit etwa der Hälfte dieser Zeit. Das hat mir eine Weile sehr zu schaffen gemacht. Es schien, als würde dieser Umstand die Geschichte der *Volcryn* eindeutig ins Reich der Legenden verweisen. Eine wunderbare Legende, sicherlich, aber eben nicht mehr.

Letztlich hat es mir aber keine Ruhe gelassen. Wann immer ich Zeit dafür fand, habe ich meine Nachforschungen fortgesetzt und die Informationen mit anderen fremden Kosmologien abgeglichen, um herauszufinden, ob dieser ganz bestimmte Mythos auch bei anderen Rassen auftaucht, nicht nur bei den Nor T'alush. Ich habe gehofft, aus solchen Berichten Rückschlüsse ziehen zu können, es kam mir vielversprechend vor.

Die Ergebnisse meiner Suche verblüfften mich. Bei den Hranganern oder den von ihnen versklavten Rassen fand ich nichts, aber das ist naheliegend, denn die Hranganer befinden sich *außerhalb* des von Menschen bewohnten Bereichs der Galaxis, und um sie zu erreichen, hätten die *Volcryn* diesen Bereich erst einmal durchqueren müssen. Aber als ich dann *innerhalb* des menschlichen Siedlungsbereichs nachforschte, fand ich überall Hinweise.« D'Branin beugte sich vor. »Ah, Royd, die Geschichten, die *Geschichten!*«

»Erzählen Sie sie mir«, bat Royd.

»Die Fyndii nennen sie *iy-wivii*, was übersetzt etwa so viel heißt wie *freie Horde* oder auch *dunkle Horde*. Jede Fyndii-Horde erzählt die gleiche Geschichte, nur die Geistesstummen glauben nicht daran. Die Schiffe sollen unermesslich riesig sein, weit größer als alles, was in ihrer oder unserer Geschichtsschreibung jemals bezeugt wurde. Es heißt, es seien Kriegsschiffe. Es wird von einer verschollenen Fyndii-Horde berichtet, dreihundert Schiffe unter *rala-fyn*, die bei einer Begegnung mit einem Schiff der *iy-wivii* sämtlich zerstört wurden. Das trug sich vor vielen Tausend Jahren zu, deshalb sind die Einzelheiten natürlich verloren gegangen.

Die Damoosh erzählen etwas anderes, aber sie betrachten es nicht als Geschichte, sondern als unzweifelhafte Wahrheit – und die Damoosh sind bekanntlich die älteste Rasse, der wir bisher überhaupt begegnet sind. Meine *Volcryn* heißen bei ihnen *die aus der Leere*. Wunderbare Geschichten, Royd, wunderbar! Schiffe wie große, düstere Städte, lautlos, stumm, die einem langsameren Rhythmus folgen als das restliche Universum. Den Legenden der Damoosh zufolge sind die *Volcryn* Flüchtlinge eines unvorstellbaren Kriegs tief im Herzen der Galaxis, der sich zu Anbeginn aller Zeiten ereignete. Sie ließen die Welten und Sterne zurück, die sie hervorgebracht hatten, und suchten in der Leere dazwischen nach wahrem Frieden.

Bei den Gethsoiden von Aath findet sich eine ähnliche Geschichte, aber laut ihrer Legende löschte jener Krieg alles Leben in unserer Galaxis aus, und die *Volcryn* sind eine Art Götter, die auf den Welten, an denen sie vorüberkommen, neues Leben säen. Andere Rassen betrachten sie als göttliche Boten oder auch als Schatten, die aus der Hölle geflohen sind und uns alle vor unaussprechlichen Schrecken warnen, die bald aus dem Innersten der Galaxis hervorbrechen werden.«

»Ihre Geschichten sind widersprüchlich, Karoly.«

»Ja, ja, das sind sie natürlich, aber sie alle stimmen in den Kernpunkten überein – die *Volcryn* befinden sich auf dem Weg aus dieser Galaxis hinaus, treiben weit unter Lichtgeschwindigkeit in ihren uralten, unzerstörbaren Schiffen an der vergänglichen Pracht unserer kurzlebigen Reiche vorbei. *Darum* geht es, um nichts anderes! Der Rest ist Firlefanz, Ausschmückung; bald werden wir wissen, was davon stimmt. Ich habe auch die spärlichen Daten über Völker mit einbezogen, deren Existenz nicht als gesichert gilt, deren Heimatwelten in noch weiterer Ferne liegen als die der Nor T'alush – Zivilisationen und Völker, die ihrerseits als legendär gelten –, und wo immer ich etwas fand, fand ich auch stets die *Volcryn*-Geschichte.«

»Die Legende der Legenden«, bemerkte Royd. Der breite Mund der Projektion verzog sich zu einem Lächeln.

»Ganz genau«, stimmte d'Branin zu. »An diesem Punkt meiner Forschungen bat ich Experten hinzu, Spezialisten vom Institut für Forschung über nichtmenschliche Intelligenz. Wir arbeiteten zwei Jahre lang gemeinsam an meinem Projekt. Alles war da, mitten in den Datenbanken und Bibliotheken der Akademie. Niemand hat sich je dafür interessiert oder sich gar die Mühe gemacht, das Puzzle zusammenzusetzen.

Die *Volcryn* haben den Raumsektor, der heute zum menschlichen Einflussgebiet zählt, fast so lange durchflogen, wie die menschliche Geschichtsschreibung zurückreicht, lange bevor wir überhaupt daran denken konnten, ins All aufzubrechen. Während wir das Gefüge des Weltraums krümmen, um die Relativität der Zeit auszunutzen, steuerten sie ihre Schiffe geradewegs durch das Herz unserer angeblichen Zivilisation, an dicht bevölkerten Welten vorbei und konstant mit Unterlichtgeschwindigkeit, auf den Rand der Galaxis zu und auf die Dunkelheit zwischen den Galaxien. Fabelhaft, Royd, einfach fabelhaft.«

»Fabelhaft«, stimmte Royd ihm zu.

In einem Zug leerte Karoly d'Branin seine heiße Schokolade und streckte die Hand aus, um Royd am Arm zu berühren, aber seine Hand glitt durch lichtdurchflutetes Nichts. Nach kurzem Stutzen lachte er über sich selbst. »Ach, meine *Volcryn*. Ich gerate ins Schwärmen, Royd. Ich bin ihnen so nah. Seit gut zehn Jahren denke ich kaum noch an etwas anderes, und binnen Monatsfrist werde ich sie endlich einholen, werde ihre Pracht und Herrlichkeit mit meinen eigenen, müden Augen schauen. Und dann, *dann*, wenn ich mich nur mit ihnen verständigen kann, wenn meine Leute denn überhaupt in der Lage sind, die Kommunikation mit einem so großartigen, so fremden Volk aufzunehmen – ich hege ernstliche Hoffnungen, Royd, dass ich dann endlich erfahre, *warum.*«

Royd Eris' geisterhafte Erscheinung mit ihren ruhigen, durchsichtigen Augen lächelte ihm zu.

Auf Reisen mit einem Sternenschiff werden die Passagiere schnell unruhig, und die beengten Verhältnisse auf der *Nachtgleiter* beschleunigten dieses Phänomen. Am Ende der zweiten Woche bekamen die Mutmaßungen einen ernsteren Unterton.

»Wer ist dieser Royd Eris nun eigentlich?«, fragte der Xenobiologe Rojan Christopheris eines Abends, als er mit dreien seiner Kollegen Karten spielte. »Warum lässt er sich nicht blicken? Warum schottet er sich derart gegen uns ab?«

»Frag ihn doch«, schlug Dannel vor, der Linguist.

»Was, wenn er irgendein Krimineller ist?«, erkundigte sich Christopheris. »Was wissen wir denn schon über ihn? Gar nichts. D'Branin hat ihn engagiert, und dass d'Branin ein seniler alter Idiot ist, wissen wir alle.«

»Du bist dran«, sagte Lommie Thorne.

Christopheris warf eine Karte auf den Tisch. »Setback«, erklärte er, »du wirst wohl neue Karten ziehen müssen.« Er grinste. »Was diesen Eris betrifft – wer sagt, dass er nicht vorhat, uns alle umzulegen?«

»Zweifellos, um sich unsere unermesslichen Reichtümer anzueignen«, spottete Lindran, die Linguistin. Sie legte eine Karte auf die, die Christopheris eben gespielt hatte. »Ricochet«, sagte sie sanft. Sie lächelte. So wie Royd Eris, der ihnen zuschaute.

Melantha Jhirl zu beobachten war eine wahre Freude.

Jung, gesund und lebhaft, verfügte sie über eine Ausstrahlung, die die anderen blass wirken ließ. Sie war in jeder nur erdenklichen Hinsicht groß; sie überragte jeden an Bord um mindestens einen Kopf, ein kraftstrotzendes, vollbusiges, langbeiniges Geschöpf, unter dessen schimmernder, kohlschwarzer Haut geschmeidige Muskeln spielten. Auch ihr Appetit war gewaltig. Sie vertilgte doppelt so viel wie ihre Kollegen, sprach reichlich dem Alkohol zu, ohne je auch nur angetrunken zu wirken, und trainierte täglich mehrere Stunden an den Geräten, die sie mit an Bord gebracht und in einem der Frachträume aufgebaut hatte. Bei Anbruch der dritten Woche hatte sie es mit allen vier Männern an Bord getrieben und mit zwei der anderen Frauen. Auch im Bett war sie höchst unternehmungslustig und laugte die meisten ihrer Gefährten völlig aus. Royd beobachtete sie mit wachsendem Interesse.

»Ich bin ein verbessertes Modell«, erklärte sie ihm einmal, während sie am Barren trainierte. Ihre nackte Haut glänzte vor Schweiß, das lange schwarze Haar hatte sie mit einem Haarnetz gezähmt.

»Verbessert?«, fragte er. In den Frachträumen war die Projektion seiner holografischen Erscheinung aus technischen Gründen nicht möglich, aber Melantha hatte ihn über das Kommunikationssystem gebeten, sie während des Trainings zu unterhalten, ohne zu ahnen, dass er ihr ohnehin zugeschaut und gelauscht hätte.

Sie verharrte mitten im Handstand, hoch aufgerichtet und nur von den starken Muskeln ihrer Arme und ihres Rückens in der Balance gehalten. »Verändert, Kapitän«, sagte sie – diese Anrede hatte sie sich angewöhnt. »Ich wurde auf Prometheus in die Elite hineingeboren, das Kind zweier genetischer Magier. Verbessert, Kapitän. Ich setze doppelt so viel Energie um wie Sie. Ein effizienterer Stoffwechsel, ein kräftigerer und robusterer Körper, und meine Lebenserwartung ist anderthalbmal so hoch wie die eines normalen Menschen. Meine Leute haben sich beim Versuch, die Menschheit von Grund auf zu überholen, einige furchtbare Fehler geleistet, aber wenn es um kleinere Verbesserungen geht, wissen sie, was sie tun.«

Sie trainierte weiter, schnell und mühelos, und sagte nichts mehr, bis sie fertig war. Dann sprang sie vom Barren, stand schwer atmend da, verschränkte die Arme vor der Brust und schüttelte grinsend den Kopf. »Jetzt kennen Sie meine Lebensgeschichte, Kapitän«, sagte sie, zog das Netz vom Kopf und schüttelte die Haare aus.

»Sicher gibt es über Sie noch mehr zu erzählen«, sagte die Stimme aus der Kommunikationseinheit.

Sie lachte. »Ja, klar. Soll ich Ihnen erzählen, wie ich abtrünnig wurde und nach Avalon gegangen bin, wieso und weshalb ich das tat und in welche Schwierigkeiten ich meine Familie auf Prometheus damit gebracht habe? Oder interessieren Sie sich mehr für meine außerordentlichen Leistungen auf dem Feld nichtmenschlicher Kulturwissenschaft – soll ich Ihnen darüber etwas erzählen?«

»Ein andermal gern«, sagte Royd höflich. »Was für einen Kristall tragen Sie da?«

Normalerweise hing der Stein zwischen ihren Brüsten, sie hatte ihn beim Umziehen vor dem Training abgelegt. Jetzt hob sie ihn auf und hängte ihn wieder um; ein kleiner grüner Edelstein mit filigranen schwarzen Einschlüssen, der an einer silbernen Kette baumelte. Als er ihre Haut berührte, schloss

Melantha kurz die Augen und öffnete sie wieder, lächelnd. »Er ist lebendig«, verriet sie ihm. »Haben Sie noch nie einen solchen Stein gesehen? Ein Flüsterjuwel, Kapitän. Ein Resonanzkristall, in das von einem Esper psionisch eine bestimmte Erinnerung oder eine Empfindung eingeätzt wird. Die Berührung bringt das, was in ihm eingeschlossen ist, für einen Augenblick zurück.«

»Das grundlegende Prinzip ist mir bekannt«, sagte Royd, »aber diese Anwendung ist mir neu. Dann bewahrt Ihr Kristall eine wichtige Erinnerung? Vielleicht an Ihre Familie?«

Melantha Jhirl schnappte sich ein Handtuch und trocknete sich ab. »Meiner bewahrt die Erinnerung an ein besonders erinnerungswürdiges Erlebnis beim Sex, Kapitän. Er erregt mich. Jedenfalls hat er es einmal getan – Flüsterjuwelen lassen mit der Zeit nach, und seine Wirkung ist nicht mehr so intensiv, wie sie einmal war. Aber manchmal, meistens nach dem Sex oder intensivem Training, ist es wieder ganz lebendig, genau wie damals.«

»Oh«, sagte Royd. »Dann hat er Sie gerade erregt? Gehen Sie jetzt fort, um mit jemandem zu kopulieren?«

Sie grinste. »Mir ist klar, über welchen Teil meines Lebens Sie gern etwas hören möchten, Kapitän – mein bewegtes und leidenschaftliches Liebesleben. Nun, daraus wird nichts. Nicht, ehe Sie mir nicht Ihre Lebensgeschichte offengelegt haben. Eine meiner bescheidenen Eigenschaften ist unersättliche Neugier. Wer sind Sie, Kapitän? Mal ehrlich?«

»Eine so umfassend verbesserte Person wie Sie«, erwiderte er, »sollte in der Lage sein, das zu erraten.«

Lachend warf Melantha das Handtuch über den Lautsprecher der Kommunikationseinheit.

Die meiste Zeit verbrachte Lommie Thorne in dem Frachtraum, den sie zum Computerraum ernannt hatten, und bereitete das Programm vor, mit dem sie die Daten über die *Volcryn* auswerten würden. Häufig ging ihr dabei die Xenotechnikerin Alys Northwind zur Hand. Die Kybernetikerin pfiff bei der Arbeit vor sich hin; Northwind erledigte ihre Aufgaben in mürrischem Schweigen. Nur gelegentlich unterhielten sie sich miteinander.

»Eris ist kein Mensch«, sagte Lommie Thorne eines Tages, während sie die Installation eines Monitors überwachte.

Alys Northwind grunzte. »Was?« Ein Stirnrunzeln grub sich in ihre flachen, kantigen Gesichtszüge. Christopheris' Geschwätz über Eris hatte sie beunruhigt. Sie befestigte ein weiteres Bauteil und drehte sich um.

»Er redet mit uns, lässt sich aber nie sehen«, erwiderte die Kybernetikerin. »Auf diesem Schiff gibt es keine Crew, von ihm abgesehen läuft alles vollautomatisch. Warum dann nicht wirklich alles? Ich würde drauf wetten, dass Royd Eris ein höchst ausgeklügeltes Computersystem ist, vielleicht sogar eine waschechte Künstliche Intelligenz. Selbst ein vergleichsweise schlichtes Programm kann gewöhnliche Konversation betreiben, ohne dass man auf Anhieb merkt, dass man es nicht mit einem Menschen zu tun hat. Dieses hier, wette ich, könnte es auch, wenn wir es erst einmal zum Laufen gekriegt haben.«

Die Xenotechnikerin grunzte und machte sich wieder an die Arbeit. »Und warum dann überhaupt erst vortäuschen, dass wir es mit einem Menschen zu tun haben?«

»Weil«, sagte Lommie Thorne, »eine Künstliche Intelligenz innerhalb der meisten Rechtssysteme nicht als Person gilt. Nicht mal auf Avalon kann ein Schiff sein eigener Eigentümer sein. Vielleicht hat die *Nachtgleiter* Angst, beschlagnahmt und ausgeschaltet zu werden.« Sie pfiff wieder vor sich hin, bevor sie weitersprach. »Der Tod, Alys. Das Ende des Bewusstseins und aller Gedanken.«

»Ich arbeite jeden Tag mit Maschinen«, erwiderte Alys Northwind stur. »Einschalten, ausschalten, das spielt keine Rolle. Es kümmert sie nicht. Warum sollte das bei dieser Maschine anders sein?«

Lommie Thorne lächelte. »Ein Computer ist etwas anderes, Alys«, erwiderte sie. »Verstand, Gedanken, eine Art Leben – bei den großen, komplexen Systemen kannst du durchaus davon sprechen.« Ihre rechte Hand schloss sich ums linke Handgelenk, und sie rieb gedankenverloren mit dem Daumen über das Implantat. »Sogar Empfindungen, das weiß ich einfach. Und niemand möchte, dass seine Empfindungsfähigkeit endet. So sehr unterscheiden sie sich nicht von dir oder mir, wirklich.«

Kopfschüttelnd musterte die Xenotechnikerin sie. »Wirklich«, wiederholte sie skeptisch.

Royd Eris hörte zu und beobachtete. Diesmal lächelte er nicht.

Thale Lasamer war ein zerbrechlicher junger Mann, nervös und empfindsam, das flachsblonde Haar hing ihm schlaff auf die Schultern, die Augen waren wässrig blau. Normalerweise kleidete er sich wie ein Pfau, bevorzugt trug er einen spitzenbesetzten V-Ausschnitt und Hosen, die den Schritt betonten ... auf seiner Heimatwelt war diese Mode in den unteren Schichten noch immer weit verbreitet. Als er Karoly d'Branin in seiner beengten Kabine aufsuchte, wirkte er fast düster in seinem schlichten grauen Overall.

»Ich spüre es«, sagte er und packte d'Branin am Arm, die langen Fingernägel gruben sich ins Fleisch. »Etwas stimmt nicht, Karoly, etwas stimmt ganz und gar nicht. Es macht mir Angst.«

»Du tust mir weh«, protestierte d'Branin und befreite seinen Arm aus der schmerzhaften Umklammerung. »Mein Freund, was ist denn los? Angst? Wovor? Vor wem? Ich habe keine Ahnung, wovon du sprichst. Vor was kann man sich hier denn fürchten?«

Lasamer barg das Gesicht in den bleichen Händen. »Ich weiß es nicht, ich *weiß* es doch nicht«, jammerte er. »Aber da *ist* etwas, ich spüre es. Karoly, ich nehme irgendetwas wahr. Du weißt, dass ich gut bin, das bin ich, deshalb hast du mich für diese Mission ausgewählt. Eben gerade, als ich die Fingernägel in deinen Arm gegraben habe, da habe ich dich gelesen. Ich weiß, was du denkst, ich empfange kleine, blitzartige Eindrücke. Du hältst mich für überreizt durch die Beengtheit hier an Bord, du glaubst, dass du mich beruhigen musst.« Dem jungen Mann entfuhr ein dünnes, hysterisches Auflachen, das schnell wieder erstarb. »Siehst du, nicht wahr, ich bin gut. Kategorie eins, geprüft, und ich sage dir, ich habe Angst. Ich spüre es. Empfange es. Es dringt in meine Träume. Ich habe es bereits gespürt, als wir an Bord gekommen sind, und es hat sich verschlimmert. Etwas Gefährliches. Schemenhaft. Und nichtmenschlich, Karoly, *nichtmenschlich!*«

»Die *Volcryn*«, sagte d'Branin.

»Nein, das ist unmöglich. Wir fahren mit interstellarem Antrieb, sie sind noch viele Lichtjahre weit fort.« Wieder dieses nervöse Auflachen. »So gut bin ich nicht, Karoly. Ich kenne deine Geschichten über die Crey, aber ich bin nur ein Mensch. Nein, das, was ich spüre, ist nah. Auf diesem Schiff.«

»Einer von uns?«

»Vielleicht«, sagte Lasamer. Gedankenverloren rieb er sich übers Kinn. »Ich kann es nicht zuordnen.«

Väterlich legte ihm d'Branin eine Hand auf die Schulter. »Thale, dieses Gefühl ... kann es sein, dass du einfach übermüdet bist? Wir alle stehen unter Druck. Erzwungene Untätigkeit kann einen sehr belasten.«

»Nimm deine Hand da weg«, fauchte Lasamer.

Hastig zog d'Branin seine Hand zurück.

»Da ist wirklich etwas«, beharrte der Telepath, »und hör auf zu denken, dass du mich vielleicht nicht hättest mitnehmen dürfen und diesen ganzen Blödsinn. Ich bin ebenso belastbar wie jeder andere auf diesem ... diesem ... wie kannst du es *wagen*, mich für labil zu halten, du müsstest mal in die Köpfe der anderen schauen, Christopheris mit seiner Flasche und den schmutzigen kleinen Fantasien, Dannel, der sich vor jedem Schatten fürchtet, Lommie und ihre Maschinen und ihre *Metall-und-Lichter-und-all-diese-coolen-Schaltkreise*-Versessenheit, krankhaft ist das, sage ich dir. Jhirl hält sich für etwas Besseres, Agatha heult selbst in Gedanken ständig rum, und Alys' Verstand ist so dumpf wie der einer Kuh. Du, du berührst sie nicht, siehst nicht in sie hinein, was verstehst du schon von *Belastbarkeit?* Verlierer, d'Branin, sie haben dir einen Haufen Verlierer an die Seite gestellt, ich bin noch einer der besten, also hör auf zu denken, ich sei labil, nicht ganz bei Verstand, hast du begriffen?« Seine blauen Augen flackerten fiebrig. *»Hast du begriffen?«*

»Ganz ruhig«, sagte d'Branin. »Ganz ruhig, Thale, du wirst ja ganz hysterisch.«

Der Telepath blinzelte, und plötzlich war die Fiebrigkeit verschwunden. »Hysterisch?«, wiederholte er. »Ja.« Schuldbewusst schaute er sich um. »Es ist nicht leicht, Karoly, aber hör mir zu, du musst mir zuhören, ich warne dich. Wir sind in Gefahr.«

»Ich höre dir zu«, sagte d'Branin, »aber ohne irgendwelche näheren Informationen kann ich nichts unternehmen. Mithilfe deiner Begabung musst du mehr herausfinden, ja? Das kannst du.«

Lasamer nickte. »Ja«, sagte er. »Ja.« Über eine Stunde lang unterhielten sie sich leise, bis endlich der Telepath friedlich fortging.

Unverzüglich machte sich d'Branin auf den Weg zur Psi-Expertin, die umzingelt von Medikamenten in ihrem Schlafnetz lag und bitterlich über diverse Schmerzen klagte. »Interessant«, befand sie, als ihr d'Branin von Lasamers Besuch erzählte. »Ich habe auch irgendetwas gespürt, eine vage Bedrohung, sehr diffus. Ich dachte, es läge an mir, die Enge, die Langeweile. Meine Stimmungen führen mich manchmal in die Irre. Hat er irgendwas Genaueres gesagt?«

»Nein.«

»Ich sehe zu, dass ich wieder auf die Beine komme, lese ihn, lese die anderen, schaue, ob ich irgendwas aufschnappe. Allerdings – wenn da wirklich etwas ist, wird er es wohl vor mir herausfinden. Er ist eine Eins, ich nur eine Drei.«

D'Branin nickte. »Er scheint vieles wahrzunehmen«, sagte er. »Er hat mir alles Mögliche über die anderen erzählt.«

»Das muss nichts heißen. Manchmal, wenn ein Telepath sehr darauf beharrt, alle möglichen Eindrücke zu empfangen, heißt das in Wirklichkeit, dass er gerade gar nichts spürt. All die wahrgenommenen Empfindungen, die Signale – er bildet sie sich ein, um die zu ersetzen, auf die er vergeblich wartet. Ich werde ihn sorgfältig im Auge behalten, d'Branin.

Manchmal bricht ein Telepath unter der Bürde seiner Begabung zusammen, gerät in eine Art Hysterie und sendet, statt zu empfangen. In einer derart abgeschotteten Situation wie der unseren wäre das sehr gefährlich.«

Karoly d'Branin nickte. »Natürlich, natürlich.«

In einem anderen Sektor des Schiffs runzelte Royd Eris die Stirn.

»Ist dir aufgefallen, wie die Projektion gekleidet ist?«, fragte Rojan Christopheris Alys Northwind. Sie waren allein in einem der Frachträume, wo sie auf einer Matte lagen und den nassen Fleck zu meiden versuchten. Der Xenobiologe bot ihr den Glücksstängel an, den er sich angezündet hatte, aber sie winkte ab, und er fuhr fort: »Mindestens seit einem Jahrzehnt aus der Mode. Mein Vater hat sich so angezogen – als Junge auf Alt-Poseidon.«

»Eris ist eben ein bisschen altmodisch«, sagte Alys Northwind. »Na und? Es ist mir egal, wie er sich anzieht. Ich zum Beispiel mag meine Overalls. Sie sind gemütlich. Mir doch egal, was irgendwer davon hält.«

»Es ist dir wirklich egal, oder?«, fragte Christopheris. Sie sah nicht, wie er die lange Nase rümpfte. »Aber du hast nicht verstanden, worum es geht. Was, wenn es keinen Eris gibt? Du kannst dir aus allem eine Projektion zusammenbasteln. Ich glaube nicht, dass er wirklich so aussieht.«

»Nein?« Jetzt klang sie neugierig. Sie wälzte sich herum und schmiegte sich an ihn, die schweren weißen Brüste drückten sich gegen seine Brust.

»Was, wenn er krank ist? Missgestaltet? Wenn er sich seines Aussehens schämt?«, fragte Christopheris. »Vielleicht leidet er auch an irgendeiner Krankheit. Die Schleichende Pest kann einen Menschen fürchterlich zurichten, aber sie bringt einen erst nach Jahrzehnten um. Und es gibt noch andere ansteckende Krankheiten – Manthrax, die Neue Lepra, die Schmelze oder die Langamen'sche Krankheit und was sonst noch alles. Vielleicht ist Royds selbstgewählte Quarantäne genau das: eine Quarantäne. Denk mal drüber nach.«

Unbehaglich legte Alys Northwind die Stirn in Falten. »Dieses Gequatsche über Eris macht mich ganz nervös.«

Der Xenobiologe zog an seinem Glücksstängel und lachte. »Na, dann willkommen auf der *Nachtgleiter*. Wir anderen sind alle schon da.«

In der fünften Woche ihrer Reise drang Melantha Jhirl mit ihrem Bauern in die sechste Reihe vor. Royd begriff, dass er ihn nicht mehr würde aufhalten können, und gab auf. In acht Tagen hatte sie jedes Spiel ganz klar gewonnen. Im Schneidersitz saß sie im Aufenthaltsraum auf dem Boden, zwischen ihr und dem ausgeschalteten Monitor einer Kommunikationseinheit waren die Schachfiguren aufgebaut. Lachend fegte sie sie beiseite. »Mach dir nichts draus, Royd«, tröstete sie ihn. »Ich bin ein verbessertes Modell. Immer drei Schritte voraus.«

»Ich sollte mir meine Züge vom Computer vorschlagen lassen«, antwortete er. »Sie würden es nicht einmal bemerken.« Unvermittelt materialisierte sich sein Geist, stand vor dem Monitor und lächelte sie an.

»Es würde mir innerhalb der ersten drei Züge auffallen«, sagte sie. »Versuchen Sie es ruhig.«

Sie waren die letzten Opfer des Schachfiebers, das die *Nachtgleiter* für über eine Woche heimgesucht hatte. Anfangs hatte es nur Christopheris erwischt, der die Figuren hergestellt und seine Kollegen zum Spiel herausgefordert hatte. Als sich jedoch Thale Lasamer dazugesellte und sie alle schlug, einen nach dem anderen, verloren die anderen schnell die Lust. Alle waren überzeugt, dass er ihre Gedanken gelesen haben musste, aber der Telepath war seit einiger Zeit so launisch, dass niemand es wagte, die Anschuldigung laut auszusprechen. Melantha allerdings hatte Lasamer ohne große Mühe geschlagen. »So ein guter Spieler ist er gar nicht«, erklärte sie Royd später, »und wenn er mich telepathisch ausspionieren will, hört er nichts als Kauderwelsch. Das verbesserte Modell ist mit starker mentaler Selbstdisziplin ausgestattet. Ich kann mich, herzlichen Dank, ausgezeichnet abschirmen.«

Christopheris und einige andere wagten danach ein oder zwei Spiele gegen Melantha und fielen ordentlich auf die Nase. Als schließlich Royd fragte, ob er auch einmal spielen dürfe, fanden sich nur Melantha und Karoly dazu bereit, und da Karoly kaum wusste, wie man die Figuren zog, blieben nur noch Melantha und Royd übrig. Obwohl Melantha immer gewann, konnten sie beide nicht genug davon bekommen.

Melantha stand auf und lief auf dem Weg in die Küche geradewegs durch Royds Geistergestalt hindurch – sie weigerte sich, sie als Person zu behandeln. »Die anderen laufen um mich herum«, beschwerte sich Royd.

Schulterzuckend nahm sie sich ein Bier aus einem der Vorratsfächer. »Wann geben Sie endlich nach und laden mich zu einem Besuch hinter Ihrer Wand ein, Kapitän?«, fragte sie. »Sind Sie dort nicht sehr einsam? Sexuell frustriert? Klaustrophobisch?«

»Ich fliege die *Nachtgleiter* bereits mein ganzes Leben lang, Melantha«, erwiderte er. Seine unbeachtete Projektion erlosch. »Wenn ich anfällig wäre für Einsamkeit, sexuelle Frustration oder Klaustrophobie, hätte ich ein solches Leben nicht führen können. Das dürfte allerdings für ein verbessertes Modell wie Sie offenkundig sein?«

Sie trank einen Schluck Bier und lachte ihr volltönendes, melodisches Lachen. »Ich werde Sie noch knacken, Kapitän«, warnte sie ihn.

»Aber bis dahin«, schlug er vor, »erzählen Sie mir doch noch ein paar Lügen über Ihr Leben.«

»Ist euch Jupiter ein Begriff?«, fragte die Xenotechnikerin die anderen. Sie war betrunken und rekelte sich im Frachtraum in ihrem Schlafnetz.

»Das hat doch irgendwas mit der Erde zu tun«, sagte Lindran. »Ich glaube, beide Namen stammen aus derselben Mythologie.«

»Der Jupiter«, verkündete die Xenotechnikerin, »ist ein Gasriese im selben Sonnensystem wie die gute alte Erde. Das wusstest du nicht, stimmt's?«

»Ich hab Besseres zu tun, als mich mit solchen Belanglosigkeiten abzugeben, Alys«, erwiderte Lindran.

Selbstgefällig lächelte Alys Northwind auf sie hinunter. »Hört zu, was ich euch erzähle. Damals, als der Überlichtantrieb entdeckt wurde, waren sie gerade dabei, den Jupiter zu erforschen, oh, vor so langer, langer Zeit. Danach hat sich natürlich keiner mehr um Gasriesen geschert. Lasst uns per Überlichtgeschwindigkeit lossausen, bewohnbare Welten finden, sie besiedeln, was wollt ihr mit den Kometen und dem Gestein und den Gasplaneten – da ist dieser andere Stern in nur wenigen Lichtjahren Entfernung, und dort gibt es *noch* mehr bewohnbare Planeten! Aber es gab auch Leute, die glaubten, dass es auf Jupiter Leben gab. Begreift ihr?«

»Ich begreife, dass du sturzbesoffen bist«, erwiderte Lindran.

Christopheris wirkte gereizt. »Wenn es auf Gasplaneten intelligentes Leben gibt«, blaffte er, »hat es offenbar kein Interesse daran, sie zu verlassen. Sämtliche höher entwickelten Spezies, denen wir bisher begegnet sind, stammen von erdähnlichen Planeten, und die meisten atmen Sauerstoff. Es sei denn, du willst behaupten, die *Volcryn* stammten von einem Gasplaneten?«

Die Xenotechnikerin stemmte sich in eine aufrechtere Position und lächelte verschwörerisch. »Nicht die *Volcryn*«, korrigierte sie. »Royd Eris. Brecht das vordere Schott im Aufenthaltsraum auf, dann werdet ihr ja sehen, wie euch Methan und Ammoniak entgegenwabern.« Zur Veranschaulichung wedelte sie mit einer Hand durch die Luft und schüttelte sich vor Lachen.

Das System lief.

Kybernetikerin Lommie Thorne saß hinter der Hauptsteuerkonsole, einer glatten Plastiktafel, über die holografische Phantombilder Hunderter Tastenkombinationen hinwegglitten, die auftauchten und verschwanden, wie sie es gerade zum Arbeiten benötigte. Ringsum erhoben sich transparente Datentabellen, reihenweise Monitore und Anzeigentafeln, über die Zahlenkolonnen marschierten oder geometrische Figuren majestätisch herumwirbelten, dunkle Säulen aus fugenlosem Metall, die Geist und Seele ihres Systems beherbergten. Glücklich saß sie im Halbdunkel und pfiff vor sich hin, während sie ein paar einfache Programme durchlaufen ließ, und ihre Finger, die auf den flimmernden Tasten blind fanden, was sie suchten, bewegten sich immer schneller. »Ah«, sagte sie einmal lächelnd. Etwas später: »Gut.«

Schließlich war es an der Zeit für den letzten Durchlauf. Lommie Thorne schob den aus Metallfäden gewobenen linken Ärmel zurück, drückte ihr Handgelenk an die Konsole, fand die Anschlüsse und stöpselte sich ein. Verbindung.

Ekstase.

Auf den Monitoren wanden sich tintenklecksförmige Schemen in einem Dutzend glühender Farben, verschmolzen und brachen auseinander.

Im Handumdrehen war das Spektakel wieder vorüber.

Lommie Thorne zog ihr Handgelenk zurück. Auf ihrem Gesicht lag ein scheues, glückliches Lächeln, aber es mischte sich leise Verwirrung hinein. Mit dem Daumen strich sie über die Buchsen ihres Implantats und stellte fest, dass sie warm waren. Es kribbelte. Lommie erschauerte.

Das System lief einwandfrei, die Hardware war in gutem Zustand, alle Programme taten genau, was sie sollten, ihre Verbindung zum Computer funktionierte. Es war eine Wonne gewesen, wie immer. Wenn sie sich mit dem System verband, erfüllte sie eine ihrem Alter nicht angemessene Weisheit, sie wurde von Kraft und Licht erfüllt und von Elektrizität und der Essenz des Lebens, kühl und sauber und wie eine wunderbare Berührung auf der Haut, niemals allein, niemals klein und schwach. Genau so war es stets, wenn sie sich mit dem Computer verband und sich ihr Ich schlagartig unermesslich ausdehnte.

Aber diesmal war irgendetwas anders gewesen. Etwas Kaltes hatte sie gestreift, nur ganz kurz. Etwas sehr Kaltes und sehr Beängstigendes, und sie und das System hatten es für einen winzigen Augenblick ganz klar gesehen, bevor es plötzlich verschwunden war.

Die Kybernetikerin schüttelte den Kopf, um die unsinnigen Gedanken zu vertreiben. Sie machte sich wieder an die Arbeit. Nach einer Weile begann sie zu pfeifen.

In der sechsten Woche schnitt sich Alys übel bei der Zubereitung einer kleinen Zwischenmahlzeit. Sie stand in der Küche und schlitzte ein Stück gewürztes Fleisch auf, da fing sie plötzlich an zu schreien.

Als Dannel und Lindran zu ihr eilten, fanden sie eine schreckensstarre Alys vor, die in tiefem Entsetzen auf das Schneidebrett hinunterstarrte. Das Messer hatte das erste Glied des Zeigefingers glatt abgetrennt, alles war voller Blut. »Das Schiff hat geschlingert«, sagte Alys benommen und starrte zu Dannel hoch. »Habt ihr nicht gespürt, wie es einen Satz gemacht hat? Es hat das Messer abgelenkt.«

»Hol etwas, um die Blutung zu stillen«, befahl Lindran.

Dannel schaute sich in blinder Panik um.

»Dann mache ich es eben selbst«, sagte Lindran schließlich.

Die Psi-Expertin Agatha Marij-Black verabreichte Northwind ein Beruhigungsmittel, dann musterte sie die beiden Linguisten. »Habt ihr gesehen, wie das passiert ist?«

»Sie hat es selbst getan«, sagte Dannel. »Mit dem Messer.«

Irgendwo ein Stück den Korridor hinunter erscholl wildes, hysterisches Gelächter.

»Ich habe ihm einen Psi-Dämpfer gegeben«, erstattete Marij-Black Karoly d'Branin später am Abend Bericht. »Psionin-4. Es wird seine Empfänglichkeit für ein paar Tage reduzieren, und falls er mehr davon braucht: Wir haben noch reichlich.«

D'Branin wirkte betroffen. »Wir haben uns mehrmals unterhalten, und mir war klar, dass er sich immer schlimmer gefürchtet hat, aber er konnte mir nie erklären, was denn eigentlich der Gegenstand seiner Furcht ist. War es denn wirklich nötig, ihn derart auszuschalten?«

Die Psi-Expertin zuckte mit den Schultern. »Er schrammt haarscharf daran vorbei, den Bezug zur Realität zu verlieren. Angesichts der Ausprägung seiner Gabe ist es gut möglich, dass er uns beim Durchdrehen alle mitreißen würde. Du hättest niemals einen Telepathen der ersten Kategorie mit an Bord nehmen dürfen, d'Branin. Viel zu labil.«

»Wir haben vor, mit einer Fremdrasse zu kommunizieren. Ich darf dich daran erinnern, dass das keine ganz leichte Aufgabe ist. Die *Volcryn* werden noch viel fremdartiger sein als alle intelligenten Rassen, denen die Menschheit bisher begegnet ist. Wir sind auf die speziellen Fertigkeiten eines Telepathen der Kategorie eins angewiesen, wenn wir auch nur die geringsten Aussichten haben wollen, mit ihnen zu kommunizieren. Und, meine Liebe, sie können uns so vieles beibringen!«

»Das sagt sich schnell so leichtfertig dahin«, erwiderte sie, »aber angesichts des Zustands deines Kategorie-eins-Telepathen stehen dir womöglich gar keine entsprechenden speziellen Fertigkeiten zur Verfügung. Die Hälfte der Zeit verbringt er zusammengerollt wie ein Fötus in seinem Schlafnetz, die andere Hälfte stolziert er krähend herum und ist halb wahnsinnig vor Angst. Er besteht darauf, dass wir alle in ganz realer, unmittelbarer Gefahr sind, aber er weiß nicht, warum oder von wem diese Gefahr ausgehen soll. Das Allerschlimmste dabei ist, dass ich nicht sagen kann, ob er wirklich etwas empfängt oder nur einen anständigen Paranoia-Schub erleidet. Ganz eindeutig zeigt er einige typische Anzeichen von Paranoia. Unter anderem behauptet er steif und fest, er würde beobachtet. Möglich, dass sein Zustand gar nichts mit uns, den *Volcryn* und seiner Begabung zu tun hat. Ich kann es einfach nicht mit Sicherheit sagen.«

»Und deine Begabung?«, fragte d'Branin. »Du bist doch Empathin, oder nicht?«

»Sag mir nicht, wie ich meine Arbeit zu tun habe«, wies sie ihn schroff zurecht. »Ich war letzte Woche mit ihm im Bett. Besser lassen sich Nähe und Übereinstimmung zwecks emotionaler Sondierung nicht herstellen. Aber selbst unter diesen Bedingungen konnte ich nichts Klares erkennen. Sein Verstand ist ein einziges Durcheinander, und die Angst durchwuchert ihn so vollständig, wie ich es noch nie erlebt habe. Auch bei den anderen habe ich nichts herausgefunden, abgesehen von den normalen Spannungen und Frustrationen. Meine Fähigkeiten sind begrenzt. Du weißt, dass es mir nicht gut geht, d'Branin. Auf diesem Schiff kann ich kaum atmen. Die Luft kommt mir zäh und schwer vor, mein Kopf pocht unablässig. Ich gehöre ins Bett.«

»Ja, natürlich«, versicherte ihr d'Branin hastig. »Das sollte keine Kritik sein. Du hast alles getan, was man unter diesen schwierigen Umständen nur verlangen kann. Wie lange wird es dauern, bis wir Thale wiederhaben?«

Erschöpft massierte sich die Psi-Expertin die Schläfen. »Ich würde dringend empfehlen, ihn bis zum Ende der Mission unter Medikation zu halten, d'Branin. Ich warne dich, ein wahnsinniger oder auch nur hysterischer Telepath ist gefährlich. Das, was Northwind mit diesem Messer passiert ist, kann durchaus auf sein Konto gehen, ist dir das bewusst? Erinnere dich: Kurz darauf hat er angefangen zu schreien. Vielleicht hat er sie mental berührt, nur ganz kurz ... oh, das ist ein verwegener Gedankengang, aber es ist durchaus möglich.

Der Knackpunkt ist, wir sollten es nicht riskieren. Ich habe genug Psionin-4 dabei, um ihn gedämpft, aber ansprechbar zu halten, bis wir zurück auf Avalon sind.«

»*Aber* - Royd wird bald den Antrieb drosseln, und dann nehmen wir Kontakt zu den *Volcryn* auf. Wir werden Thale dringend brauchen, seinen Verstand, seine Gabe. Ist es denn wirklich zwingend notwendig, ihn zu dämpfen? Gibt es keine andere Möglichkeit?«

Marij-Black verzog das Gesicht. »Meine andere Überlegung war, ihm eine Dosis Esperon zu verabreichen. Das würde ihn vollständig öffnen, seine psionische Empfänglichkeit für einige Stunden verzehnfachen. Dann, so mein Gedanke, könnte er sich ganz dieser Angst widmen. Sie eliminieren, wenn sie sich als trügerisch erweist, und wenn sie reale Ursachen hat, könnte er sie identifizieren. Aber Psionin-4 ist wesentlich sicherer. Esperon ist ein wahres Teufelszeug mit verheerenden Nebenwirkungen. Es erhöht massiv den Blutdruck, manchmal führt es zu Hyperventilation oder Krampfanfällen, in Einzelfällen hört sogar das Herz auf zu schlagen. Lasamer ist jung, in gesundheitlicher Hinsicht mache ich mir keine Sorgen, aber ich befürchte, dass er psychisch nicht stabil genug ist, um diese immense Verstärkung seiner Gabe zu verkraften. Das Psionin sollte aufschlussreich genug sein. Wenn seine Paranoia anhält, wissen wir, dass sie nichts mit seiner telepathischen Empfänglichkeit zu tun hat.«

»Und wenn sie nicht anhält?«, erkundigte sich d'Branin.

Agatha Marij-Black lächelte ihn boshaft an. »Wenn Lasamer sich beruhigt und aufhört, von Gefahren zu schwadronieren, meinst du? Nun - das würde bedeuten, dass er nicht länger etwas Bedrohliches empfängt, richtig? Und *das* wiederum würde bedeuten, dass da etwas war, dass er die ganze Zeit recht gehabt hat.«

Beim Abendessen war Thale Lasamer still und wirkte zerstreut, schaufelte gleichmäßig und wie mechanisch das Essen in sich hinein, die blauen Augen wirkten trübe. Als er fertig war, entschuldigte er sich und ging geradewegs ins Bett, wo er fast sofort in den Schlaf der Erschöpfung fiel.

»Was hast du mit ihm gemacht?«, fragte Lommie Thorne die Psi-Expertin.

»Ich habe seiner ständigen Schnüffelei einen Dämpfer verpasst.«

»Das hättest du schon vor zwei Wochen tun sollen«, sagte Lindran. »So handzahm ist er sehr viel leichter zu ertragen.«

Karoly d'Branin rührte sein Essen kaum an.

Die Pseudonacht brach an, und Royds Geist materialisierte sich neben d'Branin, der brütend dasaß und eine heiße Schokolade trank. »Karoly«, sagte die Erscheinung, »wäre es möglich, den Computer, den Ihre Leute mitgebracht haben, mit meinem Bordcomputer zu verbinden? Ihre *Volcryn*-Geschichten faszinieren mich sehr, und ich würde mich gern in Ruhe damit befassen. Ich nehme an, Ihre Nachforschungen sind sämtlich archiviert?«

»Gewiss«, antwortete d'Branin geistesabwesend. »Unser System ist betriebsbereit. Es mit der *Nachtgleiter* zu verbinden dürfte kein Problem darstellen. Ich sage Lommie morgen Bescheid, dass sie sich darum kümmern soll.«

Schwer senkte sich Schweigen über den Aufenthaltsraum. Karoly d'Branin nippte an seiner Schokolade und starrte in die Dunkelheit, Royds Gegenwart schien er schon wieder vergessen zu haben.

»Sie machen sich Sorgen«, sagte Royd nach einer Weile.

»Hm? O ja.« D'Branin schaute auf. »Bitte verzeihen Sie mir, mein Freund. Mir geht viel im Kopf herum.«

»Es geht um Thale Lasamer, richtig?«

Karoly d'Branin betrachtete die blasse, schimmernde Gestalt lange, bevor er schließlich steif nickte. »Ja. Darf ich fragen, woher Sie das wissen?«

»Ich weiß alles, was auf der *Nachtgleiter* geschieht«, sagte Royd.

»Sie haben uns beobachtet«, sagte d'Branin ernst und vorwurfsvoll. »Dann stimmt es also, was Thale sagte: Jemand beobachtet uns. Royd, wie kommen Sie dazu? Spionage ist unter Ihrer Würde.«

Die durchsichtigen Augen des Geists sahen nichts, in ihnen war kein Funke Lebendigkeit. »Sagen Sie den anderen nichts«, warnte Royd ihn. »Karoly, mein Freund - wenn ich Sie meinen Freund nennen darf -, ich habe meine Gründe dafür, Sie zu beobachten, Gründe, die zu erfahren für Sie nicht vorteilhaft wäre. Ich will Ihnen nichts Böses. Glauben Sie mir das. Sie haben mich angeheuert, um Sie sicher zu den *Volcryn* zu bringen und sicher wieder zurück, und genau das habe ich vor.«

»Sie weichen mir aus, Royd«, sagte d'Branin. »Warum spionieren Sie uns hinterher? Beobachten Sie alles? Sind Sie ein Voyeur, ein Feind, ist das der Grund, weshalb Sie sich von uns fernhalten? Geht es Ihnen nur darum zuzuschauen?«

»Ihre Unterstellungen verletzen mich, Karoly.«

»Ihre Täuschung verletzt mich. Werden Sie mir nicht antworten?«

»Ich habe überall Augen und Ohren«, sagte Royd. »Auf der gesamten *Nachtgleiter* gibt es keinen Winkel, an dem man sich vor mir verbergen könnte. Ob ich alles sehe? Nein, nicht immer. Ich bin nur ein Mensch, was Ihre Kollegen auch glauben mögen. Ich kann nicht mehr als ein oder zwei Geschehnissen zugleich meine Aufmerksamkeit widmen. Manchmal bin ich abgelenkt, unachtsam. Ich beobachte alles, Karoly, aber ich sehe nicht alles.«

»Warum?« Als d'Branin sich einen neuen Becher heißer Schokolade einschenkte, unterdrückte er das Zittern seiner Hand nur mit Mühe.

»Diese Frage muss ich nicht beantworten. Die *Nachtgleiter* ist mein Schiff.«

D'Branin nippte an der Schokolade, blinzelte und nickte. »Sie kränken mich, mein Freund. Sie lassen mir keine Wahl. Thale sagte, wir würden beobachtet, nun erfahre ich, dass er recht hatte. Er sagt zudem, wir seien in Gefahr. Etwas Fremdartiges, sagte er. Sie?«

Die Projektion blieb stumm.

D'Branin schluckte hart. »Sie verweigern mir die Antwort. Ach Royd, und was soll ich jetzt tun? Ich muss ihm wohl glauben. Wir sind in Gefahr, und womöglich droht sie uns von Ihnen. Dann sehe ich mich gezwungen, unsere Mission abzubrechen. Bringen Sie uns zurück nach Avalon, Royd. So lautet mein Beschluss.«

Der Geist lächelte müde. »So nah am Ziel, Karoly? Schon sehr bald werden wir die Überlichtgeschwindigkeit drosseln.«

Karoly d'Branin gab ein kleines, trauriges Geräusch von sich. »Meine *Volcryn*«, sagte er und seufzte. »So nah – oh, es schmerzt mich, sie im Stich zu lassen. Aber ich habe keine andere Wahl. Wirklich keine Wahl.«

»Sie haben eine Wahl«, sagte die Stimme von Royd Eris. »Vertrauen Sie mir. Das ist alles, worum ich Sie bitte, Karoly. Glauben Sie mir, wenn ich Ihnen beteuere, dass ich keinerlei finstere Absichten hege. Thale Lasamer warnte vor einer Gefahr, aber bisher kam doch niemand zu Schaden, oder?«

»Nein«, gab d'Branin zu. »Es sei denn, Sie rechnen Alys mit ein, die sich heute Nachmittag geschnitten hat.«

»Wie bitte?« Royd stockte kaum merklich. »Sie hat sich geschnitten? Ich habe es nicht gesehen, Karoly. Wann ist das passiert?«

D'Branin erzählte es ihm.

»Hören Sie mir zu«, sagte Royd. »Vertrauen Sie mir, und ich bringe Sie zu ihren *Volcryn*. Beruhigen Sie Ihre Leute. Versichern Sie ihnen, dass ich keine Bedrohung darstelle. Und halten Sie Lasamer ruhig und unter Drogen, verstehen Sie? Das ist sehr wichtig. Er ist das Problem.«

»Agatha sagt das auch.«

»Ich weiß«, sagte Royd. »Ich bin ganz ihrer Meinung. Werden Sie tun, worum ich Sie bitte?«

»Ich weiß es noch nicht«, erwiderte d'Branin. »Sie machen es mir nicht gerade leicht. Ich verstehe nicht, was hier schiefläuft, mein Freund. Können Sie mir nicht mehr erzählen?«

Royd Eris sagte nichts mehr. Der Geist stand stumm da.

»Nun gut«, sagte d'Branin schließlich, »Sie haben wohl nicht vor, noch etwas zu sagen. Wie schwer Sie es mir machen. Wie bald, Royd? Wie bald werden wir meine *Volcryn* erreichen?«

»Sehr bald«, antwortete Royd. »Wir schalten den Überlichtantrieb in ungefähr siebzig Stunden aus.«

»Siebzig Stunden«, wiederholte d'Branin. »So eine kurze Zeitspanne. Zurückzugehen würde uns nicht viel helfen.« Er befeuchtete seine Lippen, hob den Becher und stellte fest, dass er leer war. »Dann eben weiter. Ich werde tun, worum Sie mich bitten. Ich vertraue Ihnen, lasse Lasamer weiterhin betäuben, ich sage den anderen nicht, dass Sie uns beobachten. Reicht Ihnen das? Bringen Sie mich zu meinen *Volcryn*. Ich habe so lange gewartet.«

»Ich weiß«, sagte Royd Eris. »Ich weiß.«

Dann war der Geist verschwunden, und Karoly d'Branin saß allein im dunklen Aufenthaltsraum. Er versuchte seinen Becher nachzufüllen, aber seine Hände zitterten so stark, dass er sich heiße Schokolade über die Finger goss und fluchend den Becher fallen ließ, zutiefst gekränkt und voller Fragen.

Am nächsten Tag flammten überall Spannungen und Hunderte kleiner Irritationen auf. Den ganz *privaten* Streit zwischen Lindran und Dannel hörte man durchs halbe Schiff. Ein Kriegsspiel, an dem drei von ihnen teilnahmen, endete damit, dass Christopheris Melantha Jhirl des Mogelns bezichtigte. Lommie Thorne berichtete von unerwarteten Schwierigkeiten bei dem Versuch, ihren Computer mit dem Bordcomputer zu verbinden. Alys Northwind saß stundenlang im Aufenthaltsraum und starrte grimmig ihren verbundenen Finger an. Agatha Marij-Black streifte stundenlang durch die Gänge, beschwerte sich, es sei ihr auf diesem Schiff zu warm, ihre Gelenke schmerzten, die Luft sei nicht in Ordnung und kaum zu atmen, und außerdem fröre sie. Selbst Karoly d'Branin war niedergeschlagen und gereizt.

Nur der Telepath schien sich recht wohlzufühlen. Bis zum Scheitel vollgepumpt mit Psionin-4, war er meist träge und lethargisch, aber wenigstens sprang er nicht mehr bei jedem Räuspern an die Decke.

Royd Eris ließ sich nicht blicken und nicht hören.

Auch beim Abendessen tauchte er nicht auf. Unbehaglich warteten die Wissenschaftler darauf, dass er sich materialisierte, um seinen gewohnten Platz einzunehmen und sich am Gespräch zu beteiligen. Aber als sie nach dem Essen heiße Schokolade, gewürzten Tee und Kaffee herumreichten, war er immer noch nicht aufgetaucht.

»Unser Kapitän ist offensichtlich beschäftigt«, stellte Melantha Jhirl fest, lehnte sich zurück und schwenkte ihren Brandy.

»Wir schalten den Überlichtantrieb bald aus«, sagte Karoly d'Branin. »Sicher ist einiges vorzubereiten.« Insgeheim beunruhigte ihn Royds Abwesenheit, und er fragte sich, ob er sie jetzt gerade beobachtete.

Rojan Christopheris räusperte sich. »Jetzt, da wir gerade alle hier sind und er nicht, ist vielleicht die richtige Zeit, um ein paar Dinge anzusprechen. Dass er nicht hier ist, ist kein Grund zur Sorge. Er isst nicht. Er ist ein verfluchtes Hologramm. Was soll's? Es ist sogar ganz gut so, wir müssen einiges besprechen. Karoly, viele von uns fühlen sich ausgesprochen unwohl wegen Royd Eris. Was weißt du eigentlich über ihn?«

»Wissen, mein Freund?« Erneut füllte d'Branin seinen Becher mit dicker, leicht bitterer heißer Schokolade und nippte langsam daran, um sich einen Augenblick Zeit zum Nachdenken zu verschaffen. »Was gäbe es da zu wissen?«

»Sicher hast du bemerkt, dass er nie rauskommt, um mit uns zu spielen«, bemerkte Lindran trocken. »Hat sich irgendwer mal zu dieser Marotte geäußert, bevor du ihn angeheuert hast?«

»Das würde ich auch gern wissen«, sagte Dannel. »Auf Avalon herrscht schließlich reges Kommen und Gehen. Wie ist es dazu gekommen, dass du ausgerechnet Eris engagiert hast? Was hast du so über ihn gehört?«

»Über ihn gehört? Ziemlich wenig, muss ich gestehen. Ich habe mit ein paar Mitarbeitern des Raumhafens und einiger Chartergesellschaften gesprochen, aber keiner von ihnen kannte ihn persönlich. Er hat wohl auf Avalon noch nicht viel zu tun gehabt.«

»Wie praktisch«, sagte Lindran.

»Wie verdächtig«, fügte Dannel hinzu.

»Wo kommt er denn her?«, wollte Lindran wissen. »Dannel und ich haben ihm sehr sorgfältig zugehört. Er spricht Standard ohne jeden erkennbaren Akzent, es gibt keine idiosynkratischen Auffälligkeiten, die verraten, woher er stammt.«

»Manchmal klingt er recht altertümlich«, ergänzte Dannel, »und manche seiner Formulierungen wecken Assoziationen bei mir, aber jedes Mal sehr unterschiedliche. Er ist weit gereist.«

»Was für eine scharfsinnige Schlussfolgerung«, lobte Lindran und tätschelte ihm die Hand. »Händler tun das mitunter, Liebling. Das passiert schon mal, wenn man ein Schiff besitzt.«

Dannel starrte sie an, aber sie sprach weiter, ohne ihn zu beachten. »Mal im Ernst, weißt du irgendwas über ihn? Wo kommt unsere gute *Nachtgleiter* überhaupt her?«

»Ich weiß es nicht«, gestand d'Branin. »Ich ... ich habe nie danach gefragt.«

Die Mitglieder seines Forschungsteams wechselten ungläubige Blicke. »Du hast nie danach gefragt?«, hakte Christopheris nach. »Wie kam es denn, dass du ausgerechnet dieses Schiff ausgesucht hast?«

»Es war verfügbar. Der akademische Rat hat mein Projekt genehmigt und mir Mitarbeiter zugewiesen, aber sie konnten kein akademieeigenes Schiff entbehren. Das Budget war auch recht begrenzt.«

Agatha Marij-Black lachte säuerlich auf. »Für die, die es noch nicht begriffen haben: Was d'Branin uns sagt, ist, dass die Akademie seine Studien in Xenomythologie und die Entdeckung der *Volcryn*-Legenden zu schätzen wusste, aber sein Plan, sich auf die Suche nach ihnen zu machen, hat für weit weniger Begeisterung gesorgt. Also haben sie ihm einen kleinen Etat für seine fruchtlose kleine Mission zugestanden, damit er Ruhe gibt, und ihm einige Leute zugewiesen, die auf Avalon nicht groß vermisst werden.« Sie warf einen Blick in die Runde. »Seht doch die meisten von uns an. Niemand von uns arbeitet seit den Anfangszeiten mit an d'Branins Projekt, aber wir alle standen für diese kleine Spritztour zur Verfügung. Und keiner von uns spielt als Wissenschaftler in der ersten Liga.«

»Lass mich da raus«, wies Melantha Jhirl sie zurecht. »Ich habe mich freiwillig für diese Mission gemeldet.«

»Das mag sein«, erwiderte die Psi-Expertin. »Der Punkt ist, dass es kein großes Rätsel ist, warum die Wahl ausgerechnet auf die *Nachtgleiter* fiel. Du hast das billigste Schiff genommen, das du auftreiben konntest, nicht wahr, d'Branin?«

»Einige der zur Verfügung stehenden Schiffe haben meine Anfrage rundweg abgelehnt«, verteidigte sich d'Branin. »Unsere Mission ist recht ungewöhnlich, das ist nicht zu leugnen. Und viele Schiffsführer haben geradezu abergläubische Angst davor, den Überlichtantrieb mitten im interstellaren Raum auszuschalten, wenn kein Planet in der Nähe ist. Von allen, die uns an Bord genommen hätten, hat Royd das beste Angebot gemacht, und er war bereit, sofort aufzubrechen.«

»Und der unverzügliche Aufbruch war ja auch von höchster Wichtigkeit«, sagte Lindran. »Sonst hätten uns die *Volcryn* durchaus entkommen können. Sie reisen erst seit zehntausend Jahren durch diesen Sektor, plus oder minus das eine oder andere Jahrtausend.«

Jemand lachte. D'Branin wirkte verlegen. »Freunde, zweifellos hätte ich den Beginn der Reise noch aufschieben können. Ich gebe zu, dass ich vor Eifer gebrannt habe, endlich meinen *Volcryn* zu begegnen, ihre riesigen Schiffe zu sehen und sie all das zu fragen, was mir schon so lange auf der Seele brennt. Sie nach dem *Warum* zu fragen. Ja, ich gebe zu, ein Aufschub wäre kein ernstliches Problem gewesen. Aber wozu? Royd war uns doch ein liebenswürdiger Gastgeber, ein guter Pilot. Wir wurden bisher sehr gut behandelt.«

»Hast du ihn einmal getroffen?«, fragte Alys Northwind. »Als du die Konditionen ausgehandelt und die Vorbereitungen getroffen hast, hast du ihn da wenigstens einmal gesehen?«

»Wir haben oft miteinander gesprochen, aber ich war auf Avalon, und Royd war im Orbit. Ich habe sein Gesicht gesehen, auf meinem Bildschirm.«

»Eine Projektion, eine Computersimulation, das hat überhaupt nichts zu sagen«, sagte Lommie Thorne. »Ich kann mein System anweisen, dir alle nur denkbaren Gesichter auf den Bildschirm zu zaubern, Karoly.«

»Niemand hat Royd Eris je gesehen«, stellte Christopheris fest. »Er hat sich von Anfang an verborgen gehalten.«

»Unser Gastgeber wünscht seine Privatsphäre zu wahren«, wandte d'Branin ein.

»Das sind doch Ausflüchte«, sagte Lindran. »Was versucht er zu verbergen?«

Melantha Jhirl lachte. Als alle Augen auf sie gerichtet waren, grinste sie und schüttelte den Kopf. »Royd Eris ist goldrichtig, ein eigenartiger Mann für eine eigenartige Mission. Weiß denn keiner von euch ein kleines Rätsel zu schätzen? Da fliegen wir nun Lichtjahre um Lichtjahre, um ein hypothetisches Sternenschiff zu stellen, das aus dem innersten Zentrum der Galaxis aufgebrochen ist und, schon länger, als die Menschheit Kriege führt, auf dem Weg aus dieser Galaxis hinaus ist ... und ihr alle regt euch fürchterlich darüber auf, dass ihr nicht die Warzen auf Royds Nase zählen könnt?« Sie beugte sich über den Tisch, um ihr Glas mit Brandy aufzufüllen. »Meine Mutter hatte recht«, sagte sie unbekümmert. »Normale Menschen sind nicht ganz normal.«

»Vielleicht sollten wir uns zu Herzen nehmen, was Melantha sagt«, sagte Lommie Thorne nachdenklich. »Royds Marotten und Neurosen gehen uns nichts an, solange er uns damit nicht behelligt.«

»Aber es ist mir unheimlich«, protestierte Dannel halbherzig.

»Nach allem, was wir wissen«, gab Alys Northwind zu bedenken, »ist es gut möglich, dass wir mit einem Verbrecher oder dem Angehörigen einer fremdartigen Spezies unterwegs sind.«

»Jupiter«, murmelte jemand. Die Xenotechnikerin errötete, und einige lachten.

Aber Thale Lasamer schaute verstohlen von seinem Teller auf und kicherte. *»Fremdartige Spezies«*, sagte er. Seine blauen Augen rollten in den Höhlen, als ob sie nach einem Fluchtweg Ausschau hielten. Sie schienen zu glühen.

Marij-Black fluchte. »Die Wirkung der Droge lässt nach«, sagte sie zu d'Branin. »Ich hole rasch eine Dosis aus meiner Kabine.«

»Was für eine Droge?«, wollte Lommie Thorne wissen. D'Branin hatte darauf geachtet, den anderen nicht zu viel über Lasamers Anfälle zu erzählen, aus Angst, die angespannte Stimmung noch weiter anzuheizen. »Was geht hier vor?«

»Gefahr«, sagte Lasamer. Er drehte sich zu Lommie, die neben ihm saß, und packte sie am Unterarm, die langen, lackierten Nägel gruben sich in das silbrige Metall ihres Oberteils. »Wir sind in Gefahr, sage ich dir, ich kann es spüren. Etwas *Fremdes*. Es ist bösartig. Blut, ich sehe Blut.« Er lachte. »Schmeckst du es, Agatha? Ich habe den Geschmack fast auf der Zunge. *Es* schmeckt es auch.«

Marij-Black stand auf. »Es geht ihm nicht gut«, erklärte sie den anderen. »Ich habe seine Wahrnehmung mit Psionin gedämpft, um seine Wahnvorstellungen in Schach zu halten. Ich hole mehr davon.« Sie machte sich auf den Weg zur Tür.

»Mit Psionin gedämpft?«, wiederholte Christopheris entgeistert. »Er warnt uns vor irgendetwas. Hört ihr nicht, was er sagt? Ich will wissen, wer oder was *es* ist.«

»Kein Psionin«, sagte Melantha Jhirl. »Probier es mit Esperon.«

»Sag *du* mir nicht, wie ich meine Arbeit zu tun habe!«

»Verzeih«, sagte Melantha und zuckte leicht mit den Schultern. »Ich bin dir gerade einen Schritt voraus. Esperon könnte ihm die Wahnvorstellungen austreiben, nicht wahr?«

»Ja, aber ...«

»Und es dürfte ihm dabei helfen, sich ganz auf die Gefahr zu konzentrieren, die er entdeckt zu haben meint, richtig?«

»Ich bin mir über die Wirkungsweise von Esperon vollauf im Klaren«, erwiderte die Psi-Expertin schroff.

Melantha lächelte sie über den Rand ihres Brandyglases hinweg an. »Ja, da bin ich ganz sicher. Und jetzt hört mir zu. Ihr alle macht euch, wie es aussieht, große Sorgen wegen

Royd. Ihr haltet es nicht aus, nicht zu wissen, was er so sorgfältig vor uns verbirgt. Rojan erfindet seit Wochen immer wieder neue Erklärungen, und er ist bereit, jede davon für bare Münze zu nehmen. Alys ist so nervös, dass sie sich einen Finger abgeschnitten hat. Wir alle streiten uns die ganze Zeit. Solche Ängste verhindern, dass wir als Team zusammenarbeiten. Lasst uns damit Schluss machen. Ganz einfach.« Sie zeigte auf Thale. »Dort sitzt ein Telepath der Kategorie eins. Verstärkt seine Gabe mit Esperon, und er wird in der Lage sein, uns die Lebensgeschichte unseres Kapitäns herzubeten, bis es uns zu Tode langweilt. Und als Bonus obendrauf wird er seine ganz persönlichen Dämonen auch noch los.«

»Er beobachtet uns«, flüsterte der Telepath eindringlich.

»Nein«, widersprach d'Branin. »Wir müssen Thale gedämpft halten.«

»Karoly«, sagte Christopheris, »so einfach ist das nicht. Einige von uns sind ganz schön nervös, und dieser Junge kommt vor Angst fast um. Ich denke, wir alle müssen endlich Gewissheit haben, was Royd Eris betrifft. Diesmal hat Melantha recht.«

»Wir haben kein Recht dazu«, wandte d'Branin ein.

»Wir müssen es tun«, sagte Lommie Thorne. »Ich sehe es wie Melantha.«

»Ja«, schloss sich Alys Northwind an. Auch die beiden Linguisten nickten.

Bedauernd dachte d'Branin an das Versprechen, das er Royd gegeben hatte, aber sie ließen ihm keine Wahl. Er sah der Psi-Expertin in die Augen und seufzte. »Tu es«, sagte er. »Gib ihm das Esperon.«

»Er wird mich töten«, schrie Thale Lasamer. Er sprang auf, und als ihm Lommie Thorne beruhigend eine Hand auf den

Arm legte, griff er nach einer Tasse mit Kaffee und schleuderte sie ihr direkt ins Gesicht. Drei von ihnen waren nötig, um ihn zu bändigen. »Beeil dich«, bellte Christopheris, während der Telepath um sich schlug.

Marij-Black erschauerte und hastete aus dem Aufenthaltsraum.

Als sie zurückkehrte, hatten die anderen Lasamer auf den Tisch gedrückt und hielten ihn fest, jemand schob sein langes, helles Haar zur Seite, um die Arterien in seinem Hals zu entblößen.

Marij-Black trat zu ihm.

»Aufhören«, sagte Royd. »Das ist nicht nötig.«

Sein Geist schimmerte in dem leeren Stuhl am Ende der Tafel auf. Die Psi-Expertin erstarrte in der Bewegung, in einer Hand die Ampulle mit Esperon, die sie soeben in den Injektor hatte schieben wollen. Alys Northwind, sichtlich erschrocken, ließ Thale Lasamers Arm los. Der Gefangene rührte sich nicht. Schwer atmend lag er auf dem Tisch, der glasige Blick der blassblauen Augen war starr auf Royds Projektion gerichtet, offensichtlich gebannt von seinem plötzlichen Erscheinen.

Grüßend hob Melantha Jhirl ihr Glas. »Buh«, machte sie. »Sie haben das Abendessen verpasst, Kapitän.«

»Royd«, sagte Karoly d'Branin, »es tut mir leid.«

Der Geist starrte an die gegenüberliegende Wand, ohne etwas zu sehen. »Lassen Sie ihn los«, sagte die Stimme aus den Lautsprechern. »Wenn Zurückgezogenheit Sie derart verstört, werde ich Ihnen meine Geheimnisse offenbaren.«

»Er *hat* uns beobachtet«, sagte Dannel.

»Wir hören«, sagte Northwind misstrauisch. »Was sind Sie?«

»Ihre Theorien über die Gasriesen haben mir gut gefallen«, antwortete Royd. »Bedauerlicherweise ist die Wahrheit weit weniger dramatisch. Ich bin ein gewöhnlicher *homo sapiens* mittleren Alters. Achtundsechzig Standardjahre, wenn Sie es genau wissen wollen. Das Hologramm, das Sie sehen, ist tatsächlich Royd Eris, beziehungsweise Royd Eris vor einigen Jahren. Inzwischen bin ich ein wenig älter, aber mithilfe des Computers präsentiere ich meinen Gästen eine etwas jugendlichere Erscheinung.«

»Oh?« Lommie Thornes Gesicht leuchtete knallrot, wo der Kaffee sie verbrüht hatte. »Warum dann die Geheimniskrämerei?«

»Ich erzähle Ihnen am besten zuerst von meiner Mutter«, erwiderte Royd. »Die *Nachtgleiter* war früher ihr Schiff, im Raumhafen von Newholme nach ihrem eigenen Entwurf erbaut. Meine Mutter leitete ihr eigenes Handelsunternehmen, übrigens ausgesprochen erfolgreich. Sie stammte aus dem Bodensatz der Gesellschaft auf einem Planeten namens Vess, das ist ein weiter, weiter Weg von hier aus, aber vielleicht haben einige von Ihnen ja trotzdem schon mal zumindest den Namen gehört. Sie hat sich nach oben gearbeitet, von einer Position zur nächsten, bis sie endlich ihr eigenes Kommando bekam. Sie hat rasch ein Vermögen zusammengehäuft, weil sie auch die ungewöhnlichsten Aufträge annahm, jenseits der üblichen Handelswege, sie lieferte Waren einen Monat oder ein Lichtjahr oder auch zwei weiter als üblich. Das ist viel riskanter, als die üblichen Handelsrouten abzufliegen, aber es ist auch erheblich profitabler. Für meine Mutter spielte es keine Rolle, wie oft sie oder ihre Crew nach Hause kamen, sie war auf ihrem Schiff zu Hause. Sobald sie Vess verließ, hatte sie den Planeten vergessen, und wenn möglich, besuchte sie dieselbe Welt nie zweimal.«

»Abenteuerlich«, sagte Melantha Jhirl.

»Nein«, sagte Royd. »Soziopathisch. Sehen Sie, meine Mutter konnte Menschen nicht ausstehen. Nicht im Geringsten. Ihre Angestellten hatten nichts für sie übrig und sie nichts für ihre Angestellten. Ihr großer Traum war es, eines Tages nicht mehr auf eine Mannschaft angewiesen zu sein. Und als sie genug Geld beisammen hatte, erfüllte sie ihn sich. Die *Nachtgleiter* ist das Ergebnis. Nachdem sie auf Newholme an Bord gegangen ist, hat sie nie wieder ein menschliches Wesen berührt oder auch nur den Fuß auf einen Planeten gesetzt. All ihre Geschäfte erledigte sie vom Kontrollraum aus, der nun der meine ist, mittels Monitoren und Kommunikationssystemen. Sie werden wohl sagen, sie sei verrückt gewesen. Und damit haben Sie auch vollkommen recht.« Der Geist brachte ein schwaches Lächeln zustande. »Aber trotz ihrer Isolation hat sie ein aufregendes Leben geführt. Die Welten, die sie gesehen hat, Karoly! Was sie Ihnen erzählen könnte, würde Ihnen das Herz brechen. Aber Sie werden nie etwas darüber erfahren. Die meisten ihrer Aufzeichnungen hat sie zerstört, aus Angst, jemand könnte nach ihrem Tod Nutzen oder Freude daraus ziehen. So war sie nun mal.«

»Und Sie?«, erkundigte sich Alys Northwind.

»Zumindest *einen* Menschen muss sie wohl doch noch berührt haben«, bemerkte Lindran lächelnd.

»Ich sollte sie wohl nicht als meine Mutter bezeichnen«, sagte Royd. »Ich bin ihr gegengeschlechtlicher Klon. Nachdem sie dieses Schiff dreißig Jahre lang allein gesteuert hat, wurde ihr langweilig. Ich sollte ihr Gefährte und Geliebter sein. Sie konnte mich so gestalten, dass ich die optimale Unterhaltung für sie bot. Allerdings hatte sie keine Geduld mit Kindern und hegte kein Interesse daran, mich aufzuziehen. Nachdem der Prozess des Klonens vollendet war, schloss sie mich in einen Nährtank ein, ein Embryo, verbunden mit ihrem Computer. Er wurde mein Lehrer, vor der Geburt und danach. Genau genommen trifft das Wort *Geburt* natürlich nicht zu. Lange nach dem Alter, in dem ein gewöhnliches Kind geboren wird, war ich noch immer im Tank, ich wuchs und lernte, ganz gemächlich, blind und träumend und mittels Schläuchen am Leben erhalten. Bei Erreichen der Pubertät wollte sie mich herausholen, weil sie vermutete, ab diesem Zeitpunkt sei ich wohl eine taugliche Gesellschaft.«

»Wie furchtbar«, bedauerte ihn d'Branin. »Royd, mein Freund, das habe ich nicht geahnt.«

»Es tut mir leid, Kapitän«, sagte Melantha Jhirl. »Ihnen wurde die Kindheit gestohlen.«

»Ich habe nie etwas vermisst«, sagte Royd. »Auch sie nicht. Ihre Pläne gingen nicht auf, wissen Sie, es war alles vergebens. Einige Monate nach dem Klonen starb sie, damals war ich noch ein Fötus im Tank. Sie hat jedoch das Schiff für einen solchen Fall programmiert. Es schaltete den Überlichtantrieb aus und trieb elf Jahre lang durch den interstellaren Raum, während der Computer ...« Lächelnd unterbrach er sich. »Ich hätte fast gesagt: *Während der Computer aus mir einen Menschen machte.* Nun, immerhin hat dieser Computer mich zu dem gemacht, was auch immer ich jetzt bin. So also habe ich die *Nachtgleiter* geerbt. Nach meiner Geburt dauerte es einige Monate, bis ich mich mit der Handhabung des Schiffs vertraut gemacht hatte – und das Rätsel meiner eigenen Herkunft lösen konnte.«

»Faszinierend«, sagte Karoly d'Branin.

»Ja«, stimmte Lindran zu, die Linguistin, »aber es erklärt nicht, weshalb Sie sich nach wie vor vollständig abschotten.«

»Ah, das tut es doch«, bemerkte Melantha Jhirl. »Kapitän, vielleicht sollten Sie es den weniger verbesserten Modellen erklären?«

»Meine Mutter verabscheute Planeten«, sagte Royd. »Sie verabscheute Gestank und Schmutz und Bakterien, die Unberechenbarkeit des Wetters, den Anblick anderer Menschen. Sie hat ein vollkommen makelloses Umfeld für uns geschaffen, so steril, wie es nur irgend möglich ist. Auch an der Schwerkraft fand sie keinerlei Gefallen. Sie war von der jahrelangen Arbeit auf uralten Handelsschiffen, die sich keinen Schwerkraftsimulator leisten konnten, an die Schwerelosigkeit gewöhnt - und sie bevorzugte es so. Unter diesen Bedingungen wurde ich geboren und wuchs auf.

Mein Körper verfügt über kein wie auch immer geartetes Immunsystem, ich habe keine natürlichen Widerstandskräfte. Der Kontakt zu einem von Ihnen würde mich vermutlich umbringen, mit Sicherheit würde ich zumindest sehr krank werden. Meine Muskeln sind schwach, wenn nicht gar verkümmert. Die Schwerkraft, die die *Nachtgleiter* generiert, dient Ihrem Komfort, nicht dem meinen. Für mich ist es sehr qualvoll. In diesem Moment sitzt mein wirkliches Ich in einem schwebenden Sessel, der mein eigenes Körpergewicht nach Möglichkeit ausgleicht. Es bereitet mir dennoch Schmerzen, und möglicherweise werden meine inneren Organe Schäden davontragen. Das ist einer der Gründe, weshalb ich nur selten Passagiere an Bord nehme.«

»Sie teilen die Ansichten Ihrer Mutter, was Menschen betrifft?«, erkundigte sich Marij-Black.

»Nein, das tue ich nicht. Ich mag Menschen. Ich akzeptiere, was ich bin, aber ich habe es mir nicht freiwillig ausgesucht. Was es heißt, ein Mensch zu sein, erlebe ich auf dem einzigen Weg, der mir offensteht: über Stellvertreter. Ich konsumiere unersättlich Bücher und Holo-Aufnahmen, Erzählungen und Dramen und historische Aufzeichnungen aller Art. Ich habe sogar mit Traumstaub experimentiert. Und ab und an, wenn ich es wage, nehme ich Passagiere mit. In dieser Zeit sauge ich mich so voll mit ihrem Leben, wie ich nur kann.«

»Wenn Sie den Schwerkraftsimulator ausgeschaltet ließen, könnten Sie öfter jemanden mitnehmen«, schlug Lommie Thorne vor.

»Richtig«, erwiderte Royd höflich. »Allerdings hat sich herausgestellt, dass sich die meisten Planetengeborenen in der Schwerelosigkeit ebenso unwohl fühlen wie ich unter dem Einfluss der Schwerkraft. Ein Schiffsführer, der nicht über künstliche Schwerkraft verfügt oder sich dazu entscheidet, sie nicht einzuschalten, zieht sehr wenige Reisende an. Die wenigen Ausnahmen leiden während der Reise entweder an starker Übelkeit oder dämmern unter dem Einfluss von Medikamenten betäubt vor sich hin. Nein. Ich könnte mich auch durchaus unter meine Passagiere mischen, das weiß ich, wenn ich in meinem Stuhl sitzen bliebe und einen Schutzanzug trüge. Ich habe das schon ausprobiert. Aber leider führt das nicht dazu, dass ich stärker am Leben der anderen teilhaben kann – im Gegenteil. Ich wirke dann wie eine Abnormität, ein Verkrüppelter, jemand, der anders behandelt werden und auf Abstand gehalten werden muss. Ich ziehe die Isolation vor. Und so oft ich es wage, studiere ich die fremden Lebensformen, die ich als Passagiere an Bord nehme.«

»Die fremden Lebensformen?« Northwind sah verwirrt aus.

»Sie alle sind Angehörige einer fremden Lebensform für mich«, antwortete Royd.

Schweigen senkte sich über den Aufenthaltsraum der *Nachtgleiter*.

»Es tut mir so leid, dass das passiert ist, mein Freund«, sagte Karoly d'Branin. »Wir hätten nicht in Ihre persönlichen Angelegenheiten eindringen dürfen.«

»Leidtun«, murmelte Agatha Marij-Black. Erschauernd schob sie die Esperon-Ampulle in den Injektor. »Ja, es beantwortet alles, aber ist es auch die Wahrheit? Wir haben immer noch keinerlei Beweise dafür, nur eine neue Gutenachtgeschichte. Das Hologramm hätte genauso gut behaupten können, es sei eine Kreatur vom Jupiter, ein Computer oder meinetwegen auch ein verseuchter Kriegsverbrecher. Wir haben keine Möglichkeit, irgendeine seiner Behauptungen zu verifizieren. Obwohl – doch, eine Möglichkeit haben wir.« Mit zwei schnellen Schritten trat sie zum Tisch, auf dem Thale Lasamer lag. »Er bedarf noch immer einer Behandlung, und wir brauchen noch immer Gewissheit, und nachdem wir schon so weit gegangen sind, sehe ich keinen Sinn darin, wieder zurückzurudern. Weshalb sollten wir mit der Ungewissheit leben, wenn wir sie hier und jetzt beenden können?« Sie drückte den Kopf des Telepathen, der keinen Widerstand leistete, beiseite und setzte den Injektor an seiner Arterie an.

»Agatha«, sagte Karoly d'Branin. »Meinst du nicht ... vielleicht sollten wir auf diesen Beweis verzichten, jetzt, da Royd ...«

»NEIN!«, rief Royd. »Aufhören! Ich befehle es. Dies ist mein Schiff. Hören Sie damit auf, sonst ...«

»... sonst was?« Der Injektor zischte laut, und als sie ihn sinken ließ, wurde am Hals des Telepathen ein roter Punkt sichtbar.

Lasamer richtete sich halb auf, stützte sich auf die Ellbogen, und Marij-Black beugte sich nah zu ihm. »Thale«, sagte sie mit freundlicher, professioneller Therapeutenstimme, »konzentriere dich ganz auf Royd. Du schaffst es, wir alle wissen, wie gut du bist. Gleich wird das Esperon dich dabei unterstützen.«

Seine blassblauen Augen waren trüb. »Nicht nah genug«, murmelte er. »Eins, ich bin eine Eins, geprüft. Gut, du weißt, ich bin gut, aber ich muss näher *heran.*« Er zitterte.

Die Psi-Expertin legte ihm einen Arm um die Schultern, streichelte ihn, redete ihm gut zu. »Das Esperon erhöht deine Reichweite, Thale«, sagte sie. »Du wirst stärker. Merkst du schon, wie du stärker wirst? Alles wird ganz klar, ist es nicht so?« Ihre Stimme war ein beruhigendes Summen. »Du kannst hören, was ich denke, ich weiß, du kannst es, aber kümmere dich nicht weiter darum. Auch die anderen, achte nicht auf sie, all das Geplapper, die Gedanken, Begierden, ihre Ängste. Schieb es beiseite. Erinnerst du dich jetzt an die Gefahr, die uns droht? Erinnerst du dich? Such sie, Thale, such die Gefahr und finde sie. Schau hinter diese Wand dort, sag uns, was sich dahinter verbirgt. Erzähl uns von Royd. Hat er die Wahrheit gesagt? Finde es für uns heraus. Du bist gut, wir alle wissen es, du kannst es uns sagen.« Die stetig wiederholten Sätze klangen wie eine Beschwörung.

Er schüttelte sie ab und saß ohne Hilfe aufrecht. »Ich spüre es«, sagte er. Plötzlich klärte sich sein Blick. »Etwas ... mein Kopf tut weh ... ich habe *Angst!*«

»Hab keine Angst«, sagte Marij-Black. »Das Esperon macht dir keine Kopfschmerzen, es macht dich nur stärker. Wir sind alle bei dir, wir sind alle hier. Hier ist nichts, was du fürchten müsstest.« Sie strich ihm über die Stirn. »Sag uns, was du siehst.«

Thale Lasamer starrte Royds Geist mit den furchterfüllten Augen eines kleinen Jungen an, seine Zunge leckte nervös über die Unterlippe. »Er ist ...«

Sein Schädel explodierte.

Panik und Verwirrung.

Der Kopf des Telepathen explodierte mit vernichtender Gewalt, Blut, Knochensplitter und Gewebe regneten auf sie alle herab. Entsetzlich lange zuckte sein Körper heftig auf dem Tisch, leuchtend rot spritzte Blut aus den zerrissenen Arterien seines Halses, die Gliedmaßen zuckten in einem grauenhaften Tanz. Sein Kopf existierte nicht mehr, aber er lag nicht still.

Agatha Marij-Black, die am nächsten gestanden hatte, ließ den Injektor fallen und stand mit offenem Mund da. Sie war vollkommen durchnässt von seinem Blut und über und über bedeckt mit Knochenstückchen und Gewebebröckchen. Unter ihrem rechten Auge hatte sich ein langer Knochensplitter in die Haut gebohrt, und ihr eigenes Blut vermischte sich mit seinem. Sie schien es nicht einmal zu bemerken.

Rojan Christopheris war rücklings gestürzt, rappelte sich jetzt wieder auf und drückte sich fest an die Wand.

Dannel hörte nicht auf zu schreien, er schrie und schrie, bis Lindran ihm hart auf die blutverschmierte Wange schlug und ihm befahl, den Mund zu halten.

Alys Northwind fiel auf die Knie und brabbelte in irgendeiner fremden Sprache ein Gebet.

Karoly d'Branin saß sehr ruhig da, er blinzelte; den Becher mit heißer Schokolade, den er in der Hand hielt, hatte er vollkommen vergessen.

»Tut doch etwas«, wimmerte Lommie Thorne. »Jemand muss doch etwas *tun!*« Einer der Arme Lasamers zuckte schwach und streifte sie. Sie kreischte auf und stieß ihn fort.

Melantha Jhirl stellte ihr Brandyglas beiseite. »Reiß dich zusammen«, schnauzte sie Lommie an. »Er ist tot, er kann dir nichts tun.«

Alle Blicke richteten sich auf sie, nur d'Branin und Marij-Black schienen vor Schreck vollkommen erstarrt zu sein. Royds Projektion, wurde Melantha plötzlich klar, war verschwunden. Sie übernahm das Kommando.

»Dannel, Lindran, Rojan – ihr besorgt eine Plane oder etwas in der Art, in das wir ihn einwickeln und hier rausschaffen können. Alys, du und Lommie, ihr holt Wasser und Schwämme. Wir müssen hier sauber machen.« Als die anderen hastig taten, was sie ihnen aufgetragen hatte, trat sie zu d'Branin. »Karoly.« Behutsam legte sie ihm eine Hand auf die Schulter. »Bist du in Ordnung, Karoly?«

Seine grauen Augen blinzelten, er schaute zu ihr hoch. »Ich ... ja, ja, bin ich ... ich habe ihr gesagt, sie soll das nicht tun, Melantha. Ich habe es ihr gesagt.«

»Ja, du hast es ihr gesagt«, bestätigte Melantha Jhirl. Sie gab ihm einen aufmunternden Klaps und umrundete den Tisch, um sich Agatha Marij-Black zu widmen. »Agatha«, rief sie. Die Psi-Expertin reagierte nicht, nicht einmal, als Melantha sie an den Schultern fasste und schüttelte. Ihr Blick war leer. »Sie hat einen Schock«, verkündete Melantha. Beim Anblick des Knochensplitters, der aus Marij-Blacks Wange ragte, runzelte sie die Stirn. Behutsam zog sie den Splitter heraus und wischte ihr das Gesicht mit einer Serviette ab.

»Was sollen wir mit der Leiche tun?«, fragte Lindran. Sie hatten ein Laken aufgetrieben und Lasamers Überreste darin eingewickelt. Die Leiche hatte endlich aufgehört zu zucken, aber noch immer sickerte Blut heraus und färbte das Laken rot.

»Bringt sie in einen Frachtraum«, schlug Christopheris vor.

»Nein«, sagte Melantha, »das ist nicht hygienisch, sie wird verwesen.« Kurz grübelte sie. »Wickelt sie fest ein und bringt sie zur Hauptschleuse bei den Antrieben. Schiebt sie nach draußen und zurrt sie irgendwie fest. Zerreißt dafür das Laken, wenn nötig. Dort draußen im Vakuum ist sie am besten aufgehoben.«

Christopheris nickte, und die drei zogen mit Lasamers Leiche ab. Melantha wandte sich wieder zu Marij-Black um, aber nur kurz. Lommie Thorne, die mit einem Lappen das Blut vom Tisch wischte, begann plötzlich heftig zu würgen. Melantha fluchte. »Hilf ihr doch mal jemand«, befahl sie.

Endlich rührte sich Karoly d'Branin. Er erhob sich, nahm Lommie den blutgetränkten Lappen weg und brachte sie zu ihrem Schlafplatz.

»Ich schaff das nicht allein«, wimmerte Alys Northwind und wandte sich voller Ekel ab.

»Dann hilf mir hier mal«, sagte Melantha. Halb führten, halb trugen sie die Psi-Expertin aus dem Aufenthaltsraum, wuschen sie, zogen sie aus und verabreichten ihr eins ihrer eigenen Medikamente, damit sie einschlief. Danach machte Melantha mit dem Injektor die Runde: Northwind und Lommie Thorne benötigten milde Beruhigungsmittel, Dannel ein stärkeres.

Es sollte noch drei Stunden dauern, bis sie sich wieder versammelten.

Die Überlebenden trafen sich im größten der Frachträume, wo drei von ihnen in den Schlafnetzen lagen. Sieben von acht waren wirklich anwesend. Agatha Marij-Black war noch immer bewusstlos, sie schlief oder lag im Koma oder hatte einen schweren Schock erlitten, das konnte keiner mit Sicherheit sagen. Die anderen schienen sich halbwegs erholt zu haben, auch wenn sie noch immer blass und abgespannt wirkten. Alle hatten sich umgezogen, sogar Alys Northwind, die jetzt einen frischen Overall trug, der dem alten zum Verwechseln ähnelte. »Ich verstehe nicht«, sagte Karoly d'Branin. »Ich verstehe nicht, was ...«

»Royd hat ihn umgebracht«, stieß Northwind bitter hervor. »Sein Geheimnis war in Gefahr, also hat er ihn einfach – in Stücke gerissen. Wir haben es alle gesehen.«

»Ich kann das einfach nicht glauben«, sagte Karoly d'Branin gequält. »Ich kann es nicht. Royd und ich, wir haben uns viele, viele Nächte hindurch unterhalten, während ihr anderen schon geschlafen habt. Er ist sanftmütig, neugierig, feinfühlig. Ein Träumer. Er versteht das mit den *Volcryn*. Er würde, er *könnte* so etwas nicht tun.«

»Seine Projektion war allerdings reichlich schnell verschwunden, als es passiert ist«, sagte Lindran. »Und dir ist vielleicht aufgefallen, dass er seitdem nicht gerade viel dazu gesagt hat.«

»Auch wir anderen waren nicht unbedingt gesprächig«, sagte Melantha Jhirl. »Ich weiß nicht genau, was ich davon halten soll, aber ich tendiere zu Karolys Auffassung. Es gibt keinen Beweis dafür, dass der Kapitän für Thales Tod verantwortlich war. Irgendetwas geht hier vor, das keiner von uns so recht versteht.«

Alys Northwind grunzte. »Beweis«, wiederholte sie verächtlich.

»Tatsächlich«, fuhr Melantha unbeirrt fort, »bin ich nicht einmal davon überzeugt, dass überhaupt *irgendjemand* dafür verantwortlich ist. Es ist nichts passiert, bis Thale das Esperon injiziert wurde. Kann nicht vielleicht die Droge es verursacht haben?«

»Eine heftige Nebenwirkung«, murmelte Lindran.

Rojan Christopheris runzelte die Stirn. »Das ist zwar nicht mein Fachgebiet, aber ich halte es für ausgeschlossen. Esperon ist hochwirksam und hat sowohl auf körperlicher als auch auf psionischer Ebene ans Extreme grenzende Nebenwirkungen, aber nicht *so* extrem.«

»Und was«, fragte Lommie Thorne, »hat ihn dann umgebracht?«

»Möglicherweise ist seine eigene Gabe ihm zum Verhängnis geworden«, mutmaßte der Xenobiologe, »unzweifelhaft massiv durch die Droge gesteigert. Und wer weiß? Vielleicht hat das Esperon neben der Verstärkung seiner telepathischen Empfänglichkeit noch andere, latente Psi-Fähigkeiten in ihm wachgerufen.«

»Zum Beispiel?«, erkundigte sich Lommie.

»Telekinese. Auf biologischer Ebene.«

Melantha Jhirl war ihm weit voraus. »Esperon erhöht ohnehin schon den Blutdruck. Man erhöhe den Schädelinnendruck, indem man das Blut aus dem Körper in den Schädel drückt. Man reduziere zeitgleich den Luftdruck rings um den Kopf, indem man per Teke ein vorübergehendes Vakuum erschafft. Malt euch den Rest selbst aus.«

Das taten sie, und es gefiel niemandem.

»Wer wäre dazu in der Lage?«, fragte Karoly d'Branin. »Es könnte ja höchstens er selbst gewesen sein, ein Opfer seiner eigenen, außer Kontrolle geratenen Gabe.«

»Oder sie wurde von jemand noch Begabterem gegen ihn gerichtet«, wandte Alys Northwind stur ein.

»Kein menschlicher Telepath verfügt über die Macht, Körper, Verstand und Seele eines anderen dem eigenen Willen zu unterwerfen, nicht einmal für die Dauer eines Lidschlags.«

»Richtig«, gab die stämmige Xenotechnikerin zurück. »Kein *menschlicher* Telepath.«

»Gasriesen-Bewohner?«, höhnte Lommie Thorne.

Alys Northwind starrte sie verächtlich an. »Ich könnte jetzt was über Creys erzählen oder über die Seelensauger der *githyanki*, oder ich zähle dir ein halbes Dutzend der anderen auf, die mir einfallen. Um nur einen davon zu nennen: ein Kopf der Hranganer.«

Das war ein erschreckender Gedanke. Beim Gedanken an die Möglichkeit, dass sich in der Schaltzentrale der *Nachtgleiter* die unermessliche, feindselige Macht eines Hranganischen Kopfs verbarg, verfielen sie in unbehagliches Schweigen, bis Melantha Jhirls kurzes, spöttisches Lachen den Bann brach. »Das sind doch Hirngespinste, Alys. Denk doch bitte kurz darüber nach, wie lächerlich das ist – wenn das nicht zu viel verlangt ist. Ihr alle seid doch angeblich Xeno-Wissenschaftler, jedenfalls die meisten von euch, Fachleute für Sprachen, Psychologie, Biologie und Technologie fremdartiger Lebensformen. Würdet ihr mal bitte damit anfangen, euch auch wie welche zu benehmen? Wir lagen mit Alt-Hrangan tausend Jahre lang im Krieg, aber *niemals* während dieser langen, langen Zeit waren wir imstande, auch nur mit einem von ihnen zu kommunizieren. Wenn Royd Eris ein Hranganer ist, haben die überlebenden Hranganer ihre Konversationsfertigkeiten seit dem Zusammenbruch ganz bemerkenswert verbessert.«

Alys Northwind lief rot an. »Du hast recht«, gab sie zu, »ich bin wirklich überreizt.«

»Freunde«, sagte Karoly d'Branin, »wir dürfen nicht zulassen, dass Panik und Hysterie unsere Handlungen diktieren. Es ist etwas Furchtbares passiert. Einer unserer Kollegen ist tot, und wir wissen nicht, wie genau das geschehen konnte. Bis wir Näheres wissen, müssen wir einfach weitermachen, so gut es geht. Es ist nicht der richtige Zeitpunkt für übereilte Maßnahmen, die einen Unschuldigen treffen mögen. Vielleicht werden wir es erfahren, wenn wir erst zurück auf Avalon sind und die Angelegenheit untersucht wird. Ist die Leiche sicher verwahrt?«

»Wir haben sie durch die Luftschleuse in den Antriebsraum geschoben«, sagte Dannel. »Sie wird nicht verwesen.«

»Dann kann sie gleich nach unserer Rückkehr untersucht werden«, sagte d'Branin.

»Die umgehend stattfinden sollte«, ergänzte Northwind. »Sag Eris, er soll umkehren.«

»Aber die *Volcryn!*« D'Branin wirkte bestürzt. »Wenn meine Berechnungen stimmen, dann erreichen wir sie in weniger als einer Woche! Die Rückkehr würde uns sechs Wochen kosten. Das sichere Wissen um ihre Existenz ist doch sicher eine zusätzliche Woche wert? Thale würde nicht wollen, dass sein Tod ganz umsonst gewesen ist.«

»Bevor er gestorben ist, hat Thale von fremdartigen Lebensformen fantasiert, von einer Bedrohung«, beharrte Northwind. »Wir haben es gerade sehr eilig, einige fremdartige Lebensformen einzuholen. Was ist, wenn die Bedrohung von *ihnen* ausgeht? Vielleicht sind diese *Volcryn* noch um einiges mächtiger als ein Hranganischer Kopf, und vielleicht wollen sie gar nicht eingeholt, untersucht und beobachtet werden. Was dann, Karoly? Hast du diese Möglichkeit jemals in Erwägung gezogen? Deine ganzen Geschichten – handeln einige davon etwa nicht von schrecklichem Unglück, dass denen zugestoßen ist, die den *Volcryn* begegnet sind?«

»Legenden«, sagte d'Branin. »Aberglauben.«

»In einer dieser Legenden verschwindet eine ganze Fyndii-Horde spurlos«, warf Rojan Christopheris ein.

»Wir können doch nicht solche Gruselgeschichten zur Grundlage unserer Entscheidungen machen«, widersprach d'Branin.

»Vielleicht ist an diesen Geschichten nichts dran«, sagte Northwind, »aber willst du es ernsthaft riskieren? *Ich* will es jedenfalls nicht. Wozu? Was du über die *Volcryn* herausgefunden hast, ist vielleicht erfunden, übertrieben oder völliger Unsinn, deine Interpretationen und Berechnungen könnten fehlerhaft sein, oder vielleicht haben die *Volcryn* inzwischen den Kurs geändert - möglicherweise sind sie, wenn wir in den Normalraum eintreten, viele Lichtjahre entfernt oder sogar überhaupt nicht da.«

»Ach so«, sagte Melantha Jhirl, »ich verstehe. Also sollten wir auf keinen Fall weiterfliegen, weil sie sowieso gar nicht da sind, und davon abgesehen sind sie womöglich gefährlich.«

D'Branin schmunzelte, Lindran lachte. »Das ist nicht witzig«, protestierte Alys Northwind, aber sie sagte nichts mehr.

»Nein«, sagte Melantha, »in welcher Gefahr wir uns auch befinden mögen - oder eben nicht -, in der kurzen Zeitspanne, die wir benötigen, um in den Normalraum einzutreten und uns nach den *Volcryn* umzuschauen, wird sie sich wohl kaum bedeutend erhöhen. Das müssen wir ja ohnehin tun, um den Rückflug nach Avalon zu programmieren. Und davon abgesehen haben wir um dieser *Volcryn* willen einen langen Weg hinter uns, und ich gestehe, ich bin neugierig.«

Sie sah einen nach dem anderen an, aber niemand sagte etwas. »Wir fliegen weiter«, entschied sie.

»Und Royd?«, wollte Christopheris wissen. »Was unternehmen wir seinetwegen?«

»Was können wir denn unternehmen?«, fragte Dannel.

»Wir behandeln den Kapitän genau wie vorher auch«, sagte Melantha entschieden. »Wir sollten Verbindung zu ihm aufnehmen und mit ihm reden. Vielleicht lassen sich einige der Fragen klären, die uns zu schaffen machen, wenn Royd sich darauf einlässt, offen mit uns zu sprechen.«

»Vermutlich ist er ebenso entsetzt und bestürzt wie wir, meine Freunde«, sagte d'Branin. »Möglicherweise befürchtet er, dass wir ihm die Schuld dafür geben und ihm an den Kragen wollen.«

»Ich wäre dafür, die Wand zu seinem Sektor des Schiffs zu durchbrechen und ihn dort rauszuzerren, um sich tretend und schreiend, wenn nötig«, sagte Christopheris. »Wir haben das nötige Werkzeug da. Dann hätten sich unsere Befürchtungen rasch erledigt.«

»Das könnte seinen Tod bedeuten«, gab Melantha zu bedenken. »Und es würde von seiner Seite aus den Einsatz aller Mittel rechtfertigen, um uns aufzuhalten. Er steuert dieses Schiff. Ihm stehen alle Möglichkeiten offen, wenn er zu dem Schluss kommt, wir seien als Feinde zu betrachten.« Nachdrücklich schüttelte sie den Kopf. »Nein, Rojan, wir können Royd nicht angreifen. Im Gegenteil, wir müssen ihn beruhigen. Das übernehme ich, wenn niemand anderes mit ihm reden will.«

Kein Freiwilliger trat vor. »In Ordnung. Ich möchte nicht, dass einer von euch eine Dummheit anstellt. Tut eure Arbeit. Benehmt euch normal.«

Karoly d'Branin nickte. »Lasst uns jetzt nicht an Royd und den armen Thale denken. Wir haben genug mit den Vorbereitungen zu tun, das wird uns ablenken. Bevor wir in den Normalraum eintreten, müssen sämtliche Sensoren einsatzbereit sein, damit wir unsere Beute so schnell wie möglich aufspüren. Wir müssen alles überprüfen, was wir über die *Volcryn* wissen.« Er vertiefte sich mit den Linguisten in ein Gespräch über die Vorbereitungen, die sie treffen sollten, kurz darauf wandte sich das Gespräch den *Volcryn* zu, und nach und nach wich die Angst aus den Mitgliedern des Teams.

Still saß Lommie Thorne da und lauschte, geistesabwesend rieb sie mit dem Daumen über ihr Implantat am Handgelenk, aber niemandem fiel ihr nachdenklicher Blick auf.

Nicht einmal Royd Eris, der seine Passagiere beobachtete.

Als Melantha Jhirl zum Aufenthaltsraum zurückkehrte, war sie allein.

Irgendjemand hatte das Licht ausgeschaltet. »Kapitän?«, fragte sie behutsam.

Er erschien vor ihr; bleich und schwach lumineszierend, mit blinden Augen. Seine Kleidung, durchsichtig und längst aus der Mode gekommen, schimmerte in allen Schattierungen von Weiß und Blau. »Hallo, Melantha«, drang die sanfte Stimme aus dem Kommunikationssystem, und die Lippen des Geists bewegten sich synchron dazu.

»Haben Sie alles gehört, Kapitän?«

»Ja«, sagte er, mild erstaunt. »Auf meiner *Nachtgleiter* höre und sehe ich alles, Melantha. Nicht nur im Aufenthaltsraum, nicht nur dann, wenn die Kommunikationssysteme und Monitore eingeschaltet sind. Wie lange wissen Sie es schon?«

»Wissen?« Sie lächelte. »Seit Sie Alys' Gasriesenlösung des Royd'schen Mysteriums gelobt haben. An dem Abend war das Kommunikationssystem nicht eingeschaltet. Sie konnten es nicht wissen. Es sei denn ...«

»Ich habe noch nie einen Fehler gemacht«, sagte Royd. »Ich habe es Karoly gesagt, aber das habe ich freiwillig getan. Es tut mir leid. Ich stand sehr unter Druck.«

»Ich glaube Ihnen, Kapitän«, versicherte sie ihm. »Und machen Sie sich keine Gedanken. Ich bin das verbesserte Modell, wissen Sie noch? Gedacht habe ich es mir schon vor Wochen.«

Eine Weile schwieg Royd. Dann: »Wann fangen Sie damit an, mich zu beruhigen?«

»Ich bin schon dabei. Fühlen Sie sich noch nicht ruhiger?«

Die Erscheinung hob die geisterhaften Schultern. »Ich bin froh, dass Sie und Karoly nicht denken, ich hätte diesen Mann getötet. Aber ich habe Angst. Es gleitet mir alles aus der Hand, Melantha. Warum hat sie nicht auf mich gehört? Ich sagte Karoly, er solle ihn weiterhin betäuben. Ich habe Agatha gesagt, sie soll ihm diese Injektion nicht verabreichen. Ich habe sie gewarnt.«

»Sie hatten ebenfalls Angst«, sagte Melantha. »Sie haben befürchtet, dass Sie versuchen, sie davon abzuhalten, um irgendeinen schrecklichen Plan in die Tat umzusetzen. Ich weiß es nicht genau. In gewissem Sinne war es meine Schuld. Ich war es, die vorgeschlagen hat, ihm Esperon zu geben. Ich dachte, es würde Thale beruhigen, und wir würden zudem etwas über Sie herausfinden.« Sie verzog das Gesicht. »Neugier mit tödlichen Folgen. Jetzt klebt sein Blut an meinen Händen.«

Melanthas Augen gewöhnten sich an die Dunkelheit. Im schwachen Licht sah sie den Tisch, auf dem sich das Unglück abgespielt hatte; über die Tischplatte und die Teller und die Becher und Tassen mit kaltem Tee und kalter Schokolade zogen sich dunkle Streifen trocknenden Bluts. Sie erschauerte. »Ich fühle mich hier nicht wohl.«

»Wenn Sie gehen möchten – ich kann mitkommen, wo immer Sie hingehen.«

»Nein«, sagte sie, »ich bleibe. Royd, ich denke, es wäre besser, wenn Sie *nicht* überall wären, wo wir hingehen. Wenn Sie sozusagen still und unsichtbar blieben. Wenn ich Sie darum bitten würde, schalten Sie dann die Kameras im Schiff aus? Bis auf die im Aufenthaltsraum vielleicht. Den anderen würde es damit sehr viel besser gehen.«

»Sie wissen nichts darüber.«

»Sie werden es herausfinden. Ihnen ist diese Bemerkung über Gasriesen herausgerutscht. Es könnte inzwischen schon jemandem aufgefallen sein.«

»Selbst wenn ich Ihnen versichere, dass ich Sie nicht mehr beobachte, hätten Sie keinerlei Gewissheit, dass ich die Wahrheit sage.«

»Ich könnte Ihnen einfach vertrauen«, sagte Melantha Jhirl.

Schweigen. Die Erscheinung starrte vage in ihre Richtung. »Wie Sie wünschen«, sagte Royd schließlich. »Es ist alles ausgeschaltet. Ich sehe und höre nur noch, was hier drinnen geschieht. Jetzt, Melantha, müssen Sie mir versprechen, die anderen im Zaum zu halten. Keine geheimen Pläne, keine Versuche, in meinen Sektor einzudringen. Können Sie mir das versprechen?«

»Ich denke ja«, sagte sie.

»Haben Sie meine Geschichte geglaubt?«, wollte Royd wissen.

»Ah«, sagte sie. »Eine seltsame und erstaunliche Geschichte, Kapitän. Wenn es eine Lüge war, können wir jederzeit sehr gern unsere Lügengeschichten austauschen. Sie sind ganz ausgezeichnet darin. Wenn es die Wahrheit ist, dann sind Sie ein seltsamer und erstaunlicher Mann.«

»Es ist die Wahrheit«, sagte der Geist leise. »Melantha ...«

»Ja?«

»Stört es Sie, dass ich ... Sie beobachtet habe? Während Sie nichts davon wussten?«

»Ein wenig«, sagte sie, »aber ich schätze, ich verstehe es auch.«

»Ich habe Ihnen beim Kopulieren zugeschaut.«

Sie lächelte. »Ah, darin bin ich gut.«

»Das kann ich nicht beurteilen«, sagte er. »Aber Sie sind wunderbar dabei anzuschauen.«

Schweigen. Sie versuchte das regelmäßige, schwache Tröpfeln zu ihrer Rechten zu überhören. »Ja«, sagte sie nach langem Zögern.

»Ja? Was ja?«

»Ja, Royd. Ich würde wahrscheinlich mit Ihnen schlafen, wenn es möglich wäre.«

»Woher wissen Sie, was ich denke?« Plötzlich klang seine Stimme aufgescheucht, fast verängstigt.

»Ganz ruhig«, sagte sie erschrocken. »Ich bin ein verbessertes Modell. Und es war nicht schwer zu erraten. Ich habe es Ihnen gesagt, wissen Sie noch? Ich bin Ihnen drei Schritte voraus.«

»Sie sind aber kein Telepath, oder?«

»Nein«, sagte Melantha. »Nein.«

Royd überlegte lange. »Ich glaube, ich bin beruhigt«, sagte er endlich.

»Gut.«

»Melantha«, fügte er hinzu, »eins noch. Manchmal ist es nicht gut, den anderen zu weit voraus zu sein. Verstehen Sie, was ich meine?«

»Oh? Nein, eigentlich nicht. Sie machen mir Angst. Jetzt beruhigen Sie mich. Sie sind dran, Kapitän.«

»Womit?«

»Was ist hier passiert? In Wirklichkeit?«

Royd antwortete nicht.

»Ich denke, Sie wissen etwas darüber«, sagte Melantha. »Sie haben Ihr Geheimnis gelüftet, um uns davon abzuhalten, Lasamer Esperon zu injizieren. Selbst als Ihr Geheimnis kein Geheimnis mehr war, haben Sie uns befohlen, die Injektion zu unterlassen. Weshalb?«

»Esperon ist ein gefährliches Medikament.«

»Dahinter steckt mehr, Kapitän«, sagte sie. »Sie weichen aus. Was hat Thale Lasamer getötet? Oder war es ein Jemand?«

»*Ich* war es nicht.«

»Einer von uns? Die *Volcryn?*«

Royd schwieg.

»Ist ein Mitglied einer fremdartigen Lebensform an Bord, Kapitän?«

Schweigen.

»Sind wir in Gefahr? Bin *ich* in Gefahr, Kapitän? Ich fürchte mich nicht. Ist das dumm von mir?«

»Ich mag Menschen«, sagte Royd nach einer Pause. »Wenn ich es ertragen kann, habe ich gern Passagiere an Bord. Ich beobachte sie, ja. Das ist nichts wirklich Schlimmes. Ich habe vor allem Sie und Karoly sehr gern. Ich werde nicht zulassen, dass Ihnen etwas zustößt.«

»Was könnte uns denn zustoßen?«

Royd schwieg.

»Und was ist mit den anderen, Royd? Christopheris und Northwind, Dannel und Lindran, Lommie Thorne? Achten Sie auch auf ihre Sicherheit? Oder nur auf Karolys und meine?«

Keine Antwort.

»Sie sind heute Abend nicht sehr gesprächig«, stellte sie fest.

»Ich bin sehr aufgewühlt«, antwortete seine Stimme. »Und manchmal ist es besser, nicht zu viel zu wissen. Gehen Sie ins Bett, Melantha Jhirl. Wir haben uns lange genug unterhalten.«

»In Ordnung, Kapitän«, sagte sie, lächelte dem Geist zu und hob eine Hand. Seine hob sich ebenfalls. Warmes dunkles Fleisch und bleiches Licht streiften sich, verschmolzen, wurden eins. Melantha Jhirl wandte sich zum Gehen. Erst draußen im Gang, in der Sicherheit des Lichts, fing sie an zu zittern.

Pseudomitternacht.

Die Gespräche waren nach und nach zum Erliegen gekommen, und einer nach dem anderen verschwanden die Wissenschaftler im Bett. Selbst Karoly d'Branin hatte die Segel gestrichen, sein Appetit auf heiße Schokolade hatte durch die Ereignisse im Aufenthaltsraum empfindlich gelitten.

Die Linguisten hatten es hart und laut miteinander getrieben, bevor sie sich dem Schlaf ergeben hatten, als hätten sie sich angesichts Thale Lasamers grauenhaften Todes gegenseitig versichern müssen, dass sie noch am Leben waren. Rojan Christopheris hatte Musik gehört. Aber jetzt waren sie alle still.

Schweigen erfüllte die *Nachtgleiter*.

In der Dunkelheit des größten Frachtraums hingen drei Schlafnetze nebeneinander. Melantha Jhirl krümmte sich hin und wieder im Schlaf, das Gesicht verzerrt, als hielte ein Albtraum sie gefangen. Alys Northwind lag flach auf dem Rücken und schnarchte und schnaufte laut, ein beruhigendes, gleichmäßiges Geräusch aus den Tiefen ihres massiven, fleischigen Brustkorbs.

Lommie Thorne lag grübelnd wach.

Schließlich richtete sie sich auf und glitt zu Boden, nackt, lautlos, so leichtfüßig und vorsichtig wie eine Katze. Sie streifte eine enge Hose über, schlüpfte in ein schwarzmetallisches Oberteil mit weiten Ärmeln, legte eine silberne Kette als Gürtel um ihre Taille und schüttelte das kurze Haar aus. Auf ihre Stiefel verzichtete sie, barfuß war sie leiser. Ihre Füße waren klein und weich, frei von Schwielen und Hornhaut.

Vorsichtig schlich sie zum mittleren Schlafnetz und rüttelte an Alys Northwinds Schulter. Unvermittelt erstarb das Schnarchen. »Was?«, grunzte die Xenotechnikerin verärgert.

»Komm«, flüsterte Lommie Thorne und winkte ihr zu.

Schwerfällig kam Northwind auf die Beine, blinzelte und folgte der Kybernetikerin in den Gang. Sie hatte in ihrem Overall geschlafen, er klaffte vorn fast bis zum Schritt hinunter auf. »Was zum Teufel«, brummte sie, verwirrt und alles andere als angetan.

»Es gibt eine Möglichkeit, herauszufinden, ob Royd die Wahrheit gesagt hat«, sagte Lommie Thorne vorsichtig. »Melantha wäre damit allerdings nicht einverstanden. Wollen wir es versuchen?«

»Was?«, fragte Northwind, aber in ihrem Gesicht erwachte Interesse.

»Komm«, forderte die Kybernetikerin sie auf.

Lautlos schlichen sie durchs Schiff zum Computerraum. Das System war hochgefahren, aber auf Stand-by. Leise traten sie ein; niemand außer ihnen war da. Lichtströme flossen seidenweich durch die kristallinen Kanäle des Datengitters, trafen zusammen, vereinten sich und teilten sich wieder; Flüsse aus schwachem, vielfarbigem Licht, die eine schwarze Landschaft durchkreuzten. Im Raum herrschte Dämmerlicht, und das einzige Geräusch war ein für das menschliche Ohr kaum wahrnehmbares Summen, bis Lommie Thorne die Stille unterbrach, Tasten drückte, Schalter umlegte und die stummen, schimmernden Ströme umlenkte. Langsam erwachte die Maschine zum Leben.

»Was *tust* du da?«, fragte Alys Northwind.

»Karoly hat mich angewiesen, unser System mit dem Schiffscomputer zu verbinden«, antwortete Lommie Thorne, ohne ihre Arbeit zu unterbrechen. »Er sagte, Royd wolle sich die *Volcryn*-Daten anschauen. Schön, habe ich gemacht. Verstehst du, was das bedeutet?« Wenn sie sich bewegte, wisperte ihr Oberteil leise, metallische Klänge.

Eifer belebte Alys Northwinds flache Gesichtszüge. »Beide Systeme sind verbunden!«

»Korrekt. Also kann Royd etwas über die *Volcryn* herausfinden, und wir kommen an Informationen über Royd heran.« Sie runzelte die Stirn. »Ich wünschte, ich wüsste mehr über das Bordsystem der *Nachtgleiter*, aber ich komme schon klar. Das System, das d'Branin für die Mission angefordert hat, ist ziemlich ausgeklügelt.«

»Kannst du damit das System von Eris übernehmen?«

»Übernehmen?«, fragte Lommie verwirrt. »Hast du wieder getrunken?«

»Nein, ernsthaft. Verschaff dir über dein System Zugang zu den Bordkontrollen, setz Eris schachmatt, widerruf seine Befehle und sorg dafür, dass die *Nachtgleiter* von hier aus zu steuern ist. Würdest du dich nicht auch deutlich sicherer fühlen, wenn das Schiff in unserer Hand wäre?«

»Vielleicht«, sagte die Kybernetikerin skeptisch. »Ich könnte es versuchen, aber wozu?«

»Nur sicherheitshalber. Wir müssen ja keinen Gebrauch davon machen. Aber im Notfall hätten wir es in der Hinterhand.«

Lommie Thorne seufzte. »Notfälle und Gasriesen. Ich will doch nur endlich über Royd Bescheid wissen, damit ich ruhig schlafen kann und mich nicht ständig frage, ob er etwas mit Lasamers Tod zu tun hatte.« Sie beugte sich zu einem Kontrollpult, das von einem halben Dutzend quadratmetergroßer Bildschirme umzingelt war, und schaltete einen davon ein. Schlanke Finger glitten über holografische Tasten, die nach Bedarf erschienen und verschwanden, unablässig veränderte die Tastatur ihre Form. Das hübsche Gesicht der Kybernetikerin nahm einen nachdenklichen, ernsten Ausdruck an. »Wir sind drin«, verkündete sie. Buchstaben flossen über den Bildschirm, flackerten rot über spiegelglatte Tiefen. Auf einem zweiten Bildschirm erschien eine schematische Darstellung der *Nachtgleiter*, drehte sich, zerfiel in zwei Hälften; ihre Sektoren veränderten auf Lommies Wink hin gehorsam Größe und Blickwinkel, und darüber erschien eine Zahlenreihe und lieferte die genauen Daten. Lange schaute die Kybernetikerin auf den Bildschirm, und endlich fror sie die Ansicht auf beiden Monitoren ein.

»Hier«, sagte sie, »hier ist die Antwort auf meine Frage nach dem Bordsystem. Deine Idee, das Kommando zu übernehmen, kannst du vergessen, wenn uns nicht deine Freunde vom Gasplaneten dabei helfen. Die *Nachtgleiter* ist größer und schlauer als unser kleines System. Klingt logisch, wenn man drüber nachdenkt. Das Schiff ist vollständig automatisiert, mal abgesehen von Royd.«

Auf ihre Handbewegung hin flackerten zwei weitere Bildschirme auf. Lommie Thorne pfiff durch die Zähne und feuerte ihr Suchprogramm mit schmeichelnder Stimme an. »Jedenfalls aber sieht es so aus, als ob es wirklich einen Royd gibt. Die Konfigurationen würden bei einem vollständig automatisierten Schiff keinen Sinn ergeben. Verdammt, ich hätte ja drauf gewettet.« Das Bild geriet wieder in Bewegung, Lommie betrachtete die vorbeitreibenden Zahlenkolonnen. »Hier sind die Parameter für das Lebenserhaltungssystem, mal sehen, ob das aufschlussreich ist.« Auf einen Tastendruck hin fror das Bild wieder ein.

»Nichts, was irgendwie auffällig wäre«, stellte Alys Northwind enttäuscht fest.

Lommie nickte. »Standard-Müllentsorgung per Massekonverter. Wasseraufbereitung. Die Lebensmittelanlage hat reichlich Protein und Vitaminpräparate gelagert.« Sie fing an zu pfeifen. »Behälter mit Rennys Moos und Neongras, um das CO_2 umzuwandeln. Offenbar atmet Royd Sauerstoff. Kein Methan oder Ammoniak, tut mir leid.«

»Treibs doch mit einem Computer.«

Die Kybernetikerin lächelte. »Hast du das etwa schon mal ausprobiert?« Wieder bewegten sich ihre Finger. »Wonach soll ich noch Ausschau halten? Irgendwelche Ideen?«

»Such mal nach einem Nährtank, den notwendigen Einrichtungen zum Klonen, solches Zeug«, schlug die Xenotechnikerin vor. »Dann sehen wir, ob er gelogen hat.«

»Ich weiß nicht recht«, wandte Lommie Thorne ein. »Das ist so lange her. Vielleicht hat er den Kram schon rausgeworfen, weil er keine Verwendung dafür hat.«

»Such seine Lebensgeschichte«, sagte Northwind. »Die seiner Mutter. Versuch was über ihre Geschäfte rauszufinden, über diese angeblichen Handelsgeschäfte. Es muss Aufzeichnungen geben. Rechnungsbücher, Bilanzen, Quittungen für die Fracht, so was alles.« Ihre Stimme klang immer aufgeregter, und sie packte die Kybernetikerin von hinten an den Schultern. »Ein Logbuch, es muss ein Schiffslogbuch geben! Los, such es!«

»In Ordnung.« Lommie Thorne pfiff vergnügt, ganz im Einklang mit ihrem System, sie ritt auf den Datenströmen dahin, neugierig, alles im Griff. Dann leuchtete der Bildschirm vor ihr rot auf und fing an zu blinken. Lächelnd berührte sie einen geisterhaften Knopf, die Tastatur schmolz dahin und bildete sich neu. Sie versuchte es mit einer anderen Strategie. Drei weitere Bildschirme blinkten rot. Ihr Lächeln verblasste.

»Was ist los?«

»Sicherheitssystem«, sagte Lommie Thorne. »Das knacke ich, gib mir eine Sekunde.« Wieder veränderte sich die Tastatur, sie startete ein neues Suchprogramm, diesmal ein getarntes, damit es nicht geblockt wurde. Ein weiterer Bildschirm wurde rot. Sie fütterte ihr Programm mit den Daten, die sie zusammengetragen hatte, und versuchte es erneut. Noch mehr Rot. Blinkend. Flackernd. Hell genug, dass das Hinsehen schmerzte. Inzwischen waren alle Bildschirme rot. »Ein gutes Sicherheitssystem«, sagte sie anerkennend. »Das Schiffslog ist bestens geschützt.«

Alys Northwind grunzte. »Werden wir geblockt?«

»Ich bin zu langsam«, sagte Lommie und kaute nachdenklich auf ihrer Unterlippe. »Das lässt sich ändern.« Lächelnd rollte sie einen Ärmel aus geschmeidigem schwarzen Metall hoch.

»Was hast du vor?«

»Schau einfach zu.« Lommie schob den Arm unter das Steuerpult, fand den Port und verband sich mit dem System.

»Ah«, seufzte sie tief. Ein Bildschirm nach dem anderen zeigte wieder Daten, während sie ihren Geist in das System der *Nachtgleiter* aussandte und alles umschiffte, was sie aufzuhalten versuchte. »Nichts ist so gut, wie unter einem anderen Sicherheitssystem durchzurutschen. Als würde man über einen Mann drüberrutschen.« Über die Bildschirme wirbelten Logbucheinträge, so schnell, dass sie vor den Augen verschwammen, viel zu schnell für Alys. Aber Lommie konnte sie lesen.

Dann erstarrte sie.

»Oh«, sagte sie, es klang fast wie ein Wimmern. »Kalt.« Sie schüttelte den Kopf, und es war vorbei, aber dafür hörte sie jetzt ein Geräusch, ein fürchterliches Kreischen. »Verdammt«, fluchte sie, »das wird alle wecken.« Alys' Finger gruben sich schmerzhaft tief in ihren Arm, und sie schaute auf.

Eine graue Stahlplatte glitt fast lautlos aus der Wand beim Eingang und schnitt den Lärm der Alarmsirenen ab. »Was?«, fragte Lommie Thorne.

»Das ist eine Luftschleusenverriegelung für Notfälle«, sagte Alys Northwind tonlos. Mit Sternenschiffen kannte sie sich aus. »Sie verschließt den Frachtraum, wenn im luftleeren Raum etwas ein- oder ausgeladen wird.«

Ihre Blicke huschten zu der riesigen, gebogenen Außenschleuse, die über ihnen aufragte. Der innere Teil der Schleuse war fast vollständig geöffnet, und während sie noch hinschauten, rastete sie klickend in die Wand ein. Der äußere Teil der Schleuse wurde um einen guten halben Meter aufgerissen, glitt weiter auf, und im offenen Spalt war nichts als wirbelnde Leere, so gleißend hell, dass es die Netzhaut verbrannte.

»Oh«, machte Lommie Thorne, als die Kälte ihren Arm hinauffloss. Sie hatte aufgehört zu pfeifen.

Das Gellen der Sirenen erfüllte das ganze Schiff. Die Passagiere regten sich. Melantha Jhirl stürzte fast aus ihrem Schlafnetz und schoss in den Gang hinaus, nackt und in höchster Alarmbereitschaft. Karoly d'Branin setzte sich schlaftrunken auf. Die Psi-Expertin murmelte unruhig im Drogenschlummer. Rojan Christopheris schrie panisch auf.

In weiter Ferne kreischte reißendes Metall, ein heftiges Beben durchlief das Schiff, schleuderte die Linguisten aus ihren Schlafnetzen und riss Melantha Jhirl von den Füßen.

Im Kommandosektor der *Nachtgleiter* gab es einen runden Raum mit vollkommen glatten, weißen Wänden, in dessen Mitte schwerelos eine Kugel schwebte – ein Kontrollpult. Wenn das Schiff in Überlichtgeschwindigkeit flog, waren die Wände weiß und leer, der Anblick der verdrehten und grellen Unterseite der Raumzeit war für das menschliche Hirn schmerzhaft und kaum zu ertragen.

Jetzt aber erwachte in diesem Raum Dunkelheit zum Leben, eine holografische Darstellung der Welt außerhalb der Schiffswände; kalte Schwärze, übersät mit Sternen, eisige, stetig leuchtende Punkte, kein Oben, kein Unten und keine Richtung, und in dem simulierten Meer aus Nacht gab es nichts außer dem schwebenden Kontrollpult.

Die *Nachtgleiter* war in den Normalraum zurückgefallen.

Melantha Jhirl rappelte sich auf und schaltete die nächste Kommunikationseinheit ein. Noch immer gellte der Alarm, sie konnte kaum ihre eigene Stimme hören. »Kapitän«, brüllte sie, »was ist hier los?«

»Ich weiß es nicht«, antwortete ihr Royd. »Ich versuche es herauszufinden. Warten Sie.«

Sie wartete. Direkt hinter Karoly d'Branin, der blinzelnd in den Gang stolperte und sich die Augen rieb, kam Rojan Christopheris. »Was ist los? Was ist passiert?«, wollte er wissen, aber Melantha schüttelte nur den Kopf. Kurz darauf tauchten auch Lindran und Dannel auf, aber keine Spur von Marij-Black, Alys Northwind oder Lommie Thorne. Unbehaglich betrachteten die Wissenschaftler die glatte Stahlwand, die den dritten Frachtraum verschloss. Nach einer Weile schickte Melantha Christopheris los, um nach den anderen zu schauen. Wenige Minuten später kam er zurück. »Agatha ist noch immer bewusstlos.« Um den Alarm zu übertönen, musste er fast schreien. »Noch immer betäubt. Aber sie bewegt sich und schreit.«

»Alys und Lommie?«

Ein Schulterzucken. »Ich habe sie nicht gesehen. Frag doch deinen Freund Royd.«

Endlich verstummte der Alarm, und die Kommunikationseinheit schaltete sich ein. »Wir sind wieder in den Normalraum eingetreten«, hörten sie Royds Stimme, »aber das Schiff ist beschädigt. Frachtraum drei ist bei Überlichtgeschwindigkeit gewaltsam geöffnet worden. Die Strömungen haben ihn regelrecht zerfetzt. Glücklicherweise hat der Bordcomputer uns in den Normalraum zurückversetzt, sonst hätten die auf uns wirkenden Kräfte womöglich mein ganzes Schiff zerstört.«

»Royd«, sagte Melantha, »Northwind und Thorne sind verschwunden.«

»Es sieht danach aus, als sei Ihr Computer benutzt worden, als der Frachtraum zerstört wurde«, sagte Royd vorsichtig.

»Ich würde davon ausgehen, dass sie tot sind, auch wenn ich es nicht mit Sicherheit sagen kann. Auf Melanthas Bitte hin habe ich alle Übertragungsgeräte deaktiviert, bis auf das im Aufenthaltsraum. Ich weiß nicht, was geschehen ist. Aber dies ist ein kleines Schiff, und wenn sie nicht bei Ihnen sind, müssen wir das Schlimmste annehmen.« Nach einer kurzen Pause fuhr er fort: »Wenn es Ihnen irgendein Trost ist: Sie sind schnell gestorben und hatten keine Schmerzen.«

»Sie haben sie umgebracht«, stieß Christopheris mit zornrotem Gesicht hervor. Er war noch nicht fertig, aber Melantha legte ihm mit Nachdruck die Hand über den Mund. Die beiden Linguisten wechselten einen langen, bedeutungsschweren Blick. »Wissen wir, wie es passiert ist, Kapitän?«, fragte Melantha.

»Ja«, sagte er widerstrebend.

Der Xenobiologe schien verstanden zu haben, und Melantha ließ ihn los, damit er Luft bekam. »Royd?«, hakte sie nach.

»Es klingt vollkommen verrückt, Melantha«, antwortete die Stimme, »aber es sieht danach aus, als hätten Ihre Kollegen die Außenschleuse des Frachtraums selbst geöffnet. Ich gehe natürlich nicht davon aus, dass sie es absichtlich getan haben. Sie haben die Verbindung zum Bordcomputer benutzt, um unter Umgehung aller Sicherheitssysteme auf Datenbanken und Steuerung der *Nachtgleiter* zuzugreifen.«

»Ich verstehe«, sagte Melantha. »Eine furchtbare Tragödie.«

»In der Tat. Womöglich schlimmer, als Sie glauben. Das Ausmaß der Schäden an meinem Schiff kann ich derzeit noch nicht abschätzen.«

»Wir sollten Sie nicht aufhalten, wenn Sie zu tun haben. Wir alle sind erschüttert, und jetzt ist nicht die richtige Zeit für Unterhaltungen. Widmen Sie sich der Einschätzung der

Schäden an Ihrem Schiff, und wir setzen unsere Unterhaltung zu einem angemesseneren Zeitpunkt fort. Einverstanden?«

»Ja«, antwortete Royd.

Melantha schaltete die Kommunikationseinheit aus. Jetzt war das Gerät tot, zumindest in der Theorie; Royd konnte sie weder hören noch sehen.

»Glaubst du ihm?«, schnauzte Christopheris.

»Ich kann es nicht sagen«, erwiderte Melantha, »aber ich weiß, dass auch die anderen Frachträume auf diese Weise leer geräumt werden können, genau wie Frachtraum drei. Ich ziehe mit meinem Schlafnetz in eine Kabine um. Ich empfehle denen, die ebenfalls im Frachtraum schlafen, dasselbe zu tun.«

»Gute Idee.« Lindran nickte heftig. »Wir werden uns schon reinquetschen. Sicher wird das nicht besonders gemütlich, aber ich bezweifle, dass ich nach dem, was hier passiert ist, im Frachtraum überhaupt noch schlafen kann.«

»Wir sollten auch unsere Raumanzüge aus Frachtraum vier holen«, schlug Dannel vor. »Und sie immer im direkten Zugriff haben. Nur zur Sicherheit.«

»Wenn du das möchtest«, sagte Melantha. »Es wäre möglich, dass sich alle Schleusen gleichzeitig öffnen. Royd kann es uns kaum verübeln, wenn wir einige Vorsichtsmaßnahmen treffen.« Ein düsteres Lächeln zuckte über ihr Gesicht. »Nach dem, was heute passiert ist, haben wir jedes Recht dazu, uns irrational zu verhalten.«

»Nicht die passende Zeit für deine verdammten Witze, Melantha.« Christopheris' Gesicht war noch immer knallrot, seine Stimme zitterte vor Angst und Zorn. »Drei Leute sind tot, Agatha hat möglicherweise psychische Schäden davongetragen und ist katatonisch, der Rest von uns schwebt in Gefahr …«

»Ja. Und wir wissen immer noch nicht, was hier eigentlich passiert«, stellte Melantha klar.

»Royd Eris bringt uns um!«, kreischte Christopheris. »Ich habe keinen blassen Schimmer, wer oder was er ist, ich habe keine Ahnung, ob die Geschichte, die er uns erzählt hat, wahr ist, und es *kümmert* mich auch nicht! Vielleicht ist er ein Hranganischer Kopf oder ein Racheengel der *Volcryn* oder die Wiedergeburt Jesu Christi. Das ist mir scheißegal. Er bringt uns *um!*« Er ließ den Blick über die anderen wandern. »Jeder von uns könnte der Nächste sein«, fügte er hinzu. »Jeder von uns. Es sei denn … wir müssen uns etwas einfallen lassen, etwas *tun*, ihn ein für alle Mal aufhalten.«

»Dir ist sicher klar«, erkundigte sich Melantha freundlich, »dass wir nicht sicher sein können, dass der Kapitän wirklich alle Kommunikationskanäle hier unten ausgeschaltet hat? Er könnte genau jetzt jedes Wort hören, das wir sagen. Natürlich tut er das nicht. Er sagte, er würde alles ausschalten, und ich glaube ihm. Aber wir haben nichts als sein Versprechen in der Hand. Und du, Rojan, wirkst nicht gerade, als würdest du ihm vertrauen. Und wenn du das nicht tust, kannst du wohl kaum auf irgendetwas vertrauen, das er sagt. Daraus folgt, und diesem Schluss liegt deine eigene Einschätzung zugrunde, dass du das, was du gerade sagst, besser für dich behalten solltest.« Mit einem durchtriebenen Lächeln fügte sie hinzu: »Verstehst du, was ich dir damit sage?«

Christopheris öffnete den Mund und schloss ihn wieder, er erinnerte frappierend an einen großen, hässlichen Fisch. Zwar sagte er kein Wort mehr, aber sein Blick irrte verstohlen umher, und sein Gesicht rötete sich noch tiefer.

Lindran lächelte dünn. »Ich denke, er hat verstanden.«

»Dann ist also der Computer hinüber«, ließ sich plötzlich Karoly d'Branin leise vernehmen.

Melantha erwiderte seinen Blick. »Ich fürchte ja.«

Als wäre ihm halbwegs bewusst, wie zerzaust er aussah, fuhr sich d'Branin mit den Fingern durchs Haar. »Die *Volcryn*«, murmelte er. »Wie sollen wir denn ohne Computer arbeiten?« Er nickte langsam. »Ich habe einen kleinen Computer in meiner Kabine, nur eine kleine Ausführung fürs Handgelenk, aber vielleicht genügt es ja. Es *muss* genügen, es muss! Royd wird mir einige Zahlen geben können, damit ich berechnen kann, wo wir sind. Entschuldigt mich, meine Freunde. Verzeiht, ich muss los.« Wie durch einen trüben Nebel wankte er davon, in Selbstgespräche vertieft.

Ungläubig sah Dannel ihm nach. »Er hat nicht ein Wort von dem gehört, was wir gesagt haben.«

»Stellt euch vor, wie verzweifelt er erst sein müsste, wenn wir *alle* tot wären«, bemerkte Lindran. »Dann gäbe es niemanden mehr, der ihm bei der Suche nach den *Volcryn* hilft.«

»Hackt nicht auf ihm herum«, sagte Melantha. »Ihn hat es genauso hart getroffen wie uns, vielleicht sogar noch härter. Er geht nur anders damit um. Er verschanzt sich hinter seiner Besessenheit.«

»Aha. Und wohinter verschanzt *du* dich?«

»Vielleicht hinter Geduld«, sagte Melantha. »Sie alle sind bei dem Versuch gestorben, hinter Royds Geheimnis zu kommen. Wir haben das nicht versucht. Hier sind wir und reden über die Toten.«

»Und das findest du nicht verdächtig?«, fragte Lindran.

»Sehr«, erwiderte Melantha. »Aber ich habe eine Idee, wie wir meine Theorie überprüfen können: Einer von uns startet einen neuen Versuch, herauszufinden, ob unser Kapitän uns die Wahrheit gesagt hat oder nicht. Wenn er oder sie stirbt, wissen wir Bescheid.« Sie zuckte mit den Schultern. »Nehmt es mir nicht übel, dass ich nicht diejenige sein werde. Aber lasst euch von mir nicht aufhalten, wenn ihr es mit dem Sterben eilig habt. Ich werde die Ergebnisse eurer Bemühungen mit Interesse verfolgen. Erst einmal hole ich aber mein Zeug aus dem Frachtraum und sehe zu, dass ich ein bisschen Schlaf nachhole.« Sie marschierte davon und ließ die anderen stehen, die einander sprachlos anstarrten.

»Arrogante Schlampe«, bemerkte Dannel fast im Konversationston, als sie fort war.

»Glaubt ihr, er kann uns wirklich hören?«, flüsterte Christopheris.

»Jedes verdammte Wort.« Lindran grinste, als sie sein Unbehagen sah. »Komm, Dannel, wir suchen uns eine sichere Ecke und gehen wieder schlafen.«

Er nickte.

»Aber«, wandte Christopheris ein, »wir müssen doch etwas *tun*. Irgendeinen Plan ins Auge fassen. Uns verteidigen.«

Lindran warf ihm einen vernichtenden Blick zu und zog Dannel mit sich den Gang hinunter.

»Melantha? Karoly?«

Als sie hörte, wie ihr Name geflüstert wurde, war sie sofort hellwach und setzte sich aufrecht hin. Neben ihr, mit in das schmale Einzelbett gequetscht, ächzte Karoly und rollte sich gähnend herum.

»Royd?«, fragte sie. »Ist schon Morgen?«

»Wir treiben in drei Lichtjahren Entfernung zum nächsten Stern durchs All, Melantha«, hallte die sanfte Stimme von den

Wänden wider. »Unter solchen Umständen hat das Wort *Morgen* keine Bedeutung. Aber ja, es ist Morgen.«

Sie lachte. »*Treiben*, sagten Sie? Wie schlimm steht es?«

»Ernst, aber nicht akut gefährlich. Frachtraum drei ist völlig zerstört worden und hängt aus meinem Schiff heraus wie eine halbe Eierschale, aber der Schaden ist auf diesen Bereich begrenzt. Der Antrieb selbst ist intakt, und das Bordsystem der *Nachtgleiter* scheint von der plötzlichen Zerstörung Ihres Systems nicht in Mitleidenschaft gezogen worden zu sein. Ich habe ein elektronisches Trauma befürchtet, von solchen Phänomenen habe ich gehört, aber es ist nichts passiert.«

»Hm?«, machte d'Branin. »Royd?«

Melantha streichelte ihn liebevoll. »Ich erzähle es dir später, Karoly«, sagte sie. »Schlaf weiter. Royd, Sie klingen sehr ernst. Gibt es noch mehr zu berichten?«

»Ich mache mir Sorgen wegen Ihres Rückflugs, Melantha. Bei Überlichtgeschwindigkeit werden Teile der *Nachtgleiter* Belastungen ausgesetzt sein, für die sie nicht gebaut wurden. Das Schiff ist nicht mehr symmetrisch, ich kann Ihnen die Berechnungen zeigen, aber schwerwiegender ist das Problem, dass das Schiff in diesem Zustand der energetischen Gewalt des Hyperraums nicht gewachsen sein dürfte. Die Luftschleusenverriegelung von Frachtraum drei ist ein Teil des Problems. Ich habe einige Simulationen durchlaufen lassen und bin mir nicht sicher, ob sie der Belastung standhält. Wenn nicht, zerreißt es mein Schiff mittendurch. Die Triebwerke würden sich automatisch abschalten, und dann ... selbst wenn die Lebenserhaltungssysteme intakt blieben, würden wir nicht mehr lange leben.«

»Ich verstehe. Können wir irgendetwas tun?«

»Ja. Die Schäden im Innenbereich sind leicht zu reparieren. Die Außenhülle ist natürlich gepanzert, um den Belastungen bei Überlichtgeschwindigkeit standzuhalten. Wir könnten den abgerissenen Teil wieder befestigen – ein notdürftiger Schutz, aber meinen Berechnungen zufolge ausreichend. Wenn wir es richtig anfangen, lässt sich damit auch die Schieflage des Schiffs korrigieren. Beim Öffnen der Schleuse wurden große Teile der Außenhülle fortgerissen, aber sie müssen noch irgendwo da draußen sein, vermutlich in einem Radius von ein oder zwei Kilometern, und wir könnten sie für die Reparatur benutzen.«

Inzwischen war Karoly d'Branin endlich richtig wach. »Mein Team verfügt über vier Raumgleiter. Wir können diese Teile für Sie bergen, mein Freund.«

»Das ist gut, Karoly, aber das ist nicht meine größte Sorge. Innerhalb gewisser Grenzen ist mein Schiff in der Lage, sich selbstständig zu reparieren, aber Schäden dieser Größenordnung übersteigen diese Grenzen bei Weitem. Ich werde es selbst tun müssen.«

»Sie?«, schreckte d'Branin auf. »Royd, Sie sagten ... ich meine, Ihre Muskeln, Ihre Schwäche ... diese Arbeit wird Sie überfordern. Wir können das für Sie erledigen.«

»Ich bin nur unter dem Einfluss der Schwerkraft ein Krüppel, Karoly«, erwiderte Royd nachsichtig. »Die Schwerelosigkeit hingegen ist mein natürliches Element, und ich werde für die Dauer der Reparaturen den Schwerkraftsimulator ausschalten, um effektiv arbeiten zu können. Nein, Sie haben mich missverstanden, ich bin in der Lage, diese Arbeiten selbst zu erledigen. Ich verfüge über alle benötigten Werkzeuge, inklusive eines schweren Transportgleiters.«

»Ich glaube, ich weiß, was Ihnen Sorgen bereitet«, sagte Melantha.

»Das freut mich. Dann können Sie ja vielleicht auch meine Frage beantworten: Können Sie Ihre Kollegen daran hindern, mich anzugreifen, wenn ich die Sicherheit meines Quartiers verlasse?«

Karoly d'Branin war bestürzt. »O Royd, Royd, wie können Sie so etwas nur denken? Wir sind Gelehrte, Wissenschaftler, keine ... Verbrecher, keine Soldaten, keine ... keine Tiere! Wir sind Menschen! Wie können Sie nur glauben, dass wir Sie bedrohen oder Ihnen gar schaden wollten?«

»Menschen«, wiederholte Royd, »aber für mich gänzlich fremdartig, außerdem mir gegenüber nicht gerade unvoreingenommen. Beteuern Sie mir nichts, was nicht wahr ist, Karoly.«

D'Branin fing an zu plappern, bis Melantha seine Hand nahm und ihn bat, den Mund zu halten. »Royd«, sagte sie, »ich sage es Ihnen ganz ehrlich: Es wird nicht ungefährlich für Sie sein. Allerdings hege ich die Hoffnung, dass unsere Freunde sehr glücklich darüber sind, wenn Sie herauskommen. Dann können sie sehen, dass Sie uns die Wahrheit gesagt haben, dass Sie auch nur ein Mensch sind.« Sie lächelte. »Das wäre es doch, was sie sehen würden, oder?«

»Das würden sie«, sagte Royd, »aber reicht das aus, um ihren Verdacht zu entkräften? Ihre Kollegen glauben, ich sei schuld am Tod der anderen drei, oder etwa nicht?«

»Glauben ist ein zu starkes Wort dafür. Sie halten es für möglich, sie befürchten es. Sie sind außer sich vor Angst, Kapitän, und dazu haben sie allen Grund. *Ich* habe Angst.«

»Nicht mehr als ich auch.«

»Ich würde mich weniger fürchten, wenn ich wüsste, was *wirklich* geschehen ist. Erzählen Sie es mir?«

Schweigen.

»Royd, wenn ...«

»Ich habe Fehler gemacht, Melantha«, sagte er ernst. »Aber nicht nur ich. Ich habe mein Bestes gegeben, um die Esperon-Injektion zu verhindern, und ich habe versagt. Möglicherweise hätte ich Alys und Lommie retten können, wenn ich sie gesehen hätte, gehört hätte, wenn ich nur gewusst hätte, was sie vorhaben. Aber Sie haben mich dazu gebracht, meine Übertragungsgeräte auszuschalten, Melantha. Ich kann nichts gegen etwas unternehmen, das ich nicht sehen kann. Warum haben Sie mich überredet? Wenn Sie immer drei Schritte voraus sind ... haben Sie es denn nicht kommen sehen?«

Flüchtig empfand Melantha Jhirl das Gewicht ihrer Schuld. »*Mea culpa*, Kapitän, ich bin für das, was passiert ist, ebenso verantwortlich wie Sie. Glauben Sie mir, es ist mir bewusst. Allerdings ist es schwierig, drei Züge voraus zu sein, wenn man die Regeln nicht kennt. Erklären Sie mir die Regeln.«

»Ich bin blind und taub«, sagte Royd, ohne ihre Frage zu beachten. »Das ist frustrierend. Wenn ich blind und taub bin, kann ich nicht helfen. Ich werde die Übertragungsgeräte wieder einschalten, Melantha. Es tut mir leid, wenn Sie das nicht billigen. Ich wünsche mir Ihre Billigung, aber ich muss es tun, ob Sie es gutheißen oder nicht. Ich muss etwas sehen.«

»Schalten Sie sie ein«, sagte sie nachdenklich. »Ich habe mich geirrt, Kapitän. Ich hätte Sie niemals darum bitten dürfen, sich selbst zu blenden. Ich habe nicht verstanden, was vor sich geht, und ich habe meinen eigenen Einfluss auf die anderen überschätzt. In diesem Punkt habe *ich* versagt. Verbesserte Modelle glauben zu oft, sie wären zu allem imstande.« Ihre Gedanken rasten, ihr war fast übel; sie hatte sich verrechnet und die falschen Entscheidungen getroffen, und jetzt hatte sie noch mehr Blut an den Händen. »Ich glaube, ich sehe nun klarer.«

»Was siehst du klarer?«, fragte Karoly d'Branin ratlos.

»Sie verstehen *gar* nichts«, sagte Royd nachdrücklich. »Geben Sie es auch nicht vor, Melantha Jhirl. Es ist nicht klug oder sicher, zu viele Züge voraus zu sein.«

Auch das verstand Melantha.

»Was?«, fragte Karoly. »Ich verstehe gar nichts.«

»Ich auch nicht«, sagte Melantha vorsichtig. »Ich auch nicht, Karoly.« Sie küsste ihn sanft. »Niemand von uns versteht, was hier vorgeht, richtig?«

»Gut«, sagte Royd.

Sie nickte und legte beruhigend einen Arm um Karoly. »Royd, um auf die Reparaturen zurückzukommen - ich denke, Sie müssen sie vornehmen, ganz unabhängig davon, welche Zusicherungen wir Ihnen machen können. Im gegenwärtigen Zustand können Sie es nicht riskieren, den Überlichtantrieb wieder einzuschalten, und die einzige Alternative dazu ist, hier herumzutreiben, bis wir alle tot sind. Wir haben also keine andere Wahl.«

»Ich habe durchaus eine Wahl.« Aus Royds Stimme klang tödlicher Ernst. »Wenn es die einzige Möglichkeit ist, mein Schiff und mich zu retten, könnte ich Sie alle töten.«

»Sie könnten es versuchen«, erwiderte Melantha.

»Lasst uns nicht immerzu vom Tod reden«, bat d'Branin.

»Sie haben recht, Karoly«, sagte Royd. »Ich will keinen von Ihnen töten. Aber ich muss mich schützen.«

»Sie sind sicher«, versprach Melantha. »Karoly kann die anderen losschicken, um die abgerissenen Teile der Außenhülle einzusammeln. Und ich werde Sie beschützen. Ich bleibe bei Ihnen. Wer Sie angreifen will, bekommt es mit mir zu tun. Und ich bin ein Gegner, den man besser nicht unterschätzt. Außerdem kann ich Ihnen helfen, dann ist die Arbeit dreimal so schnell erledigt.«

»Nach meiner Erfahrung«, gab Royd höflich zu bedenken, »sind die meisten Planetengeborenen in der Schwerelosigkeit ungeschickt und ermüden rasch. Allein arbeite ich effizienter – Ihre Dienste als Leibwächterin nehme ich jedoch sehr gern in Anspruch.«

»Ich darf Sie daran erinnern, dass ich das verbesserte Modell bin, Kapitän. Ebenso gut in der Schwerelosigkeit wie im Bett. Ich werde Ihnen zur Hand gehen.«

»Sie sind stur. Aber ganz wie Sie wünschen. Ich werde gleich den Schwerkraftsimulator ausschalten. Karoly, bitte bereiten Sie Ihre Leute darauf vor. Machen Sie Ihre Raumgleiter startklar und ziehen Sie die Raumanzüge an. Ich verlasse die *Nachtgleiter* in drei Stunden Standardzeit, sobald ich mich von den Auswirkungen Ihrer Schwerkraft erholt habe. Zu diesem Zeitpunkt haben Sie alle das Schiff verlassen. Haben Sie diese Bedingung verstanden?«

»Ja«, antwortete Karoly. »Wir alle verlassen das Schiff, bis auf Agatha. Sie ist noch nicht wieder bei Bewusstsein, Freund, sie wird keine Schwierigkeiten machen.«

»Nein. Ich meine Sie *alle*, Agatha eingeschlossen. Nehmen Sie sie mit.«

»Aber Royd!«, protestierte d'Branin.

»Sie sind der Kapitän«, stimmte Melantha mit fester Stimme zu. »Wir werden Ihren Anweisungen Folge leisten, wir alle verlassen das Schiff. Agatha eingeschlossen.«

Draußen. Es war, als hätte ein gewaltiges Tier dem Universum einen Brocken aus dem Leib gebissen.

In ihrem Raumgleiter wartete Melantha Jhirl direkt neben der *Nachtgleiter* und betrachtete die Sterne. So anders als sonst sah es hier, in den Tiefen des Alls, gar nicht aus. Die Sterne waren wie eingefrorene Lichtpünktchen, reglos, streng und kalt; ein wenig kälter und unbeteiligter wirkten sie ohne eine Atmosphäre, die sie tanzen und zwinkern ließ. Nur das Fehlen jeglicher Orientierungspunkte erinnerte sie nachdrücklich daran, wo sie war: dazwischen, dort, wo Männer und Frauen und ihre Schiffe niemals anhielten und wo die *Volcryn* auf unermesslich alten Schiffen dahinsegelten. Sie versuchte die Sonne von Avalon auszumachen, aber sie wusste nicht, wo sie überhaupt suchen sollte. Ohne vertraute Sternbilder hatte sie keinen Anhaltspunkt, um sich zu orientieren. Hinter ihr, vor ihr, über ihr, ringsum erstreckten sich Sternenfelder. Sie warf einen Blick nach unten - oder in die Richtung, die ihr wie unten erschien, unter ihren Füßen und unter ihrem Fahrzeug und der *Nachtgleiter* - und erwartete, noch mehr Sterne zu sehen. Der Anblick des *Bisses* traf sie wie ein Faustschlag.

Schwindel befiel sie, und sie rang ihn nieder. Sie schwebte über einer Grube, einem gähnenden Abgrund im Universum, einem schwarzen, ausgedehnten, sternenlosen Nichts.

Leere.

Dann erinnerte sie sich: Tempters Schleier. Nichts weiter als eine dunkle Gaswolke, nichts von Bedeutung, eine galaktische Verunreinigung, die das Licht der Randsterne verschluckte. Aus dieser Nähe wirkte die Schwärze jedoch uferlos und beängstigend, und sie konnte nicht länger hinschauen, weil sie hineinzustürzen glaubte. Der Abgrund unter ihr und der zerbrechlichen, silbrig weißen Hülle der *Nachtgleiter* drohte alles zu verschlingen.

Melantha berührte einen Knopf auf dem gegabelten Griff ihres Raumgleiters, und er rotierte, sodass der Schleier zu ihrer Linken schwebte und nicht mehr unter ihr. Das half ein wenig. Statt weiter auf die hoch aufragende Wand aus Schwärze zu achten, konzentrierte sie sich auf die *Nachtgleiter*, die in ihrem derzeitigen Universum der größte Bezugspunkt war, Helligkeit inmitten des Dunkels. Mit ihrer zerschmetterten Frachtsektion wirkte sie plump und asymmetrisch.

Sie sah die anderen Gleiter auf der Jagd nach den abgerissenen Teilen durch die Schwärze manövrieren, sah, wie sie damit hantierten und sie zurückbrachten. Die beiden Linguisten waren im Team unterwegs, wie immer, sie teilten sich einen Gleiter. Rojan Christopheris arbeitete allein und in mürrischem Schweigen. Um ihn dazu zu bewegen, sich ihnen anzuschließen, hatte sie fast handgreiflich werden müssen. Seiner Überzeugung nach war alles ein abgekartetes Spiel, und wenn sie die *Nachtgleiter* erst einmal verließen, würde sie mit Überlichtgeschwindigkeit davonrasen und sie alle einem langsamen Sterben überlassen. Sein Misstrauen wurde durch einen hohen Alkoholpegel noch befeuert, und als Melantha und Karoly ihn schließlich gezwungen hatten, den Raumanzug anzuziehen, hatte sie seine Fahne gerochen. Karoly hatte eine schweigsame Begleiterin mit an Bord seines Gleiters: Agatha Marij-Black, mit einer frischen Dosis Betäubungsmittel im Blut und mitsamt ihrem Raumanzug sicher vertäut.

Während sich ihre Kollegen mit den Hüllenfragmenten abmühten, wartete Melantha Jhirl auf Royd Eris. Gelegentlich redete sie über Sprechfunk mit den anderen. Die beiden Linguisten hatten Probleme in der ungewohnten Schwerelosigkeit und beschwerten sich ständig, außerdem hörte sie sie miteinander herumzanken. Immer wieder versuchte Karoly, sie zu beschwichtigen. Christopheris hingegen war wortkarg, seine knappen Kommentare gereizt und bissig. Er war immer noch wütend. Immer wieder tauchte er in ihrem Blickfeld auf, ein Strichmännchen in passgenauer schwarzer Rüstung, hoch aufgerichtet hinter dem Bedienfeld seines Raumgleiters.

Endlich öffnete sich die runde Luftschleuse im vordersten runden Hauptsegment der *Nachtgleiter*, und Royd kam heraus.

Sie sah ihm entgegen, gespannt, wie er wohl aussah. In ihr stritten sich ein halbes Dutzend gegensätzlicher Vorstellungen. Seine leicht affektierte, überkultivierte Art zu sprechen erinnerte sie dann und wann an die dunklen Aristokraten ihrer Heimatwelt Prometheus, die Magier, die mit menschlichen Genen herumexperimentierten und barock anmutende Machtspielchen veranstalteten. Andererseits hatte sie wegen seiner Naivität einen unerfahrenen Halbwüchsigen vor Augen. Sein Geist war ein müde wirkender, dünner junger Mann, inzwischen musste er deutlich älter sein, aber Melantha konnte sich keinen alten Mann vorstellen, wenn sie ihn sprechen hörte.

Während er näher kam, durchrann sie ein nervöses Kribbeln. Sowohl sein Raumanzug als auch sein Raumgleiter unterschieden sich verstörend von ihrem. *Fremdartige Lebensform*, dachte sie, verbot sich den Gedanken aber rasch. Diese Unterschiede hatten nichts zu bedeuten. Der Raumgleiter war riesig, eine lang gestreckte ovale Platte mit acht darunter montierten Greifarmen, die an die Beine einer metallischen Spinne erinnerten. Vorne war ein schwerer Arbeitslaser montiert, die Schnauze zeigte bedrohlich geradeaus in ihre Richtung. Royds Anzug war deutlich unförmiger als die sorgfältig angepassten Raumanzüge der Akademie, die sie und ihre Kollegen trugen, zwischen den Schultern ragte ein Wulst auf, vermutlich seine Energieversorgung. Schnittige Flossen leuchteten auf Schultern und Helm. Alles zusammen ließ ihn unförmig erscheinen; bucklig und missgestaltet.

Aber als er endlich nah genug heran war, dass sie sein Gesicht sehen konnte, war es nur das: ein Gesicht.

Weiß, sehr weiß, das war ihr erster und stärkster Eindruck – weißes, sehr kurzes Haar, weiße Stoppeln auf den Wangen, die Kieferlinie wie gemeißelt. Fast unsichtbare Brauen über Augen, deren Blick unstet hin und her huschte. Die Augen waren das Schönste an seinem Gesicht, groß und von strahlendem Blau. Seine bleiche Haut war faltenlos, nahezu unberührt vom Alter.

Wachsam sieht er aus, dachte sie. *Vielleicht sogar ein wenig ängstlich.*

Dicht neben ihr hielt Royd seinen Raumgleiter an, direkt neben den verwüsteten Überresten des dritten Frachtraums, und begutachtete den Schaden und die umhertreibenden Trümmerteile, die einst Fleisch, Blut, Glas, Metall und Plastik gewesen waren. Was davon was gewesen war, ließ sich nicht mehr erkennen, alles war zusammengeschmolzen, verbrannt und gefroren. »Da haben wir eine Menge zu tun«, stellte er fest. »Fangen wir an?«

»Zuerst reden wir.« Sie lenkte den Raumgleiter näher heran und streckte die Hand nach ihm aus, aber obgleich sich die ovalen Platten ihrer wuchtigen Fahrzeuge bereits berührten, war er noch immer zu weit weg. Sie setzte ein Stück zurück und drehte sich herum, sodass Royd für sie auf dem Kopf stand und umgekehrt. Wieder näherte sie sich ihm und hielt direkt über (oder unter) seinem Gleiter. Ihre behandschuhten Hände fanden einander, streiften sich, trennten sich wieder. Melantha korrigierte ihre Flughöhe. Ihre Helme stießen leicht gegeneinander.

»Nun hast du mich berührt«, sagte Royd mit einem leichten Zittern in der Stimme. »Ich habe noch nie jemanden berührt, und niemand hat mich je berührt.«

»O Royd. Das ist keine richtige Berührung. Die Anzüge sind im Weg. Ich werde dich berühren, dich *richtig* berühren. Das verspreche ich dir.«

»Das kannst du nicht. Es ist unmöglich.«

»Ich finde eine Möglichkeit«, versicherte sie ihm. »Jetzt schalte den Funk aus. Das Metall der Helme wird die Schwingungen unserer Stimmen übertragen.«

Er blinzelte, bediente mit der Zunge die Steuerung in seinem Helm, und der Funk war aus.

»Jetzt können wir uns unterhalten«, sagte sie. »Ganz unter uns.«

»Es gefällt mir nicht, Melantha«, sagte er. »Es ist zu offensichtlich. Das ist gefährlich.«

»Anders geht es nicht, Royd. Ich weiß Bescheid.«

»Ja«, sagte er. »Ich wusste, dass du Bescheid weißt. Drei Züge voraus, Melantha. Ich weiß, wie du Schach spielst. Aber dies hier ist kein Spiel, und du bist sicherer, wenn du tust, als wüsstest du von nichts.«

»Das ist mir klar, Kapitän. Anderes dafür weniger. Können wir über dieses andere reden?«

»Nein. Bitte mich nicht darum. Tu einfach, was ich dir sage. Ihr seid in Gefahr, ihr alle, aber ich kann euch beschützen. Je weniger ihr wisst, desto besser kann ich euch beschützen.«

Hinter der durchsichtigen Frontplatte seines Helms hatte sich sein Gesicht verfinstert.

Sie starrte ihm in die auf dem Kopf stehenden Augen. »Es könnte ein weiteres Crewmitglied sein, jemand, der sich in den Quartieren versteckt, aber das glaube ich nicht. Es ist das Schiff selbst, richtig? Dein Schiff bringt uns um. Nicht du. Nur ergibt das keinen Sinn. Du hast das Kommando auf der *Nachtgleiter*. Wie kann sie eigenständig handeln? Und warum? Was hat sie vor? Und wie hat sie Thale Lasamer getötet? Alys und Lommie, das war nicht schwierig, aber ein psionischer Mord? Ein Sternenschiff mit Psi-Fähigkeiten? Nein, das nehme ich nicht einfach so hin. Es kann nicht das Schiff sein. Aber auch nichts anderes. Hilf mir, Kapitän!«

Gequält blinzelte er. »Ich hätte Karolys Charteranfrage niemals nachgeben dürfen, nicht, wenn ein Telepath mit an Bord kommt. Es war zu riskant. Aber ich wollte so gern die *Volcryn* sehen, und er hat so mitreißend von ihnen erzählt.« Er seufzte. »Du weißt schon zu viel, Melantha. Ich kann dir nicht mehr erzählen, sonst verspiele ich all meine Möglichkeiten, dich zu beschützen. Das Schiff funktioniert nicht, wie es sollte, das ist alles, was du wissen musst. Es ist gefährlich, zu viel Druck auszuüben. Aber solange ich im Kontrollraum sitze, kann ich dich und die anderen vor Schaden bewahren, nehme ich an. Vertrau mir.«

»Vertrauen sollte auf Gegenseitigkeit beruhen«, sagte sie.

Royd hob eine Hand und stieß sie fort, dann schaltete er mit der Zunge die Funkverbindung wieder ein. »Genug Geschwätz«, verkündete er. »Wir haben zu tun. Kommen Sie. Ich bin gespannt, wie *verbessert* Sie wirklich sind.«

In der Abgeschiedenheit ihres Helms fluchte Melantha gedämpft.

Rojan Christopheris war auf dem Rückweg zur *Nachtgleiter*, im magnetischen Griff seines Gleiters hing ein aberwitzig verdrehtes Stück der Außenhülle. Aus weiter Entfernung beobachtete er, wie Royd Eris in seinem überdimensionierten Arbeitsraumgleiter das Schiff verließ. Schon etwas näher heran, sah er zu, wie Melantha Jhirl ihren Gleiter um hundertachtzig Grad rotieren ließ und die Frontplatte ihres Helms an die von Royd presste. Er lauschte ihrer leisen Unterhaltung, hörte, wie Melantha Eris, dieser Kreatur, diesem *Mörder*, versprach, sie würde ihn richtig berühren. Fast erstickte er an seinem Zorn. Dann kappten sie die Verbindung, schlossen ihn aus und zogen sich aus der gemeinsamen Funkverbindung zurück. Aber noch immer hing sie da, ganz auf diese Nullnummer im buckligen Raumanzug konzentriert, die Gesichter aneinandergepresst wie zwei Liebende.

Christopheris rauschte auf sie zu und löste die magnetische Verriegelung des eingesammelten Stücks der Außenhülle, das ihnen entgegendriftete. »Hier. Ich hole das nächste.« Mit der Zunge schaltete er seine Funkverbindung aus und fluchte, dann glitt er über die Kuppeln und Röhren der *Nachtgleiter* hinweg.

Die stecken alle unter einer Decke, Royd und Melantha und möglicherweise auch der gute d'Branin, dachte er bitter. Von Anfang an hatte Melantha Eris in Schutz genommen, hatte die anderen davon abgehalten, gemeinsam herauszufinden, wer oder was er war. Christopheris vertraute ihr nicht. Wenn er daran dachte, dass er mit ihr im Bett gewesen war, überlief ihn ein eiskalter Schauer. Sie und Eris gehörten derselben Spezies an, welche es auch sein mochte. Die arme Alys war tot und diese Idiotin Thorne und auch dieser verdammte Telepath, und Melantha war *immer noch* auf seiner Seite, also gegen die anderen. Rojan Christopheris fürchtete sich fast zu Tode, er war wütend und ziemlich betrunken.

Die anderen jagten irgendwo außerhalb seiner Sichtweite herumtreibenden, halb geschmolzenen Metalltrümmern hinterher. Royd und Melantha waren vollauf miteinander beschäftigt, das Schiff verlassen und unbewacht. Dies war seine Chance. Kein Wunder, dass Eris darauf bestanden hatte, sie alle in den leeren Raum hinauszujagen; draußen und ohne Zugriff auf den Bordcomputer der *Nachtgleiter* war er ein ganz gewöhnlicher Mann, ein schwächlicher überdies.

Mit kaltem, dünnem Lächeln manövrierte Christopheris seinen Gleiter hinter die Frachtsektoren, wo niemand ihn sehen konnte, und verschwand im klaffenden Schlund des Antriebs. Der lange Tunnel lag ungeschützt offen, weil ihm hier im luftleeren Raum, anders als in einer Atmosphäre, keinerlei Korrosion drohte. Wie die meisten Schiffe verfügte die *Nachtgleiter* über ein dreistufiges Antriebssystem: das Schwerkraftfeld für Landung und Start, nutzlos ohne Schwerkraft, den Nuklearantrieb für Manöver im Normalraum und den Überlichtantrieb. Das Licht seiner Scheinwerfer schimmerte auf den ringförmig angeordneten nuklearen Antriebsdüsen und warf lange helle Streifen auf die geschlossenen Zylinder des Überlichtantriebs, diese gewaltigen, von Metall und kristalliner Substanz ummantelten Maschinen, die Raum und Zeit krümmten.

Der Tunnel endete an einer großen, kreisrunden Tür aus verstärktem Metall, sie war geschlossen: die Hauptschleuse.

Christopheris brachte den Gleiter zum Stehen, stieg ab – nur mit Mühe befreite er seine Stiefel aus der magnetischen Umklammerung des Gleiters – und glitt auf die Schleuse zu. *Das ist der schlimmste Teil,* dachte er. An einer massiven Verstrebung vertäut, schwebte Thale Lasamers kopflose Leiche wie ein grauenhafter Wächter neben der Schleuse. Während er darauf wartete, dass sich die Schleuse öffnete, starrte der Xenobiologe die Leiche an. Er versuchte wegzuschauen, aber sein Blick irrte immer wieder zurück. Die Leiche wirkte fast, als gehörte sie so und nicht anders, als hätte sie nie einen Kopf gehabt. Als sich Christopheris an Lasamers Gesicht zu erinnern versuchte, fiel ihm nicht mehr ein, wie er ausgesehen hatte. Ein Schauer überlief ihn, aber dann glitt die Schleuse auf, und dankbar drang er in die dahinterliegende Unterdruckkammer ein.

Er war allein in der *Nachtgleiter*.

Vorsichtig, wie er war, behielt er den Anzug an, nur den Helm entriegelte er und schob das plötzlich lose fallende Gewebe aus Metall wie eine Kapuze nach hinten. Wenn es nötig war, konnte er den Helm blitzschnell wieder schließen. In Frachtraum vier fand er unter ihrer eingelagerten Ausrüstung, was er suchte: einen tragbaren Arbeitslaser, geladen und einsatzbereit. Er hatte keine imposante Arbeitsleistung, aber es würde genügen.

In der Schwerelosigkeit schwerfällig und langsam, schob er sich durch den Gang vorwärts bis zum Aufenthaltsraum.

Es war kalt, die Luft strich eisig über seine Wangen. Er klammerte sich an die Tür und stieß sich ab, glitt durch den Raum und segelte über die sicher verankerten Möbel hinweg. Während er auf sein Ziel zutrudelte, streifte etwas Nasses, Kaltes sein Gesicht. Er schrak zusammen, aber bevor er wusste, was es gewesen war, war es auch schon wieder verschwunden.

Als zum zweiten Mal etwas sein Gesicht streifte, griff Christopheris danach, erwischte es, und Übelkeit stieg in ihm auf.

Das hatte er ganz vergessen. Bisher hatte niemand den Aufenthaltsraum gesäubert. Die ... die *Überreste* waren noch immer hier, in der Schwerelosigkeit schwebten sie überall herum, Blut und Gewebe und Knochenfragmente und Hirn. Überall um ihn herum.

Als er die Wand erreichte, fing er sich ab und schob sich nach unten. Da war es, das Schott. Die Wand. Es schien keine Möglichkeit zu geben, das Schott zu öffnen, aber allzu dick konnte das Metall nicht sein. Und dahinter lag der Kontrollraum, der Bordcomputer, Sicherheit und Macht.

Rojan Christopheris war kein rachsüchtiger Mann. Er würde Royd Eris kein Haar krümmen, ihm stand es nicht zu, über ihn das Urteil zu sprechen. Nein, er würde nur das Kommando über die *Nachtgleiter* übernehmen, Eris mitsamt seines schützenden Anzugs in Verwahrung nehmen und sie alle sicher nach Hause bringen. Keine Geheimnisse mehr, keine Toten. An der Akademie würde man sich alles anhören, Eris untersuchen und über Richtig und Falsch entscheiden, über Schuld und Unschuld und darüber, was zu tun war.

Als er den Arbeitslaser einschaltete, erschien ein stiftdünner Strahl scharlachroten Lichts. Lächelnd setzte Christopheris ihn am Schott an. Es ging langsam voran, aber er war geduldig. Draußen würde man ihn noch nicht vermissen, so schweigsam, wie er gewesen war, und selbst wenn sein Fehlen auffiel, würden sie annehmen, er jage einem Stück Schrott hinterher. Die Reparaturen, die Eris zu erledigen hatte, würden Stunden, wenn nicht Tage in Anspruch nehmen.

Wo sich die helle Klinge des Lasers durch das Metall brannte, stieg Rauch auf. Sorgfältig arbeitete Christopheris weiter.

Am Rand seines Sichtfelds: eine kaum merkliche Bewegung. *Vielleicht ein herumtreibendes Stück Gehirn,* dachte er. Ein Knochensplitter. Ein blutiges Stück Fleisch, an dem noch Haare hingen. Grauenhaft, aber ungefährlich. Als Biologe war er an Blut und Hirn und Fleisch gewöhnt und an weitaus Schlimmeres. In seiner Laufbahn hatte er schon haufenweise Geschöpfe von fremden Planeten seziert, hatte durch Chitin geschnitten und durch Schleim, durch pulsierende Magenbeutel und giftige Wirbelsäulen. Es gab kaum Widerwärtigkeiten, die er noch nicht gesehen und angefasst hatte.

Wieder zog eine Bewegung seine Aufmerksamkeit auf sich. Gegen seinen Willen schaute Christopheris hin, es war ihm unmöglich, nicht hinzusehen, so wie er auch die kopflose Leiche draußen an der Hauptschleuse hatte anstarren müssen, ohne es zu wollen. Er schaute hin.

Es war ein Auge.

Christopheris erschauerte, und der Laser glitt ab. Nur mit Mühe brachte er ihn wieder in Position. Sein Herz raste. Er versuchte sich zu beruhigen. Nichts, wovor er sich fürchten musste. Niemand außer ihm war hier, und wenn Royd zurückkehrte ... nun, er konnte den Arbeitslaser als Waffe einsetzen, und er trug seinen Anzug, falls sich eine Luftschleuse öffnete.

Wieder schaute er das Auge an und kämpfte seine Angst nieder. Nur ein Auge, Thale Lasamers Auge, blassblau, blutig, aber unversehrt, dasselbe wässrige Auge, mit dem der lebendige Thale Lasamer ihn angeblickt hatte, nichts Übernatürliches. Ein wenig totes Fleisch, das inmitten der anderen Stücke toten Fleisches durch den Aufenthaltsraum schwebte. *Jemand hätte hier sauber machen müssen,* dachte er wütend. Es gehörte sich nicht, es so zu hinterlassen, es war barbarisch.

Das Auge bewegte sich nicht. All die anderen grauenhaften Überreste trieben auf sachten Luftströmungen durch den

Raum, nur das Auge schwebte ruhig vor ihm. Es hob und senkte sich nicht einmal, drehte sich nicht. Es war auf ihn gerichtet. Es starrte ihn an.

Sich selbst verfluchend, konzentrierte er sich wieder auf den Laser und seine Arbeit. Gut einen Meter weit hatte er sich durch das Metall der Schleuse gebrannt. Im rechten Winkel dazu setzte er eine neue Linie an.

Leidenschaftslos beobachtete ihn das Auge. Plötzlich ertrug er es nicht mehr. Mit einer Hand ließ er den Laser los, griff nach dem Auge und schleuderte es fort. Durch die heftige Bewegung verlor er den Halt und trudelte rücklings davon, der Laser entglitt seinem Griff. Wie ein bizarrer, schwerfälliger Vogel flatterte Christopheris mit den Armen. Endlich bekam er eine Ecke des Tischs zu fassen und bremste sich ab.

Mitten im Raum, zwischen Kaffeebechern und Teetassen und menschlichen Überresten, schwebte der Laser und drehte sich langsam, er war noch immer eingeschaltet. Das konnte nicht sein. Beim Loslassen hätte er sich ausschalten müssen. *Eine Fehlfunktion,* dachte Christopheris beunruhigt.

Wo sich die dünne Klinge aus Licht in den Teppich brannte, wallte Rauch auf.

Als Christopheris klar wurde, dass sich der Laser in seine Richtung drehte, überlief ihn ein ängstlicher Schauer.

Er richtete sich auf, legte beide Hände flach auf den Tisch und stieß sich Richtung Decke ab.

Der Laser drehte sich schneller.

Kraftvoll löste sich Christopheris von der Decke, krachte ächzend gegen eine Wand und prallte strampelnd vom Boden ab. Der Strahl verfolgte ihn. Aufwärtstrudelnd spannte Christopheris die Muskeln an, um sich für den bevorstehenden Zusammenstoß mit der Decke zu wappnen. Er prallte ab, der

Strahl schwang hinter ihm her, aber nicht schnell genug. Er würde den Laser am Griff zu fassen bekommen, während er noch in die andere Richtung feuerte.

Als er den Laser erreichte, sah er das Auge.

Es schwebte direkt über dem Laser. Starrte.

Aus Rojan Christopheris' Kehle drang ein leises Wimmern, und er zögerte – nur kurz, aber es genügte –, und der scharlachrote Strahl erreichte ihn.

Heiß, fast sanft strich er Christopheris über den Hals.

Erst über eine Stunde später fiel auf, dass er verschwunden war. Als Erster bemerkte Karoly d'Branin sein Fehlen, rief ihn über Funk und bekam keine Antwort. Er besprach sich mit den anderen.

Royd Eris wich mit dem Raumgleiter von der gepanzerten Platte zurück, die er gerade angeschweißt hatte, und Melantha Jhirl sah durch das Sichtfenster seines Helms, wie seine Lippen schmal wurden.

Da ging der Lärm los.

Ein schriller, furchterfüllter Schmerzenslaut, gefolgt von Stöhnen und Schluchzen. Entsetzliche, feuchte Geräusche, als erstickte jemand an seinem eigenen Blut. Sie alle hörten es. Die Geräusche dröhnten in ihren Helmen. Und mitten in all den Schmerzenslauten erklang ein fast klar verständliches Wort: »Hilfe!«

»Das ist Christopheris.« Eine weibliche Stimme. Lindran.

»Er ist verletzt«, sagte Dannel. »Er ruft um Hilfe. Hört ihr es denn nicht?«

»Wo …?«, fing jemand an.

»Das Schiff«, unterbrach Lindran. »Er muss zum Schiff zurückgekehrt sein.«

Royd Eris sagte: »Der Idiot. Nein. Meine Warnung ...«

»Wir sehen nach«, verkündete Lindran. Dannel löste das Hüllenfragment, das sie anschleppten, und es trieb kreiselnd davon. Sie hielten auf die *Nachtgleiter* zu.

»Anhalten«, befahl Royd. »Ich kehre in mein Quartier zurück und sehe von dort aus nach, was passiert ist, aber betreten Sie keinesfalls das Schiff. Bleiben Sie draußen, bis ich den Zugang freigebe.«

Die entsetzlichen Geräusche rissen nicht ab.

»Zum Teufel mit Ihnen«, keifte Lindran ihn über die Funkverbindung an.

Auch Karoly d'Branin hatte seinen Gleiter in Bewegung gesetzt und raste hinter den Linguisten her, aber er war weiter draußen gewesen, und der Rückweg zum Schiff war lang. »Royd, was meinen Sie damit – wir müssen ihm helfen, begreifen Sie das nicht? Er ist verletzt, hören Sie ihm doch nur zu! Ich bitte Sie inständig, mein Freund!«

»Nein«, sagte Royd. »Karoly, halt! Wenn Rojan allein zurück ins Schiff gegangen ist, dann ist er tot.«

»Wie ist das zu verstehen?«, wollte Dannel wissen. »Haben Sie etwa dafür gesorgt? Fallen aufgestellt für den Fall, dass wir Ihre Befehle missachten?«

»Nein! Hören Sie mir zu. Sie können ihm nicht helfen. Nur ich hätte ihm helfen können, und auf mich hat er nicht gehört. Vertrauen Sie mir. Halten Sie an!« In seiner Stimme lag Verzweiflung.

Weit entfernt wurde d'Branins Raumgleiter langsamer. Der, auf dem die Linguisten saßen, nicht. »Wir haben viel zu lange getan, was Sie gesagt haben, wenn Sie mich fragen«, schrie Lindran über den Lärm hinweg, über das Wimmern und Stöhnen, die qualvollen nassen Sauggeräusche, die verzerrten Hilfeschreie, die Todesqual, die ihnen allen in den Ohren gellte und ihre Welt erfüllte.

»Melantha«, fuhr Lindran fort. »Pass auf, dass sich Eris nicht vom Fleck bewegt. Wir gehen vorsichtig rein und finden heraus, was da drinnen passiert ist. Er darf auf keinen Fall zurück in seinen Kontrollraum. Verstanden?«

Melantha Jhirl zögerte. In all dem Lärm war es kaum möglich, einen klaren Gedanken zu fassen.

Royd drehte sich mit dem Gleiter, um ihr ins Gesicht zu schauen, sein Blick lastete tonnenschwer auf ihr. »Halten Sie sie auf«, sagte er. »Melantha, Karoly, befehlt es ihnen. Auf mich hören sie nicht. Sie wissen nicht, was sie tun.« Er klang zutiefst verzweifelt.

Beim Anblick seines Gesichts traf Melantha eine Entscheidung. »Beeilen Sie sich, Royd, gehen Sie ins Schiff. Tun Sie, was Sie können. Ich versuche sie aufzuhalten.«

»Auf wessen Seite stehst du eigentlich?«, fauchte Lindran.

Über die Kluft zwischen ihnen nickte Royd Melantha zu, aber sie war bereits in Bewegung, lenkte den Gleiter aus dem von schwebenden Hüllenteilen und anderem Schutt wimmelnden Arbeitsbereich hinaus, beschleunigte ruckartig und raste um den Leib der *Nachtgleiter* herum hinter den Linguisten her, auf die Antriebe zu.

Aber als sie sie sah, wusste sie, dass sie zu spät kam. Die Linguisten waren schon zu nah am Schott und viel schneller als sie.

»Nicht!«, befahl sie. »Christopheris ist tot!«

»Dann ruft wohl sein Geist um Hilfe«, erwiderte Lindran. »Als sie dich zusammengebaut haben, du Schlampe, müssen sie wohl was an den Genen verpfuscht haben, die fürs Hören zuständig sind.«

»Auf dem Schiff seid ihr nicht sicher.«

»Schlampe«, bekam sie zur Antwort.

»Freunde«, versuchte auch Karoly es, allerdings ebenso vergeblich, »haltet an, bitte, ich flehe euch an! Lasst uns über alles reden.«

Der anhaltende Lärm blieb die einzige Antwort.

»Ich bin euer Vorgesetzter«, erinnerte er sie. »Ich befehle euch, draußen zu warten. Hört ihr mich? Ich befehle es, im Namen der Akademie. Bitte, meine Freunde, bitte!«

Hilflos sah Melantha Lindran und Dannel im langen Tunnel der Antriebe verschwinden.

Kurz darauf hielt sie ihren eigenen Gleiter neben dem wartenden schwarzen Schlund an und fragte sich, ob sie ihnen ins Schiff folgen sollte. Möglicherweise erreichte sie sie, ehe sich die Schleuse öffnete.

Royds Stimme, ein heiserer Kontrapunkt zu den Schreien und dem Gurgeln, beantwortete ihre unausgesprochene Frage. »Bleiben Sie, Melantha. Nicht weiter.«

Sie warf einen Blick über die Schulter. Sein Gleiter näherte sich.

»Was tun Sie hier? Royd, benutzen Sie Ihre Schleuse. Sie müssen ins Schiff!«

»Melantha«, sagte er ruhig, »ich kann nicht ins Schiff. Es wird nicht auf mich reagieren. Die Schleuse wird sich nicht öffnen lassen. Die Hauptschleuse bei den Antrieben ist die einzige, die man im Notfall auch manuell öffnen kann. Ich bin ausgesperrt. Und ich will nicht, dass Sie oder Karoly das Schiff betreten, bevor ich wieder im Kontrollraum bin.«

Melantha Jhirl schaute in die dunkle Röhre, in der die Linguisten verschwunden waren. »Was wird ...«

»Bitten Sie sie zurückzukommen. Flehen Sie sie an. Vielleicht ist es noch nicht zu spät.«

Sie gab ihr Bestes. Auch Karoly versuchte es. Die verzerrte Kakophonie aus schmerzerfüllten Lauten und Flehen nahm kein Ende, aber Dannel und Lindran antworteten nicht mehr.

»Sie haben den Funk ausgeschaltet«, stellte Melantha zornig fest. »Sie wollen uns nicht hören. Und auch nicht dieses ... dieses Geräusch.«

Die Gleiter von Royd und d'Branin hielten zeitgleich neben ihr. »Ich verstehe nicht, was hier geschieht«, sagte Karoly. »Warum können Sie nicht ins Schiff, Royd? Was ist denn nur los?«

»Es ist ganz einfach, Karoly«, erwiderte Royd. »Ich werde daran gehindert, das Schiff zu betreten, bis ... bis ...«

»Ja?«, hakte Melantha nach.

»... bis meine Mutter mit ihnen fertig ist.«

Die Linguisten ließen ihren Gleiter neben dem von Christopheris stehen und hasteten in größter Eile durch die Schleuse ins Schiff, sobald sie sich öffnete. Für den finsteren kopflosen Türwächter hatten sie kaum einen Blick übrig.

Drinnen hielten sie kurz an, um ihre Helme zu öffnen. »Ich kann ihn immer noch hören«, sagte Dannel. Die Laute drangen von irgendwo in den Eingeweiden des Schiffs zu ihnen.

Lindran nickte. »Es kommt aus dem Aufenthaltsraum. Rasch!«

In nicht mal einer Minute strampelten und zogen sie sich durch den Gang. Die Geräusche wurden stetig lauter und kamen immer näher. »Er ist da drin«, sagte Lindran, als sie den Eingang erreichten.

»Ja«, stimmte Dannel zu, »aber ist er allein? Wir brauchen Waffen. Was, wenn ... Royd hat gelogen. Es ist noch jemand an Bord. Wir müssen in der Lage sein, uns zu verteidigen.«

Lindran war nicht bereit zu warten. »Wir sind zu zweit«, sagte sie. »Jetzt *komm* schon!« Sie schob sich durch die Türöffnung und rief nach Christopheris.

Drinnen herrschte Dunkelheit, nur ein schwacher Lichtschimmer fiel aus dem Gang durch die Tür. Es dauerte, bis sich Lindrans Augen an die Lichtverhältnisse anpassten. Alles war miteinander verschmolzen, Wände und Decke und Fußboden, alles ein und dasselbe, sie konnte sich nicht im Raum orientieren. »Rojan«, rief sie verwirrt. »Wo bist du?« Der Aufenthaltsraum schien leer zu sein, aber vielleicht gaukelte ihr das auch nur die Dunkelheit vor oder ihre Angst.

»Den Geräuschen nach«, schlug Dannel vor. Er hielt sich an der Tür fest und spähte argwöhnisch ins Dunkel, ehe er sich behutsam an der Wand entlangtastete.

Wie zur Antwort wurden die Sauggeräusche plötzlich lauter. Mal schienen sie aus einer Ecke des Raums zu kommen, dann wieder aus einer anderen.

Ungeduldig stieß sich Lindran ab und trieb suchend durch die Dunkelheit. Sie streifte eine Wand im Küchenbereich, ihr fielen die Waffen wieder ein und Dannels Befürchtungen. Sie machte sich auf den Weg. »Hier«, sagte sie kurz darauf und drehte sich zu Dannel um, »ich habe ein Messer, was sagst du nun?« Sie schwang es durch die Luft und streifte eine schwebende Blase aus Flüssigkeit, so groß wie ihre Faust. Als sie zerplatzte, teilte sie sich in hundert kleinere Blasen. Eine davon trieb nah an ihrem Gesicht vorbei, und sie kostete davon. Blut.

Lasamer ist schon eine ganze Weile tot, dachte sie, *sein Blut sollte längst getrocknet sein.*

»Barmherziger Gott«, sagte Dannel.

»Was? Hast du ihn gefunden?«

Linkisch kroch Dannel an der Wand entlang auf die Tür zu wie ein übergroßes Insekt, den Weg zurück, den er gekommen war. »Raus hier, Lindran«, rief er ihr zu, »beeil dich!«

»Warum?« Gegen ihren Willen fing sie an zu zittern. »Was ist los?«

»Die Schreie. Die Wand, Lindran, die Wand. Die Geräusche.«

»Du redest Unsinn«, fauchte sie, »reiß dich zusammen.«

»Verstehst du nicht?«, stieß er hervor. »Die Geräusche kommen aus der *Wand*. Die Kommunikationsanlage. Gefälscht. Simuliert.« Mit einem hörbaren Seufzer erreichte er den Eingang und hechtete hindurch. Er wartete nicht auf sie, sondern glitt durch den Korridor und war fort, zog sich mit hastigen Handbewegungen und wild strampelnden Beinen voran.

Lindran hielt sich irgendwo fest und wollte ihm folgen.

Vor ihr erklangen Geräusche, aus Richtung der Tür. »Hilf mir«, sagte Rojan Christopheris' Stimme, dann ein Stöhnen und das grauenhaft feuchte Würgen. Sie erstarrte.

Direkt neben ihr ertönte ein entsetzliches, keuchendes Röcheln wie von einem Sterbenden. »Ahhhh«, stöhnte die Stimme, ohne dass die andere verstummte, »hilf mir.«

»Hilf mir, hilf mir, hilf mir«, sagte Christopheris in der Dunkelheit hinter ihr.

Keuchen und ein schwaches Stöhnen unter ihr.

»Hilf mir«, ertönten all die Stimmen im Chor, »hilf mir, hilf mir, hilf mir.«

Aufnahmen, dachte sie, *Aufnahmen, die erneut abgespielt werden.* »Hilf mir, hilf mir, hilf mir, hilf mir.« Die Stimmen schwollen zu einem Orkan an und gipfelten in einem Schrei, und der Schrei endete in feuchtem, ersticktem Würgen, in Keuchen und Röcheln und Tod. Und dann war es vorbei. Einfach so. Ausgeschaltet.

Lindran stieß sich mit den Füßen ab, trieb auf die Tür zu, das Messer in der Hand.

Etwas Dunkles kroch stumm unter dem Esstisch hervor und erhob sich, um ihr den Weg zu versperren. Als es sich zwischen sie und das Licht schob, sah sie es kurz ganz deutlich: Rojan Christopheris, noch immer im Raumanzug, den Helm geöffnet und zurückgeschoben. Er hatte etwas in der Hand und zielte damit auf sie. Ein Laser, erkannte sie, ein gewöhnlicher Arbeitslaser.

Hilflos trieb sie direkt auf ihn zu und konnte nichts dagegen tun. Wild um sich schlagend versuchte sie vergeblich, die Richtung zu ändern.

Als sie ganz nah heran war, sah sie, dass sich unter Rojans Kinn ein zweiter Mund öffnete, ein langer, schwarzer Schlitz, der sie angrinste. Bei jeder Bewegung lösten sich kleine feuchte Blutströpfchen.

In fieberhafter Angst raste Dannel den Gang hinunter, prallte hart von Wänden und Durchgängen ab. Die Panik machte ihn in der Schwerelosigkeit noch ungeschickter. Immer wieder schaute er über die Schulter zurück, hoffte Lindran zu sehen, fürchtete sich aber auch vor dem, was er stattdessen erblicken mochte. Bei jedem dieser Blicke geriet er wieder ins Trudeln.

Es dauerte unendlich lange, bis sich die Schleuse öffnete. Während er bebend wartete, verlangsamte sich allmählich sein Pulsschlag. Die Geräusche hinter ihm waren verstummt, es gab keine Anzeichen dafür, dass er verfolgt wurde. Mühsam zwang er sich zum Durchatmen. Als er endlich in der Schleusenkammer war, die innere Tür zwischen ihm und dem Korridor, der zum Aufenthaltsraum führte, fest geschlossen, glaubte er sich halbwegs sicher.

Plötzlich wusste er nicht mehr, wovor er sich eigentlich so sehr gefürchtet hatte.

Dazu schämte er sich – er war kopflos geflohen und hatte Lindran zurückgelassen. Und weshalb? Was hatte ihn so in Angst und Schrecken versetzt? Ein leerer Aufenthaltsraum? Geräusche aus den Wänden? Plötzlich wurde ihm klar, dass es eine logische Erklärung für alles gab: Der arme Christopheris musste irgendwo anders im Schiff sein, das war alles, irgendwo anders, am Leben, aber verletzt, und er schrie seine Qual in eine Kommunikationseinheit.

Voller Reue schüttelte er den Kopf. Das würde sie ihm ewig vorhalten, wurde ihm klar. Lindran stichelte gern. Nie würde sie es ihn vergessen lassen. Aber wenigstens würde er zurückkehren und um Entschuldigung bitten, das war immerhin besser als nichts. Energisch brach er den langwierigen Öffnungsprozess der Außenschleuse ab und schloss sie wieder vollständig. Bereits abgesaugte Luft zischte zurück in die Kammer.

Als die innere Tür zur Seite glitt, flackerte seine Angst wieder auf, ein kurzer panischer Augenblick, während er sich fragte, was ihm durch den Gang gefolgt sein und draußen auf ihn warten mochte. Er rang die Angst nieder. Er fühlte sich stark.

Als er auf den Gang hinaustrat, wartete Lindran auf ihn.

In ihrem seltsam ruhigen Gesicht lagen weder Wut noch Verachtung, sicherheitshalber trat er trotzdem auf sie zu und rang nach Worten, um sie um Vergebung zu bitten. »Ich weiß selbst nicht, warum ich ...«

Fast anmutig hob sie die Hand, die sie hinter dem Rücken gehalten hatte. Erst als das Messer in tödlichem Bogen auf ihn niederfuhr, bemerkte Dannel endlich das Loch, das in ihren

Raumanzug gebrannt worden war und aus dem noch immer Rauch aufstieg, genau zwischen ihren Brüsten.

»Ihre *Mutter?*«, wiederholte Melantha Jhirl ungläubig. Noch immer schwebten sie hilflos in der Leere unter der *Nachtgleiter*.

»Sie hört alles, was wir sagen«, erwiderte Royd. »Aber das spielt jetzt wohl auch keine Rolle mehr. Rojan muss etwas sehr Dummes getan haben, etwas sehr Bedrohliches. Nun hat sie vor, Sie alle zu töten.«

»Sie, sie, was wollen Sie denn damit sagen?« D'Branin klang heillos verwirrt. »Royd, sicher wollen Sie uns jetzt nicht erzählen, Ihre Mutter sei noch am Leben. Sie sagten, sie sei noch vor Ihrer Geburt gestorben.«

»Das ist sie auch, Karoly. Ich habe Sie nicht belogen.«

»Nein«, sagte Melantha, »das glaube ich auch nicht. Aber die ganze Wahrheit haben Sie uns auch nicht erzählt.«

Royd nickte. »Meine Mutter ist tot, aber ihr ... ihr Geist ist noch da und sucht meine *Nachtgleiter* heim.« Er seufzte. »Vielleicht wäre es richtiger, von *ihrer Nachtgleiter* zu sprechen. Ich bestimme bestenfalls teilweise, was an Bord geschieht.«

»Royd«, wandte d'Branin ein, »es gibt keine Geister. Sie existieren nicht. Es gibt kein Leben nach dem Tod. Selbst meine *Volcryn* sind realer als Geister.«

»Ich glaube ebenfalls nicht an Geister«, stellte Melantha knapp klar.

»Dann nennen Sie es, wie immer Sie wollen. Es spielt keine Rolle, mit welchem Wort man es bezeichnet, es ändert ja nichts daran, wie es ist. Meine Mutter oder zumindest ein Teil von ihr lebt noch immer auf der *Nachtgleiter*, und sie tötet Sie alle, so wie sie schon früher getötet hat.«

»Royd, das ergibt keinen Sinn«, sagte d'Branin.

»Still, Karoly. Lassen Sie den Kapitän ausreden.«

»Ja«, sagte Royd. »Sehen Sie, die *Nachtgleiter* ist sehr ... sehr hoch entwickelt. Vollautomatisiert, selbstreparierend, groß. Sie musste es sein, um meine Mutter von der Notwendigkeit einer Mannschaft zu befreien. Sie wurde auf Newholme gebaut, wie Sie sich erinnern werden. Ich war niemals dort, aber ich weiß, dass man dort technologisch sehr fortschrittlich ist. Auf Avalon könnte man dieses Schiff wohl kaum nachbauen, schätze ich. Nur auf wenigen Welten wäre man dazu in der Lage.«

»Kommen Sie zum Punkt, Kapitän.«

»Der Punkt ... es geht um die Computer, Melantha. Sie mussten außergewöhnlich sein. Sie sind es, glauben Sie mir, sie sind es. Kristallmatrixkerne, laserbasierte Datenspeicherung, ein extrem ausgefeiltes und umfassendes Sensorensystem und ... andere Sonderfunktionen.«

»Versuchen Sie uns gerade mitzuteilen, dass es sich bei der *Nachtgleiter* um eine künstliche Intelligenz handelt? Lommie Thorne hat so etwas vermutet.«

»Sie lag falsch. Mein Schiff verfügt nicht über künstliche Intelligenz, jedenfalls nicht über das, was man normalerweise darunter versteht. Aber es ist etwas Vergleichbares. Meine Mutter hat dem Computer ihre Persönlichkeit einprogrammiert. Im zentralen Kristall sind ihre gesamten Erinnerungen, Wünsche und Eigenheiten gespeichert, alles, was sie liebt, alles, was sie ... verabscheut. Deshalb konnte sie dem Computer meine Erziehung anvertrauen, verstehen Sie? Sie wusste, er würde mich genauso erziehen wie sie selbst, wenn sie dafür die Geduld aufgebracht hätte. Es gibt noch einige andere höchst ungewöhnliche Programmierungen.«

»Und Sie können diese Programme nicht löschen, mein Freund?«

Royds Stimme klang hoffnungslos. »Ich habe es *versucht*, Karoly. Aber Programmieren liegt mir nicht sehr, und dieses System ist höchst kompliziert, die Maschinen außerordentlich anspruchsvoll. Mindestens dreimal habe ich sie gelöscht, nur um zu erleben, wie sie sich selbst wieder herstellt. Sie ist wie ein Phantomprogramm, ich kann es nicht vollständig aufspüren. Sie kommt und geht, wie sie will. Sehen Sie? Ein Geist, wie ich sagte. Ihre Erinnerungen und ihre Persönlichkeit sind derart eng mit den Programmen verwoben, die die *Nachtgleiter* steuern, dass ich sie nicht loswerden kann, ohne den zentralen Kristall zu zerstören – was das gesamte System auslöschen würde. Und ohne dieses System bin ich vollkommen hilflos. Ich könnte keins dieser Programme selbst wiederherstellen oder gar neu programmieren, und ohne die Computer funktioniert auf der *Nachtgleiter* nichts mehr, weder der Antrieb noch die Lebenserhaltungssysteme noch irgendwas sonst. Ich wäre gezwungen, die *Nachtgleiter* zu verlassen, und das wäre mein Tod.«

»Sie hätten es uns erzählen sollen, mein Freund«, sagte Karoly d'Branin. »Auf Avalon gibt es zahllose Kybernetiker, darunter wahre Genies. Wir hätten Ihnen doch helfen können. Wir hätten Ihnen Experten zur Seite stellen können. Auch Lommie Thorne hätte Ihnen geholfen.«

»Karoly, ich habe bereits *versucht*, Experten zu Rate zu ziehen. Zweimal habe ich Computerspezialisten an Bord geholt. Der erste sagte mir, was ich Ihnen eben auch sagte: dass es unmöglich sei, ohne das gesamte System auszulöschen. Die zweite Expertin war auf Newholme ausgebildet worden. Sie hielt es für möglich, dass sie mir helfen könne. Meine Mutter hat sie getötet.«

»Da ist noch immer etwas, was Sie uns nicht sagen«, sagte Melantha Jhirl. »Ich kann nachvollziehen, wie Ihr kybernetischer Geist Luftschleusen öffnen und schließen und ähnlich geartete Unfälle herbeiführen kann. Aber wie erklären Sie sich den Tod von Thale Lasamer?«

»Dafür trage letztendlich ich die Verantwortung«, antwortete Royd. »Meine Einsamkeit hat mich verleitet, einen entsetzlichen Fehler zu begehen. Ich habe geglaubt, ich könne für Ihre Sicherheit sorgen, auch mit einem Telepathen an Bord. Andere Passagiere habe ich sicher befördert. Ich beobachte sie sorgsam und verhindere, dass sie etwas tun, das sich fatal auswirken könnte. Wenn meine Mutter versucht, sich einzumischen, widerrufe ich ihre Befehle direkt vom Kontrollraum aus. Normalerweise funktioniert das wunderbar. Nicht immer. Aber normalerweise. Vor diesem Flug mit Ihnen hat sie erst fünf Menschen getötet, und bei den ersten drei Vorfällen war ich noch sehr jung. So habe ich überhaupt von ihrer Existenz erfahren, darüber, dass sie sich in meinem Schiff aufhält. In der Gruppe damals hat sich ebenfalls ein Telepath befunden.

Ich hätte es besser wissen müssen, Karoly. Mein Hunger nach Leben hat Sie und Ihre Leute zum Tode verurteilt. Ich habe mich selbst überschätzt, und ich habe unterschätzt, wie sie auf die Gefahr reagiert, entdeckt zu werden. Wenn sie sich bedroht fühlt, schlägt sie zu, und Telepathen stellen immer eine Bedrohung dar. Sie spüren ihre Gegenwart. Die nicht fassbare Gegenwart von etwas Bösartigem, so haben sie es mir beschrieben, etwas Kaltes, Feindseliges, das nicht menschlich ist.«

»Ja«, sagte Karoly d'Branin, »ziemlich genau das war es, was Thale zu mir sagte. Er war sicher, es handle sich um den Angehörigen einer fremden Rasse.«

»Zweifellos muss sich ihre Präsenz in der Wahrnehmung eines Telepathen, der an die Strukturen organischer Hirnströme gewöhnt ist, höchst fremdartig anfühlen. Ihr Gehirn ist tatsächlich nicht menschlich. Aber wie man es stattdessen bezeichnen soll, weiß ich nicht - ein vielschichtiges Gefüge kristalliner Erinnerungen vielleicht, ein teuflisches Geflecht ineinandergreifender Programme, die Verschmelzung von Schaltkreisen und Verstand. Ich kann gut nachvollziehen, dass es sich für einen Telepathen anfühlen muss wie die Gegenwart einer fremdartigen Lebensform.«

»Das alles erklärt noch immer nicht, wie ein Computerprogramm einen Kopf explodieren lassen kann.«

»Sie tragen die Antwort zwischen Ihren Brüsten, Melantha.«

»Mein Flüsterjuwel?«, fragte sie verwirrt. Plötzlich verspürte sie dort, wo es unter ihrem Raumanzug und der Kleidung auf ihrer Haut lag, eine kühle Berührung, das leise Echo einer sinnlichen Empfindung, und sie erschauerte. Es war, als habe seine Erwähnung ausgereicht, um das Juwel zum Leben zu erwecken.

»Flüsterjuwelen waren mir kein Begriff, ehe Sie mir erzählt haben, wie Ihres funktioniert«, sagte Royd, »aber das zugrunde liegende Prinzip ist das gleiche. Von einem Esper geätzt, haben Sie mir erklärt. Dann wissen Sie, dass es möglich ist, psionische Kräfte zu speichern. Der Hauptkern meines Bordsystems ist ein Resonanzkristall, um ein Vielfaches größer als Ihr kleines Steinchen. Ich denke, Mutter hat ihn geprägt, während sie im Sterben lag.«

»Nur ein Esper ist dazu in der Lage«, wandte Melantha ein.

»Sie beide haben nie nach dem Warum gefragt. Sie haben nie gefragt, warum meine Mutter Menschen so sehr verabscheute. Sie kam mit einer Gabe auf die Welt, wissen Sie? Auf Avalon hätte sie womöglich zur Kategorie eins gezählt, wäre getestet und ausgebildet und geachtet worden, ihre Gabe hätte sich für sie als Segen erwiesen. Ich glaube sogar, man hätte ihren Namen überall gekannt, sie war unter Umständen noch stärker als ein Psi-Talent der Kategorie eins – allerdings mag es auch sein, dass sie erst nach ihrem Tod, verbunden mit der *Nachtgleiter*, eine solche Macht entfaltet hat.

Das alles spielt aber keine Rolle. Sie wurde nicht auf Avalon geboren. Auf Vess wurde ihre Gabe als Fluch betrachtet, etwas Fremdartiges, Beängstigendes. Also hat man sie davon geheilt. Sie haben Drogen eingesetzt, sie Elektroschocks und Hypnotraining unterzogen, bis ihr stets speiübel wurde, sobald sie versuchte, ihre Gabe einzusetzen. Und das waren nur die freundlicheren Maßnahmen. Ihre Gabe konnten sie natürlich nicht zerstören, aber die Fähigkeit, sie bewusst einzusetzen. Es blieb ein Teil von ihr, unterdrückt, unberechenbar, eine ständige Quelle von Scham und Schmerz, und immer wenn sie unter großem Druck stand, brach sich ihre Gabe gewaltsam Bahn. Ein halbes Jahrzehnt in diesen Heilanstalten hat sie fast den Verstand gekostet. Es ist kein Wunder, dass sie kein Menschenfreund geworden ist.«

»Was für eine Gabe war es? Telepathie?«

»Nein. Vielleicht auch, rudimentär. Ich habe gelesen, dass alle Psi-Talente zusätzlich zu ihrer eigentlichen Gabe einige latente Fähigkeiten besitzen. Aber Mutter konnte keine Gedanken lesen. Eine Spur Empathie, die nach ihrer Heilung dazu führte, dass die Emotionen, deren Schwingungen sie aufnahm, ihr körperlich starke Übelkeit bereiteten. Aber ihre eigentliche Gabe, die zu zerschmettern und zu zerstören man fünf Jahre brauchte, war Teke.«

Melantha Jhirl fluchte. »*Natürlich* verabscheute sie die Schwerkraft. Telekinese in der Schwerelosigkeit ist ...«

»Ja«, bestätigte Royd. »Den Schwerkraftsimulator auf der *Nachtgleiter* einzuschalten ist für mich sehr unangenehm – aber vor allem bremst es Mutter aus.«

In dem Schweigen, das sich nach seinen Worten über sie senkte, starrten sie alle in die Dunkelheit der langen, zylinderförmigen Röhre des Antriebs. Unbehaglich regte sich Karoly d'Branin. »Dannel und Lindran sind noch nicht wieder zurück.«

»Sie sind vermutlich tot«, sagte Royd nüchtern.

»Und was machen wir jetzt? Wir müssen einen Plan ins Auge fassen. Wir können nicht für immer hier draußen bleiben.«

»Die vordringlichste Frage ist, was *ich* tun werde«, bemerkte Royd Eris. »Ich war sehr offen mit Ihnen, wie Sie sicher bemerkt haben. Ich habe Ihnen die Wahrheit geschuldet. Der Punkt, an dem Unwissenheit ein Schutz war, liegt hinter uns, es ist zu viel passiert. Es gab zu viele Tote, und Sie haben alles miterlebt. Mutter kann nicht zulassen, dass Sie Avalon lebendig erreichen.«

»Korrekt«, sagte Melantha. »Aber was ist mit Ihnen, Kapitän? Wäre es möglich, dass sie auch Sie angreift?«

»Das ist die wesentliche Frage«, gab Royd zu. »Sie sind stets drei Schritte voraus, Melantha. Ich frage mich, ob das reichen wird. Ihr Gegner in diesem Spiel ist um vier Schritte voraus, und fast alle Ihre Bauern wurden bereits geschlagen. Ich befürchte, Sie sind so gut wie schachmatt.«

»Es sei denn, ich kann den König meines Gegners davon überzeugen zu desertieren, nicht wahr?«

Über Royds Gesicht huschte ein schwaches Lächeln. »Wenn ich mich auf Ihre Seite schlage, tötet sie mich womöglich auch. Sie braucht mich nicht.«

Karoly d'Branin verstand gar nichts. »Aber ... aber was sonst könnten Sie ...«

»Mein Gleiter verfügt, im Gegensatz zu den Ihren, über einen Laser. Ich könnte Sie beide töten und mir damit Mutters Wohlwollen erkaufen und den Zutritt zur *Nachtgleiter*.«

Über den drei Meter weiten Abgrund zwischen ihnen begegneten sich die Blicke von Melantha und Royd. Melanthas Hände lagen entspannt auf dem Bedienfeld der Schubdüsen. »Versuchen Sie es gern, Kapitän. Aber vergessen Sie nicht: Das verbesserte Modell ist ein Gegner, den man besser nicht unterschätzt.«

»Ich will Sie nicht töten, Melantha Jhirl«, sagte er ernst. »Ich wurde vor achtundsechzig Jahren Standardzeit geboren und habe nie richtig gelebt. Ich bin müde, und Sie erzählen wunderschöne Lügen. Werden Sie mich wirklich berühren?«

»Ja.«

»Für diese Berührung riskiere ich alles. Aber in gewisser Weise habe ich nichts zu verlieren. Verlieren wir, sterben wir alle gemeinsam. Gewinnen wir, nun, dann sterbe ich wohl trotzdem, wenn man die *Nachtgleiter* auseinandernimmt. Entweder das, oder ich verbringe den Rest meines Lebens als Monstrosität in einer Anstalt im Orbit irgendeines Planeten. Da wäre mir der Tod erheblich lieber.«

»Wir bauen Ihnen ein neues Schiff, Kapitän«, versprach Melantha.

»Lügnerin«, antwortete Royd heiter. »Es spielt keine Rolle. Ich habe wirklich nicht viel zu verlieren, der Tod macht mir keine Angst. Wenn wir gewinnen, müssen Sie mir noch einmal von Ihren *Volcryn* erzählen, Karoly. Und Sie, Melantha, Sie müssen Schach mit mir spielen und eine Möglichkeit finden, mich zu berühren und ...«

»Und mit Ihnen zu schlafen?«, beendete sie lächelnd seinen Satz.

»Wenn Sie das tun würden?«, sagte er leise. Er zuckte mit den Schultern. »Nun, Mutter hat alles mit angehört. Zweifellos wird sie aufmerksam lauschen, was für Pläne wir schmieden, also sind Pläne zwecklos. Unter keinen Umständen komme ich wieder durch die Schleuse beim Kontrollraum, die direkt über den Bordcomputer gesteuert wird. Also gibt es keine andere Möglichkeit als die, wie die anderen durch den Antriebsraum und die Hauptschleuse zu gehen und aus unseren geringen Erfolgsaussichten das Beste zu machen. Wenn ich den Kontrollraum erreichen und die Schwerkraft wiederherstellen kann, schaffen wir es vielleicht. Andernfalls ...«

Ein dumpfes Dröhnen unterbrach ihn.

Im ersten Augenblick glaubte Melantha, die *Nachtgleiter* würde ihnen wieder Aufnahmen vorspielen, und war überrascht über die Dummheit, es zweimal mit derselben Taktik zu versuchen. Dann ertönte das Dröhnen erneut, und hinten auf Karoly d'Branins Gleiter regte sich das vergessene vierte Teammitglied und kämpfte gegen die Fesseln. Eilig befreite d'Branin sie. Beim Versuch, sich aufzurappeln, verlor Agatha Marij-Black den Halt und trieb vom Schlitten weg, und er griff rasch nach ihrer Hand und zog sie zurück auf den Gleiter. »Bist du in Ordnung?«, fragte er. »Kannst du mich hören? Tut dir irgendwas weh?«

Durch die durchsichtige Frontplatte des Helms starrte sie ihn verängstigt an, ihr Blick huschte weiter zu Melantha, zu Royd und dann zur beschädigten *Nachtgleiter*. Gerade fragte sich Melantha, ob ihr Verstand noch intakt sei, und wollte Karoly warnen, da sagte Marij-Black etwas.

»Die *Volcryn*.« Mehr nicht, nur: »Oh. Die *Volcryn!*«

Rings um den Schlund des Antriebs glommen die ringförmig angeordneten nuklearen Düsen auf. Melantha Jhirl hörte, wie Royd nach Luft rang. Rasch ließ sie ihren Gleiter vorwärtsschießen. »Beeilt euch«, rief sie. »Die *Nachtgleiter* startet!«

Als sie bereits ein gutes Drittel der Röhre hinabgejagt war, schloss Royd zu ihr auf, in seiner schwarzen, klobigen Montur wirkte er ausgesprochen bedrohlich. Seite an Seite rasten sie an den zylindrischen, in ihr kristallines Netz eingesponnenen Antrieben vorbei. Vor ihnen wartete schwach erleuchtet die Hauptschleuse mit ihrem grauenhaften Wächter.

»Wenn wir da sind, spring mit auf meinen Gleiter«, sagte Royd. »Ich habe nicht vor, abzusteigen und auf den Laser zu verzichten, und es passt nur ein Gleiter in die Kammer.«

Melantha riskierte einen raschen Blick über die Schulter. »Karoly«, rief sie. »Wo bist du?«

»Draußen, meine Geliebte, meine Freundin«, antwortete er. »Ich komme nicht mit. Vergib mir.«

»Wir müssen zusammenbleiben!«

»Nein«, sagte d'Branin, »nein, ich kann nicht, nicht, wenn wir so nah dran sind. Es wäre so tragisch, eine solche Verschwendung, Melantha. So nah zu kommen und doch zu scheitern. Der Tod macht mir keine Angst, aber bevor ich sterbe, muss ich sie endlich sehen, nach all diesen Jahren.«

»Meine Mutter startet das Schiff«, fiel ihm Royd ins Wort. »Karoly, Sie werden hier zurückbleiben. Ganz allein.«

»Ich werde warten«, antwortete d'Branin. »Meine *Volcryn* sind unterwegs, und ich muss auf sie warten.«

Sie erreichten die Hauptschleuse, die Zeit für Diskussionen war vorüber. Beide Gleiter bremsten ab und hielten an, Royd Eris streckte den Arm aus und setzte den Öffnungsmechanismus der Schleuse in Gang, während Melantha Jhirl hinter ihm auf den riesigen, ovalen Arbeitsgleiter kletterte. Als die äußere Tür beiseiteglitt, lenkte Royd den Gleiter in die Schleusenkammer.

»Sobald sich die innere Tür öffnet, geht es los«, teilte er ihr ruhig mit. »Sämtliches Mobiliar ist entweder eingebaut oder verschweißt oder sicher verschraubt, aber das gilt nicht für das, was dein Team mit an Bord gebracht hat. Mutter wird eure Ausrüstung als Waffen benutzen. Und pass auf bei Türen, Schleusen, bei allem, was mit dem Bordcomputer verbunden ist. Muss ich dir sagen, dass du den Raumanzug anbehalten solltest?«

»Wohl kaum«, gab sie zurück.

Royd senkte den Gleiter ein wenig ab, und die Greifarme glitten mit metallischem Kratzen über den Boden der Kammer.

Die innere Tür glitt beiseite, und Royd betätigte die Schubdüsen.

Im Gang warteten Dannel und Lindran, sie schwammen in einer Blutwolke. Dannel war vom Schritt bis zur Kehle aufgeschlitzt worden, seine heraushängenden Darmschlingen bewegten sich wie ein Nest voll angriffslustiger bleicher Schlangen. Lindran hielt noch immer das Messer in der Hand. Sie kamen näher, bewegten sich mit einer Anmut, die sie im Leben nie besessen hatten.

Mit den vorderen Greifarmen packte Royd sie, raste vorwärts und schmetterte sie gegen die Wand. Dannel prallte gegen ein Schott und hinterließ eine breite, feuchte Schleifspur, noch mehr Eingeweide quollen aus dem aufgeschlitzten Leib. Lindran verlor das Messer. Royd beschleunigte und schoss durch die Wolke aus Blut an ihnen vorbei den Gang hinunter.

»Ich sichere uns nach hinten ab.« Melantha drehte sich um, den Rücken an seinen gedrückt. Die beiden Leichen waren weit hinter ihnen zurückgeblieben, das Messer schwebte nutzlos umher. Gerade wollte sie Royd sagen, dass alles in Ordnung sei, da packte eine unsichtbare Kraft das Messer, richtete die Klinge auf sie und schickte es ihnen hinterher.

»Ausweichen!«, schrie sie.

Der Gleiter vollführte einen wilden Schlenker zur Seite. Das Messer verfehlte sie um einen guten Meter und prallte klirrend von einem Schott ab.

Aber es fiel nicht zu Boden. Es drehte sich und schoss wieder auf sie zu.

Vor ihnen gähnte die Öffnung des Aufenthaltsraums. Stockfinster.

»Der Eingang ist zu schmal«, sagte Royd. »Wir müssen den Gleiter zurückl...«

Sie prallten auf, der Gleiter verkeilte sich im Durchgang, und durch den plötzlichen Aufprall verloren sie den Halt.

Im ersten Augenblick trieb Melantha desorientiert im Gang, mit wirbelndem Kopf versuchte sie sich zu orientieren und zu entscheiden, wo oben war und wo unten. Das Messer raste heran, schlitzte den Raumanzug und ihre Schulter auf bis auf den Knochen. Scharf aufblitzender Schmerz, ein heißer Blutstrom. »Verdammt«, kreischte sie auf, da wirbelte die

Klinge bereits wieder herum und versprühte in der Drehung winzige Blutströpfchen.

Blitzschnell fing Melantha es auf.

Vor sich hinfluchend riss sie es aus dem unsichtbaren Griff.

Royd hatte inzwischen seinen Gleiter wieder erreicht und machte sich an ihm zu schaffen. Hinter ihm in der Dunkelheit des Aufenthaltsraums erhaschte Melantha die Bewegung eines vage menschenähnlichen Umrisses.

»Royd!«, rief sie warnend.

Das Etwas aktivierte einen kleinen Laser, und der stiftdünne Strahl traf Royd mitten in die Brust.

Er hieb auf das Bedienfeld des Gleiters. Hell gleißte der Strahl seines Arbeitslasers auf, verwandelte Christopheris' Waffe in Schlacke, brannte seinen Arm weg und einen Teil seiner Brust. Pulsierend durchschnitt er die Dunkelheit des Aufenthaltsraums und bohrte sich rauchend in das weit entfernte Schott an der gegenüberliegenden Wand.

Royd nahm ein paar kleine Korrekturen vor und fing an, ein Loch zu schneiden. »Spätestens in fünf Minuten sind wir durch«, sagte er knapp.

»Bist du verletzt?«, fragte sie.

»Alles in Ordnung. Mein Anzug ist besser gepanzert als deiner, und der Laser war kaum mehr als ein Spielzeug.«

Melantha richtete ihre Aufmerksamkeit wieder auf den Gang.

Die Linguisten zogen sich durch die Schwerelosigkeit auf sie zu, aus unterschiedlichen Richtungen des Korridors, um von zwei Seiten anzugreifen. Melantha spannte die Muskeln, in ihrer Schulter pulsierte der Schmerz. Ansonsten fühlte sie sich kampfbereit, fast unverwundbar. »Da sind die Leichen wieder«, informierte sie Royd. »Ich kümmere mich darum.«

»Ist das eine gute Idee? Sie sind zu zweit.«

»Ich bin ein verbessertes Modell«, sagte sie, »und außerdem sind sie tot.« Sie stieß sich mit den Füßen ab und segelte in hohem, elegantem Bogen Dannel entgegen. Seine zur Abwehr erhobenen Hände schlug sie beiseite, verdrehte einen seiner Arme und hörte den Knochen brechen, und sie trieb ihr Messer tief in seine Kehle, bevor ihr klar wurde, wie sinnlos das war. Eine Blutwolke quoll aus seinem Hals, aber er schlug noch immer nach ihr und versuchte sogar, sie zu beißen.

Melantha zog die Klinge heraus, packte ihn und stieß ihn von sich, so kräftig sie konnte. Sich überschlagend wirbelte er durch den Gang davon und verschwand im Nebel seines eigenen Bluts.

Mit trägem Drall wurde Melantha in die andere Richtung geschleudert.

Lindran packte sie von hinten. Nägel kratzten über ihre Frontplatte, so hart, dass sie abbrachen und die blutenden Finger rote Schmierstreifen auf dem Plastik hinterließen.

Melantha wandte sich zu ihrer Angreiferin um, bekam einen wirbelnden Arm zu fassen und schleuderte Lindran den Korridor hinunter, wo sie gegen ihren zappelnden Gefährten prallte. Melantha selbst geriet ins Kreiseln, streckte die Arme aus und bremste sich ab, ihr war schwindlig, und sie würgte.

»Fertig«, verkündete Royd.

Sie schaute sich um. In der gegenüberliegenden Wand des Aufenthaltsraums klaffte ein gut quadratmetergroßes Loch. Royd stellte den Laserstrahl aus, hielt sich am Türrahmen fest und stieß sich hindurch, auf die Öffnung zu.

Unvermittelt explodierte entsetzlicher Lärm in ihren Ohren, vor Schmerz krümmte sie sich. Hastig schaltete sie mit der

Zunge den Funk aus, und plötzlich herrschte segensreiche Stille.

Im Aufenthaltsraum hatte es angefangen zu regnen. Küchenutensilien, Gläser, Teller, menschliche Körperteile, alles raste mit erschreckender Geschwindigkeit wild durcheinander und prallte harmlos von Royds gepanzerter Gestalt ab. Melantha, die ihm hatte folgen wollen, wich zurück. In ihrem leichteren, dünneren Raumanzug würde sie dort drinnen in Stücke gerissen werden. Royd erreichte die Wand und verschwand im geheimen Kommandosektor des Schiffs. Sie war allein.

Die *Nachtgleiter* schlingerte, und als sie jäh beschleunigte, schien für die Dauer eines Lidschlags die Schwerkraft wiederhergestellt zu sein. Der Ruck schleuderte Melantha herum, und sie prallte mit der verletzten Schulter schmerzhaft gegen den Gleiter.

Entlang des ganzen Korridors öffneten sich die Türen.

Dannel und Lindran bewegten sich wieder auf sie zu.

Die *Nachtgleiter* war nur noch ein ferner Punkt, erhellt vom Licht ihres nuklearen Antriebs. Dunkelheit und Kälte hüllten sie ein, und unter ihnen erstreckte sich die endlose Leere von Tempters Schleier, aber Karoly d'Branin empfand keinerlei Angst. Er fühlte sich eigenartig, fast wie verwandelt.

Die Leere war erfüllt von einem Versprechen.

»Sie kommen«, flüsterte er. »Selbst ich, der ich nicht einmal über den leisesten Hauch einer psionischen Gabe verfüge, selbst ich weiß, dass sie kommen. Also stimmt die Geschichte der Crey, selbst Lichtjahre entfernt kann man ihre Gegenwart spüren. Wie wunderbar das doch ist.«

Agatha Marij-Black wirkte winzig, wie geschrumpft. »Die *Volcryn*«, murmelte sie. »Was haben wir davon? Ich habe Schmerzen. Das Schiff ist fort. D'Branin, mein Kopf tut so schrecklich weh.« Erschrocken gab sie einen schwachen Laut von sich. »Thale hat dasselbe gesagt, gleich nachdem ich ihm das Esperon injiziert habe, bevor ... bevor ... du weißt schon. Er hat gesagt, sein Kopf täte weh. Er tut so schrecklich weh!«

»Ruhig, Agatha. Hab keine Angst. Ich bin bei dir. Warte ab. Denk nur an das, dessen Zeugen wir sein werden, denk an nichts anderes.«

»Ich kann sie spüren«, sagte die Psi-Expertin.

»Erzähl mir alles«, bat d'Branin begierig. »Wir haben unseren kleinen Gleiter. Wir sollten ihnen entgegenfahren. Zeig mir die Richtung.«

»Ja«, stimmte sie zu. »Ja. O ja.«

Die Schwerkraft kehrte zurück; urplötzlich war das Universum fast wieder normal.

Melantha fiel, landete leichtfüßig und rollte sich ab, katzenschnell war sie wieder auf den Beinen.

All das Zeug, das eben noch bedrohlich aus den offenen Türen auf sie zugeschwebt war, prasselte herab.

Das Blut verwandelte sich von einem feinen Nebel zu einer feuchten Schmierschicht auf dem Boden.

Die beiden Leichen stürzten schwer aus der Luft und blieben reglos liegen.

Aus den Wänden drang Royds Stimme an ihr Ohr: »Ich hab's geschafft.«

»Ist mir aufgefallen.«

»Ich bin an der Hauptkontrollkonsole. Ich habe die Schwerkraft mittels manueller Überschreibung wiederhergestellt, und ich schalte alle Programme aus, die nicht zwingend benötigt werden. Wir sind aber längst noch nicht sicher. Mutter wird versuchen, an mir vorbeizukommen. Ich versuche, alle Befehle, die sie möglicherweise gibt, sofort zu widerrufen, ich kann es mir nicht leisten, auch nur eine Kleinigkeit zu übersehen, und wenn meine Aufmerksamkeit auch nur für einen Sekundenbruchteil nachlässt ... Melantha, ist dein Anzug beschädigt worden?«

»Ja. Ein Schnitt in der Schulter.«

»Zieh einen intakten Anzug an. *Sofort.* Ich denke, ich kann die Schleusen geschlossen halten, aber wir dürfen uns nicht darauf verlassen.«

Melantha lief bereits den Gang entlang, auf die Frachträume zu, wo die Anzüge mitsamt der restlichen Ausrüstung verstaut waren.

»Wenn du dich umgezogen hast«, fuhr Royd fort, »wirf die Leichen in den Massekonverter. Neben der Schleuse zum Antrieb findest du eine Klappe, durch die sie passen müssten, direkt links neben der Schleuse. Wirf alles weg, was nicht zwingend benötigt wird; wissenschaftliche Gerätschaften ebenso wie Bücher, Aufnahmen, Geschirr ...«

»Messer«, schlug Melantha vor.

»Unbedingt.«

»Ist denn Teke noch immer ein Problem, Kapitän?«

»Mutter büßt unter dem Einfluss der Schwerkraft erheblich an Möglichkeiten ein, sie muss gegen das Gewicht der Gegenstände ankämpfen. Selbst mit der Verstärkung durch die *Nachtgleiter* kann sie nur einen Gegenstand auf einmal bewegen, und sie verfügt nur über einen Bruchteil der Kraft, die ihr in der Schwerelosigkeit zur Verfügung steht. Aber die grundlegende Gabe ist noch vorhanden, vergiss das nicht.

Zudem ist es möglich, dass sie es schafft, mich zu umgehen, und den Schwerkraftsimulator wieder ausschaltet. Von hier aus kann ich ihn nahezu augenblicklich wieder einschalten, aber auch wenn es noch so schnell geht, ich möchte in dieser Zeitspanne keine potenziellen Waffen irgendwo herumliegen haben.«

Melantha erreichte die Frachträume, streifte den Raumanzug ab und schlüpfte in Rekordzeit in einen neuen. Ihre Schulter schmerzte und blutete stark, aber sie hatte keine Zeit, um die Wunde zu versorgen. Die Arme voll mit dem alten Anzug und einem Haufen Instrumente marschierte sie los und warf alles in den Konverter. Danach widmete sie sich den Leichen. Mit Dannel gab es keine Schwierigkeiten. Lindran hingegen kroch auf sie zu, nachdem sie Dannel entsorgt hatte, und schlug kraftlos um sich, als sie an der Reihe war, eine unangenehme Erinnerung daran, dass die *Nachtgleiter* keineswegs völlig ausgeschaltet war. Es war allerdings keine große Herausforderung, sie trotz ihrer schwachen Gegenwehr durch die Klappe zu befördern.

Christopheris' versengte, halb zerstörte Leiche wand sich in ihrem Griff und schnappte nach ihr, aber auch er bereitete ihr keine ernsthaften Schwierigkeiten. Während sie im Aufenthaltsraum aufräumte, trudelte ein Küchenmesser auf sie zu, es war langsam, und sie pflückte es aus der Luft und packte es mit auf den für den Konverter bestimmten Haufen. Sie arbeitete sich gerade durch die Kabinen, die von Agatha Marij-Black zurückgelassenen Medikamente und den Injektor unter dem Arm, da hörte sie Royd aufschreien.

Gleich darauf packte etwas, das sich wie eine riesige, unsichtbare Hand anfühlte, sie um den Brustkorb, drückte zu und presste sie trotz ihrer heftigen Gegenwehr zu Boden.

Zwischen den Sternen bewegte sich etwas.

Es war undeutlich und weit entfernt, d'Branin konnte keine Details erkennen. Aber unverkennbar war da etwas, etwas Riesiges, das einen Teil der Sterne verdunkelte. Und es kam direkt auf sie zu.

Wie sehr wünschte er sich, sein Team jetzt bei sich zu haben, seinen Computer, seinen Telepathen, seine Fachleute, seine Gerätschaften.

Er gab mehr Schub und schoss voran, seinen *Volcryn* entgegen.

Schmerzhaft auf den Boden gepresst, riskierte Melantha Jhirl es, die Funkverbindung zu öffnen. Sie musste mit Royd sprechen. »Hörst du mich?«, fragte sie. »Was pass... passiert hier?« Der unbeschreibliche Druck auf ihre Brust nahm stetig zu. Sie konnte sich kaum rühren.

Die Antwort ließ auf sich warten, und als er endlich sprach, tat er es langsam und mit schmerzerfüllter Stimme. »... mich ... überlistet«, brachte er mühsam heraus, »... tut weh ... sprechen.«

»Royd ...«

»... sie ... hat ... tele... telekinetisch ... die ... Schwerkraft ... um ... zwei ... G ... drei ... raufgesetzt ... ich ... muss ... es ... nur ... zurückdrehen ... zurück ... lass mich.«

Schweigen. Schließlich, Melantha war der Verzweiflung nah, wieder Royds Stimme. Nur zwei Wörter:

»... kann ... nicht ...«

Es war, als kauerte jemand mit dem Zehnfachen ihres Körpergewichts auf ihrer Brust. Royds Qualen vermochte sie sich nicht auszumalen; Royd, für den bereits eine weitaus geringere Schwerkraft schmerzhaft und gefährlich war. Selbst wenn die Skala nur um eine Armeslänge von ihm entfernt war - seine Muskulatur war zu stark verkümmert, er würde sie unter keinen Umständen erreichen.

Mühsam streckte Melantha einen Arm aus und zog sich ein Stück weit den Gang entlang. »Royd ... halt aus ... ich komme.« Noch ein Stück vorwärts. Agathas Medikamentenkoffer unter ihrem Arm war ungeheuer schwer, sie ließ ihn los und schob ihn unter Aufbietung aller Kräfte aus dem Weg. Er schien mindestens hundert Kilo zu wiegen.

Sie überlegte es sich anders. Statt ihn zurückzulassen, öffnete sie ihn.

Sämtliche Ampullen waren fein säuberlich beschriftet. Rasch ließ sie den Blick darüberschweifen, auf der Suche nach Adrenalin oder Synthastim, nach irgendetwas, das ihr ermöglichte, Royd zu Hilfe zu kommen. Sie fand mehrere Stimulanzien, wählte das stärkste davon aus und schob es gerade in den Injektor, da fiel ihr Blick auf die Ampulle mit Esperon.

Warum sie zögerte, konnte sie sich selbst nicht erklären. Esperon war nur eine psionische Droge unter einem halben Dutzend im Koffer, keine davon war ihr auch nur im Entferntesten von Nutzen, aber etwas an dem Anblick irritierte sie, erinnerte sie an etwas, aber sie konnte den Finger nicht darauf legen. Und während sie noch versuchte, darauf zu kommen, hörte sie das Geräusch.

»Royd«, sagte sie, »deine Mutter ... könnte sie etwas ... sie könnte doch nichts ... bewegen ... telekinetisch bewegen ... in dieser ... dieser hohen Schwerkraft ... oder?«

»Vielleicht«, antwortete er, »... wenn ... sie ... alle ... Kraft ... darauf ... verwendet ... vielleicht möglich ... warum?«

»Weil«, gab Melantha Jhirl grimmig zurück, »weil gerade ... etwas ... *jemand* ... durch die Schleuse kommt.«

»Es ist nicht wirklich ein Schiff«, sagte Karoly d'Branin, »jedenfalls keins, wie ich es mir vorgestellt hätte.« Sein an der Akademie entworfener Raumanzug hatte ein integriertes Speichermodul, und er zeichnete seine eigenen Worte für die Nachwelt auf. Die Gewissheit seines baldigen Todes ließ ihn eigenartig unberührt. »Seine Größe ist unvorstellbar, schwer zu schätzen. Riesig. Riesig! Bis auf meinen Handgelenkcomputer habe ich nichts dabei, keine Messgeräte, nichts. Mir stehen keine genauen Messwerte zur Verfügung, aber ich schätze es auf, oh, vielleicht hundert Kilometer Durchmesser, vielleicht bis zu dreihundert, es wäre möglich. Es besteht nicht aus fester Masse, nicht im Entferntesten. Es ist filigran, luftig, kein Schiff in dem Sinne, wie wir es kennen, auch keine Stadt. Es ist - oh, es ist so schön - Kristall und feines Gespinst, es leuchtet schwach aus sich selbst heraus, überall gedämpftes Licht, ein gewaltiger Komplex, ein Schiff wie gewebt - es erinnert mich ein wenig an die ersten Schiffe aus den Anfangszeiten der Raumfahrt mit ihren riesigen Sternensegeln, aber dieses großartige Konstrukt ist nicht fest, es kann nicht mit Überlichtgeschwindigkeit reisen. Es ist im Grunde gar nicht wirklich ein Schiff. Es bietet keinerlei Schutz gegen den luftleeren Raum, es gibt keine verschlossenen Kabinen und keine lebenserhaltenden Systeme, soweit ich sehen kann, es sei denn, ich kann es von hier aus einfach nicht erkennen, aber das kann ich mir nicht vorstellen, nein, dazu ist es zu offen, zu fragil. Es bewegt sich sehr schnell. Ich wünschte, ich könnte seine Geschwindigkeit präzise messen, aber es reicht mir, hier zu sein. Ich fahre mit dem Raumgleiter beiseite, aus seinem Weg, aber ich weiß nicht, ob es mir rechtzeitig gelingt. Es ist so viel schneller als wir. Nicht mit Lichtgeschwindigkeit, nein, nicht ansatzweise, aber schneller als die *Nachtgleiter* mit ihrem Nuklearantrieb, schätze ich ... mehr ist es aber nicht, nur eine Schätzung.

Es ist kein Antrieb auszumachen. Ich frage mich, wie es ... vielleicht ist es ein Lichtsegler, vor Jahrtausenden mit Laserenergie gestartet und durch eine unvorstellbare Katastrophe zerrissen und dem Verfall preisgegeben - aber nein, es ist zu gleichmäßig, es ist so schön, dieses Gewebe, die schimmernden Schleier im Zentrum, diese ganze Schönheit.

Ich muss es beschreiben, es angemessen und ganz genau beschreiben, das ist mir bewusst. Es ist *schwierig*. Ich bin viel zu aufgeregt. Es ist groß, wie ich bereits sagte, der Durchmesser beträgt viele Kilometer. Es ist vage - ich zähle -, ja, vage achteckig. Der Nexus, das Zentrum, ist hell, ein dunkler Kern, umgeben von einem sehr viel größeren, hell erleuchteten Bereich, aber nur das, was dunkel ist, scheint annähernd massiv zu sein - die hellen Bereiche sind durchlässig, ich kann Sterne hindurchsehen, wenn auch das Farbspektrum ins Rötliche verschoben ist. Schleier, ich nenne es Schleier. Aus dem Zentrum und den Schleiern erstrecken sich acht lange - oh, so unglaublich lange - Sporne, sie sind nicht ganz regelmäßig angeordnet, es ist also kein geometrisch exaktes Oktagon ... ah, nun sehe ich es besser, einer der Sporne bewegt sich, ganz langsam, die Schleier wogen - sie sind also beweglich, nicht fest installiert, und die Gewebe verbinden die Sporne miteinander, immer rundherum, und es gibt ... Muster, eigenartige Muster, nicht vergleichbar mit der schlichten Webart eines Spinnennetzes. Ich kann das System dieser Struktur nicht erkennen, den Aufbau des Netzes, aber ich bin sicher, es gibt eine Struktur, ich muss nur herausfinden, wie es aufgebaut ist.

Lichter. Habe ich die Lichter bereits erwähnt? Am hellsten sind sie direkt am zentralen Nexus, aber auch da kann man nicht von wirklicher Helligkeit sprechen, es ist ein mattes Violett. Es leuchtet sichtlich, aber die Leuchtkraft reicht nicht weit. Ich würde so gern Ultraviolett-Aufnahmen des Raumschiffs machen, aber mir stehen die notwendigen Gerätschaften nicht zur Verfügung. Die Lichter bewegen sich. Die Schleier scheinen ebenfalls zu wogen, sind in Bewegung, und über die gesamte Länge der Sporne laufen unablässig Lichtpunkte, in wechselnder Geschwindigkeit, und manchmal wandern andere Lichtpunkte quer über das Geflecht. Ich weiß nicht, welchem Zweck diese Lichter dienen. Möglicherweise handelt es sich um ein Mittel der Kommunikation. Es ist von meiner Position aus nicht zu bestimmen, ob die Lichtquelle im Innern des Schiffs liegt oder ob die Lichter außen angebracht sind. Ich ... oh! Ein weiteres Licht. Zwischen den Spornen, ein kurzes Aufflammen, als würde ein neuer Stern entstehen, es ist bereits wieder vorbei. Es war intensiver als die anderen Lichter, eher indigofarben. Ich bin so hilflos, so unwissend. Aber sie sind wunderschön, meine *Volcryn* ...

Die Mythen ... das hier hat mit den Legenden nicht wirklich viel gemein. Die Größe, die Lichter. Im Zusammenhang mit den *Volcryn* wurde oft von Lichtern erzählt, aber die Geschichten waren sehr vage, es hätte alles bedeuten können, die Beschreibungen würden sowohl auf ein laserbetriebenes Antriebssystem zutreffen als auch auf schlichte Beleuchtung der Außenhülle. Mir war nicht klar, dass es ... so sein würde. Oh, welche Geheimnisse dieses Schiff bergen mag! Das Schiff ist noch immer zu weit entfernt, um Details zu erkennen. Es ist so riesig, ich nehme nicht an, dass wir rechtzeitig ausweichen können. Es scheint in unsere Richtung umgeschwenkt zu sein, aber das ist nur eine Annahme, eine Vermutung, ich kann mich ebenso gut irren. Meine Messgeräte - hätte ich sie doch nur dabei! Möglicherweise handelt es sich bei dem dunkleren Bereich im Zentrum um das eigentliche Fahrzeug, eine Kapsel. Darin müssen sich die *Volcryn* befinden. Wenn nur mein Team hier wäre, und Thale, der arme Thale. Er war ein Telepath der Kategorie eins, wir hätten Kontakt aufnehmen können, hätten möglicherweise mit ihnen kommuniziert. Was wir erfahren, was wir lernen könnten! Was sie wohl alles gesehen haben mögen! Unvorstellbar, wie alt dieses Schiff sein muss, wie uralt diese Spezies, wie lange sie schon unterwegs sind ... es erfüllt mich mit Ehrfurcht. Was für ein Segen es wäre, wenn wir mit ihnen kommunizieren könnten, aber es ist vollkommen ausgeschlossen, sie sind zu fremdartig.«

»D'Branin«, unterbrach ihn Agatha Marij-Black eindringlich. »Spürst du es nicht?«

Karoly d'Branin sah sie an, als würde ihm jetzt erst bewusst, dass er nicht allein war. »Spürst *du* sie? Du bist eine Drei, kannst du sie jetzt spüren?«

»Längst«, antwortete sie. »Schon längst.«

»Kannst du mit ihnen Kontakt aufnehmen? Sprich mit ihnen, Agatha. Wo sind sie? Im Zentrum? Im dunklen Bereich in der Mitte?«

»Ja«, sagte sie und lachte. Es war ein schrilles, hysterisches Lachen, und d'Branin erinnerte sich daran, dass sie sehr krank war. »Ja, im Zentrum, d'Branin, von dort stammen die Impulse, die ich wahrnehme. Nur irrst du dich so sehr, was sie betrifft. Es gibt sie nicht, all deine Legenden sind Lügen, Hirngespinste, ich wäre nicht überrascht zu erfahren, dass wir die Ersten sind, die tatsächlich so nah herankommen.

Die anderen, deine ganzen anderen Lebensformen, von denen du so viel geredet hast, sie haben sie lediglich *gespürt*, weit entfernt in der Tiefe des Raums, haben in Träumen und Visionen einen Hauch der wahren Natur der *Volcryn* erahnt und den Rest dazuerfunden. Schiffe und Kriege, ein Volk ewig Reisender, das alles ist ... ist ...«

»Ja. Was möchtest du mir damit sagen, Agatha, meine Liebe? Was du da redest, ergibt keinen Sinn. Ich verstehe es nicht.«

»Nein«, erwiderte sie, »du verstehst es wirklich nicht, oder?« Auf einmal klang ihre Stimme sanft. »Du kannst es nicht spüren, so wie ich es tue. Es ist inzwischen so offensichtlich, so überdeutlich. So muss sich eine Eins fühlen. Eine Eins, vollgepumpt mit Esperon.«

»Was spürst du? *Was?*«

»Es gibt keine *Sie*, Karoly. Das dort ist ein *Es*. Lebendig, Karoly, und, wie ich dir versichern kann, nahezu ohne jeden Verstand.«

»Ohne jeden Verstand?«, wiederholte er. »Nein, du musst dich irren, du interpretierst die Signale nicht richtig, die du empfängst. Ich nehme es hin, wenn du mir sagst, es sei nur eine Kreatur, ein einziger großartiger, wunderbarer Reisender durch das Universum, aber es ist ausgeschlossen, dass er ohne jeden Verstand sein soll. Du spürst ihn, seinen Verstand, seine telepathischen Impulse. Du und das gesamte Volk der feinsinnigen Crey und all die anderen. Womöglich sind seine Gedanken so fremdartig, dass du sie nicht zu entschlüsseln vermagst.«

»Womöglich. Aber das, was ich empfange, ist insgesamt nicht so beeindruckend fremdartig. Es ist nur ... tierisch. Seine Gedanken sind langsam und verschwommen und fremdartig, nicht einmal wirklich Gedanken in dem Sinne, es dämmert eher dahin, als dass es denkt. Kalte, distanzierte Regungen. Das Gehirn muss tatsächlich gewaltige Ausmaße haben, darauf würde ich wetten, aber zu bewusstem Denken ist es nicht imstande.«

»Was willst du damit sagen?«

»Seine Methode der Fortbewegung, d'Branin. *Spürst* du es denn nicht? Die Impulse? Sie zerreißen mir fast den Schädel. Errätst du denn wirklich nicht, wie deine verfluchten *Volcryn* sich durch die Galaxis bewegen und warum sie jede Schwerkraft tunlichst meiden? Ahnst du wirklich nicht, was sie antreibt?«

»Nein«, sagte d'Branin, aber noch während er es verneinte, brach die Erkenntnis über ihn herein, und er wandte den Blick von seiner Gefährtin ab und schaute den *Volcryn* entgegen, die im Näherkommen immer größer wurden, betrachtete die huschenden Lichter, die wogenden Schleier, die sich durch die Lichtjahre schoben, durch die Lichtjahrhunderte, durch ganze Äonen.

Als er ihr den Blick wieder zuwandte, formte sein Mund ein einziges Wort: »Teke.«

Sie nickte.

Mühsam hob Melantha Jhirl den Injektor und presste die Mündung gegen eine Arterie. Ein kurzes, lautes Zischen, und die Droge schoss in ihren Blutkreislauf. Sie ließ sich zurückfallen, sammelte ihre verbliebenen Kräfte und versuchte einen klaren Gedanken zu fassen. Esperon, Esperon, was war daran wichtig? Es hatte Lasamer umgebracht, hatte ihn zum Opfer seiner eigenen latenten Fähigkeiten werden lassen, hatte seine Gabe vervielfacht – und auch seine Verletzlichkeit. Psi. Am Ende ging es immer um Psi.

Die innere Tür der Luftschleuse glitt in die Wand. Der kopflose Tote kam hindurch.

Seine Bewegungen waren unnatürlich ruckartig, er hob beim Laufen die Füße nicht vom Boden. Er wirkte eigenartig gekrümmt, halb erdrückt vom auf ihm lastenden Gewicht. Jeder Ruck, mit dem er sich voranschob, war unvermittelt und schlecht koordiniert, eine unheilvolle Kraft zerrte wortwörtlich erst ein Bein nach vorne, dann das andere. Wie in Zeitlupe kam er näher, die Arme steif und reglos an den Leib gepresst.

Aber er kam näher.

Unter Aufbietung aller verbliebenen Kräfte kroch Melantha davon, ohne den Blick von ihm abzuwenden.

Ihre Gedanken überschlugen sich auf der Suche nach dem fehlenden Puzzleteil, dem entscheidenden Schachzug, aber sie kam nicht darauf.

Der Tote war schneller als sie. Es war unübersehbar, der Abstand zwischen ihnen schrumpfte.

Melantha versuchte aufzustehen. Grunzend, mit hart hämmerndem Herzen, hievte sie sich auf die Knie. Stellte einen Fuß auf. Mit aller Kraft versuchte sie sich auf die Beine zu zwingen, das auf ihren Schultern lastende unerträgliche Gewicht in die Höhe zu stemmen wie ein Gewichtheber. Sie war stark, versicherte sie sich selbst. Sie war das verbesserte Modell.

Aber als ihr gesamtes Gewicht auf einem Bein lastete, streikten ihre Muskeln. Sie brach zusammen, schrecklich unbeholfen, und krachte mit einer Wucht zu Boden, als wäre sie von einem hohen Gebäude gestürzt. Ein scharfes Knacken. Stechende Pein raste durch ihren Arm, ihren gesunden Arm, mit dem sie den Sturz abzufangen versucht hatte. Ihre

Schulter schmerzte entsetzlich. Sie blinzelte Tränen fort und erstickte fast an ihrem eigenen Schrei.

Der Tote hatte den halben Gang hinter sich gebracht. Beide Beine schienen gebrochen zu sein, aber es machte ihm offenbar nichts aus. Die Kraft, die ihn aufrecht hielt, war stärker als Sehnen und Knochen und Muskeln.

»Melantha ... habe dich ... gehört ... bist ... du ... Melantha?«

»Ruhe«, schnauzte sie ihn an. Sie konnte keinen Atemzug aufs Reden verschwenden.

Unter Besinnung auf alle mentalen Techniken, die sie je erlernt hatte, überwand sie den Schmerz. Schwach strampelnd, mit über den Boden scharrenden Stiefeln, zog sie sich mit dem nicht gebrochenen Arm vorwärts, ungeachtet des Feuers, das in ihrer Schulter tobte.

Die Leiche kam näher. Immer näher.

Sie erreichte den Eingang des Aufenthaltsraums, wand sich unter dem fest verkeilten Gleiter hindurch und hoffte, er würde den Toten wenigstens kurz aufhalten. Das, was einmal Thale Lasamer gewesen war, war kaum noch einen Meter entfernt.

In der Dunkelheit des Aufenthaltsraums, wo alles angefangen hatte, verließen sie die Kräfte.

Ein Schauder durchrann ihren Leib, und sie brach auf dem feuchten Teppich zusammen. Ihr wurde klar, dass sie nicht mehr weiterkonnte.

Im Gang stand der Tote reglos da. Der Gleiter erzitterte. Und dann ruckte er zurück, Metall schabte kreischend über Metall; mit winzigen, ruckartigen Bewegungen löste er sich, um den Weg freizugeben.

Verfluchte Psi-Fähigkeiten. Melantha hätte weinen mögen. Wenn sie doch selbst über Psi-Fähigkeiten verfügen würde, über eine Waffe, um diesen Teke-gesteuerten Leichnam, der sie verfolgte, in Stücke zu reißen! Sie mochte verbessert sein, dachte sie verzweifelt, aber es reichte nicht aus. Ihre Eltern mochten ihr alle erdenklichen genetischen Vorteile und Gaben mitgegeben haben, aber Gene, die Psi-Gaben mit sich brachten, hatten ihnen nicht zur Verfügung gestanden. Sie waren extrem selten, rezessiv, und ...

... und plötzlich fiel es ihr wie Schuppen von den Augen.

»Royd«, keuchte sie. Das Sprechen kostete sie viel Kraft, sie weinte, war klatschnass und hatte schreckliche Angst. »Die Skala ... beweg sie ... *mit Teke.* Royd, mit ... Teke!«

Seine Stimme klang schwach und gepresst. »... kann ... nicht ... nur ... Mutter ... sie ... hat ...«

»Nicht Mutter«, sagte sie eindringlich. »Du sagst ... immer ... *Mutter.* Ich habe ... vergessen. Nicht deine Mutter ... hör zu ... du bist ein *Klon!*«

»Kann ... nicht«, sagte er. »Nie ... muss wohl ... geschlechtlich ... verankert ...«

»Nein! Ist es *nicht!* Ich kenne ... mich aus. Promethanerin, Royd ... erzähl einer Promethanerin ... nichts ... über Gene ... beweg ... die Skala!«

Der Gleiter ruckte heftig rückwärts und stürzte auf die Seite. Der Weg war frei.

Der Tote setzte sich in Bewegung.

»... versuche ... es«, sagte Royd. »Nichts ... ich ... *kann* ... nicht!«

»Sie hat dich *geheilt*«, stieß Melantha bitter hervor. »Besser ... als sie selbst ... geheilt wurde ... pränatal ... aber es ist nur ... unterdrückt worden ... du ... *kannst* es!«

»Ich ... weiß ... nicht ... wie.«

Der Tote ragte über ihr auf. Hielt an. Seine bleichen Hände zitterten, verkrampften sich, ruckten nach oben. Lange, lackierte Fingernägel. Die Hände formten Klauen. Näherten sich.

Melantha fluchte. *»Royd!«*

»... tut mir ... leid ...«

Weinend und zitternd ballte sie eine nutzlose Faust.

Und urplötzlich gab es keine Schwerkraft mehr. In weiter, weiter Ferne hörte sie Royd aufschreien. Dann herrschte Schweigen.

»Es blitzt jetzt häufiger«, zeichnete Karoly d'Branin auf, »aber vielleicht liegt es auch daran, dass es jetzt näher ist und ich es besser erkennen kann. Mitten im Geflecht finden in schneller Folge Explosionen statt, indigoblau und violett, das Licht verblasst rasch. Ich halte es für ein Kraftfeld. Die Blitze könnten Wasserstoffpartikel sein, jener ätherische Stoff, aus dem die Abgründe zwischen den Sternen bestehen. Sie streifen das Kraftfeld, das sich zwischen den Spornen und dem Geflecht spannt, und werden beim Verglühen kurz sichtbar. Materie wird in Energie umgewandelt, das ist es, was hier stattfindet, nehme ich an. Die Energiequelle meiner *Volcryn*.

Inzwischen füllt es das halbe Universum aus, und es kommt immer noch näher. Wir werden ihm nicht entkommen, oh, es ist so bedauerlich. Agatha ist tot, ganz still, da ist Blut an ihrer Frontplatte. Ich kann den dunklen Bereich im Kern fast sehen, fast. Ich habe eine eigenartige Eingebung. Ein Gesicht im Zentrum, klein, rattenähnlich, noch ohne Mund oder Nase oder Augen, aber es ist dennoch in irgendeiner Weise ein Gesicht, und es starrt mich an. Die Schleier bewegen sich so eigenartig sinnlich. Das Geflecht umschließt uns.

Oh, das Licht, das Licht!«

Schwerfällig schwebte der Leichnam durch die Luft, die ausgestreckten Hände waren erschlafft. Melantha, die ebenfalls den Boden unter den Füßen verloren hatte, wurde in der plötzlichen Schwerelosigkeit so übel, dass ihr der Mageninhalt hochkam. Rasch öffnete sie den Helm, faltete ihn zurück und entfernte sich von ihrem eigenen Erbrochenen, versuchte sich gegen den nächsten zornigen Angriff der *Nachtgleiter* zu wappnen.

Aber die Leiche Thale Lasamers schwebte tot und reglos vor ihr, ansonsten regte sich nichts in der Dunkelheit des Aufenthaltsraums. Als sich Melantha endlich wieder handlungsfähig fühlte, ruderte sie mit matten Bewegungen auf den Leichnam zu und versetzte ihm einen zaghaften Stoß. Er segelte davon.

»Royd?«, fragte sie unsicher.

Keine Antwort.

Sie drang durch das Loch in der Wand in den Kommandosektor vor.

Und dort schwebte Royd Eris reglos in seinem gepanzerten Raumanzug. Sie schüttelte ihn, aber er rührte sich nicht. Zitternd begutachtete Melantha Jhirl seinen Anzug und machte sich daran, ihn zu öffnen. Sie berührte ihn. »Royd«, sagte sie, »hier. Spür mich, Royd, hier. Ich bin hier, merkst du es nicht?« Die Einzelteile seines Anzugs ließen sich leicht lösen, und sie schleuderte sie davon. »Royd, *Royd!*«

Tot. Tot. Sein Herz schlug nicht mehr. Sie schlug ihm auf die Brust, bearbeitete sie mit den Fäusten, versuchte sein Herz wieder ins Leben zu prügeln. Es fing nicht wieder an zu schlagen. Tot. Tot.

Melantha Jhirl wich zurück, fast blind vor Tränen, stieß gegen das Kontrollpult und schaute hinunter.

Tot. Tot.

Aber die Skala des Schwerkraftsimulators stand noch immer auf null.

»Melantha«, erklang eine sanfte Stimme aus den Wänden.

Ich habe die kristallene Seele der *Nachtgleiter* in Händen gehalten.

Sie ist dunkelrot und vielfach facettiert, so groß wie mein Kopf, und sie ist eiskalt. In ihren scharlachroten Tiefen lodern zwei kleine, rauchige Flammen, die manchmal wild durcheinanderwirbeln.

Ich bin durch die Schaltkonsolen gekrochen, habe mich mit äußerster Vorsicht an Sicherheitsvorkehrungen und Cyberleitungen vorbeigeschlängelt, um nichts zu beschädigen, und ich habe meine bloßen Hände auf jenen großen Kristall gelegt, im Wissen, dass *sie* darin lebt.

Und ich bringe es nicht über mich, ihn zu zerstören.

Royds Geist hat mich gebeten, es nicht zu tun.

Erst letzte Nacht haben wir uns wieder darüber unterhalten, beim Brandytrinken und Schachspielen im Aufenthaltsraum. Royd kann natürlich nichts trinken, aber er schickt seinen Geist, der mich anlächelt und mir sagt, wohin ich seine Figuren ziehen soll.

Zum tausendsten Mal hat er mir angeboten, mich nach Avalon zurückzubringen, oder auch woandershin, ganz wie ich möchte, wenn ich nur nach draußen gehe und die Reparaturen abschließe, die wir vor so vielen Jahren unvollendet zurückgelassen haben. In diesem Zustand kann die *Nachtgleiter* nicht mit Überlichtgeschwindigkeit fliegen.

Zum tausendsten Mal habe ich sein Angebot abgelehnt.

Ohne jeden Zweifel haben sich seine Psi-Fähigkeiten gesteigert. Sie haben die gleichen Gene. Sie sind gleich stark.

Im Sterben hat er es fertiggebracht, dem großen Kristall seine Persönlichkeit einzuprägen. Das Schiff wird nun von beiden beseelt, und häufig gehen sie aufeinander los. Manchmal gewinnt sie die Oberhand, und die *Nachtgleiter* hat eigentümliche Aussetzer. Die Schwerkraft schwankt auf und ab oder schaltet sich aus. Meine Decke schlingt sich um meinen Hals, während ich schlafe. Aus dunklen Winkeln rasen Gegenstände auf mich zu.

Solche Vorkommnisse sind seltener geworden. Wenn es geschieht, gebietet Royd seiner Mutter Einhalt, oder ich tue es selbst. Mit vereinten Kräften sind wir es, die auf der *Nachtgleiter* das Sagen haben, es ist unser Schiff.

Royd behauptet, er sei auch allein dazu imstande, er brauche mich nicht, um sie in ihre Schranken zu verweisen. Aber ich zweifle daran. Beim Schach gewinne ich gegen ihn immer noch neun von zehn Spielen.

Und es gibt noch andere Gründe dafür, zu bleiben. Beispielsweise unsere Arbeit. Karoly wäre stolz auf uns. Schon bald wird die *Volcryn* in die Nebel von Tempters Schleier vorstoßen, und wir folgen dichtauf. Wir sammeln Daten, fertigen Aufzeichnungen an, tun alles genau so, wie der gute alte d'Branin es sich wünschen würde. Alles, was wir wissen und beobachten, wird im Computer gespeichert und auf Aufnahmebändern und Papier archiviert, falls das System je zerstört werden sollte. Wenn die *Volcryn* in den Schleier driftet, wird es spannend. Er ist so dicht, ganz anders als die karge Wasserstoffdiät des interstellaren Raums, von der sich die Kreatur seit ungezählten Äonen ernährt.

Wir haben versucht, mit ihr zu kommunizieren, bisher erfolglos. Ich glaube nicht, dass sie über ein Bewusstsein verfügt. Seit einiger Zeit probiert Royd aus, ihre Art des Antriebs zu imitieren und die *Nachtgleiter* unter Aufbietung all seiner Kraft per Teke zu steuern. Sonderbarerweise kommt es vor, dass sich seine Mutter seinen Bemühungen anschließt. Bisher haben sie es noch nicht geschafft, aber wir werden es weiterhin versuchen.

Das also ist unsere Arbeit. Wir wissen, dass unsere Ergebnisse eines Tages der Menschheit vorliegen werden. Royd und ich haben darüber gesprochen, und wir haben einen Plan entwickelt. Ehe ich sterbe, kurz bevor es so weit ist, werde ich den Hauptkristall zerstören und das Bordsystem löschen, und danach werde ich manuell Kurs in Richtung einer bewohnten Welt setzen. Dann wird die *Nachtgleiter* wirklich ein Geisterschiff sein. Es wird funktionieren. Ich habe alle Zeit der Welt, und ich bin ein verbessertes Modell.

Die andere Möglichkeit ziehe ich nicht in Erwägung, auch wenn es mir viel bedeutet, dass Royd immer wieder darauf zurückkommt. Natürlich könnte ich die Reparaturen abschließen, und möglicherweise könnte Royd auch ohne mich die Oberhand behalten und die Arbeit fortsetzen. Aber darum geht es nicht.

Ich habe mich so oft geirrt. Das Esperon, die Übertragungsgeräte, mein Einfluss auf die anderen; in all diesen Fällen habe ich versagt, und der Preis für meine Überheblichkeit war hoch. Versagen schmerzt mich. Als ich ihn endlich berührt habe, zum ersten und einzigen Mal, war sein Körper noch immer warm. Aber er war nicht mehr am Leben. Er hat meine Berührung nie gespürt. Ich habe dieses Versprechen nicht halten können.

Aber mein anderes Versprechen kann ich halten.

Ich werde ihn nicht mit ihr allein lassen.

Niemals.

Die Affenkur

Kenny Dorchester war ein unglaublich fetter Kerl.

Natürlich war er nicht immer fett gewesen. Er war als normales Kind mit durchschnittlichem Gewicht auf die Welt gekommen, aber in Kennys Fall dauerte dieses Stadium der Normalität nicht sehr lange, denn schon nach kurzer Zeit war er zu einem pausbäckigen Pummelchen herangewachsen, das reichlich mit Babyspeck gepolstert war. Von da an ging es mit ihm nur noch bergab und gewichtsmäßig aufwärts. Er wurde ein pummeliges Kind, ein korpulenter Heranwachsender, ein eindeutig dicker Student, und als Erwachsener hatte er all diese Zwischenstadien hinter sich gelassen und war zu voller Fettleibigkeit erblüht.

Die Menschen werden aus mancherlei Gründen dick, von denen einige physiologischer und andere psychologischer Natur sind. Kennys Grund war denkbar einfach: Essen. Kenny Dorchester liebte nichts so sehr wie das Essen. Oft zitierte er mit einem Augenzwinkern Will Rogers und sagte seinen Freunden, dass ihm noch nie etwas untergekommen sei, das ihm nicht geschmeckt habe. Das stimmte nicht ganz, denn Kenny verabscheute Leber und Pflaumensaft. Hätte seine Mutter ihm beides während seiner Kindheit häufiger vorgesetzt, dann hätte er möglicherweise niemals den Umfang und das Gewicht erreicht, das ihn als Erwachsener so verfolgte. Unglücklicherweise hielt auch Gina Dorchester mehr von Lasagne und gefülltem Truthahn und Kartoffeln und Schokoladenpudding und Cordon bleu vom Kalb und gebuttertem Toast und Stapeln von Blaubeerpfannkuchen (wenn auch nicht alles bei einer Mahlzeit) als von Leber und Pflaumensaft, und als Kenny seinen Standpunkt nachdrücklich klargemacht hatte, indem er die Leber zurück auf den Teller erbrach, setzte sie ihm gehorsam nie wieder Leber und Pflaumensaft vor.

So führte sie ihren Sohn auf die rutschige Bahn zur Affenkur, sanft und ohne es zu wissen. Aber das war schon lange her, und man konnte der armen Frau keinen Vorwurf machen, denn es war Kenny selbst, der sich seinen Weg bis dorthin aß.

Kenny liebte Peperonipizza oder normale Pizza oder Restepizza mit wirklich allem darauf, sogar Anchovis. Kenny konnte einen ganzen Stapel Barbecue-Rippchen verdrücken, und je würziger die Soße war, desto besser schmeckte es ihm. Er war geradezu verrückt nach Rippenspeer und Brathähnchen und mit Reis gefüllten Rock-Cornish-Puten, und er war keiner von denen, die etwas gegen ein saftiges Lendenstück oder frittierte Shrimps oder ein Stück polnische Wurst einzuwenden hatten. Er mochte seine Burger mit allem darauf, und bitte schön Pommes und Zwiebelringe dazu. Vor allem seiner Freundin, der Kartoffel, konnte man nichts antun, das ihn gegen sie aufgebracht hätte, aber er verschmähte auch Spaghetti und Reis nicht, ebenso wenig wie kandierte und unkandierte Süßkartoffeln, und nicht einmal pürierte Kohlrüben.

»Desserts sind meine Leidenschaft«, sagte er manchmal, denn er mochte Süßigkeiten aller Art, besonders Schokoladenkuchen und gefüllte Teigrollen und warmen Apfelkuchen mit Schlagsahne.

»Brot ist meine Leidenschaft«, sagte er stets, wenn keine Aussicht auf ein Dessert bestand, und mit diesen Worten brach er noch ein Stück Sauerteigbrot ab, butterte ein weiteres Brötchen oder griff nach einer zusätzlichen Scheibe Knoblauchbrot, das ihm besonders mundete.

Kenny hatte verschiedene Laster. Er hielt sich für eine Kapazität, sowohl was die besten Restaurants als auch Imbissbuden anbelangte, und er konnte sich endlos über beides auslassen. Er verschlang griechisches Essen und chinesisches Essen und japanisches Essen und koreanisches Essen und deutsches Essen und italienisches Essen und französisches und indisches Essen, und er war stets auf der Suche nach neuen ethnischen Gruppen, damit er, wie er sagte, seinen »kulturellen Horizont erweitern« konnte. Als Saigon fiel, stellte Kenny Spekulationen an, wie viele vietnamesische Flüchtlinge Restaurants eröffnen würden. Wenn Kenny reiste, stopfte er sich grundsätzlich mit den landestypischen Spezialitäten voll, und er konnte die besten Speiselokale in den vierundzwanzig größten amerikanischen Städten nennen, während er sich in schwelgenden Erinnerungen an die Köstlichkeiten erging, die er dort verzehrt hatte. Seine Lieblingsschriftsteller waren James Beard und Calvin Trillin.

»Ich lebe ein genüssliches Leben!«, verkündete Kenny Dorchester strahlend. Und so war es. Aber Kenny hatte auch ein Geheimnis. Er dachte nicht oft daran und sprach es nie aus, aber trotzdem war es da, tief im Grunde seines Herzens, unter allen Fleischwülsten, und nicht alle seine Soßen konnten es ertränken, und auch seine Gabel konnte es nicht immer bannen.

Es *gefiel* Kenny Dorchester nicht, dick zu sein.

Kenny war wie ein Mann, der zwischen zwei Geliebten hin- und hergerissen wird, denn er liebte zwar das Essen mit verzehrender Leidenschaft, aber er träumte auch von anderen Vergnügungen, von Frauen, und er wusste, wenn er das eine bekommen wollte, musste er das andere aufgeben. Dieses Wissen war sein heimlicher Schmerz. Er befasste sich häufig mit dem Dilemma, das diese Situation hervorbrachte. Kenny war zwar der Meinung, dass es wünschenswert war, schlank zu sein und eine Frau zu haben, statt dick zu sein und nur Langustencremesuppe zu essen, aber auch Letzteres war nicht vollkommen verabscheuungswürdig. Beides waren Quellen der Freude, und schlimm dran waren jene, die das eine aufgaben und trotzdem nicht an das andere herankommen konnten. Nichts deprimierte Kenny mehr als der Anblick einer dicken Person, die Hüttenkäse aß. Solche erbärmlichen Menschen schienen niemals auch nur ein Gramm abzunehmen, dachte Kenny, und waren dazu verdammt, auf ewig ohne Frauen und Langustencremesuppe durchs Leben zu gehen - ein allzu grausames Schicksal, als dass man das Risiko eingehen konnte, sich ihm auszuliefern.

Doch ungeachtet all dieser Überlegungen flammte der heimliche Schmerz in Kenny Dorchester manchmal so heftig auf und erfüllte ihn mit einer solchen Entschlossenheit, dass ihm einfach alles möglich schien. Der Anblick einer wunderschönen Frau oder die Kunde von einer neuen, schmerzlosen und besonders wirksamen Diät waren hervorragend geeignet, das auszulösen, was Kenny selbst seine »Fehltritte« nannte. Wenn er in diese Stimmungen geriet, war Kenny sogar bereit, eine Diät einzuhalten.

Im Laufe der Jahre hatte er es mit jeder Diät versucht, die es gab, immer im Geheimen und meist nur kurz. Er versuchte Dr. Atkins' Diät und Dr. Stillmans Diät, die Grapefruitdiät und die Diät mit braunem Reis. Er probierte es mit der Flüssigproteindiät, die wirklich abscheulich war. Er lebte eine Woche von nichts anderem als »Rank und Schlank«, bis er alle Geschmacksrichtungen durchprobiert hatte und sie ihn langweilten. Er trat in den »Weg mit den Pfunden«-Club ein und ging zu ein paar Treffen, bis er merkte, dass seine Mitstreiter ihm überhaupt keine Hilfe waren, da sie über nichts anderes als Essen sprachen. Er machte Hungerstreiks, die nur so lange dauerten, bis er Hunger bekam. Er versuchte die Fruchtsaftdiät und die Trinkerdiät (obwohl er gar kein Trinker war) und sogar die Martini-und-Schlagsahne-Diät (die Martinis ließ er weg).

Ein Hypnotiseur erzählte ihm, dass seine Leibgerichte schlecht schmeckten und er zudem gar keinen Hunger habe, aber das war eine verdammte Lüge, und damit war auch die Hypnose abgehakt. Er änderte sein Verhalten dahingehend, dass er die Gabel zwischen den Bissen niederlegte, kleine Teller nahm, die auch mit winzigen Portionen voll aussahen, und alles, was er aß, in Notizbüchern festhielt. Das führte dazu, dass er einen großen Stapel Notizbücher vollschrieb, viele kleine Teller spülen musste und sich eine unglaubliche Geschicklichkeit beim Hinlegen und Aufheben der Gabel zulegte. Seine Lieblingsdiät war die, nach der man so viel man wollte von seinem Lieblingsessen zu sich nehmen konnte, solange man nichts anderes aß. Das Problem aber war, dass sich Kenny nicht entscheiden konnte, was denn nun sein Lieblingsessen war, daher aß er eine Woche Rippchen, eine Woche Pizza, eine Woche Pekingente (das war eine teure

Woche), und dabei verlor er überhaupt kein Gewicht, obwohl es eine prächtige Zeit war.

Kenny Dorchesters Fehltritte dauerten meist ein oder zwei Wochen. Dann sah er sich um, wie ein Mann, der aus dichtem Nebel heraustrat, und stellte fest, dass es ihm wirklich elend ging, er nur ganz wenig Gewicht verlor und im Begriff stand, zu einem dieser Hüttenkäse-Dicken zu werden, die er so sehr bemitleidete. Ab diesem Punkt ließ er die Diät sein, ging gut essen und stellte sein normales Selbst für die kommenden sechs Monate wieder her, bis sich der geheime Schmerz wieder bemerkbar machte.

An einem Freitag sah er Henry Moroney abends im Slab.

Das Slab war Kennys bevorzugte Barbecue-Bude. Sie hatte sich auf fettige, fleischige Rippchen spezialisiert, die in der Soße serviert wurden, die Kenny so gern mochte. Und am Freitag bot das Slab so viele Rippchen, wie man essen konnte, für nur fünfzehn Dollar an, was für die meisten Leute ziemlich viel war, nicht aber für Kenny, der jede Menge Rippchen verdrücken konnte. An besagtem Freitag hatte Kenny gerade das erste Rippchen verspeist und wartete auf das zweite, wobei er Bier trank und Brot aß, als er aufsah und verblüfft feststellte, dass der schlanke, hagere Bursche in der Nachbarnische tatsächlich Henry Moroney war.

Kenny Dorchester war fassungslos. Als er Henry Moroney zuletzt gesehen hatte, waren sie beide unglückliche »Weg mit den Pfunden«-Mitglieder gewesen, und Moroney war der Einzige im Club gewesen, der mehr gewogen hatte als Kenny. Er war ein großer, fetter Wal von einem Mann gewesen und hatte, wie er den Clubmitgliedern beichtete, den grausamen Spitznamen »Boney«. Jetzt schien der Spitzname angemessen zu sein. Moroney war nicht nur mager genug, dass man die Rippen unter der Haut erahnen konnte, der Tisch vor ihm war auch mit Knochen übersät, und das war es, was Kenny Dorchester stutzig machte. Die vielen Knochen. Er begann zu zählen, aber es dauerte nicht lange, da kam er durcheinander, denn alle Knochen waren unordentlich auf verschiedenen Tellern inmitten von trocknenden Soßenresten verstreut. Aber anhand der Masse konnte man feststellen, dass Moroney mindestens vier Rippchen gegessen haben musste, wahrscheinlich sogar fünf.

Kenny Dorchester kam zu der Überzeugung, dass Henry »Boney« Moroney das Geheimnis kannte. Wenn es eine Methode gab, Hunderte Pfund abzunehmen und dennoch fünf Rippchen verdrücken zu können, dann musste Kenny unbedingt von ihr erfahren. Also stand er auf, ging zu Moroneys Nische und zwängte sich ihm gegenüber hinein. »Sie sind es *wirklich*«, sagte er.

Moroney sah auf, als hätte er Kenny bis zu diesem Augenblick gar nicht bemerkt. »Oh«, sagte er mit dünner, müder Stimme. »Sie.« Er wirkte sehr erschöpft, aber Kenny dachte, das müsse natürlich sein, wenn jemand so viel Gewicht verloren hatte. Moroneys Augen lagen in tiefen grauen Höhlen, die Haut hing in schlaffen Falten herunter, und er stützte sich mit den Ellbogen auf den Tisch, als wäre er zu ausgelaugt, um aufrecht zu sitzen. Er sah schrecklich aus, aber er hatte so viel abgenommen ...

»Sie sehen prächtig aus«, schmeichelte Kenny ihm. »Wie haben Sie das gemacht? Wie? Sie müssen es mir sagen, Henry, doch, das müssen Sie.«

»Nein«, flüsterte Moroney. »Nein, Kenny. Gehen Sie.«

Kenny war beleidigt. »Also wirklich!«, ereiferte er sich. »Das ist nicht besonders nett. Ich gehe erst, wenn ich Ihr Geheimnis kenne, Henry. Das sind Sie mir schuldig. Denken Sie nur, wie oft wir zusammen Brot gebrochen haben.«

»O Kenny«, sagte Moroney mit dünner, schrecklicher Stimme. »Bitte, gehen Sie, Sie dürfen es nicht erfahren, es ist zu ... zu ...« Er verstummte mitten im Satz, und ein Zucken lief über sein Gesicht. Sein Kopf wurde zur Seite gedreht, als hätte er einen Anfall, und die Hände trommelten auf die Tischplatte. »Ooooooh«, sagte er.

»Henry, was ist denn?«, fragte Kenny erschrocken. Jetzt war er sicher, dass Henry Moroney es mit seiner Diät übertrieben hatte.

»Ohhh«, seufzte Moroney plötzlich erleichtert. »Nichts, nichts. Mir geht es ausgezeichnet.« Seine Stimme vermittelte kaum den Enthusiasmus seiner Worte. »Sogar ganz ausgezeichnet. Prächtig, Kenny. Ich war nicht mehr so schlank seit ... seit ... nun, noch nie. Ein Wunder.« Er lächelte dünn. »Ich werde mein Ziel bald erreicht haben, dann ist es vorbei. Glaube ich. Ich glaube, ich werde mein Ziel erreichen. Mein wirkliches Gewicht kenne ich gar nicht.« Er führte eine Hand zur Augenbraue. »Ich bin aber schon schlank, wirklich und wahrhaftig. Sind Sie nicht auch der Meinung, dass ich gut aussehe?«

»Doch, doch«, pflichtete Kenny ihm ungeduldig bei. »Aber wie haben Sie das geschafft? Das müssen Sie mir sagen. Doch sicher nicht durch diese Flaschen im Club ...«

»Nein«, sagte Moroney erschöpft. »Nein. Durch die Affenkur. Hier, ich schreibe es Ihnen auf.« Er nahm einen Kugelschreiber und kritzelte eine Adresse auf die Serviette.

Kenny stopfte die Serviette in eine Tasche. »Die Affenkur? Davon habe ich noch nie gehört. Was ist das?«

Henry Moroney leckte sich die Lippen. »Sie ...«, begann er, dann wurde er von einem neuerlichen Anfall geschüttelt, und sein Kopf zuckte grotesk hin und her. »Gehen Sie«, sagte er zu Kenny. »Gehen Sie dort hin. Es funktioniert, Kenny, ja, oh. Die Affenkur, ja. Mehr kann ich nicht sagen. Sie haben die Adresse. Entschuldigen Sie mich.« Er legte die Hände flach auf die Tischplatte und stemmte sich in die Höhe, dann ging er schlurfend, als wäre er doppelt so alt, zum Kassierer.

Kenny Dorchester sah ihm nach und kam zu dem Schluss, dass Moroney es mit seiner Affenkur *eindeutig* übertrieben hatte, woraus sie auch bestehen mochte. Er hatte vorher nie Anfälle oder Zuckungen gehabt oder irgendetwas in der Art.

»Man darf bei so etwas nie den Blick für die Proportionen verlieren«, sagte sich Kenny und strich über die Tasche, um sich zu überzeugen, dass die Serviette noch da war. Er beschloss, nicht so fanatisch zu sein wie Boney Moroney, und begab sich wieder in seine eigene Nische und zu seiner zweiten Portion Rippchen. Er aß alles in allem vier, denn wenn er morgen mit der Diät anfinge, wäre es vielleicht besser, heute noch einmal gut zu essen.

Der nächste Tag war ein Samstag, und Kenny hatte genügend Zeit, sich die Sache mit der Affenkur durch den Kopf gehen zu lassen und von einem neuen, schlanken Kenny zu träumen. Er stand früh auf und stürmte sofort ins Badezimmer, um sich auf die Digitalwaage zu stellen, die er besonders mochte, weil man nicht die Augen zusammenkneifen musste, um die Zahlen zu lesen, da diese gut sichtbar rot aufleuchteten. An diesem Morgen zeigte sie 367. Er hatte ein paar Pfund zugenommen, aber das störte ihn wenig. Die Affenkur würde sie schnell wieder verschwinden lassen.

Kenny versuchte telefonisch herauszufinden, ob sie auch samstags geöffnet hatten. Das erwies sich als unmöglich, denn

Moroney hatte nur eine Adresse aufgeschrieben, und in den Gelben Seiten fand er unter der genannten Anschrift weder ein Diätzentrum noch eine Gesundheitsberatung oder einen Arzt. Kenny schlug im Telefonbuch unter »Affe« nach, aber auch das führte zu nichts. Also blieb ihm nichts anderes übrig, als persönlich hinzugehen.

Selbst das war problematisch. Die Adresse befand sich unten bei den Docks, in einer zwielichtigen, verrufenen Gegend, und Kenny hatte Mühe, ein Taxi zu finden, das bereit war, ihn überhaupt dorthin zu bringen. Schließlich setzte er sich durch, indem er dem Taxifahrer androhte, ihn bei seinem Chef anzuzeigen. Kenny Dorchester kannte seine Rechte.

Aber es dauerte nicht lange, da kamen ihm Zweifel. Die schmalen, engen Straßen, durch die sie fuhren, waren schmutzig und heruntergekommen, regelrecht unappetitlich, und Kenny überlegte, dass ein Diätzentrum in dieser Gegend womöglich nichts weiter zu bieten hatte als gefährliche Quacksalberei. Das fragliche Viertel war eine alte, halb verfallene Lagerhallengegend, was seine Zweifel noch verstärkte. Die Hälfte der hier ansässigen Läden waren geschlossen, der Rest lauerte hinter schmutzigen Fensterscheiben und eisernen Gittern. Das Taxi hielt vor einer erbärmlich heruntergekommenen Backsteinfront inmitten von zwei mit Schutt und Geröll übersäten freien Plätzen. Die Fensterscheiben waren derartig verschmutzt, dass man unmöglich hineinsehen konnte. Ein ausgeblichenes Coca-Cola-Schild schwang ächzend über der Tür hin und her. Die Hausnummer stimmte aber mit der überein, die Boney Moroney aufgeschrieben hatte.

»Hier sind wir«, sagte der Taxifahrer ungeduldig, während Kenny fassungslos zum Taxifenster hinaussah.

»Das kann unmöglich richtig sein«, sagte Kenny. »Ich werde mich umsehen. Bitte seien Sie so freundlich, hier zu warten, bis ich sicher bin, dass dies die richtige Adresse ist.«

Der Fahrer nickte, worauf sich Kenny herumwälzte und aus dem Taxi stieg. Er war kaum zwei Schritte gegangen, als der Taxifahrer mit quietschenden Reifen anfuhr. Er drehte sich erstaunt um. »Aber Sie können doch nicht …« Doch der Fahrer konnte. Kenny beschloss, ihn nun definitiv bei seinem Chef anzuzeigen.

Derweil war er aber hier gestrandet, und es wäre albern gewesen, nicht weiterzugehen, da er nun schon so weit gekommen war. Ob er die Affenkur nun ausprobierte oder nicht, sicher würden sie ihn dort ein anderes Taxi rufen lassen. Kenny nahm allen Mut zusammen und näherte sich der hässlichen nackten Gebäudefront. Als er die Tür öffnete, läutete eine Glocke.

Drinnen war es finster. Staub und Schmutz auf den Fensterscheiben ließen fast kein Sonnenlicht hindurch, und Kennys Augen brauchten einen Augenblick, bis sie sich angepasst hatten. Dann bemerkte er zu seinem Entsetzen, dass er in ein Wohnzimmer geraten war. *Eine dieser Zigeunerfamilien, die in leer stehende Häuser ziehen,* dachte er. Er stand auf einem verblichenen Teppich, ringsum altes Mobiliar, zweifellos das Beste, was die Heilsarmee zu bieten hatte. In einer Ecke kauerte ein uralter Schwarz-Weiß-Fernseher und starrte ihn blind an. Das Zimmer stank nach Urin. »Tut mir leid«, murmelte Kenny leise und fürchtete voller Entsetzen, jeden Augenblick könnte ein dunkler Zigeunerjunge aus dem Schatten hervorspringen und mit einem Messer auf ihn losgehen. »Tut mir leid.« Er trat einen Schritt zurück und tastete nach dem Türgriff, als ein Mann aus dem Nebenzimmer kam.

»Ah!«, sagte der Mann, der Kenny sofort mit einem Blick seiner strahlenden Augen erfasste. »Ah, die Affenkur.« Er rieb sich grinsend die Hände.

Kenny war entsetzt. Der Mann war das fetteste, unförmigste Menschenwesen, das er jemals gesehen hatte. Er hatte sich seitlich durch die Tür gezwängt. Er war dicker als Kenny und sogar dicker, als Boney Moroney früher gewesen war. Er troff buchstäblich vor Fett. Und er war noch in anderer Hinsicht abstoßend. Er hatte eine Haut wie ein Pilz und boshafte kleine Äuglein, die inmitten der Fettwülste fast nicht zu erkennen waren. Seine Fettleibigkeit schien sogar die Haare erfasst zu haben, von denen er sehr wenige besaß. Er hatte den Oberkörper entblößt und stellte gewaltige, überlagernde Wülste aufgequollener Haut zur Schau, und seine Brüste wippten, als er rasch herbeikam und Kenny am Arm packte. »Die Affenkur«, wiederholte er geschäftig, während er Kenny mit sich zog.

Kenny betrachtete ihn entsetzt, und das Grinsen brachte ihn noch mehr aus der Fassung. Wenn der Mann grinste, schien sein Mund die Hälfte des Gesichts einzunehmen und wurde zu einem grotesken Halbkreis voll schimmernder weißer Zähne.

»Nein«, stieß Kenny schließlich hervor, »nein, ich habe es mir anders überlegt.« Boney Moroney oder nicht, er wollte diese Rosskur gar nicht mehr ausprobieren, wenn sie von derlei Gestalten durchgeführt wurde. Sie konnte nicht besonders wirksam sein, denn sonst wäre dieser Mann hier nicht so monströs fettleibig. Außerdem war es vielleicht gefährlich, eine quacksalberische Verabreichung von Affenhormonen oder sonst etwas. »NEIN!«, wiederholte Kenny nachdrücklicher und versuchte, sich aus dem Griff der grotesken Gestalt zu befreien, die ihn festhielt.

Aber es war vergebens. Der Mann war erheblich größer und unendlich viel kräftiger als Kenny, und er schleppte ihn ohne Schwierigkeiten durch das ganze Zimmer, ohne weiter auf Kennys Proteste zu achten, während er die ganze Zeit wie ein Irrer grinste. »Dicker Mann«, krähte er, und wie um seinen Worten Nachdruck zu verleihen, packte er einen von Kennys Wülsten und drückte schmerzhaft zu. »Dick, dick, dick, nicht gut. Affenkur macht Sie dünn.«

»Ja, aber ...«

»Affenkur«, wiederholte der Mann und stand plötzlich irgendwie hinter Kenny. Er drückte sein Gewicht gegen Kennys Rücken, und Kenny taumelte durch einen Vorhang ins Hinterzimmer. Hier drinnen war der Uringeruch noch stärker, so stark, dass er glaubte, sich übergeben zu müssen. Es war stockdunkel, und Kenny hörte von überall ein Rascheln und Kratzen in der Finsternis. *Ratten,* dachte er panisch. Kenny hatte schreckliche Angst vor Ratten. Er drehte sich um und wollte wieder zu dem trüben Rechteck zurück, durch das er hereingekommen war.

Doch bevor er dort angekommen war, erklang hinter ihm plötzlich ein kreischendes Kichern, so scharf und schnell wie aus einem Maschinengewehr. Eine zweite Stimme gesellte sich dazu, dann eine dritte, und plötzlich war die Dunkelheit mit diesen schrecklichen Geräuschen erfüllt. Kenny presste die Hände über die Ohren und taumelte durch den Vorhang, doch als er gerade hindurch wollte, spürte er, wie etwas Warmes und Haariges auf seinen Nacken sprang. »Aieeeee!«, kreischte er und hüpfte ins vordere Zimmer, wo der unglaublich dicke Mann mit der entblößten Brust geduldig wartete. Kenny sprang von einem Fuß auf den anderen und brüllte: »Aieee, eine Ratte, eine Ratte auf meinem Rücken! Nehmen

Sie sie weg, nehmen Sie sie weg!« Er versuchte, sie mit beiden Händen zu packen, aber das Biest war schnell und bewegte sich so gewandt, dass er es nicht erwischen konnte. Aber er spürte es, lebend und wuselnd. »Helfen Sie mir doch!«, kreischte er. »Eine Ratte!«

Der Besitzer grinste ihn an und schüttelte den Kopf, sodass seine sämtlichen Kinns herzhaft wabbelten. »Nein, nein«, sagte er. »Keine Ratte, dicker Mann, ein Affe. Sie bekommen die Affenkur.« Dann trat er vor, nahm Kenny wieder am Ellbogen und drehte ihn zu einem großen Spiegel an der gegenüberliegenden Wand. In dem Raum war es so dunkel, dass Kenny kaum etwas in dem Spiegel erkennen konnte, abgesehen davon, dass dieser nicht sehr breit war und er deshalb seine beiden Arme nicht sehen konnte. Der Mann trat zurück und zog an einer Schnur, die von der Decke hing, worauf eine Glühbirne aufleuchtete. Die Birne schwang hin und her, hin und her, wodurch sich der Lichtschein wie trunken ebenfalls hin und her bewegte. Zitternd sah Kenny Dorchester in den Spiegel.

»Oh«, sagte er.

Auf seinem Rücken saß ein Affe.

Er saß tatsächlich auf seinen Schultern, die Beine um seinen dicken Hals geschlungen und unter dem Dreifachkinn verschränkt. Er konnte das Affenhaar im Nacken kitzeln spüren, ebenso wie die winzigen Affenhändchen, die sich an seinen Ohren festhielten. Es war ein sehr kleiner Affe. Als Kenny in den Spiegel sah, bemerkte er, wie der Affe mit breitem Grinsen hinter seinem Kopf hervorlugte. Er hatte flinke, stechende Augen, ein struppiges braunes Fell und für Kennys Geschmack viel zu viele spitze weiße Zähne. Der lange, zum Greifen geeignete Schwanz fegte rastlos hin und her, als wäre eine Schlange aus Kennys Hinterkopf gewachsen.

Kennys Herz schlug wie ein Presslufthammer in seiner Brust, der Mann und der Affe hatten ihn bereits sichtlich erschüttert. Er sammelte all seine Reserven und zwang sich zur Ruhe. Es war ja gar keine Ratte. Das kleine Monster konnte ihm nichts tun. So, wie er auf seinen Schultern saß, konnte es nur ein zahmer Affe sein. Sein Besitzer ließ ihn wahrscheinlich so auf der Schulter sitzen, und als Kenny unfreiwillig durch den Vorhang getreten war, hatte er ihn vermutlich verwechselt. Im Dunkeln sehen alle Dicken gleich aus.

Kenny griff hinter sich und wollte den Affen wegziehen, aber irgendwie konnte er ihn nicht fassen. Der Spiegel, der alles seitenverkehrt zeigte, machte es noch schlimmer. Er hüpfte schwerfällig auf und ab, wobei das ganze Zimmer samt Mobiliar erzitterte, aber der Affe hielt sich an seinen Ohren fest, und er konnte ihn nicht abschütteln.

Schließlich wandte sich Kenny mit einer für ihn schon übermenschlichen Gelassenheit, bedachte man die Situation, an den dicken Ladenbesitzer und sagte: »Ihr Affe, Sir. Würden Sie mir bitte helfen, ihn zu entfernen?«

»Nein, nein«, sagte der Mann. »Macht Sie dünn. Affenkur. Wollen Sie nicht dünner werden?«

»Selbstverständlich«, sagte Kenny, »aber das ist absurd.« Er war verwirrt. Dieser Affe auf dem Rücken schien Teil der Affenkur zu sein, aber irgendwie ergab das keinen Sinn.

»Gehen Sie«, sagte der Mann. Er griff nach oben und schaltete das Licht mit einem heftigen Zug aus, wodurch die Glühbirne wieder wild zu schwingen begann. Dann ging er auf Kenny zu, der nervös zurückwich. »Gehen Sie«, wiederholte der Mann und packte Kenny erneut am Arm. »Hinaus, hinaus. Sie bekommen die Affenkur. Gehen Sie jetzt.«

»Passen Sie auf!«, sagte Kenny wütend. »Lassen Sie mich los! Nehmen Sie diesen Affen von mir weg, hören Sie? Ich will Ihren Affen nicht. Haben Sie verstanden? Und hören Sie auf, mich dauernd herumzuschubsen! Ich habe Freunde bei der Polizeibehörde, mit dieser Methode werden Sie nicht durchkommen! Hören Sie nun endlich ...«

Aber alle seine Proteste waren vergebens. Der Mann war eine wahrhafte Flut schwitzenden, stinkenden bleichen Fleisches. Er warf sein Gewicht gegen Kenny und trieb diesen hilflos zur Tür. Die Glocke läutete, als er die Tür öffnete und Kenny ins schmerzlich grelle Sonnenlicht hinausschob.

»Ich werde nicht dafür bezahlen!«, brüllte der stolpernde Kenny entschieden. »Keinen Cent, haben Sie mich verstanden?«

»Diese Affenkur ist kostenlos«, sagte der Mann grinsend.

»Lassen Sie mich wenigstens ein Taxi rufen«, begann Kenny, aber es war zu spät. Der Mann hatte die Tür bereits geschlossen.

Kenny trat vor und wollte sie wieder öffnen, aber die Klinke gab nicht nach. Abgeschlossen. »Aufmachen!«, schrie Kenny mit der ganzen Kraft seiner Lungen. Keine Antwort. Er brüllte nochmals, und dann wurde ihm unangenehm bewusst, dass er angestarrt wurde. Kenny drehte sich um. Jenseits der Straße saßen drei Penner auf der Treppe zum Eingang eines vernagelten Warenhauses, reichten eine in eine braune Papiertüte eingewickelte Flasche vom einen zum anderen und sahen Kenny mit argwöhnischen Blicken an.

Erst jetzt wurde Kenny Dorchester klar, dass er im hellen Tageslicht mit einem Affen auf dem Rücken mitten auf der Straße stand.

Röte stieg von seinem Nacken auf und breitete sich bis über die Wangen aus. Er kam sich sehr albern vor. »Ein Haustier!«, rief er den Pennern zu und zwang sich zu seinem Lächeln. »Nur mein kleines Haustier!«

Sie starrten weiter herüber.

Kenny bedachte die Tür mit einem letzten zornigen Blick, dann stapfte er wutentbrannt die Straße hinab. Er musste sich ein abgeschiedenes Plätzchen suchen.

Er ging um eine Ecke und befand sich in einem schmalen, finsteren Durchgang zwischen zwei Lagerhäusern, in den er sich winselnd und nach Atem ringend hineinzwängte. Schwer ließ er sich auf eine Mülltonne fallen, nahm ein Taschentuch heraus und wischte sich die Stirn ab. Der Affe regte sich ein wenig, und Kenny spürte die Bewegung. »Fort mit dir!«, rief er und griff hinter sich, um ihn am Nackenfell zu packen und zu entfernen, aber er entkam ihm wieder. Kenny steckte das Taschentuch weg und tastete mit beiden Händen hinter den Kopf, aber er konnte ihn einfach nicht greifen. Schließlich gab er erschöpft auf und dachte nach.

Die Beine!, dachte er. Die Beine unter seinem Kinn.

So würde es gehen! Sehr langsam und bedächtig ließ er die großen, fleischigen Hände zu den beiden Beinen des Affen gleiten und umklammerte sie damit. Er holte tief Luft und versuchte dann, sie mit aller Gewalt auseinanderzuziehen, als wären es die beiden Enden eines riesigen Gabelbeins.

Der Affe griff ihn an.

Eine Hand zog ihn schmerzhaft am rechten Ohr, bis er glaubte, es würde ihm vom Kopf gerissen. Die andere begann, einen wütenden Takt gegen seine Schläfen zu klopfen. Kenny Dorchester schrie vor Schmerzen und ließ die Beine des Affen los – die er trotz aller Anstrengung nicht hatte auseinanderzwingen können. Der Affe hörte auf, ihn zu schlagen, und ließ sein Ohr los. Kenny schluchzte, halb erleichtert, halb frustriert. Er fühlte sich erbärmlich.

Es kam ihm vor, als müsse er ewig in dieser schäbigen Nebenstraße sitzen, besiegt in seinem Bemühen, den Affen loszuwerden, und er fürchtete sich davor, zurück auf die Straße zu gehen, wo die Menschen mit dem Finger auf ihn zeigen und lachen oder unhöfliche, verletzende Bemerkungen machen würden. Es war ohnehin schon schwierig genug, sein Leben als Dicker zu meistern, überlegte Kenny. Wie viel schlimmer aber mochte es sein, einer grausamen Welt als Dicker mit einem Affen auf der Schulter gegenüberzutreten. Kenny wollte es gar nicht wissen. Er beschloss, hier sitzen zu bleiben, bis er oder der Affe starb, und sich nicht auf den Straßen der Scham und Lächerlichkeit preiszugeben.

Seine Entschlossenheit dauerte etwa eine Stunde an. Dann wurde Kenny Dorchester langsam hungrig. Viele Menschen würden über ihn lachen, aber sie hatten schließlich immer über ihn gelacht, also was spielte das jetzt für eine Rolle? Kenny stand auf und klopfte sich den Staub ab, während der Affe es sich auf seinem Rücken bequemer machte. Kenny achtete gar nicht auf ihn und beschloss, sich nach einer Peperonipizza umzusehen.

Doch das war schwieriger als erwartet. In diesem unergründlichen Elendsviertel, in dem er gestrandet war, gab es ein Übermaß an Pennern, gefährlich aussehenden Halbstarken und ausgebrannten oder verschlossenen Gebäuden, aber nur ganz wenige Pizzerien und schon gar keine Taxen. Kenny stapfte mit flinker Würde die Hauptstraße hinab, sah weder nach rechts noch nach links und eilte so rasch ihn seine plumpen, kurzen Beine tragen konnten einer sichereren Umgebung zu. Zweimal kam er an Telefonzellen vorbei und zog eifrig eine Münze hervor, um sich ein Taxi zu bestellen, aber beide Apparate funktionierten nicht. Vandalen, dachte Kenny, waren ebenso schlimm wie Ratten.

Schließlich, nachdem er seiner Meinung nach schon Stunden gegangen war, taumelte er an einem kleinen Café vorbei. Die Buchstaben auf dem Fenster verkündeten JOHN'S GRILL, und über der Tür war ein Neonschild mit dem schlichten Wort ESSEN angebracht. Diese fünf lieblichen Buchstaben waren Kenny nur zu vertraut, und er sah das Schild schon aus zwei Blocks Entfernung. Es zog ihn an wie ein Signalfeuer. Noch ehe er eintrat, wusste er, dass er hier nur schwerlich Peperonipizza auf der Speisekarte finden würde, aber inzwischen war ihm auch das egal.

Als er die Tür aufstieß, zögerte Kenny einen Augenblick, denn er kam sich in diesem Lokal, in dem alle anderen Gäste Verbrecher zu sein schienen, fehl am Platze vor. Darüber hinaus fürchtete er, wegen des Affen auf seinem Rücken gar nicht erst bedient zu werden. Er fühlte sich im Türeingang äußerst unwohl und huschte rasch zu einem kleinen Tisch in einer dunklen Ecke, wo er neugierigen Blicken zu entgehen hoffte. Eine schlaksige grauhaarige Bedienung in verblichener rosa Uniform kam zielstrebig auf ihn zu, und Kenny, der mit gesenktem Blick dasaß und nervös mit Salz, Pfeffer und Ketchupflaschen herumspielte, wartete niedergeschlagen auf den Augenblick, in dem sie vor ihm stehen und sagen würde: »He, Sie können das hier nicht mit hereinbringen!«

Aber als die Kellnerin dann vor ihm stand, holte sie einfach einen Block aus ihrer Schürzentasche und blieb mit dem Kugelschreiber in der Hand wartend stehen. »Nun?«, fragte sie schließlich. »Was darf's sein?«

Kenny starrte verblüfft zu ihr auf und lächelte. Er geriet zuerst ins Stottern, fing sich dann aber und bestellte ein Käseomelette mit einer doppelten Portion Speck, Kaffee, ein großes Glas Milch und Zimttoast. »Gibt es auch geröstetes Brot dazu?«, fragte er hoffnungsvoll, aber die Kellnerin schüttelte den Kopf und entfernte sich.

Was für eine wunderbare Frau, dachte Kenny, während er auf das Essen wartete und gedankenverloren eine Papierserviette zerriss. Was für ein wunderbares Lokal. Sie hatten den Affen nicht einmal erwähnt! Wie überaus höflich von ihnen.

Das Essen kam wenig später. »Ahhhh«, sagte Kenny, als die Kellnerin es vor ihm auf die Tischplatte stellte. Er war heißhungrig. Er griff nach einer Scheibe Zimttoast und führte sie zum Mund.

Doch der kleine Affe schnellte hinter seinem Kopf vor und schnappte sie ihm einfach weg.

Kenny Dorchester saß einen Augenblick starr vor Erstaunen da, die plötzlich leere Hand verharrte vor seinem offenen Mund. Er hörte, wie der Affe geräuschvoll kauend seinen Toast verspeiste. Dann, noch bevor Kenny begriffen hatte, was vor sich ging, schlängelte sich der Greifschwanz unter seiner Achselhöhle durch, umklammerte das Glas Milch und ließ es binnen eines Augenblicks verschwinden.

»He!«, rief Kenny, aber er war viel zu langsam. Er hörte gluckernde, schlürfende Laute hinter seinem Nacken, und plötzlich flog das Glas über seine linke Schulter. Er fing es, bevor es zerschellen konnte, und stellte es unsicher auf den Tisch. Wieder schnellte der Schwanz des Affen nach vorne und griff nach dem Speck. Kenny fasste die Gabel und wollte hineinstechen, aber der Affe war flinker. Der Speck verschwand, und die Zinken der Gabel stießen vergeblich auf den harten

Teller. Aber mittlerweile wusste Kenny, dass er sich in einem Wettkampf befand. Er ließ die verbogene Gabel liegen, trennte mit dem Löffel ein Stück von dem Omelette ab, von dem der Käse Fäden zog, dann beugte er sich nach vorne und führte es so schnell er konnte zum Mund. Der Affe war schneller. Von irgendwo schnellte eine Pfote hervor, und als der Löffel Kennys Mund erreichte, befand sich nur noch ein winziges Fleckchen geschmolzener Käse auf ihm. Kenny stieß den Löffel auf den Teller und versuchte es erneut, aber so schnell er es auch probierte, es war vergeblich. Der Affe hatte zwei Pfoten und einen Schwanz, und manchmal nahm er sogar einen kleinen Affenfuß zu Hilfe, um ihm etwas wegzunehmen. Innerhalb kürzester Zeit war Kenny Dorchesters Mahlzeit vertilgt. Er saß da, starrte auf den leeren, fettigen Teller und spürte, wie ihm Tränen in die Augen traten. Die Kellnerin kam zurück, ohne dass Kenny es bemerkte. »Mein Gott, Sie müssen aber hungrig gewesen sein«, sagte sie, riss die Rechnung von ihrem Block ab und legte sie ihm hin. »Sie haben das Zeug schneller verputzt, als ich es jemals gesehen habe.«

Kenny sah zu ihr auf. »Aber ich habe es *nicht* gegessen«, protestierte er. »Es war der Affe.«

Die Kellnerin sah ihn seltsam an. »Der Affe?«, fragte sie unsicher.

»Der Affe«, sagte Kenny. Er achtete nicht darauf, dass sie ihn betrachtete, als hätte er den Verstand verloren.

»Welcher Affe?«, fragte sie. »Sie haben doch keine Tiere hier hereingebracht, oder? Das gestattet das Gesundheitsamt nämlich nicht, Mister.«

»Was soll das heißen, hereingebracht?«, fragte Kenny verärgert. »Der Affe sitzt doch auf meinen …« Er konnte den Satz nicht zu Ende sprechen. In diesem Augenblick schlug ihn der Affe ungeheuer schmerzhaft auf die linke Gesichtshälfte. Die Wucht schleuderte seinen Kopf halb herum, und Kenny keuchte vor Schmerzen.

Die Kellnerin schien besorgt. »Alles in Ordnung, Mister?«, fragte sie. »Sie haben doch keinen Anfall? Sie zucken ja zum Fürchten.«

»Ich zucke *nicht!*«, brüllte Kenny. »Der gottverdammte Affe hat mich geschlagen. Haben Sie das nicht gesehen?«

»Oh«, sagte die Kellnerin und wich einen Schritt zurück. »Oh, selbstverständlich. Der Affe hat Sie geschlagen. Ungezogener kleiner Kerl, was?«

Kenny schlug in hilflosem Zorn mit den Fäusten auf den Tisch. »Vergessen Sie es«, sagte er. »Vergessen Sie es einfach.« Er griff nach der Rechnung - die ihm der Affe nicht wegnahm, wie er feststellte - und stand auf. »Hier«, sagte er und zog die Brieftasche heraus. »Sie haben doch sicher ein Telefon?«, fragte er. »Rufen Sie mir ein Taxi, ja? Das können Sie doch, oder nicht?«

»Klar«, sagte die Kellnerin und ging zur Registrierkasse,um die Rechnungssumme einzutippen. Alle im Lokal starrten ihn an. »Klar, Mister«, murmelte sie. »Ein Taxi. Wir werden Ihnen sofort ein Taxi rufen.«

Kenny wartete wütend. Der Taxifahrer sagte nichts wegen seines Affen. Anstatt nach Hause zu fahren, dirigierte er das Taxi zu seiner Lieblingspizzeria, die drei Blocks von seiner Wohnung entfernt war. Ohne Umschweife stürmte er hinein und bestellte eine große Pizza mit Peperoni. Der Affe aß sie komplett auf, obwohl Kenny versuchte, ihn zu verwirren, indem er ein Stück in jede Hand nahm und beide gleichzeitig zum Mund führte. Unglücklicherweise hatte auch der Affe zwei Hände, die beide schneller waren als Kennys.

Als die Pizza bis auf den letzten Rest verschwunden war, überlegte Kenny einen Augenblick, rief die Kellnerin und bestellte eine zweite. Diesmal bekam er eine große Sardellenpizza. Das hielt er für sehr schlau. Kenny Dorchester hatte außer sich selbst noch niemanden getroffen, der Sardellenpizza mochte. Diese kleinen, salzigen Fische würden seine Rettung sein, dachte er. Um noch einen draufzusetzen, nahm Kenny den Pfefferstreuer, als die Pizza kam, und streute genügend roten Pfeffer darauf, um einen soliden Flächenbrand auszulösen. Dann machte er sich siegessicher daran, sie zu essen. Dem Affen schmeckte auch Sardellenpizza mit viel rotem Pfeffer. Kenny Dorchester weinte nun beinahe.

Er ging von der Pizzeria zum Slab, vom Slab zu einem ausgesuchten griechischen Restaurant, vom griechischen Restaurant zu McDonald's und von McDonald's zu einer Konditorei, die die köstlichsten Schokoladenéclairs herstellte. Früher oder später, dachte Kenny Dorchester, würde der Affe vollgefressen sein. Schließlich war es nur ein sehr kleiner Affe. Wie viel Nahrung konnte er schon zu sich nehmen? Er würde einfach immer weiter Essen bestellen, dachte er, und der Affe würde entweder seine Grenzen erreichen oder platzen und sterben.

An diesem Tag gab Kenny Dorchester mehr als zweihundert Dollar für Essen aus.

Er selbst bekam überhaupt nichts davon.

Der Affe schien ein Fass ohne Boden zu sein. Wenn er so was wie ein Fassungsvermögen hatte, so war es ganz sicher größer als Kennys Brieftasche. Schließlich musste er sich seine Niederlage eingestehen. Er konnte den Affen nicht überfüttern.

Kenny suchte nach einer anderen Taktik, die er schließlich auch fand. Immerhin waren Affen dumm, auch unsichtbare

Affen mit einem ungeheuren Appetit. Mit hinterhältigem Grinsen ging Kenny in den benachbarten Supermarkt, wo er eine Packung Bananenpudding (das schien ihm angemessen) und eine Schachtel Rattengift kaufte. Eine muntere Melodie summend, machte er sich auf den Heimweg, wo er sofort damit begann, den Pudding zu kochen, in den er erhebliche Mengen Rattengift mischte. Das Gift war vollkommen geruchlos, und der Pudding sah herrlich aus. Kenny gab ihn zum Abkühlen in ein Schälchen, dann sah er etwa eine Stunde lang fern. Hinterher ging er mit gespielter Gleichgültigkeit zum Kühlschrank und holte den Pudding und einen großen Löffel. Er nahm wieder vor dem Fernseher Platz, schaufelte ein großes Stück Pudding auf den Löffel und führte es zum Mund. Dort verharrte er. Und verharrte. Und wartete.

Der Affe tat nichts.

Vielleicht war er nun endlich satt, dachte Kenny. Er schob den vergifteten Pudding beiseite und eilte in die Küche, wo er eine Schachtel Vanillewaffeln und ein paar einsame Feigen fand.

Der Affe aß alles auf.

Eine Träne rann Kennys Wange hinab. Der Affe überließ ihm den ganzen vergifteten Pudding, so schien es, aber sonst nichts. Halbherzig griff Kenny hinter sich, um nochmals zu versuchen, den Affen zu erwischen, wobei er dachte, dass er durch das viele Essen vielleicht langsamer geworden wäre, aber auch diese Hoffnung war vergeblich. Der Affe wich ihm aus, und als Kenny nicht lockerließ, biss er ihn in den Finger. Kenny heulte auf und zog die Hand weg. Der Finger blutete. Er saugte daran. So viel gönnte ihm der Affe wenigstens.

Nachdem er die Wunde gewaschen und ein Pflaster um den Finger geklebt hatte, ging Kenny ins Wohnzimmer zurück und ließ sich erschöpft und besiegt vor dem Fernseher niedersinken. Es wurde eine Wiederholung von »The Galloping Gourmet« gezeigt. Er ertrug es nicht. Er griff nach der Fernbedienung und wechselte den Kanal, danach sah er mit starrem Blick stundenlang zu, in Verzweiflung aufgelöst, und vergoss über jedem Betty-Crocker-Werbespot bittere Tränen. Während der Spätsendung sah er ein wenig in die Bekanntmachungen der öffentlichen Hilfsverbände hinein. Das war es, dachte er. Er musste andere darauf aufmerksam machen. Er musste Hilfe holen. Er griff nach dem Telefon und drückte die Nummer der Notfallhilfe.

Die Frau, die den Hörer abnahm, hatte eine freundliche, mitfühlende und wunderschön klingende Stimme. Kenny wollte ihr sein Herz ausschütten und begann alles von dem Affen zu erzählen, wie er ihn nicht essen ließ, dass niemand den Affen zu bemerken schien ... aber er hatte kaum angefangen, sein Herz auszuschütten, als der Affe ihm gegen den Kopf schlug. Kenny stöhnte. »Was ist denn?«, fragte die Frau. Der Affe zog ihn am Ohr. Kenny versuchte, gar nicht auf die Schmerzen zu achten und weiterzusprechen, aber der Affe tat ihm weiter weh, bis er es schließlich nicht mehr ertrug und schluchzend den Hörer auflegte.

Das ist ein Albtraum, dachte Kenny, *ein schrecklicher Albtraum.* Und mit diesem Gedanken stand er auf und ging in der Hoffnung zu Bett, dass am nächsten Morgen alles wieder normal sein würde und sich der Affe nur als Teil eines bösen Traums entpuppte, der durch Magendrücken entstanden war.

Aber Kenny musste feststellen, dass ihn der gnadenlose kleine Affe nicht einmal in Ruhe schlafen ließ. Er war daran gewöhnt, mit über dem Bauch gefalteten Händen auf dem

Rücken zu schlafen. Doch als er sich ausgezogen hatte und versuchte, sich so hinzulegen, prasselten die Hiebe des Affen auf seinen armen Kopf herab wie ein haariger Regen. Der Affe wollte sich offenbar nicht zwischen Kennys Körper und dem Kissen zerquetschen lassen. Kenny weinte vor Schmerzen und rollte sich auf den Bauch. Das war zwar furchtbar unbequem, und er konnte lange nicht einschlafen, aber eine andere Stellung ließ der Affe nicht zu.

Am anderen Morgen erwachte Kenny Dorchester langsam, eine Wange ins Kissen gekuschelt, sein rechter Arm war immer noch eingeschlafen. Er wagte kaum, sich zu bewegen. *Alles war nur ein Traum,* redete er sich ein, *es gibt keinen Affen - wie dumm das auch wäre!* Boney Moroney hatte ihm nur von seiner »Affenkur« erzählt, und er war eingeschlafen und hatte einen Albtraum gehabt. Auf seinem Rücken konnte er nichts spüren, gar nichts. Es war so wie an jedem anderen Morgen. Er öffnete ein verklebtes Auge. Das Schlafzimmer sah ganz normal aus. Trotzdem hatte er Angst, sich zu bewegen. Es war sehr friedlich, hier ohne den Affen zu liegen, und das wollte er so lange wie möglich genießen. Also lag Kenny lange Zeit sehr still und beobachtete, wie die Ziffern auf seiner Digitaluhr umsprangen.

Dann knurrte sein Magen. Er war sehr hungrig. Kenny nahm allen Mut zusammen.

»Es gibt gar keinen Affen!«, sagte er laut und setzte sich im Bett auf.

Er spürte, wie sich der Affe regte.

Kenny zitterte und hätte fast wieder angefangen zu weinen, beherrschte sich aber mit einiger Anstrengung. Kein Affe würde das Beste von Kenny Dorchester bekommen, dachte er. Er schnitt eine Grimasse, schlüpfte in die Pantoffeln und schlurfte ins Badezimmer.

Der Affe spähte aufmerksam hinter seinem Kopf hervor, während sich Kenny rasierte. Er sah ihn im Badezimmerspiegel wütend an. Er schien ein wenig gewachsen zu sein, aber das war kein Wunder, wenn man bedachte, wie viel er gestern gegessen hatte. Kenny spielte mit dem Gedanken, dem Affen die Kehle durchzuschneiden, kam aber zu dem Ergebnis, dass sein Norelco-Elektrorasierer kaum für diese Aufgabe geschaffen war. Und selbst wenn er ein Messer nahm, wäre ein Stich hinter seinen eigenen Rücken, während er in den Spiegel sah, eine zweifelhafte Sache.

Bevor er das Badezimmer verließ, hatte Kenny eine Idee. Er trat auf die Waage.

Die Zahl leuchtete sofort auf: 367. *Genau wie gestern*, dachte er. Der Affe wog nichts. Er runzelte die Stirn. Nein, das konnte nicht stimmen. Zweifellos wog der kleine Affe ein oder zwei Pfund, aber dieses Gewicht wurde durch das ausgeglichen, was Kenny abgenommen hatte. Er *musste* Gewicht verloren haben, überlegte er, denn er hatte schon seit langer Zeit nichts mehr essen dürfen. Er trat von der Waage hinunter und dann noch einmal rasch darauf, nur um sicherzugehen. Sie zeigte immer noch 367. Er hatte zweifellos abgenommen.

Vielleicht waren seine Leiden doch zu etwas gut. Dieser Gedanke stimmte ihn seltsam fröhlich.

Beim Frühstück wurde Kenny noch fröhlicher. Zum ersten Mal, seit er den Affen hatte, gelang es ihm, ein wenig Essen in den Mund zu bekommen.

Als er in der Küche stand, überlegte er flüchtig, ob er sich für französischen Toast oder Schinken mit Ei entscheiden sollte. Er kam zu dem Ergebnis, dass er keines von beidem kosten würde. Stattdessen nahm Kenny mit feierlichem Fatalismus eine Schüssel und füllte sie mit Cornflakes und Milch. Der Affe würde sich wahrscheinlich sowieso alles nehmen, dachte er, weshalb sich also die Mühe machen?

So rasch er konnte, führte er den Löffel zum Mund. Der Affe nahm es ihm weg. Kenny hatte damit gerechnet, er hatte gewusst, dass es so kommen würde, aber als der Affe ihm den Löffel entwunden hatte, verspürte er dennoch schrecklichen Kummer. »Nein«, sagte er. »Nein, nein, nein, nein.« Er konnte die Cornflakes im verfluchten Mund des Affen knirschen hören, Milch tröpfelte ihm in den Nacken. Tränen traten ihm in die Augen, als er die Schüssel mit den Cornflakes betrachtete, die so nahe war und doch so fern.

Dann hatte er eine Idee.

Kenny Dorchester schnellte nach vorne und vergrub das ganze Gesicht in der Schüssel.

Der Affe zog ihn am Ohr und kreischte und trommelte gegen seine Schläfe, aber Kenny achtete nicht darauf. Voller Wonne trank er die Milch und schlürfte so viele Cornflakes in seinen Mund, wie er fassen konnte. Als der Affe mit dem Schwanz wütend herabpeitschte und die Schüssel vom Tisch fegte, worauf sie am Boden zerschellte, hatte Kenny den ganzen Mund voll. Seine Wangen waren aufgebläht, Milch troff ihm vom Kinn, und irgendwie war ihm ein Cornflake ins rechte Nasenloch geraten, aber Kenny war im Himmel. Er kaute und schluckte so schnell er konnte und erstickte fast daran.

Dann leckte er sich die Lippen und stand triumphierend auf. »Hahaha.« Mit großer Würde ging er ins Schlafzimmer zurück und kleidete sich an, wobei er den Affen höhnisch im Schlafzimmerspiegel musterte. Er hatte ihn geschlagen.

In den folgenden Tagen und Wochen gewöhnte sich Kenny an diesen neuen Tagesablauf und an die unbehagliche Partnerschaft mit dem Affen. Sie war harmloser, als Kenny gedacht hatte, außer bei den Mahlzeiten. Wenn er nicht gerade versuchte, Essen in den Mund zu bekommen, konnte er den Affen fast ganz vergessen. Bei der Arbeit saß er friedlich auf seinem Rücken, während Kenny den Papierkram erledigte und seine Anrufe tätigte. Seine Kollegen bemerkten den Affen entweder nicht oder waren höflich genug, nichts zu sagen. Die einzige Schwierigkeit stellte sich eines Tages während der Kaffeepause ein, als sich Kenny übermütig dem Verkäufer näherte, um sich ein Creme-Teilchen zu sichern. Der Affe aß neun davon auf, bevor Kenny zurückweichen konnte, und der Verkäufer bestand darauf, dass Kenny sie gegessen haben musste, als er ihm den Rücken zugewandt hatte.

Wenn er sich von Spiegeln fernhielt, eine Gewohnheit, die Kenny mittlerweile so eifrig beherrschte wie jeder Vampir, konnte er sogar seine Gedanken den größten Teil des Tages von dem Affen fernhalten. Er hatte nur ein Problem, das dreimal täglich auftrat: Frühstück, Mittagessen und Abendbrot. Zu diesen Gelegenheiten machte der Affe mit allem Nachdruck auf sich aufmerksam, und Kenny war gezwungen, sich mit seiner Existenz zu befassen. Während die Wochen verstrichen, gewöhnte er sich an, Essen zu bestellen, das in Schüsseln serviert wurde, denn dann konnte er das praktizieren, was er sein »Kellogg's-Manöver« getauft hatte. Mit dieser Strategie gelang es Kenny, jeden Tag wenigstens ein klein wenig Nahrung zu sich zu nehmen.

Natürlich gab es Probleme. Die Leute starrten ihn seltsam an, wenn er das »Kellogg's-Manöver« in aller Öffentlichkeit ausführte. Manchmal machten sie hinter seinem Rücken unhöfliche Bemerkungen über seine Tischsitten. In einem Chili-Laden, den Kenny gern besuchte, nahm der Besitzer an, Kenny habe einen Herzanfall erlitten, als er kopfüber in sein Chili tauchte, und war hinterher schrecklich böse auf ihn. Bei einer anderen Gelegenheit hinterließ heiße Suppe Verbrennungen auf seiner Gesichtshaut, sodass es aussah, als würde er ständig erröten. Und der letzte Schicksalsschlag kam, als er aus seinem liebsten Fischlokal auf der Welt hinausgeworfen wurde, weil er mit dem Gesicht in eine Schüssel Langustencremesuppe eintauchte und diese geräuschvoll auszuschlürfen begann. Kenny stand auf der Straße, schimpfte lautstark über den Hinauswurf und erinnerte daran, wie viel Geld er im Lauf der Jahre dort ausgegeben hatte. Danach aß er nur noch zu Hause.

Ungeachtet des begrenzten Erfolgs seines »Kellogg's-Manövers« verlor Kenny Dorchester neun Zehntel seiner Mahlzeiten an den gefräßigen Affen auf seinem Rücken. Daher war er ständig hungrig, manchmal deprimiert und voller Pläne, wie er sich den Affen vom Hals schaffen konnte. Das Dumme an diesen Plänen war nur, dass keiner zum Erfolg führte. An einem Samstag ging Kenny ins Affenhaus des Zoos und hoffte, sein Affe würde abspringen und mit anderen seiner Art spielen oder vielleicht sogar einer attraktiven Artgenossin folgen. Doch kaum hatte er das Affenhaus betreten, kamen alle darin gefangenen Affen zu den Gitterstäben ihrer Käfige gerannt und begannen wie wild zu kreischen, zu schreien, zu spucken und auf und ab zu hüpfen. Sein eigener Affe antwortete entsprechend, aber als einige der Affen in den Käfigen anfingen, Erdnussschalen und anderen Unrat nach ihm zu werfen, hielt sich Kenny die Hände über die Ohren und floh.

Bei anderen Gelegenheiten besuchte er Bars und bestellte eine Reihe von Rachenputzern, ein Drink, dessen Wirkung besonders verheerend war. Seine Absicht war, den Affen betrunken zu machen, damit er ihn endlich von sich entfernen konnte. Doch auch dieses Experiment hatte unglückliche Folgen. Der Affe trank die Rachenputzer fast so schnell, wie Kenny sie bestellen konnte, aber nach dem dritten fing er an, den Takt der Disco-Musik aus der Jukebox auf Kennys Kopf mitzuklopfen. Am nächsten Morgen war es Kenny, der mit dröhnendem Brummschädel erwachte. Dem Affen schien es dagegen prächtig zu gehen.

Nach einer gewissen Zeit gab Kenny alle Pläne auf. Ihr Scheitern hatte ihn entmutigt, und irgendwie schien das Thema längst nicht mehr so wichtig zu sein wie zu Beginn. Tatsächlich hatte er nach der ersten Woche immer seltener Hunger. Stattdessen machte er eine kurze Zeit der Schwäche durch, die von gelegentlichen Schwindelgefühlen begleitet war, und danach überkam ihn eine Art Euphorie. Er fühlte sich prächtig und immer besser, denn er nahm ab.

Allerdings zeigte sich das nicht auf der Waage. Jeden Morgen, wenn er sich daraufstellte, zeigte sie 367 an. Das lag aber nur daran, dass sie den Affen und ihn selbst gemeinsam wog. Kenny wusste, dass er schlanker wurde, er konnte fast spüren, wie die Pfunde von ihm abfielen, und auch einige seiner Kollegen machten entsprechende Bemerkungen. Kenny reagierte freudestrahlend darauf. Wenn sie ihn fragten, wie er das machte, antwortete er augenzwinkernd: »Die Affenkur! Die geheimnisvolle Affenkur!« Mehr sagte er nicht dazu. Einmal versuchte er es zu erklären, aber da verpasste ihm der Affe einen solchen Hieb, dass er glaubte, sein Kopf müsse abfallen. Kennys Freunde begannen, über seine seltsamen Zuckungen zu sprechen.

Schließlich kam der Tag, an dem Kenny seine Haushaltshilfe bitten musste, alle seine Hosen ein paar Zentimeter enger zu nähen. *Das ist einer der schönsten Tage meines Lebens,* dachte er.

Seine Freude ließ schlagartig nach, als er im Warenhaus einen flüchtigen Blick zur Seite warf und sein Spiegelbild im Schaufenster sehen konnte. Zu Hause hatte Kenny längst alle Spiegel abgehängt, daher entsetzte ihn der Anblick seines Affen. Er war gewachsen. Er war kein kleines Tier mehr. Stattdessen hing er wie ein bösartiger, missgebildeter Schimpanse auf seinem Rücken, und sein grinsendes Gesicht ragte über seinen Kopf hinaus, statt hinter ihm hervorzuspähen. Unter dem spärlichen braunen Haar war der Affe unglaublich fett geworden, fast so breit wie lang, und der Greifschwanz hing bis zum Boden herab. Kenny starrte ihn voller Entsetzen an, und der Affe grinste zurück. Kein Wunder, dass er in letzter Zeit immer häufiger Rückenschmerzen bekam, dachte er.

Er ging langsam nach Hause, ohne die frühere Lebhaftigkeit, versunken in trübe Gedanken. Ein paar Hunde aus der Nachbarschaft folgten ihm die Straße entlang und bellten seinen Affen an. Kenny achtete nicht darauf. Er hatte sich längst daran gewöhnt, dass Hunde seinen Affen sehen konnten, ebenso wie die Affen im Zoo. Er argwöhnte, dass auch Betrunkene ihn sehen konnten. Als er in jener Nacht in der Bar gewesen war, hatte ihn ein Mann sehr lange angestarrt. Natürlich konnte es sein, dass der Bursche auch nur die rasch verschwindenden Rachenputzer bestaunt hatte.

In seine Wohnung zurückgekehrt, streckte sich Kenny Dorchester bäuchlings auf seinem Sofa aus, schob sich ein Kissen unters Kinn und schaltete den Fernseher ein. Aber er schenkte dem Bildschirm keine Aufmerksamkeit. Er versuchte wie immer, sich über seine Lage klar zu werden. Nicht einmal die Pizza-Werbespots konnten seine Aufmerksamkeit wecken, obwohl er abwesend »Ah-h-h-h« murmelte, wie man es von ihm erwartete, wenn das erste Stück Pizza, von dem Käse tropfte, aus dem Ofen genommen wurde.

Als die Sendung zu Ende war, schaltete Kenny den Fernseher aus, stand auf und setzte sich an den Esszimmertisch. Er fand ein Blatt Papier und einen kleinen Bleistiftstummel. Sehr sorgfältig schrieb er mit Druckbuchstaben eine Gleichung auf das Papier und sah sie lange an.

AFFE + ICH = 367 PFUND

Diese Gleichung beinhaltete einige beunruhigende Schlussfolgerungen, dachte Kenny. Je mehr er über sie nachdachte, desto weniger gefielen sie ihm. Er verlor eindeutig Gewicht, das stand fest, und das war nicht zu verachten – dennoch, die kalte Unveränderlichkeit der Gleichung schien darauf hinzudeuten, dass er niemals in den Genuss der mannigfaltigen Vorteile kommen würde, die das Schlanksein mit sich brachte. So viel Fett er auch verlor, immer würde er 367 Pfund mit sich herumschleppen, und die Belastung seines Körpers würde immer dieselbe bleiben. Und selbst wenn er rank und schlank und für Frauen anziehend wurde – wie konnte er dies je in Betracht ziehen, solange er seinen Affen hatte? Kenny überlegte, wie eine Verabredung zum Essen bei ihm aussehen würde, und erschauerte. »Wie wird das alles enden?«, fragte er sich laut.

Der Affe rekelte sich und gab ein höhnisches Kichern von sich. Kenny schürzte missbilligend die Lippen. Das konnte so nicht weitergehen, überlegte er. Er beschloss, gleich am nächsten Tag den fetten Mann aufzusuchen, und mit diesem Gedanken legte er sich ins Bett.

Am nächsten Tag fuhr Kenny Dorchester gleich nach der Arbeit mit dem Taxi in die heruntergekommene Gegend, in der er die Affenkur begonnen hatte.

Das Haus war verschwunden.

Kenny saß auf der Rückbank des Taxis (dieses Mal war er klug genug, nicht auszusteigen, außerdem hatte er die Fahrerin schon im Voraus großzügig bezahlt) und blinzelte verwirrt. Ein leises, weinerliches Stöhnen kam über seine Lippen. Die Adresse war richtig, das wusste er, er hatte die Papierserviette immer noch, die ihn hierhergeführt hatte. Aber wo er beim ersten Mal eine schmutzige, finstere Vorderfront mit einem baumelnden Coca-Cola-Schild über der Eingangstür vorgefunden hatte, flankiert von zwei freien Plätzen, sah er jetzt nur noch einen einzigen, größeren freien Platz, der mit Unkraut, Schutt und Geröll bedeckt war. »O nein«, sagte Kenny. »O nein.«

»Alles in Ordnung?«, fragte die Taxifahrerin.

»Ja«, murmelte Kenny. »Nur ... bitte warten Sie noch. Ich muss nachdenken.« Er stützte den Kopf in die Hände. Er befürchtete, Kopfschmerzen zu bekommen. Plötzlich fühlte er sich schwach und benommen und sehr hungrig. Das Taxameter tickte. Die Fahrerin pfiff. Kenny dachte nach. Die Straße sah genauso aus, wie er sie in Erinnerung hatte, abgesehen von dem fehlenden Haus. Es war genauso schmutzig, die alten Penner saßen auf ihren Stufen, die ...

Kenny kurbelte das Fenster herunter. »Hallo, Sir!«, rief er einem der Penner zu.

Der Mann sah ihn an.

»Kommen Sie her, Sir!«, rief Kenny.

Der alte Mann schlurfte träge über die Straße.

Kenny nahm eine Dollarnote aus der Brieftasche und drückte sie dem Mann in die Hand. »Hier, mein Freund«, sagte er. »Kaufen Sie sich was zu trinken dafür, wenn Sie wollen.«

»Warum geben Sie mir das?«, fragte der Penner misstrauisch.

»Ich möchte, dass Sie mir eine Frage beantworten. Was ist aus dem Gebäude geworden, das dort« – Kenny deutete hinüber – »noch vor wenigen Wochen stand?«

Der Mann verstaute den Dollar hastig in der Tasche. »Da steht schon seit Jahren kein Haus mehr«, sagte er.

»Das habe ich befürchtet«, sagte Kenny. »Sind Sie ganz sicher? Ich war vor nicht allzu langer Zeit hier, und ich glaube mich *deutlich* zu erinnern, dass ...«

»Kein Haus«, bekräftigte der Penner nachdrücklich. Er drehte sich um und ging davon, aber nach einigen Schritten blieb er stehen und sah sich um. »Sie sind einer von den Dicken«, sagte er anklagend.

»Was wissen Sie von ... äh ... übergewichtigen Menschen?«

»Wir sehn sie andauernd hier herumschleichen. Sind auch alle verrückt. Brüllen in der Luft herum und spielen mit einer Art Tier. Klar, ich kann mich an Sie erinnern. Sie sind einer von den Dicken, stimmt's?« Er sah Kenny verwirrt an. »Sieht so aus, als hätten Sie ein wenig Speck verloren. Wirklich gut. Danke für den Dollar.«

Kenny Dorchester sah ihm nach, wie er zu der Treppe zurückkehrte und sich angeregt mit seinen Kumpels unterhielt. Kenny kurbelte das Fenster mit einem zittrigen Seufzen wieder hoch, betrachtete nochmals den leeren Platz und bat die Fahrerin dann, ihn nach Hause zu bringen. Ihn und seinen Affen.

Wochen verstrichen. Kenny Dorchester lebte wie in Trance. Er ging zur Arbeit, sortierte seine Unterlagen, tauschte Höflichkeiten mit den Kollegen aus, kämpfte um seine armseligen Essensrationen, schmiedete Pläne und ging Spiegeln aus dem Weg. Die Waage zeigte 367 an. Das Fleisch fiel mit beängstigender Geschwindigkeit von ihm ab. Er bekam schlaffe, herabhängende Falten, seine Haut hing in der Körpermitte runter und sah so verschrumpelt und jämmerlich aus wie ein gebrauchtes Kondom. Er bekam Ohnmachtsanfälle vor Hunger. Manchmal taumelte er strauchelnd die Straße entlang, die dünnen, schwachen Beine waren kaum noch imstande, das zunehmende Gewicht des Affen zu tragen. Sein Blick wurde trüb und unscharf.

Einmal glaubte er sogar, dass sein Haar auszufallen begann, aber wenigstens das erwies sich als falscher Alarm. Gott sei Dank war es der Affe, der Haare verlor. Sie lagen überall in der Wohnung herum, und nicht einmal tägliches Staubsaugen konnte etwas dagegen ausrichten. Bald gab Kenny die Versuche, die Wohnung sauber zu halten, ganz auf. Ihm fehlte die Energie. Tatsächlich fehlte ihm für alles die Energie. Vom Stuhl aufzustehen war eine enorme Anstrengung. Essen kochen war eine unerträgliche Folter – aber er tat es dennoch, denn der Affe schlug ihn heftig, wenn er nicht gefüttert wurde. Für Kenny Dorchester schien gar nichts mehr von Belang zu sein. Nichts, abgesehen von der schrecklichen Anzeige seiner Waage jeden Morgen und der Gleichung, die er mit Klebeband an der Badezimmerwand befestigt hatte.

AFFE + ICH = 367 PFUND

Er fragte sich, wie viel mittlerweile noch ICH war und wie viel AFFE, aber eigentlich wollte er es gar nicht wissen. Eines Tages folgte Kenny einem Impuls und wollte nach den Beinen des Affen greifen. Er hoffte wider besseres Wissen, dass er träge und langsam und fett geworden sei und er ihn nun von seinem Rücken entfernen könnte. Seine Hände griffen ins Nichts. Die Beine des Affen waren nicht da, obwohl Kenny sein niederdrückendes Gewicht spüren konnte. Verwundert betastete er seinen Nacken und die Brust, sah an sich hinab und stellte geistesabwesend fest, dass er seine Füße sehen konnte. Er fragte sich, wie lange das schon so war. Es waren ganz normale Füße, dachte Kenny Dorchester, wenn auch die zugehörigen Beine beängstigend abgemagert waren.

Langsam konzentrierte sich sein Verstand wieder auf die ursprüngliche Frage – was war aus den Hinterbeinen des Affen geworden? Kenny runzelte die Stirn und überlegte und versuchte, der Sache auf die Spur zu kommen, aber es gelang ihm nicht. Schließlich schlüpfte er mit seinen neu entdeckten Füßen in ein Paar Hausschuhe und schlurfte zu dem Schrank, in dem er alle Spiegel verstaut hatte. Er griff mit geschlossenen Augen hinein, tastete und fand den großen Spiegel, der früher im Schlafzimmer an der Wand gehangen hatte. Es war ein großer, breiter Spiegel. Kenny, der sich nur auf seinen Tastsinn verließ, holte ihn hervor, trug ihn ein paar Schritte und stellte ihn gegen die Wand. Dann hielt er den Atem an und öffnete die Augen.

Im Spiegel stand ein fast zum Skelett abgemagerter Bursche, gekrümmt wie ein Schwerkranker. Auf seinem Rücken saß grinsend etwas von der Größe eines Gorillas. Es hatte einen langen, bleichen, schlangenähnlichen Schwanz, kräftige lange Arme, und es war weiß wie eine Made und vollkommen haarlos. Es hatte keine Beine. Es war nun ... mit ihm verbunden, es wuchs direkt aus seinem Rücken. Sein Grinsen war scheußlich und zog sich gut über die Hälfte des Gesichts.

Es sah dem fetten Eigentümer des Affenkur-Hauses außerordentlich ähnlich. Warum war ihm das bisher noch nie aufgefallen? Eigenartig, eigenartig.

Kenny Dorchester wandte sich vom Spiegel ab und bereitete dem Affen ein üppiges Mahl, bevor er zu Bett ging.

In dieser Nacht träumte er davon, wie alles angefangen hatte, als er damals im Slab Boney Moroney getroffen hatte. In seinem Albtraum saß etwas Großes, Weißes auf Moroneys Schultern und aß Rippchen um Rippchen, aber Kenny tat so, als bemerke er nichts, während er sich locker und unbeschwert mit Boney unterhielt. Dann waren keine Rippchen mehr da, und das Monstrum griff nach Boneys Arm und begann, eine Hand zu verspeisen. Die Knochen splitterten krachend, aber Moroney sprach einfach weiter. Das Geschöpf hatte sich schon bis zum Ellbogen hochgefressen, als Kenny schreiend und in kaltem Schweiß gebadet erwachte. Er hatte vor Angst ins Bett gemacht.

Quälend langsam stand er auf und schleppte sich zur Toilette, wo er zehn Minuten lang trocken würgte. Der Affe war wütend darüber, dass er ihn geweckt hatte, und versetzte ihm von Zeit zu Zeit einen derben Schlag.

Und dann trat plötzlich ein hinterhältiges Licht in Kenny Dorchesters Augen. »Boney«, flüsterte er. Rasch kroch er auf Händen und Knien ins Schlafzimmer zurück, richtete sich auf und zog ein paar Sachen an. Es war drei Uhr morgens, aber Kenny wusste, er durfte keine Zeit mehr verlieren. Er schlug die Adresse im Telefonbuch nach und bestellte ein Taxi.

Boney Moroney wohnte in einem schlanken modernen Hochhaus am Fluss, in dessen Mauern sich das Mondlicht silbern spiegelte. Als Kenny hineintaumelte, schlief der Nachtportier in seiner Kabine. Das war nicht schlimm. Kenny ging auf

Zehenspitzen an ihm vorbei zum Fahrstuhl und fuhr in den achten Stock. Der Affe auf seinem Rücken begann sich zu regen, er schien unruhig und missgelaunt zu sein.

Kennys Finger zitterte, als er den runden schwarzen Klingelknopf drückte, der direkt unter dem Spion in Moroneys Wohnungstür eingelassen war. Melodisches Läuten erklang drinnen und störte die morgendliche Stille. Kenny lehnte sich gegen den Knopf. Das Läuten dauerte an. Schließlich hörte er drinnen schwere, bedrohliche Schritte. Der Spion wurde geöffnet und wieder geschlossen. Die Tür ging auf.

In der Wohnung war es stockdunkel, aber die ganze gegenüberliegende Wand bestand aus einer Fensterscheibe, durch die das Mondlicht hereinfiel. Der Umriss des Mannes, der geöffnet hatte, zeichnete sich gegen die Sterne und die Lichter der Stadt ab. Er war riesig und schon obszön fett, seine Haut von pilzähnlicher weißer Farbe. Die finsteren Äuglein saßen in den Wülsten seines breiten, talgigen Gesichts. Er trug nichts als eine gewaltige, gestreifte kurze Hose. Wenn er seine Stellung veränderte, schwappten die Brüste gegen seinen Körper, und als er lachte, nahmen die weißen Zähne sein halbes Gesicht ein. Ein großer, schimmernder Halbmond aus Zähnen. Als er Kenny und den Affen sah, lächelte er. Kenny wurde übel. Das Ding im Türrahmen wog doppelt so viel wie das auf seinem Rücken. Kenny zitterte. »Wo ist er?«, fragte er leise. »Wo ist Boney? Was hast du mit ihm gemacht?«

Das Geschöpf lachte, und die pendelnden Brüste hüpften wie wild auf und ab, während es sich vor Heiterkeit schüttelte. Auch der Affe auf Kennys Rücken begann zu lachen, ein höherer, schrillerer Laut, so scharf wie die Schneide eines Messers. Er griff herab und drehte Kenny grob das Ohr herum. Plötzlich überkamen Kenny Dorchester große Furcht und gleichzeitig eine enorme Wut. Er sammelte alle Kräfte, die sein ausgemergelter Körper noch mobilisieren konnte, und irgendwie, irgendwie kam er an dem aufragenden Koloss vorbei, der die Eingangstür versperrte. Er taumelte ins Innere der Wohnung. »Boney?«, rief er. »Boney, wo sind Sie? Ich bin es, Kenny.«

Er erhielt keine Antwort. Kenny ging von Zimmer zu Zimmer. Die Wohnung war voller Schmutz und sah aus wie ein Schlachtfeld. Nirgendwo eine Spur von Boney Moroney. Als Kenny schwer atmend wieder ins Wohnzimmer kam, verlagerte der Affe unvermittelt sein Gewicht und brachte ihn aus dem Gleichgewicht. Er stolperte und stürzte schwer. Schmerzen durchzuckten seine Knie, und er schnitt sich eine ausgestreckte Hand an der Kante eines Tischs mit Glasplatte. Kenny begann zu weinen.

Er hörte, wie die Tür geschlossen wurde, und das Ding, das hier wohnte, kam langsam auf ihn zu. Blinzelnd hielt Kenny die Tränen zurück und betrachtete die heranstapfenden Mammutbeine, die im Mondschein fahl aussahen und ganz aus Fettwülsten zu bestehen schienen. Er schaute auf, und es war, als würde er an einem Berg emporblicken. Weit über ihm grinsten diese furchtbaren Zähne. *»Wo ist er?«*, fragte Kenny. »Was hast du mit dem armen Boney gemacht?«

Das Grinsen veränderte sich nicht. Das Ding griff mit einer fleischigen Hand, deren Finger so dick waren wie ein Stück polnische Wurst, nach unten und löste den Gürtel der kurzen Hose. Es zog sie ungeschickt herunter, und sie sank wie ein Fallschirm um die beiden gewaltigen Beine herum zu Boden.

»O nein«, sagte Kenny Dorchester.

Das Ding hatte keine Genitalien. Zwischen seinen Beinen hing ein runzliger Hautsack, der nun, da er von der eng sitzenden Hose befreit worden war, fast den Teppich berührte. Er entsprang zwischen den Beinen des Geschöpfs. Aber noch während Kenny ihn voller Entsetzen betrachtete, regte er sich schwach, und die Hautfalten trennten sich einen Augenblick lang zu winzig kleinen Armen und Beinen.

Dann öffnete er die Augen.

Kenny Dorchester schrie und war plötzlich wieder auf den Beinen, er wich vor dieser grinsenden Obszönität in der Mitte des Zimmers zurück. Zwischen seinen Beinen hob das Ding, das Boney Moroney gewesen war, flehend die streichholzdünnen Ärmchen. »O neiiiiin«, heulte Kenny wimmernd auf und tanzte wie von Sinnen herum, das erdrückende Gewicht des Affen auf seinen Schultern. Im düsteren Mondlicht rannte er ständig im Kreis herum und suchte nach einem Ausweg aus diesem Wahnsinn.

Jenseits der Glasscheibe lockten die Lichter der Stadt.

Kenny blieb keuchend stehen und starrte sie an. Irgendwie musste der Affe gewusst haben, was er dachte, denn er fing plötzlich an, brutal auf ihn einzuschlagen, ihn an den Ohren zu ziehen und ihm heftige Hiebe auf den Kopf zu versetzen. Aber Kenny Dorchester schenkte ihm keine Aufmerksamkeit. Mit einem Lächeln, das fast gehässig war, nahm er seine letzte Kraft zusammen und rannte auf das Mondlicht zu.

Das Glas barst zu Millionen glitzernden Scherben, und Kenny lächelte, bis er unten aufschlug.

Es war der Geruch, der ihm sagte, dass er noch immer lebte, der Geruch nach Desinfektionsmitteln. Er fühlte gestärkte Laken unter sich. *Ein Krankenhaus,* dachte er unter Wogen des Schmerzes. Er war in einem Krankenhaus. Kenny wünschte, er könnte weinen. Warum war er nicht gestorben? Oh, warum nicht, warum denn nicht? Er öffnete die Augen und versuchte etwas zu sagen.

Plötzlich war eine Krankenschwester da, sie stand hinter ihm, fühlte seine Stirn und sah besorgt zu ihm herab. Kenny wollte sie bitten, ihn zu töten, brachte aber kein Wort heraus. Sie ging weg, und als sie zurückkam, waren andere bei ihr.

Ein pummeliger junger Mann stand neben ihm, berührte ihn und tastete hier und da. Kenny bewegte die Lippen lautlos. »Ruhig«, sagte der Doktor. »Sie kommen schon wieder auf die Beine, Mr. Dorchester, aber bis dahin ist es noch ein langer Weg. Sie sind in einem Krankenhaus. Sie hatten großes Glück. Sie sind acht Stockwerke tief gestürzt. Eigentlich müssten Sie tot sein.«

Ich möchte tot sein, dachte Kenny und formte die Worte sehr, sehr sorgfältig mit dem Mund, aber niemand schien sie zu hören. *Vielleicht hat mich der Affe schon übernommen*, dachte er. *Vielleicht kann ich nicht einmal mehr sprechen.*

»Er möchte etwas sagen«, meinte die Krankenschwester.

»Das sehe ich«, erwiderte der pummelige junge Arzt. »Mr. Dorchester, bitte strengen Sie sich nicht so an. Wirklich. Wenn Sie nach Ihrem Freund fragen möchten, muss ich Ihnen leider sagen, dass er nicht so großes Glück hatte wie Sie. Er kam bei dem Sturz ums Leben. Sie wären auch gestorben, aber zum Glück sind sie auf ihm gelandet.«

Kennys Angst und Verwirrung mussten unverkennbar sein, denn die Krankenschwester legte ihm sanft eine Hand auf den Arm. »Der andere Mann«, sagte sie geduldig. »Der Dicke. Sie können Gott danken, dass er so dick war. Er hat Ihren Sturz wie ein Kissen gedämpft.«

Und nun endlich begriff Kenny Dorchester, was sie ihm sagten, und er begann zu weinen, aber diesmal weinte er vor Freude und Erleichterung.

Drei Tage später konnte er sein erstes Wort hervorbringen. »Pizza«, sagte er, und es kam ihm schwach und heiser von den Lippen, aber der Klang munterte ihn auf, und so wiederholte er es lauter und dann noch lauter. Nicht lange danach drückte er den Rufknopf für die Schwester und rief und drückte und rief und drückte. »Pizza, Pizza, Pizza, Pizza«, rief er, und er gab erst Ruhe, als sie ihm eine bestellten. Nichts in seinem Leben hatte jemals so gut geschmeckt.

Der birnenförmige Mann

Der birnenförmige Mann lebt unter der Treppe. Er hat schmale, hängende Schultern, aber enorm ausladende Pobacken. Vielleicht liegt es auch nur an seiner Kleidung; keiner hat ihn je nackt gesehen, und keiner hatte je erkennen lassen, dass er das wollte. Seine Hose ist aus brauner Kunstfaser, doppelt gewirkt, mit breiten Schlägen und glänzendem Hosenboden. Sie ist ständig ausgebeult und hat große, tiefe Taschen, die so mit Krimskrams und Zeug vollgestopft sind, dass sie sich an den Seiten nach außen wölben. Er trägt die Hose sehr hoch, weit über den runden Bauch gezogen, und hält sie dicht unterhalb des Brustkorbs mit einem schmalen, braunen Ledergürtel an Ort und Stelle. Er zieht sie so hoch, dass man die ausgeleierten Socken deutlich sieht und manchmal auch zwei oder drei Zentimeter blasse, teigige Haut.

Seine Hemden sind immer kurzärmelig, meistens weiß oder hellblau, die Brusttaschen mit Bic-Kugelschreibern gespickt, den billigen Wegwerfstiften mit blauer Tinte. Er hat die Deckel verloren oder weggeworfen, denn seine Hemden sind um die Brusttasche herum allesamt fleckig oder verschmiert. Sein Kopf ist eine zweite, auf die erste aufgepfropfte Birne; er hat ein Doppelkinn und schwabbelige, feiste Pausbacken, wogegen sein Schädel fast spitz zuzulaufen scheint. Seine Nase ist breit und flach, mit großen, fettigen Poren, die Augen sind klein, wässrig und stehen dicht zusammen. Sein Haar ist dünn, dunkel, kraftlos und voller Schuppen. Es sieht immer ungewaschen aus, und manche behaupten, dass er es mithilfe einer Schüssel und eines stumpfen Messers selbst schneidet. Außerdem haftet ihm ein Geruch an, dem birnenförmigen Mann. Es ist ein süßlicher Geruch, ein saurer Geruch, ein durchdringender Geruch, der sich aus ranziger Butter, verdorbenem Fleisch und verfaultem Gemüse zusammensetzt, das in der Mülltonne vergammelt. Wenn er etwas sagt, dann mit einer piepsigen und hohen Fistelstimme. Es ist eine komische Stimme für so einen großen, hässlichen Mann, sie hat etwas Nervtötendes, und sein verhaltenes, gepresstes Lächeln etwas Beunruhigendes. Wenn er lächelt, sieht man nie Zähne, aber seine Lippen sind wulstig und feucht.

Natürlich kennen Sie ihn. Jeder kennt einen birnenförmigen Mann.

Jessie begegnete ihrem am ersten Tag im neuen Viertel, als sie und Angela in das leer stehende Apartment im Erdgeschoss umzogen. Angela und ihr Freund, der Seelenklempnerstudent Donald, wuchteten die Couch ins Innere und stießen dabei versehentlich den Backstein weg, der die Tür des Gebäudes offen hielt. Derweil hatte Jessie den Sessel ganz allein aus dem Lastwagen der Spedition gezerrt, schleppte ihn die Treppe hinauf und musste feststellen, dass die Tür ins Schloss gefallen war, als sie mit dem Sessel in den Armen dagegenstieß. Sie war verschwitzt, wund und gereizt und hätte vor ohnmächtigem Zorn schreien mögen.

Und da kam der birnenförmige Mann aus seiner Souterrainwohnung unter der Treppe, erklomm die Stufen bis zum Eingang und blickte mit seinen kleinen, wässrigen Augen zu ihr auf. Er traf keine Anstalten, ihr mit dem Sessel zu helfen. Weder sagte er Hallo noch bot er ihr an, die Tür für sie aufzuschließen. Er blinzelte nur und lächelte sein gepresstes, feuchtes Lächeln, bei dem man keine Zähne sah. »Aaaah. *Da* ist sie«, sagte er dann nur mit einer Stimme, die so unangenehm schrill und kratzend klang wie Nägel auf einer Schiefertafel. Dann ging er weiter. Beim Gehen schwankte er leicht von einer Seite auf die andere.

Jessie ließ den Sessel los, er fiel zwei Stufen hinunter und kippte um. Plötzlich fror sie trotz der drückenden Julihitze. Sie sah dem birnenförmigen Mann nach. Das war ihre erste Begegnung mit ihm. Sie ging rein und erzählte Donald und Angela von ihm, doch deren Interesse hielt sich in Grenzen. »In das Leben einer jeden jungen Frau muss ein birnenförmiger Mann treten«, sagte Angela mit dem ganzen Zynismus einer Großstadtveteranin. »Ich wette, dem bin ich mal bei einem Blind Date begegnet.«

Donald, der nicht bei ihnen wohnte, aber so viele Nächte mit Angela verbrachte, dass man manchmal den Eindruck haben könnte, brannten dringendere Fragen auf den Nägeln. »Wo soll der Sessel hin?«, fragte er.

Später tranken sie ein paar Bier. Rick, Molly und die Heathersons kamen rüber, die Wohnung einweihen. Rick bot ihr an, Modell für sie zu stehen (hi-hi, zwinker-zwinker), als Molly es nicht hörte, Donald trank zu viel und schlief auf dem Sofa ein, und die Heathersons gerieten in einen Streit, der damit endete, dass Geoff aus dem Apartment stürmte und Lureen weinte. Mit anderen Worten, es war ein Abend wie jeder andere, und Jessie vergaß den birnenförmigen Mann. Aber nicht lange.

Am nächsten Morgen weckte Angela Donald, und sie gingen beide, Angie in die große Kanzlei in der Innenstadt, wo sie als Anwaltsgehilfin arbeitete, Don Seelenklempnerei studieren. Jessie war freiberuflich als Illustratorin tätig. Sie arbeitete zu Hause, was für Angela, Donald, ihre Mutter und die restliche westliche Zivilisation bedeutete, dass sie gar nicht arbeitete. »Könntest du einkaufen gehen?«, fragte Angie kurz bevor sie ging. In den zwei Wochen vor dem Umzug hatten sie den Kühlschrank weitgehend geleert, damit sie nicht bergeweise Lebensmittel durch die Stadt schleppen müssten. »Ich meine, immerhin bist du den ganzen Tag zu Hause. Wir brauchen wirklich dringend was zu essen.«

Und so schob Jessie einen Einkaufswagen voller Lebensmittel durch einen überfüllten Gang von Santino's Market an der Ecke, als sie den birnenförmigen Mann zum zweiten Mal sah. Er stand an der Kasse und zählte Kleingeld in Santinos Hand ab. Jessie wollte kehrtmachen und sich herumdrücken, bis er fort wäre, aber das wäre albern. Sie hatte, was sie brauchte, war immerhin eine erwachsene Frau, und er stand an der einzigen offenen Kasse. Entschlossen stellte sie sich hinter ihm an.

Santino ließ die Münzen des birnenförmigen Mannes in die uralte Registrierkasse fallen und tütete ihm die Einkäufe ein: eine große Plastikflasche Cola und eine Fünfhundertgrammpackung Käseflips. Als der birnenförmige Mann die Tüte nahm, sah er sie und blendete sein feuchtes Lächeln ein. »Käseflips sind die besten«, sagte er. »Möchten Sie welche?«

»Nein, danke«, sagte Jessie höflich.

Der birnenförmige Mann verstaute die braune Papiertüte in einer ausgebeulten Ledertasche, wie Schulkinder sie für ihre Bücher haben, hob sie hoch und verließ watschelnd den Laden. Santino, ein großer Mann mit schütterem, grau meliertem Haar, tippte Jessies Lebensmittel ein. »Das ist eine Type, was?«, sagte er.

»Wer ist er?«, fragte sie.

Santino zuckte die Schultern. »Keine Ahnung. Alle nennen ihn nur den Birnenförmigen oder Birne. Der ist schon ewig hier. Kommt jeden Morgen rein und kauft eine Flasche Cola und eine Großpackung Käseflips. Einmal waren uns die Käseflips ausgegangen, da sagte ich ihm, er solle es doch mal mit Käsecrackern oder Kartoffelchips probieren, so zur Abwechslung. Aber das wollte er nicht.«

Jessie war verwirrt. »Aber er muss doch noch was anderes essen als Cola und Käseflips.«

»Wollen Sie wetten, junge Dame?«

»Dann kauft er noch anderswo ein.«

»Der nächste Supermarkt nach meinem ist neun Häuserblocks entfernt. Charlie unten im Süßwarenladen hat mir gesagt, dass Birne jeden Nachmittag um halb fünf zu ihm kommt und eine Eisschokolade bestellt. Unseres Wissens isst er sonst nichts.« Er addierte die Gesamtsumme auf. »Das macht neunundsiebzig zweiundachtzig, junge Dame. Sind Sie neu hier?«

»Ich wohne gleich über dem birnenförmigen Mann«, gestand Jessie.

»Herzlichen Glückwunsch«, sagte Santino.

Am späten Vormittag – Jessie hatte ihre Bücher in die Regale geräumt, die Einkäufe verstaut, ihr Atelier in dem verbliebenen Zimmer eingerichtet, ein wenig an dem Buchumschlag herumgepinselt, den sie für Pirouette Publishing machen sollte, zu Mittag gegessen und abgewaschen, die Stereoanlage angeschlossen, ein wenig Carly Simon gehört und die Hälfte der Möbel im Wohnzimmer umgeräumt – musste sie sich eingestehen, dass sie eine gewisse Rastlosigkeit verspürte, und entschied, dass der Zeitpunkt günstig wäre, durchs Haus zu gehen und sich den neuen Nachbarn vorzustellen. In der Großstadt machten sich nicht viele Leute die Mühe, wie sie wusste, aber im Grunde ihres Herzens war sie noch ein Kleinstadtmädchen und fühlte sich sicherer, wenn sie die Menschen in ihrer unmittelbaren Umgebung kannte. Sie beschloss, mit dem birnenförmigen Mann im Souterrain anzufangen, und ging tatsächlich die Treppe zu seiner Eingangstür hinunter. Dann bekam sie ein mulmiges Gefühl. Ihr fiel auf, dass kein Name neben der Klingel stand. Plötzlich bereute sie ihren Entschluss. Sie begab sich wieder nach oben, um es im Rest des Hauses zu versuchen.

Die anderen Mieter kannten ihn alle, die meisten hatten schon zwei-, dreimal die Woche mit ihm gesprochen und versucht, freundlich zu sein. Die alte Sadie Winbright, die seit zwölf Jahren in der Erdgeschosswohnung gegenüber lebte, versicherte Jessie, dass er sehr ruhig wäre. Billy Peabody, der mit seiner behinderten Mutter in dem großen Apartment im ersten Stock wohnte, fand den birnenförmigen Mann irgendwie unheimlich, besonders sein gepresstes Lächeln. Pete Pumetti arbeitete Nachtschicht und berichtete ihr, dass das Licht im Keller immer brenne, ganz gleich, zu welcher Tages- oder Nachtzeit Pete nach Hause kam, auch wenn es schwer zu sagen wäre, da der birnenförmige Mann sämtliche Fenster vernagelt hatte. Jess und Ginny Harris gefiel es nicht, wenn ihre Zwillinge auf dem Bürgersteig vor seiner Souterrainwohnung spielten, und sie hatten ihnen verboten, mit ihm zu reden. Jeffries, der Friseur, dessen winziger Salon mit nur zwei Stühlen eine Häuserzeile von Santino's entfernt lag, kannte ihn und verspürte keine Sehnsucht nach seiner Gegenwart. Alle nannten ihn den Birnenförmigen. So hieß er. »Aber wer ist er?«, fragte Jessie. Niemand wusste es. »Womit verdient er seinen Lebensunterhalt?«, fragte sie.

»Ich glaube, der lebt von der Stütze«, sagte die alte Sadie Winbright. »Der arme Kerl, er muss geistig zurückgeblieben sein.«

»Keinen blassen Schimmer«, sagte Pete Pumetti. »Arbeiten geht er jedenfalls nicht. Ich wette, der ist ein Homo.«

»Manchmal befürchte ich, er könnte Drogendealer sein«, sagte der Friseur Jeffries, dessen Drogenerfahrungen sich auf Zaubernuss beschränkten.

»Ich wette, der schreibt da unten pornografische Bücher«, mutmaßte Billy Peabody.

»Er arbeitet nicht für seinen Lebensunterhalt«, sagte Ginny Harris. »Jess und ich haben schon darüber gesprochen. Er muss ein Bettler sein, auf jeden Fall.«

Beim Abendessen erzählte Jessie Angela von dem birnenförmigen Mann und was die anderen Mieter über ihn erzählten. »Wahrscheinlich ist er Anwalt«, sagte Angie. »Warum beschäftigt dich das eigentlich so?«

Darauf wusste Jessie keine Antwort. »Ich weiß auch nicht. Er ist mir nicht geheuer. Mir gefällt nicht, dass ein Irrer unter uns wohnen könnte.«

Angela zuckte die Schultern. »So ist das eben in der großen, glamourösen Stadt. War der Typ von der Telefongesellschaft da?«

»Vielleicht nächste Woche. So ist das eben in der großen, glamourösen Stadt.«

Jessie machte schon bald die Erfahrung, dass es kein Entrinnen vor dem birnenförmigen Mann gab. Wenn sie den Waschsalon im Häuserblock aufsuchte, war er da, wusch eine enorme Ladung gestreifter Boxershorts und kurzärmeliger Hemden mit Tintenklecksen und gönnte sich Cola und Käseflips aus dem Automaten. Sie versuchte, ihn nicht weiter zu beachten, doch jedes Mal, wenn sie sich umdrehte, stand er da, lächelte feucht und betrachtete sie mit starrem Blick ... oder die Unterwäsche, die sie in den Trockner kippte.

Wenn sie am Spätnachmittag zum Süßwarenladen schlenderte und die Zeitung kaufte, war er da und schlürfte seine Eisschokolade; seine Pobacken hingen über den Stuhl herab, auf dem er saß. »Selbst gemacht«, piepste er ihr zu. Sie runzelte die Stirn, bezahlte die Zeitung und ging.

Eines Abends, als Angela Donald besuchte, schnappte sich Jessie ein Taschenbuch und ging auf den Treppenabsatz, um zu lesen und vielleicht ein wenig zu plaudern, während sie den kühlen Windhauch genoss, der durch die Straßen wehte. Sie vertiefte sich völlig in die Geschichte, bis ihr ein unangenehmer Geruch in die Nase stieg. Als sie von dem Buch aufblickte, stand er da, drei Schritte entfernt, und gaffte sie an. »Was wollen Sie?«, fuhr sie ihn an und schlug das Buch zu.

»Möchten Sie mit runterkommen, meine Wohnung ansehen?«, fragte der birnenförmige Mann mit seiner hohen Fistelstimme.

»Nein«, sagte sie und zog sich in ihr Apartment zurück. Doch als sie eine halbe Stunde später hinausschaute, stand er immer noch an genau derselben Stelle, hielt seine braune Papiertüte umklammert und starrte zu ihrem Fenster, während es um ihn herum langsam dämmerte. Sie fühlte sich äußerst unwohl. Sie wünschte, Angela würde nach Hause kommen, aber bis dahin konnten, wie sie wusste, noch Stunden vergehen. Möglicherweise übernachtete Angie einfach auch gleich bei Don.

Jessie machte trotz der Hitze die Fenster zu, überprüfte die Türschlösser und ging dann zum Arbeiten in ihr Atelier. Beim Malen würde sie nicht mehr an den birnenförmigen Mann denken. Außerdem musste sie das Umschlagbild Ende der Woche an Pirouette abgeben.

Den Rest des Abends vollendete sie den Hintergrund und einige Feinheiten am Gewand der Heldin. Als sie fertig war, sagte der Held ihr nicht mehr zu, daher bearbeitete sie ihn ebenfalls. Bei ihm handelte es sich um den üblichen dunkelhaarigen, kraftstrotzenden Typ mit markantem Kiefer, aber Jessie beschloss, ihm einige individuelle Züge zu geben – eine angenehme Aufgabe, die sie beschäftigt hielt, bis sie Angies Schlüssel im Schloss hörte.

Sie stellte die Farben weg, wusch sich die Hände und beschloss, noch eine Tasse Tee zu trinken, bevor sie zu Bett ging. Angela stand mit den Händen hinter dem Rücken im Wohnzimmer und kicherte mehr als ein wenig beschwipst. »Was ist so komisch?«, fragte Jessie.

Angela kicherte erneut. »Du hast Geheimnisse vor mir«, sagte sie. »Du hast dir einen neuen Schönling angelacht und mir nichts davon gesagt.«

»Was redest du da?«

»Er stand auf dem Treppenabsatz, als ich nach Hause kam«, sagte Angie grinsend. Sie kam durch das Zimmer. »Er bat mich, dir die zu geben.« Sie nahm die Hand hinter dem Rücken vor. Dicke, orangefarbene Würmchen lagen darauf; kleine Flocken Mais und Käse steckten zwischen ihren Fingern und bildeten Flecken wie von Puder auf ihrer Handfläche. »Für dich«, wiederholte Angie lachend. »Für dich.«

In dieser Nacht hatte Jessie einen langen, grässlichen Traum, doch als der Tag anbrach, erinnerte sie sich nur noch bruckstückhaft daran. Sie stand vor der Tür der Wohnung des birnenförmigen Mannes unter der Treppe. Sie stand in völliger Dunkelheit dort und wartete, wartete, dass etwas geschah, etwas Schreckliches, das Schlimmste, das sie sich vorstellen konnte. Langsam, ganz langsam ging die Tür auf. Licht fiel auf ihr Gesicht, und Jessie erwachte zitternd.

Er könnte gefährlich sein, überlegte Jessie am nächsten Morgen bei Rice Krispies und Tee. Vielleicht besaß er ein Vorstrafenregister. Vielleicht litt er unter einer Geisteskrankheit. Sie sollte ihn überprüfen. Aber dazu müsste sie seinen Namen kennen. Sie konnte nicht einfach bei der Polizei anrufen und sagen: »Haben Sie eine Akte über den birnenförmigen Mann?«

Als Angela zur Arbeit gegangen war, zog Jessie einen Stuhl ans Fenster zur Straße, setzte sich, wartete und beobachtete. Die Post kam meist gegen elf. Sie hörte den Briefträger die Treppe heraufkommen und die Post in den großen Briefkasten im Flur werfen. Aber sie wusste, dass der birnenförmige Mann seine Post separat bekam. Er besaß einen eigenen Briefkasten, direkt unter der Klingel, und wenn sie sich recht erinnerte, keinen abschließbaren. Kaum war der Briefträger weitergegangen, sprang sie auf und lief hastig die Treppe hinunter. Vom birnenförmigen Mann keine Spur. Die Tür seines Apartments lag unter dem Treppenabsatz, weiter hinten sah sie überquellende Abfalltonnen, die einen durchdringenden, süßlichen Geruch verströmten. Die obere Hälfte der Tür zierte ein Fenster – zugenagelt. Unter dem Treppenabsatz herrschte Dunkelheit. Jessie schürfte sich die Knöchel an den Backsteinen auf, während sie nach seinem Briefkasten tastete. Sie berührte den Klappdeckel aus Metall, öffnete ihn und zog zwei dünne Briefumschläge heraus. Sie musste die Augen zusammenkneifen und sich Richtung Sonnenlicht drehen, damit sie die Namen lesen konnte. Beide waren »an den Hausbewohner« adressiert.

Sie warf sie gerade in den Briefkasten zurück, als die Tür aufging. Der birnenförmige Mann stand als Silhouette im grellen Licht aus seinem Apartment. Er lächelte und neigte sich so dicht zu ihr, dass sie die Poren seiner Nase zählen und den feuchten Speichelglanz auf seiner Unterlippe sehen konnte. Er sagte nichts.

»Ich«, sagte sie erschrocken. »Ich, ich ... ich habe aus Versehen Post für Sie bekommen. Muss an dem neuen Briefträger liegen. Ich, ich habe sie eben runtergebracht.«

Der birnenförmige Mann streckte den Arm nach dem Briefkasten aus. Einen Moment lang berührte seine Hand die von Jessie. Seine Haut fühlte sich weich an, klamm und viel kälter, als sie sein sollte; sie bekam eine Gänsehaut am ganzen Arm. Er nahm ihr die beiden Briefe ab, warf einen flüchtigen Blick darauf und steckte sie in die Hosentasche. »Das ist nur Müll«, piepste der birnenförmige Mann. »Man sollte denen verbieten, dass sie einem Müll schicken. Jemand müsste das unterbinden. Möchten Sie gern meine Sachen sehen? Ich hab Sachen da drin, die man sich ansehen sollte.«

»Ich«, sagte Jessie, »äh, nein. Nein, ich kann nicht. Bitte entschuldigen Sie mich.« Sie drehte sich blitzschnell um, trat unter dem Treppenabsatz vor ins Sonnenlicht und lief eilig die Stufen hinauf und ins Haus zurück. Die ganze Zeit spürte sie seine Blicke auf sich.

Den Rest des Tages arbeitete sie, und am nächsten auch, ohne je einen Blick nach draußen zu werfen, weil sie Angst hatte, er könnte dort stehen. Am Donnerstag hatte sie die Illustration fertig. Sie beschloss, dass sie sie persönlich zu Pirouette bringen, in der Stadt eine Kleinigkeit essen und vielleicht ein bisschen einkaufen würde. Ein Tag weg von dem Apartment und dem birnenförmigen Mann würde ihr guttun, ihre Nerven beruhigen. Ihre Fantasie ging mit ihr durch. Schließlich hatte er nichts getan. Wenn er nur nicht so verdammt *gruselig* gewesen wäre.

Adrian, der Layouter von Pirouette, freute sich wie immer, sie zu sehen. »Das ist meine Jessie«, sagte er nach einer herzlichen Umarmung. »Ich wünschte, alle meine Künstler wären wie du. Du hältst jeden Termin ein, lieferst immer nur erstklassige Arbeit, ein echter Profi. Komm mit in mein Büro, wir sehen es uns an, reden über einige neue Aufträge und tratschen ein wenig.« Er bat seine Sekretärin, keine Anrufe durchzustellen, und führte sie durch den Irrgarten winziger Kabuffs, in denen die Lektoren arbeiteten. Adrian selbst hatte ein riesiges Eckbüro mit zwei großen Fenstern, ein Beweis für seine einflussreiche Position bei Pirouette. Er zeigte auf einen Sessel für Jessie, schenkte ihr eine Tasse Kräutertee ein, nahm ihre Mappe, holte das Umschlagbild heraus und hielt es auf Armeslänge von sich.

Das Schweigen dauerte viel zu lang.

Adrian zog einen Stuhl heran, stellte das Bild darauf, ging ein paar Schritte zurück und betrachtete es aus der Distanz. Er strich sich über den Bart und neigte den Kopf hierhin und dorthin. Jessie, die ihn betrachtete, verspürte einen ersten

Anflug von Besorgnis. Normalerweise verlieh Adrian seiner Begeisterung sofort Ausdruck. Sein Schweigen gefiel ihr gar nicht. »Was ist denn?«, fragte sie und stellte die Teetasse weg. »Gefällt es dir nicht?«

»Oh«, sagte Adrian. Er streckte den Arm aus, Handfläche nach oben, und bewegte sie hin und her. »Es ist handwerklich zweifellos perfekt. Deine Technik ist sehr professionell. Schöne Details.«

»Ich habe die Kleidungsstücke recherchiert«, sagte sie ergeben. »Sie sind alle authentisch für die Epoche, das weißt du.«

»Ja, keine Frage. Und die Heldin ist wunderbar, wie immer. Ich würde ihr am liebsten selbst die Bluse vom Leib reißen. Du kannst wirklich unglaubliche Busen malen, Jessie.«

Sie stand auf. »Was ist es dann?«, fragte sie. »Ich mache jetzt seit drei Jahren Umschläge für dich, Adrian, und es gab nie ein Problem.«

»Na ja«, sagte er. Lächelnd schüttelte er den Kopf. »Eigentlich nichts. Vielleicht hast du zu viele davon gemalt. Ich weiß, wie das passieren kann. Sie sind sich so ähnlich, dass es langweilig werden kann, eine inbrünstige Umarmung nach der anderen zu malen, und man verspürt recht schnell den Wunsch, auch mal zu experimentieren, etwas ein klein wenig anders zu machen.« Er drohte ihr mit dem Finger. »Aber das geht nicht. Unsere Leser wollen den ewig gleichen Mist mit den gleichen Umschlägen. Ich habe Verständnis, aber das geht nicht.«

»Das Bild ist nicht experimentell«, sagte Jessie aufgebracht. »Es ist so, wie ich sie schon hundertmal gemacht habe. *Was* stimmt nicht?«

Adrian sah ehrlich überrascht aus. »Der Mann natürlich«, sagte er. »Ich dachte, du hättest das absichtlich so gemacht.«

Er deutete auf das Bild. »Sieh ihn dir an. Er ist fast *unattraktiv*.«

»Was?« Jessie stellte sich vor das Bild. »Er ist derselbe potente Hengst, den ich immer male.«

Adrian runzelte die Stirn. »Also wirklich«, sagte er. »Sieh doch.« Er wies auf verschiedene Details. »Da, um seinen Kragen, haben wir die vage Andeutung eines Doppelkinns. Und sieh dir die Unterlippe an! Makellos ausgeführt, keine Frage, aber sie sieht beinahe unappetitlich aus. Als wäre sie feucht oder so. Die Helden von Pirouette vergewaltigen, plündern, verführen, bedrohen, aber sie sabbern nicht, Liebes. Und vielleicht täuscht ja die Perspektive, aber ich könnte schwören« – er machte eine Pause, beugte sich vor, schüttelte den Kopf –, »nein, es liegt nicht an der Perspektive, sein Kopf ist oben eindeutig schmaler als unten. Ein Spitzkopf! Spitzköpfe haben auf den Büchern von Pirouette nichts verloren, Jessie. Und die Wangen sind zu feist. Er sieht aus, als würde er Nüsse für den Winter hamstern.« Adrian schüttelte den Kopf. »Nimm es wieder mit nach Hause und bring das in Ordnung. Machst du das?«

Jessie betrachtete das Bild voller Entsetzen, als sähe sie es zum ersten Mal. Was Adrian gesagt, was er bemängelt hatte, traf bis ins kleinste Detail zu. Alles war recht subtil, zugegeben – auf den ersten Blick sah der Mann aus wie der übliche stereotype Held von Pirouette, aber dennoch war er nicht ganz richtig, und aus der Nähe sah man es überdeutlich. Irgendwie hatte der birnenförmige Mann das Bild beeinflusst. »Ich ...«, begann sie, »ich ... ja, du hast recht. Ich überarbeite es. Ich weiß nicht, wie das passiert ist. In meinem neuen Haus wohnt ein Mann, ein schräger Typ, den alle nur den Birnenförmigen nennen. Er geht mir auf die Nerven. Ich schwöre, das war keine Absicht. Ich habe wohl zu sehr an ihn gedacht, und das hat sich unbewusst auf mein Bild ausgewirkt.«

»Ich verstehe«, sagte Adrian. »Kein Problem, bring das einfach in Ordnung. Allerdings haben wir Terminprobleme.«

»Ich überarbeite es am Wochenende und bringe es dir am Montag«, versprach Jessie.

»Bestens«, sagte Adrian. »Reden wir dann über die anderen Aufträge.« Er schenkte Red Zinger nach, dann unterhielten sie sich. Als Jessie sein Büro verließ, fühlte sie sich schon viel besser.

Danach gönnte sie sich einen Schluck in ihrer Lieblingsbar, traf sich mit Freundinnen und aß vorzüglich in einem neuen japanischen Restaurant zu Mittag. Als sie nach Hause kam, war es schon dunkel. Keine Spur von dem birnenförmigen Mann. Sie klemmte sich die Mappe unter den Arm, während sie nach den Schlüsseln suchte und die Haustür aufschloss.

Als sie eintrat, hörte Jessie ein leises Geräusch und spürte unter ihrem Schuh etwas knirschen. Ein Nest orangefarbener Würmer, das sie mit dem Fuß zertreten hatte, verunzierte den verblichenen blauen Teppichboden des Hausflurs.

Sie träumte wieder von ihm, und wieder denselben formlosen, grässlichen Traum. Sie stand unten, in der Dunkelheit unter dem Treppenabsatz, unweit der Mülltonnen, in denen es von allen möglichen Kriechtieren wimmelte, und wartete vor seiner Tür. Sie hatte Angst, so große Angst, dass sie die Tür nicht aufstoßen konnte, aber weglaufen schien gleichermaßen unmöglich. Schließlich öffnete sich die Tür wie aus eigenem Antrieb. Da stand er und lächelte ohne Ende. »Möchten Sie gern bleiben?«, fragte er, und das letzte Wort hallte nach, *bleiben bleiben bleiben*, bis er die Hand nach ihr ausstreckte. Als er ihre Wange berührte, fühlten sich seine Finger so weich und glibberig an wie Regenwürmer.

Am nächsten Morgen stand Jessie vor dem Maklerbüro Citywide Realty, als sie gerade die Türen öffneten. Die Sekretärin teilte ihr mit, dass Edward Selby unterwegs wäre, um potenziellen Interessenten Wohnungen zu zeigen, und sie nicht sagen könne, wann er wieder hier wäre. »Das macht nichts«, sagte Jessie. »Ich warte.« Sie setzte sich, blätterte Zeitschriften durch und betrachtete Häuser, die sie sich nicht leisten konnte.

Selby erschien kurz vor elf. Er schien einen Moment lang überrascht, sie zu sehen, schaltete jedoch ganz automatisch sein professionelles Lächeln ein. »Jessie«, sagte er. »Wie schön. Kann ich etwas für Sie tun?«

»Unterhalten wir uns«, sagte sie und legte die Zeitschriften weg.

Sie gingen zu Selbys Schreibtisch. Er gehörte zu den Angestellten des Maklers und musste sich ein Büro mit einer Kollegin teilen, aber die war unterwegs, sodass sie das Zimmer für sich hatten. Selby ließ sich auf seinen Stuhl fallen und lehnte sich zurück. Mit seinen braunen Locken, den blendend weißen Zähnen und den hinter einer silbernen Fliegerbrille verborgenen Augen bot er einen ansehnlichen Anblick. »Gibt es ein Problem?«, fragte er.

Jessie beugte sich vor. »Den birnenförmigen Mann«, sagte sie.

Selby blickte verwundert drein. »Verstehe. Ein harmloser Exzentriker.«

»Sind Sie ganz sicher?«

Er zuckte die Achseln. »Meines Wissens hat er niemanden umgebracht, jedenfalls bis jetzt nicht.«

»Was wissen Sie über ihn? Wie lautet zum Beispiel sein Name?«

»Gute Frage«, sagte Selby lächelnd. »Für uns hier bei Citywide Realty ist er immer nur der Birnenförmige. Ich glaube nicht, dass ich ihm je einen Namen entlocken konnte.«

»Was zum Teufel soll das heißen?«, brauste Jessie auf. »Wollen Sie mir sagen, dass er seine Schecks mit DER BIRNENFÖRMIGE unterschreibt?«

Selby räusperte sich. »Natürlich nicht. Eigentlich schickt er keine Schecks. Ich komme an jedem Ersten vorbei und klopfe, und er gibt mir die Miete in bar. Eindollarscheine, um genau zu sein. Ich stehe da, und er zählt mir das Geld Dollar für Dollar in die Hand. Ich muss gestehen, dass ich noch nie in dem Apartment war, Jessie, und auch nicht besonders erpicht darauf bin. Riecht irgendwie merkwürdig, klar. Aber er ist ein guter Mieter, soweit es uns betrifft. Bezahlt immer pünktlich. Beklagt sich nie über Mieterhöhungen. Und Schecks lässt er uns ganz sicher auch keine platzen.« Er bleckte die Zähne: ein breites Grinsen, das ihr sagen sollte, dass er scherzte.

Jessies Belustigung hielt sich in Grenzen. »Er muss einen Namen genannt haben, als er das Apartment gemietet hat.«

»Davon weiß ich nichts«, sagte Selby. »Ich bin erst seit sechs Jahren für das Gebäude zuständig. Er wohnt schon viel länger da unten im Keller.«

»Sehen Sie doch im Mietvertrag nach.«

Selby runzelte die Stirn. »Hm, vermutlich könnte ich den raussuchen. Aber geht sein Name Sie wirklich etwas an? Worum geht es eigentlich? Was genau hat der Birnenförmige denn *getan?*«

Jessie lehnte sich zurück und verschränkte die Arme. »Er sieht mich an.«

»Tja«, sagte Selby bedacht, »ich, äh, Sie sind eine attraktive Frau, Jessie. Ich erinnere mich, dass ich selbst mit Ihnen ausgehen wollte.«

»Das ist was anderes«, sagte sie. »Sie sind normal. Es geht darum, wie er mich ansieht.«

»Zieht er Sie mit den Augen aus?«, fragte Selby.

Jessie reagierte verblüfft. »Nein«, sagte sie. »Das ist es nicht. Es ist nichts Sexuelles, jedenfalls nicht im normalen Sinne. Ich weiß nicht, wie ich es erklären soll. Ständig bittet er mich in seine Wohnung. Er ist andauernd da.«

»Na ja, immerhin wohnt er da.«

»Er beunruhigt mich. Er beeinflusst meine Bilder.«

Diesmal runzelte Selby noch verblüffter die Stirn. »Ihre Bilder?«, fragte er. Seine Stimme hatte einen amüsierten Unterton.

Jessie wurde zunehmend ungehaltener. Das hier lief nicht wie geplant. »Okay, es hört sich nicht so schlimm an, aber er ist *gruselig,* das kann ich Ihnen sagen. Seine Lippen sind immer feucht. Und wie er lächelt. Seine Augen. Seine piepsige Fistelstimme. Und dieser Geruch. Herrgott, Sie kassieren die Miete bei ihm, Sie sollten das doch wissen.«

Der Makler breitete die Arme zu einer Geste der Hilflosigkeit aus. »Es verstößt nicht gegen das Gesetz, Körpergeruch zu haben. Nicht einmal gegen den Mietvertrag.«

»Gestern Nacht hat er sich in das Gebäude geschlichen und eine Handvoll Käseflips so auf den Boden gelegt, dass ich reintreten musste.«

»Käseflips?«, fragte Selby. Seine Stimme nahm einen sarkastischen Unterton an. »Großer Gott, *Käseflips!* Wie heimtückisch! Haben Sie die Polizei eingeschaltet?«

»Das ist nicht komisch. Was hatte er überhaupt in dem Haus verloren?«

»Er wohnt da.«

»Er wohnt im Keller. Er hat eine eigene Tür und muss unseren Flur nicht betreten. Niemand außer den sechs regulären Mietern sollte einen Schlüssel für diese Tür haben.«

»Den hat auch niemand, soweit ich weiß«, sagte Selby. Er zog einen Notizblock heran. »Das ist immerhin mal was. Ich verspreche Ihnen, ich lasse das Schloss der Eingangstür auswechseln. Der Birnenförmige bekommt keinen Schlüssel. Macht Sie das glücklich?«

»Ein bisschen«, sagte Jessie geringfügig besänftigt.

»Ich kann nicht versprechen, dass er nicht reinkommt«, sagte Selby. »Sie wissen, wie das ist. Wenn ich zehn Cent für jedes Mal hätte, wenn ein Mieter das Schloss zugeklebt oder die Tür mit einem Keil offen gehalten hat, weil es bequemer war, dann ...«

»Keine Bange, ich achte darauf, dass so etwas nicht passiert. Was ist mit seinem Namen? Sehen Sie für mich im Mietvertrag nach?«

Selby seufzte. »Das würde wirklich seine Privatsphäre verletzen. Aber ich mache es. Als persönlichen Gefallen. Damit schulden Sie mir einen.« Er stand auf und ging durch das Zimmer zu einem schwarzen Aktenschrank, öffnete eine Schublade, suchte darin herum und zog einen Schnellhefter heraus. Auf dem Weg zurück zum Schreibtisch blätterte er ihn durch.

»Und?«, fragte Jessie ungeduldig.

»Hmm«, sagte Selby. »Hier ist Ihr Mietvertrag. Und hier die der anderen.« Er blätterte zum Anfang zurück und ging die Dokumente eins nach dem anderen durch. »Winbright, Peabody, Pumetti, Harris, Jeffries.« Er schlug den Hefter zu und sah sie schulterzuckend an. »Kein Mietvertrag. Na ja, es ist ein schäbiges kleines Apartment, und er wohnt seit einer Ewigkeit dort. Entweder haben wir seinen Mietvertrag verschlampt, oder er hatte gar keinen. Das wäre nicht auszuschließen. Auf monatlicher Basis …«

»Oh, toll«, sagte Jessie. »Wollen Sie deswegen etwas unternehmen?«

»Ich lasse das Schloss auswechseln«, sagte Selby. »Ich weiß nicht, was Sie darüber hinaus von mir erwarten. Ich kann den Mann nicht rauswerfen, nur weil er Ihnen Käseflips angeboten hat.«

Als Jessie nach Hause kam, stand der birnenförmige Mann mit seiner abgenutzten Tasche unter dem Arm auf dem Treppenabsatz. Er lächelte, als er sie kommen sah. *Soll der mich bloß anfassen,* dachte sie, *soll der mich bloß einmal anfassen, wenn ich an ihm vorbeigehe, und ich lasse ihn so schnell wegen tätlichen Angriffs verhaften, dass ihm ganz schwindelig in seinem spitzen Kopf wird.* Aber der birnenförmige Mann behelligte sie nicht. »Ich habe Sachen unten, die ich Ihnen zeigen möchte«, sagte er, als Jessie die Treppe hinaufging. Sie musste dreißig Zentimeter an ihm vorbei, und heute kam ihr sein Geruch besonders unangenehm vor, ein durchdringendes Aroma wie von Hefe und verfaulendem Gemüse. »Möchten Sie meine Sachen ansehen?«, rief er hinter ihr her. Jessie schloss die Tür auf und schlug sie hinter sich zu.

Ich denke nicht an ihn, sagte sie sich drinnen bei einer Tasse Tee. Sie ging ins Atelier, zog die Vorhänge auf und begann damit, jede Spur des birnenförmigen Mannes von dem Umschlagbild zu tilgen. Sie übermalte das Doppelkinn, machte den Kiefer markanter, korrigierte die feuchten Lippen und gestaltete das Haar dunkler, buschiger und windzerzauster, damit der Kopf nicht mehr so spitz aussah. Sie gab ihm ausgeprägte, hochstehende Wangenknochen - Wangenknochen wie mit einem Messer gezogen - und ließ das Gesicht fast hager aussehen. Sogar die Farbe seiner Augen änderte sie. Warum hatte sie ihm diese schwachen, fahlen Augen gegeben? Sie übermalte die Augen grün, ein leuchtendes, sauberes, auffälliges Grün voller Vitalität.

Als sie fertig war, ging es auf Mitternacht zu. Jessica war erschöpft, aber als sie etwas zurücktrat und ihre Arbeit begutachtete, verspürte sie Entzücken. Jetzt war der Mann ein wahrer Pirouette-Held: ein Teufelskerl, ein Schurke, ein Tunichtgut, dessen robustes Äußeres eine düstere, melancholische, poetische Seele verbarg. Er hatte rein gar nichts Birnenförmiges mehr an sich. Adrian würde ausflippen vor Freude.

Es war eine angenehme Art von Müdigkeit. Jessie schlief rundum zufrieden ein. Vielleicht hatte Selby recht; ihre Fantasie ging mit ihr durch, fast hätte sie sich von dem birnenförmigen Mann aus der Fassung bringen lassen. Aber Arbeit, gute, anständige, altmodische Arbeit war das perfekte Gegengift für ihre vagen Ängste. Heute Nacht, da war sie ganz sicher, würde sie tief und traumlos schlafen.

Sie irrte sich. Der Schlaf schenkte ihr keine Sicherheit. Abermals stand sie zitternd an der Schwelle. Es war so dunkel hier unten, so schmutzig. Der durchdringende Fäulnisgeruch der Mülltonnen schien unerträglich; sie bildete sich ein, sie könne Bewegungen in der Finsternis hören. Die Tür ging langsam auf. Der birnenförmige Mann lächelte ihr zu und berührte sie mit kalten, weichen Fingern, die Maden glichen. Er nahm sie am Arm und zog sie ins Innere, ins Innere, ins Innere, ins Innere ...

Angela klopfte am nächsten Morgen um zehn an die Tür. »Sonntagsbrunch«, rief sie. »Don macht Waffeln. Mit Schokostreuseln und frischen Erdbeeren. Und Speck. Und Kaffee. Und O-Saft. Willst du was?«

Jessie setzte sich auf. »Don? Ist er hier?«

»Er ist über Nacht geblieben«, sagte Angela.

Jessie stieg aus dem Bett und zog eine Jeans mit Farbklecksen an. »Du weißt, wenn Don Brunch macht, kann ich einfach nicht Nein sagen. Ich habe euch gar nicht reinkommen gehört.«

»Ich habe kurz in dein Atelier gesehen, aber du warst so sehr mit Malen beschäftigt, dass du es gar nicht bemerkt hast. Du hast diesen konzentrierten Ausdruck gehabt, weißt du, wie du ihn manchmal bekommst, wenn du die Zungenspitze am Mundwinkel rausstreckst. Da dachte ich mir, es wäre besser, die Künstlerin nicht bei der Arbeit zu stören.« Sie kicherte. »Allerdings dürfte mir für immer unbegreiflich bleiben, dass du die Bettfedern nicht hören konntest.«

Das Frühstück war ein Triumph. Es gab Zeiten, da verstand Jessie wirklich nicht, was Angela in Donald sah, dem Seelenklempnerstudenten, aber sein Essen betraf das nicht. Er war ein hervorragender Koch. Um elf saßen Angela und

Donald immer noch beim Kaffee und Jessie beim Tee, als sie Geräusche auf dem Flur hörten. Angela ging nachsehen. »Da draußen sind Jungs, die das Schloss auswechseln«, sagte sie, als sie wiederkam. »Ich frage mich, was das zu bedeuten hat.«

»Verflucht noch eins«, sagte Jessie. »Und das am Wochenende. Das nenne ich prompte Arbeit. Ich hätte nie gedacht, dass Selby so schnell reagiert.«

Angela sah sie neugierig an. »Was hat es damit auf sich?«

Und so erzählte Jessie ihnen alles über ihren Besuch bei dem Makler und ihre Begegnungen mit dem birnenförmigen Mann. Angela kicherte ein- oder zweimal, Donald setzte sein kluges Seelenklempnergesicht auf: »Sag mir, Jessie«, bat er, als sie fertig war, »glaubst du nicht, dass du ein wenig übertrieben reagierst?«

»Nein«, sagte Jessie brüsk.

»Du mauerst«, sagte Donald. »Also wirklich, du solltest versuchen, dein Handeln objektiv zu betrachten. Was hat dir dieser Mann getan?«

»Nichts, und so soll es auch bleiben«, fuhr Jessie ihn an. »Ich habe dich nicht um deine Meinung gebeten.«

»Darum musst du nicht bitten«, sagte Donald. »Wir sind Freunde, oder nicht? Mir tut es leid, wenn du dich grundlos aufregst. Ich habe den Eindruck, dass du eine Phobie gegen einen harmlosen Querkopf aus der Nachbarschaft entwickelst.«

Angela kicherte. »Er ist einfach in dich verknallt, mehr nicht. Du bist eben eine Herzensbrecherin.«

Jessie reagierte verärgert. »Du würdest das auch nicht komisch finden, wenn er *dir* Käseflips hinlegen würde«, sagte sie wütend. »Da ... *da ist was faul.* Ich spüre es.«

Donald breitete die Arme aus. »Was faul? Eindeutig. Der Mann besitzt offenkundig wenig soziale Kompetenz. Er ist unattraktiv, verwahrlost und hält nichts vom allgemein üblichen Kodex von Kleidung oder persönlicher Hygiene, er hat ungewöhnliche Essgewohnheiten und ist offenbar im Umgang mit anderen beziehungsgestört. Vermutlich ist er zutiefst einsam und zweifellos auch zutiefst neurotisch. Aber das alles macht ihn nicht zum Mörder oder Vergewaltiger, richtig? Warum bist du so besessen von ihm?«

»Ich bin nicht besessen von ihm.«

»Offenbar doch«, sagte Donald.

»Sie ist verliebt«, witzelte Angela.

Jessie stand auf. »Ich bin *nicht* besessen von ihm!«, brüllte sie. »Und diese Diskussion ist hiermit beendet.«

In dieser Nacht sah Jessie in ihrem Traum zum ersten Mal das Innere. Er zog sie hinein, und sie fühlte sich zu schwach, um Widerstand zu leisten. Die Lichter im Inneren strahlten grell, es herrschte eine so warme Feuchtigkeit, die Luft schien Wellen zu schlagen wie im Maul einer großen Bestie, die Farbe blätterte von den orangefarbenen Wänden ab, die einen seltsamen, süßlichen Geruch absonderten, und überall lagen leere Colaflaschen aus Plastik und Schüsseln halb aufgegessener Käseflips herum. »Sie können meine Sachen sehen, Sie können meine Sachen haben«, sagte der birnenförmige Mann und zog sich aus. Er knöpfte das kurzärmelige Hemd auf, streifte es ab und entblößte totes, weißes, unbehaartes Fleisch und zwei schlaffe Hängebrüste, deren rechte Tintenflecken der undichten Stifte aufwies, und er lächelte, lächelte. Dann öffnete er den schmalen Gürtel, öffnete den Reißverschluss seiner braunen Kunstfaserhose, und da erwachte Jessie schreiend.

Am Montagmorgen verpackte Jessie ihre Umschlagillustration, rief einen Kurierdienst und ließ es zu Pirouette bringen. Einem weiteren Ausflug in die Innenstadt fühlte sie sich nicht gewachsen. Adrian wollte sich bestimmt unterhalten, aber Jessie war nicht in Plauderstimmung. Angela stichelte andauernd wegen des birnenförmigen Mannes herum und ging ihr damit allmählich auf die Nerven. Niemand schien sie zu verstehen. Mit dem birnenförmigen Mann stimmte etwas nicht, etwas Gravierendes, etwas Schreckliches. Er war keine Witzfigur. Er war beängstigend. Irgendwie musste sie das beweisen. Sie musste seinen Namen erfahren und herausfinden, was er verbarg.

Sie hätte einen Detektiv anheuern können, aber Detektive waren teuer. Gewiss gab es etwas, das sie auf eigene Faust tun könnte. Vielleicht noch einmal in seinen Briefkasten sehen. Aber dann sollte sie den Tag abwarten, an dem die Gas- und Stromrechnungen kamen. Er hatte Licht in seinem Apartment, also musste der Stromanbieter seinen Namen kennen. Das Problem war nur, dass die Stromrechnung erst wieder in vierzehn Tagen kam.

Plötzlich fiel Jessie auf, dass die Wohnzimmerfenster sperrangelweit offen standen. Sogar die Vorhänge waren zurückgezogen. Das musste Angela gewesen sein, bevor sie zur Arbeit gegangen war. Jessie zögerte und ging dann zum Fenster. Sie schloss es, verriegelte es, ging zum nächsten, schloss es, verriegelte es. Danach fühlte sie sich sicherer. Sie ermahnte sich, dass sie nicht nach draußen sehen sollte. Es wäre besser, wenn sie nicht nach draußen sah.

Wie könnte sie nicht nach draußen sehen? Er war da, stand unter ihr auf dem Bürgersteig, blickte herauf. »Sie könnten meine Sachen sehen«, sagte er mit seiner hohen Fistelstimme.

»Als ich Sie gesehen habe, wusste ich gleich, dass Sie meine Sachen wollen. Die werden Ihnen gefallen. Wir könnten was essen.« Er griff in eine seiner ausgebeulten Taschen, holte einen einzelnen Käseflip heraus und hielt ihn ihr entgegen. Sein Mund bewegte sich lautlos.

»Gehen Sie da weg, oder ich hole die Polizei!«, rief Jessie.

»Ich habe etwas für Sie. Kommen Sie in meine Wohnung, dann kriegen Sie es. Es ist in meiner Tasche. Ich gebe es Ihnen.«

»Ganz sicher nicht. Gehen Sie weg. Ich warne Sie. Lassen Sie mich in Ruhe.« Sie wich zurück und zog die Vorhänge zu. Mit den zugezogenen Vorhängen herrschte Halbdunkel im Zimmer, aber das war immer noch besser als das Wissen, dass der birnenförmige Mann hereinsah. Jessie schaltete eine Lampe an, holte sich ein Buch und versuchte zu lesen. Sie blätterte die Seiten hastig um und stellte am Ende fest, dass sie nicht die geringste Ahnung hatte, worum es ging. Sie warf das Buch hin, ging in die Küche und machte sich ein Thunfischsandwich mit Vollkorntoast. Sie wollte noch etwas dazu, war aber nicht sicher, was. Sie nahm eine Dillgurke, schnitt sie in Viertel, richtete sie hübsch auf dem Teller an und suchte im Schrank nach Kartoffelchips. Dann schenkte sie sich ein großes Glas Milch ein und setzte sich mit ihrem Essen hin.

Nach einem Bissen von dem Sandwich verzog sie das Gesicht und schob es weg. Es schmeckte komisch. Als wäre die Mayonnaise sauer geworden oder so. Die Gurke schmeckte ebenfalls zu sauer, die Chips dagegen feucht und weich und viel zu salzig. Sie wollte sowieso keine Chips. Sie wollte etwas anderes. Einige dieser kleinen, orangefarbenen Käseflips. Sie sah sie im Geiste vor sich, schmeckte sie fast. Ihr lief das Wasser im Mund zusammen.

Dann überlegte sie sich, was sie da dachte, und musste fast würgen. Sie stand auf und warf das Essen in den Müll. Sie musste hier raus, dachte sie panisch. Sie würde sich einen Film ansehen und den birnenförmigen Mann ein paar Stunden lang vergessen. Vielleicht könnte sie in eine Singlebar gehen, jemand aufreißen, sich vögeln lassen. Bei ihm. Irgendwo, nur nicht hier. Weg von dem birnenförmigen Mann. Das war die Lösung. Eine Nacht außerhalb der Wohnung würde ihr guttun.

Sie ging zum Fenster, zog die Vorhänge auf, sah hinaus.

Der birnenförmige Mann lächelte und trat von einem Fuß auf den anderen. Er hielt die unförmige Aktentasche unter dem Arm. Seine Hose sah ausgebeult aus. Jessie verspürte ein Kribbeln auf der Haut. Sie fand ihn *abstoßend*. Aber sie würde nicht zulassen, dass er sie als Gefangene hielt.

Sie raffte ihre Sachen zusammen, ließ ein kleines Steakmesser in die Handtasche gleiten, für alle Fälle, und marschierte hinaus. »Möchten Sie sehen, was ich in meiner Tasche habe?«, fragte der birnenförmige Mann, als sie herauskam. Jessie hatte beschlossen, ihn gar nicht zu beachten. Wenn sie nicht antwortete und so tat, als wäre er gar nicht da, langweilte er sich vielleicht und ließ sie in Ruhe. Sie ging die Treppe hinunter und schritt forsch die Straße hinab. Der birnenförmige Mann folgte ihr in kurzem Abstand. »Sie sind überall um uns herum«, flüsterte er. Sie roch ihn einen oder zwei Schritte hinter sich und hörte ihn schnaufen. »Das sind sie. Die lachen über mich. Sie verstehen nichts, aber sie wollen meine Sachen. Ich kann es Ihnen beweisen. Ich habe es unten in meiner Wohnung. Ich weiß, Sie wollen kommen und es sich ansehen.«

Jessie beachtete ihn immer noch nicht. Er folgte ihr bis zur Bushaltestelle.

Der Film entpuppte sich als Reinfall. Da sie das Mittagessen ausgelassen hatte, war Jessie hungrig. Sie holte sich eine Cola und einen Becher Popcorn mit Butter am Süßwarentresen. Die Cola bestand zu zwei Dritteln aus Eiswürfeln, schmeckte aber dennoch. Das Popcorn brachte sie nicht runter. Die Margarine, die sie als Buttererersatz benutzten, hatte einen leicht ranzigen Beigeschmack, der Jessie an den birnenförmigen Mann erinnerte. Nach zwei Bissen wurde ihr übel.

Danach lief es allerdings etwas besser. Sein Name sei Jack, sagte er, er arbeitete als Tontechniker bei einem lokalen Fernsehsender und hatte ein interessantes Gesicht: ein ungezwungenes Lächeln, Clark-Gable-Ohren und freundliche graue Augen mit Lachfältchen in den Augenwinkeln. Er gab ihr einen aus und berührte ihre Hand, das freilich etwas unbeholfen, als wäre ihm die ganze Sache peinlich, was Jessie gefiel. Sie tranken ein paar Gläser zusammen, dann lud er sie zu sich nach Hause zum Essen ein. Nichts Besonderes, sagte er. Er habe noch Wurst im Kühlschrank und könne Sandwiches zaubern und ihr seine Stereoanlage zeigen, offenbar eine spezielle Superanlage Marke Eigenbau. Das hörte sich alles ausgesprochen gut an.

Sein Apartment lag im dreiundzwanzigsten Stock eines Hochhauses in der Stadtmitte, am Fenster sah man in der Ferne Segelboote am Horizont kreuzen. Jack legte das neue Album von Linda Ronstadt auf und ging die Sandwiches machen. Jessie sah den Segelbooten nach. Allmählich entspannte sie sich. »Ich habe Bier oder Eistee«, rief Jack aus der Küche. »Was darf's sein?«

»Cola«, sagte sie zerstreut.

»Keine Cola«, rief er zurück. »Bier oder Eistee.«

»Oh«, sagte sie leicht verärgert. »Dann Eistee.«

»Sollst du haben. Weizen oder Roggen?«

»Mir egal«, sagte sie. Die Boote sahen sehr anmutig aus. Eines Tages würde sie sie gern malen. Jack könnte sie auch malen. Er sah aus, als hätte er einen ansehnlichen Körper.

»Dann mal los«, sagte er, als er mit einem Tablett aus der Küche kam. »Hoffentlich hast du Hunger.«

»Heißhunger«, sagte Jessie und wandte sich vom Fenster ab. Sie ging zum Tisch, den er deckte, und erstarrte.

»Was ist denn?«, fragte Jack. Er hielt ihr einen weißen Porzellanteller hin. Darauf lag ein wahrhaft gigantisches Sandwich mit Schinken und Schweizer Käse auf frischem Roggenbrot mit reichlich Senf, und daneben, auf dem ganzen Teller verteilt, orangefarbene Käseflips. Es sah aus, als würden sie zappeln, sich winden und zu dem Sandwich und ihr kriechen. »Jessie?«, fragte Jack.

Sie gab einen erstickten, unartikulierten Schrei von sich und stieß den Teller heftig von sich. Jack ließ ihn los; Schinken, Schweizer Käse, Brot und Käseflips flogen in alle Richtungen. Ein Käseflip streifte Jessies Bein. Sie fuhr herum und rannte aus dem Apartment.

Den Rest der Nacht verbrachte Jessie allein in einem Hotel und schlief schlecht. Nicht einmal hier, Kilometer von ihrem Apartment entfernt, entkam sie dem Traum. Es war derselbe wie vorher, derselbe, aber er schien sich jede Nacht mehr in die Länge zu ziehen, ging jede Nacht ein Stück weiter. Sie stand unter der Treppe und wartete ängstlich. Die Tür ging auf, der birnenförmige Mann zog sie ins Innere, in die orangefarbene Wärme und die Luft, die an übel riechenden Atem erinnerte, und lächelte. »Sie können meine Sachen sehen«, sagte er, »Sie können meine Sachen haben.« Und dann zog er sich aus, das Hemd zuerst, die Haut wie weißes, totes Fleisch, die Hängebrüste mit dem blauen Tintenfleck, den Gürtel, die Hose fiel herunter, bildete einen Kunstfaserwulst um seine Knöchel, der ganze Plunder in seinen Taschen kullerte über den Fußboden, und er war tatsächlich birnenförmig, es lag nicht nur an seiner Kleidung. Zuletzt kamen die Boxershorts, und Jessie konnte nicht anders, sie musste hinsehen. Er hatte keine Haare, sein Glied sah klein aus, wie ein Wurm, und gelblich, wie ein Käseflip, und es bewegte sich unmerklich. »Ich will deine Sachen, gib sie mir jetzt«, sagte der birnenförmige Mann, »lass mich deine Sachen sehen.« Warum konnte sie nicht weglaufen? Ihre Füße bewegten sich nicht, ihre Hände dagegen schon – sie zog sich aus.

Der Hoteldetektiv weckte sie. Er klopfte lautstark an die Tür und rief, was denn los wäre und weshalb sie so schrie.

Sie kehrte zu der Zeit nach Hause zurück, wenn der birnenförmige Mann seinen Einkauf in Santino's Market erledigte. Das Haus war leer. Angela war schon zur Arbeit gegangen und hatte die Wohnzimmerfenster wieder offen gelassen. Jessie machte sie zu, verriegelte sie und zog die Vorhänge vor. Wenn sie Glück hatte, bemerkte der birnenförmige Mann gar nicht, dass sie nach Hause gekommen war.

Draußen herrschte bereits brütende Hitze. Es dürfte ein glutheißer Tag werden. Jessie fühlte sich verschwitzt und schmutzig. Sie zog sich aus, warf die Kleidungsstücke in den Weidenkorb im Schlafzimmer und gönnte sich eine lange, kalte Dusche. Das eiskalte Wasser tat ihr weh, aber der Schmerz war gut und sauber. Hinterher fühlte sie sich wie neugeboren. Sie trocknete sich die Haare und hüllte sich in ein großes, flauschiges blaues Handtuch, watschelte in ihr Zimmer zurück und hinterließ feuchte Fußabdrücke auf dem Holzboden.

Ein Top und Shorts, mehr brauchte sie bei der Hitze nicht, entschied Jessie. Sie hatte den Tag im Geiste schon fest verplant. Sie würde sich anziehen und eine Weile in ihrem Atelier arbeiten, danach konnte sie lesen oder sich Seifenopern oder irgendwas im Fernsehen anschauen. Nach draußen würde sie nicht gehen, nicht einmal einen Blick zum Fenster rauswerfen. Wenn der birnenförmige Mann wieder Wache stand, dürfte es ein heißer, langer Nachmittag für ihn werden.

Jessie legte abgeschnittene Jeans und ein weißes Top auf das Bett, warf das feuchte Handtuch über einen Bettpfosten und ging zur Kommode, frische Unterwäsche holen. Sie müsste dringend mal wieder waschen, dachte sie geistesabwesend und nahm einen rosa Slip aus der Schublade.

Ein Käseflip fiel heraus.

Jessie zuckte zusammen und erschauerte. Er war drin gewesen, dachte sie panisch, er war in dem Slip gewesen. Der Käse hatte einen pulverartigen Fleck auf dem Stoff hinterlassen. Der Käseflip lag in der Schublade, in die er gefallen war, auf ihrer Unterwäsche. Grauen überkam sie. Sie knüllte den Slip in der Faust zusammen und warf ihn angewidert weg. Sie schnappte sich ein zweites Höschen, schüttelte es, und wieder sprang ein Käseflip heraus. Und dann noch einer. Und noch einer. Sie gab schrille, hysterische Laute von sich, ließ jedoch nicht locker. Fünf Slips, sechs, neun, das waren alle, aber sie genügten. Jemand hatte ihre Schublade geöffnet und sämtliche Unterhöschen herausgenommen, einen Käseflip darin verpackt und sie wieder zurückgelegt.

Das ist ein garstiger Witz, dachte sie. Angela musste es gewesen sein, möglicherweise mit Donald im Bunde. Die beiden empfanden die ganze Sache mit dem birnenförmigen Mann als großen Spaß und hatten beschlossen, sich so richtig auf ihre Kosten zu amüsieren.

Aber es war nicht Angela. Sie wusste, dass es nicht Angela war.

Jessie schluchzte hemmungslos. Sie warf die zusammengeknüllten Slips auf den Boden, lief aus dem Raum und zertrat dabei Käseflips auf dem Teppich.

Im Wohnzimmer wusste sie nicht, wohin sie sich wenden sollte. In ihr Zimmer konnte sie nicht zurück, *unmöglich,* nicht jetzt, sondern erst, wenn Angela wieder da war, und sie wollte nicht einmal zum Fenster mit den zugezogenen Vorhängen. Er war da draußen. Jessie spürte es und fühlte, wie er zum Fenster heraufgaffte. Plötzlich fiel ihr wieder ein, dass sie nackt war; sie bedeckte ihre Blöße mit den Händen. Sie wich vom Fenster zurück und schlich mit unsicheren Schritten in ihr Atelier.

Dort fand sie ein großes, rechteckiges Päckchen, das an der Tür lehnte, eine Notiz von Angela klebte daran. »Jess, das ist gestern Abend für Dich gekommen«, und Angies Unterschrift mit dem großen, schwungvollen A. Jessie betrachtete das Päckchen verständnislos. Es war von Pirouette. Das Bild, die Umschlagillustration, die sie so hastig überarbeitet hatte. Adrian hatte es zurückgeschickt. Warum?

Sie wollte es nicht wissen. Sie musste es wissen.

Hektisch schlitzte Jessie das braune Packpapier auf, riss es in breiten Streifen ab und nahm ihr Umschlagbild heraus.

Adrian hatte etwas an den Rand geschrieben. »Nicht witzig, Mädchen«, stand da. »Vergiss es.«

»Nein«, wimmerte Jessie und wich zurück.

Da war es, ihr Bild, der altbekannte Hintergrund, die abgedroschene Umarmung, die Kleidung der Epoche, die sie so gewissenhaft recherchiert hatte, aber das Bild stammte nicht von ihr, jemand hatte es verändert, es war nicht ihr Werk, bei der Frau handelte es sich um sie selbst, sie, sie, schlank und kräftig, mit sandfarbenem Haar und verzückten grünen Augen, und er drückte sie an sich, an *sich*, an die feuchten Lippen und die blasse Haut, er hatte einen blauen Tintenklecks auf dem weißen Rüschenhemd und Schuppen auf der blauen Samtjacke, sein Kopf war spitz, das Haar fettig, die Finger voll gelber Flecken und in ihre Locken gekrallt, und er lächelte dünn und zog sie zu sich, und sie hatte den Mund offen und die Augen halb geschlossen. Er war es, und sie war es, und am unteren Rand zierte ihre Signatur das Bild.

»Nein«, sagte sie abermals. Sie wich weiter zurück, stolperte über eine Staffelei und stürzte. Auf dem Boden rollte sie sich zu einer Kugel zusammen und schluchzte, und so fand Angela sie Stunden später.

Angela bettete sie auf das Sofa, machte eine kalte Kompresse und legte sie ihr auf die Stirn. Donald stand stirnrunzelnd an der Tür zwischen Wohnzimmer und Atelier und ließ den Blick von Jessie zu dem Bild und wieder zurück schweifen. Angela flüsterte beruhigende Worte, hielt Jessies Hand und machte ihr eine Tasse Tee. Nach und nach klang Jessies Hysterie ab. Donald verschränkte mit ernstem Blick die Arme. »Deine Besessenheit geht zu weit«, sagte er schließlich, als Jessie die letzten Tränen getrocknet hatte.

»Don, nicht«, sagte Angela. »Sie hat Todesangst.«

»Das sehe ich«, sagte Donald. »Darum muss etwas geschehen. Sie ist selbst dafür verantwortlich, Süße.«

Jessie hatte die Tasse Morning Thunder halb zum Mund geführt. Sie verharrte reglos. »Ich bin selbst dafür verantwortlich?«, wiederholte sie fassungslos.

»Na klar«, sagte Donald.

Sein väterlicher Tonfall machte Jessie plötzlich rasend vor Wut. »Du dummes, eingebildetes, ahnungsloses Arschloch«, schrie sie ihn an. »Ich bin dafür verantwortlich, *ich bin dafür verantwortlich,* ich mache das, wie kannst du es wagen und behaupten, dass ich dafür verantwortlich bin?« Sie warf die Teetasse quer durch das Zimmer und zielte auf seinen dicken Kopf. Donald duckte sich, die Tasse zerschellte, der Tee streckte drei lange, braune Finger aus, die an der weißen Wand herabflossen.

»Nur zu, lass deine Wut raus«, sagte er. »Ich weiß, dass du durcheinander bist. Wenn du dich beruhigt hast, unterhalten wir uns vernünftig darüber und können deinem Problem vielleicht auf den Grund gehen.«

Angela nahm ihre Arme, aber Jessie schüttelte sie ab, stand auf und ballte die Hände zu Fäusten. »Geh in mein Zimmer, du Trottel, geh rein, schau dich um und sag mir, was du siehst.«

»Wenn du willst«, sagte Donald. Er ging zu ihrer Tür, verschwand, kam Augenblicke später wieder heraus. »Na gut«, sagte er geduldig.

»Und?«, hakte Jessie nach.

Donald zuckte die Schultern. »Es ist ein Chaos«, sagte er. »Unterhosen überall auf dem Boden, jede Menge zertretene Käseflips. Was meinst du, was das zu bedeuten hat?«

»Er ist hier eingebrochen«, sagte Jessie.

»Der Birnenförmige?«, fragte Donald liebenswürdig.

»*Natürlich* war es der Birnenförmige«, kreischte Jessie. »Er hat sich hier reingeschlichen, als wir alle weg waren, ist in mein Schlafzimmer, hat meine sämtlichen Sachen durchwühlt und Käseflips in meine Unterwäsche gesteckt. Er war *hier!* Er hat meine Sachen angefasst.«

Donald stellte eine Miene geduldiger, mitfühlender Weisheit zur Schau. »Jessie, bitte denk darüber nach, was du uns gerade gesagt hast.«

»Da gibt es nichts nachzudenken!«

»Aber gewiss doch«, sagte er. »Gehen wir es gemeinsam durch. Du glaubst, der Birnenförmige ist hier gewesen?«

»Ja.«

»Warum?«

»Um zu ... um zu tun, was er getan hat. Es ist widerlich. *Er* ist widerlich.«

»Hmm«, sagte Don. »Und wie? Die Schlösser wurden ausgewechselt, weißt du nicht mehr? Er kann nicht einmal in das Gebäude. Er hatte nie einen Schlüssel für dieses Apartment. Nichts deutet auf einen Einbruch hin. Wie hätte er mit seiner Tüte Käseflips hier reinkommen sollen?«

Jetzt hatte Jessie ihn. »Angela hat die Wohnzimmerfenster offen gelassen«, sagte sie.

Angela sah betroffen drein. »Das stimmt«, gab sie zu. »O Jessie, Liebes, es tut mir so leid. Es war heiß. Ich wollte nur etwas frische Luft, ich hätte nie gedacht ...«

»Vom Bürgersteig kommt man nicht an die Fenster ran, sie sind zu hoch«, ging Donald dazwischen. »Er hätte eine Leiter oder so etwas gebraucht. Er hätte es am helllichten Tag auf einer belebten Straße machen müssen, wo ständig

Leute kommen und gehen. Und auf dieselbe Art hätte er auch wieder raus gemusst. Nicht zu vergessen das Problem mit den Fliegengittern. Und ein sportlicher Typ ist er nicht gerade.«

»Er war es«, beharrte Jessie. »Er ist hier drin gewesen, oder nicht?«

»Ich weiß, du glaubst das. Ich will dir deinen Eindruck nicht ausreden, nur erklären. Ist dieser Birnenförmige je in das Apartment eingeladen worden?«

»Natürlich nicht!«, sagte Jessie. »Worauf willst du hinaus?«

»Auf nichts, Jess. Ich überlege nur. Er klettert mit den Käseflips, die er in deiner Unterwäsche verstecken will, zum Fenster rein. Gut. Woher weiß er, welches dein Zimmer ist?«

Jessie runzelte die Stirn. »Er ... keine Ahnung ... er hat vermutlich gesucht.«

»Und hat welchen Hinweis gefunden? Es gibt drei Zimmer hier, eines ist das Atelier, zwei andere sind voller Frauenkleidung. Woher sollte er wissen, welches wem gehört?«

»Vielleicht hat er es in beiden gemacht.«

»Angela, würdest du bitte in deinem Zimmer nachsehen?«, bat Donald.

Angela erhob sich zögernd. »Meinetwegen«, sagte sie, »okay.« Jessie und Donald sahen einander an, bis sie wenig später wiederkam. »Alles sauber«, sagte sie.

»Ich weiß nicht, wie er darauf gekommen ist, welches Zimmer meins ist«, sagte Jessie. »Ich weiß nur, dass er es getan hat. Es muss so sein. Wie willst du sonst erklären, was passiert ist? Glaubst du etwa, ich bin es *selbst* gewesen?«

Donald zuckte die Schultern. »Ich weiß nicht«, sagte er ruhig. Er sah über die Schulter ins Atelier. »Komisch. Das Bild da drin, er und du, das muss er irgendwann gemacht haben, als du es fertig hattest, aber bevor du es zu Pirouette geschickt hast. Und es ist eine gute Arbeit. Fast so gut wie deine.«

Jessie hatte sich große Mühe gegeben, nicht an das Bild zu denken. Sie machte den Mund auf und wollte ihm eine barsche Antwort geben, bekam aber keinen Ton heraus. Sie machte den Mund wieder zu. Tränen sammelten sich in ihren Augenwinkeln. Plötzlich fühlte sie sich niedergeschlagen, verwirrt und vollkommen allein. Angela hatte sich neben Donald gestellt. Beide sahen sie an.

Jessie betrachtete hilflos ihre Hände. »Was soll ich nur machen?«, fragte sie. »Gott. Was soll ich denn nur *machen?*«

Gott antwortete nicht, aber Donald. »Es gibt nur *eine* Möglichkeit«, sagte er forsch. »Stell dich deinen Ängsten. Treib sie aus. Geh da runter und rede mit dem Mann, lerne ihn kennen. Wenn du wieder raufkommst, empfindest du vielleicht Mitleid für ihn, vielleicht Verachtung oder Abneigung, aber du hast bestimmt keine Angst mehr vor ihm. Du wirst sehen, dass er nur ein Mensch ist und ein ziemlich jämmerlicher obendrein.«

»Bist du sicher, Don?«, fragte Angela ihn.

»Vollkommen. Stell dich deiner Besessenheit, Jessie. Nur so kannst du dich davon befreien. Geh runter in den Keller und statte dem Birnenförmigen einen Besuch ab.«

»Du musst keine Angst haben«, versicherte ihr Angela zum wiederholten Mal.

»Du hast gut reden.«

»Hör zu, Jess, in dem Moment, wo du da reingehst, kommen Don und ich auf den Treppenabsatz. Wir sind in Hörweite. Wenn du auch nur den leisesten Schrei ausstößt, kommen wir im Handumdrehen runter. Du bist nicht allein. Und du hast noch das Messer in der Handtasche, richtig?«

Jessie nickte.

»Dann komm. Weißt du noch, als dir dieser Straßenräuber die Schultertasche entreißen wollte? Dem hast du's gegeben. Wenn der Birnenförmige zudringlich wird, bist du schnell genug. Ramm ihm das Messer rein. Lauf weg. Ruf uns. Dir kann nichts passieren.«

»Vermutlich habt ihr recht«, sagte Jessie nach einem kurzen Seufzer. Natürlich hatten sie recht. Jessie wusste es. Sie verhielt sich irrational. Er war ein schmutziger, übel riechender, unattraktiver Mann, geistig vielleicht ein wenig behindert, aber sie würde mit ihm fertigwerden, sie musste keine Angst haben, sie wollte nicht verrückt erscheinen, diese Besessenheit zerfraß sie innerlich und musste ein Ende haben, da hatte Donald vollkommen recht, sie selbst war die ganze Zeit schuld an allem, aber jetzt würde sie die Initiative ergreifen und ihm ein Ende bereiten, ganz bestimmt, alles war völlig logisch, kein Grund zur Besorgnis, was könnte ihr der birnenförmige Mann schon antun, was könnte er mit ihr *anstellen*, das so schrecklich wäre? Nichts. Nichts.

Angela klopfte ihr auf den Rücken. Jessie atmete tief durch, packte den Türknauf und ging aus dem Gebäude hinaus in den heißen, schwülen Abend. Alles unter Kontrolle.

Warum hatte sie dann solche Angst?

Die Nacht rückte näher, aber unter dem Treppenabsatz war sie bereits angebrochen. Unter dem Treppenabsatz herrschte ewige Nacht. Der Absatz hielt die Morgensonne ab, das Gebäude selbst das Nachmittagslicht. Es war so finster, so finster. Sie stolperte über einen Riss im Beton und stieß sich den

Fuß polternd an einer Mülltonne. Jessie erschauerte und dachte an Fliegen und Maden und andere, schlimmere Kreaturen, die sich an diesem Ort ohne Sonne vermehrten und herumwuselten. *Nein, so darfst du nicht denken, es ist nur Müll, der in der feuchten, warmen Dunkelheit verfault und gärt, denk nicht daran.* Sie stand vor der Tür.

Sie hob die Hand, um zu klopfen, da übermannte die Angst sie wieder. Sie konnte sich nicht bewegen. *Du hast keinen Grund, Angst haben*, sagte sie wieder zu sich, *rein gar keinen.* Was könnte er ihr schon *antun?* Dennoch brachte sie es nicht fertig zu klopfen. Sie stand mit erhobener Hand vor seiner Tür und atmete keuchend. Es war heiß, so drückend heiß. Sie brauchte Luft. Sie musste unter dem Treppenabsatz vor, damit sie wieder atmen konnte.

Ein schmaler, vertikaler Riss gelblichen Lichts spaltete die Dunkelheit. *Nein*, dachte Jessie, *o nein, bitte nicht.*

Die Tür ging auf.

Warum musste sie so langsam aufgehen? Langsam, wie in ihren Träumen. Warum musste sie überhaupt aufgehen?

Das Licht da drinnen schien so grell. Je weiter die Tür aufging, desto mehr kniff Jessie die Augen zusammen.

Der birnenförmige Mann lächelte sie an.

»Ich«, begann Jessie, »ich, äh, ich ...«

»Da *ist* sie ja«, sagte der birnenförmige Mann mit seiner piepsigen Fistelstimme.

»Was wollen Sie von mir?«, stieß Jessie hervor.

»Ich wusste, dass sie kommt«, sagte er, als wäre sie gar nicht da. »Ich wusste, dass sie wegen meiner Sachen kommen würde.«

»Nein«, sagte Jessie. Sie wollte fliehen, aber die Beine versagten ihr den Dienst.

»Sie können reinkommen«, sagte er. Er hob die Hand und näherte sie ihrem Gesicht. Er berührte sie. Fünf fette weiße Maden krochen über ihre Wange und nisteten sich in ihrem Haar ein. Seine Finger rochen nach Käseflips. Er strich mit dem kleinen Finger über ihr Ohr und versuchte einzudringen. Dass er die andere Hand bewegte, merkte sie erst, als sie sie am Oberarm spürte und er zog, sie zu sich zog. Seine Haut fühlte sich klamm und kalt an. Jessie wimmerte.

»Kommen Sie rein und sehen Sie sich meine Sachen an«, sagte er. »Sie müssen. Das wissen Sie.« Und dann stand sie irgendwie in seinem Apartment, die Tür fiel hinter ihr ins Schloss, sie war da, im Inneren, allein mit dem birnenförmigen Mann.

Jessie versuchte, sich zusammenzureißen. *Du musst keine Angst haben,* wiederholte sie in Gedanken, eine Litanei, ein Zauber, ein Mantra, *keine Angst haben, was könnte er dir tun, was könnte er dir schon tun?* Das Zimmer war L-förmig, niedrige Decke, schmutzig. Der süßliche, ekelerregende Geruch überwältigend. Vier kahle Glühbirnen brannten in Fassungen an der Decke, an einer Wand stand eine Reihe alter Stehlampen ohne Schirme mit ebenso nackten Birnen. An der Wand gegenüber stand ein Tisch mit drei Beinen, die vierte Ecke stützte ein kaputter Fernseher, aus dessen geborstenem Bildschirm Kabel heraushingen. Auf dem Tisch stand eine große Schale Käseflips. Jessie verspürte Übelkeit und wandte sich ab. Sie wollte rückwärts gehen und stieß mit dem Fuß gegen eine leere Colaflasche aus Plastik. Fast wäre sie gestürzt. Doch der birnenförmige Mann fing sie in seinem weichen, feuchten Griff auf und hielt sie fest.

Jessie riss sich los und rückte von ihm ab. Sie steckte die Hand in die Handtasche und umklammerte das Messer. Danach fühlte sie sich besser, stärker. Sie ging näher zu dem vernagelten Fenster. Draußen hörte sie Donald und Angela reden. Der Klang ihrer Stimmen in so unmittelbarer Nähe ... das half ebenfalls. Sie versuchte ihre ganze Kraft aufzubieten. »Wie können Sie so leben?«, fragte sie ihn. »Brauchen Sie Hilfe beim Putzen? Sind Sie krank?« Es fiel ihr so schwer, die Worte hervorzupressen.

»Krank«, wiederholte der birnenförmige Mann. »Haben die Ihnen gesagt, dass ich krank bin? Die lügen. Die verbreiten ständig Lügen über mich. Jemand müsste dafür sorgen, dass sie aufhören.« Würde er nur das Lächeln sein lassen. Seine Lippen waren so feucht. Aber er lächelte ununterbrochen. »Ich wusste, dass Sie kommen würden. Hierher. Der ist für Sie.« Er zog ihn aus einer Tasche, hielt ihn ihr hin.

»Nein«, sagte Jessie. »Ich habe keinen Hunger. Wirklich nicht.« Aber sie hatte Hunger, stellte sie fest. Sie war regelrecht ausgehungert. Sie betrachtete den feisten, orangefarbenen Wurm zwischen seinen Fingern und wollte ihn plötzlich um jeden Preis haben. »Nein«, wiederholte sie, aber ihre Stimme klang gedämpfter, fast flüsternd, und sie hatte den Käseflip so dicht vor Augen.

Sie machte den Mund auf. Spürte den Flip auf der Zunge, den rauen, pulverigen Käse, das süßliche Aroma. Er knirschte leise zwischen ihren Zähnen. Sie schluckte ihn und leckte sich die letzten orangefarbenen Krümel von der Unterlippe. Sie wollte mehr.

»Ich wusste, dass du es bist«, sagte der birnenförmige Mann. »Jetzt sind deine Sachen meine.«

Jessie sah ihn an. Es war wie in dem Albtraum. Der birnenförmige Mann hob die Arme und öffnete nacheinander die kleinen, weißen Plastikknöpfe seines Hemds. Sie rang nach

Worten. Er streifte das Hemd ab. Sein Unterhemd war gelb, mit enormen Schwitzflecken unter den Armen. Er schälte sich heraus, ließ es fallen. Er kam näher; seine schweren, feisten Hängebrüste klatschten gegen den Brustkorb. Ein großer blauer Klecks verunzierte die rechte. Eine feuchte kleine Zunge glitt zwischen den Lippen hin und her. Dicke weiße Wurstfinger machten sich am Gürtel zu schaffen wie ein Ballett tanzender Maden. »Die sind für dich«, sagte er.

Jessies Knöchel um den Messergriff wurden weiß. »Aufhören«, flüsterte sie heiser.

Die Hose landete auf dem Boden.

Sie ertrug es nicht mehr. Aufhören, aufhören. Sie nahm das Messer aus der Tasche und hielt es hoch über den Kopf. *»Aufhören!«*

»Aah«, sagte der birnenförmige Mann. »Da ist es ja.«

Sie stach auf ihn ein.

Die Klinge ging bis zum Heft hinein, bohrte sich tief in seine schwabbelige weiße Haut. Sie drehte es, zog es wieder heraus. Die Haut platzte auf, eine große Fleischwunde. Der birnenförmige Mann ließ sein verhaltenes Lächeln sehen. Es floss kein Blut, überhaupt kein Blut. Seine Haut war weich und dick, nichts als blasses, totes Fleisch.

Er kam näher, da stach Jessie wieder auf ihn ein. Diesmal hob er die Hand und schlug ihren Arm weg. Das Messer steckte in seinem Hals. Der Griff wackelte hin und her, während er auf sie zugestapft kam. Er streckte die toten, weißen Arme aus, sie drängte sich an ihn, ihre Hand sank in seinen Körper ein wie in feuchtes, verfaultes Brot. »Oh«, sagte er, »oh, oh, oh.« Jessie machte den Mund auf und wollte schreien, da presste der birnenförmige Mann die wulstigen Lippen auf ihre und sog den Schrei in sich hinein. Seine blassen Augen blieben auf sie gerichtet. Sie spürte seine Zunge vorwärts schnellen, und die Zunge war rund und schwarz und ölig, und dann drang sie tief in ihr Innerstes, berührte, schmeckte, ertastete alle ihre Sachen. Sie ertrank in einem Meer weichen, klammen Fleisches.

Sie erwachte, als die Tür ins Schloss fiel. Es war nur das leise Klicken eines vorgeschobenen Riegels, aber es reichte aus. Sie schlug die Augen auf und setzte sich hoch. Jede Bewegung kam einer Qual gleich. Sie fühlte sich bleischwer und unendlich müde. Draußen lachten sie. Die lachten über sie. Es klang leise und wie aus weiter Ferne, dieses Gelächter, aber sie wusste, es galt ihr.

Sie hatte die Hand auf dem Oberschenkel liegen. Sie betrachtete sie blinzelnd. Sie bewegte die Finger, die sich wie fünf dicke Maden wanden. Sie hatte etwas Weiches, Gelbes unter den Nägeln und gelbliche Flecken auf den Fingerkuppen.

Sie machte die Augen zu und strich mit den Händen über ihren Körper, die ausladenden Kurven, die seltsamen, dicken Wülste und Täler. Sie drückte, und ihr Fleisch gab immer weiter und weiter nach. Sie erhob sich mühselig. Da lagen ihre Kleidungsstücke auf dem Boden verteilt. Nacheinander zog sie sie an, danach ging sie durch das Zimmer. Die Aktentasche stand neben der Tür, sie hob sie auf und klemmte sie sich unter den Arm, möglicherweise brauchte sie etwas daraus, ja, es wäre gut, die Aktentasche mitzunehmen. Sie stieß die Tür auf und ging in die warme Nacht hinaus. Über sich hörte sie Stimmen. »... die ganze Zeit recht gehabt«, sagte eine Frau. »Unglaublich, dass ich so albern war. In Wahrheit ist er überhaupt nicht bedrohlich, nur bemitleidenswert. Donald, ich weiß gar nicht, wie ich dir danken soll.«

Sie kam unter dem Treppenabsatz hervor und blieb stehen. Die Füße taten ihr so weh. Sie verlagerte das Gewicht von einem auf den anderen und wieder zurück. Sie waren verstummt und sahen sie an, Angela und Donald und eine schlanke, hübsche Frau in Jeans und Flanellhemd. »Komm zurück«, sagte sie mit einer piepsigen Fistelstimme. »Gib sie mir wieder. Du hast sie genommen, du hast meine Sachen genommen. Du musst sie mir wiedergeben.«

Das Lachen der Frau klang wie klirrende Eiswürfel in einem Glas Cola.

»Ich finde, Sie haben Jessie genug belästigt«, sagte Donald.

»Sie hat meine Sachen«, sagte sie. »Bitte.«

»Ich habe sie rauskommen sehen, und sie hatte nichts von Ihnen bei sich«, sagte Donald.

»Sie hat alle meine Sachen genommen«, sagte sie.

Donald runzelte die Stirn. Die Frau mit dem sandfarbenen Haar und den grünen Augen lachte erneut und legte ihm eine Hand auf den Arm. »Mach nicht so ein ernstes Gesicht, Don. Der ist nicht ganz dicht.«

Alle waren gegen sie, das sah sie ihren Gesichtern an. Sie drückte die Aktentasche an die Brust. Die hatten ihre Sachen genommen, er wusste nicht mehr genau, was alles, aber die Tasche würden sie nicht bekommen, da hatte er Sachen drin, die sie nichts angingen. Sie wandte sich von ihnen ab. Er hatte Hunger, wurde ihr klar. Sie wollte etwas essen. Ihr fiel ein, dass er noch eine halbe Tüte Käseflips übrig hatte. Unten. Unten unter dem Treppenabsatz.

Als sie nach unten ging, hörte der birnenförmige Mann, wie sie über sie sprachen. Er öffnete seine Tür und trat endgültig ein. Das Zimmer roch so heimelig. Er setzte sich, legte die Aktentasche auf die Knie und machte sich über das Essen her. Er stopfte sich die Käseflips händeweise in den Mund und spülte sie mit Schlucken aus einem Glas warmer Cola runter; die Flasche hatte er heute Morgen erst geöffnet, vielleicht auch gestern. Es schmeckte gut. Niemand hatte eine Vorstellung, wie gut das schmeckte. Die lachten über ihn, dabei hatten sie keine Ahnung, die wussten nichts von den schönen Sachen, die er besaß. Niemand wusste etwas. Niemand. Und eines Tages würde er eine andere sehen, eine, der er seine Sachen geben könnte, eine, die ihm im Gegenzug ihre Sachen gab. Ja. Das gefiel ihm. Wenn er sie sah, würde er es wissen.

Er würde wissen, was er zu sagen hatte.

EINE KOSTPROBE VON TUF

Meine Karriere ist mit Serienleichen gepflastert.

Ich startete meine »Star Ring«-Serie mit »Die zweite Stufe der Einsamkeit« und »Auch nicht des Sternenrings vielfarbenes Feuer«, verlor dann das Interesse und schrieb niemals eine dritte Geschichte.

»A Peripheral Affair« sollte von den weiteren Abenteuern des Sternenschiffs *Mjolnir* und dem *Good Ship Lollipop* gefolgt werden. Keine erschien jemals, aus dem einfachen Grund, weil sie nie geschrieben wurden.

Meine »Corpse«-Serie brachte es auf drei Geschichten: Mit »Niemand verlässt Neu-Pittsburgh« fing es an, »Überlagerung« folgte, und »Der Fleischhausmann« brachte es … na ja, brachte es zu Ende, ohne es zu Ende zu bringen. Eine vierte Geschichte existiert als vierseitiges Fragment, und in meinen Notizen finden sich Ideen für ein weiteres Dutzend Storys. Früher hatte ich vor, sie alle zu schreiben, in Magazinen zu veröffentlichen und dann in einem Buch zusammenzufassen, das ich *Songs the Dead Men Sing* nennen wollte. Aber diese vierte Geschichte wurde niemals vollendet und die anderen nie begonnen. Als ich schließlich den Titel *Songs the Dead Men Sing* für eine Sammlung (die Dark Harvest 1983 herausbrachte) benutzte, war von den Leichen nur noch »Der Fleischhausmann« dabei.

Mit der Windhaven-Serie machte ich es etwas besser, vielleicht weil ich dort mit Lisa Tuttle zusammenarbeitete und daher jemand zur Stelle war, der mir einen sanften Tritt verpasste, wenn meine kreative Energie nachließ (Lisa fügte ihre eigene, aufkeimende Energie hinzu). Wir begannen eine Kurzgeschichte zu schreiben, die zur Novelle »Sturm über Windhaven« anwuchs (ein Hugo- und Nebula-Loser), die *Analog*-Herausgeber Ben Bova prompt ankaufte. Mit »Einflügler« und »Der Sturz« folgten zwei weitere Novellen. Nachdem Lisa und ich die drei Geschichten um einen Prolog und einen Epilog erweitert hatten, veröffentlichten wir *Windhaven*, ein klassisches Beispiel für einen Episodenroman, der aus zuvor erschienenen Kurzgeschichten oder Novellen entsteht.

Windhaven war jedoch nicht als das Ende von Windhaven gedacht. Lisa und ich planten die Geschichte in zwei weiteren Büchern und über zwei weitere Generationen zu verfolgen, um zu zeigen, wie die Veränderungen, die Maris in »Sturm über Windhaven« ausgelöst hatte, diese Welt nachhaltig formten. Das zweite Buch sollte den Titel »Painted Wings« bekommen, und die Hauptfigur sollte das kleine Mädchen nun als Erwachsene zeigen, das wir bereits in »Der Sturz« einführten.

Wir schrieben die Fortsetzung nie. Wir *redeten* jahrelang darüber, aber es passte zeitlich einfach nicht. Lisa kämpfte mit den Geburtswehen eines Romans. Als sie dann Zeit hatte, war ich weit weg in Hollywood, arbeitete an »Wild Cards« oder einem eigenen Roman. Wir waren sogar dann Tausende Meilen voneinander entfernt, als wir uns am nächsten waren. Dann zog ich in den Westen (nach Santa Fé und Los Angeles) und sie in den Osten (nach England und Schottland), und wir sahen uns immer seltener. Zudem wurden unsere Sprache, der Stil und die Methoden, die Welt zu sehen, immer ungleicher, je älter wir wurden, was die Zusammenarbeit immer schwieriger machte. Ich denke, dass literarische Kollaborationen etwas für junge Autoren sind … oder für alte, zynische, die ihre Namen vergolden wollen. Also hoben unsere »Painted Wings« nie ab.

Meine anderen Serien sollten sich alle als noch kürzer erweisen, wie ich hier und da in diesen Kommentaren bereits erwähnt habe. Es gab die »Steel Angel«-Serie (eine Geschichte). Die »Sharra«-Serie (eine Geschichte). Die »Alys-die-Graue«-Serie (eine Geschichte). Die »Wo-&-Shade«-Serie (eine Geschichte). Die »In der Haut des Wolfes«-Serie (eine Geschichte). Es sind genug, um den Verdacht eines hoffnungslosen Falls von *creatus interruptus* zu erwecken.

Aber dann kam Tuf.

Haviland Tuf, ein ökologischer Ingenieur, der Herr der Arche und Held von *Planetenwanderer*, einer Sammlung von Kurzgeschichten oder einem Episodenroman, je nachdem, ob man Kritiker oder Verleger ist. Es war Tuf, der mein Serienschreckgespenst ein für alle Mal vertrieb und die Tore für *Wild Cards* und *Das Lied von Eis und Feuer* öffnete.

Als Leser hatte ich meine ganz eigenen Lieblingsfiguren in Serien. In der Fantasy beeindruckten mich Moorcocks Elric und Howards Solomon Kane, und ich liebte Fritz Leibers schneidige Schlaumeier, Fafhrd und den Grauen Mausling. In der Science Fiction schätzte ich Retief, Dominic Flandry, Lije (Tom) Bailey und R. Daneel Olivaw. Aber meine Favoriten waren Jack Vances galaktischer Spürhund Magnus Ridolph und Poul Andersons dicker, durchtriebener Handelsprinz der Raumstraßen, Nicholas van Rijn.

Als Autor träumte ich immer noch davon, eine populäre, langlebige Serie zu etablieren. Ich hatte eine Idee, von der ich sicher war, dass sie eine Serie tragen würde. Man schrieb das Jahr 1975, und »Ökologie« war ein Schlagwort auf jedermanns Lippen. Eine Serie über eine Art Biogenetik-Ingenieur, der von Planet zu Planet zog und ökologische Probleme löste (und sie manchmal auch schuf), schien mir unendlich viele Handlungsmöglichkeiten zu bieten. Die Thematik würde mir erlauben, viel knackige Inhalte zu entwickeln … und das Beste von allem: Soweit ich wusste, hatte bisher noch niemand einen solchen Stoff angepackt.

Aber wer war dieser Bursche? Mein Konzept war hervorragend, aber um eine Serie zu etablieren, brauchte ich auch eine hervorragende Hauptfigur, jemanden, dem der Leser gern von Geschichte zu Geschichte folgte. Mit diesem Gedanken im Hinterkopf sah ich mir einige Figuren, die ich als Leser liebte, genauer an. Nicholas van Rijn, Conan, Sherlock Holmes, Mowgli, Travis McGee, Horatio Hornblower, Elric aus Melniboné, Batman, Northwest Smith, Flashman, Fafhrd und den Mausling, Retief, Susan Calvin und Magnus Ridolph. Eine wirklich bunte Truppe. Ich wollte herausfinden, ob sie gemeinsame Eigenschaften hatten.

Die hatten sie.

Zwei Dinge waren auffällig. Erstens hatten sie alle großartige Namen. Namen, die perfekt zu ihnen passten. Namen, an die man sich erinnerte. *Einmalige* Namen. So schnell werden Sie keinen zweiten Horatio Hornblower treffen. Melnibonés Telefonbuch weist garantiert keine vier Elrics auf. Northwest Smith war nicht gezwungen, seine mittleren Initialen zu benutzen, um sich von all den anderen Northwest Smiths abzuheben.

Zweitens war jeder von ihnen überlebensgroß. In diesem Haufen gibt es keine Durchschnittstypen. Keiner von ihnen würde im Hintergrund verschwinden. Viele von ihnen sind einsame Spitze in ihrem Fachgebiet, etwa in der Seekriegsführung (Hornblower), in klugen Schlussfolgerungen (Holmes), im Kampf Mann gegen Mann (Conan) oder gar in Feigheit und Wollust (Flashman). Die meisten von ihnen haben, gelinde gesagt, ausgeprägte Eigenarten. Sicherlich gibt es in der Literatur auch Platz für schwache, banale, realistische Charaktere, die scharfsinnig ausgearbeitet werden … aber nicht als Star in einer fortlaufenden Serie.

In Ordnung, dachte ich, *das kann ich auch!*

So wurde Haviland Tuf geboren. Kaufmann, Katzenliebhaber, Vegetarier, groß und kahl, Pilzwein trinkend und Gott spielend. Ein kleinlicher und formeller Typ, der seine spleenigen Eigenarten längst durch eine handfeste Exzentrizität ersetzt hatte. Es steckt etwas von Holmes und Ridolph in ihm, eine Prise von Nicholas van Rijn, ein wenig Hercule Poirot und eine ganze Menge Alfred Hitchcock … aber nicht viel von mir. Von all meinen Hauptfiguren ist Tuf diejenige, die mir am wenigsten gleicht (obwohl ich eine Katze hatte, die Dax hieß, aber sie war nicht telepathisch begabt).

Der Name? Nun gut, »Haviland« war ein Name, den ich auf Schautafeln während eines Schachturniers gelesen hatte, das ich leitete. Ich bin mir nicht ganz sicher, woher »Tuf« kam. Jedenfalls hatte ich, als ich die beiden Namen zusammenfügte, nie einen Zweifel, dass *er* genau so heißen musste.

Zurück in die Siebziger. Ich versuchte damals immer noch, meine Serien in dem größtmöglichen Markt unterzubringen. Ich wollte beweisen, dass ich an jeden verkaufen konnte, nicht nur immer an dieselben, wenigen Herausgeber. Zudem dachte ich mir, dass ich jedes Mal, wenn ich eine Geschichte in einem neuen Markt untergebracht hätte, neue Leser erreichen würde, die dann vielleicht auch woanders nach meinen Sachen suchten.

Im Sinne dieser Theorie verkaufte ich die erste Haviland-Tuf-Geschichte an eine britische Hardcover-Anthologie namens

Andromeda, die von Peter Weston herausgegeben wurde. Vielleicht hat »Eine Bestie für Norn« mir tatsächlich Legionen neuer britischer Leser eingebracht. Das konnte ich nicht sicher sagen, aber unglücklicherweise fanden nur sehr wenige meiner alten amerikanischen Leser die Geschichte, bis sie drei Jahre später bei St. Martins in der amerikanischen Ausgabe von *Andromeda* erschien. In dieser Zeit hatte ich bereits die zweite Tuf-Geschichte veröffentlicht: »Nennt ihn Moses«. Die habe ich an Ben Bova verkauft. Danach wurde Tuf ein vertrauter Gast auf den Seiten von *Analog*. Ben und sein Nachfolger Stanley Schmidt durften den ersten Blick auf jede neue Tuf-Geschichte werfen, und sie kauften sie alle.

Nicht dass es zu viele gewesen wären. Tuf machte Spaß, aber er war nicht das einzige Ass im Ärmel. In den späten Siebzigern lehrte ich noch am Clarke College, sodass meine Schreibzeit beschränkt war, und es gab schließlich noch andere Geschichten, die ich erzählen wollte. Nachdem ich Ende 1979 nach Santa Fé gezogen war, um mich dort als Berufsschriftsteller durchzuschlagen, wandte ich meine Aufmerksamkeit Romanen zu. *Fiebertraum* beanspruchte den größten Teil meiner schreiberischen Zeit im Jahr 1981, *Armageddon Rock* 1982 und *Black and White and Red All Over* 1984 (wir sprechen lieber nicht über 1983, mein verlorenes Jahr). Die Tuf-Serie wäre wohl nach drei oder vier Geschichten versandet, wenn nicht Betsy Mitchell gewesen wäre.

Betsy war die Assistentin von Herausgeber Stan Schmidt bei *Analog*, aber 1984 verließ sie das Magazin, um Herausgeberin bei Baen Books zu werden. Kurz nachdem sie zu Baen gegangen war, rief sie mich an und fragte, ob ich jemals erwogen hätte, eine Sammlung von Haviland Tufs Abenteuern zu bringen. Das hatte ich natürlich … aber es war für die fernere Zukunft geplant, wenn ich genug Tuf-Geschichten beisammenhätte, um ein Buch daraus zu machen.

1984 hatte ich bestenfalls ein halbes. Aber Betsys Bitte war keine, die ich ablehnen konnte. Meine Karriere war gerade ins Schlingern geraten. Meine Leser hatten *Armageddon Rock* scharenweise ignoriert. Das Ergebnis war, dass kein Herausgeber sich an *Black and White and Red All Over* traute. Also war dies eine Chance, um wieder ins Spiel zurückzufinden. Ich könnte einige weitere Geschichten schreiben, die Rechte zuerst an Stan Schmidt und *Analog* verkaufen und sie dann alle zusammen an Betsy geben und genug Geld verdienen, um meine nächste Hypothekenrate bezahlen zu können.

Also schrieb ich »Der Seuchenstern«, eine Geschichte darüber, wie Tuf der Herr der Arche wurde, gefolgt vom S´uthlam Triptychon, das dem Buch ein Rückgrat gab. Baen brachte *Der Planetenwanderer* im Februar 1986 als Roman heraus. Mein fünfter Roman, wie einige meinen … obwohl ich *Tuf Voyaging* immer als Story Collection gesehen habe. (In meiner Vorstellung wird *Black and White and Red All Over* für immer mein fünfter Roman bleiben, abgebrochen und unvollendet, wie er ist.)

Keine Zusammenstellung aus meiner bunten Karriere könnte ohne eine Kostprobe von Tuf vollständig sein, daher habe ich zwei Geschichten hier beigefügt. Die anderen kann man im *Planetenwanderer* finden, für diejenigen, die mehr wollen.

»Eine Bestie für Norn« war die früheste Tuf-Geschichte, 1975 geschrieben und 1976 veröffentlicht. Als es 1985 Zeit für mich wurde, *Tuf Voyaging* für Betsy zusammenzustellen, war ein Jahrzehnt vergangen, und Haviland Tuf hatte sich ein wenig verändert, er war sozusagen mehr in den Mittelpunkt gerückt. Der Tuf aus »Eine Bestie für Norn« war nicht mehr richtig angemessen, also entschied ich mich, die Geschichte zu überarbeiten, zu erweitern und den frühen Tuf mehr dem anzugleichen, zu dem er sich in den späteren Geschichten entwickelte. Daher erschien eine überarbeitete Version von »Eine Bestie für Norn« in *Tuf Voyaging*.

»Wächter« ist ein paar Jahre jünger. Diese Story wurde zum ersten Mal im Oktober 1981 in *Analog* veröffentlicht. In dieser Serie war sie die Lieblingsgeschichte der Leser, gewann die Abstimmung in *Locus* zur besten Novelle des Jahres und brachte es außerdem noch zu einer Hugo-Nominierung. In der Endabstimmung schaffte sie es auf den zweiten Platz und musste sich lediglich Roger Zelaznys wundervoller Novelle »Unicorn Variations« geschlagen geben. (Roger war ein enger Freund von mir, und ich schlug ihm scherzhaft die Idee zu »Unicorn Variations« während einer Fahrt zu einem Autorenessen in Albuquerque vor. Roger honorierte das, indem er seinen Helden Martin nannte … und dann auf die Bühne trat und mir meinen Hugo wegschnappte.)

Irgendwann sollte es dann auch noch ein zweites Tuf-Buch geben. *Tuf Voyaging* lief gut genug, sodass Betsy eine Fortsetzung vorschlug. Entweder sollte es noch eine Story Collection oder ein richtiger, langer Roman werden. Ich war einverstanden. Ich hatte die Ideen für ein weiteres Dutzend Tuf-Geschichten in meinen Unterlagen. Also wurde schnell ein Vertrag aufgesetzt und unterschrieben, das Buch wurde sogar schon in *Locus* beworben. Unser Arbeitstitel war *Twice as Tuf*. Andererseits, hätte ich weiter Romane geschrieben, ich hätte den Titel wahrscheinlich in *Tuf Landing* geändert.

Aber es kam alles ganz anders. Hollywood geriet dazwischen, und ich fand mich in Los Angeles wieder und verdiente dort in zwei Wochen so viel Geld, wie mir *Twice as Tuf* in einem Jahr eingebracht hätte. Ich brauchte das Geld zu dieser Zeit dringend, als Folge des katastrophalen Verkaufs von *Armageddon*

Rock und des nicht erfolgten Verkaufs von *Black and White and Red All Over*.

Als die Deadline kam und ging, ohne dass es ein Buch gab, schlug ich Betsy vor, einen Mitarbeiter zu engagieren, der die Geschichten anhand meiner Skizzen schreiben könnte. Ich nehme Verträge sehr ernst, und ich wollte meinen mit Baen wenn möglich erfüllen … aber einen Co-Autor zu engagieren war keine wirklich gute Idee. Betsy Mitchell sah das genauso und redete es mir aus. Dafür bin ich ihr noch heute dankbar. Sie hatte recht. Tuf-Geschichten von jemand anderem wären nicht dasselbe. Ich hätte gegenüber Baen Books, meinen Lesern und auch mir selbst gegenüber gemogelt. Ich beendete die Umsetzung des *Twice as Tuf*-Vertrags dadurch, dass ich Baen Books das Recht zum Nachdruck älterer Bücher von mir gab. Daher waren am Ende alle bis auf die Tuf-Fans einigermaßen glücklich.

Von denen gibt es bis heute tatsächlich einige. Seit über einem Jahrzehnt bekomme ich jedes Jahr Briefe, in denen ich bedrängt werde, mit dem Schreiben von *Wild Cards*, den Fernsehsendungen und den dicken, fetten Fantasy-Romanen aufzuhören und stattdessen neue Haviland-Tuf-Geschichten zu verfassen.

Dazu kann ich nur sagen: »Eines Tages vielleicht, möglicherweise dann, wenn ihr es am wenigsten erwartet …«

Eine Bestie für Norn

Haviland Tuf saß allein in der dunkelsten Ecke einer Bierkneipe auf Tamber und trank, als der Dünne ihn fand. Seine Ellbogen ruhten auf dem Tisch, und sein kahler Kopf berührte fast den niedrigen hölzernen Balken über ihm. Vier leere Krüge standen vor ihm, ihre Innenseiten waren mit Schaumringen verziert, während er einen fünften, halb vollen, in den riesigen weißen Händen hielt.

Falls Tuf die neugierigen Blicke bemerkt hatte, die ihm die anderen Gäste von Zeit zu Zeit zuwarfen, ließ er sich nichts anmerken; mit ausdruckslosem Gesicht schlürfte er methodisch sein Bier. Er bot einen einzigartig einsamen Anblick, wie er so in seiner Nische sein Bier trank.

Obwohl er nicht gänzlich allein war; Dax lag schlafend vor ihm auf dem Tisch, ein Ball aus dunklem Fell. Von Zeit zu Zeit setzte Tuf seinen Bierkrug ab und streichelte seinen stummen Gefährten träge. Dax verharrte bewegungslos in seiner bequemen Lage zwischen den leeren Krügen. Der Kater war im Vergleich zu anderen Katzen genauso groß, wie Tuf es im Vergleich zu anderen Menschen war.

Als der Dünne sich Tufs Nische näherte, blieb Tuf stumm. Er blickte nur auf, blinzelte und wartete darauf, dass der andere begann.

»Sie sind Haviland Tuf, der Tierhändler«, sagte der Dünne. Er war wirklich erschreckend dünn. Seine Kleidung, die ausschließlich aus schwarzem Leder und grauem Pelz bestand, hing lose an ihm herunter und beulte hier und dort aus. Er war offensichtlich ein Mann von gewisser Bedeutung, da er einen schmalen Messingreif über seinen Augenbrauen und unter einem Wust aus schwarzem Haar trug und seine Finger mit einer Vielzahl von Ringen verziert waren.

Tuf kraulte Dax hinter einem schwarzen Ohr. »Es genügt wohl nicht, dass unsere Einsamkeit gestört wird«, sagte er mit tiefer Bassstimme fast ohne Betonung zu dem Kater. »Es reicht nicht aus, dass unsere Trauer verletzt wird. Wir müssen außerdem Verleumdungen und Beleidigungen ertragen, wie mir scheint.« Er blickte zu dem dünnen Mann auf. »Sir«, sagte er, »ich bin in der Tat Haviland Tuf, und vielleicht wird erzählt, dass ich in gewissem Sinne mit Tieren handele. Allerdings betrachte ich mich selbst vielleicht gar nicht als Tierhändler. Vielleicht betrachte ich mich eher als Ökoingenieur.«

Der Dünne wedelte irritiert mit der Hand und nahm ungeladen in der Nische Tuf gegenüber Platz.

»Ich weiß, dass Sie ein altes ÖIK-Saatgutschiff besitzen. Doch das macht Sie noch lange nicht zu einem Ökoingenieur, Tuf. Die sind alle tot, und zwar schon seit Jahrhunderten. Aber wenn Sie lieber als Ökoingenieur bezeichnet werden wollen, schön und gut. Ich benötige Ihre Dienste. Ich will ein Monster von Ihnen kaufen, eine große, schreckliche Bestie.«

»Ah«, sagte Tuf wieder zu seinem Kater. »Er wünscht ein Monster zu kaufen, dieser Fremde, der sich ungeladen an meinen Tisch setzt.« Tuf blinzelte. »Ich bedaure Ihnen mitteilen zu müssen, dass Ihre Suche umsonst war. Monster gehören ins Reich der Mythologie, Sir, genau wie Geister, Werwölfe und kompetente Bürokraten. Außerdem bin ich im Moment nicht mit dem Handel von Tieren oder mit anderen Aspekten meines Berufes befasst. Im Moment genieße ich dieses exzellente tamberkinische Bier und trauere.«

»Sie trauern?«, fragte der Dünne. »Worum trauern Sie?« Er schien nicht gewillt zu sein, seinen Platz zu verlassen.

»Um eine Katze«, sagte Haviland Tuf. »Ihr Name war Sodom, und sie war lange Jahre meine Gefährtin, Sir. Sie ist kürzlich verstorben, auf einem Planeten namens Alyssar, zu dem ich unglücklicherweise gerufen wurde, und zwar durch die Hand eines bemerkenswert unangenehmen barbarischen Fürsten.« Er betrachtete den Messingstirnreif des Dünnen. »Sie sind doch nicht eventuell ebenfalls ein barbarischer Fürst, Sir?«

»Natürlich nicht.«

»Das ist Ihr gutes Glück«, sagte Tuf.

»Nun, das mit Ihrer Katze tut mir wirklich leid, Tuf. Ich weiß, was Sie fühlen, jaja, ich habe das selbst tausendmal durchgemacht.«

»Tausendmal«, wiederholte Tuf tonlos. »Sie sollten vielleicht in Betracht ziehen, etwas besser auf Ihre Haustiere zu achten.«

Der Dünne zuckte mit den Achseln. »Tiere sterben nun mal, wissen Sie. Da kann man nichts machen. Zähne und Krallen und all das, jaja, das ist ihr Schicksal. Ich musste mich daran gewöhnen, zuzusehen, wie meine Besten vor meinen Augen abgeschlachtet werden. Aber genau darüber will ich mit Ihnen reden, Tuf.«

»In der Tat?«, fragte Haviland Tuf.

»Mein Name ist Herold Norn. Ich bin der Senior-Bestiendompteur meines Hauses, eines der Zwölf Großen Häuser von Lyronica.«

»Lyronica«, bemerkte Tuf. »Der Name ist mir nicht gänzlich unvertraut. Ein kleiner, spärlich besiedelter Planet, wenn ich mich recht erinnere, mit einer gewissen unzivilisierten Neigung. Vielleicht erklärt das Ihre Missachtung zivilisierten Benehmens.«

»Unzivilisiert?«, fragte Norn. »Das ist tamberkinischer Quatsch, Tuf. Blöde Bauern. Lyronica ist das Juwel dieses Sektors. Sie haben schon von den Spielgruben gehört, nicht wahr?«

Haviland Tuf kraulte Dax wieder hinter dem Ohr, ein bestimmtes rhythmisches Kraulen, und der Kater streckte sich langsam, gähnte und sah den dünnen Mann mit großen, hellen, goldenen Augen an. Er schnurrte leise.

»Einige kleine Bröckchen an Informationen sind mir während meiner Reisen zu Ohren gekommen«, sagte Tuf. »Vielleicht wären Sie so freundlich, Herold Norn, die Angelegenheit etwas weiter auszuführen, damit Dax und ich Ihr Ansinnen besser beurteilen können.«

Herold Norn rieb die Hände aneinander und nickte. »Dax?«, fragte er. »Natürlich. Ein schönes Tier, obwohl ich persönlich nie ein Liebhaber von Tieren gewesen bin, die nicht kämpfen können. Wahre Schönheit liegt in der Kraft zu töten, sage ich immer.«

»Eine eigenwillige Einstellung«, bemerkte Tuf.

»Nein«, sagte Norn, »ganz und gar nicht. Ich hoffe doch, dass Sie durch Ihre Arbeit hier nicht von der tamberkinischen Zimperlichkeit angesteckt wurden.«

Tuf leerte still seinen Krug und winkte dann nach zwei weiteren. Der Barkeeper brachte sie unverzüglich.

»Ich danke Ihnen«, sagte Norn, als der Krug golden und schäumend vor ihm abgestellt wurde.

»Fahren Sie fort, Sir.«

»Ja. Nun, die Zwölf Großen Häuser von Lyronica wetteifern in den Spielgruben. Es begann ... ach, vor Jahrhunderten. Davor führten die Häuser Krieg gegeneinander. So ist es jetzt viel besser. Die Familienehre wird aufrechterhalten, Gewinne werden gemacht, und niemand wird verletzt. Sehen Sie, jedes Haus beherrscht große Gebiete, die weit über den Planeten verstreut sind, und da das Land sehr dünn besiedelt ist, gedeiht das tierische Leben. Die Herrscher der großen Häuser begannen vor vielen Jahren während einer Phase des Friedens mit den Tierkämpfen. Es war ein beliebter Zeitvertreib, tief in der Geschichte verwurzelt. Sie kennen vielleicht die altertümliche Mode der Hahnenkämpfe und das Volk der Alten Erde, das man Römer nannte und das in großen Arenen alle Arten von wilden Tieren aufeinander losließ.«

Norn machte eine Pause und trank etwas Bier, wartete auf eine Antwort, aber Tuf streichelte lediglich Dax und sagte gar nichts.

»Egal«, fuhr der dünne Lyronicaner schließlich fort und wischte sich mit dem Handrücken den Schaum vom Mund. »So hat dieser Sport begonnen, verstehen Sie? Jedes Haus hat sein bestimmtes Stück Land, seine eigenen Tiere. Das Haus von Varcour zum Beispiel siedelt im heißen, sumpfigen Süden und zieht es vor, riesige Echsenlöwen in die Spielgruben zu schicken. Feridian, ein Bergreich, hat eine Art Felsenaffen gezüchtet und zur Meisterschaft gebracht, die wir natürlich Feridianer nennen. Mein eigenes Haus, Norn, steht auf den Grasebenen des großen nördlichen Kontinents. Wir haben schon hundert verschiedene Bestien zum Wettkampf in die

Gruben geschickt, aber am berühmtesten sind wir für unsere Eisenzähne.«

»Eisenzähne«, sagte Tuf. »Der Name spricht für sich.«

Norn lächelte verschlagen. »Ja«, sagte er stolz. »Als Senior-Bestiendompteur habe ich Tausende von ihnen trainiert. Oh, was sind das für schöne Tiere! So groß, wie Sie es sind, ihr Fell von wunderbarstem Blauschwarz, wild und unnachgiebig.«

»Darf ich vermuten, dass Ihre Eisenzähne von den Hundeartigen abstammen?«

»Aber von was für Hunden!«, erwiderte Norn.

»Und dennoch verlangen Sie von mir ein Monster.«

Norn trank noch etwas von seinem Bier. »Sicher, sicher. Menschen von einem Dutzend nahe gelegener Planeten reisen nach Lyronica, um die Tierkämpfe in den Spielgruben zu sehen und auf das Ergebnis zu wetten. Besonders zahlreich besuchen sie die Bronzene Arena, die seit sechshundert Jahren in der Stadt Aller Häuser steht. Dort werden die größten Kämpfe ausgetragen. Der Wohlstand unserer Häuser und unseres Planeten hängt inzwischen davon ab. Ohne das wäre das reiche Lyronica so arm wie die Bauern auf Tamber.«

»Ja«, sagte Tuf.

»Aber verstehen Sie, dieser Reichtum, er geht an die Häuser nach ihrem Ansehen, nach ihren Siegen. Das Haus von Arneth ist das größte und mächtigste geworden, weil auf seinen unterschiedlichen Ländereien so viele tödliche Bestien gedeihen; die anderen rangieren gemäß ihren Siegen in der Bronzenen Arena dahinter.«

Tuf blinzelte. »Das Haus von Norn steht an letzter und unbedeutendster Stelle der Zwölf Großen Häuser von Lyronica«, sagte er, und Dax schnurrte lauter.

»Sie wissen es?«

»Sir. Das war doch nur zu offensichtlich. Jetzt habe ich folgenden Einwand. Könnte es nach den Regeln Ihrer Bronzenen Arena nicht als unethisch erachtet werden, eine Spezies zu erwerben und einzusetzen, die nicht auf Ihrem sagenhaften Planeten zu Hause ist?«

»Es gibt Präzedenzfälle. Vor ungefähr siebzig Jahren kam ein Spieler von der Alten Erde mit einem Wesen namens Timberwolf, das er selbst trainiert hatte. Das Haus von Colin unterstützte ihn in einem Anfall von Wahnsinn. Seine arme Bestie wurde gegen einen Eisenzahn von Norn aufgestellt und hatte keine Chance. Es gibt auch noch andere derartige Fälle.

In den letzten Jahren haben sich unsere Eisenzähne unglücklicherweise nicht sehr gut vermehrt. Die wild lebenden Exemplare in den Grasebenen sind fast ausgestorben, und die paar verbliebenen sind schnell und schwer zu fassen, sodass es für unsere Leute schwierig wurde, sie zu fangen. Die Nachkommen in den Zuchtställen sind verweichlicht, trotz aller Bemühungen meinerseits und der Bestiendompteure vor mir. Norn hat zuletzt nur wenige Kämpfe gewonnen, und ich werde nicht mehr lange Senior-Bestiendompteur sein, wenn nicht irgendetwas unternommen wird. Wir verarmen. Als ich hörte, dass Ihre *Arche* nach Tamber gekommen ist, beschloss ich, Sie aufzusuchen. Ich werde mit Ihrer Hilfe eine neue Ära des Ruhmes für Norn begründen.«

Haviland Tuf saß sehr still da. »Ich kann das Dilemma nachvollziehen, in dem Sie sich befinden. Trotzdem muss ich Sie davon in Kenntnis setzen, dass ich mich für gewöhnlich nicht damit beschäftige, Monster zu verkaufen. Die *Arche* ist ein uraltes Saatgutschiff, vor Tausenden von Jahren von den Erdimperialen erschaffen, um die Hrangan mittels Biowaffen zu dezimieren. Ich kann ein veritables Füllhorn von Krankheiten und Seuchen freisetzen, und in meiner Zellbibliothek ist Klonmaterial für eine ungeahnte Anzahl von Arten von mehr als tausend Planeten gespeichert, aber wahrhafte Monster von der Art, die Sie, wie ich schließen darf, benötigen, gibt es nur in einer etwas geringeren Auswahl.«

Herold Norn sah niedergeschlagen aus. »Sie haben also nichts?«

»Das waren nicht meine Worte«, sagte Haviland Tuf. »Die Männer und Frauen des vergangenen Ökologischen Ingenieurskorps haben tatsächlich hin und wieder von Spezies Gebrauch gemacht, die die schlecht Informierten oder Abergläubischen als monströs bezeichnen könnten, sowohl aus psychologischen als auch ökologischen Gründen. Ich habe in der Tat ein paar derartige Tiere im Bestand – eine geringe Anzahl, vielleicht ein paar Tausend, sicher nicht mehr als zehntausend. Um eine genauere Aussage treffen zu können, müsste ich zunächst meine Computer konsultieren.«

»Ein paar Tausend Monster!« Norn war aufgeregt. »Das ist eine mehr als ausreichende Auswahl! Zweifellos können wir darunter eine Bestie für Norn finden!«

»Vielleicht«, sagte Tuf. »Oder vielleicht auch nicht. Beides ist möglich.« Er betrachtete Norn, sein langes Gesicht war kühl und leidenschaftslos. »Diese Angelegenheit auf Lyronica hat mein Interesse ein wenig geweckt, und da ich im Moment ohne berufliches Engagement bin, nachdem ich den Tamberkin einen Vogel verschafft habe, um ihre Wurzelwurmplage in den Griff zu bekommen, bin ich geneigt, Ihren Planeten und Ihre Bitte einer näheren Betrachtung zu unterziehen. Kehren Sie zurück nach Norn, Sir. Ich werde die *Arche* nach Lyronica bringen und Ihre Spielgruben besuchen, und wir werden entscheiden, was dann geschehen soll.«

Norn lächelte. »Ausgezeichnet«, sagte er. »Diese Runde Bier geht auf mich.«

Dax schnurrte so laut wie ein landendes Shuttle.

Die Bronzene Arena stand mitten im Zentrum der Stadt Aller Häuser, an dem Punkt, an dem sich die Sektoren, die von den Zwölf Großen Häusern beherrscht werden, wie die Stücke einer großen Torte in der Mitte trafen. Jedes Viertel der wuchernden Steinstadt war von einer Mauer umgeben, über jedem wehte eine Flagge mit individuellen Farben, jedes hatte seine eigene Atmosphäre und seinen eigenen Stil, aber alle trafen sich in der Bronzenen Arena.

Die Arena war nicht vollständig aus Bronze, sondern hauptsächlich aus schwarzem Stein und poliertem Holz. Sie wölbte sich aufwärts, höher als alles bis auf ein paar in der Stadt verstreute Türme und Minarette, und wurde von einer glänzenden Bronzekuppel überdacht, die in den orangefarbenen Strahlen der untergehenden Sonne leuchtete. Aus Stein geschnittene oder aus Bronze und Schmiedeeisen geformte Wasserspeier blickten aus den vielen schmalen Fenstern. Die großen Türen in den schwarzen Steinwänden waren ebenfalls aus Metall hergestellt, und es gab zwölf von ihnen, jede führte in einen anderen Sektor der Stadt Aller Häuser. Die Farben und die Kupferstiche an jedem Tor kennzeichneten das jeweilige Haus.

Lyronicas Sonne zog faustgroß und feuerrot Schlieren über den westlichen Horizont, als Herold Norn Haviland Tuf zu den Spielen führte. Die Bediensteten hatten soeben Gasfackeln entzündet, metallene Obelisken, die wie Zähne in einem Ring um die Bronzene Arena standen, und das riesige uralte Gebäude war von flackernden Säulen blau-orangener Flammen umgeben. Inmitten der Menge aus Spielern folgte Tuf Herold Norn von den halb verwaisten Straßen der Norn-Slums eine Straße aus zerstoßenen Steinen hinunter, kam an zwölf bronzenen Eisenzähnen vorbei, die in zeitlosen Posen an beiden Seiten der Straße die Zähne fletschten und wütend fauchten, und ging dann durch das weite Norn-Tor. Die Türen bestanden aus kunstvoll verziertem Ebenholz und Messing. Die uniformierten Wachen, gekleidet in das gleiche schwarze Leder und graue Fell wie Herold Norn selbst, erkannten den Bestiendompteur und ließen sie passieren, andere wurden aufgehalten, um mit goldenen und eisernen Münzen zu bezahlen.

Die Arena war die größte Spielgrube von allen. Sie war tatsächlich eine Grube, der sandige Kampfboden tief unter das Bodenniveau abgesenkt und von vier Meter hohen Steinwänden umgeben. Dann begannen die Sitze, genau oberhalb der Wände, und umgaben die Arena in aufsteigenden Reihen, bis sie die Türen erreichten. Genügend Sitzplätze für dreißigtausend, prahlte Norn, obwohl Tuf bemerkte, dass jene, die hinten saßen, die schlechteste Sicht hatten, und andere Sitze von eisernen Säulen blockiert wurden. Wettbüros waren überall im Gebäude verteilt.

Herold Norn brachte Tuf zu den besten Plätzen in der Arena, genau vor der Norn-Sektion, wo sie nur eine steinerne Brüstung vor einem Vier-Meter-Sturz auf den Kampfboden bewahrte. Die Sitze waren nicht aus klapprigem Holz und Eisen wie die weiter hinten, sondern wahre Lederthrone, groß genug, um sogar Tufs riesige Masse ohne Probleme aufzunehmen, und dazu noch äußerst bequem. »Jeder Sitz ist mit dem Leder eines der Tiere bezogen, die da unten ehrenvoll gestorben sind«, erzählte Herold Norn Tuf, als sie sich setzten.

Unter ihnen zog eine Gruppe von Arbeitern in blauen Overalls den Kadaver eines dürren gefiederten Tieres zu einem der Ausgänge. »Ein Kampfvogel vom Haus der Wrai-Hügel«, erklärte Norn. »Der Wrai-Bestiendompteur hatte ihn gegen einen Echsenlöwen von Varcour in den Kampf geschickt. Nicht gerade die glücklichste Wahl.«

Haviland Tuf sagte nichts. Er saß steif und aufrecht da, bekleidet mit einem grauen Vinylmantel, der ihm bis zu den Knöcheln reichte, mit protzigen Schulterstücken und einer grünen Schirmkappe, verziert mit dem goldenen Theta der Ökoingenieure. Seine großen, bleichen Hände waren auf seinem gewölbten Bauch verschränkt, während Herold Norn einen unablässigen Gesprächsverlauf aufrechterhielt.

Als der Ansager der Arena sprach, dröhnte der Donner seiner verstärkten Stimme überall um sie herum. »Fünfter Kampf«, rief er. »Vom Haus von Norn ein männlicher Eisenzahn, zwei Jahre alt, 2,6 Quintals schwer, trainiert von Junior-Bestiendompteur Kers Norn. Erstmals in der Bronzenen Arena.« Genau unter ihnen knirschte Metall unangenehm auf Metall, und eine albtraumhafte Kreatur kam in die Grube gesprungen. Der Eisenzahn war ein zottiger Gigant mit tief liegenden roten Augen und einer Doppelreihe gebogener Zähne, von denen Speichel tropfte – ein überproportional großer Wolf gekreuzt mit einem Säbelzahntiger, die Beine so dick wie junge Bäume, seine Geschwindigkeit und tödliche Grazie kaum vom blauschwarzen Fell verborgen, das das Spiel seiner Muskeln umhüllte. Der Eisenzahn knurrte, und die Arena warf den Laut als Echo zurück; verstreute Jubelrufe erklangen um sie herum.

Herold Norn lächelte. »Kers ist ein Cousin von mir und einer unserer meistversprechenden Junioren. Er hat mir gesagt, dass seine Bestie uns stolz machen wird. Jaja, mir gefällt sein Anblick, Ihnen auch?«

»Da ich neu auf Lyronica und in Ihrer Bronzenen Arena bin, habe ich keine Vergleichsmöglichkeiten«, sagte Tuf leise.

Der Ansager sprach wieder. »Vom Haus von Arneth-im-vergoldeten-Wald ein Würgeaffe, sechs Jahre alt, 3,1 Quintal schwer, trainiert von Senior-Bestiendompteur Danel Leigh Arneth. Bereits dreimal in der Bronzenen Arena und dreimal siegreich.«

Auf der anderen Seite der Kampfgrube öffnete sich ein weiterer Eingang – der in Gold und Karmesinrot –, und die zweite Bestie kam auf zwei gedrungenen Beinen herausgepoltert und schaute sich um. Der Affe war klein, aber außerordentlich breit, mit dreieckigem Körper und einem kugelförmigen Kopf, die Augen lagen tief unter einer großen Stirnwulst. Seine Arme, muskulös und mit jeweils zwei Gelenken, bohrten sich in den Sand der Arena. Vom Kopf bis zu den Zehenspitzen war die Bestie haarlos bis auf zwei Flecken dunkelroter Haare unter den Armen; die Haut war von einem schmutzigen Weiß. Und sie stank. Noch am anderen Ende der Arena nahm Haviland Tuf den Moschusgeruch wahr.

»Er schwitzt«, erklärte Norn. »Danel Leigh hat ihn zur Raserei getrieben, bevor er ihn rausgeschickt hat. Seine Bestie hat den Vorteil der Erfahrung, und der Würgeaffe ist ein primitives Tier. Anders als sein Verwandter, der Berg-Feridianer, ist er von Natur aus ein Fleischfresser und braucht wenig Training. Aber Kers' Eisenzahn ist jünger. Der Kampf könnte interessant werden.« Der Norn-Bestiendompteur beugte sich vor, während Tuf ruhig und still dasaß.

Der Affe drehte sich herum, grollte tief aus der Kehle, und schon rannte der Eisenzahn knurrend auf ihn zu, ein schwarzblauer Schatten, der beim Rennen Sand aufspritzen ließ. Der Würgeaffe erwartete ihn, breitete die langen, dürren Arme aus, und Tuf nahm verschwommen wahr, wie der große nornische Killer mit einem enormen Satz den Boden verließ. Dann waren die beiden Tiere ineinander verschlungen, rollten als grausames Knäuel hin und her, und in der Arena erscholl eine Symphonie aus Schreien. »Die Kehle«, rief Norn. »Reiß ihm die Kehle raus! Reiß ihm die Kehle raus!«

Die beiden Tiere trennten sich so plötzlich, wie sie sich getroffen hatten. Der Eisenzahn drehte sich weg und bewegte sich nun in langsamen Kreisen, und Tuf sah, dass ein Vorderbein verdreht und gebrochen war. Er humpelte auf den drei verbliebenen Gliedmaßen weiter im Kreis. Der Würgeaffe bot ihm keine Angriffsfläche, sondern drehte sich beständig mit. Lange Risse hatten sich über der breiten Brust des Affen geöffnet, wo die Reißzähne des Eisenzahns ihn getroffen hatten, aber die Bestie schien kaum geschwächt. Herold Norn murmelte leise vor sich hin.

Ungeduldig wegen der Pause stimmten die Zuschauer in der Bronzenen Arena einen rhythmischen Chor an, einen leisen, wortlosen Gesang, der lauter und lauter wurde, als sich immer mehr Stimmen dem Chor anschlossen. Tuf erkannte sofort, dass das Geräusch die Tiere beeinflusste. Sie knurrten und zischten, gaben primitive Kampfschreie von sich, und der Würgeaffe bewegte sich in einem makabren kleinen Tanz von einem Bein aufs andere, vor und zurück, während blutiger Speichel aus den aufgerissenen Kiefern des Eisenzahns rann.

Der Todeschor schwoll an und ab, wurde immer lauter, bis die Kuppel über ihnen vom Lärm vibrierte. Die Bestien wurden rasend. Plötzlich griff der Eisenzahn wieder an, und der Affe streckte die langen Arme aus, um seinem wilden Vorstoß zu begegnen. Die Wucht des Aufpralls stieß den Würger nach hinten, aber Tuf sah, dass die Zähne des Eisenzahns im Nichts zusammentrafen, während der Affe seine Hände um die schwarzblaue Kehle schloss. Der Hundeartige warf sich heftig hin und her, während sie sich im Sand rollten. Dann gab es ein scharfes, erschreckend lautes Knacken, und die Wolfskreatur war nicht mehr als ein Stück Fell mit grotesk zur Seite hängendem Kopf.

Die Zuschauer beendeten ihren klagenden Gesang und begannen zu applaudieren und zu pfeifen. Schließlich öffnete sich das goldene und karmesinrote Tor erneut, und der Würgeaffe kehrte dahin zurück, woher er gekommen war. Vier Männer in nornischem Schwarz und Grau kamen heraus, um die Leiche des Eisenzahns hinauszutragen.

Herold Norn war missgelaunt. »Ein weiterer Verlust. Ich muss mit Kers sprechen. Seine Bestie hat die Kehle nicht gefunden.«

»Was wird aus dem Kadaver?«, fragte Tuf.

»Wird gehäutet und zerteilt«, murmelte Norn. »Das Haus von Arneth wird den Pelz nutzen, um einen Sitz in seiner Sektion der Arena zu polstern. Das Fleisch wird an die Bettler verteilt, die draußen vor der goldenen und karmesinroten Tür zetern. Die Großen Häuser sind alle äußerst großzügig.«

»In der Tat«, sagte Haviland Tuf. Er erhob sich von seinem Sitz und entfaltete sich langsam und würdevoll. »Ich habe Ihre Bronzene Arena gesehen.«

»Sie gehen schon?«, fragte Norn besorgt. »Doch sicher nicht so bald! Es gibt noch fünf weitere Kämpfe. Als Nächstes kämpft ein gigantischer Feridianer gegen einen Wasserskorpion von der Insel Amar!«

»Mein Wunsch war es lediglich, in Erfahrung zu bringen, ob alles, was ich über Lyronicas weit gerühmte Bronzene Arena gehört habe, der Wahrheit entspricht. Ich habe gesehen, dass es so ist. Daher gibt es keinen Grund für mich, länger zu verweilen. Man muss nicht die ganze Flasche Pilzwein austrinken, um sich zu vergewissern, ob der Jahrgang einen guten Geschmack hat.«

Herold Norn erhob sich. »Also gut«, sagte er, »dann kommen Sie mit mir zum Haus Norn. Ich kann Ihnen die Ställe und die Trainingsgruben zeigen. Wir werden Sie bewirten, wie Sie noch nie bewirtet wurden!«

»Das wird nicht nötig sein«, sagte Haviland Tuf. »Nachdem ich Ihre Bronzene Arena gesehen habe, werde ich auf die Kraft meiner Vorstellungen und Schlussfolgerungen vertrauen, um mir ein Bild von Ihren Ställen und Trainingsgruben zu machen. Ich werde unverzüglich in die *Arche* zurückkehren.«

Norn legte besorgt eine Hand auf Tufs Arm, um ihn zurückzuhalten. »Werden Sie uns also ein Monster verkaufen? Sie haben ja nun unsere Not gesehen.«

Tuf wich dem Griff des Bestiendompteurs mit einer Gewandtheit aus, die seine Größe und sein Gewicht Lügen strafte. »Sir. Halten Sie sich zurück. Ich mag es nicht, grob festgehalten und angefasst zu werden.« Als Norns Hand sich gesenkt hatte, blickte Tuf ihm von oben in die Augen. »Ich hege keinen Zweifel, dass es ein Problem auf Lyronica gibt. Vielleicht würde ein praktischerer Mensch als ich entscheiden, dass es ihn nichts angeht, aber da ich im Herzen ein selbstloser Mensch bin, kann ich es nicht mit mir vereinbaren, Sie so zurückzulassen, wie ich Sie vorgefunden habe. Ich werde Ihre Situation überdenken und mich mit geeigneten korrektiven Mitteln befassen. Sie dürfen mich in drei Tagen in der *Arche* kontaktieren. Vielleicht werde ich dann ein oder zwei Ideen haben, über die wir uns austauschen können.«

Dann drehte sich Haviland Tuf ohne weiteres Aufhebens um und kehrte von der Bronzenen Arena zurück zum Raumhafen der Stadt Aller Häuser, wo sein Shuttle *Basilisk* auf ihn wartete.

Herold Norn war offensichtlich nicht auf die *Arche* vorbereitet gewesen. Er trat aus seinem winzigen, zerbeulten, schwarzgrauen Shuttle auf die unglaubliche Weite des Landedecks und blieb mit offenem Mund stehen, reckte den Kopf in die eine oder andere Richtung, starrte in die höhlenartige Dunkelheit hinauf, zu den drohend aufragenden außerirdischen Raumschiffen, auf das Ding, das aussah wie ein metallener Drache, der in den entfernten Schatten lauerte. Als Haviland Tuf in einem offenen, dreirädrigen Wagen auf ihn zugerollt kam, um ihn zu empfangen, versuchte der Bestiendompteur gar nicht erst, seine Reaktion zu verbergen. »Ich hätte es wissen müssen«, wiederholte er immer und immer wieder. »Die Größe dieses Schiffs, die *Größe*. Aber natürlich hätte ich es wissen müssen.«

Haviland Tuf saß ungerührt da, hielt Dax auf einem Arm und streichelte den Kater langsam. »Manche könnten die *Arche* übertrieben groß finden, vielleicht sogar in ihrer Weite beängstigend, aber ich fühle mich hier wohl«, sagte er teilnahmslos. »Die uralten ÖIK-Saatgutschiffe hatten einst eine zweihundertköpfige Besatzung, und ich kann nur vermuten, dass sie, so wie auch ich, beengte Quartiere verabscheuten.«

Herold Norn setzte sich neben Tuf. »Aus wie vielen Köpfen besteht Ihre Crew?«, fragte er beiläufig, während Tuf den Wagen in Bewegung setzte.

»Aus einem oder fünf, je nachdem, ob man die katzenartigen Besatzungsmitglieder oder nur die humanoiden zählt.«

»Sie sind das *einzige* Besatzungsmitglied?«, fragte Norn.

Dax erhob sich in Tufs Schoß; sein langes schwarzes Fell war gesträubt. »Die Bewohner der *Arche* bestehen aus mir, Dax und drei weiteren Katzen mit den Namen Gomorrha, Feindseligkeit und Argwohn. Bitte lassen Sie sich durch ihre Namen nicht beunruhigen, Bestiendompteur Norn. Es sind gutmütige und harmlose Kreaturen.«

»Ein Mann und vier Katzen«, sagte Herold Norn nachdenklich. »Eine kleine Besatzung für ein großes Schiff, jaja.«

Dax fauchte. Tuf, der den Wagen mit einer großen, bleichen Hand steuerte, benutzte die andere, um sein Haustier zu streicheln und zu beruhigen. »Ich sollte vielleicht auch die Schläfer erwähnen, da Sie ein derart gesteigertes Interesse an den verschiedenen Lebensformen an Bord der *Arche* zu haben scheinen.«

»Die Schläfer?«, fragte Herold Norn. »Was ist das?«

»Verschiedene lebende Organismen, mikroskopisch klein bis monströs groß, vollständig geklont, aber komatös, in den Klontanks der *Arche* in andauernder Stasis gehalten. Obwohl ich eine gewisse Zuneigung für alle Arten von Tieren hege, habe ich es meinem Intellekt im Fall dieser Schläfer klugerweise erlaubt, über meine Emotionen zu herrschen, und daher keine Schritte unternommen, ihren langen, traumlosen Schlummer zu stören. Nachdem ich die Natur dieser besonderen Spezies untersucht hatte, beschloss ich vor langer Zeit, dass sie entschieden weniger angenehme Reisegefährten sein würden als meine Katzen. Ich muss zugeben, dass ich die Schläfer von Zeit zu Zeit als ausgesprochenes Ärgernis empfinde. In regelmäßigen Abständen muss ich einen lästigen Geheimbefehl in die Computer der *Arche* eingeben, damit ihr langer Schlaf fortgesetzt wird. Ich bin in großer, ständiger Sorge, dass ich diese Prozedur eines Tages aus welchem Grund auch immer vergessen könnte und mein Schiff von den verschiedensten fremdartigen Krankheiten und geifernden Karnivoren heimgesucht wird, was eine zeitraubende und ärgerliche Reinigung erforderlich macht und vielleicht sogar mir oder meinen Katzen Schaden zufügen könnte.«

Herold Norn starrte in Tufs ausdrucksloses Gesicht und betrachtete seinen großen, feindseligen Kater. »Ah«, sagte er. »Jaja. Klingt sehr gefährlich, Tuf. Vielleicht sollten Sie all diese Schläfer, äh, abtöten. Dann wäre es, äh, sicherer für Sie.«

Dax fauchte ihn wieder an.

»Eine interessante Vorstellung«, sagte Tuf. »Zweifelsohne waren die Unbeständigkeiten des Krieges dafür verantwortlich, den Männern und Frauen des Ökologischen Ingenieurskorps derart paranoide Verhaltensweisen einzuimpfen, dass sie sich dazu verpflichtet fühlten, diese furchtbaren biologischen Verteidigungsmittel zu programmieren. Da ich selbst von vertrauensseligerer und ehrlicherer Natur bin, habe ich oft darüber nachgedacht, die Schläfer zu beseitigen, aber die Wahrheit ist, dass ich es nicht über mich bringen kann, von meiner Seite aus eine historische Praxis abzuschaffen, die seit mehr als einem Jahrtausend Bestand hat. Daher erlaube ich den Schläfern, weiterhin zu schlafen, und tue mein Bestes, mich an die geheimen Befehle zu erinnern.«

Harold Norn runzelte die Stirn. »Jaja«, sagte er.

Dax saß wieder auf Tufs Schoß und schnurrte.

»Sind Sie zu irgendeinem Ergebnis gekommen?«, fragte Norn.

»Meine Bemühungen sind nicht gänzlich sinnlos gewesen«, sagte Tuf, während sie aus dem breiten Gang in die riesige Zentralröhre der *Arche* rollten. Herold Norn klappte den Mund wieder auf. Auf allen Seiten waren sie von einem endlosen Panorama aus Tanks in allen Größen und Formen umgeben, die sich im Dämmerlicht verloren. In einigen der mittelgroßen Tanks hingen dunkle Gestalten in durchsichtigen Beuteln und bewegten sich krampfartig. »Schläfer«, murmelte Norn.

»In der Tat«, sagte Haviland Tuf. Er starrte während des Fahrens stur geradeaus, Dax lag auf seinem Schoß zusammengerollt, und Norn schaute sich verwundert zu allen Seiten um.

Schließlich verließen sie den dunklen, widerhallenden Tunnel, fuhren durch einen engen Gang, stiegen aus dem Wagen und betraten einen großen, weißen Raum. Vier breite, gepolsterte Stühle beherrschten die vier Ecken der Kammer, mit Kontrolltafeln in den dicken, protzigen Armlehnen. Dazwischen war eine kreisrunde Platte aus blauem Metall in den Boden eingelassen. Haviland Tuf setzte Dax auf einen der Stühle, bevor er selbst auf einem zweiten Platz nahm. Norn sah sich um und nahm dann den Stuhl Tuf gegenüber.

»Ich muss Sie über verschiedene Dinge informieren«, begann Tuf.

»Jaja«, sagte Norn.

»Monster sind teuer«, sagte Tuf. »Ich würde Ihnen einhunderttausend Standards berechnen.«

»*Was!* Das ist unverschämt! Ich hatte Ihnen gesagt, dass Norn ein armes Haus ist.«

»So, so. Dann wird vielleicht ein reicheres Haus den geforderten Preis bezahlen. Das Ökologische Ingenieurskorps ist seit Jahrhunderten vergangen, Sir. Keins ihrer Schiffe ist funktionsfähig geblieben, bis auf die *Arche*. Ihr Wissen ist größtenteils vergessen. Die Techniken des Klonens und der Genmanipulation, wie sie sie praktizierten, gibt es jetzt nur noch auf dem fernen Prometheus und vielleicht auf der Alten Erde selbst, aber die Erde ist abgeschottet, und die Prometheaner hüten ihre biologischen Geheimnisse mit leidenschaftlicher Inbrunst.« Tuf schaute hinüber zu Dax. »Und trotzdem hält Herold Norn meinen Preis für zu hoch.«

»Fünfzigtausend Standards«, sagte Norn. »Und wir können selbst diesen Preis kaum bezahlen.«

Haviland Tuf schwieg.

»Also dann achtzigtausend Standards! Mehr kann ich nicht bieten. Das Haus Norn wird bankrottgehen! Man wird unsere bronzenen Eisenzähne abreißen und das Norn-Tor versiegeln!«

Haviland Tuf schwieg.

»Verflucht sollen Sie sein! Einhunderttausend Standards, jaja. Aber nur, wenn Ihre Monster unseren Ansprüchen genügen.«

»Sie werden die volle Summe bei Lieferung bezahlen.«

»Unmöglich!«

Tuf schwieg wieder.

Herold Norn versuchte es auszusitzen. Er blickte sich mit einstudierter Gleichgültigkeit um. Tuf starrte stur geradeaus. Er fuhr sich mit den Fingern durch das Haar. Tuf starrte stur geradeaus. Er wand sich auf seinem Stuhl. Tuf starrte stur geradeaus.

»Na gut«, sagte Norn frustriert.

»Und nun zu den Monstern selbst«, sagte Tuf. »Ich habe Ihre Bedürfnisse eingehend studiert und meine Computer konsultiert. In der Zellbibliothek der *Arche* gibt es Proben von Tausenden und Abertausenden Jägern von ungezählten Planeten, einschließlich fossiler Zellproben, in denen die genetischen Kodes von legendären Kreaturen enthalten sind, die auf ihren Heimatplaneten längst ausgestorben sind, und die es mir erlauben, diese Spezies zu replizieren. Daher ist die Auswahl groß. Um die Sache zu vereinfachen, habe ich zusätzlich zu der reinen Brutalität des betreffenden Tieres noch einige andere Kriterien berücksichtigt. So habe ich mich zum Beispiel auf sauerstoffatmende Spezies beschränkt und weiterhin auf solche, die sich in den klimatischen Bedingungen auf den windigen Prärien des Hauses Norn wohlfühlen könnten.«

»Ein exzellenter Aspekt«, sagte Herold Norn. »Wir haben von Zeit zu Zeit versucht, Echsenlöwen und Feridianer und andere Bestien der Zwölf Häuser zu züchten, jedoch mit wenig Erfolg. Das Klima, die Vegetation ...« Er machte eine wegwerfende Geste.

»Exakt«, sagte Haviland Tuf. »Ich sehe, Sie verstehen die zahlreichen und verschiedenartigen Schwierigkeiten, die meine Suche beinhaltete.«

»Jaja, aber kommen Sie zum Punkt. Was haben Sie gefunden? Was ist das für ein Hunderttausend-Standard-Monster?«

»Ich biete Ihnen eine Auswahl an«, sagte Tuf. »Aus ungefähr dreißig Spezies. Passen Sie auf!«

Er berührte einen leuchtenden Knopf an seiner Armlehne, und plötzlich kauerte eine Bestie auf der blaumetallenen Platte zwischen ihnen. Zwei Meter groß, mit gummiartiger, grauer und rosafarbener Haut und dünnem, weißem Haar; die Kreatur hatte eine niedrige Stirn und eine Schweineschnauze sowie einen Satz hässlicher, gekrümmter Hörner und schaufelartige Klauen an den Händen.

»Ich will Sie nicht mit der förmlichen Nomenklatur belästigen, da ich beobachtet habe, dass Formlosigkeit die Regel in der Bronzenen Arena ist«, sagte Haviland Tuf. »Dies ist das sogenannte Pirschende Schwein von Heydey, sowohl in den Wäldern als auch in den Ebenen beheimatet. Es frisst hauptsächlich Aas, ist aber auch dafür bekannt, frisches Fleisch zu schätzen, und es kämpft äußerst heftig, wenn es angegriffen wird. Außerdem wird glaubhaft berichtet, dass es recht intelligent sei, wenn auch unmöglich zu domestizieren. Das Pirschende Schwein vermehrt sich außerordentlich schnell. Die Kolonisten von Gulliver verließen ihr Heydey schließlich wegen dieses Tieres. Das war vor ungefähr zwölfhundert Jahren.«

Herold Norn kratzte sich zwischen dem dunklen Haar und dem Messingreif. »Nein. Es ist zu dünn, zu leicht. Schauen Sie sich den Hals an! Bedenken Sie, was ein Feridianer damit anstellen würde.« Er schüttelte heftig den Kopf. »Außerdem ist es *hässlich*. Und ich nehme Ihnen übel, dass Sie mir einen Aasfresser anbieten, ganz gleich, wie wild er ist. Das Haus Norn züchtet stolze Kämpfer, Bestien, die ihre Beute selbst erlegen!«

»In der Tat«, sagte Tuf. Er berührte den Knopf, und das Pirschende Schwein verschwand. An seiner Stelle erschien, groß genug, um die Platten zu berühren und dahinter zu verschwinden, ein solider Ball aus gepanzertem grauem Fleisch, so gestaltlos wie ein Kampfschild.

»Der unfruchtbare Heimatplanet dieses Wesens wurde nie mit einem Namen versehen oder gar besiedelt, obwohl eine Expeditionsgesellschaft von Alt-Poseidon ihn einst kartografierte und für sich beanspruchte und auch Zellproben nahm. Lebende Exemplare existierten zwar kurz, gediehen jedoch nicht. Die Bestie wurde gemeinhin Rollramme genannt. Erwachsene Exemplare wiegen ungefähr sechs Tonnen. Auf den Ebenen ihres Heimatplaneten erreichen die Rollrammen Geschwindigkeiten bis zu fünfzig Stundenkilometer und zermalmen ihre Beute unter sich. Die Bestie besteht im wörtlichen Sinne nur aus Maul. Denn jeder Teil der Haut kann Verdauungsenzyme produzieren; sie lässt sich einfach über ihrer Mahlzeit nieder, bis das Fleisch absorbiert wurde. Ich kann für die hirnlose Feindseligkeit dieser Spezies bürgen. Einst trieb sich eine Rollramme aufgrund einer ungewöhnlichen Kombination von Umständen, auf die wir hier nicht weiter eingehen müssen, frei auf einem Deck der *Arche* herum, wo sie einen wirklich beträchtlichen Schaden an Schotts und Instrumentarien anrichtete, bevor sie schließlich einen frühen und nutzlosen Tod starb. Darüber hinaus war sie in ihrer Aggressivität äußerst unerbittlich und versuchte, mich unter ihrer Masse zu begraben, wann immer ich in ihr Territorium eindrang, um ihr Nahrung zu bringen.«

Herold Norn, der halb hinter der aufragenden Holografie verschwunden war, schien beeindruckt zu sein. »Ah, ja. Besser, schon viel besser. Eine Furcht einflößende Kreatur. Vielleicht ... aber, nein.« Sein Tonfall veränderte sich plötzlich.

»Nein, nein, das ist es nicht. Eine Kreatur, die sechs Tonnen wiegt und so schnell rollt, könnte sich den Weg aus der Bronzenen Arena brechen und Hunderte unserer Gäste töten. Außerdem, wer würde gutes Geld dafür bezahlen, um zuzusehen, wie dieses *Ding* einen Echsenlöwen oder einen Würger zerquetscht? Nein, das ist kein Sport. Ihre Rollramme ist zu monströs, Tuf!«

Tuf berührte ungerührt wieder den Knopf. Die riesige graue Masse gab den Weg frei für eine schlanke, zähnefletschende Katze, so groß wie ein Eisenzahn, mit geschlitzten gelben Augen und kraftvollen Muskeln unter dem dunkelblauen Fell. Das Fell war gestreift; lange, dicke Linien aus rauchigem Silber liefen die glänzenden Flanken des Tieres hinunter.

»Ahhhhhhhh«, sagte Norn. »Wahrlich eine Schönheit, wahrlich.«

»Der Kobaltpanther von Celias Welt«, sagte Tuf. »Oft auch Kobalkatze genannt. Eine der größten und tödlichsten der großen Raubkatzen oder ihrer Entsprechungen. Diese Bestie ist wahrhaftig eine überdurchschnittliche Jägerin, ihre Sinne sind Wunder der Evolution. Sie kann nachts im Infrarotbereich sehen, und die Ohren – beachten Sie die Größe und Anordnung, Bestiendompteur –, die Ohren sind extrem geräuschempfindlich. Da sie zu den Katzenartigen gehört, hat die Kobalkatze psionische Fähigkeiten, aber in diesem Fall sind sie weit mehr entwickelt als gewöhnlich. Angst, Hunger und Blutdurst dienen als Auslöser, dann wird die Kobalkatze zum Gedankenleser.«

Norn blickte überrascht auf. »Was?«

»Telepathie, Sir. Ihnen ist dieses Konzept sicherlich bekannt. Die Kobalkatze ist äußerst tödlich, einfach weil sie weiß, welche Züge ihr Gegner machen wird. Bevor diese Züge gemacht sind. Verstehen Sie?«

»Ja.« Norns Stimme klang aufgeregt. Haviland Tuf schaute hinüber zu Dax, und der große Kater - der sich von der Parade der geruchslosen Phantome nicht im Geringsten hatte stören lassen - blinzelte und streckte sich faul. »Perfekt, perfekt! Nun, ich wage zu äußern, dass wir diese Bestie genauso trainieren können wie die Eisenzähne, nicht wahr? Und *Gedankenleser!* Perfekt. Sogar die Farben stimmen - dunkelblau, sehen Sie, und unsere Eisenzähne waren schwarzblau –, also werden diese Katzen am nornischsten sein, jaja!«

Tuf berührte seine Armlehne, und die Kobalkatze verschwand.

»In der Tat. Ich vermute daher, dass wir nicht weiter fortfahren müssen. Ich werde den Klonprozess sofort nach Ihrer Abreise einleiten. Die Lieferung wird in drei Standardwochen erfolgen, wenn es Ihnen genehm ist. Für die vereinbarte Summe werde ich drei Paare liefern - zwei Paar Jungtiere, die Sie in Ihren Prärien als Zuchtgrundlage aussetzen können, und ein voll ausgewachsenes Paar, das sofort in die Bronzene Arena geschickt werden kann.«

»So bald«, begann Norn. »Gut, aber ...«

»Ich verwende einen Chronowarp, Bestiendompteur. Er benötigt riesige Energiemengen, hat aber die Macht, den Lauf der Zeit selbst zu beschleunigen, und produziert in den Tanks eine Zeitverzerrung, die es mir ermöglicht, den Klonvorgang schneller zur Reife zu bringen. Es wäre vielleicht angebracht, darauf hinzuweisen, dass, obwohl ich Norn mit sechs Tieren versorge, nur drei verschiedene Individuen vertreten sein werden. Die *Arche* verfügt über drei Kobalkatzen-Zellen. Ich werde jedes Exemplar zweimal klonen, männlich und weiblich, und hoffe auf eine große genetische Vielfalt, wenn sie sich auf Lyronica fortpflanzen.«

»Schön. Was immer Sie sagen«, erwiderte Norn. »Ich werde die Schiffe für die Tiere schnellstmöglich hersenden. Dann werden wir Sie bezahlen.«

Dax gab ein leises, dünnes Jaulen von sich.

»Sir«, sagte Tuf. »Mir ist eine bessere Idee gekommen. Sie bezahlen mir den vollen Preis, bevor Ihnen auch nur ein Tier übergeben wird.«

»Aber Sie sagten bei Lieferung!«

»Zugegeben. Aber ich werde von impulsiven Launen getrieben, und mein Impuls sagt mir nun, dass es besser wäre, das Geld zuvor und nicht gleichzeitig entgegenzunehmen.«

»Oh, nun gut«, sagte Norn. »Obwohl Ihre Forderungen willkürlich und übertrieben sind. Mit diesen Kobalkatzen werden wir das Geld schon bald wieder reinholen.« Der Bestiendompteur stand von seinem Stuhl auf.

Haviland Tuf hob einen Finger. »Einen Augenblick noch. Sie haben mich nicht besonders gut über die Ökologie auf Lyronica informiert, auch nicht über die besonderen Bedingungen des Territoriums des Hauses Norn. Vielleicht gibt es Beutetiere. Ich muss Sie jedoch warnen, dass Ihre Kobalkatzen Jäger sind und daher ausreichend Beutetiere benötigen.«

»Jaja, natürlich.«

»Glücklicherweise bin ich in der Lage, Ihnen zu helfen. Für weitere fünftausend Standards könnte ich Ihnen einen Grundbestand an Celianischen Hüpfern klonen, schmackhaften pelztragenden Pflanzenfressern, die auf einem Dutzend verschiedener Planeten von Menschen mit karnivoren Neigungen wegen ihres saftigen Fleisches sehr geschätzt werden.«

Herold Norn runzelte die Stirn. »Bah. Sie sollten sie uns ohne Bezahlung überlassen. Sie haben schon genug Geld von uns erpresst, Tuf.«

Tuf erhob sich und zuckte schwerfällig mit den Achseln. »Der Mann rügt mich, Dax«, sagte er zu seiner Katze. »Was soll ich nur tun? Ich versuche nur, auf ehrliche Weise meinen Lebensunterhalt zu bestreiten, und überall nutzt man mich aus.« Er sah Norn an. »Mich überkommt ein weiterer Impuls. Irgendwie habe ich das Gefühl, dass Sie nicht einlenken werden, nicht einmal, wenn ich Ihnen einen exzellenten Nachlass anbiete. Daher werde ich aufgeben. Die Hüpfer gehören Ihnen ohne zusätzliche Bezahlung.«

»Gut. Exzellent.« Norn wandte sich der Tür zu. »Wir sollten sie zur gleichen Zeit wie die Kobalkatzen übernehmen und auf unseren Ländereien aussetzen.«

Haviland Tuf und Dax folgten ihm aus der Kammer, und zusammen fuhren sie schweigend zurück zu Norns Schiff.

Das Honorar wurde vom Haus Norn einen Tag bevor die Lieferung fällig war überwiesen. Am folgenden Nachmittag begaben sich ein Dutzend Männer in Schwarz und Grau zur *Arche* und trugen sechs betäubte Kobalkatzen aus Haviland Tufs Stasistanks zu den wartenden Käfigen in ihrem Shuttle. Tuf entbot ihnen ein flüchtiges Lebewohl und hörte nie wieder etwas von Herold Norn. Aber er hielt die *Arche* im Orbit um Lyronica.

Weniger als drei von Lyronicas kurzen Tagen vergingen, bevor Tuf beobachtete, dass sein Kunde eine Kobalkatze für eine Kampfrunde in der Bronzenen Arena angemeldet hatte.

Am besagten Abend legte Tuf eine Verkleidung an, die aus einem falschen Bart und einer schulterlangen Perücke aus rotem Haar bestand. Hinzu kam ein farbenprächtiger puffärmeliger Anzug in Kanariengelb, der durch einen Pelzturban vervollständigt wurde. Dann flog er mit einem Shuttle hinunter zur Stadt Aller Häuser, in der Hoffnung, der Aufmerksamkeit zu entgehen. Als der Wettkampf aufgerufen wurde, saß er im Hintergrund der Arena, die Schultern gegen eine raue Steinwand gelehnt, einen engen hölzernen Sitz unter sich, der versuchte, seinem Gewicht standzuhalten. Er hatte ein paar Eisenmünzen als Eintritt bezahlt, war aber vorsichtigerweise an den Wettbüros vorübergegangen.

»Dritter Kampf«, rief der Ansager, als gerade ein paar Arbeiter die zerschmetterten Fleischklumpen des Verlierers des zweiten Kampfes entfernten. »Vom Haus Varcour ein weiblicher Echsenlöwe, neun Monate alt, 1,4 Quintals schwer, trainiert von Junior-Bestiendompteur Amman y Varcour Otheni. Bereits einmal in der Bronzenen Arena gewesen, einmal siegreich.« Die Zuschauer in Tufs Nähe jubelten und wedelten voller Erwartung wild mit den Händen; er hatte sich dieses Mal dafür entschieden, durch das Varcour-Tor einzutreten, war eine grüne Betonstraße entlanggegangen und durch das aufgesperrte Maul einer monströsen goldenen Echse hereingekommen. Daher war er von varcourianischen Schlachtenbummlern umgeben. Weit unten glitt ein großes Tor mit grünen und goldenen Verzierungen auf. Tuf setzte sein gemietetes Opernglas an die Augen und sah, wie sich die Echsenlöwin vorantastete – drei Meter geschupptes, grünes Reptil mit einem peitschenartigen Schwanz dreimal so lang wie das Tier selbst und der langen Schnauze eines Alligators von der Alten Erde. Die Kiefer öffneten und schlossen sich geräuschlos und präsentierten eine stattliche Anzahl eindrucksvoller Zähne.

»Vom Haus Norn, von der Außenwelt zu Ihrer Unterhaltung importiert, eine weibliche Kobalkatze. Im Alter von ...« Der Sprecher hielt inne. »Im Alter von drei, äh, Jahren«, sagte er schließlich. »2,3 Quintals schwer, trainiert von Senior-Bestiendompteur Herold Norn. Erstmals in der Bronzenen Arena.« Die metallene Kuppel über ihnen hallte wider vom kakophonischen Jubel des Norn-Sektors. Herold Norn hatte die Bronzene Arena mit den Anhängern seines Hauses vollgepackt, gekleidet in Norns Farben und auf Schwarz und Grau wettend.

Die Kobalkatze kam langsam aus der Dunkelheit, mit vorsichtiger, fließender Grazie, und ihre großen, goldenen Augen glitten durch die Arena. Sie war in jedem Detail die Bestie, die Tuf versprochen hatte - ein Bündel tödlicher Muskeln und kalter Bewegungen, das dunkelblaue Fell marmoriert mit silbrigen Streifen. Ihr Grollen konnte man kaum hören, so weit war Tuf vom Schauplatz entfernt, aber er sah durch sein Fernglas, wie sich ihr Maul öffnete.

Der Echsenlöwe sah es auch und näherte sich tapsend. Seine kurzen, geschuppten Beine stießen in den Sand, während sein unmöglich langer Schwanz sich über ihm erhob wie der Stachel eines Skorpions. Als die Kobalkatze ihre hellen Augen auf den Gegner richtete, ließ der Echsenlöwe den Schwanz kräftig nach unten peitschen. Mit einem knochenbrechenden Krachen fuhr die Peitsche herunter, aber die Kobalkatze war geschmeidig zur Seite ausgewichen, und nur Luft und Sand wurde aufgewirbelt.

Die Kobalkatze ging knurrend im Kreis. Der Echsenlöwe drehte sich unerbittlich um und erhob erneut den Schwanz, öffnete das Maul und sprang nach vorn. Die Kobalkatze entging sowohl Zähnen als auch Peitsche. Wieder knallte der Schwanz nach unten, wieder war die Katze zu schnell. Jemand im Publikum stimmte den Todeschor an, andere fielen ein; Tuf schwenkte sein Opernglas und sah ein Wiegen in den nornischen Reihen. Der Echsenlöwe fletschte wütend die langen Zähne, ließ den Peitschenschwanz gegen die nächste Eingangstür krachen und schlug um sich.

Die Kobalkatze, die den Angriff vorhergesehen hatte, begab sich mit einem graziösen Sprung hinter ihren Gegner, nagelte die kämpfende Echse mit einer großen, blauen Pranke fest und riss die weichen grünlichen Flanken und den Bauch in Streifen. Nach einer Weile und ein paar wirkungslosen Schlägen des Schwanzes, die die Katze nur geringfügig störten, rührte sich der Echsenlöwe nicht mehr.

Die Norner jubelten sehr laut. Haviland Tuf, seine blasse Gestalt hinter einem Bart verborgen, erhob sich von seinem engen Sitz und ging.

Wochen vergingen; die *Arche* verweilte im Orbit um Lyronica. Haviland Tuf überwachte sorgfältig die Ergebnisse in der Bronzenen Arena und stellte fest, dass die nornischen Kobalkatzen Kampf um Kampf gewannen. Herold Norn verlor zwar eine oder zwei Runden, wenn er einen Eisenzahn einsetzte, um seine Verpflichtungen der Arena gegenüber zu erfüllen, aber diese Verluste wurden mühelos durch seine lange Serie von Siegen ausgeglichen.

Tuf saß da und kommunizierte mit Dax, spielte mit seinen anderen Katzen, unterhielt sich mit kürzlich erworbenen Holodramen, ließ zahllose ökologische Projektionen auf seinen Computern laufen, trank viele Krüge braunen tamberkinischen Bieres und gereiften Pilzweines und wartete.

Etwa drei weitere Standardwochen nach dem Debüt der Kobalkatzen empfing er die Besucher, die er erwartet hatte.

Ihr schlankes, spitz zulaufendes Shuttle war in Grün und Gold gehalten, und die Männer darin in schuppige Rüstungen aus vergoldeten Platten und grüner Emaille gekleidet. Drei von ihnen nahmen steif Haltung an, als Tuf angerollt kam, um sie zu begrüßen. Der vierte, ein kräftiger, korpulenter Mann, der einen goldenen Helm mit einer hellgrünen Feder trug, um einen gesprenkelten Kopf zu verbergen, der genauso kahl war wie der von Tuf, trat vor und reichte ihm seine fleischige Hand.

»Ich schätze Ihre Absicht«, teilte Tuf ihm mit und ließ beide Hände auf Dax ruhen, »und ich habe die Tatsache bemerkt, dass Sie keine Waffe halten. Dürfte ich mich nach Ihrem Namen und Ihrem Anliegen erkundigen, Sir?«

»Morho y Varcour Otheni ...«, setzte der Anführer an.

Tuf hob eine Hand. »So, so. Und Sie sind der Senior-Bestiendompteur des Hauses Varcour und zu mir gekommen, um ein Monster zu kaufen. Diese Wendung der Ereignisse ist nicht völlig unerwartet, wie ich gestehen muss.«

Der Mund des fetten Dompteurs bildete ein O.

»Ihre Gefolgsleute sollten hier zurückbleiben«, sagte Tuf. »Sie mögen sich neben mich setzen, damit wir fortfahren können.«

Haviland Tuf ließ Morho y Varcour Otheni kaum ein Wort äußern, bis sie allein in derselben Kammer waren, in die er auch Herold Norn geführt hatte, und sich diagonal gegenübersaßen. »Sie haben von den Nornern von mir gehört«, sagte Tuf dann, »offensichtlich.«

Morho lächelte mit entblößten Zähnen. »Das haben wir in der Tat. Ein nornischer Gefolgsmann wurde dazu überredet, die Herkunft der Kobalkatzen zu enthüllen. Zu unserer Freude befand sich die *Arche* noch immer im Orbit. Sie scheinen Lyronica unterhaltsam zu finden?«

»Unterhaltung ist nicht der eigentliche Anlass«, entgegnete Tuf. »Wenn es Probleme gibt, zwingt mich meine Berufsehre zu jedem noch so kleinen Dienst, den ich leisten kann. Lyronica strotzt leider vor Problemen. Zum Beispiel Ihre eigenen speziellen Schwierigkeiten. Varcour ist aller Wahrscheinlichkeit nach jetzt das letzte der Zwölf Großen Häuser. Ein Mann mit etwas kritischeren Gedanken, als ich sie habe, könnte anmerken, dass Ihre Echsenlöwen bestenfalls bedauernswert unrentable Monster sind, und da ich erfahren habe, dass Ihre Ländereien größtenteils aus Sumpfland bestehen, muss Ihre Auswahl an Kombattanten für die Arena etwas eingeschränkt sein. Habe ich das Wesentliche Ihrer Schwierigkeiten erfasst?«

»Hm. Ja, in der Tat. Sie kommen mir zuvor, Sir. Aber das tun Sie sehr gut. Wir hatten uns ganz gut behauptet, bis Sie dazwischengekommen sind. Seitdem haben wir, nun, nicht einen Kampf gegen Norn gewonnen, und jenes Haus war einst unser Hauptopfer. Ein paar dürftige Siege über Wrai-Hügel und die Insel Amar, ein glücklicher Punkt gegen Feridian, ein paar tödliche Unentschieden gegen Arneth und Sin Doon – das war unser Los im vergangenen Monat. Pfui. Wir können nicht überleben. Man wird aus mir einen Brutpfleger machen und mich auf die Ländereien zurückschicken, wenn ich so weitermache.«

Tuf streichelte Dax und brachte Morho mit erhobener Hand zum Schweigen. »Es ist unnötig, diese Dinge noch weiter breitzureden. Ihr Kummer wurde zur Kenntnis genommen. Seit meinem Handel mit Herold Norn kam ich glücklicherweise in den Genuss von sehr viel Freizeit. Zusätzlich habe ich mich, sozusagen als Denksportaufgabe, mit den Problemen der Großen Häuser auseinandergesetzt, eines nach dem anderen. Wir müssen keine kostbare Zeit verschwenden. Ich kann Ihre gegenwärtigen Probleme lösen. Es wird jedoch etwas kosten.«

Morho grinste. »Ich bin vorbereitet. Ich habe von Ihrem Preis gehört. Er ist hoch, darüber lässt sich nicht streiten, aber wir sind bereit zu zahlen, wenn Sie …«

»Sir«, sagte Tuf. »Ich bin ein mildtätiger Mann. Norn war ein armes Haus, sein Bestiendompteur ein wahrer Bettler: Aus Gnade machte ich ihm einen niedrigen Preis. Varcour ist reicher, Sie haben mehr Standards, Ihre Siege werden allseits besungen. Für Sie muss ich zweihundertfünfundsiebzigtausend Standards berechnen, um die Verluste auszugleichen, die ich dadurch erlitten habe, dass ich mit Norn so großzügig war.«

Morho gab einen schockierten blubbernden Laut von sich, und seine Schuppen klimperten metallisch, als er sich in seinem Sitz bewegte. »Zu viel, zu viel«, protestierte er. »Ich flehe Sie an. Sicher sind wir weitaus ruhmreicher als Norn, aber nicht so sehr, wie Sie vermuten. Um Ihnen diesen Preis bezahlen zu können, müssten wir Hunger leiden. Echsenlöwen würden unsere Festungsmauern überrennen. Unsere Städte würden auf ihren Stelzen versinken, bis der Sumpfschlamm sie überschwemmt und die Kinder ertränkt.«

Dax regte sich auf Tufs Schoß und gab ein leises *Miau* von sich. »Ganz recht«, sagte Tuf. »Die Vorstellung beschämt mich, dass ich ein solches Leid verursachen könnte. Vielleicht wären zweihunderttausend Standards etwas gerechter.«

Morho y Varcour Otheni protestierte und flehte erneut, aber dieses Mal saß Tuf einfach still da, die Arme auf den Armlehnen, bis der Bestiendompteur, rotgesichtig und schwitzend, schließlich aufgab und einwilligte, den Preis zu bezahlen.

Tuf berührte einen Knopf auf der Armlehne seines Stuhls. Das Bildnis eines großen, muskulösen Sauriers materialisierte zwischen ihm und Morho; er war zwei Meter groß, mit graugrünen Schuppenplatten bedeckt und stand auf vier gedrungenen, klauenbestückten Füßen so dick wie Baumstümpfe. Sein Kopf war ein massiges Ding, gepanzert mit einer dicken, gelblichen Knochenplatte, die wie der Rammdorn eines antiken Kriegsschiffs aufragte, mit zwei gebogenen Hörnern an den oberen Ecken. Die Kreatur hatte einen kurzen, dicken Nacken; trübe, gelbe Augen schauten unter dem Vorsprung des Stirnwulstes hervor. Zwischen ihnen, genau in der Mitte des Kopfes, verzierte ein großes, dunkles, rundes Loch die dicke Schädelplatte.

Morho schluckte. »Oh«, sagte er. »Ja. Sehr, äh, groß. Aber es sieht aus - war da ursprünglich ein drittes Horn in der Mitte? Es sieht so aus, als wäre es, äh, entfernt worden. Unser Exemplar muss intakt sein, Tuf.«

»Der *Tris Neryei* von Cable«, sagte Tuf. »So wurde er von den Fyandii genannt, deren Kolonisten der Menschheit auf diesem Planeten vor mehreren Jahrtausenden vorangegangen waren. Der Begriff bedeutet wörtlich übersetzt ›lebendes Messer‹. Es gibt kein fehlendes Horn, Sir.« Ein langer Finger machte eine kleine, bestimmte Bewegung und drückte einen Regler hinunter. Der *Tris Neryei* drehte den massigen Kopf in Richtung des varcourianischen Bestiendompteurs, der sein Körpergewicht ungelenk nach vorn beugte, um die Gestalt zu betrachten.

Als er mit der Hand nach dem Phantom griff, strafften sich Sehnen im dicken Nacken der Kreatur, und ein angespitzter Knochenpfahl, so dick wie Tufs Unterarm und mehr als einen Meter lang, kam im Bruchteil einer Sekunde aus dem Kopf der Bestie hervorgeschossen. Morho y Varcour Otheni gab ein helles, dünnes Quieken von sich und wurde grau, als der Knochenspeer ihn aufspießte und an seinen Sitz nagelte. Ein unangenehmer Geruch erfüllte die Kammer.

Tuf schwieg. Morho blickte schluchzend an sich herunter, wo das Horn in seinen aufgeblähten Bauch eingedrungen war, und er machte den Eindruck, als würde ihm übel werden. Er brauchte eine lange, grauenvolle Minute, bis er bemerkte, dass da kein Blut und kein Schmerz waren und das Monster nur ein Hologramm war. Sein Mund bildete ein O. Kein Ton kam heraus. Er schluckte. »Sehr, äh, dramatisch«, sagte er zu Tuf.

Das Ende des langen farblosen Knochenspeers wurde fest von Ringen und Bändern pulsierender schwarzblauer Muskeln umspannt. Langsam zog sich der Schaft in den Kopf des Monsters zurück. »Das Bajonett, wenn wir so kühn sein wollen, es so zu nennen, ist in einer schleimgesäumten Scheide entlang des oberen Nackens und Rückens des Wesens verborgen, und die umlaufenden Ringe aus Muskulatur können ihn mit einer Geschwindigkeit von ungefähr siebzig Kilometern pro Standardstunde und der entsprechenden Kraft hervorschnellen lassen. Die ursprüngliche Umgebung dieser Spezies unterscheidet sich kaum von den Gebieten auf Lyronica, die sich unter der Kontrolle des Hauses Varcour befinden.«

Morho beugte sich vor, sodass sein Sitz unter seinem Gewicht ächzte. Dax schnurrte laut. »Ausgezeichnet!«, sagte der Bestiendompteur, »obwohl der Name ein wenig, äh, außerirdisch klingt. Wir werden ihn, lassen Sie mich nachdenken, äh, Speerträger nennen! Ja!«

»Nennen Sie ihn, wie Sie wollen«, sagte Tuf. »Das geht mich kaum etwas an. Diese Saurier haben viele offensichtliche Vorteile für das Haus Varcour, und sollten Sie sich entscheiden, sie zu nehmen, werde ich Ihnen ohne Aufpreis ein Brutpaar cathadaynischer Baumschnecken liefern. Sie werden feststellen, dass ...«

Tuf verfolgte eifrig die Neuigkeiten aus der Bronzenen Arena, obwohl er nie wieder einen Fuß auf den Boden von Lyronica setzte. Die Kobalkatzen fegten weiterhin alles vor ihnen hinweg; im letzten Zusammentreffen hatte eine der Norn-Bestien einen der besten Würgeaffen von Arneth und einen Fleischfrosch von der Insel Amar in einem besonderen Dreierkampf vernichtet.

Aber auch für Varcour war das Glück im Aufschwung; die jüngst eingeführten Speerträger hatten sich mit ihren dröhnenden Schreien, dem festen Tritt und dem leichten und unnachgiebigen Tod durch den plötzlichen Stoß mit dem massiven Knochenbajonett als eine Sensation in der Bronzenen Arena herausgestellt. In bisher drei Kämpfen hatten sich ein riesiger Feridianer, ein Wasserskorpion und eine Gnethin-Spinnenkatze als dem Varcour-Saurier nicht ebenbürtig erwiesen. Morho y Varcour Otheni war in Ekstase. Nächste Woche würde zum ersten Mal eine Kobalkatze einem Speerträger im Kampf gegenüberstehen, und eine überfüllte Arena wurde vorausgesagt.

Herold Norn rief noch einmal an, kurz nachdem die Speerträger ihren ersten Sieg davongetragen hatten. »Tuf!«, sagte er ernst. »Sie haben ein Monster an Varcour verkauft. Wir stimmen dem nicht zu.«

»Es war mir nicht bewusst, dass Ihre Zustimmung erforderlich gewesen wäre«, entgegnete Tuf. »Ich habe unter dem

Eindruck gehandelt, dass ich ein freier Vertreter bin, genauso wie die Herrscher und Bestiendompteure aller Großen Häuser von Lyronica es auch sind.«

»Jaja«, blaffte Herold Norn, »aber wir lassen uns nicht betrügen, hören Sie?«

Haviland Tuf saß ruhig da und betrachtete Norns gerunzelte Stirn, während er Dax streichelte. »Ich lege bei all meinen Geschäften größten Wert auf Gerechtigkeit«, sagte er. »Hätten Sie auf einen exklusiven Monsterliefervertrag für Lyronica bestanden, hätten wir eventuell über diese Möglichkeit diskutiert, aber wenn ich mich recht erinnere, ist ein solcher Aspekt niemals angeschnitten oder vorgeschlagen worden. Natürlich könnte ich dem Haus Norn derartig exklusive Privilegien nicht ohne ein angemessenes Entgelt gewähren, da ich mich dadurch zweifelsohne um beträchtliche und dringend erforderliche Einkünfte bringen würde. Wie auch immer, ich fürchte, dass diese Diskussion müßig ist, da meine Transaktion mit dem Haus Varcour bereits vollzogen wurde und es in höchstem Maße unethisch wäre, um nicht zu sagen, unmöglich, sie jetzt noch zurückzunehmen.«

»Das gefällt mir nicht, Tuf«, sagte Norn.

»Ich sehe nicht, dass Sie einen legitimen Grund hätten, sich zu beschweren. Ihre eigenen Monster haben sich wie erwartet bewährt, und es ist nicht sehr großzügig von Ihnen, Anstoß daran zu nehmen, dass ein anderes Haus Norns gutes Glück teilt.«

»Ja. Nein. Das ist – ach, egal. Ich vermute, ich kann Sie nicht daran hindern. Wenn die anderen Häuser Tiere bekommen, die unsere Katzen schlagen können, dann müssten Sie uns etwas liefern, das alles schlagen kann, was Sie *ihnen* verkaufen. Verstehen Sie?«

»Dieses Prinzip ist leicht verständlich.« Er blickte auf Dax hinunter. »Ich habe dem Haus Norn noch nie da gewesene Siege beschert, und nun überhäuft Herold Norn mich mit Verleumdungen bezüglich meiner Rechtschaffenheit und meines Erkenntnisvermögens. Ich fürchte, wir werden nicht entsprechend gewürdigt.«

Herold Norn runzelte die Stirn. »Jaja. Nun gut, wenn wir mehr Monster benötigen, sollten unsere Siege hoch genug sein, um jeden noch so exotischen Preis entrichten zu können, den Sie zu fordern beabsichtigen.«

»Ich vermute, dass ansonsten alles in Ordnung ist?«, fragte Tuf.

»Nun, ja und nein. In der Arena, jaja, absolut. Aber ansonsten, nun, deswegen habe ich angerufen. Die vier jungen Katzen scheinen aus irgendeinem Grund nicht an der Paarung interessiert zu sein. Und unser Brutpfleger beschwert sich ständig, dass sie immer dünner werden. Er glaubt, dass sie nicht gesund sind. Nun, da ich hier in der Stadt bin und die Tiere auf den Ebenen rund um das Stammhaus, kann ich das nicht beurteilen. Aber ich mache mir durchaus Sorgen. Die Katzen laufen natürlich frei herum, aber wir haben sie mit Sendern versehen, sodass wir ...«

Tuf legte die Hände aneinander. »Zweifelsohne müssten sie bald rollig werden. Ich würde zu Geduld raten. Alle Lebewesen widmen sich der Fortpflanzung, einige sogar recht exzessiv, und ich versichere Ihnen, dass die Angelegenheit munter voranschreiten wird, wenn die weibliche Kobalkatze erst einmal geschlechtsreif geworden ist.«

»Ah. Das ergibt Sinn. Ist also nur eine Frage der Zeit, vermute ich. Die andere Frage, die ich mit Ihnen besprechen wollte, betrifft diese Hüpfer. Wir haben sie freigelassen, wissen Sie, und sie haben keine Probleme mit der Fortpflanzung gezeigt. Die Grasländereien von Norn sind leer gefressen. Das ist sehr ärgerlich. Sie hüpfen überall herum. Was kann man da tun?«

»Auch diese Angelegenheit wird sich von allein lösen, wenn die Kobalkatzen beginnen, sich fortzupflanzen«, sagte Tuf. »Die Kobaltpanther sind sehr gefräßige und effiziente Jäger und hervorragend ausgestattet, um Ihrer Hüpferplage Herr zu werden.«

Herold Norn sah verwirrt und leicht bekümmert aus. »Jaja, aber ...«

Tuf erhob sich. »Ich fürchte, ich muss unsere Unterhaltung beenden«, sagte er. »Ein Shuttle hat sich in den Andock-Orbit zur *Arche* begeben. Vielleicht kennen Sie es. Es ist stahlblau, mit großen, dreieckigen grauen Flügeln.«

»Das Haus von den Wrai-Hügeln!«, sagte Norn.

»Faszinierend«, erwiderte Tuf. »Einen guten Tag.«

Bestiendompteur Denis Lon Wrai bezahlte zweihundertdreißigtausend Standards für sein Monster, einen kraftvollen rotfelligen Bärenartigen von den Hügeln von Vagabond. Haviland Tuf besiegelte die Transaktion mit einem Paar Eier des Flitzenden Faultiers.

In der folgenden Woche besuchten vier Männer in orangefarbener Seide und flammend roten Umhängen die *Arche*. Sie kehrten zweihundertfünfzigtausend Standards ärmer und mit einem Vertrag über die Lieferung von sechs großen gepanzerten Gift-Elchen plus einer zusätzlichen Herde von hranganischen Grasschweinen zum Haus Feridian zurück.

Der Bestiendompteur von Sin Doon erhielt eine riesige Schlange; der Abgesandte von der Insel Amar wurde mit einem

Godzilla zufriedengestellt. Ein Komitee aus einem Dutzend Senioren von Dant in milchweißen Roben und silbernen Schnallen war erfreut über den geifernden Garghoul, den Tuf ihnen zusammen mit einem kleinen Geschenk anbot. Und so suchte ihn jedes der Zwölf Großen Häuser von Lyronica auf, eines nach dem anderen, jedes erhielt sein Monster, jedes bezahlte den stetig steigenden Preis.

Zu dieser Zeit waren die beiden Kampfkobalkatzen von Norn tot, die erste vom Bajonett eines varcourianischen Speerträgers aufgespießt, die zweite zwischen den massigen Tatzen eines Bärenartigen vom Haus der Wrai-Hügel zerquetscht (obwohl im letzteren Fall auch der Bär starb). Zweifelsohne hatten die großen Katzen ihr Schicksal vorhergesehen, aber in den engen und tödlichen Grenzen der Bronzenen Arena waren sie nicht in der Lage gewesen, ihm zu entgehen. Herold Norn hatte die *Arche* täglich angerufen, aber Tuf hatte seinen Computer instruiert, die Anrufe abzuweisen.

Schließlich, als elf Häuser gekommen waren, ihre Einkäufe getätigt und ihre Geschenke und ihren Abschied genommen hatten, saß Haviland Tuf Danel Leigh Arneth gegenüber, dem Senior-Bestiendompteur von Arneth-im-vergoldeten-Wald, einst das größte und stolzeste Haus von Lyronica, nun das letzte und unbedeutendste. Arneth war ein ungeheuer großer Mann, Tuf selbst ebenbürtig, obwohl er nicht so fett war wie jener. Sein Körper war wie straffes Ebenholz und sehr muskulös, sein Gesicht eine Axt mit einer Habichtsnase, das Haar kurz und eisengrau. Der Bestiendompteur kam zu dem Gespräch in goldfarbener Kleidung, mit karmesinrotem Gürtel und Stiefeln und einem winzigen karmesinroten Barett schräg auf dem Kopf. Seinen Dressurhaken trug er wie einen Spazierstock.

Dax sträubte das Fell, als Danel Leigh Arneth aus seinem Schiff trat, und fauchte, als der Mann auf den Wagen neben Tuf stieg. Demzufolge hatte Tuf erneut seinen weitschweifigen und ausführlichen Bericht über die Schläfer zum Besten gegeben. Arneth starrte und hörte zu; schließlich beruhigte Dax sich wieder.

»Die Stärke von Arneth-im-vergoldeten-Wald ist immer seine Vielseitigkeit gewesen«, sagte Danel Leigh Arneth recht bald. »Während die anderen Häuser von Lyronica all ihre Hoffnung auf den Rücken eines einzelnen Tieres luden, arbeiteten unsere Väter und Vorväter mit vielen verschiedenen. Wir hatten gegen jedes ihrer Tiere die optimale Auswahl und Strategie. Das war unsere Größe und unser Stolz. Aber gegen Ihre Dämonenbestien haben wir keine Strategie, Händler. Ganz gleich, welchen von unseren hundert Kämpfern wir in den Sand schicken, sie alle kehren tot zurück. Sie haben uns dazu gezwungen, mit Ihnen zu handeln.«

»Ich muss widersprechen«, sagte Tuf. »Wie kann ein einfacher Tierverkäufer den größten Bestiendompteur von Lyronica dazu zwingen, irgendetwas zu tun, was er nicht tun möchte? Wenn Sie wirklich nicht das Verlangen haben, meine Dienste in Anspruch zu nehmen, dann akzeptieren Sie bitte mein Wort, dass ich keinen Anstoß daran nehme. Wir könnten uns eine gemeinsame Mahlzeit gönnen, uns etwas unterhalten und das ganze Geschäftliche beiseitelassen.«

»Treiben Sie keine Wortspielchen mit mir, Händler«, fuhr Arneth ihn an. »Das Geschäftliche ist der einzige Grund, warum ich hier bin. Ich habe kein großes Verlangen nach Ihrer widerwärtigen Gesellschaft.«

Haviland Tuf blinzelte. »Ich bin zutiefst gekränkt«, sagte er leise. »Nun, ich bin weit davon entfernt, einen Kunden abzuweisen, ganz gleich, welche persönlichen Ansichten er über mich äußert. Fühlen Sie sich frei, mein Angebot zu sichten, ein paar armselige Spezies könnten Ihr Interesse vielleicht auf die eine oder andere Art erregen. Vielleicht ist das Glück bereit, Ihnen Ihre strategischen Möglichkeiten zurückzugeben.« Er spielte auf den Knöpfen in der Armlehne seines Stuhls und erzeugte eine Symphonie aus Licht und illusionärem Fleisch. Eine Parade von Monstern zog vor den Augen des Arneth-Bestiendompteurs vorbei, Kreaturen mit Fell und Schuppen und Federn und Knochenpanzern, Bestien der Hügel und Wälder und Seen und Ebenen, Jäger und Aasfresser und tödliche Pflanzenfresser in allen Größen, riesig und klein.

Danel Leigh Arneth, die Lippen fest zusammengepresst, bestellte schließlich jeweils vier Exemplare der zwölf größten und tödlichsten Spezies für einen Preis von einer Million Standards.

Der Abschluss der Transaktion – wie bei allen anderen Häusern vervollständigt durch ein Geschenk weiterer harmloser kleiner Tiere – schien Arneths schlechte Laune nicht zu besänftigen. »Tuf«, sagte er, als die Verhandlungen beendet waren, »Sie sind ein schlauer und heimtückischer Mensch, halten Sie mich nicht zum Narren.«

Haviland Tuf sagte nichts.

»Sie haben sich zu extremem Wohlstand verholfen, und Sie haben alle betrogen, die von Ihnen gekauft haben und dachten, das große Los gezogen zu haben. Die Norner zum Beispiel. Ihre Katzen sind wertlos. Sie waren ein armes Haus; der von Ihnen verlangte Preis hat sie an den Rand des Ruins gebracht, wie Sie es mit uns allen getan haben. Die Häuser dachten, ihre Ausgaben würden sich durch Siege amortisieren. Bah! Es wird keine Siege für Norn mehr geben! Jedes

Haus, das zu Ihnen gekommen ist, errang einen Vorteil über jene, die zuvor bei Ihnen waren. Jetzt bleibt Arneth, das letzte Haus, das gekauft hat, das größte Haus von allen. Unsere Monster werden verheerend wüten. Der Sand der Bronzenen Arena wird sich dunkel färben vom Blut der schwächeren Bestien.«

Tufs Hände waren über dem gewölbten Bauch verschränkt. Seine Miene war gelassen.

»Sie haben gar nichts verändert! Die Großen Häuser bleiben so wie immer – Arneth als größtes und Norn als geringstes. Sie haben uns lediglich ausbluten lassen, Sie Wucherer, bis jeder Herrscher von Lyronica sich quälen und einschleimen musste, um über die Runden zu kommen. Jetzt warten unsere Rivalen auf Siege, beten um Siege, sind abhängig vom Sieg, aber alle Siege werden des Hauses Arneth sein. Wir allein wurden nicht betrogen, denn ich dachte daran, als Letzter und daher das Beste zu kaufen.«

»Voraussicht und Scharfsinn sind bemerkenswert«, sagte Haviland Tuf. »Offensichtlich übersteigt ein so weiser und scharfsinniger Mann, wie Sie es sind, meine Kräfte, und ich hätte kaum eine Chance, Sie zu hintergehen, Ihnen zu widerstehen oder zu versuchen, Sie zu überlisten. Jemand, der so klug ist wie Sie, würde meine armselige Masche mit Leichtigkeit durchschauen. Vielleicht wäre es das Beste, wenn ich gar nichts mehr sage.«

»Sie können sogar etwas noch Besseres als das tun, Tuf«, erwiderte Arneth. »Sie werden nichts mehr sagen, und Sie werden auch nichts mehr tun. Dies ist Ihr letztes Geschäft auf Lyronica.«

»Vielleicht«, sagte Tuf, »und wiederum vielleicht auch nicht. Es könnten sich Umstände ergeben, die die Bestiendompteure der anderen Großen Häuser dazu veranlassen, meine Dienste erneut in Anspruch zu nehmen, und dann fürchte ich, dass ich sie kaum abweisen könnte.«

»Das können und das werden Sie«, sagte Danel Leigh Arneth kalt. »Arneth hat den letzten Kauf getätigt, und man wird uns nicht übertrumpfen. Klonen Sie unsere Tiere, und verschwinden Sie unverzüglich nach der Lieferung. Fortan werden Sie keinen weiteren Handel mit den Großen Häusern treiben. Ich bezweifle, dass der Narr Herold Norn Ihren Preis ein zweites Mal bezahlen könnte, aber selbst wenn er die Standards irgendwo auftreiben sollte, werden Sie ihm nichts mehr verkaufen. *Haben Sie verstanden?* Wir werden nicht auf ewig mit Ihrem sinnlosen Spielchen weitermachen und uns selbst ins Elend stürzen, indem wir Monster kaufen, sie verlieren, wieder neue kaufen und am Ende gar nichts damit erreichen. Ich bin mir sicher, dass Sie an uns verkaufen würden, bis kein Standard auf Lyronica übrig ist, aber das Haus Arneth verbietet es. Wenn Sie diese Warnung ignorieren, könnte es Sie das Leben kosten, Händler. Ich bin kein nachsichtiger Mann.«

»Ich kann Ihre Argumente gut verstehen«, sagte Tuf und kraulte Dax hinterm Ohr, »obwohl ich kein großes Verständnis für die Art und Weise habe, in der Sie sie vorgebracht haben. Allerdings ist das Arrangement, das Sie so nachdrücklich empfohlen haben, zweifelsohne zum Vorteil des Hauses Arneth-im-vergoldeten-Wald, während die anderen Großen Häuser von Lyronica die Verlierer sein werden und ich selbst die Aussicht auf weiteren Gewinn einbüße. Vielleicht verstehe ich Ihren Vorschlag nicht zur Gänze. Ich bin leicht abzulenken und habe eventuell den Teil nicht gehört, in dem Sie die Prämie erwähnten, die Sie mir dafür anbieten, dass ich auf Ihre Forderung eingehe, auf weitere Geschäfte mit den Großen Häusern zu verzichten.«

»Ich kann Ihnen eine weitere Million Standards anbieten«, sagte Arneth mit starrem Blick. »Ich würde sie Ihnen nur zu gern in den Rachen stopfen, um die Wahrheit zu sagen, aber auf lange Sicht gesehen ist es billiger, als noch eine Runde dieses verdammenswürdigen Spiels mit Ihnen zu spielen.«

»Ich verstehe«, sagte Tuf. »Ergo ist es meine Wahl. Ich könnte eine Million Standards nehmen und abreisen oder trotz Ihrer Wut und Todesdrohungen bleiben. Ich habe schon vor weit schwierigeren Entscheidungen gestanden, wie ich zugeben muss. Auf jeden Fall bin ich kaum der Mann, der auf einem Planeten verweilt, wo seine Anwesenheit nicht länger erwünscht ist, und ich gebe zu, dass ich jüngst das Verlangen gespürt habe, meine Wanderung fortzusetzen. Sehr gut. Ich beuge mich Ihrer Forderung.«

Danel Leigh Arneth grinste ein wildes Grinsen, während Dax zu schnurren begann.

Das Letzte der Flotte der zwölf glitzernden goldgefleckten Shuttles war gerade abgeflogen und trug den Einkauf von Danel Leigh Arneth hinunter nach Lyronica und in die Bronzene Arena, als sich Haviland Tuf schließlich dazu herabließ, den Anruf von Herold Norn entgegenzunehmen.

Der dünne Bestiendompteur sah eindeutig noch knochiger aus. »Tuf!«, rief er. »Alles läuft schief!«

»In der Tat«, sagte Tuf ungerührt.

Norn verzog das Gesicht zu einer Grimasse. »Nein, hören Sie zu. Die Kobalkatzen sind alle tot oder krank. Vier von ihnen starben in der Bronzenen Arena – wir wussten, dass das zweite Paar zu jung war, verstehen Sie, aber als wir das erste Paar verloren hatten, blieb uns nichts anderes übrig. Entweder das oder zurück zu den Eisenzähnen. Jetzt haben wir nur noch zwei übrig. Sie fressen nicht viel – fangen ein paar Hüpfer, aber sonst nichts. Und wir können sie auch nicht trainieren. Wenn ein Trainer mit einem Dressurhaken in den Stall kommt, wissen die verdammten Katzen, was er vorhat. Sie sind uns immer einen Schritt voraus. In der Arena reagieren sie überhaupt nicht auf den Todeschor. Es ist *schrecklich*. Und das Schlimmste ist, dass sie sich nicht paaren wollen. Wir brauchen mehr von ihnen. Was sollen wir sonst in die Wettkampfgrube schicken?«

»Jetzt ist keine Paarungszeit für Kobalkatzen«, sagte Tuf. »Wir haben bereits darüber gesprochen, wenn Sie sich erinnern wollen.«

»Jaja. Wann *ist* ihre Paarungszeit?«

»Eine faszinierende Frage«, antwortete Tuf. »Schade, dass Sie sich nicht früher danach erkundigt haben. So wie ich es verstanden habe, werden die weiblichen Kobalkatzen jeden Frühling rollig, wenn die Schneebüsche auf Celias Welt blühen. Anscheinend spielt da irgendein biologischer Auslöser eine Rolle.«

Herold Norn kratzte sich die Kopfhaut unter dem dünnen Messingstirnreif. »Aber«, sagte er, »aber Lyronica hat diese Schneedinger oder wie auch immer Sie sie genannt haben nicht. Ich vermute jetzt, dass Sie beabsichtigen, ein Vermögen für diese Blumen von uns zu verlangen.«

»Sir, Sie erweisen mir einen schlechten Dienst. Es käme mir niemals in den Sinn, einen Vorteil aus Ihren Nöten zu ziehen. Hätte ich die Wahl, würde ich dem Haus Norn mit Freuden die benötigten celianischen Schneebüsche gratis spendieren. Allerdings habe ich einen Vertrag mit Danel Leigh Arneth, keinen weiteren Handel mit den Großen Häusern von Lyronica zu treiben.« Er zuckte schwerfällig mit den Achseln.

»Wir haben mit Ihren Katzen Siege errungen«, sagte Norn mit einer Spur von Verzweiflung in der Stimme. »Unser Vermögen ist angewachsen – wir haben jetzt ungefähr vierzigtausend Standards. Die gehören Ihnen. Verkaufen Sie uns diese Blumen. Oder noch besser ein neues Tier. Größer. Wilder. Ich habe die Garghoule von Dant gesehen. Verkaufen Sie uns etwas in dieser Art. Wir haben nichts, was wir in die Bronzene Arena schicken können!«

»Nichts? Was ist mit Ihren Eisenzähnen? Dem Stolz von Norn, wie man mir erzählt hat.«

Herold Norn wedelte ungeduldig mit der Hand. »Probleme, verstehen Sie, wir hatten einige Probleme. Diese Hüpfer von Ihnen, sie fressen alles und jeden. Sie sind außer Kontrolle geraten. Tausende von ihnen, vielleicht Millionen, sie sind überall, sie fressen das ganze Gras und das Getreide. Was sie mit unseren Farmen getan haben ... die Kobalkatzen lieben sie, ja, aber wir haben nicht genug Kobalkatzen. Und die wilden Eisenzähne rühren die Hüpfer nicht an. Ich vermute, dass sie den Geschmack nicht mögen. Ich weiß es nicht, wirklich nicht. Aber verstehen Sie, das ganze andere Wild ist fort, vertrieben von Ihren Hüpfern, und die Eisenzähne sind mit ihnen verschwunden. Wohin, weiß ich nicht. Auf jeden Fall sind sie weg. In freie Gebiete, außerhalb der Ländereien von Norn. Es gibt ein paar Dörfer da draußen, ein paar Bauern, aber sie hassen die Großen Häuser. Die Tamberkin haben noch nicht einmal Hundekämpfe. Wahrscheinlich würden sie versuchen, die Eisenzähne zu zähmen, können Sie sich das vorstellen! So sind sie.«

»Schockierend«, sagte Tuf leidenschaftslos. »Nichtsdestotrotz haben Sie doch noch Ihre Stallungen, nicht wahr?«

»Nicht mehr«, sagte Norn. Er klang gequält. »Ich hatte angeordnet, sie zu schließen. Die Eisenzähne verloren jeden Kampf, vor allem, nachdem Sie begonnen hatten, an die anderen Häuser zu verkaufen. Es erschien uns eine dumme Verschwendung, toten Ballast zu behalten. Außerdem die Kosten – wir brauchten jeden Standard. Sie haben uns geschröpft. Wir mussten Arenagebühren bezahlen, und natürlich mussten wir wetten, und vor Kurzem mussten wir Lebensmittel von Tamber kaufen, um all unsere Gefolgsleute und Trainer zu ernähren. Ich meine, Sie würden nie glauben, was die Hüpfer mit unseren Feldern angestellt haben.«

»Sir«, sagte Tuf. »Sie könnten mir freundlicherweise schon etwas zutrauen. Schließlich bin ich Ökologe. Ich weiß eine ganze Menge über Hüpfer und ihre Lebensweise. Verstehe ich das richtig, dass Sie keine Eisenzähne mehr haben?«

»Jaja. Wir haben die nutzlosen Dinger freigelassen, und jetzt sind sie mit dem ganzen Rest verschwunden. Was sollen wir nur tun? Die Hüpfer überrennen die Ebenen, die Katzen wollen sich nicht paaren, und uns wird bald das Geld ausgehen, wenn wir weiterhin Nahrungsmittel importieren und die Arenagebühren ohne jede Aussicht auf Erfolg bezahlen müssen.«

Tuf faltete die Hände. »Sie stehen in der Tat einer ganzen Reihe schwieriger Probleme gegenüber. Und ich bin der Mann, der Ihnen helfen könnte. Unglücklicherweise habe ich Danel Leigh Arneth mein Versprechen gegeben und sein Geld in gutem Glauben entgegengenommen.«

»Also ist es hoffnungslos? Tuf, ich flehe Sie an – ich, der Senior-Bestiendompteur von Norn. Bald müssen wir uns ganz von den Spielen zurückziehen. Wir werden kein Geld mehr für die Arenagebühren oder die Wetten haben und keine Tiere für den Kampf. Wir sind vom Pech verfolgt. Keines der Großen Häuser war jemals in der Situation, seinen Anteil an Kämpfern nicht stellen zu können – noch nicht einmal Feridian während der Zwölfjahresdürre. Wir werden entehrt. Das Haus Norn wird seine stolze Geschichte besudeln, indem es Schnüffler und Bauernhoftiere in den Sand schickt, damit sie schmachvoll von den riesigen Monstern zerrissen werden, die Sie den anderen Häusern verkauft haben.«

»Sir«, sagte Tuf. »Wenn Sie mir ein wenig Prognostik erlauben wollen, erscheint es mir, dass Norn mit seiner verzwickten Lage vielleicht bald nicht mehr allein sein wird. Ich habe eine Ahnung – Ahnung, ja, das ist das richtige Wort, und ein seltsames Wort ist es auch –, eine Ahnung, wie ich sagte, dass die Monster, die Sie so fürchten, in den kommenden Wochen und Monaten vielleicht nicht mehr zur Verfügung stehen könnten. So könnten zum Beispiel die jungen Bärenartigen von Vagabond ziemlich bald ihren Winterschlaf beginnen. Sie sind weniger als ein Jahr alt, verstehen Sie. Ich hoffe, dass die Herren der Wrai-Hügel deswegen nicht übermäßig beunruhigt sind, obwohl ich befürchte, dass sie es sein werden. Vagabond befindet sich, wie Ihnen sicherlich bewusst ist, in einem extrem irregulären Orbit um sein Zentralgestirn, sodass die langen Winter ungefähr zwanzig Standardjahre dauern. Die Bärenartigen sind an diesen Zyklus gebunden. Bald wird sich ihr Stoffwechsel dermaßen verlangsamen, dass ein unwissender Beobachter sogar annehmen könnte, dass sie tot sind. Ich fürchte, dass man sie nicht einfach wieder aufwecken kann. Vielleicht könnten die Trainer der Wrai-Hügel einen Weg finden, da es doch sehr intelligente

Männer sind. Aber ich neige stark dazu, weiter zu vermuten, dass Wrai den größten Teil seiner Energie und seiner Finanzen in Anbetracht des unersättlichen Appetits der Faultiere darauf verwenden wird, das gemeine Volk zu ernähren.

Auf die gleiche Weise werden die Männer des Hauses Varcour mit einer Explosion der cathadaynischen Baumschnecken zu kämpfen haben. Die Baumschnecken sind ganz besonders faszinierende Kreaturen. An einem bestimmten Punkt in ihrem Lebenszyklus werden sie zu wahrhaftigen Schwämmen und verdoppeln ihre Größe. Eine Gruppe von ausreichender Größe ist sogar in der Lage, eine ausgedehnte Sumpflandschaft trockenzulegen.« Tuf machte eine Pause, und seine dicken Finger schlugen in trommelndem Rhythmus auf seinen Bauch. »Ich schweife unbewusst ab, fürchte ich, und vielleicht langweile ich Sie. Verstehen Sie meinen kleinen Seitenhieb?«

Herold Norn sah aus wie ein Toter. »Sie sind verrückt. Sie haben uns zerstört. Unsere Wirtschaft, unsere Umwelt ... in fünf Jahren werden wir alle verhungert sein.«

»Unwahrscheinlich«, sagte Tuf. »Meine Erfahrungen auf diesem Gebiet lassen vermuten, dass Lyronica tatsächlich unter einer gewissen Zwischenphase der ökologischen Instabilität und Not leiden wird, aber sie wird von begrenzter Dauer sein, und ich habe letztlich keinen Zweifel, dass sich ein neues Ökosystem herausbilden wird. Ich halte es jedoch für unwahrscheinlich, dass diese Nachfolgeökologie Nischen für große Räuber bieten wird, aber ich bin zuversichtlich, dass die Qualität des Lebens auf Lyronica ansonsten unvermindert sein wird.«

»Keine Raubtiere? Nein ... aber die Kämpfe, die Arena ... niemand wird dafür bezahlen, um zu sehen, wie ein Hüpfer gegen eine Schnecke kämpft! Wie werden die Spiele weitergehen? Niemand wird Kämpfer in die Bronzene Arena schicken!«

Haviland Tuf blinzelte. »In der Tat«, sagte er. »Ein faszinierender Gedanke. Ich werde sorgfältig darüber nachdenken.«

Er löschte den Bildschirm und begann eine Unterhaltung mit Dax.

Wächter

Für Haviland Tuf war die Biolandwirtschaftsausstellung der Sechs Planeten eine große Enttäuschung.

Er hatte einen langen, ermüdenden Tag auf Brazelourn verbracht, war durch die riesigen Ausstellungshallen marschiert und hatte von Zeit zu Zeit eine Pause eingelegt, um eine neue Getreidehybride oder ein genetisch verändertes Insekt einer oberflächlichen Inspektion zu unterziehen. Obwohl die Zellbibliothek der *Arche* Klonmaterial für buchstäblich Millionen Pflanzen- und Tierarten von zahllosen Planeten enthielt, war Haviland Tuf nichtsdestotrotz auf jede Gelegenheit aus, seinen Bestand zu erweitern.

Aber nur wenige der Ausstellungsstücke auf Brazelourn schienen vielversprechend genug, sodass sich Tuf einige Stunden später langweilte, und ihm wurde in der drängelnden, gleichgültigen Menschenmenge unbehaglich zumute. Überall waren Menschen – Tunnelfarmer von Vagabond in tiefbraunen Fellen, federgeschmückte und parfümierte Gutsherren von Areeni, dunkle Nachtseitler und leuchtend gekleidete Immertagler von Neu-Janus, und übermäßig viele einheimische Brazeleen. Sie alle machten einen fürchterlichen Lärm und bedachten Tuf mit neugierigen Blicken, wenn er an ihnen vorüberging. Einige berührten ihn sogar, was ihn zu einem Stirnrunzeln veranlasste.

Schließlich entschied Tuf auf der Suche nach einem Ausweg aus der Menge, dass er Hunger hatte. Er quetschte sich mit würdevollem Missfallen durch die Messebesucher und verließ die gewölbte, fünf Etagen große ptolanische Ausstellungshalle. Draußen hatten Hunderte Straßenhändler Stände zwischen den großen Gebäuden aufgestellt. Der Mann, der Puffzwiebelpasteten verkaufte, schien von den nächstgelegenen der am wenigsten Beschäftigte zu sein, und Tuf beschloss, dass Puffzwiebelpastete genau das war, was er jetzt brauchte.

»Sir«, sagte er zu dem Händler, »ich hätte gern eine Pastete.«

Der Pastetenmann war rund und rosig und trug eine schmierige Schürze. Er öffnete seine Warmhaltebox, griff mit einer behandschuhten Hand hinein und förderte eine heiße Pastete zutage. Während er sie Tuf über den Tresen hinüberschob, starrte er ihn an. »Oh«, sagte er, »Sie sind aber groß.«

»In der Tat, Sir«, sagte Haviland Tuf. Er nahm sich die Pastete und biss leidenschaftslos hinein.

»Sie sind ein Außenweltler«, stellte der Pastetenmann fest. »Nicht von hier aus der Nähe.«

Tuf aß seine Pastete mit drei sauberen Bissen auf und wischte sich die öligen Finger an einer Serviette ab. »Sie halten sich lange mit dem Offensichtlichen auf, Sir«, sagte er. Er hielt einen langen, schwieligen Finger empor. »Noch eine«, sagte er.

Nach dieser Zurückweisung holte der Händler ohne weitere Feststellungen eine zweite Pastete hervor und ließ Tuf in relativer Ruhe essen. Während er die blättrige Kruste und die Füllung darin genoss, studierte Tuf die sich drängenden Messebesucher, die Reihen der Verkaufsstände und die fünf großen Hallen, die sich über der Landschaft erhoben. Als er aufgegessen hatte, drehte er sich zum Pastetenmann um, das Gesicht so regungslos wie immer.

»Sir, eine Frage, wenn Sie so freundlich wären.«

»Was gibt es?«, fragte sein Gegenüber mürrisch.

»Ich sehe fünf Ausstellungshallen«, sagte Haviland Tuf. »Ich habe jede der Reihe nach besichtigt.« Er deutete darauf. »Brazelourn, Vale Areen, Neu-Janus, Vagabond und hier Ptola.« Tuf faltete die Hände säuberlich über seinem gewölbten Bauch. »Fünf, Sir. Fünf Hallen, fünf Planeten. Ohne Zweifel bin ich als Fremder mit einigen Feinheiten der lokalen Gebräuche nicht vertraut, aber ich bin dennoch verwirrt. In jenen Regionen, in denen ich bislang unterwegs war, könnte man von einer Veranstaltung, die sich selbst die Biolandwirtschaftsausstellung der Sechs Planeten nennt, erwarten, dass sie Ausstellungen von sechs Planeten umfasst. Hier ist das offenkundig nicht der Fall. Könnten Sie vielleicht mich erleuchten, warum das so ist?«

»Von Namor ist niemand gekommen.«

»In der Tat?«, sagte Haviland Tuf.

»Wegen der Probleme«, fügte der Händler hinzu.

»Jetzt ist mir alles klar«, sagte Tuf. »Oder, wenn doch nicht alles, so zumindest ein Teil. Vielleicht könnten Sie so nett sein, mir eine weitere Pastete zu servieren und mir die Natur dieser Probleme zu erläutern. Ich bin einfach zu neugierig, Sir. Ich fürchte, das ist mein großes Laster.«

Der Pastetenmann zog sich den Handschuh wieder über und öffnete die Warmhaltebox. »Sie wissen schon, was man sagt? Neugier macht hungrig.«

»In der Tat? Ich muss zugeben, dass ich das noch nie jemanden habe sagen hören.«

Der Mann zuckte mit den Achseln. »Nein, mein Fehler. Hunger macht neugierig, so heißt es. Macht nichts. Meine Pasteten werden Sie schon sättigen.«

»Ah«, sagte Tuf. Er nahm die Pastete in die Hand. »Bitte fahren Sie fort.«

Also erzählte ihm der Pastetenverkäufer äußerst weitschweifig von den Problemen auf dem Planeten Namor. »Jetzt verstehen Sie wohl«, endete er schließlich, »warum sie nach alldem nicht gekommen sind. Nicht viel da zum Ausstellen.«

»Natürlich«, sagte Haviland Tuf und tupfte sich die Lippen ab. »Seeungeheuer können äußerst unangenehm sein.«

Namor war ein dunkelgrüner Planet, mondlos und abgelegen, umgeben von einem Band aus dünnen goldenen Wolken. Die *Arche* bremste zitternd ab und schlug schwerfällig einen Orbit um den Planeten ein. In seinem langen, schmalen Kommunikationsraum ging Haviland Tuf von Sitz zu Sitz und studierte den Planeten auf einem Dutzend der hundert verschiedenen Bildschirme des Raumes. Drei kleine graue Kätzchen leisteten ihm Gesellschaft, tobten über die Konsolen und hielten nur inne, um sich gegenseitig abzulecken. Tuf beachtete sie nicht.

Als Wasserplanet hatte Namor nur eine Landmasse, die groß genug war, um sie vom Orbit aus sehen zu können, und auch die war nicht allzu groß. Aber die Nahansicht offenbarte Tausende von Inseln, die wie Juwelen in langen, bogenförmigen Archipelen über das tiefgrüne Meer verstreut waren. Andere Bildschirme zeigten die Lichter von Dutzenden Städten und Siedlungen auf der Nachtseite und pulsierende Energieflecken, wo sich Orte auf der Sonnenseite befanden.

Tuf schaute sich all das an, dann setzte er sich, schaltete eine weitere Konsole ein und spielte eine Runde gegen den Computer. Eines der Kätzchen sprang in seinen Schoß und schlief ein. Er war sorgsam darauf bedacht, es nicht zu stören. Etwas später gesellte sich ein zweites Kätzchen dazu und sprang auf das erste, worauf sie sich balgten. Tuf schob sie von seinem Schoß auf den Boden.

Es dauerte länger, als Tuf gedacht hatte, aber schließlich erreichte ihn der erwartete Ruf: »Schiff im Orbit«, hieß es, »Schiff im Orbit, hier ist das Namor-Kontrollzentrum. Übermitteln Sie Ihren Namen und Ihre Absichten. Übermitteln Sie Ihren Namen und Ihre Absichten, bitte. Abfangjäger sind auf dem Weg zu Ihnen. Übermitteln Sie Ihren Namen und Ihre Absichten.«

Die Übertragung kam von der Hauptlandmasse. Die *Arche* klinkte sich ein. Gleichzeitig fand sie das Schiff – es war nur eines –, das sich auf sie zubewegte, und stellte es auf einem weiteren Schirm dar.

»Hier ist die *Arche*«, teilte Haviland Tuf dem Namor-Kontrollzentrum mit.

Als Namor-Kontrollzentrum meldete sich eine rundgesichtige Frau mit kurz geschorenem braunem Haar, die an einer Konsole saß und eine tiefgrüne Uniform mit goldenen Paspeln trug. Sie runzelte die Stirn, und ihre Augen huschten zur Seite, wo zweifelsohne ein weiterer Kontrolleur an einer anderen Konsole saß. *»Arche«*, sagte sie. »Nennen Sie Ihren Heimatplaneten und Ihre Absichten, bitte.«

Das andere Schiff hatte die Kommunikation mit dem Planeten aufgenommen, wie der Computer zeigte. Zwei weitere Bildschirme leuchteten auf. Einer zeigte eine schlanke junge Frau mit großer Hakennase auf einer Schiffsbrücke, der andere einen älteren Mann vor einer Konsole. Beide trugen grüne Uniformen und kommunizierten lebhaft, aber chiffriert. Der Computer brauchte weniger als eine Minute, um alles zu entschlüsseln, sodass Tuf mithören konnte. »... verdammt sein, wenn ich wüsste, was das ist«, sagte die Frau im Raumschiff. »So ein großes Schiff hat es noch nie gegeben. Mein Gott, schauen Sie es sich nur an! Sehen Sie es? Hat es geantwortet?«

»*Arche*«, wiederholte die rundgesichtige Frau. »Nennen Sie Ihren Heimatplaneten und Ihre Absichten, bitte. Hier ist das Namor-Kontrollzentrum.«

Haviland Tuf schaltete sich auch in das andere Gespräch ein, um mit allen dreien gleichzeitig reden zu können. »Hier ist die *Arche*«, sagte er. »Ich habe keinen Heimatplaneten, meine Damen und Herren. Meine Absichten sind absolut friedfertig – Handel und Beratung. Ich habe von Ihren tragischen Schwierigkeiten gehört, und Ihre Misere hat mich gerührt. Ich bin hier, um Ihnen meine Dienste anzubieten.«

Die Frau im Schiff reagierte überrascht. »Was sind *Sie* ...?«, begann sie. Der Mann war ebenfalls verblüfft, aber er sagte nichts, sondern starrte nur mit offenem Mund auf Tufs kahles, weißes Gesicht.

»Hier ist das Namor-Kontrollzentrum, *Arche*«, sagte die rundgesichtige Frau. »Wir sind für Händler geschlossen. Ich wiederhole, wir sind für Händler geschlossen. Hier herrscht Kriegsrecht.«

Aber die schlanke Frau im Schiff hatte sich bereits wieder unter Kontrolle. »*Arche*, hier ist Wächterin Kefira Qay, Kommandeurin der NGS *Sonnenklinge*. Wir sind bewaffnet, *Arche*, erklären Sie sich. Sie sind tausendmal größer als jeder Händler, den ich bisher gesehen habe. Erklären Sie sich, oder es wird auf Sie geschossen.«

»In der Tat«, sagte Haviland Tuf. »Drohungen werden Ihnen wenig nützen, Wächterin. Ich bin aufs Äußerste verärgert. Ich bin den weiten Weg von Brazelourn gekommen, um Ihnen Hilfe und Trost anzubieten. Und Sie begegnen mir mit Drohungen und Feindseligkeiten.« Ein Kätzchen sprang auf seinen Schoß. Tuf nahm es in seine riesige weiße Hand und setzte es auf die Konsole, sodass seine Zuschauer es sehen konnten. Traurig blickte er auf das Kätzchen hinab. »Es gibt kein Vertrauen mehr unter den Menschen«, sagte er zu ihm.

»Waffen in Bereitschaft halten, *Sonnenklinge*«, sagte der ältere Mann. »*Arche*, wenn Ihre Absichten wirklich friedfertiger Natur sind, dann erklären Sie sich. Was sind Sie? Wir stehen hier unter großem Druck, *Arche*, und Namor ist ein kleiner, unterentwickelter Planet. Wir haben etwas wie Sie noch nie zuvor gesehen. Erklären Sie sich.«

Haviland Tuf streichelte das Kätzchen. »Immer muss ich mich gegen Verdächtigungen wehren«, erzählte er ihm. »Diese Leute haben Glück, dass ich so gutmütig bin, ansonsten würde ich einfach umkehren und sie ihrem Schicksal überlassen.« Er blickte auf, genau in die Aufnahmeeinheit. »Sir«, sagte er, »hier ist die *Arche*. Ich bin Haviland Tuf, Kapitän und Gebieter des Schiffs sowie das einzige Besatzungsmitglied. Sie werden von großen Ungeheuern aus den Tiefen Ihrer Ozeane geplagt, so wurde mir berichtet. Nun, ich werde Sie davon befreien.«

»*Arche*, hier ist die *Sonnenklinge*. Wie wollen Sie das anstellen?«

»Die *Arche* ist ein Saatgutschiff des Ökologischen Ingenieurskorps«, sagte Haviland Tuf voll steifer Formalität. »Ich bin Ökoingenieur und Spezialist für biologische Kriegsführung.«

»Unmöglich«, sagte der alte Mann. »Das ÖIK wurde vor tausend Jahren ausgelöscht, zusammen mit dem Föderalen Imperium. Keines der Saatgutschiffe ist übrig geblieben.«

»Wie bedauerlich«, sagte Haviland Tuf. »Ich sitze hier in einer Illusion. Jetzt, da Sie mir gesagt haben, dass mein Schiff gar nicht existiert, werde ich zweifelsohne geradewegs hindurchsinken und in Ihre Atmosphäre stürzen, wo ich in Flammen aufgehen werde, während ich falle.«

»Wächter«, sagte Kefira Qay von der *Sonnenklinge*, »diese Saatgutschiffe mögen vielleicht tatsächlich nicht mehr existieren, aber ich bin ganz nahe an etwas dran, das knapp dreißig Kilometer lang ist, wie meine Sensoren mir verraten. Es sieht mir nicht wie eine Illusion aus.«

»Und ich falle auch noch nicht«, bestätigte Haviland Tuf.

»Können Sie uns wirklich helfen?«, fragte die rundgesichtige Frau im Namor-Kontrollzentrum.

»Warum muss man immerzu an mir zweifeln?«, fragte Haviland Tuf das kleine graue Kätzchen.

»Oberwächter, wir müssen ihm die Chance geben, zu beweisen, was er sagt«, insistierte das Namor-Kontrollzentrum.

Tuf blickte auf. »Bedroht, beleidigt und angezweifelt, wie ich bin, zwingt mich mein Mitgefühl für Ihre Lage nichtsdestotrotz hierzubleiben. Vielleicht könnte ich vorschlagen, dass die *Sonnenklinge* bei mir andockt, damit wir reden können. Wächterin Qay mag an Bord kommen und mir bei einem Abendessen Gesellschaft leisten, während wir uns unterhalten. Sicherlich kann ich Ihr Misstrauen in einem Gespräch beseitigen, wie man es schon seit Menschengedenken tut.«

Die drei Wächter beratschlagten eilig miteinander, wobei von Zeit zu Zeit eine oder mehrere Personen nicht zu sehen waren, während Haviland Tuf sich zurücklehnte und mit dem Kätzchen spielte. »Ich sollte dich Argwohn nennen«, sagte er zu ihm, »um an meinen Empfang hier zu erinnern. Deine Geschwister werden Zweifel, Feindseligkeit, Undank und Torheit heißen.«

»Wir akzeptieren Ihren Vorschlag, Haviland Tuf«, sagte Wächterin Kefira Qay von der Brücke der *Sonnenklinge*. »Bereiten Sie sich auf mein Kommen vor.«

»In der Tat«, sagte Tuf. »Mögen Sie Pilze?«

Das Shuttledeck der *Arche* war so groß wie das Landefeld auf einem großen Raumhafen und sah ein wenig wie ein Schrottplatz für beschädigte Raumschiffe aus. Die Shuttles der *Arche* selbst standen ordentlich in ihren Landebuchten, fünf identische schwarze Schiffe mit geschwungenen Linien und kurzen, dreieckigen, nach hinten gerichteten Flügeln, entworfen für atmosphärische Flüge und immer noch in gutem Zustand. Andere Schiffe waren weniger beeindruckend. Ein tropfenförmiger Händler von Avalon kauerte traurig auf drei ausgefahrenen Landestützen neben einem vom Kampf gezeichneten Überlichtkurier und einem Löwenschiff von Karaleo, dessen Verzierungen fast völlig verschwunden waren. Anderswo standen fremdartigere und außerirdischer anmutende Fluggefährte.

Über ihnen zerteilte sich die große Kuppel in hundert tortenstückchenförmige Segmente, die in der Außenwand versanken, um eine kleine gelbe, von Sternen umgebene Sonne und ein mattgrünes mantaförmiges Schiff von ungefähr der gleichen Größe wie Tufs eigene Shuttles zu enthüllen. Die

Sonnenklinge landete, und die Kuppel schloss sich über ihr. Als die Sterne wieder verschwunden waren, wurde Atmosphäre in das Deck geblasen, und Haviland Tuf traf kurze Zeit später ein.

Kefira Qay stieg aus ihrem Schiff, die Lippen unter der großen, hakenförmigen Nase fest zusammengepresst, doch keine noch so große Selbstkontrolle konnte die Angst in ihren Augen wirklich vertuschen. Zwei bewaffnete Männer in goldenen, grün verbrämten Anzügen folgten ihr.

Haviland Tuf kam in einem offenen, dreirädrigen Wagen auf sie zugefahren. »Ich fürchte, dass meine Einladung zum Abendessen nur für eine Person gedacht war, Wächterin Qay«, sagte er, als er ihre Eskorte erblickte. »Ich bedaure das Missverständnis, aber ich muss darauf bestehen.«

»Nun gut«, sagte sie und drehte sich zu ihren Wachen um. »Warten Sie bei den anderen. Sie haben Ihre Befehle.« Als sie sich Tuf näherte, teilte sie ihm mit: »Die *Sonnenklinge* wird Ihr Schiff in Stücke reißen, wenn ich nicht innerhalb von zwei Standardstunden wohlbehalten zurückgekehrt bin.«

Haviland Tuf blinzelte sie an. »Schrecklich«, sagte er. »Überall wird meiner Wärme und Gastfreundschaft mit Misstrauen und Gewalt begegnet.« Er setzte das Vehikel in Bewegung.

Sie fuhren schweigend durch ein Gewirr von miteinander verbundenen Räumen und Gängen und gelangten schließlich in eine riesige, schattige Röhre, die in beiden Richtungen der vollen Länge des Schiffs zu entsprechen schien. Durchsichtige Tanks von hundert verschiedenen Größen überzogen Wände und Decke, so weit das Auge blicken konnte, die meisten leer und verstaubt, ein paar gefüllt mit farbigen Flüssigkeiten, in denen sich halb sichtbare Gestalten schwach bewegten. Es gab kein Geräusch außer einem feuchten, flüssigen Tropfen irgendwo hinter ihnen. Kefira Qay musterte das alles und sagte nichts. Sie fuhren mindestens drei Kilometer diese große Röhre hinunter, bis Tuf schließlich auf eine leere Wand zuhielt, die sich vor ihnen ausdehnte. Kurz darauf hielten sie an und stiegen aus.

Ein reichhaltiges Mahl wartete in dem kleinen, spartanischen Speisezimmer, in das Tuf die Wächterin Kefira Qay führte. Sie begannen mit geeister Suppe, süß und pikant und schwarz wie Kohle, gefolgt von Neogras-Salat mit ingwergelber Garnierung. Der Hauptgang bestand aus einem panierten Pilzhut, so groß wie der Teller, auf dem er lag, umgeben von einem Dutzend verschiedener Gemüsesorten in unterschiedlichen Soßen. Die Wächterin aß mit großem Genuss.

»Es will mir scheinen, dass meine bescheidene Kost Ihren Geschmack trifft«, stellte Haviland Tuf fest.

»Ich hatte so lange kein so gutes Mahl mehr, dass ich es kaum glauben kann«, erwiderte Kefira Qay. »Auf Namor haben wir unsere Nahrung immer aus dem Meer bezogen. Normalerweise ist es sehr freigiebig, aber seit unsere Probleme begannen ...« Sie hob eine Gabel voller dunklem, seltsam geformtem Gemüse in einer gelblich braunen Soße. »Was esse ich hier eigentlich? Es ist köstlich.«

»Rhiannesische Sünderwurzeln in Senfsoße«, sagte Haviland Tuf.

Qay schluckte und legte ihre Gabel ab. »Aber Rhiannon ist so weit weg, wie haben Sie ...?« Sie hielt inne.

»Natürlich«, sagte Tuf und stellte seine Fingerspitzen unter dem Kinn auf, während er ihr Gesicht betrachtete. »All diese Lebensmittel stammen von der *Arche*, obwohl man ihren Ursprung zu einem Dutzend verschiedener Planeten zurückverfolgen könnte. Möchten Sie noch etwas gewürzte Milch?«

»Nein«, murmelte sie und starrte auf die leeren Teller. »Sie haben also wirklich nicht gelogen. Sie sind, was Sie behaupten zu sein, und dies hier ist ein Saatgutschiff des – wie haben Sie es genannt?«

»Das Ökologische Ingenieurskorps des lange vergangenen Föderalen Imperiums. Sie hatten nur ein paar Schiffe, und alle bis auf eines wurden durch die Unbeständigkeiten des Krieges zerstört. Allein die *Arche* blieb übrig, ein Jahrtausend lang verschollen. Die Details müssen Sie nicht interessieren. Es genügt, wenn ich sage, dass ich sie gefunden und wieder funktionstüchtig gemacht habe.«

»Sie haben sie *gefunden?*«

»Ich glaube, ich habe genau das gesagt, mit eben diesen Worten. Bitte passen Sie freundlicherweise auf. Ich wiederhole mich nicht gern. Bevor ich die *Arche* gefunden hatte, bestritt ich mein bescheidenes Leben durch Handel. Mein altes Schiff steht immer noch auf dem Landedeck. Vielleicht haben Sie es zufällig gesehen.«

»Dann sind Sie in Wirklichkeit nur ein Händler.«

»Ich bitte Sie!«, sagte Tuf entrüstet. »Ich bin ein ökologischer Ingenieur. Die *Arche* kann ganze Planeten verändern, Wächterin. Zugegeben, ich bin nur ein einzelner Mann, wohingegen dieses Schiff einst eine zweihundertköpfige Besatzung hatte, und mir fehlt die umfassende förmliche Ausbildung, die vor Jahrhunderten denen zuteilwurde, die das goldene Theta trugen, das Siegel der Ökoingenieure. Aber ich habe es auf meine bescheidene Art fertiggebracht, mich da durchzukämpfen. Wenn Namor sich meine Dienste zunutze machen möchte, hätte ich keinen Zweifel, dass ich Ihnen behilflich sein kann.«

»Warum?«, fragte die schlanke Wächterin vorsichtig. »Warum sind Sie so versessen darauf, uns zu helfen?«

Haviland Tuf streckte hilflos die großen weißen Hände aus. »Ich weiß, ich mag wie ein Narr erscheinen. Ich kann nicht anders. Ich bin von Natur aus ein Menschenfreund, und Not und Elend berühren mich sehr. Ich könnte Ihr Volk in seiner Bedrängnis nicht im Stich lassen, genauso wenig, wie ich einer meiner Katzen etwas zuleide tun könnte. Ich fürchte, die Ökoingenieure waren aus härterem Stoff gemacht, aber ich kann meine sentimentale Natur einfach nicht ablegen. Also sitze ich vor Ihnen, bereit, mein Bestes zu geben.«

»Sie wollen nichts dafür haben?«

»Ich werde ohne Entlohnung arbeiten«, sagte Tuf. »Natürlich werde ich Betriebskosten haben. Ich muss ein kleines Entgelt erheben, um sie zu begleichen. Sagen wir, drei Millionen Standards. Halten Sie das für angemessen?«

»Angemessen«, sagte sie sarkastisch. »Angemessen hoch, würde ich sagen. Es hat schon andere wie Sie gegeben, Tuf – Waffenhändler und Glücksritter, die kamen, um durch unsere Misere reich zu werden.«

»Wächterin«, sagte Tuf vorwurfsvoll, »Sie missverstehen mich aufs Schwerste. Ich brauche nur wenig für mich selbst. Die *Arche* ist sehr groß, sehr kostspielig. Würden vielleicht zwei Millionen Standards genügen? Ich kann nicht glauben, dass Sie mir diesen Hungerlohn nicht gönnen. Ist Ihr Planet denn weniger wert?«

Kefira Qay seufzte, und ein müder Ausdruck schlich sich auf ihr schmales Gesicht. »Nein«, gab sie zu. »Nicht, wenn Sie all Ihre Versprechen halten können. Natürlich sind wir kein reicher Planet. Ich muss meine Vorgesetzten konsultieren. Das kann ich nicht allein entscheiden.« Sie stand plötzlich auf. »Ihre Kommunikationseinrichtungen?«

»Durch die Tür und dann links den blauen Korridor entlang. Die fünfte Tür rechts.« Tuf erhob sich mit umständlicher Würde und begann aufzuräumen, als sie ging.

Als die Wächterin zurückkehrte, hatte er eine Karaffe mit leuchtend rotem Alkohol geöffnet und streichelte eine schwarzweiße Katze, die es sich auf dem Tisch gemütlich gemacht hatte.

»Sie sind engagiert, Tuf«, sagte Kefira Qay, während sie sich setzte. »Zwei Millionen Standards. *Nachdem* Sie diesen Krieg gewonnen haben.«

»Einverstanden«, sagte Tuf. »Lassen Sie uns Ihre Situation bei einem Glas dieses köstlichen Getränks besprechen.«

»Alkoholisch?«

»Leicht narkotisierend.«

»Ein Wächter benutzt keine Stimulanzien oder Beruhigungsmittel. Wir sind eine kämpfende Zunft. Substanzen wie diese vergiften den Körper und verlangsamen die Reflexe. Ein Wächter muss wachsam sein. Wir bewachen und beschützen.«

»Lobenswert«, sagte Haviland Tuf. Er füllte sein Glas.

»Die *Sonnenklinge* ist hier nutzlos. Sie wurde zum Namor-Kontrollzentrum zurückgerufen. Wir brauchen ihre Kampffähigkeiten unten.«

»Dann werde ich ihren Abflug beschleunigen. Was ist mit Ihnen?«

»Ich wurde abgestellt«, sagte sie und verzog das Gesicht. »Wir werden mit Daten über die Situation da unten versorgt. Meine Aufgabe ist es, Sie zu informieren und als Ihr Verbindungsoffizier tätig zu sein.«

Das Wasser war von einem Horizont zum anderen ein friedlicher grüner Spiegel.

Es war ein heißer Tag. Grellgelbes Sonnenlicht ergoss sich durch eine dünne Bank von vergoldeten Wolken. Das Schiff ruhte still auf dem Wasser, die metallischen Bordwände blitzten silberblau, und das offene Deck bildete eine Insel der Aktivität mitten in einem Ozean der Ruhe. Männer und Frauen, klein wie Insekten, arbeiteten an den Schwimmbaggern und Netzen, barbrüstig in der Hitze. Eine große Klaue voller Schlamm und Tang hob sich tropfend aus dem Wasser und wurde in eine offene Ladeluke gekippt. Überall brieten Behälter mit riesigen milchigen Quallen in der Sonne.

Plötzlich entstand Unruhe. Ohne erkennbaren Grund rannten einige Menschen los. Andere beendeten das, was sie gerade taten, und schauten sich verwirrt um. Wieder andere arbeiteten selbstvergessen weiter. Die große Metallklaue schwang jetzt offen und leer zurück über das Wasser und versank darin, eine zweite am anderen Ende des Schiffs tauchte soeben auf. Immer mehr Menschen rannten. Zwei Männer stießen zusammen und gingen zu Boden.

Dann tauchte unter dem Schiff der erste Tentakel auf.

Er wuchs und wuchs. Er war länger als die Baggerschaufel. Wo er aus dem dunkelgrünen Meer ragte, schien er so dick wie der Oberkörper eines Mannes zu sein und verjüngte sich auf die Größe eines Armes. Der Tentakel war weiß, eine weiche, schleimige Art von Weiß. An der gesamten Unterseite befanden sich leuchtend rosafarbene Kreise so groß wie Teller, Kreise, die sich drehten und pulsierten, während der Tentakel sich um das riesige Ernteschiff schlang. Das Ende des Tentakels teilte sich in ein wahres Rattennest kleinerer Tentakel auf, dunkel und rastlos wie Schlangen.

Höher und höher stieg er empor und beugte sich dann abwärts über das Schiff, bahnte sich seinen Weg um das Schiff herum. Etwas bewegte sich auf der anderen Seite, etwas Bleiches rührte sich zwischen all dem Grün, und der zweite Tentakel tauchte auf. Dann ein dritter und ein vierter. Einer kämpfte mit einer Ernteschaufel. Ein anderer hatte die Reste eines Netzes um sich gewickelt wie einen Schleier, was ihn aber nicht zu behindern schien. Jetzt rannten alle Menschen – alle außer denen, die die Tentakel gefunden hatten. Einer davon hatte sich um eine Frau mit einer Axt gewickelt. Sie hackte wild darauf ein, schlug gegen die bleiche Umarmung, bis sich ihr Rücken krümmte und sie plötzlich erschlaffte. Der Tentakel ließ sie fallen, weiße Flüssigkeit pulste schwach aus den klaffenden Wunden, die sie ihm zugefügt hatte, und suchte sich ein anderes Opfer.

Zwanzig Tentakel hatten sich erhoben, als das Schiff sich plötzlich nach steuerbord neigte. Überlebende schlitterten über das Deck und ins Meer. Das Schiff legte sich immer mehr auf die Seite. Irgendetwas kippte es, zog es hinunter. Wasser schwappte über die Bordwände und in die offenen Ladeluken. Dann brach das Schiff auseinander.

Haviland Tuf hielt die Projektion an und betrachtete den Anblick auf dem großen Bildschirm: das grüne Meer und die goldene Sonne, das zerschmetterte Schiff, die bleichen Tentakel, die es umfingen. »Das war der erste Angriff?«, fragte er.

»Ja und nein«, antwortete Kefira Qay. »Zuvor waren ein anderes Ernteschiff und zwei Passagierfähren auf mysteriöse Weise verschwunden. Wir hatten diese Vorfälle untersucht, aber wir kannten den Grund nicht. In diesem Fall war zufällig ein Kamerateam in der Nähe, das gerade eine Aufzeichnung für eine Bildungssendung machte. Die Leute haben mehr bekommen, als sie sich erhofft hatten.«

»In der Tat«, sagte Tuf.

»Sie waren in der Luft, in einem Gleiter. Die Nachrichten haben an diesem Abend fast eine Panik ausgelöst. Aber erst, als das nächste Schiff unterging, wurde es wirklich ernst. Da erkannten die Wächter allmählich das ganze Ausmaß des Problems.«

Haviland Tuf starrte zum Bildschirm hinauf, sein großes Gesicht wirkte unbeteiligt, ausdruckslos, seine Hände ruhten auf der Konsole. Ein schwarz-weißes Kätzchen schlug nach seinen Fingern. »Geh weg, Torheit«, sagte er und setzte das Tier behutsam auf den Boden.

»Vergrößern Sie einen Ausschnitt eines der Tentakel«, schlug die Wächterin neben ihm vor.

Still tat Tuf, worum sie ihn gebeten hatte. Ein zweiter Bildschirm leuchtete auf und zeigte die körnige Vergrößerung eines großen, blassen Seils aus Muskelgewebe, das über das Deck gebeugt war.

»Schauen Sie sich einen der Saugnäpfe genau an«, sagte Qay. »Die rosafarbenen Teile dort, sehen Sie?«

»Der drittletzte ist im Innern dunkel. Und er scheint Zähne zu haben.«

»Ja«, sagte Kefira Qay. »Die haben sie alle. Die äußeren Lippen dieser Saugnäpfe sind eine Art harter, fleischiger Flansch. Wenn sie irgendwo aufschlagen, weiten sie sich und bilden eine Art Vakuumsiegel, das man auf keinen Fall lösen kann. Aber jedes von ihnen ist auch ein Maul. Im Inneren dieses Flansches befindet sich eine weiche rosafarbene Manschette, die sich zurückzieht, und dann gleiten die Zähne hervor – drei Reihen, gezackt und schärfer, als Sie es sich vorstellen können. Jetzt gehen Sie bitte zu den Ausläufern am Ende, wenn Sie so freundlich wären.«

Tuf berührte die Konsole, holte eine weitere Vergrößerung auf einen dritten Bildschirm und brachte die sich windenden Schlangen zur Ansicht.

»Augen«, sagte Kefira Qay. »Am Ende von jedem dieser Fortsätze. Zwanzig Augen. Die Tentakel müssen nicht blind herumtasten. Sie können sehen, was sie tun.«

»Faszinierend«, sagte Haviland Tuf. »Was liegt unter der Wasseroberfläche? Wie sieht der Ursprung dieser schrecklichen Arme aus?«

»Es gibt Querschnitte und Fotografien von später gefundenen toten Exemplaren, auch einige Computersimulationen. Die meisten Exemplare, die wir haben, waren in einem sehr schlechten Zustand. Den Hauptkörper dieser Wesen bildet eine Art umgedrehter Tasse, wie eine halb gefüllte Blase, umgeben von einem großen Ring aus Knochen und Muskeln, an dem diese Tentakeln befestigt sind. Die Blase füllt sich mit Wasser und kann auch wieder geleert werden, um es dem Tier zu ermöglichen, an die Wasseroberfläche zu steigen oder in die Tiefe zu sinken – das U-Boot-Prinzip. Es selbst wiegt nicht sehr viel, obwohl es erstaunlich stark ist. Es tut Folgendes: Es leert seine Blase, um zur Oberfläche zu steigen, hält sich irgendwo fest und beginnt dann, die Blase wieder zu füllen. Sie hat ein erstaunliches Fassungsvermögen, und wie Sie sehen können, ist das Biest riesig. Wenn notwendig, kann es sogar Wasser durch die Tentakel hinaufbefördern und aus den Mäulern ausstoßen, um Schiffe zu versenken und die ganze Sache zu beschleunigen. Also sind diese Tentakel Arme, Münder, Augen und lebende Wasserschläuche alles in einem.«

»Und Sie sagen, Ihr Volk hatte bis zu diesen Angriffen keine Kenntnis von diesen Wesen?«

»Richtig. Ein Verwandter von ihnen, das Namorianische Kriegsschiff, war in den frühen Tagen der Besiedelung gut bekannt. Er war eine Art Kreuzung zwischen Qualle und Krake, mit zwanzig Armen. Viele einheimische Arten sind nach demselben Muster aufgebaut - eine zentrale Blase oder ein Körper oder eine Schale oder was auch immer, mit zwanzig Beinen oder Fortsätzen oder Tentakeln an einem Ring drum herum. Die Kriegsschiffe waren Fleischfresser, ähnlich wie diese Monster, obwohl sie einen Ring aus Augen auf dem Zentralkörper hatten statt am Ende der Tentakel. Die Arme konnten sie auch nicht als Wasserschlauch einsetzen. Und sie waren wesentlich kleiner - ungefähr so groß wie ein Mensch. Sie trieben auf der Wasseroberfläche über den Festlandsockeln, teilweise über Schlammlöchern, wo es viele Fische gibt. Fische waren ihre übliche Beute, obwohl auch ein paar unvorsichtige Schwimmer in ihrer Umarmung einen schrecklichen Tod gefunden haben.«

»Darf ich fragen, was aus ihnen geworden ist?«, erkundigte sich Tuf.

»Sie waren ein Ärgernis. Ihre Jagdgründe waren die gleichen Gebiete, die wir benötigten - seichte Gewässer mit vielen Fischen und Seegras und Meeresfrüchten, über Schlammtopfgründen und Prielen voller Chamäleonmuscheln und Springenden Freddies. Bevor wir sicher ernten oder anbauen konnten, mussten wir zunächst die Kriegsschiffe loswerden. Das haben wir getan. Oh, es sind immer noch ein paar übrig, aber nur sehr wenige.«

»Ich verstehe«, sagte Haviland Tuf. »Und diese äußerst schreckliche Kreatur, dieses lebende U-Boot, dieser Schiffevernichter, der Sie so fürchterlich plagt, hat er auch einen Namen?«

»Der Namorianische Zerstörer«, sagte Kefira Qay. »Als er das erste Mal auftauchte, hatten wir die Theorie, dass es ein Tiefseebewohner sein könnte, der irgendwie an die Oberfläche gelangt war. Namor ist schließlich kaum hundert Standardjahre besiedelt. Wir haben gerade erst begonnen, die tieferen Meeresregionen zu erforschen, und wir wissen nur wenig über die Wesen, die dort unten leben könnten. Doch als immer mehr Schiffe angegriffen wurden und sanken, wurde uns klar, dass wir es mit einer Armee von Zerstörern zu tun haben.«

»Mit einer Armada«, korrigierte Haviland Tuf.

Kefira Qay runzelte die Stirn. »Was auch immer. Mit vielen von ihnen, nicht mit einem einzigen Exemplar. Zu diesem Zeitpunkt hatten wir die Theorie, dass tief unten im Ozean irgendeine unvorstellbare Katastrophe stattgefunden haben musste, wodurch die gesamte Art von dort vertrieben wurde.«

»Sie selbst halten nicht viel von dieser Theorie«, stellte Tuf fest.

»Keiner tut das. Sie wurde widerlegt. Die Zerstörer wären gar nicht in der Lage, dem Druck in diesen großen Tiefen standzuhalten. Also haben wir keine Ahnung, woher sie gekommen sind.« Sie zog eine Grimasse. »Nur dass sie da sind.«

»In der Tat«, sagte Haviland Tuf. »Zweifelsohne haben Sie zurückgeschlagen.«

»Sicher. Ein aussichtsloser Kampf. Namor ist ein junger Planet, weder mit der Bevölkerung noch den Ressourcen für die Art von Kampf, in die wir verwickelt wurden. Drei Millionen Namorianer sind über die Ozeane verteilt, auf mehr als siebzehntausend kleinen Inseln. Eine weitere Million kauert auf Neu-Atlantis, unserem einzigen kleinen Kontinent. Die meisten Angehörigen unseres Volkes sind Fischer und Aquafarmer. Als all dies begann, zählten unsere Wächter kaum mehr als fünfzigtausend Köpfe. Unsere Gilde ist aus den Schiffsbesatzungen hervorgegangen, die die Kolonisten von Alt-Poseidon und Aquarius hierher nach Namor brachten. Wir haben sie schon immer beschützt, aber bevor die Zerstörer auftauchten, war unser Dienst anspruchslos. Unser Planet war friedlich, mit nur wenigen wirklichen Konflikten. Es gab einmal ethnische Rivalitäten zwischen den Poseidoniten und den Aquariern, aber die waren harmlos. Die Wächter sorgten auch für die planetare Verteidigung, mit der *Sonnenklinge* und zwei gleichartigen Schiffen, aber zumeist bestand unsere Arbeit aus Feuer- und Flutwachen, Katastrophenhilfe, Polizeiarbeit und ähnlichen Dingen. Wir hatten ungefähr hundert bewaffnete Tragflächen-Patrouillenboote, und wir benutzten sie eine Weile für Eskorten und konnten den Zerstörern damit einige Verluste zufügen, aber sie waren keine wirklichen Gegner für sie. Es wurde bald klar, dass es mehr Zerstörer als Patrouillenboote gab.«

»Auch vermehren sich Patrouillenboote nicht, wie ich es von den Zerstörern annehmen muss«, sagte Tuf. Torheit und Zweifel balgten sich auf seinem Schoß.

»Genau. Trotzdem versuchten wir es weiter. Wir warfen Wasserbomben auf sie, wenn wir sie unter der Oberfläche entdeckten, wir beschossen sie mit Torpedos, wenn sie auftauchten. Wir töteten Hunderte von ihnen. Aber es kamen Hunderte neue Zerstörer, und jedes Boot, das wir verloren, war unersetzbar. Namor hat keine nennenswerte technologische Grundlage. In besseren Tagen importierten wir alles, was wir brauchten, von Brazelourn und Vale Areen. Unser Volk glaubte an ein einfaches Leben. Der Planet konnte sowieso keine Industrie unterhalten. Er ist arm an Schwermetallen und besitzt praktisch keine fossilen Brennstoffe.«

»Wie viele Wächter-Patrouillenboote sind Ihnen verblieben?«, fragte Haviland Tuf.

»Vielleicht dreißig. Wir wagen es nicht mehr, sie einzusetzen. Innerhalb eines Jahres seit der ersten Attacke ergriffen die Zerstörer vollständig Besitz von unseren Seewegen. All unsere großen Ernteschiffe sind verloren, Hunderte Aquafarmen wurden aufgegeben oder verwüstet, die Hälfte unseres kleinen Fischervolkes ist tot, und die andere Hälfte drängte sich ängstlich in den Häfen zusammen. Kein menschliches Wesen wagte sich auf die Meere von Namor hinaus.«

»Ihre Inseln waren voneinander isoliert?«

»Nicht völlig«, erwiderte Kefira Qay. »Die Wächter hatten zwanzig bewaffnete Gleiter, und es gab noch etwas über hundert Gleiter und Flugwagen in privater Hand. Wir konfiszierten sie, bewaffneten sie. Außerdem hatten wir unsere Luftschiffe. Gleiter und Flugwagen sind hier nur kompliziert und kostspielig zu unterhalten. Ersatzteile sind schwer zu bekommen, und wir haben nur wenige ausgebildete Techniker, daher wurde der meiste Flugverkehr vor unseren Problemen mit Luftschiffen bestritten - solargetrieben, heliumgefüllt, riesengroß. Wir hatten eine recht beträchtliche Flotte, so an die tausend. Die Luftschiffe übernahmen die Versorgung einiger kleinerer Inseln, wo der Hunger am größten war. Andere Luftschiffe gingen wie auch die Gleiter der Wächter in den Kampf. Wir verstreuten Chemikalien, Gift, Sprengstoffe und dergleichen aus der Sicherheit der Lüfte und töteten Tausende Zerstörer, obwohl der Preis dafür entsetzlich war. Sie konzentrierten sich am stärksten über unseren besten Fischereigebieten und den Schlammtopf-Gründen, sodass wir gezwungen waren, ausgerechnet die Gebiete zu sprengen und zu vergiften, die wir am meisten benötigten. Aber wir hatten keine andere Wahl. Eine Zeit lang dachten wir, dass wir den Kampf gewinnen werden. Es fuhren sogar ein paar Fischerboote hinaus und kehrten mit einer Eskorte aus Wächtergleitern sicher zurück.«

»Offensichtlich war dies nicht das Endergebnis des Konflikts«, sagte Haviland Tuf, »sonst würden wir nicht hier sitzen und uns unterhalten.« Zweifel schlug Torheit geräuschvoll auf den Kopf, und das kleinere Kätzchen fiel von Tufs Knien auf den Boden. Tuf beugte sich hinunter und hob es auf. »Hier«, sagte er und reichte es Kefira Qay, »halten Sie ihn, bitte. Dieser kleine Krieg lenkt mich von Ihrem großen ab.«

»Ich ... nun, selbstverständlich.« Die Wächterin nahm das kleine schwarz-weiße Kätzchen vorsichtig in die Hand. Es passte genau in ihre Handfläche. »Was ist das?«, fragte sie.

»Eine Katze«, sagte Tuf. »Er wird aus Ihrer Hand springen, wenn Sie ihn weiter so halten, als wäre er eine verfaulte Frucht. Setzen Sie ihn bitte auf Ihren Schoß. Ich versichere Ihnen, dass er harmlos ist.«

Kefira Qay, die sehr unsicher wirkte, schüttelte das Kätzchen aus ihrer Hand auf ihre Knie. Torheit jaulte und fiel fast zu Boden, bevor er seine kleinen Krallen in den Stoff ihrer Uniform versenkte. »Au«, sagte Kefira Qay. »Es hat Klauen.«

»Krallen«, korrigierte Tuf. »Winzig und harmlos.«

»Die sind doch nicht vergiftet, oder?«

»Ich denke nicht«, sagte Tuf. »Streicheln Sie ihn, von vorn nach hinten. Das wird ihn etwas beruhigen.«

Kefira Qay berührte unsicher den Kopf des Kätzchens.

»Bitte«, sagte Tuf. »Ich sagte streicheln, nicht tätscheln.«

Die Wächterin machte sich daran, das Kätzchen zu streicheln. Auf der Stelle begann Torheit zu schnurren. Kefira Qay hielt inne und blickte erschrocken auf. »Es zittert«, sagte sie, »und macht Geräusche.«

»Eine solche Reaktion wird als positiv erachtet«, versicherte Tuf ihr. »Ich bitte Sie, Ihre Fürsorge fortzusetzen, genauso wie Ihre Ausführungen. Wenn Sie so freundlich wären.«

»Natürlich«, sagte Qay. Sie fuhr fort, Torheit zu streicheln, der es sich auf ihren Knien bequem machte. »Wenn Sie bitte zur nächsten Aufzeichnung übergehen würden«, drängte sie.

Tuf löschte das Bild mit dem zerstörten Schiff und dem Zerstörer vom Hauptschirm. Stattdessen wurde eine andere Szene sichtbar – ein Wintertag, kalt und windig, wie es aussah. Das Wasser war dunkel und unruhig, mit weißem Schaum bedeckt, wo der Wind es aufwühlte. Ein Zerstörer trieb auf der ungestümen See und hatte seine langen weißen Tentakel um sich herum ausgebreitet, was ihm das Aussehen einer riesigen aufgeblähten Blume gab, die auf den Wellen hüpfte. Er langte nach oben, als die Kamera ihn überflog, zwei Arme mit den sich windenden Schlangen erhoben sich wirkungslos aus dem Wasser, denn das Fluggefährt war zu hoch, um in Gefahr zu geraten. Die Beobachter schienen sich in der Gondel eines langen silbernen Luftschiffes zu befinden und durch einen Glasboden zu blicken, und während Tuf zuschaute, verschob sich der Blickwinkel, worauf er erkennen konnte, dass sie Teil eines Konvois von drei immens großen Luftschiffen waren, die mit würdevoller Gleichgültigkeit über dem vom Krieg aufgewühlten Wasser schwebten.

»Die *Geist von Aquarius*, die *Lyle D.* und die *Himmelsschatten*«, erklärte Kefira Qay, »auf einer Hilfsmission zu einer kleinen Inselgruppe im Norden, wo der Hunger gewütet hatte. Sie wollten die Überlebenden evakuieren und nach Neu-Atlantis zurückbringen.« Ihre Stimme klang bitter. »Diese Aufnahme wurde von einem Nachrichtenteam an Bord der *Himmelsschatten* gemacht, dem einzigen Luftschiff, das übrig bleiben wird. Passen Sie auf.«

Die Luftschiffe segelten immer weiter, unbesiegbar und friedlich. Dann, genau vor der silberblauen *Geist von Aquarius*, bewegte sich das Wasser, etwas rührte sich unter diesem dunkelgrünen Schleier. Etwas Großes, aber kein Zerstörer. Es war schwarz, nicht bleich. Das Wasser wurde an einem großen, anschwellenden Fleck immer dunkler und wölbte sich dann aufwärts. Eine riesige ebenholzfarbene Kuppel hob sich ins Blickfeld und wuchs, wie eine Insel, die aus den Tiefen aufstieg, schwarz und ledrig und riesig groß – und umgeben von zwanzig langen, schwarzen Tentakeln. Höher und höher hob es sich empor, Sekunde um Sekunde, bis es schließlich ganz aus dem Meer hervorbrach. Seine Tentakel hingen unter ihm und tropften nass, während es aufstieg. Dann hoben sie sich und breiteten sich aus. Das Ding war genauso groß wie das Luftschiff, das sich darauf zubewegte. Als sie sich trafen, war es, als würden sich zwei riesige Leviathane des Himmels ein Stelldichein liefern. Die schwarze Unermesslichkeit ließ sich auf dem langen, silberblauen lenkbaren Luftschiff nieder, seine Tentakel umschlangen es in tödlicher Umarmung. Die Außenhaut des Luftschiffs riss auseinander, die Heliumzellen platzten auf und zerfielen. Die *Geist von Aquarius* drehte sich und bäumte sich wie ein lebendes Wesen auf und schrumpfte in der schwarzen Umarmung ihres Liebhabers. Als es vorbei war, ließ die dunkle Kreatur die Reste ins Meer fallen.

Tuf fror das Bild ein und starrte mit feierlicher Achtung auf die kleinen Gestalten, die aus der Aussichtsgondel sprangen.

»Ein Zweiter erwischte die *Lyle D.* auf dem Weg nach Hause«, berichtete Kefira Qay. »Die *Himmelsschatten* blieb übrig, um die Geschichte erzählen zu können, kehrte aber von ihrer nächsten Mission nie zurück. Mehr als hundert Luftschiffe und zwölf Gleiter haben wir in der ersten Woche verloren, seit die Feuerballons aufgetaucht sind.«

»Feuerballons?«, fragte Haviland Tuf nach. Er streichelte Zweifel, der auf seiner Konsole saß. »Ich habe kein Feuer gesehen.«

»Der Name wurde geprägt, als wir zum ersten Mal eines dieser verfluchten Dinger vernichten konnten. Ein Wächtergleiter feuerte ein Explosivgeschoss darauf ab, und er ging hoch wie eine Bombe. Dann sank er brennend ins Meer. Sie sind extrem leicht entflammbar; ein Laserschuss, und sie gehen äußerst spektakulär in die Luft.«

»Wasserstoff«, sagte Haviland Tuf.

»Genau«, bestätigte die Wächterin. »Wir haben nie einen im Ganzen erwischt, aber wir haben sie aus den Teilchen und Stückchen wieder zusammengesetzt. Diese Kreaturen können innerlich elektrischen Strom erzeugen. Sie nehmen Wasser auf und vollziehen eine Art biologischer Elektrolyse. Der Sauerstoff wird ins Wasser oder in die Luft abgegeben und hilft, das Ding zu steuern. Ein Luftstrahlantrieb sozusagen. Der Wasserstoff füllt den Ballonsack und verleiht ihnen Auftrieb. Wenn sie ins Wasser zurückkehren wollen, öffnen sie oben eine Art Ventil, hier sehen Sie es, und das ganze Gas entweicht, sodass der Feuerballon ins Meer zurückfällt. Die äußere Haut ist ledrig und sehr fest. Sie sind langsam, aber schlau. Manchmal verstecken sie sich in Wolkenbänken und fangen unvorsichtige Gleiter, die darunter vorbeifliegen. Und wir haben vor Kurzem zu unserem Entsetzen festgestellt, dass sie sich genauso schnell vermehren wie die Zerstörer.«

»Äußerst interessant«, sagte Haviland Tuf. »Also darf ich die Vermutung wagen, dass Sie mit dem Auftreten dieser Feuerballons sowohl die See als auch die Luft verloren haben.«

»Mehr oder weniger«, gab Kefira Qay zu. »Unsere Luftschiffe waren einfach zu langsam. Wir versuchten, die Dinge am Laufen zu halten, indem wir sie in Konvois aussandten, eskortiert von Wächtergleitern und Flugwagen, aber auch das schlug fehl. Der Morgen des Feuersonnenaufgangs ... ich war dabei, kommandierte einen Gleiter mit neun Kanonen ... es war schrecklich ...«

»Fahren Sie fort«, sagte Tuf.

»Der Feuersonnenaufgang«, murmelte sie deprimiert. »Wir waren ... wir hatten dreißig Luftschiffe, *dreißig*, ein großer Konvoi, geschützt von einem Dutzend bewaffneter Gleiter. Eine lange Fahrt, von Neu-Atlantis bis zur Gebrochenen Hand, einer größeren Inselgruppe. Gegen Sonnenaufgang des zweiten Tages, als der Osten sich gerade rot färbte, begann das Meer unter uns zu ... sieden. Wie ein Topf Suppe, der zu kochen begonnen hat. Das waren sie, wie sie Wasser und Sauerstoff abließen und stiegen. Tausende von ihnen, Tuf, Tausende. Das Wasser schäumte wie verrückt, und sie stiegen auf, all diese riesigen schwarzen Schatten stiegen zu uns empor, in jeder Himmelsrichtung, so weit das Auge sehen konnte. Wir griffen sie mit Lasern an, mit Explosivgeschossen, mit allem, was wir hatten. Es war, als ob der Himmel selbst in Flammen stand. All diese Dinger waren voller Wasserstoff, und die Luft war übersättigt vom Sauerstoff, den sie abgelassen hatten. Der Feuersonnenaufgang, so nennen wir es. Es war schrecklich. Überall Schreie, brennende Ballons, unsere Luftschiffe wurden zerschmettert und stürzten um uns herum ab, Menschen standen in Flammen. Unten warteten auch Zerstörer. Ich konnte sehen, wie sie sich Schwimmer griffen, die aus den Luftschiffen gefallen waren; die blassen Tentakel schlangen sich um sie und rissen sie nach unten. Vier Gleiter entkamen diesem Kampf. Vier. Alle Luftschiffe gingen verloren, mitsamt der Besatzung.«

»Eine schreckliche Geschichte«, sagte Tuf.

Kefira Qay hatte einen gequälten Ausdruck in den Augen. Sie streichelte Torheit in blindem Rhythmus, die Lippen fest zusammengepresst, die Augen starr auf den Bildschirm gerichtet, wo der erste Feuerballon über dem trudelnden Wrack der *Geist von Aquarius* schwebte. »Seitdem«, sagte sie schließlich, »ist das Leben ein ständiger Albtraum. Wir haben unsere Meere verloren. Auf drei Vierteln von Namor herrschen Hunger und sogar Hungertod. Nur Neu-Atlantis hat noch genügend Nahrung, da dort eine ausgedehnte Landwirtschaft betrieben wird. Die Wächter kämpfen weiter. Die *Sonnenklinge* und unsere zwei anderen Raumschiffe wurden zum Dienst herangezogen – Bomben oder Gift abwerfen, einige der kleineren Inseln evakuieren. Mit Flugwagen und schnellen Gleitern haben wir ein lockeres Kontaktnetz zu den äußeren Inseln aufrechterhalten. Und wir haben natürlich Funk. Aber wir haben kaum noch Kontakt. Innerhalb des letzten Jahres sind mehr als zwanzig Inseln verstummt. In einem halben Dutzend dieser Fälle haben wir Patrouillen ausgesandt, um die Lage zu erkunden. Die, die zurückgekehrt sind, berichten alle dasselbe. Überall Leichen, die in der Sonne verrotten. Die Gebäude zerstört und verlassen. Kratzer und kriechende Maden laben sich an den Leichen. Und auf einer Insel fanden sie noch etwas anderes, etwas noch Beängstigenderes. Diese Insel heißt Seestern. Fast vierzigtausend Menschen lebten dort, und es gab einen der Hauptraumhäfen, bevor der Handel eingestellt wurde. Es war ein fürchterlicher Schock, als Seestern plötzlich nicht mehr sendete. Gehen Sie zur nächsten Aufzeichnung, Tuf. Fahren Sie fort.«

Tuf drückte mehrere Lichter auf der Konsole.

Ein totes Ding lag auf einem Strand, verrottete im indigoblauen Sand.

Es war ein einzelnes Bild, dieses eine, kein Band. Haviland Tuf und Wächterin Kefira Qay hatten sehr viel Zeit, dieses Ding zu studieren, wie es da ausgebreitet lag und verrottete. Darum herum und darauf lagen menschliche Leichen verstreut und verliehen ihm durch ihre Nähe eine entsprechende Größe. Das tote Ding hatte die Form einer umgedrehten Schüssel, und es war groß wie ein Haus. Sein ledriges Fleisch, aufgebrochen und mit nässenden Pusteln übersät, war graugrün gesprenkelt. Ringsum auf dem Sand ausgebreitet, wie die Speichen einer Radnabe, lagen die Anhängsel des Dings – zehn verdrehte grüne Tentakel, übersät mit rosig weißen Mündern, und zur Abwechslung zehn Glieder, die steif und hart und schwarz aussahen und anscheinend Gelenke hatten.

»*Beine*«, sagte Kefira Qay bitter. »Es war ein Läufer, Tuf, bevor sie ihn getötet hatten. Wir haben nur dieses eine Exemplar gefunden, aber das genügte schon. Wir wissen jetzt, warum unsere Inseln verstummen. Sie kommen aus dem Meer, Tuf. Dinge wie dieses. Größer, kleiner, auf zehn Beinen laufend wie eine Spinne und mit den anderen zehn, den Tentakeln, greifend und fressend. Der Rückenschild ist dick und fest.

Ein einzelnes Explosivgeschoss oder ein Laserstoß würden das da nicht töten, wie wir es mit den Feuerballons tun konnten. Jetzt wissen Sie es. Zuerst das Meer, dann die Luft, und jetzt hat es auch auf dem Land begonnen. Das *Land*. Sie brechen zu Tausenden aus dem Wasser und schreiten über den Strand wie eine schreckliche Flut. Zwei Inseln wurden allein letzte Woche überrannt. Sie wollen uns von diesem Planeten eliminieren. Ohne Zweifel werden ein paar von uns auf Neu-Atlantis überleben, im Hochgebirge, aber es wird ein hartes und kurzes Leben sein. Bis Namor irgendetwas Neues über uns bringt, einen neuen Albtraum.« Ihre Stimme hatte einen hysterischen Unterton.

Haviland Tuf schaltete seine Konsole aus, und alle Bildschirme wurden schwarz. »Beruhigen Sie sich, Wächterin«, sagte er und drehte sich zu ihr um. »Ihre Ängste sind verständlich, aber unnötig. Ich verstehe Ihre missliche Lage jetzt besser. Sie ist in der Tat tragisch, aber nicht hoffnungslos.«

»Sie glauben immer noch, dass Sie uns helfen können?«, sagte sie. »Allein? Sie und dieses Schiff? Oh, ich will Sie auf keinen Fall entmutigen. Wir werden nach jedem Strohhalm greifen. Aber ...«

»Aber Sie glauben es nicht«, sagte Tuf. Ein kleiner Seufzer entrang sich seinen Lippen. »Zweifel«, sagte er zu dem grauen Kätzchen und hob es in seiner riesigen weißen Hand empor, »dein Name ist wahrlich gut gewählt.« Er richtete den Blick wieder auf Kefira Qay. »Ich bin ein nachsichtiger Mann, und Sie sind durch so viel schreckliche Mühsal gegangen, dass ich von der gedankenlosen Art, mit der Sie mich und meine Fähigkeiten herabsetzen, keine Notiz nehmen werde. Wenn Sie mich jetzt entschuldigen würden, ich habe zu arbeiten. Ihre

Leute haben mir sehr viel detailliertere Berichte über diese Kreaturen und über die namorianische Ökologie im Allgemeinen geschickt. Es ist unabdingbar, dass ich sie genau studiere, um die Situation verstehen und analysieren zu können. Ich danke Ihnen für Ihre Einführung.«

Kefira Qay runzelte die Stirn, hob Torheit von ihren Knien, setzte ihn auf den Boden und stand auf. »Nun gut«, sagte sie. »Wie schnell werden Sie fertig sein?«

»Das kann ich wirklich nicht genau vorhersagen«, entgegnete Tuf, »bevor ich nicht die Möglichkeit hatte, einige Simulationen durchzuführen. Vielleicht können wir in einem Tag beginnen. Vielleicht in einem Monat. Vielleicht später.«

»Wenn Sie zu lange brauchen, werden Sie Schwierigkeiten haben, Ihre zwei Millionen zu kassieren«, schnappte sie. »Weil wir dann alle tot sind.«

»In der Tat«, sagte Tuf. »Ich werde bestrebt sein, diesen Fall zu vermeiden. Jetzt lassen Sie mich bitte arbeiten. Wir werden uns zum Abendbrot wieder unterhalten. Ich werde Gemüseeintopf nach arionischer Art servieren, mit Hüten des thoritianischen Feuerpilzes, um unseren Appetit anzuregen.«

Qay seufzte laut. »Schon wieder Pilze?«, beschwerte sie sich. »Wir hatten pfannengerührte Pilze und Paprika zu Mittag und Knusperpilze in bitterer Sahne zum Frühstück.«

»Ich liebe Pilze«, sagte Haviland Tuf.

»Ich bin der Pilze überdrüssig«, entgegnete Kefira Qay. Torheit rieb sich an ihrem Bein, und sie blickte mit gerunzelter Stirn auf ihn hinab. »Dürfte ich etwas Fleisch vorschlagen? Oder Meeresfrüchte?« Ihre Miene nahm einen sehnsüchtigen Ausdruck an. »Es ist Jahre her, dass ich einen Schlammtopf gegessen habe. Manchmal träume ich davon. Man bricht ihn auf, gießt Butter hinein und löffelt das weiche Fleisch aus, Sie können sich nicht vorstellen, wie lecker das war. Oder Säbelfisch. Ah, ich könnte töten für einen Säbelfisch auf einem Bett aus Seegras!«

Haviland Tuf bedachte sie mit einem strengen Blick. »Wir essen hier keine Tiere«, sagte er. Dann machte er sich an die Arbeit und ignorierte sie. Kefira Qay ging. Torheit trabte hinter ihr her. »Äußerst passend«, murmelte Tuf. »Wirklich.«

Vier Tage und viele Pilze später begann Kefira Qay damit, Haviland Tuf nachdrücklich nach Ergebnissen zu fragen. »Was *machen* Sie?«, wollte sie beim Abendessen wissen. »Wann werden Sie anfangen, etwas zu tun? Jeden Tag ziehen Sie sich zurück, und jeden Tag wird die Situation auf Namor schlimmer. Ich habe vor einer Stunde mit Oberwächter Harvan gesprochen, während Sie mit Ihren Computern beschäftigt waren. Klein-Aquarius und die Tanzenden Schwestern haben wir verloren, während Sie und ich hier oben untätig herumsitzen, Tuf.«

»Untätig herumsitzen?«, erwiderte Haviland Tuf. »Wächterin, ich sitze nicht untätig herum. Ich habe noch nie untätig herumgesessen, und ich beabsichtige auch nicht, jetzt damit zu beginnen, untätig herumzusitzen. Ich arbeite. Eine große Menge an Informationen muss verdaut werden.«

Kefira Qay schnaubte. »Eine große Menge von Pilzen muss verdaut werden, meinen Sie wohl.« Sie stand auf und schüttelte Torheit von ihrem Schoß. Das Kätzchen und sie waren seit Kurzem enge Gefährten geworden. »Zwölftausend Menschen lebten auf Klein-Aquarius«, sagte sie, »und fast noch einmal so viele auf den Tanzenden Schwestern. Denken Sie darüber nach, während Sie verdauen, Tuf.« Sie machte auf dem Absatz kehrt und stolzierte aus dem Raum.

»In der Tat«, sagte Haviland Tuf. Er widmete sich wieder seinem Süßblüten-Auflauf.

Eine Woche verging, bevor sie wieder aneinandergerieten. »Nun?«, stellte die Wächterin ihn eines Tages auf dem Gang zur Rede, während Tuf mit großer Würde zu seinem Arbeitszimmer stapfte.

»Nun«, gab er zurück. »Einen guten Tag, Wächterin Qay.«

»Heute ist kein guter Tag«, sagte sie mürrisch. »Das Namor-Kontrollzentrum hat mir mitgeteilt, dass die Sonnenaufgangsinsel verloren ist. Überrannt. Sowie ein Dutzend Gleiter, die sie verteidigen wollten, zusammen mit all den Schiffen, die in den Häfen festgemacht hatten. Was sagen Sie dazu?«

»Äußerst tragisch«, antwortete Tuf. »Bedauerlich.«

»Wann werden Sie endlich fertig sein?«

Er hob die Schultern. »Das kann ich nicht sagen. Es ist keine einfache Aufgabe, die Sie mir gestellt haben. Ein äußerst komplexes Problem. Komplex. Ja, ich denke, das ist das richtige Wort. Vielleicht sollte ich sogar sagen: rätselhaft. Ich versichere Ihnen jedoch, dass Namors traurige Lage mein volles Mitgefühl hat und dass dieses Problem ebenso meinen Intellekt herausfordert.«

»Das ist es also für Sie, Tuf, nicht wahr? Ein Problem?«

Tuf runzelte leicht die Stirn, faltete die Hände und legte sie auf seinen gewölbten Bauch. »Ein Problem, in der Tat«, sagte er.

»Nein. Das ist nicht einfach nur ein Problem. Wir spielen hier keine Spielchen. Da unten sterben reale Menschen. Sie sterben, weil die Wächter nicht das in sie gesetzte Vertrauen erfüllen und weil Sie nichts tun. *Gar nichts.*«

»Beruhigen Sie sich. Ich versichere Ihnen, dass ich unablässig für Ihre Angelegenheit tätig bin. Sie müssen berücksichtigen, dass meine Aufgabe nicht so simpel ist wie die Ihre. Es ist ja schön und gut, Bomben auf Zerstörer abzuwerfen oder auf einen Feuerballon zu schießen und zuzusehen, wie er brennt. Allerdings haben diese einfachen, antiquierten Methoden Sie nicht sehr weit gebracht, Wächterin. Die ökologische Wissenschaft ist ein weit anspruchsvolleres Geschäft. Ich studiere die Berichte Ihrer Einsatzkräfte, Ihrer Meeresbiologen, Ihrer Historiker. Ich reflektiere und analysiere. Ich überlege mir verschiedene Herangehensweisen und lasse auf den großen Computern der *Arche* Simulationen laufen. Früher oder später werde ich eine Antwort für Sie finden.«

»Früher«, sagte Kefira Qay hart. »Namor will Ergebnisse sehen und ich ebenfalls. Der Rat der Wächter ist ungeduldig. Früher, Tuf. Nicht später. Ich warne Sie.« Sie trat zur Seite und ließ ihn passieren.

Kefira Qay verbrachte die nächsten anderthalb Wochen damit, Tuf so weit wie möglich aus dem Weg zu gehen. Sie ließ das Abendessen aus und blickte mürrisch, wann immer sie sich in den Korridoren begegneten. Jeden Tag begab sie sich in den Kommunikationsraum, wo sie lange Diskussionen mit ihren Vorgesetzten unten auf dem Planeten führte und die neuesten Nachrichten erfuhr. Sie waren nicht gut. Alle Nachrichten waren überhaupt nicht gut.

Schließlich eskalierte das Ganze. Blass und aufgebracht stürmte sie in die abgedunkelte Kammer, die Tuf seine »Kommandozentrale« nannte, wo er vor einer Reihe Computerbildschirmen saß und zusah, wie sich rote und blaue Linien auf einem Gitter verfolgten. *»Tuf!«*, schrie sie. Er schaltete den Bildschirm aus und drehte sich schwungvoll zu ihr um, wobei er Undank wegscheuchte. Von Schatten umgeben betrachtete er sie teilnahmslos. »Der Rat der Wächter hat mir einen Befehl erteilt«, sagte sie.

»Wie erfreulich für Sie«, erwiderte Tuf. »Mir ist bewusst, dass Sie seit einiger Zeit durch die Untätigkeit unruhig geworden sind.«

»Der Rat wünscht unverzüglich Taten, Tuf. *Unverzüglich.* Heute. Verstehen Sie?«

Tuf stellte die Hände unter seinem Kinn auf, sodass er fast wie ein Betender aussah. »Muss ich nicht nur Feindseligkeit und Ungeduld ertragen, sondern ebenso die Verleumdung meiner Intelligenz? Ich verstehe alles, was man über Ihre Wächter verstehen muss, das versichere ich Ihnen. Es ist nur die besondere und eigensinnige Ökologie von Namor, die ich nicht verstehe. Solange ich das nicht erreicht habe, kann ich nichts tun.«

»Sie *werden* etwas tun«, sagte Kefira Qay. Plötzlich hatte sie eine Laserpistole in der Hand und zielte damit auf Tufs dicken Wanst. »Sie werden jetzt etwas tun.«

Haviland Tuf zeigte keinerlei Reaktion. »Gewalt«, sagte er mit mildem Tadel. »Vielleicht sollten Sie mir die Möglichkeit geben, es Ihnen zu erklären, bevor Sie ein Loch in mich brennen und damit sich selbst und Ihren Planeten verdammen.«

»Na los«, sagte sie. »Ich werde zuhören. Aber nicht lange.«

»Ausgezeichnet«, sagte Haviland Tuf. »Wächterin, irgendetwas sehr Seltsames geht auf Namor vor sich.«

»Was Sie nicht sagen«, entgegnete sie trocken. Der Laser bewegte sich nicht.

»In der Tat. Sie werden durch eine Heimsuchung von Kreaturen vernichtet, die wir, in Ermangelung eines besseren Begriffs, zusammengefasst als *Seeungeheuer* bezeichnen müssen. In weniger als einem halben Dutzend Standardjahren sind drei Spezies aufgetaucht. Jede dieser Spezies ist offensichtlich neu oder war zumindest bislang unbekannt. So etwas erscheint mir aufs Extremste unwahrscheinlich. Ihr Volk weilt seit einhundert Jahren auf Namor, und erst seit Kurzem haben Sie Kenntnis von diesen Wesen, die Sie Zerstörer, Feuerballons und Läufer nennen. Es scheint fast, als würde irgendein dunkles Gegenstück der *Arche* einen Biowaffenkrieg gegen Sie führen, obwohl dies ganz offensichtlich nicht der Fall ist. Ob neu oder alt, diese Seeungeheuer sind auf Namor zu Hause, ein Produkt der lokalen Evolution. Ihre nahen Verwandten bevölkern die Ozeane – die Schlammtöpfe, die Springenden Freddies, die Tanzenden Quallen und die Kriegsschiffe. So. Und was sagt uns das?«

»Ich weiß nicht«, erwiderte Kefira Qay.

»Ich ebenso wenig«, sagte Tuf. »Fahren wir fort. Diese Seeungeheuer pflanzen sich in großer Anzahl fort. Die See wimmelt von ihnen, sie füllen die Lüfte, sie überrennen dicht besiedelte Inseln. Sie töten. Dabei töten sie weder sich gegenseitig noch scheinen sie andere natürliche Feinde zu haben. Die brutalen Kontrollmechanismen eines normalen Ökosystems wirken also nicht. Ich habe die Berichte Ihrer Wissenschaftler mit großem Interesse gelesen. Vieles an diesen Seeungeheuern ist faszinierend, aber vielleicht am fesselndsten ist die Tatsache, dass Sie von ihnen nichts kennen außer ihrer ausgewachsenen Form. Riesige Zerstörer streifen durch die Ozeane und bringen Schiffe zum Kentern, monströse Feuerballons wirbeln durch die Lüfte. Wo, wenn ich fragen darf, sind die kleinen Zerstörer, die Baby-Ballons? Wo nur?«

»Tief in den Ozeanen.«

»Vielleicht, Wächterin, vielleicht. Sie können es nicht mit Sicherheit sagen, und ich ebenso wenig. Diese Ungeheuer sind äußerst wunderbare Kreaturen, aber ich habe auf anderen Planeten ebenso vollkommene Räuber gesehen. Aber nicht in so großer Anzahl. Warum? Aha, weil die Jungen, die Eier oder die Nestlinge nicht so vollkommen sind wie ihre Eltern und weil die meisten sterben, bevor sie ausgewachsen sind. Dies scheint auf Namor nicht zu passieren. Es scheint überhaupt nicht zu passieren. Was kann das alles bedeuten? Was nur?« Tuf zuckte mit den Achseln. »Ich kann es nicht sagen, aber ich arbeite daran, ich denke, ich bin dem Rätsel Ihrer übervölkerten Ozeane auf der Spur.«

Kefira Qay zog eine Grimasse. »Und in der Zwischenzeit sterben wir. Wir sterben, und Sie kümmert es nicht im Geringsten.«

»Ich protestiere!«, begann Tuf.

»Still!«, sagte sie und schwang den Laser. »Jetzt rede ich, Sie hatten Ihre Chance. Heute haben wir den Kontakt mit der Gebrochenen Hand verloren. Dreiundvierzig Inseln, Tuf. Ich will gar nicht daran denken, wie viele Menschen dort lebten. Alle tot, innerhalb eines einzigen Tages. Ein paar verstümmelte Funksprüche, Hysterie, dann Stille. Und Sie sitzen hier und reden über Rätsel. Genug davon. Sie werden jetzt etwas unternehmen! Ich bestehe darauf. Oder ich drohe, wenn Ihnen das lieber ist. Später werden wir uns um das Wie und Warum dieser Wesen kümmern. Vorläufig werden wir sie töten, ohne Fragen zu stellen.«

»Einstmals«, sagte Haviland Tuf, »gab es einen Planeten, der einfach idyllisch war und nur einen einzigen Makel aufwies - ein Insekt von der Größe eines Staubkorns. Es waren harmlose Kreaturen, aber sie waren überall. Sie ernährten sich von den Mikrosporen eines schwimmenden Pilzes. Die Leute auf diesem Planeten hassten das winzige Insekt, das manchmal in so dicken Wolken flog, dass sie die Sonne verdunkelten. Wenn die Einwohner das Haus verließen, landeten die Insekten zu Tausenden auf ihnen und überzogen ihre Körper mit einer lebenden Kruste. Ein Möchtegern-Ökoingenieur versprach, ihr Problem zu lösen. Er führte ein anderes Insekt von einem fernen Planeten ein, ein größeres, das die lebenden Staubkörnchen jagen sollte. Der Plan funktionierte vortrefflich. Die neuen Insekten vermehrten sich immer weiter. Sie hatten in diesem Ökosystem keine natürlichen Feinde, bis sie schließlich die einheimische Art völlig ausgelöscht hatten. Es war ein großer Triumph. Unglücklicherweise gab es unvorhergesehene Nebeneffekte. Nachdem die Eindringlinge eine Lebensform zerstört hatten, gingen sie zu anderen, nützlicheren Arten über. Viele einheimische Insekten starben aus. Die Vogelwelt, ihrer üblichen Beute beraubt und unfähig, die fremden Insekten zu verdauen, litt ebenfalls schrecklich. Pflanzen wurden nicht mehr bestäubt wie zuvor. Ganze Wälder und Dschungel veränderten sich und verdorrten. Und die Sporen der Pilze, die die Nahrung des ursprünglichen Ärgernisses gewesen waren, vermehrten sich unkontrolliert. Der Pilz wuchs überall – auf Gebäuden, auf Gemüsepflanzen, sogar auf lebenden Tieren. Kurz gesagt, das Ökosystem kippte vollständig um. Wenn Sie diese Welt heute besuchen, finden Sie einen toten Planeten vor, auf dem nichts wächst außer einem ekelhaften Pilz. Das sind die Früchte von übereilten Aktionen und unzureichenden Studien. Es ist äußerst riskant, wenn jemand ohne Verständnis irgendetwas tut.«

»Und das Verderben ist gewiss, wenn jemand überhaupt nichts tut«, sagte Kefira Qay verstockt. »Nein, Tuf. Sie erzählen Schauergeschichten, aber wir sind ein verzweifeltes Volk. Die Wächter akzeptieren jedes Risiko. Ich habe meine Befehle. Und wenn Sie nicht tun, worum ich Sie gebeten habe, werde ich das hier benutzen.« Sie nickte in Richtung ihres Lasers.

Haviland Tuf verschränkte die Arme. »Wenn Sie das da benutzen, wäre das äußerst dumm von Ihnen. Zweifelsohne könnten Sie lernen, mit der *Arche* umzugehen. Irgendwann. Es würde Jahre dauern, die Sie nach Ihrer eigenen Aussage nicht mehr haben. Ich werde weiter für Sie arbeiten und Ihre heftigen Äußerungen und Ihre Drohungen vergessen, aber ich werde erst etwas unternehmen, wenn ich dazu bereit bin. Ich bin ein Ökoingenieur. Ich habe meine persönlichen und professionellen Ansprüche. Und ich muss darauf hinweisen, dass Sie ohne meine Dienste gänzlich ohne Hoffnung wären. Gänzlich. Nun, da Sie es wissen und auch ich es weiß, lassen Sie uns auf jede weitere Dramatik verzichten. Sie werden diesen Laser nicht benutzen.«

Einen Moment lang sah Kefira Qay überrascht aus. »Sie ...«, sagte sie verwirrt, und der Laser zitterte leicht. Dann festigte sich ihr Blick wieder. »Sie liegen falsch, Tuf«, sagte sie. »Ich *werde* ihn benutzen.«

Haviland Tuf sagte nichts.

»Nicht gegen Sie«, fuhr sie fort. »Gegen Ihre Katzen. Ich werde jeden Tag eine von ihnen töten, bis Sie etwas unternehmen.« Ihr Handgelenk bewegte sich ein wenig, sodass der Laser nicht mehr auf Tuf gerichtet war, sondern auf Undanks kleine Gestalt, die im Raum hin und her schlich und Schatten jagte. »Ich werde mit dieser hier anfangen«, sagte die Wächterin. »Ich zähle bis drei.«

Tufs Gesicht blieb völlig emotionslos. Er starrte.

»Eins«, sagte Kefira Qay.

Tuf saß bewegungslos da.

»Zwei«, sagte sie.

Tuf runzelte die Stirn, und auf seiner kalkweißen Stirn bildeten sich Falten.

»Drei«, brach es aus Qay heraus.

»Nein«, sagte Tuf schnell. »Schießen Sie nicht. Ich werde tun, was Sie verlangen. Ich werde innerhalb einer Stunde mit dem Klonen beginnen.«

Die Wächterin steckte ihren Laser ins Holster.

Also zog Haviland Tuf widerwillig in den Krieg.

Am ersten Tag saß er still und mit zusammengepressten Lippen in seiner Kommandozentrale vor einer großen Konsole, drehte an Skalen und drückte leuchtende Knöpfe und holografische Regler. An anderer Stelle in der *Arche* liefen gurgelnd Flüssigkeiten von unterschiedlicher Farbe und Schattierung in die leeren Tanks entlang der abgedunkelten Zentralröhre, während Proben aus der großen Zellbibliothek von winzigen Roboterarmen so vorsichtig wie von der Hand eines Meisterchirurgen entnommen und besprüht und behandelt wurden. Tuf sah nichts davon. Er blieb auf seinem Posten und setzte einen Klon nach dem anderen an.

Am zweiten Tag tat er dasselbe.

Am dritten Tag erhob er sich und ging langsam den kilometerlangen Korridor entlang, wo seine Kreationen zu wachsen begonnen hatten, undeutliche Gestalten, die sich entweder schwach oder gar nicht in den Tanks mit der durchsichtigen Flüssigkeit rührten. Einige Tanks waren so groß wie das Shuttledeck der *Arche*, andere so winzig wie ein Fingernagel. Haviland Tuf hielt bei jedem Tank inne, studierte die Skalen und Anzeigen und leuchtenden Beobachtungsfenster mit stiller Intensität und nahm von Zeit zu Zeit einige kleine Anpassungen vor. Am Ende des Tages hatte er erst die Hälfte der langen, widerhallenden Reihe geschafft.

Am vierten Tag vollendete er seinen Rundgang.

Am fünften Tag schaltete er den Chronowarp ein. »Die Zeit ist sein Sklave«, erzählte er Kefira Qay, als sie ihn danach fragte. »Er kann sie verlangsamen oder beschleunigen. Wir werden sie schneller laufen lassen, damit die Krieger, die ich erschaffe, ihre Reife früher erlangen als in der Natur.«

Am sechsten Tag war er auf dem Shuttledeck damit beschäftigt, zwei seiner Shuttles zu modifizieren, damit sie die Wesen transportieren konnten, die er erschuf, indem er große und kleine Tanks hinzufügte und sie mit Wasser füllte.

Am Morgen des siebten Tages gesellte er sich zum Frühstück zu Kefira Qay und sagte: »Wächterin, wir können beginnen.«

Sie war überrascht. »So schnell?«

»Nicht alle meine Tiere sind voll ausgewachsen, aber so soll es sein. Einige sind von monströsen Ausmaßen und müssen transportiert werden, bevor sie ihre volle Größe erreicht haben. Das Klonen geht natürlich weiter. Wir müssen unsere Wesen in ausreichender Anzahl erschaffen, damit sie überlebensfähig bleiben. Nichtsdestotrotz sind wir jetzt an einem Punkt angelangt, an dem es möglich ist, die Saat in die Ozeane von Namor auszubringen.«

»Wie sieht Ihre Strategie aus?«, fragte Kefira Qay.

Haviland Tuf schob seinen Teller beiseite und schürzte die Lippen. »Die Strategie, die ich habe, ist grob und unausgegoren, Wächterin, und basiert auf unzureichendem Wissen. Ich übernehme keine Verantwortung für ihren Erfolg oder Misserfolg. Ihre schrecklichen Drohungen haben mich zu unpassender Eile getrieben.«

»Egal«, bellte sie. »Was werden Sie tun?«

Tuf faltete die Hände über seinem Bauch. »Biologische Waffen kommen wie auch andere Arten von Kampfinstrumenten in vielen Formen und Größen daher. Die beste Möglichkeit, einen menschlichen Feind zu töten, ist ein einziger Lasertreffer genau in der Mitte seiner Stirn. Biologisch gesehen wäre die Entsprechung ein passender natürlicher Feind oder Jäger oder eine artspezifische Seuche. Aus Mangel an Zeit hatte ich keine Möglichkeit, eine solche ökonomische Lösung zu finden.

Andere Herangehensweisen sind weniger befriedigend. Ich könnte zum Beispiel eine Krankheit einführen, die Ihren Planeten von den Zerstörern, Feuerballons und Läufern säubert. Es gibt mehrere infrage kommende Kandidaten. Aber Ihre Seeungeheuer sind enge Verwandte vieler anderer Arten des marinen Lebens, und diese Cousins und Onkel würden ebenfalls leiden. Meine Berechnungen zeigen, dass ganze drei Viertel des Meereslebens von Namor einem derartigen Angriff zum Opfer fallen würden. Alternativ dazu habe ich in meinem Bestand schnell wachsende Pilze und Mikroorganismen, die buchstäblich Ihre Ozeane erfüllen und alles andere Leben verdrängen würden. Auch diese Wahl ist nicht befriedigend. Letztlich würde es Namor unbrauchbar für eine dauerhafte menschliche Besiedlung machen. Um meine Analogie von vorhin zu verwenden, wären diese Methoden das biologische Äquivalent zum Vorhaben, einen einzelnen menschlichen Feind zu töten, indem man eine schwache thermonukleare Bombe in der Stadt zündet, in der er rein zufällig gerade wohnt. Also habe ich sie verworfen.

Stattdessen habe ich etwas ausgewählt, das man als Streubomben-Strategie bezeichnen könnte. Sie läuft darauf hinaus, viele neue Arten in Ihr namorianisches Ökosystem einzuführen, in der Hoffnung, dass einige sich als effektive natürliche Feinde erweisen, die in der Lage sind, die Reihen Ihrer Seeungeheuer zu lichten. Einige meiner Krieger sind große tödliche Bestien, die sogar ihre schrecklichen Zerstörer erlegen können. Andere sind klein und flink, semisoziale Rudeljäger, die sich schnell fortpflanzen. Wieder andere sind winzig. Ich hege die Hoffnung, dass sie Ihre Albtraumwesen in ihren jüngeren und weniger gefährlichen Stadien finden und sich an ihnen nähren und sie somit ausdünnen. Sie sehen also, ich verfolge viele Strategien. Ich lege lieber das komplette Blatt auf den Tisch, als nur eine einzige Karte auszuspielen. In Anbetracht Ihres bitteren Ultimatums ist dies die einzig Erfolg versprechende Methode.« Tuf nickte ihr zu. »Ich denke, Sie werden zufrieden sein, Wächterin Qay.«

Sie runzelte die Stirn und schwieg.

»Wenn Sie Ihren köstlichen Süßpilzbrei aufgegessen haben«, sagte Tuf, »könnten wir beginnen. Ich möchte nicht, dass Sie denken, ich hätte die Sache hinausgezögert. Ich vermute, Sie sind ausgebildete Pilotin?«

»Ja«, blaffte sie zurück.

»Ausgezeichnet!«, rief Tuf aus. »Ich werde Sie dann in die Besonderheiten meiner Shuttles einweisen. Sie sind inzwischen voll bestückt für unseren ersten Flug. Wir sollten weite Bögen über Ihre Ozeane fliegen und unsere Fracht in die aufgewühlten Wellen abwerfen. Ich werde die *Basilisk* über Ihre nördliche Hemisphäre fliegen. Sie werden die *Mantikor* nach Süden lenken. Wenn dieser Plan akzeptabel ist, lassen Sie uns die Routen durchgehen, die ich für uns geplant habe.« Mit großer Würde erhob er sich.

Die nächsten zwanzig Tage kreuzten Haviland Tuf und Kefira Qay in einem gewissenhaften Gittermuster über die gefährlichen Himmel von Namor und bestellten die Ozeane. Die Wächterin flog ihre Runden voller Elan. Es war gut, wieder etwas zu tun, und sie war voller Hoffnung. Die Zerstörer und Feuerballons und Läufer würden von nun an ihren eigenen Albträumen gegenüberstehen – Albträumen von über fünfzig weit verstreuten Planeten.

Von Alt-Poseidon kamen Vampir-Aale und Nessies und schwimmende Knäuel Netztang, durchsichtig und rasiermesserscharf und tödlich.

Von Aquarius klonte Tuf schwarze Räuber und die schnelleren roten Räuber, giftige Bausch-Welpen und duftende, fleischfressende Damenwurz.

Von Jamisons Welt kamen Sanddrachen und Düstere Jäger aus den Tanks, außerdem ein Dutzend verschiedener Arten leuchtend bunter Wasserschlangen, große und kleine.

Von der Alten Erde selbst lieferte die Zellbibliothek große Weiße Haie, Barrakudas, Riesenkraken und halb intelligente Schwertwale.

Sie säten auf Namor die monströsen Grauen Kraken von Lissador und die kleineren Blauen Kraken von Ance aus sowie Wassergallertekolonien von Noborn, daronnianische Spinngeißeln und Blutschnüre von Cathaday, Wasserlebewesen so groß wie der Festungsfisch von Dam Tullian, der Spottwal von Gulliver und die Ghrin'da von Hruun-2 oder so klein wie die Blasenflossen von Avalon, die parasitären Caesni von Ananda und die tödlichen nestbauenden, eierlegenden deirdranischen Wasserwespen. Um die schwebenden Feuerballons zu jagen, brachten sie zahllose Luftlebewesen mit: Peitschenschwanz-Mantas, hellrote Klingenflügler, Schwärme von Spöttern, halb-aquatische Heuler und ein schreckliches blaßblaues Ding - halb Pflanze und halb Tier und völlig gewichtslos -, das mit dem Wind trieb und wie ein lebendes, hungriges Spinnennetz in den Wolken lauerte. Tuf nannte es den Schleier-der-weint-und-flüstert und wies Kefira Qay an, nicht durch Wolken zu fliegen.

Pflanzen und Tiere und Wesen, die beides und keins von beidem waren, Jäger und Parasiten, Kreaturen dunkel wie die Nacht oder leuchtend und prächtig oder völlig farblos, Dinge, so fremdartig und wunderschön, dass es keine Worte dafür gab, oder zu abscheulich, um sie sich auch nur ausdenken zu können, von Planeten, die hell in der Geschichte der Menschheit leuchteten, oder von anderen, von denen man nur selten hörte. Und noch viel mehr. Tag für Tag rasten die *Basilisk* und die *Mantikor* über die Meere von Namor, zu schnell und zu tödlich für die Feuerballons, die auftauchten, um sie anzugreifen, und warfen ungestraft ihre lebenden Waffen ab.

Nach jedem Arbeitstag kehrten sie zur *Arche* zurück, wo Haviland Tuf mit einer oder mehreren seiner Katzen die Einsamkeit suchte, während Kefira Qay für gewöhnlich Torheit mit in den Kommunikationsraum nahm, um sich die Berichte anzuhören.

Wächter Smitt berichtete von der Sichtung seltsamer Wesen in der Meerenge von Orange. Keine Anzeichen von Zerstörern.

»Ein Zerstörer wurde vor Batthern gesehen, verstrickt in einen schrecklichen Kampf mit einem riesigen, tentakelbestückten Ding, das doppelt so groß war. Ein Grauer Krake, sagen Sie? Sehr gut. Wir sollten diese Namen lernen, Wächterin Qay.«

»Die Mullidor-Gestade berichten, dass sich eine Familie Peitschenschwanz-Mantas auf den Felsen vor der Küste angesiedelt hat. Wächter Horn sagt, dass sie die Feuerballons aufschlitzen wie lebende Messer – dass die Ballons taumeln und zusammenfallen und hilflos abstürzen. Wunderbar!«

»Heute hörten wir etwas von Indigo-Strand, Wächterin Qay. Eine seltsame Geschichte. Drei Läufer kamen aus dem Wasser gerannt, aber es war kein Angriff. Sie waren wahnsinnig, taumelten herum, als hätten sie große Schmerzen, und Fetzen einer blassen, schaumigen Substanz hingen von jedem Gelenk und aus jeder Öffnung. Was ist das?«

»Ein toter Zerstörer ist heute vor Neu-Atlantis angespült worden. Ein weiterer Kadaver wurde von der *Sonnenklinge* auf ihrer westlichen Patrouille gesehen, wie er auf der Wasseroberfläche verrottete. Verschiedene fremdartige Fische rissen ihn in Stücke.«

»Die *Sternenschwert* machte sich gestern nach Feuerhöhe auf und sichtete weniger als ein halbes Dutzend Feuerballons. Der Rat der Wächter denkt darüber nach, versuchsweise kurze Luftschiff-Flüge zu den Schlammtopf-Perlen zuzulassen. Was denken Sie, Wächterin Qay? Würden Sie uns raten, es zu versuchen, oder ist es noch zu früh?«

Jeden Tag fluteten Berichte herein, und jeden Tag lächelte Kefira Qay breiter, wenn sie ihre Runden in der *Mantikor* drehte. Aber Haviland Tuf blieb still und teilnahmslos.

Nach vierunddreißig Tagen Krieg teilte ihr Oberwächter Lysan mit: »Heute wurde ein weiterer toter Zerstörer gefunden. Er muss in einen ziemlich heftigen Kampf verwickelt gewesen sein. Unsere Wissenschaftler haben den Inhalt seiner Mägen analysiert, und es stellte sich heraus, dass er sich ausschließlich von Schwertwalen und Blauen Kraken ernährt hatte.« Kefira Qay runzelte leicht die Stirn und tat es dann mit einem Schulterzucken ab.

»Heute wurde ein Grauer Krake bei Boreen angespült«, berichtete ihr Oberwächter Moen ein paar Tage später. »Die Anwohner beschweren sich über den Gestank. Er hat gigantische runde Bissmarken, erzählen sie. Offensichtlich von einem Zerstörer, aber von einem noch größeren als gewöhnlich.« Wächterin Qay verlagerte unbehaglich ihr Gewicht.

»Sämtliche Haie scheinen aus dem Bernsteinmeer verschwunden zu sein. Die Biologen finden keine Begründung dafür. Was denken Sie? Bitte fragen Sie Tuf danach, ja?« Sie hörte es sich an und verspürte eine schwache Unruhe.

»Hier ist was Seltsames für Sie beide. Etwas wurde gesichtet, wie es sich im Coherine-Graben hin und her bewegte. Wir haben Berichte sowohl von der *Sonnenklinge* als auch von der *Himmelsmesser* und verschiedene Bestätigungen von Gleiterpatrouillen. Ein riesiges Ding, sagen sie, eine wahrhaftige lebende Insel, die alles auf ihrem Weg aufsaugt. Ist das etwas von Ihnen? Wenn ja, dann scheinen Sie sich verschätzt zu haben. Man sagt, es frisst Barrakudas und Blasenflossen und Landernadeln zu Tausenden.« Kefira Qay zog eine finstere Miene.

»Feuerballons wurden wieder vor den Mullidor-Gestaden gesichtet – Hunderte. Ich kann diesen Berichten nur schwer Glauben schenken, aber man sagt, dass die Peitschenschwanz-Mantas jetzt einfach von ihnen abprallen. Haben Sie ...«

»Schon wieder Kriegsschiffe, ist das zu glauben? Wir dachten, sie wären fast alle fort. So viele von ihnen, und sie verschlingen die kleineren von Tufs Fischen wie nichts, Sie sollten …«

»Zerstörer spritzen mit Wasser, um Heuler aus der Luft zu holen …«

»Etwas Neues, Kefira, eine Art Gleitflieger. Ganze Schwärme starten von den Kuppeln der Feuerballons. Sie haben bereits drei unserer Gleiter erwischt, und die Mantas sind kein Problem für sie … überall, ich sage Ihnen, dieses Ding, das sich in den Wolken versteckt … die Ballons reißen sie einfach los, die Säure kann ihnen nichts mehr anhaben, sie schleudern sie nach unten …«

»… noch mehr tote Wasserwespen, zu Hunderten, zu Tausenden, wo sind sie alle …«

»… wieder Läufer. Burg Dämmerung antwortet nicht, muss überrannt worden sein. Wir verstehen das nicht. Die Insel war von Blutschnüren und Wassergallerte-Kolonien umringt. Sie hätte sicher sein müssen, und trotzdem …«

»… seit einer Woche keine Nachricht von Indigo-Strand …«

»… dreißig, vierzig Feuerballons genau vor Cabben beobachtet. Der Rat befürchtet …«

»… nichts von Lobbadoon …«

»… toter Festungsfisch, halb so groß wie die Insel selbst … Zerstörer kamen direkt in den Hafen …«

»… Läufer …«

»… Wächterin Qay, die *Sternenschwert* ist verloren, über dem Polarmeer abgestürzt. Die letzte Übertragung war verstümmelt, aber wir glauben …«

Kefira Qay stemmte sich schwankend hoch und drehte sich um. Sie wollte aus dem Kommunikationsraum flüchten, wo all die Bildschirme Nachrichten über Tod, Zerstörung, Niederlagen plapperten. Haviland Tuf stand hinter ihr, das blasse Gesicht regungslos. Undank saß ruhig auf seiner breiten linken Schulter.

»Was *passiert* da?«, wollte die Wächterin wissen.

»Man sollte meinen, das wäre für jeden Menschen mit normaler Intelligenz offensichtlich, Wächterin. Wir verlieren. Vielleicht haben wir sogar schon verloren.«

Kefira Qay zwang sich, nicht zu schreien. »Wollen Sie nicht *irgendetwas* tun? Zurückschlagen? Das ist alles Ihre Schuld, Tuf. Sie sind kein Ökoingenieur - Sie sind ein Händler, der nicht weiß, was er tut. Deshalb ist das hier ...«

Haviland Tuf hob eine Hand, um sie zu unterbrechen. »Bitte«, sagte er. »Sie haben mir bereits beträchtlichen Ärger bereitet. Beleidigen Sie mich nicht weiter. Ich bin ein friedliebender Mensch von freundlichem und wohlwollendem Wesen, aber selbst jemanden wie mich kann man bis zur Weißglut provozieren. Sie sind jetzt nicht mehr weit davon entfernt. Wächterin, ich übernehme keine Verantwortung für diesen unglückseligen Verlauf der Dinge. Diese übereilte biologische Kriegsführung, die wir veranstaltet haben, war nicht meine Idee. Ihr unzivilisiertes Ultimatum hat mich zu unüberlegten Aktionen getrieben, um Sie zu beschwichtigen. Glücklicherweise habe ich meine Arbeit fortgesetzt, während Sie Ihre Nächte damit verbracht haben, sich diebisch über kurzzeitige und illusorische Siege zu freuen. Ich habe Ihren Planeten auf meinen Computern kartografiert und den Verlauf Ihres Krieges in all seinen mannigfaltigen Phasen beobachtet. Ich habe Ihre Biosphäre in einem meiner großen Tanks nachgebildet und mit Vertretern der namorianischen Tierwelt bestückt, die ich aus toten Exemplaren geklont habe – ein Stückchen Tentakel hier, ein Teil von einem Rückenschild da. Ich habe beobachtet und analysiert, und schließlich bin ich zu Schlussfolgerungen gelangt. Vorläufig, zugegeben, obwohl diese jüngsten Ereignisse auf Namor dazu tendieren, meine Hypothese zu bestätigen. Also diffamieren Sie mich nicht weiter, Wächterin. Nach einem erfrischenden Nachtschlaf werde ich nach Namor fliegen und versuchen, Ihren Krieg zu beenden.«

Kefira Qay starrte ihn an und konnte kaum glauben, dass ihre Trauer sich noch einmal in Hoffnung verwandelte. »Sie haben also die Antwort?«

»In der Tat. Sagte ich das nicht gerade?«

»Wie lautet sie?«, wollte sie wissen. »Irgendwelche neuen Tiere? Das ist es – Sie haben etwas anderes geklont, nicht wahr? Irgendwelche Seuchen? Monster?«

Haviland Tuf hob eine Hand. »Geduld. Zuerst muss ich mir sicher sein. Sie haben mich mit derart unermüdlichem Nachdruck verspottet und verhöhnt, dass ich zögere, mich weiterem Spott zu öffnen, indem ich Ihnen meine Pläne anvertraue. Ich sollte zuerst ihre Gültigkeit beweisen. Daher lassen Sie uns morgen weiterreden. Sie sollten keine weiteren Angriffe mit der *Mantikor* fliegen. Stattdessen bitte ich Sie, damit nach Neu-Atlantis zu fliegen und ein vollständiges Treffen des Rates der Wächter einzuberufen. Bitte holen Sie auch diejenigen ab, die von den abgelegeneren Inseln hergebracht werden müssen.«

»Und Sie?«, fragte Kefira Qay.

»Ich werde mich mit dem Rat treffen, wenn es an der Zeit ist. Zuvor jedoch werde ich meine Pläne und meine Kreatur auf meiner eigenen kleinen Mission nach Namor bringen. Wir sollten in der *Phönix* reisen, denke ich. Ja. Ich halte die

Phönix für am geeignetsten, um die Wiedergeburt Ihres Planeten aus seiner Asche zu würdigen. Äußerst feuchte Asche zwar, aber nichtsdestotrotz Asche.«

Kefira Qay traf Haviland Tuf auf dem Shuttledeck kurz vor ihrem geplanten Abflug. Die *Mantikor* und die *Phönix* standen in ihren Landebuchten bereit, zwischen den anderen verstreuten herrenlosen Raumschiffen. Haviland Tuf tippte Zahlen in einen Minicomputer, den er sich ans Handgelenk geschnallt hatte. Er trug einen langen, grauen Vinylmantel mit unzähligen Taschen und breiten Schulterpolstern. Eine grünbraune Schirmkappe, geschmückt mit dem goldenen Theta der Ökoingenieure, thronte verwegen auf seinem kahlen Kopf.

»Ich habe das Namor-Kontrollzentrum und die Zentrale der Wächter informiert«, sagte Qay. »Der Rat versammelt sich soeben. Ich werde den Transport für ein halbes Dutzend Oberwächter von entfernteren Distrikten übernehmen, damit alle zur Stelle sein werden. Was ist mit Ihnen, Tuf? Sind Sie bereit? Ist Ihr geheimnisvolles Wesen an Bord?«

»Bald«, sagte Haviland Tuf und zwinkerte ihr zu.

Aber Kefira Qay sah ihm nicht ins Gesicht. Ihr Blick war etwas tiefer gerichtet. »Tuf«, sagte sie, »da ist etwas in Ihrer Tasche. Es bewegt sich.« Ungläubig beobachtete sie den Buckel, der unter dem Vinyl entlangkroch.

»Aha«, sagte Tuf. »In der Tat.« Und dann tauchte ein Kopf aus seiner Tasche auf und schaute sich neugierig um. Er gehörte einem Kätzchen, einem winzigen tiefschwarzen Kätzchen mit strahlend gelben Augen.

»Eine Katze«, murmelte Kefira Qay säuerlich.

»Ihre Wahrnehmungskraft ist geradezu übernatürlich«, sagte Haviland Tuf. Er nahm das Kätzchen vorsichtig heraus und hielt es in einer großen weißen Hand, während er es mit einem Finger der anderen Hand hinter den Ohren kraulte. »Das ist Dax«, sagte er feierlich. Dax war kaum halb so groß wie die älteren Kätzchen, die in der *Arche* herumsprangen. Er sah aus wie ein Ball aus schwarzem Fell, seltsam schlaff und träge.

»Wunderbar«, entgegnete die Wächterin. »Dax, ja? Und wo kommt sie her? Nein, antworten Sie nicht. Lassen Sie mich raten. Tuf, haben wir nicht Wichtigeres zu tun, als mit Katzen zu spielen?«

»Das denke ich nicht«, sagte Haviland Tuf. »Sie würdigen die Katzen nicht hinreichend, Wächterin. Sie sind die zivilisiertesten Tiere überhaupt. Kein Planet kann ohne Katzen als wirklich kultiviert bezeichnet werden. Ist Ihnen bewusst, dass alle Katzen seit undenkbaren Zeiten gewisse paranormale Kräfte haben? Wussten Sie, dass einige antike Gesellschaften der Alten Erde Katzen als Götter verehrten? Das ist wahr.«

»Bitte«, sagte Kefira Qay gereizt. »Wir haben keine Zeit für einen Diskurs über Katzen. Wollen Sie dieses arme kleine Ding nach Namor mitnehmen?«

Tuf blinzelte. »In der Tat. Dieses arme kleine Ding, wie Sie es so verächtlich nennen, ist die Erlösung für Namor. Ein gewisser Respekt wäre angebracht.«

Sie starrte ihn an, als wäre er verrückt geworden. »Was? Das? Er? Ich meine, Dax? Ist das Ihr Ernst? Wovon reden Sie? Sie scherzen, nicht wahr? Das kann nur ein übler Scherz sein. Sie haben irgendetwas an Bord der *Phönix*, einen riesigen Leviathan, der die Meere von den Zerstörern reinigen wird – irgendetwas. Ich weiß nicht. Aber Sie wollen doch nicht ... Sie können nicht ... nicht das.«

»Ihn«, sagte Haviland Tuf. »Wächterin, es ist so ermüdend, das Offensichtliche nicht nur einmal, sondern immer und immer wieder darzulegen. Ich habe Ihnen Räuber und Kraken und Peitschenschwanz-Mantas gegeben, wie Sie es gefordert haben. Sie waren wirkungslos. Demzufolge habe ich weiter nachgedacht, und dann habe ich Dax geklont.«

»Ein Kätzchen«, sagte sie. »Sie wollen ein *Kätzchen* gegen die Zerstörer und die Feuerballons und die Läufer einsetzen. Ein. Kleines. *Kätzchen.*«

»In der Tat«, sagte Haviland Tuf. Er bedachte sie mit einem finsteren Blick, schob Dax zurück in die geräumige Zuflucht seiner großen Tasche und wandte sich elegant der wartenden *Phönix* zu.

Kefira Qay wurde nervös. In der Ratskammer ganz oben im Wellenbrecherturm von Neu-Atlantis wurden die fünfundzwanzig Oberwächter, die die Verteidigung von ganz Namor befehligten, langsam unruhig. Sie alle hatten stundenlang gewartet. Einige waren schon den ganzen Tag da. Der lange Konferenztisch war übersät mit persönlichen Kommunikatoren und Computerausdrucken und leeren Wassergläsern. Zwei Mahlzeiten waren bereits serviert und wieder abgeräumt worden. Am großen, gewölbten Fenster, das die eine Wand dominierte, unterhielt sich der beleibte Oberwächter Alis leise und eindringlich mit dem dünnen und strengen Oberwächter Lysan, und beide warfen Kefira Qay von Zeit zu Zeit bedeutungsvolle Blicke zu. Hinter ihnen ging die Sonne unter, und die große Bucht wurde in ein hübsches Scharlachrot getaucht. Es war eine so wunderschöne Szene, dass man kaum die kleinen hellen Punkte bemerkte, die Gleiter der Wächter auf Patrouille waren.

Die Dämmerung war bereits angebrochen, die Ratsmitglieder murrten und rutschten ungeduldig auf ihren großen, gepolsterten Sesseln umher, und Haviland Tuf hatte immer noch nicht seine Aufwartung gemacht. »Wann sagte er, dass er hier sein wollte?«, fragte Oberwächter Khem zum fünften Mal.

»Er hat es nicht genau gesagt, Oberwächter,« entgegnete Kefira Qay verlegen, zum fünften Mal.

Khem runzelte die Stirn und räusperte sich.

In diesem Moment piepste einer der Kommunikatoren, und Oberwächter Lysan beugte sich hektisch vor und ergriff ihn. »Ja?«, fragte er. »Verstehe. Sehr gut. Führen Sie ihn herein.« Er legte den Kommunikator zurück und klopfte auf den Tisch. Die anderen eilten zu ihren Sitzen oder unterbrachen ihre Gespräche und strafften sich. Es wurde still in der Ratskammer. »Das war die Patrouille. Tufs Shuttle ist gesichtet worden. Ich freue mich, Ihnen mitteilen zu dürfen, dass er auf dem Weg ist.« Lysan warf Kefira Qay einen Blick zu. »Endlich.«

Die Wächterin fühlte sich jetzt noch unbehaglicher. Es war schon schlimm genug, dass Tuf sie hatte warten lassen, aber sie fürchtete den Moment, in dem er zur Tür hereingestapft kam, mit Dax, der aus seiner Manteltasche schaute. Qay war nicht in der Lage gewesen, die richtigen Worte zu finden, um ihren Vorgesetzten zu sagen, dass Tuf beabsichtigte, Namor mit einem kleinen schwarzen Kätzchen zu retten. Sie zappelte nervös auf ihrem Sitz herum und zupfte an ihrer großen gekrümmten Nase. Das konnte nicht gut gehen, fürchtete sie.

Es war schlimmer als alles, was sie sich hatte vorstellen können.

Sämtliche Oberwächter warteten, steif und leise und aufmerksam, als sich die Türen öffneten und Haviland Tuf hereintrat, eskortiert von vier bewaffneten Wächtern in goldenen Overalls. Er war unglaublich. Seine Schuhe quietschten, wenn er ging, und sein langer Mantel war völlig verdreckt. Dax war wie erwartet in seiner linken Tasche zu sehen, hatte die Pfoten über den Rand gehängt und blickte eindringlich mit großen Augen. Aber die Oberwächter schauten gar nicht auf das Kätzchen. Unter dem anderen Arm trug Haviland Tuf einen schlammverschmierten Stein, der ungefähr so groß war wie der Kopf eines großen Mannes. Eine dicke Schicht aus grünbraunem Schleim bedeckte ihn, und Wasser tropfte auf den edlen Teppich.

Ohne ein Wort ging Tuf direkt zum Konferenztisch und legte den Stein mitten darauf ab. Nun bemerkte Kefira Qay den Saum aus Tentakeln, blass und dünn wie Garn, und stellte fest, dass es gar kein Stein war. »Ein Schlammtopf«, rief sie vor Überraschung. Kein Wunder, dass sie ihn nicht erkannt hatte. Sie hatte zwar schon viele Schlammtöpfe in ihrem Leben gesehen, aber erst, nachdem sie gewaschen und gekocht und die Tentakeln entfernt worden waren. Normalerweise wurden sie mit Hammer und Meißel serviert, um die knochige Schale aufzuknacken, und mit geschmolzener Butter und Gewürzen.

Die Oberwächter sahen erstaunt zu, dann begannen alle fünfundzwanzig auf einmal zu reden. In der Ratskammer ertönte ein Durcheinander sich überlagernder Stimmen.

»... das *ist* ein Schlammtopf, ich verstehe nicht ...«

»Was hat das zu bedeuten?«

»Er lässt uns den ganzen Tag warten und kommt dann verdreckt wie ein Schlammbuddler in den Rat. Die Würde des Rates ist ...«

»... habe keine Schlammtöpfe mehr gegessen seit, oh, zwei, drei ...«

»... kann nicht der Mann sein, der den Planeten retten ...«

»... völlig verrückt, schauen Sie sich nur ...«

»... was ist das da in seiner Tasche? Sehen Sie nur! Mein Gott, es hat sich *bewegt!* Es lebt, glauben Sie mir, ich hab es doch gesehen ...«

»Ruhe!« Lysans Stimme durchschnitt das Gemurmel wie ein Messer. Der Raum beruhigte sich, als sich die Oberwächter, einer nach dem anderen, zu ihm umdrehten. »Wie Sie es wünschten, sind wir hier zusammengekommen«, sagte Lysan in ätzendem Tonfall zu Tuf. »Wir erwarteten, dass Sie uns eine Antwort mitbringen. Stattdessen haben Sie uns das Abendessen gebracht.«

Jemand kicherte.

Haviland Tuf betrachtete finster seine schmutzigen Hände und wischte sie sich geziert am Mantel ab. Er nahm Dax aus seiner Tasche und setzte das lethargische schwarze Kätzchen auf den Tisch. Dax gähnte und streckte sich und ging gemächlich auf die nächste der Oberwächterinnen zu, die vor Schreck erstarrte und dann hastig ihren Sitz etwas nach hinten schob. Tuf zog seinen nassen, schmutzigen Mantel aus, suchte nach einem Ort, wo er ihn ablegen konnte, und hängte ihn schließlich über das Lasergewehr eines Mannes aus seiner Eskorte. Erst dann wandte er sich wieder den Oberwächtern zu. »Hochverehrte Oberwächter«, sagte er. »Dies ist kein Abendessen, was Sie hier vor sich sehen. Darin liegt die Wurzel all Ihrer Probleme. Dies ist der Botschafter der Spezies, die Namor mit ihnen teilt und deren Name bedauerlicherweise weit außerhalb meiner bescheidenen Fähigkeiten liegt. Sein Volk würde es sehr übel nehmen, wenn Sie ihn essen würden.«

Schließlich brachte jemand Lysan einen kleinen Hammer, und er schlug damit lange und laut genug auf den Tisch, bis er jedermanns Aufmerksamkeit hatte und der Lärm langsam abebbte. Haviland Tuf hatte währenddessen teilnahmslos dagestanden, sein Gesicht blieb ausdruckslos, die Arme hatte er vor der Brust gekreuzt. Erst als wieder Ruhe hergestellt war, sagte er: »Vielleicht sollte ich das erklären.«

»Sie sind verrückt«, sagte Oberwächter Harvan, der von Tuf zum Schlammtopf und wieder zurück blickte. »Völlig verrückt.«

Haviland Tuf hob Dax vom Tisch, legte ihn in seine Armbeuge und streichelte ihn. »Selbst im Augenblick unseres Triumphs werden wir verhöhnt und beleidigt«, sagte er zu dem Kätzchen.

»Tuf«, rief Lysan vom Kopf des langen Tisches. »Was Sie behaupten, ist unmöglich. Wir haben Namor in den hundert Jahren, seit wir hier leben, äußerst sorgfältig erkundet und sind uns sicher, dass hier keine intelligente Spezies lebt. Es gibt keine Städte, keine Straßen, keine Anzeichen irgendeiner Zivilisation oder Technologie, keine Ruinen oder Artefakte – *nichts*, weder über noch unter der Wasseroberfläche.«

»Außerdem«, sagte ein anderes Ratsmitglied, eine kräftig gebaute Frau mit rotem Gesicht, »können die Schlammtöpfe unmöglich intelligent sein. Zugegeben, sie haben Gehirne von der Größe eines menschlichen Gehirns. Aber das ist auch schon *alles*, was sie haben. Sie haben keine Augen, Ohren, Nasen, praktisch keine Sinnesorgane außer für Berührungen. Sie haben nur diese schwächlichen Tentakel als Greiforgane, kaum stark genug, einen Kieselstein anzuheben. Und tatsächlich werden diese Tentakel nur benutzt, um sie an ihrem Platz auf dem Meeresboden zu verankern. Sie sind Hermaphroditen und ausgesprochen primitiv, mobil nur in den ersten Lebensmonaten, bevor ihre Schale aushärtet und zu schwer wird. Sobald sie sich am Boden verankert und mit Schlamm bedeckt haben, bewegen sie sich überhaupt nicht mehr. Dort bleiben sie für Hunderte von Jahren.«

»Tausende«, stellte Haviland Tuf richtig. »Es sind bemerkenswert langlebige Wesen. Alles, was Sie sagten, ist zweifelsohne korrekt. Nichtsdestotrotz sind Ihre Schlussfolgerungen falsch. Sie sind blind vor Kriegslust und Furcht. Wenn Sie etwas Abstand von der Situation hätten und lange genug innegehalten hätten, um intensiv darüber nachzudenken, so wie ich es getan habe, dann würde es sogar militärischen Gehirnen aufgehen, dass Ihre Misere keine natürliche Katastrophe ist. Allein die Machenschaften einer feindlichen Intelligenz können den tragischen Verlauf der Ereignisse auf Namor zufriedenstellend erklären.«

»Sie erwarten doch nicht von uns, dass wir ...«, begann jemand.

»Sir«, erwiderte Haviland Tuf. »Ich erwarte, dass Sie mir zuhören. Wenn Sie bitte davon absehen würden, mich zu unterbrechen, will ich Ihnen alles erklären. Dann mögen Sie entscheiden, ob Sie es glauben oder nicht, je nachdem, wie es Ihnen gefällt. Ich werde meinen Lohn entgegennehmen und abreisen.« Tuf schaute Dax an. »Idioten, Dax. Überall, wo wir sind, nur Idioten.« Er schenkte seine Aufmerksamkeit wieder den Oberwächtern und fuhr fort. »Wie ich Ihnen dargelegt habe, war hier eindeutig Intelligenz am Werk. Die Schwierigkeit bestand darin, diese Intelligenz zu finden. Ich habe die Arbeiten Ihrer namorianischen Biologen studiert, der lebenden und der verstorbenen, habe viel über Ihre Flora und Fauna gelesen und zahlreiche einheimische Lebensformen an Bord der *Arche* nachgebildet. Kein unmittelbar infrage kommender Kandidat für Intelligenz war dabei. Die traditionellen Merkmale intelligenten Lebens umfassen ein großes Gehirn, entwickelte Biosensoren, Mobilität und irgendeine Art von Greiforganen, wie zum Beispiel entgegengesetzt liegende Daumen. Nirgendwo auf Namor konnte ich ein Wesen mit all diesen Attributen finden. Meine Hypothese war jedoch trotzdem korrekt. Also musste ich meine Aufmerksamkeit auf eher unübliche Kandidaten lenken, da es keine üblichen gab.

Zu diesem Zweck studierte ich die Geschichte Ihrer Misere, und plötzlich schien sich alles von selbst zu erklären. Sie glauben, dass Ihre Seeungeheuer aus den dunklen Tiefen der Ozeane emporgestiegen sind, aber wo tauchten sie zuerst auf? In den flachen Gewässern vor der Küste - den Gebieten, wo Sie fischen und Ihre Aquafarmen betreiben. Was haben all diese Gebiete gemeinsam? Sicherlich Leben in Hülle und Fülle, so viel steht fest. Aber nicht das *gleiche* Leben. Die Fische, die die Gewässer vor Neu-Atlantis bevölkern, kommen in denen der Gebrochenen Hand nicht vor. Aber ich fand zwei interessante Ausnahmen, zwei Arten, die man buchstäblich überall finden konnte - die Schlammtöpfe, die über lange Jahrhunderte hinweg unbeweglich in ihren großen, weichen Betten lagen, und die Wesen, die Sie als Namorianische Kriegsschiffe bezeichnen. Das alte einheimische Volk hat einen anderen Namen dafür. Es nennt sie Wächter.

Als ich erst einmal so weit gekommen war, mussten nur noch die Details ausgearbeitet und meine Vermutungen bestätigt werden. Ich hätte schon viel früher zu diesen Schlussfolgerungen gelangen können, wenn nicht die groben Unterbrechungen durch Verbindungsoffizier Qay gewesen wären, die ständig meine Konzentration gestört und mich schließlich aufs Brutalste dazu gezwungen hat, viel Zeit damit zu verschwenden, Graue Kraken und Klingenflügler und verschiedenste andere derartige Kreaturen auszusenden. In Zukunft werde ich mir derartige Verbindungen sparen.

Doch in gewisser Weise war das Experiment auch nützlich, da es meine Theorie über die tatsächliche Situation auf Namor bestätigt hat. Also habe ich diesen Ansatz weiterverfolgt. Geografische Studien zeigten, dass diese ganzen Monster in der Nähe der Schlammtopf-Gründe am häufigsten auftraten. Dort hat es auch die heftigsten Kämpfe gegeben, verehrte Oberwächter. Daher waren diese Schlammtöpfe, die Sie so äußerst schmackhaft finden, Ihre mysteriösen Widersacher. Aber wie kann das sein? Diese Kreaturen haben große Gehirne, das steht fest, aber ihnen fehlen all die anderen Merkmale, die wir für gewöhnlich mit Intelligenz in Verbindung bringen, wie wir sie kennen. Und hier lag das eigentliche Problem! Sie besaßen eindeutig eine Intelligenz, wie wir sie *nicht* kennen. Was für ein intelligentes Wesen könnte tief unter der Meeresoberfläche leben, unbeweglich, blind, taub, jeglicher Wahrnehmungen beraubt? Ich habe über diese Frage nachgedacht. Die Antwort, meine Damen und Herren, liegt auf der Hand. Solch ein Wesen muss mit der Welt auf eine Art interagieren, wie wir es nicht tun, es muss seine eigenen Wege der Empfindungen und der Kommunikation haben. Solch eine Intelligenz muss telepathisch veranlagt sein. In der Tat. Je mehr ich darüber nachdachte, umso offensichtlicher wurde es.

Nun musste ich meine Schlussfolgerungen nur noch überprüfen. An diesem Punkt brachte ich Dax ins Spiel. Alle Katzen haben leichte parapsychische Fähigkeiten, Oberwächter. Vor vielen Jahrhunderten, in den Tagen des Großen Krieges, kämpften die Soldaten des Föderalen Imperiums gegen

Feinde mit schrecklichen telepathischen Kräften, die hranganischen Gedankenleser und die *Githyanki*-Seelenfresser. Um gegen derart überragende Feinde zu bestehen, arbeiteten die genetischen Ingenieure mit Katzen und erhöhten und schärften ihre telepathischen Fähigkeiten erheblich, sodass sie gemeinsam mit den Menschen espern konnten. Dax ist ein solches spezielles Tier.«

»Sie sagen also, dass dieses Tier unsere Gedanken liest?«, fragte Lysan scharf.

»Sofern Sie Gedanken zum Lesen haben«, erwiderte Haviland Tuf, »ja. Aber viel wichtiger ist, dass ich durch Dax in der Lage war, dieses uralte Volk zu erreichen, das Sie so erniedrigend als *Schlammtöpfe* bezeichnen. Denn diese Wesen sind durch und durch telepathisch.

Seit unzähligen Jahrhunderten haben sie in Ruhe und Frieden in den Ozeanen dieses Planeten existiert. Sie sind ein bedächtiges, nachdenkliches, philosophisches Volk, und sie lebten zu Milliarden Seite an Seite, untereinander verbunden, jedes ein Individuum und gleichzeitig Teil des großen Ganzen. In gewisser Weise waren sie unsterblich, denn alle teilten die Erfahrungen jedes Einzelnen, und der Tod eines Einzelnen war bedeutungslos. Obwohl es in der ewig gleichen See nur wenig Erfahrungen gab. Zum größten Teil verbrachten sie ihr langes Leben mit abstrakten Gedanken, mit Philosophie, mit fremdartigen grünen Träumen, die weder Sie noch ich wirklich begreifen können. Sie sind stille Musiker, könnte man sagen. Gemeinsam haben sie die großen Symphonien der Träume gewoben, und diese Lieder klingen für ewig.

Bevor die Menschen nach Namor kamen, hatten sie für Millionen von Jahren keine wirklichen Feinde. Obwohl das nicht immer so war. In den vorzeitlichen Anfängen dieses nassen Planeten wimmelten die Ozeane von Kreaturen, die den Geschmack der Träumer ebenso schätzten, wie Sie es tun. Schon damals beherrschte dieses Volk die Genetik, beherrschte die Evolution. Mit ihrem riesigen Netz miteinander verwobener Gedanken waren sie in der Lage, das Leben selbst zu manipulieren, und zwar besser als jeder Genetiker. Also erschufen sie ihre Wächter, ausgezeichnete Jäger mit dem biologisch verankerten Befehl, jene zu schützen, die Sie Schlammtöpfe nennen. Das waren ihre Kriegsschiffe. Von dieser Zeit an bis heute bewachen sie die Vorkommen, während die Träumer zu ihrer Symphonie der Gedanken zurückkehrten.

Dann kamen Sie, von Aquarius und Alt-Poseidon. In der Tat, so war es. Verloren in ihren Phantasmagorien bemerkten es die Träumer viele Jahre lang nicht, während Sie Nahrung anbauten und fischten und den Geschmack der Schlammtöpfe entdeckten. Stellen Sie sich den Schock vor, den Sie ihnen verursachten, Oberwächter. Jedes Mal, wenn Sie einen von ihnen in kochendes Wasser warfen, teilten die anderen das Gefühl. Für die Träumer war es so, als hätte sich ein schrecklicher neuer Räuber auf den Landmassen entwickelt, einem Ort, für den sie nur wenig Interesse hatten. Sie hatten keine Ahnung, dass Sie intelligent sein könnten, da sie sich keine nichttelepathische Intelligenz mehr vorstellen konnten, genau wie Sie sich keine vorstellen können, die blind, taub, bewegungslos und essbar ist. Für sie waren Wesen, die sich bewegten und Dinge veränderten und Fleisch aßen, nicht mehr als Tiere und konnten einfach nichts anderes sein.

Den Rest wissen Sie, oder Sie ahnen es. Die Träumer sind ein bedächtiges Volk, verloren in ihren unendlichen Liedern, und sie brauchten lange, um zu reagieren. Zuerst ignorierten sie die Menschen einfach, in dem Glauben, dass das Ökosystem in Kürze von selbst Ihre Verheerungen regulieren würde. Das schien jedoch nicht zu geschehen. Für sie sah es so aus, als ob Sie keine natürlichen Feinde hätten. Sie vermehrten und verbreiteten sich unablässig, und viele Tausende Gedanken verstummten. Schließlich kehrten sie zu den uralten, fast vergessenen Wegen ihrer düsteren Vergangenheit zurück und erwachten, um sich selbst zu verteidigen. Sie beschleunigten die Reproduktion ihrer Wächter, bis die Meere über ihren Siedlungsgründen von ihren Beschützern nur so wimmelten, aber die Wesen, die sich gegen andere Feinde bislang als ausreichend erwiesen hatten, stellten kein Problem für Sie dar. Schließlich waren die Träumer gezwungen, neue Maßnahmen zu ergreifen. Ihre Gedanken unterbrachen die große Symphonie und strömten aus, und sie beobachteten und verstanden. Und schließlich begannen sie damit, neue Wächter zu erschaffen, Wächter, die stark genug waren, um sie gegen diese große neue Nemesis verteidigen zu können. So begann alles. Als ich mit der *Arche* hier ankam und Kefira Qay mich zwang, viel neues Unheil über ihre friedvolle Welt zu bringen, waren die Träumer anfangs überrascht. Aber der Kampf hatte sie gestärkt, und sie antworteten jetzt schneller, und in sehr kurzer Zeit erträumten sie sich noch neuere Wächter und sandten sie aus, um gegen die Kreaturen zu kämpfen, die ich auf sie losgelassen hatte. Sogar jetzt, wo ich hier in Ihrem äußerst imponierenden Turm zu Ihnen spreche, warten viele neue schreckliche Lebensformen in den Wellen und werden Sie in den kommenden Jahren heimsuchen – es sei denn, Sie können Frieden schließen. Das ist einzig und allein Ihre Entscheidung. Ich bin nur ein einfacher Ökoingenieur. Ich würde nicht im

Traum daran denken, Ihnen etwas Derartiges zu diktieren. Aber ich schlage es aufs Dringendste vor. Hier ist der Botschafter, den ich aus dem Meer gepflückt habe – was eine große persönliche Unannehmlichkeit für mich darstellte, wie ich hinzufügen darf. Die Träumer sind jetzt in großer Aufregung, denn als sie Dax zwischen sich spürten und mich durch ihn berührten, erweiterte sich ihre Welt millionenfach. Sie erfuhren heute von den Sternen und lernten außerdem, dass sie nicht allein im Universum sind. Ich denke, sie werden einsichtig sein, denn sie haben keine Verwendung für das Festland und essen auch keinen Fisch. Hier ist Dax, und hier bin ich. Vielleicht können wir mit den Gesprächen beginnen.«

Doch als Haviland Tuf schließlich verstummte, blieb es für sehr lange Zeit still. Die Oberwächter waren allesamt aschfahl und erstarrt. Einer nach dem anderen wandte den Blick von Tufs ungerührter Erscheinung ab und hin zur schlammigen Muschelschale auf dem Tisch.

Schließlich fand Kefira Qay ihre Stimme wieder. »Was *wollen* sie?«, fragte sie nervös.

»Vor allem«, sagte Haviland Tuf, »wollen sie, dass Sie damit aufhören, sie zu essen. Das halte ich für einen äußerst vernünftigen Vorschlag. Wie lautet Ihre Antwort?«

»Zwei Millionen Standards sind unzureichend«, sagte Haviland Tuf einige Zeit später im Kommunikationsraum der *Arche*. Dax ruhte still in seinem Schoß, er hatte nur wenig von der frenetischen Energie der anderen Katzenkinder. Irgendwo im Raum jagten sich Argwohn und Feindseligkeit gegenseitig hin und her.

Oben auf dem Bildschirm runzelte Kefira Qay verächtlich die Stirn. »Was soll das heißen? Das war der Preis, auf den wir uns geeinigt hatten, Tuf. Wenn Sie versuchen, uns zu betrügen ...«

»Betrügen?« Tuf seufzte. »Hast du das gehört, Dax? Nach allem, was wir getan haben, werden uns derartige böse Beschuldigungen nolens volens an den Kopf geworfen. Ja, nolens volens, in der Tat. Eine seltsame Phrase, wenn man genauer darüber nachsinnt.« Er blickte wieder auf den Bildschirm. »Wächterin Qay, ich bin mir des vereinbarten Preises sehr wohl bewusst. Für zwei Millionen Standards habe ich Ihre Probleme gelöst. Ich habe analysiert und nachgedacht und Ihnen die Einblicke und den Übersetzer zur Verfügung gestellt, den Sie so dringend brauchten. Außerdem habe ich Ihnen fünfundzwanzig telepathische Katzen überlassen, jede mit einem Ihrer Oberwächter verbunden, um eine weitere Kommunikation nach meiner Abreise sicherzustellen. Auch das ist in unserer ursprünglichen Vereinbarung enthalten, da es zur Lösung Ihres Problems notwendig war. Und, da ich im Herzen mehr ein Philanthrop als ein Geschäftsmann bin und zutiefst sentimental obendrein, habe ich Ihnen sogar erlaubt, Torheit zu behalten, der Sie aus einem mir unerfindlichen Grund lieb gewonnen hat. Auch dafür verlange ich nichts.«

»Und warum verlangen Sie dann zusätzlich drei Millionen Standards?«, forderte Kefira Qay.

»Für die unnötige Arbeit, zu der ich aufs Brutalste gezwungen wurde«, entgegnete Tuf. »Möchten Sie, dass ich alles einzeln aufzähle?«

»Ja, das möchte ich«, sagte sie.

»Also gut. Für Haie. Für Barrakudas. Für Riesenkraken. Für Schwertwale. Für Graue Kraken. Für Blaue Kraken. Für Blutschnüre. Für Wassergallerte. Zwanzigtausend Standards pro

Stück. Für Festungsfische, fünfzigtausend Standards. Für den Schleier-der-weint-und-flüstert, acht ...« So ging es für lange, lange Zeit weiter.

Als er fertig war, schürzte Kefira Qay streng die Lippen. »Ich werde Ihre Rechnung dem Rat der Wächter übermitteln. Aber ich sage Ihnen gleich, dass Ihre Forderungen unfair und viel zu hoch sind und dass unsere Handelsbilanz nicht ausreicht, um einen so hohen Abfluss an harten Standards sicherzustellen. Sie können hundert Jahre lang im Orbit warten, Tuf, aber Sie werden keine fünf Millionen Standards erhalten.«

Haviland Tuf hob kapitulierend die Hände. »Also werde ich aufgrund meiner vertrauensseligen Natur einen Verlust hinnehmen müssen. Heißt das, ich werde nicht bezahlt?«

»Zwei Millionen Standards«, sagte die Wächterin. »Wie wir es vereinbart hatten.«

»Ich vermute, ich muss diese grausame und unethische Entscheidung akzeptieren und sie als eine der harten Lektionen des Lebens annehmen. Also gut. So soll es sein.« Er streichelte Dax. »Man sagt, dass jene, die nichts aus der Geschichte lernen, dazu verdammt sind, sie zu wiederholen. Ich kann mir für diesen unglücklichen Verlauf der Dinge nur selbst die Schuld geben. Nun, erst vor wenigen Monaten hatte ich zufällig das Glück, ein historisches Drama über genau eine solche Situation zu sehen. Es handelte von einem Saatgutschiff, so wie mein eigenes, das einen kleinen Planeten von einer fürchterlichen Pest befreite, worauf die undankbare Regierung die Bezahlung verweigerte. Wäre ich schlauer gewesen, hätte ich meinen Lohn im Voraus verlangt.« Er seufzte. »Aber ich war nicht schlau, und nun muss ich leiden.« Tuf streichelte Dax wieder und hielt inne. »Vielleicht wäre Ihr Rat der Wächter daran interessiert, sich diesen speziellen Film anzusehen, nur zur Entspannung. Er ist holografisch, äußerst dramatisch und mit guten Schauspielern besetzt, und darüber hinaus gibt er einen faszinierenden Einblick in die Arbeit und die Möglichkeiten eines Schiffs wie diesem hier. Äußerst lehrreich. Der Titel lautet: *Das Saatgutschiff von Hamelin.*«

Natürlich bezahlten sie.

Mehr magische
Welten von
George R. R. Martin
erwarten Sie in:

TRAUMLIEDER III